KB259843

한류의 어족 · 애정의 계곡 · 청춘병실

해방이 된 1945년 이후 유일하게 어린이 신문을 발행했던 고려문화사의 편집국장 시절. 〈월간 어린이〉
등 소년소녀 대상의 많은 출판물을 간행하였다.

①│②
③│④

1. 소설가 이무영, 정비석, 시인 노천명 등 20여 명의 작가들이 오랜만에 관악산을 찾았다. 정비석 씨가 약수를 뜨는데 빨리 마시라고 재촉이다. 1947년 가을.
2. 고려문화사 편집국장 시절. 1948년.
3. 고려문화사 편집국 간부들과. 앞줄 가운데 시인 이상노, 왼쪽에 화가 이순재씨 등이 있고 뒷줄엔 월북작가들도 보인다. 뒷줄 오른편이 필자.
4. 해방 후 정부 수립 전 1947년 여름. 잡지사 기자 시절에 덕수궁 석조전 앞에서.

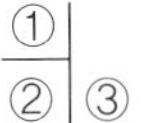

1. 1951년 6·25 피난 시절의 아내 정숙용(鄭淑龍) 여사. 당시 40세의 나이로 세 자녀를 이끌고 피난열차도 타지 못한 채 걸어서 대구까지 내려갔다.

2. 대구 피난 시절의 예술가들. 왼쪽이 시나리오 작가 서윤성, 가운데가 필자, 오른쪽이 화가 이순재 씨.

3. 피난지 대구에서도 장편 『애정의 계곡』(1951년)을 썼다. 단행본으로 출간 된 것은 1953년 ─ 그 출판기념회에 육군본부 참모총장을 대리하여 강영훈 소장이 그동안 종군작가로 수고한 데 대한 감사장을 전달했다.

4. 6·25 피난 시절. 문인들이 연극으로 망향의 시름을 달랬다. 이름하여 문인극 〈망향의 사람들〉. 1951년 3월 부산극장 공연이 성황리에……. 맨 아래 오른쪽에서 다섯번째가 필자.

만우 **박영준 전집 ❽**/중·장편

한류의 어족 · 애정의 계곡 · 청춘병실

동연

『박영준 전집』을 내며

만우(晚牛) 박영준(朴榮濬) 선생이 가신 지 30년이, 그리고 단편집 전6권이 발간된 지도 5년이 지났다. 선생이 돌아간 동안(1976~2006), 그처럼 지식인들이 두려워 떨던 군사독재 정권도 무너졌고, 민간인 정권도 세 번째나 돌아와 있다. 우리는 선생의 생애가 일제의 가열한 민족 침탈기로부터 시작되었음을 기억하고 있다. 일제의 폭력이 혹독했던 1930년대에 문필활동을 시작하여, 가장 민감했던 청년 시절에 글쓰기의 어려운 현실적 상황이 어떤 것인지를 몸소 체험하였다.

1934년 연희대학교 문과를 졸업하던 해에 《조선일보》 신춘문예에 「모범경작생」(模範耕作生)이, 같은 해 《신동아》에 장편소설 『일년』(一年)과 꽁트 「새우젓」이 동시에 당선되어 일약 문단의 화제를 일으켰던 만우 박영준은 평생을 작품 쓰기와 모교 연세대학교에서 문학 가르치는 가운데 생애를 마감하였다. 1911년 3월 2일에 태어나 1976년 7월 14일 돌아가기까지, 66년 생애를 산 그는 일제 식민체험은 물론이고 해방정국에서의 좌우익 대립의 스산한 처신, 6·25 전쟁, 군사독재의 심란한 정국 등 소용돌이치는 역사의 현장에 놓여 있었다.

66년 그 생애의 시간 도막 위에는 지울 수 없는 국내외적 회오리바람들이 있었다. 유아기로부터 소년기에 이르는 기간은 일제 폭력의 억압 속에 있었고, 광복이 된 청년기에는 6·25 동족 전쟁이 그를 괴롭혔다. 전쟁이 끝나고 난 해로부터 모교인 연세대학교에서 후진들을 기르며 작품활동을 하던 시기가 그에게는 황금기였다. 글쓰고 가르치는 동안 틈틈이 등산과 낚시, 운동경기 관람 등으로 비교적 여유 있는 생활을 누리던 시기에 그는 갔다. 그는 일생 동안 자신의 작품 속에서 인간의 윤리적 관계 거리 조절에 관한 긴장의 눈길을 멈추지 않았다. 제자들에게도 그는 엄격한 윤리적 규범을 글쓰기의 핵심이라고 가르쳐 왔다. 그러한 그의 원칙은 여러 편으로 남긴 작품 속에 고스란히 살아 있다.

문학 교육에 관한 한 엄격하고도 자상한 스승으로서, 때로는 어버이 같은 자애로움으로 그는 제자들을 가르쳐 왔다. 이제 그가 남긴 필생의 문학작품을 모아 뒤늦게나마 전집으로 묶어 후생들에게 보이고자 하는 뜻은 그의 문학적 발자취와 함께, 우리에게 보인 그의 사람에 대한 치열한 애정을 드러내 보여주고자 함에 있다. 살아 있는 것에 대한 치열한 애정 없이는 문학 할 생각을 말라고 가르쳤던 분이신 박영준 선생께 우리 제자들은 그 동안 전집 발간에 관한 마음을 짐을 지고 살아왔다.

마침 선생과 너무도 닮은 모습으로 살아가시는 선배이며 만우 선생의 큰 자제인 승렬 형이 우리에게 마음의 빚을 탕감할 방도를 알려주며 격려함으로써 이 전집 간행의 빛을 보게 되어 기쁘기 한량없다. 그의 재정적인 뒷받침이 없었다면 아직도 우리는 그 많은 분량의 전집(단편집 전6권, 중·장편집 전7권) 간행을 꿈도 못 꾸었을 것이다. 이것은 또한 우리의 부끄러움이기도 하다.

출판 사정이 여러 면에서 어려운 시기에 단편집 출간 후 수년의 과정을 거치면서, 각 선집이나 잡지에 실린 글들은 물론이고 신문에 실려 있어 읽기가 여간 어렵지 않았던 글들을 꼼꼼히 읽고 잘못 인쇄된 철자법을 바로잡고 인멸될 처지에 있던 작품들을 찾아내어 깨끗한 인쇄에 붙이도록 만들어 준 동연출판사 백규서 사장에게도 우리는 여러 면에서 여간 고마운 게 아니다. 이 자리를 빌어 깊은 고마움의 뜻을 표하는 바이다.

2006년 3월 1일
만우 전집 편집위원

차례

일러두기

1. 『만우 박영준 전집』은 박영준이 발표한 모든 작품을 대상으로 하여 단편소설 전6권(1차분), 중·장편소설 전7권(2차분) 총 13권으로 엮는다.

2. 『만우 박영준 전집』은 박영준이 발표한 모든 문학작품을 총망라하여 일반 독자에게 소개하는 것은 물론 문학사적인 연구·정리에 목표를 둔 것이지만, 단편소설 가운데 찾을 수 없는 일부 작품과 중·장편소설 가운데 일부 작품은 제외하였다.

3. 『만우 박영준 전집』에 수록된 작품의 배열순서는 발표 연대순에 따랐다.

4. 각각의 작품 말미에 발표년도와 발표지를 밝혀 놓았으나 정확하지 않은 작품은 따로 표시하였다.

5. 『만우 박영준 전집』에 수록한 모든 작품은 발표 당시 신문·잡지의 원문을 그대로 옮긴다는 원칙에 따랐으나, 단 작가가 직접 퇴고하여 단행본으로 간행하였을 경우에는 개작본을 정본으로 삼았다.

6. 맞춤법과 띄어쓰기는 현행 규정에 맞게 고쳤으나 대화에 나오는 구어체와 사투리는 그대로 살렸다.

7. 현대 독자가 이해하기 힘든 낱말은 편집자 주( )로 설명하였다.

8. 외래어는 현재의 외래어 표기법에 맞도록 고쳤으며, 과도하게 쓰인 생략부호(……)나 장음 표시(──)는 읽기 편하도록 조절하였다.

9. 부호는 아래와 같이 사용했다.

대화	" "
인용과 강조	' '
단편 작품	「 」
책명(단행본)과 장편	『 』
신문, 잡지	《 》
영화, 노래제목	< >

한류의 어족

돌아온 사람들

총독부 간판이 미 군정청(美軍政廳) 간판으로 바뀌었을 때는 벌써 일본 사람들의 그림자가 서울 거리에서 거의 사라지고 말았었다.

사무 인계로 가지 못하게 하여 못 가는 사람과 떠나고 싶어도 기차 편이 없어서 못 떠나는 사람만도 그리 적지는 않았지만 그 귀가 아프게 달가닥거리던 게다 소리만은 완전히 사라지고 말았다.

참으로 신기한 일이었다. 세계에서 제일이라고 무서워하는 것 하나도 없던 그들이 한 마디 방송으로 쥐구멍을 찾듯이 말소리 하나 크게 내지 못하고 쩔쩔 매는 꼴이란, 다만 인간이라는 것이 위대한 역사 앞에서 얼마나 작은 존재라는 것을 느끼게 할 뿐이었다.

그 대신 남의 힘으로나마 나라를 도로 찾았다 하여 얼마 전까지는 제 나라 말을 마음대로 쓰지도 못하던 조선 사람이 그 형상이 어떻게 생겼는지를 잊을 뻔했던 태극기를 들고 마음대로 거리를 걸을 수가 있지 않은가.

이때까지는 입어 볼 생각도 못했던 긴 치마에 흰 고무신을 신고 머리만 자란다면 긴 댕기마저 드려 보고 싶은 마음은 오직 내 나라를 찾고 내 민족으로 돌아왔다는 즐거움을 맛보고 싶은 때문이었을 게다. 성희(星姬)는 그저 쏘다니고 싶었다. 다리가 노곤하고 사지가 늘어질 때까지 거리를 거닐며 조선 사람을 보고 조선을 생각하는 흥분에 잠기고 싶었다. 태극기를 번쩍 들고 만세를 마음껏 부르는 학생들의 행렬을 보면 그들의 뒤를 따라 숨이 끊어질 때까지 달려 보고 싶기도 했다. 긴 치마폭이 보도를 쓸어 먼지가 까맣게 묻건만 조금도 아까운 줄을 몰랐다.

쓸리어 헤어져도 좋았다.

그는 남산에도 올라가 보았다. 한 달에 한두 번은 반드시 성전(聖戰) 완수를 빌기 위하여 참배하던 그 신사(神社)를 볼 때 어쩐지 일본의 세력이 어딘가 숨었다가 다시 뛰쳐 나올 것만 같은 불안도 느꼈으나 멀리 바라뵈는 장안이 산 기운을 돋우고 하늘로 뻗쳐나를 듯한 기상에 그만 가슴이 흐뭇하여 서울을 안고 죽어 버리고 싶은 충동을 느끼기도 했다.

학교가 문을 닫아 공부를 못하게 된 것 같은 것은 문제도 아니다. 그런 것을 걱정할 여유는 손톱만큼도 없었다.

어디서 오는 떼거리인지 보따리를 짊어진 일본 피난민의 대열 속에서 어린애들이 배고파서 또는 다리가 아파서 악을 써 울어도 그 울음을 달랠 생각도 못하고 죽음의 길을 걷는 듯한 그 힘없는 백성들을 보고는,

'죄를 받아야 마땅하니라.'

하고 외치고 싶은 마음이 가슴에 그득할 뿐이었다.

완고한 오빠가 무엇이라 꾸지람할 것도 겁내지 않고 저녁 늦게야 집으로 들어간 성희는 자기 방에 들어서기가 무섭게 사지를 내뻗고 드러누웠다. 누가 문틈으로라도 들여다본다면 정신 나간 처녀라고 비웃을 정도로 뒹굴뒹굴 굴러 보기도 했다.

"자유!"

그는 정신적으로 오는 자유를 육체적으로 느끼고 싶었던 것이다. 오랫동안 자유에 굶주렸을 때 그때는 사지를 마음대로 내뻗을 수도 없었던 성싶다.

어린 조카가 저녁을 먹으라고 불렀다. 그러나 두 번째 독촉까지도 못 들은 척 누워 있었다. 아무것도 생각지 않고 누워 있을 때의 안일을 조금이라도 연장하고 싶었던 것이다. 세 번째,

　"고모! 빨리 밥 먹어."

하고 짜증에 가까운 소리가 들릴 때는 어쩐지 그 목소리 속에 오빠가 숨어 있는 것 같아 일어나고야 말았다.

　안방으로 들어가 식탁 앞에 앉자마자,

　"얼마 안 있으면 학교가 개학한다니 이제는 그만 싸다니구 학교 갈 준비나 하렴."

하는 오빠의 걱정이 시작되었다.

　성희는 얼굴을 쳐들었다. 고스란히 고개를 숙이고 '네'란 대답을 하기는 자기 감정 뒤에 숨은 민족적 감격이 너무나 벅찼기 때문이었다.

　"학교 공부만 꼭 해야 하나요. 마음을 살찌게 할 수 있을 때는 마음의 양식도 받아들여야지……."

　이런 때는 오빠 아니 아버지에게라도 반항할 권리가 있는 듯 마음이 든든했다.

　"공부할 땐 공부도 해야지, 누가 네 공부 해 준다던……."

　오빠도 그리 나무라는 눈치가 아니었다. 그야말로 타이르는 정도였다. 성희는 그러한 오빠에게 더 긴말을 한다면 그것은 오빠를 교육시키려는 태도 같이 보일 것 같아 잠잠히 숟가락을 들었다.

　한참 동안 수저질을 하고 있을 때 오빠가,

　"너 내일은 나하구 집 보러 가자."

하고 불쑥 딴 소리를 꺼내었다.

　"집이라니요?"

　"저 본정통에서 약방 하던 일인이 있지 않니? 그 자가 쉬 일본으루 간다는데 그 집을 보러 가야지."

　그 말이 끝나자 성희는 숟가락을 식탁 위에 놓고 오빠의 얼굴을 쳐다보았다.

　"집이 없어서 그놈들의 집을 얻어요? 일본 냄새만두 지긋지긋한데……."

　"허허, 너는 콧구멍이 커서 별 냄샐 다 맡는구나. 거저 준다는데 싫달 건 없지 않니?"

거저 준다고 해서 일본 사람의 집을 얻어 든다는 것은 그들의 과거를 눈 감고 현재의 이해 타산에 타협한다는 것이 아니겠는가. 타협을 한다면 미워할 것도 원망할 것도 아무것도 없다. 조선 사람은 일본 사람을 미워했기 때문에 또 그 미움으로 해서만 오늘의 해방을 즐거워하는 것이다. 일본을 미워할 줄 모르는 사람은 해방의 감격을 느끼지 못할 것은 물론 민족으로서의 자존심을 잃어버린 사람 같았다.

"이런 때 민족적 양심이라는 게 나타나는 것이 아닐까요."

성희는 마치 토론회에나 나간 것처럼 정중하게 말했다.

"내가 그것을 얻지 않는다구 남들이 그 집을 비어 둘 줄 아니! 내게 손해 되는 것은 뻔히 알면서도 손해를 보는 건 바보야 바보!"

오빠는 오빠대로의 냉정한 태도를 보였다.

'집이 없기나 한다면 모를 일이다. 큼직한 방이 네 개나 있고 화초가 그득한 뜰로 남의 집에 비해서 비좁은 편이 아니다. 그러면서도 거저 준다고 해서 고맙습니다 하고 주는 것을 받아들인다는 것은 불순하기 짝이 없는 욕심이다. 아무래도 내놓고 가야 할 집이지만 이왕이면 선심을 써서 과거의 죄를 덮어 보기나 하자는 그 영리한 민족성의 발로에 눈이 감겨 버리면 그것은 결국 눈감긴 사람이 바보가 될 뿐이다.'

"남을 생각하기 전에 자기 마음에 티를 박지 않는 것이 좋지 않을까요."

"넌 아직 세상을 몰라서 그래. 모르면서도 아는 척할 때가 한창이기는 하지만."

"몰라두 좋아요! 난 안 갈 테야요."

성희는 더 이야기하고 싶지가 않았다. 이야기한대야 알아들을 리 없는 노릇이기 때문이다. 십여 년이나 의사 노릇을 하면서 돈맛을 알아온 오빠라 경제적 이익에 사양해 본 적이 없는 사람이다. 더 더구나 일본 사람과 친분 관계가 있던 사람들이 일본집을 얻고 이사 가는 이가 수두룩한 때 그것을 죄 된 일로 생각할 만한 오빠가 아니었다.

"안 가겠거든 말렴!"

오빠도 의견을 들으려고 했던 것이 아니라는 듯 가볍게 거절했다.

"진지가 식어요. 빨리들 잡숫구 이야길 하세요."

이야기가 길어질까 걱정되었던지 옆에 앉았던 올케가 말참견을 했다.

바로 이때였다. 누가 대문을 두들기는 소리가 났다. 모든 귀가 대문께로 쏠렸다.

이미 날은 어두웠다. 어두운 밤에 찾아오는 사람이 의사를 필요로 하는 환자임에 틀림없을 것이지만 그래도 성희는 '누굴까!' 하고 대문께로 걸어 나갔다.

혹시나 하는 마음에 그의 가슴은 두근거리기도 했다.

오빠나 올케에게 이야기한 적도 없는 그이가 대문을 두들기며 찾아올 리 만무였지만, 환자가 오빠를 부를 때마다 그래도 혹시나 하는 마음에 그 부드러운 목소리를 기다리는 성희였다.

"누구세요."

대문에 가까이 가자 문득 도적이나 아닌가 하는 생각이 나서 주춤하고 서서 불러 보았다.

그러나 대답은 의외로 여자의 목소리였다.

"나예요."

환자가 아닌 여자인 것만은 분명하다.

또 이름을 말하지 않고 나라고 부르는 이상 가까운 사람임에도 틀림없다. 성희는 그저 반가운 사람이려니 하고 대문을 열고 고개를 내밀었다.

전기알을 살 수가 없어서 문 등까지 켜지 못해 컴컴하기 짝이 없는 대문 밖이라 누가 누군지를 분간해 볼 수 없었다. 어른거리는 것이 한 사람만도 아니었다.

"누구를 찾으시지요."

이렇게 묻는 데는 밖에 섰던 사람도 어리둥절했던지,

"저! 조석환 씨 댁이 아니신가요."

하고 미심쩍은 듯이 물었다.

성희는 목소리로서 그가 누구인지를 능히 알아낼 수 있었다. 비록 칠팔 년, 떨어져 있었다 할망정 늘상 그리워하던 오직 하나의 언니를 몰라볼 수

가 있는가. 그는 아무 말도 못하고 대문턱을 뛰어넘자,

"언니!"

하고 그 여자 품에 안기고 말았다.

"성희냐?"

그 여자의 말소리도 떨려 나왔다.

그러자 올케가 뛰어나오고 오빠가 뒤를 따랐다. 한참 동안 뒤범벅이 되어 인사를 주고받았다.

반가운 눈물을 흘리기도 하는 모양이었다.

"얼마나 고생을 했수?"

"목숨이 붙어 나온 게 다행이지."

이런 말소리도 나왔다. 그러자,

"자! 다들 들어가자."

하는 오빠의 말소리에 뭉쳐 섰던 사람들은 방 안으로 밀려들어갔다.

"소식을 몰라 궁금하더니 잘들 나왔다. 그래 별일은 없었구?"

오빠는 누이동생의 가족을 점검이나 하듯 하나하나 살펴보았다. 매부인 종태, 그리고 두 어린애 그러나 그 다음에 앉은 낯선 젊은 사람 앞에 시선이 머물었을 때는,

"이이는?"

하고 의아스러운 얼굴로 물었다.

명희(明姬)는 소개가 늦어서 미안하다는 듯이 당황한 어조로,

"참 만주에서 같이 나오신 분이에요. 얼마나 신세를 졌는지 이 분 아니댔으면 몇 번이나 봉변당할 뻔했는지 몰라요."

하고 오빠에게 그 젊은 사람을 소개했다.

"저 오성욱(吳成郁)이라고 합니다. 앞으로 많이 지도해 주십시오."

군인 생활을 해서 그런지 꿇어 엎디어 머리를 방바닥에 댔다가 번쩍 들고 인사를 하는 품이 일본 군인 그대로였다.

"학병으로 목단강(牧丹江)까지 가서 쌈을 하다가 간신히 살아 나온 분입니다."

옆에 앉았던 명회의 남편 종태가 설명을 붙였다. 그러자 성욱이라는 젊은 사람은 명회의 올케와 성희에게도 석환에게 와 꼭같이 머리를 숙였다.

"얼마나 고생하셨습니까?"

자기에게 인사를 할 때 성희는 자기도 알지 못하는 새 이런 말을 하고 일본여자식의 절을 했다.

"일본놈 덕택에 좀 고생했지요."

성욱이는 그러나 아무렇지도 않다는 듯이 웃어 보였다.

때가 묻은 와이셔츠 바람에 헌 즈봉 하나만을 입은 것이 막벌이꾼 같은 인상도 주었으나 얼굴을 활짝 펴고 웃는 폼이 어딘가 솔직하고 용감스러운 데가 있는 것 같기도 했다.

"같이 갔던 조선 사람은 거의 다 죽고 혼자만 살아 나왔대. 용하게 도망을 쳤기 때문에 목숨을 살렸다나 봐."

모든 사람의 시선이 성욱에게로 쏠려서 그랬던지 명회가 이러한 이야기를 또 소개했다.

석환이도 싸움터에서 돌아온 사람이라는데 대한 흥미를 느꼈던지,

"아! 그래요!"

하고 감탄하고는 성욱의 얼굴을 쳐다보았다.

어린 송아지처럼 굴레 씌워 끄는 바람에 죽음만이 기다리고 있는 전쟁 마당으로 나갔다가 여러 시체를 눈으로 보면서 살아 돌아온 사람의 감격이 어떠할 것인가. 그러한 생명을 맞는 가족들의 기쁨은 어떠할 것인가. 그러나 그것보다도 총알 사이로 헤매다가 해방된 조국의 땅을 밟는 흥분은 얼마나 큰 것일까.

이러한 것을 생각한 성희는 자기부터가 흥분되는 것을 참을 수 없었다.

"얼마나 기쁘십니까?"

초면의 남자이지만 무엇이라고 축하의 말을 아니할 수가 없었다.

"네."

성욱이의 대답은 간단했다. 그러나 그 간단한 말 속에는 헤아릴 수 없는 감격이 숨어 있는 것 같았다.

올케가 부엌으로 나갔다. 아마 손님들의 저녁을 짓는 모양이다. 성회도 그 뒤를 따라나가야 할 것으로 생각했지만 죽음 속에서 살아온 사람 그리고 인생에게서 가장 두렵고 가장 저주받을 전쟁을 눈으로 보고 온 그 사람에게서 무엇이나 좀더 듣고 싶기 만한 충동에 성욱이 옆을 떠나지 못했다.

"얼마나 싸우셨어요?"

"싸우기는 며칠 안 됩니다."

"목단강이 어느 쯤인가요?"

"만주 국경에 가까운 곳이지요."

"일본은 그렇게 꼼짝 못했나요?"

"그럼요."

질문에 대한 대답은 극히 간단했다. 좀더 자세한 설명을 해 주었으면 했으나 무뚝뚝한 표정에 입이 다물어지기만 했다.

"소련 사람들이 그렇게 쌈을 잘해요?"

그 말에도 대답은 또,

"네."

였다.

"그럼 쌈통에 살러 갔던 조선 사람도 많이 죽었겠구만요?"

이렇게 질문이 거듭될수록 성욱의 입은 점점 더 무거워지는 것만 같았다.

"그럼요."

그 이상 이야기 할 흥미가 없다는 뜻인지 그렇지 않으면 그 전쟁 이야기로 쓰라린 추억이 솟아올라 온다는 뜻인지 어쨌든 처음 대할 때와 판이하게 침울한 표정을 했다.

성회는 더 묻기를 주저했다. 그리고는 초면의 여자가 말이 많아서 기분이 상한 거나 아닌가 하고 그의 얼굴을 한번 똑바로 쳐다보았다.

큼직한 눈, 날카로운 코 그리고 정열적이면서도 깨끗하게 생긴 입술, 이런 것이 경솔한 인간이라는 인상을 주지 않았다. 그렇기 때문에 갑자기 침울해진 데는 자기 이외에 다른 원인이 있을 것만 같아,

"참 피곤하시겠군요. 좀 드러누우시지요."

하고는 자리를 피해 주려고 일어섰다. 그 기회를 이용하여 부엌으로라도 나가려 했던 것이다.

그때 그렇게 말이 없던 성욱이도 불쑥 일어서며,

"전 가 봐야겠습니다."

했다.

"저녁을 짓는데 가다니 그리구 집은 서울인가?"

석환이가 손을 잡아끌면서 말했다.

"참, 서울에 어머니가 계시대요."

해야 할 이야기를 깜빡 잊어버리고 있었다는 듯이 명희가 놀라는 듯한 표정으로 말했다.

"우리 짐 때문에 바루 집엘 가지 못했지요."

종태가 미안하다는 뜻을 덧붙였다.

"그래! 거참 미안하게 됐구만. 그렇지만 이왕 온 것을 저녁두 안 먹구 가면 되나."

석환이가 말렸으나 성욱이는 다시 앉지를 않았다.

"다음에 놀러 오겠습니다."

그는 웃었다. 웃는 낯으로 성회에게로 고개를 숙여 인사를 했다.

"저녁이나 잡숫구 가세요."

명희는 성욱의 손목을 잡아끌었다.

"다 됐을 텐데 조금만 앉아 계시지요."

성회도 그렇게 가는 데 불만인 모양이었다. 더구나 아들의 생사를 걱정하고 있을 어머니를 만난다면 한참 동안은 흥분 속에서 눈물을 흘려야 할게다. 그렇다면 언제쯤 저녁을 먹게 되는지도 모를 일이다. 차라리 저녁을 먹고 간다면 마음놓고 이야기를 할 수 있지 않을 것인가.

"그래두 가야 하겠습니다."

성욱이는 결심을 꺾으려 하지 않았다. 먹는 것보다도 무엇보다도 어머니를 만나야겠다는 모양이었다.

"참 고집이 웬간하군요."

누구나 그의 심정을 모르는 것이 아니겠지만 종태는 마치 호의가 무시된 것처럼 섭섭한 표정으로 말했다.

그때 부엌에 있던 성희의 올케가 들어와서 밥이 다 되었다는 것을 말했다. 그러나 성욱이는,

"교통시간 때문에 가야 하겠습니다. 다음에 와서 많이 먹지요. 정말 오늘만은 용서하십시오."

하고 방을 나섰다.

그 이상 더 붙들지를 못했다. 외국에서 같이 온 사람, 더구나 오는 도중에 신세를 질 대로 진 그 사람을 자기 집에다 앉혀 놓고도 물 한 모금 대접 아니하고 돌려 보낸다는 것이 부끄러울 정도로 섭섭했지만 본인의 고집을 꺾을 도리가 없었기 때문이었다.

"아무때나 오지요."

"그래두 약속을 해야지요. 내일 오실 수 있을까요?"

"글쎄요. 별일은 없을 것 같습니다만……."

"그럼 내일 기다리구 있겠어요."

"고맙습니다."

"꼭!"

성욱이는 웃음을 띠고 고개를 끄덕였다.

그들은 섭섭하다는 말을 한 마디씩 빼놓지 않고 인사를 한 뒤 성욱과 작별했다.

"내일 오셔서 이야기도 들려 주세요."

하고 허리를 구부려 인사를 했다.

"네!"

성욱이는 간단하게 대답을 하고 성큼성큼 걷기 시작했다.

방 안에 돌아온 가족들은 한참 동안 서로의 얼굴을 쳐다보고 있었다.

"참 집은 어데라던?"

석환이가 물었다.

"신당정이래요."

명회가 대답했다.

"바루 갔더면 가까울 걸 미안하게 됐구나."

이런 말을 하는 사이에 성희만은 심상치 않은 성욱의 성격을 생각해 보기에 침묵을 지켰다.

명회네 가족을 위한 저녁상이 들어왔을 때 석환이가,

"국경 넘기가 힘들다구 하던데 얼마나 고생들 하였니?"

하고 묻자 이야기는 국경으로 흘렀다.

"만주 국경을 넘기는 도리어 힘이 안 들었는데 삼팔선 국경 넘기가 무척 힘들었어요. 제 나라 땅을 내왕하기에 힘이 들 때가 있을 줄이야 정말 누구나 생각해 봤겠어요."

종태가 말을 꺼내자 명회가 뒤를 받았다.

"만주에서는 뭘 덜 고생했나요. 차에 오르면서부터 기관수를 멕인다 떼도적을 멕인다 조금이나 맘을 놀 새가 없었어요. 성욱 씨가 없었더라면 짐을 하나두 못 가져오구 다 뺏기구 말았을걸, 뭐!"

"그래두 그건 남의 나라니까 분하기가 덜하지만 삼팔선을 넘을 때 일이야 어떻게 잊을 수 있어! 좌우간 삼십 리 길을 밤새 걸었으니까요."

"글쎄 이왕 길을 가르켜 줄 바에야 무엇 때문에 바른 길을 안 가르켜 주고 밤새 산 속을 헤매게 하겠어요. 그런 심보를 가지구 사는 사람들에게 나라와 민족이 어데 있을 겁니까. 해방되었다는 기쁨과 고향에 돌아온다는 기쁨이 어데루 날라가 버리고 내 동포 미운 생각이 들었어요.

삼십 리밖에 안 된다는 길을 밤새 헤매노라니 어떠했겠어요. 산길을 걷다가 미끄러져 넘어지기만 해도 그 넘어지는 소리에 무슨 변이 따라올 것만 같은 조바심이라는 것은 정말 십 년 살 것은 감수했을 거야요. 만주서 떠난 지 보름 동안 하룻밤도 편히 자 본 적은 없지만 화물차 속에서 기침소리를 죽여 가며 만주 국경을 넘던 밤 같은 것은 차라리 야상이었어요."

이런 말을 하는 명회는 무척 분한 모양이었다. 해방된 제 나라라고 찾아온 기쁨이 무엇이냐는 듯이 눈에는 눈물방울이 어리기도 했다.

"그게 일본놈들에게서 배운 버릇이지. 그 놈들은 우리에게 제 동무를 잡아먹는 버릇을 배워 주었거든."

오빠가 위로하는 듯이 말하였다. 그러나 명희는 더 흥분한 어조로,

"난 조선 사람이 미워요. 남을 탓할 게 어데 있어요."

하고는 눈물을 떨어뜨렸다. 피곤한 때문일지도 모른다. 보름 이상을 들에서 또는 화물차 속에서 잠 같은 잠을 한 번도 자지 못하였을 터이니 신경인들 오직 예민해지었으랴!

밤이 그리 깊지는 않았지만 그들은 잠잘 준비를 하였다. 명희네 가족은 뜰아랫방에서 자기로 하였다. 명희도 흥분을 가라앉히고 잠든 어린애를 안으면서 일어섰다. 그러나 성희가,

"언니! 오늘밤만 나하고 자!"

하고 그를 붙잡았다.

성희 방에 누운 두 형제는 손목을 잡은 채 한참 동안 서로의 얼굴만을 쳐다보았다. 그때야 비로소 두 사람만의 감정이 서로 맞붙은 모양이었다.

"언니……."

성희는 금시 울듯했다.

"그새 별일 없었니?"

명희도 울음을 참느라고 눈을 섬벅섬벅하면서 성희의 부드러운 손잔등을 쓸어 보았다.

사 년 전 어머니가 돌아가셨을 때 숨이 막힐 정도로 마음 아프게 울던 성희의 손목을 잡고 그 손잔등을 쓸어 주며 달래던 생각이 번뜻 머리에 떠올랐다. 그러나 그때의 손은 그야말로 부드럽기만 한 소녀였다.

명희는 동생의 손을 왼통 주물러 보았다. 사 년 전과 달리 뼈가 맺혔고 알맹이가 들어 있는 것 같았다.

"성희야! 너두 이제는 다 컸구나!"

동생을 소녀로 대하지 않겠다는 뜻이었을 게다.

"언니두……."

성희 역시 언니에게 말하고 싶은 이야기가 사 년 전 그때의 그런 것과는 다르다는 표정이었다.

“요즘 학교는 쉬겠구나.”

명희는 동생의 이야기를 가장 가까운 데서부터 차근차근히 물어 보고 싶었던 모양이다.

“그럼 배워 줄 사람이나 있어요. 또 배워 준대면 배울 정신이나 있구요.”

“그래두 아무때든 개교를 하는 날이 있겠지!”

“얼마 안 있다가 개교한다는 말두 있기는 하지만 난 어떡할지 모르겠어!”

“모르다니 학교를 그만두면 뭘 하게!”

“참, 언니두 그럼 해방된 나라에서 할 일이 없겠어요. 여성단체는 얼마나 많이 생겼게. 나라가 해방되구 민족이 해방되구 또 여성이 해방되어야 정말 해방이 되는 게 아니에요. 이런 때 일을 아니 하구 저 혼자만 공부를 한다면 전 나라를 위해 부끄러운 일일 것 같아요.”

“글쎄 네가 일을 해야만 여성해방운동이 성공된다구는 말하지 못하겠지.”

“언니두 늙었구려. 그렇게 생각만 하면 누가 발벗구 나서겠수. 나는 요새 마음이 들떠서 매일 거리만 헤맨다우. 그저 수선한 게 집에 붙어 있구 싶지가 않아요. 기쁜지 슬픈지두 모르겠어요. 다만 이제부터 정말 기운을 펴구 살 수 있을 것만 같은 감격에 갈피를 잡을 수가 없어요. 참말 하루바삐 무슨 일이든 손에 잡아야 할까 봐요.”

“나두 어떤 일이든 일을 해 보구 싶은 생각이 든다. 정말 옛날처럼 벌어다 주는 것을 먹구 앉아 있기만 할 수는 없을 것 같아. 그래두 잘 생각해서 결정하도록 하자. 아무래두 여자는 조심성스럽게 행동해야 할 터이니까.”

“조심해야 할 게 뭐유. 우리가 하는 일이 죄 될 게 있을라구.”

“그런 말이 아니라 우리의 성격과 취미 같은 것을 생각해서 실수가 없는 일을 붙잡아야 한단 말이지 뭐!”

“그렇게 망설이기만 하다가는 아무 일두 못해요. 언니두 아직 젊었겠다 팔 걷구 못 나설 게 무에유. 봉건적인 머리를 가지구 노예와 같은 현실에 그대루 만족하는 것이 조선 여성의 대부분이 아니에요. 그런 여성들을 그대루 내버려 둔다는 것은 피가 있는 여자루 차마 할 수 없는 일이거든.”

명희는 피곤을 느꼈는지 하품을 하고 나서,

“그 이야기는 내일 다시 하기루 하구 자자.”
했다.
　성희는 미안하다는 듯이,
“참 내가 맹꽁이야. 불을 끌까.”
하고 일어나서는 전기 스위치를 돌렸다.
　그러나 일 분도 못 가서,
“언니! 만주서는 일본놈들이 어떻게 했수.”
하고 또 말을 꺼냈다. 무슨 말이든 좀더 하고 좀더 듣고 싶어 못 견디겠는
모양이다. 명희도 꼭 자야 할 일은 없다는 듯이 피곤한 사람 같지 않게 이야
기를 시작했다.
　“말 마라. 만주서는 거지 안 된 일본놈이 없단다. 길거리에 너저분한 게
보따리 짊어진 일본놈들이지. 항복하던 날부터 털기 시작하는데 일본 사람
살던 집에야 무엇 하나 남았겠니. 조선 사람들은 손 하나 다치지 않구 곱게
내보냈대더라만 만주 사람들은 철저하게 복수를 했어. 그런 걸 보면 조선
사람이 굉장히 온순한 백성인데 어째서 제 동족들끼리는 고런 얄미운 마음
씨를 쓰는지 도무지 알 수가 없거든.”
　“이제 제 민족을 사랑할 줄 아는 때가 오겠지요. 없기만 한 사람이 남을
생각할 여유가 있나요. 그런데 언니!”
　성희는 잠깐 말을 끊었다가,
“만주에 있는 조선 사람들은 안전한가요.”
하고 물었다.
　“힘없는 나라 백성이 어델 가면 편히 살겠니. 우리두 기차가 제대루 통할
것만을 기다리다가 늦게야 떠났지만 아직 떠나지 못한 사람들이 얼마나 많
게. 떠날래두 여비가 없구 또 떠난대두 조선 와서 먹을 게 있어야지. 어떤
일이 생길지 불안하기 짝이 없지만 어떡하니 먹구 산다는 게 참 힘든가 보
더라.”
　명희는 말을 중단하였다. 그러고 나서는 말하기가 거북스러운지 성희의
이름만 몇 번 부르다가 그래도 알고 나야 시원할 것처럼,

"너 그새 사귄 남자는 없니!"

하고 물었다. 성희는,

"언니두!"

하고 대답을 흐렸으나 갑자기 자기 얼굴이 후끈해 오는 것을 느꼈다.

혼란

다음날 아침 성희는 일찌감치 집을 나섰다.

"언니 다녀올게."

천연스러운 인사였지만 언니의 대답이 어떻게 나올지가 겁난다는 듯이 돌아보지 않고 대문까지 달음박질했을 때 명희도 범연하게,

"빨리 다녀와."

하고 웃었으나 그 웃음 속에는 성희만이 느낄 수 있는 흐뭇한 만족감이 숨어 있었다.

자기의 비밀을 알고도 그 비밀을 지켜 줌으로써 자기 편이 되어 줄 언니를 생각할 때 성희는 마음이 가벼워졌다. 행복을 자기의 행복으로 느끼고 그 행복을 불행으로 뻗지 않도록 힘이 되어 줄 오직 하나의 언니가 아닌가.

여느 때보다도 경수(京洙)를 찾아가는 길에 자신이 생기는 것 같았다.

성희는 걸었다. 하기야 돈암동을 내왕하는 전차가 하루에 겨우 대여섯 번밖에 없으니 타려고 해도 탈 수 없는 일이지만 그렇다고 해서 억지 걸음을 걷는 것은 아니었다. 오지 않는 전차를 기다리느라고 초조한 마음을 가지는 것보다는 차라리 한 걸음 한 걸음 쉴 새 없이 걸어가는 것이 경수를 접근하는데 가장 확실성이 있는 것같이 생각되었기 때문에 그 걸음은 즐거운 걸음이었다. 그러나 그는 될 수 있는 대로 샛길을 걸었다.

창경원을 끼고 휘문학교 앞으로 해서 천도교당을 지나 파고다 공원 뒷길을 걸어서 종로로 나섰다.

관철동 뒷골목에 들어서자 성희는 문득 고향엘 한 번 다녀와야겠다던 경

수의 말이 생각나서 혹시 그새 떠나 버리지나 않았을까 하는 겁이 더럭 났다. 소식 없이 떠났으리라고는 생각하고 싶지 않았지만 하루빨리 내려와서 일을 보아 달라는 고향 친구들의 독촉이 심하다고 걱정하던 경수라 어쩌면 떠났을는지도 몰라 하숙집이 가까워질수록 불안한 마음이 점점 커졌다.

"무에 바빠서 그새 찾아오지를 않았던가?"

성희는 혼자서 자기를 꾸짖어 보았다. 집으로 찾아오지 말라 하고 자기는 만나러 가지를 않았으니 무슨 일이 생겼다 하더라도 그 책임은 응당 자기만이 지어야 할 것이 아닌가. 나지막한 기와집 대문 앞에선 성희의 가슴은 방망이질하듯 두근거리기까지 했다.

"공연한 생각을……."

그는 마음을 들이키며 대문을 열고 뜰 안으로 쑥 들어섰다. 한 칸도 못 되는 작은 방을 셋이나 지나 맨 끝 방 앞에 이른 성희는 발걸음을 멈추고 멀찌감치서 방 안을 들여다보았다. 확실히 경수는 있었다. 그러나 경수만이 아니라 낯선 젊은 여자가 그 앞에 마주 앉아 있지 않은가. 성희는 자기도 모르는 새 움칫하고 한 걸음 뒤로 물러섰다.

성희는 그 여자가 어떤 사람이라는 것을 알려고도 하지 않고 발걸음을 돌이키려 했다. 어떤 여자이든 대하고 앉아 있는 태도로써 심상치 않은 일을 의논하는 것이라 생각되었을 뿐 아니라 경수가 이때까지 이야기한 일이 없는 생소한 사람 앞에 나선다는 것이 어떨지 실례가 되는 듯했기 때문이었다.

왔다 간다는 인사도 아니하고 돌아선다는 것이 섭섭하기는 했으나 한 바퀴 돌아 다시 들리려고 하고 대문간으로 걸어올 때,

"성희 씨."

하고 뒤에서 부르는 소리가 들렸다. 어느 새 경수가 따라나오는 것이었다.

"손님이 오셨군요."

모른 척하기에는 돌이킨 발걸음에 대한 변명이 구차한 것 같아 이렇게 물어 보았을 때 웬일일까, 경수의 얼굴은 술 취한 사람처럼 목까지 붉어졌다. 그리고는 대답을 못하고 입술을 떨었다.

"들어가 말씀하셔요. 뒤에 다시 오지요."

성희는 될 수 있는 대로 냉정하게 보임으로써 아무렇게도 생각지 않는다는 것을 알리려 했다.

"성희 씨."

손목이라도 잡아끌려는 듯이 불쑥 내민 경수의 손이 부들부들 떨렸다.

필시 적지 않은 일이 생긴 모양이다. 말은 못하면서도 당황해하는 얼굴 그리고 아무렇지도 않은 자기를 도망이나 가려는 사람 붙잡듯 하려는 그 황급한 태도가 마치 어떤 잘못을 저지른 사람같이 보였다.

더구나 방 안에 앉았던 여자가 밖으로 나와서 자기들을 물끄러미 바라보고 서 있는 것을 보자 성희는 가슴이 뭉클 내려앉음을 느꼈다.

자기 역시 어떤 죄를 진 것 같은 생각이 불시에 일어났던 것이다.

"안녕히 계셔요."

성희는 여러 사람이 사는 집 뜰 안에서 머뭇거리기가 싫었기 때문에 대문을 뛰쳐 나왔다.

경수가 뛰어와서,

"성희 씨 용서하십시오."

하고 어떡할 셈인지 앞길을 막아 섰다.

"이야기는 다음에 하시지요."

성희는 경수를 물리치고 종종걸음으로 뛰다시피 걸었다. 나중에야 어찌 되었든 우선 그 자리를 피해야만 할 것 같았기 때문이었다. 그러나 경수는 헐떡이면서 다시 쫓아와서,

"오후 한 시 화신 앞에서……."

하고 말을 채 맺지도 못한 채 우두커니 서 있었다.

자기를 죽이겠다는 말이라도 할 수 없었다. 귀담아 듣고 있을 때가 아닌 것만 같아 성희는 뒤도 돌아보지 않은 채 관철동 뒷골목을 빠져서 종로로 나왔다. 그러나 얼마 걷지도 못해서 눈앞이 캄캄해지고 정신이 아찔해졌다. 그는 걸음을 멈추고 정신을 수습해 보려고 하였다. 눈을 감고 허공을 바라보려고 하였다. 그러나 웬일인지 냉정하려는 눈에서 눈물이 쏟아져 내렸다.

성희는 눈물을 닦았다. 지나가는 사람들이 이상한 눈으로 자기를 바라보는 것 같았기 때문이었다. 입술을 잴근잴근 깨물면서 눈을 뜰 수 있는 대로 크게 뜨고 오고가는 사람들의 얼굴에 정신을 기울여 보려 했다. 자기의 감정을 잊어보려는 노력이었으나 그러나 몇 걸음도 못 가서 그 노력은 무너져 버리고 눈앞이 스르르 어두워지면서 눈물방울이 굴러 떨어졌다. 그는 인경 앞에서 발을 멈추고 인경을 보는 척 하면서 눈물을 씻었다. 그리고는 ‘자유롭게 울 수 있는 인경!’ 하고 8·15의 감격을 자기 개인의 감정과 바꿔 보려 했다.

우리의 조상이 만든 인경이지만 우리의 마음대로 울리지 못하던 인경, 녹슬고 목이 가라앉았을는지도 모르는 그 인경이 이제부터는 우리와 더불어 같이 울고 같이 외칠 수 있다는 감격을 자아내려고 하였다.

그러나 스스로 우러나오는 것이 아님에 그것이 감격일 수 없고 감격일 수 없으매 그것이 마음을 흥분하게 할 수가 없다.

자기 감정으로 되돌아오고야마는 성희의 눈은 마주 바라보고 있는 인경마저 흐리게 하였다. 인경의 형태와 그 빛깔과 그 크기까지가 흐려져 마치 짙은 안개 속의 바위처럼 몽롱하게 보였다.

“아무래도 울어야 하겠다.”

그는 울지 않고 못 배길 자기를 잘 알았다. 어디 가서는 실컷 울고서야 마음을 달랠 수 있을 것이라 생각했다.

“어디로 갈까?”

목이 마를 때 물을 찾듯 그는 울 수 있는 곳을 찾았다. 먼 곳은 가는 새가 바쁘다. 그렇다고 사람 많은 곳으로는 가기가 싫어 삼청동 뒷산으로 올라갔다. 급격한 역사적 변동기라 마음의 여유가 없어서인지 민족적 운명이 결정되는 순간이라 개인의 행동을 삼가서인지 그렇게 들끓던 삼청동 공원에는 산보객이 보이지 않았다. 그래도 먹고 살아야만 하는 가난한 여인네와 어린 애들의 나뭇짐이 이따금 보일 뿐이었다.

성희는 숲 속으로 들어가 앞뒤를 살피고 조그마한 바위를 찾아 그 위에 앉았다. 한참 동안 걸어오는 사이에 약간 진정되었던 가슴이 바위에 앉기가 무섭게 다시 터져 나오고야 말았다.

일 년 이상이나 계속해 온 사랑이 결국 거짓이었던가. 그토록 존경해 온 사랑이 자기를 속이고 있었던가 하는 그러한 생각에서가 아니었다. 다만 정성껏 가꿈으로써 아름답게 만들고 있던 화단이 한 줄기의 거센 비바람에 휩쓸리고만 그 폐허 같은 데서 길을 잃고 헤매다가 컴컴하고 깊은 못 속에 빠진 것 같은 막연한 실망이 그를 슬프게 하였던 것이다.

성희는 한참 동안이나 울었다. 우는 동안 그는 누가 보지나 않을까 하는 것은 따위는 생각지도 않았다. 그렇기 때문에 떨어지는 눈물을 닦으려 하지도 않았다.

그러나 한참 뒤에 성희는 눈물이 모자라서가 아니라 무엇 때문에 이렇게도 슬퍼하는가 하는 생각에 자기를 돌아보게 되었다. 하기야 그만큼 울기에 넉넉한 이유가 있다. 순정을 바쳐 사랑하던 그 애정이 배반을 당했다는 것은 울음으로써 해결될 정도의 일이 아니다. 애정의 배반과 성실의 반역 이상으로 뼈아픈 감정이 또 어디 있을 것인가.

그것은 그렇다 치고 그래도 바로 어젯밤 자기의 비밀을 가장 행복스러운 듯이 이야기한 언니에게 스물네 시간도 못 되어 이 사실을 다시 알린다면 얼마나 경박한 여자가 되고 말 것인가? 슬픔과 부끄러움이 합쳐 새로운 증오를 만들어 주었다. 슬픔을 만들어 주었고 부끄럼을 안겨 준 경수가 밉기 시작했던 것이다.

"결국 남자란 자기 본위이던가."

성희는 이러한 말을 생각해 보았다. 그렇게 선량해 보이기만 하던 경수 역시 자기의 비밀을 숨김으로써 새로운 행복을 만들어 보려는 책략가였다는 것이 느껴졌기 때문이었다.

"속이는 마음과 사랑하는 마음을 꼭 같이 가질 수 있을까. 그러한 경우에도 사랑이라 하는 것을 진정한 것이라 말할 수 있을까."

이렇게 생각하니 이때까지의 경수는 참마음으로 자기를 사랑한 것이 아니었다고 단언하고도 싶어졌다.

"사랑에 거짓이 있다니……"

성희는 더 생각하고 싶지 않았다. 생각할수록 분했다. 애정을 모독한 사람, 그는 자기 자신을 모독한 사람이 아닌가.

자기 자신을 모독한 사람에 무슨 미련이 있을 수 있겠는가.

성희는 일어섰다. 망각의 세계에서 새로운 길을 찾는 수밖에 다른 도리가 있을 성싶지 않았다.

그러나 그 순간 어쩔 줄을 모르며 뒤따라오던 경수가 눈앞에 보였다. 자기보다도 더 슬퍼하던 경수의 얼굴이 그를 다시 바위 위에 주저앉게 하고야 말았다.

"용서하십시오."
하던 말이 귀에 떠오르며,

"오후 한 시 화신 앞에서……."
하던 말까지가 똑똑하게 들리는 듯했다.

'어찌할까?'

'이미 결정난 문제니까 다시 만날 필요가 없지.'

이렇게 자문 자답을 하고 있을 때,

'이야기도 들어보지 않고 결론부터 내린 것이 경박한 일은 아닐까.'
하는 힐난의 말이 떠올랐다. 그는 시계를 들여다보았다. 이미 한 시가 가까웠다.

돌이켜 생각할 때 경수에게 거짓이 있을 것 같지는 않았다.

언젠가 자기 집이 넉넉지가 못하다는 말을 하던 끝에,

"그 조건으로 성희가 행복스럽지 못할 것 같이 생각한다면 성희 씨의 행복을 위하여 나는 내 슬픔을 사양치 않겠소."
하고 오로지 자기의 행복만을 생각하던 경수가 아니었던가. 그러한 경수가 일시의 애정을 얻기 위하여 자기를 속였을 리가 만무할 것 같았다. 경수와 자기와의 애정을 훼방하기 위한 어떤 여자의 장난이거나 그렇지 않으면 혼자의 짝사랑을 토설하고 싶어하는 볼썽사나운 여자의 발악에 혼자 놀란 것이 자기가 아니었던가. 이렇게 생각하니 표독한 표정으로 경수를 괴롭힌 자기가 죄를 지은 듯이 괴롭기도 했다.

그러나 그렇다면 경수는 무엇 때문에 떳떳하지를 못하고 괴로워하였을까, 아무래도 마음속에 켕기는 데가 있기 때문이었을 게다.

"만난다 해도 마음이 진정된 뒤에 만나지."

그는 혼자서 이렇게 결정을 지어 보았다. 그리고 마음을 잡고 집으로 가리라 생각했으나 일이 그렇게 되었다고 해서 만나지도 않는다면 도리어 자기가 비겁한 것이나 아닐까 하는 겁이 들었다.

변명이든 무엇이든 하고 싶다는 말을 들어 주지도 않고 혼자서 속단을 내린다는 것은 결국 자기가 경수에 대한 애정이 적었다는 것을 말하는 것 같기도 했다.

성희는 일어서서 바쁜 걸음으로 걷기 시작했다. 그를 만나는 것이라 생각하니 자연 시계를 보게 되었고 또 혼자서 기다리고 있을 경수의 모습이 눈앞에 떠오르기도 했다.

숨찬 걸음으로 걸었으나 약속 시간보다 오 분이 늦었다.

"늦어서 미안합니다."

힘들지 않게 찾아낸 경수 앞에서 우선 머리를 숙였다.

그러나 경수는 고개를 떨어뜨린 채 대답이 없다. 그냥 내버려 두면 종일이라도 꼿꼿이 서 있을 것 같았다.

"어데든 가시지요."

가장 냉정한 태도로 성희가 말을 꺼냈다.

"네!"

간단한 대답 뒤에 경수가 걷기 시작했다. 성희는 그의 뒤를 따랐다.

경수의 뒤를 따라 인왕산까지 오르는 동안 성희는 무엇을 생각했는지 모른다. 나무 그늘 밑 잔디밭 위에 앉아서,

"용서하십시오."

하는 말이 나왔을 때에야 공연히 왔구나 하는 생각에 자기 자신이 놀랐다. 차라리 '아까는 왜 그렇게 신경질을 부렸지.' 하고 자기를 꾸짖는 말이 나왔던들 후회하는 마음이 생기지 않았을 것이고 또 두 번째의 눈물도 흘리지 않았을 게다. 불현듯 그의 눈에서는 다시 눈물이 떨어졌다.

성희의 눈물에 다시 말문이 막혔는지 경수가 뒤를 잊지 못하고 묵묵히 앉아 있을 때,

"말씀하세요."

하고 성희가 독촉을 했다.

그는 이미 눈물을 닦고 높은 가을 하늘을 쳐다보고 있었다.

덤덤히 떠도는 흰 구름에 마음을 맡기고 냉정해지려는 성희였다.

"내가 미처 말을 못 한 것이 있었어요."

경수는 힘들게 입을 열었다. 그러나 성희는 자기가 생각했던 것이 틀림없이 맞아 들어감을 느끼자 '그만둬요.' 하고 발악을 하고 싶었지만 다시 두 번 눈물을 흘리는 얼굴을 보이고 싶지가 않아 입술을 깨물면서,

"부인이 있다는 이야기 말이죠."

하고 앞질러 버렸다.

"네!"

경수는 또 헤식은 대답을 했다. 그리고는 고개를 떨어뜨렸다.

"그럼 저를 어떻게 할 작정이었든가요?"

"………"

"유희였구만요!"

"………"

"오늘 만나시잔 목적은 무어지요? 거짓에 대한 변명은 이미 때가 늦지 않았을까요?"

"무엇이라고든 마음대로 하십시오. 그렇게 간단하게 처리할 생각이라면 내 말이 변명 이상으로 귀에 들어가지 않을 테니까……."

경수도 성희의 냉혹한 태도에는 반항하고 싶어진 모양이었다.

"애정과 거짓은 말만으로 합리화되지 못하니까요. 거짓으로 출발한 사랑이었다는 기억을 머리에 새겨 두고 싶지 않습니다."

"마음이 통하기 전에는 일부러 결혼했다고 사실을 광고할 수가 없는 일이고, 그 뒤 애정을 느낄 때는 그 애정으로 말미암아 시들어진 가정 이야기를 꺼낼 수가 없는 것이고, 말하자면 자연히 알려지지 않는 사실이라 말할

기회가 없었던 것이지요. 말을 못한 것과 거짓을 꾸민 것과는 서로 다른 점이 있지 않을까요.”

“결과로는 괴로움이 있으리라는 것만은 모르셨다고 말하시지 못하겠지요.”

“그 괴로움이 오기 전에 문제의 해결을 지려고 했던 것입니다.”

“자기 혼자의 희망을 남에게 부담시키는 것은 양심 없는 사람의 자기 본위예요.”

“결혼한 지 칠팔 년이 지나도록 한 번도 즐거움을 몰랐습니다. 조혼해서 오는 비극만이 아니라, 생리적 불쾌감이 그와의 부부생활을 단념하게 한 지 오랬습니다. 이것은 부모까지도 이해하는 일이기 때문에 용이하게 해결될 것으로 믿었지요. 그래서 성희 씨에게 이야기 아니한 것은 속이기 위한 거짓이 아니었다는 것만을 알아 주십시오.”

이런 이야기를 하면서도 경수는 얼굴을 성희에게 돌리지 못하고 멀리 서울 거리만 바라보고 있었다.

성희는 생각해 보았다. 사랑하기 때문에 필요 없는 것을 숨기는 마음을 자기도 자기 아버지에 대한 비밀을 경수에게 말해 본 적이 없다. 그것은 결국 징용을 피하기 위하여 고향을 떠나 친척집 상점 사환으로 숨어 사는 불안한 경수에게 독립군으로 지내다가 만주에서 죽었다는 아버지의 무시무시한 이야기로 충격을 주고 싶지 않았기 때문이었다.

아무리 악독한 일정(日政)이라 해도 아버지의 뒤를 잇는 사람이 없는 가족들에게 해를 끼칠 일이야 없을 것이지만 그래도 공연한 말을 해서 안 들은 것만 같지 못하게 자기 가족들에 대한 불안을 주고 싶지 않은 단순한 마음에서였던 것이다.

그렇지만 경수의 경우는 사랑과 직접 관련 있는 것을 숨긴 것이 아닌가.

성희는 혼자서 고개를 흔들었다.

아무렇게 되었든 더 길게 이야기가 하고 싶지 않았기 때문이었다.

“시골 가신다던 것은 중단하셨나요?”

말머리를 돌렸다.

경수는 아무 대답도 아니했다.

그러나 상회는 다시 그 거북스런 이야기를 되풀이하지 않으려고 화제를 만들기에 애썼다. 자기나 경수가 꼭 같이 흥분되어 있는 지금 해결지을 수 없는 이야기로 열을 올릴 필요가 없다고 생각할 만큼 냉정해졌는지도 모른다.

"사람이 부족할 텐데 고향으로 가서 일을 하셔야 하지 않아요."

"고맙습니다. 그러나 그것은 내게 맡기십시오."

"물론 잘 생각해서 하시겠지만 이런 때 나라를 위해 일하지 않구 언제 하겠어요. 더구나 박 선생 같으신 경우에는 그러한 일이 마음을 진정시켜 주는 약이 될지두 모르지 않아요."

성희는 자신이 생각해도 지나치게 대담한 태도였다. 감정의 동요가 조금도 없는 듯 냉정한 말씨에 경수는 정신을 수습치 못하여 입을 열지 못했다.

성희는 일어서면서,

"오늘은 이만하구 가십시다. 다음에 또 만날 기회가 있겠지요."
하고는 경수가 일어서기를 기다렸다.

"한 번만 더 만나십시다. 그이두 오늘 아니면 내일쯤 내려갈 겁니다."

경수도 이 날은 더 이야기할 수 없을 것을 깨달은 모양이었다. 그러나 하고 싶은 말을 다 하지 못한 게 무척 안타까웠든지 앉은 자리에서 쉽사리 일어나지를 못했다. 아내도 자기 몸에서 악취가 나는 것을 알고 있기 때문에 앞으로의 문제가 힘들지 않게 해결될 것이라는 것 그리고 이번의 상경으로 말미암아 도리어 일은 빨리 처리되리라는 것 등을 말하고 싶었을 것이다.

그러나 흥분한 나머지 가을바람처럼 쌀쌀해진 성희를 잘못 건드릴까 두려워 그도 드디어 일어서고야 말았다.

경수와 헤어져 집으로 걸어오는 성희는 땅 속으로 스며들어가는 듯한 피곤을 느꼈다. 창경원 돌담을 끼고 명륜동으로 돌아가는 길가의 가로수 밑에서 그는 심호흡을 해 보았다. 플라타너스의 푸른 나뭇잎 아래에서 산소를 흡수하고 그 대신 가슴에 가득 찬 가스를 내뿜음으로써 피곤을 풀어 보려는 마음에서였다. 그러나 그런 경우에는 종교적 신앙과 마찬가지로 과학적 노력도 효과를 나타내지 못하였다.

길은 빤히 내다보이건만 어째서 그렇게도 멀 수가 있을 것인가. 아무리 걸어도 끝이 없는 것 같았다. 병들어 기진한 사람처럼 한 걸음이 더 무거워만졌다.

겨우 혜화동 로터리에까지 왔을 때 성희는 과일점 앞에 멈칫 섰다. 과일을 고르는 척하고 한참 동안 쉰 다음 과일봉지를 들고 다시 걷기 시작하였다.

내왕이 복잡한 거리에서 환자와 같은 걸음을 걷기가 싫어 용기를 부쩍 내어 보았다.

그리고 언니에게 보고할 이야기를 속으로 준비해 보았다. 아무리 가까운 언니라 해도 보고 들은 대로를 말할 수 있을 것 같지 않았기 때문이었다. 우선 자기의 마음을 정리하고 자기 태도를 결정한 뒤에야 말하는 자기에게 흔들림이 없어 보일 것이 아닌가. 흔들리고 어지럽기만 한 지금의 마음으로 그 이야기를 꺼낸다는 것은 결국 자기가 자기를 주책없는 사람으로 만드는 것밖에 없다.

"아무 일도 없었던 것처럼 꾸며야지!"

그는 속으로 중얼거렸다. 그러나 속마음을 깨물어 보고 비웃는 웃음을 웃으면 어떻게 하나 하는 생각이 들 때 온몸에 소름이 끼쳤다.

"차라리 처음부터 솔직하게 말하는 것이 정직하지 않을까."

이렇게 돌이켜 생각도 해 보았다. 그러나 그는 금시 고개를 흔들었다. 자기가 자기의 마음을 모르면서 어찌 그 이야기를 꺼낼 수 있는가 하는 자책이 머리를 스쳐 갔기 때문이었다.

사실 그는 자기의 마음을 몰랐다. 경수를 진심으로 미워하는지 그렇지 않으면 사랑하는 마음을 지니고 있는지, 또 미워하여야 할 것인지 미워하지 말아야 할 것인지도 몰랐다. 그래서 동소문 고개를 넘어 삼선교를 지나 돈암교까지 걷는 동안 성희는 언니를 속아 넘어뜨릴 계교만을 궁리했다.

대문 안을 들어서서 방 안으로 들어갈 때 그의 걸음은 조금도 피곤한 사람 같지가 않았다. 언니가 따라오며,

"재미 봤니?"

하고 웃을 때도,

"응. 저, 이거 그이 시골서 가져온 것이라는데 먹다가 가져 왔수. 하나 들어 봐, 참 맛있어."

하고 전보다도 명랑하게 떠들어댔다.

명희는 사과주머니를 받아들고 동생의 행복을 만져라도 보고 싶다는 듯이 성희의 얼굴만 바라보다가,

"그이가 몇이라지?"

하고 물었다.

"스물여덟! 나보담 칠 년 위!"

성희는 글자를 읽듯 마디마디에 힘을 주어 대답했다.

"아직까지 결혼을 안 했으니 자유스런 집안이구만."

이러한 언니의 말이 떨어지기도 전에 성희는,

"그럼! 그의 아버지는 동경 유학생이라던데……."

하고 들어 본 적도 없는 거짓말을 꾸며댔다.

"나두 한 번 봤으면……."

"안 돼! 그랬다가 언니 맘이 달라지면 큰일나게……."

"계집애두 환장했나!"

"누가 알우. 마음이라는 게 돌덩이처럼 생긴 건 줄 아슈? 바람에 따라 파문 일어나는 물결과 같은 건데 뭐."

"망할 것 같으니."

"참 우리 언니지. 언니야 그럴라구. 다음에 만나게 할게, 한 번 만나 줘, 응."

성희는 자기의 마음을 엿보이지 않으려고 무척 애를 썼다. 자기가 생각해도 그런 말이 어떤 모퉁이에 있다가 뛰쳐 나왔는지 모를 만큼 생각도 못했던 말들이 신기할 정도로 그것도 아주 자연스럽게 나왔던 것이다.

그러나 자기의 본심과는 거리가 너무나 먼 그 꾸밈수에 염증을 느낀 것은 누구보다도 자기 자신이었다. 남을 속이기 전에 자기를 속이고 만 그 거짓을 더 계속할 기력이 없어서,

“언니 밥 다 됐수?”

하고 배고픈 기색을 보였다.

“응! 다 됐어! 점심을 못 먹었나 보구나.”

언니가 이런 말을 했을 때 성희는 비로소 자기가 점심도 못 먹은 것을 깨달았다. 그러나 점심도 못 먹고 돌아다녔다는 말을 하기가 싫어서 ‘점심은 먹었어도 배가 고파.’ 하고 또 거짓말을 했다.

그러나 그 말이 입 밖으로 떨어지기가 무섭게 ‘아 참 점심두 못 먹었어.’ 하는 말이 다시 뛰쳐 나오려고 했다. 점심도 잊어버리고 울기만 했다는 말을 그대로 고백하고 다시 울고 싶었던 것이다. 무엇 때문에 언니를 속이기만 하여야 하는가 하는 생각이 또다시 그를 슬프게 했기 때문이었다.

그리고 참던 바람에 끝까지 참으면서 자기의 약점을 보이지 않으려고 그는 입술을 깨물었다.

“빨리 밥상을 차릴게……..”

명희는 시장한 동생을 위하여 부엌으로 나가려 했다. 바로 그때였다. 뜰 아랫방에서 종태의 목소리가 들려 왔다.

“여보, 성욱 씨가 왔수…….”

언니는 ‘네!’ 하고 바쁘게 방을 뛰쳐 나갔으나 성희는 옷을 갈아입으며

“아무도 만나지 않으리라.”

하고 혼자 중얼거렸다.

책상 앞에서 두 손으로 턱을 고이고 앉은 성희는 앞으로 걸어갈 자기의 길을 생각하고 있었다.

미지수의 미래가 가로놓인 허허 벌판에서 어떤 길을 골라야 헤매임이 없고 괴로움이 없이 걸어갈 수가 있을 것인가 하는 것이 걱정되었다.

사회에 나선 것도 아니지만 지각이 생긴 뒤 내디딘 첫걸음이 결국 실패였다는 것을 생각할 때 장래의 앞길이 순탄하지 않을 것만 같은 불안이 더욱 커졌다. 따라서 사회를 위하고 민족을 위해서 일해야겠다던 막연한 생각이 움칠 움칠 뒤로 물러서는 것 같았다. 사회에 나가는 날이 빠르면 빠를수록 상상도 할 수 없는 괴로움이 그만큼 빨리 자기를 잡아삼킬 것 같았기 때문이었다.

"사회에 나가는 때를 길게 하고 또 그 날을 위한 준비를 튼튼히 하기 위해서 공부를 계속하는 수밖에……."

그는 이러한 결론을 내려 보았다. 그러나 결국은 오빠의 말을 따르는 것에 지나지 않음을 생각할 때 어쩐지 올바른 생각 같지가 않았다.

민족 운동에 몸을 바친 아버지의 아들이면서도 돈만 아는 의사로서 만족하는 오빠를 옳게 생각지 않는 마음에서인지 오빠의 말을 따른다는 것이 무조건하고 유쾌하지 않은 성회였었던 것이다.

"그러면……."

하고 딴 길을 생각해 보려고 할 때 명희가 걸어와서,

"너 손님하구 이야기 좀 하렴…….내 밥상을 가져올게……."

하고 뜰아랫방으로 가기를 청했다.

"피곤해서 곧 잘래요. 밥 먹고 싶은 생각두 없구……."

성회는 똑 잘라 말했다. 손님이라고 하지만 자기를 찾아온 손님이 아닐 뿐더러 경수에게서 받은 홍분이 사라지지 않은 마음으로 딴 남자를 대하여 불쾌를 주느니보다는 차라리 만나지 않음이 좋을 것 같았기 때문이었다.

"애두 어쩌면 그러니?"

명희가 나무람 비슷이 말했으나 성회는,

"언니, 다음에 오면 언니 얼굴 깨지지 않도록 잘 대접할게. 오늘만은 내버려 둬……."

하고 하소연 같이 응석을 피었다. 그리고는 안방으로 밥상이 들어오기를 기다려 숟가락을 들었다.

마주 앉았던 오빠가,

"오늘 매부하구 가서 그 일본집을 얻기루 하구 왔다. 그 집이 없었더면 매부네가 큰일날 뻔했는데 참 잘 됐거던."

하고 어제 저녁 말하던 일본집 이야기를 꺼냈다.

성회는 대답을 아니했다. 잘 한 일인지 잘 못 한 일인지를 생각하고 싶지도 않았다. 그러한 일도 자기와 하등 관계가 없는 딴 세상일 같았기 때문이었다.

새 무덤

　다음날 아침 명희가 성희 방으로 와서,

　"너 오늘 나하구 산보 안 갈래."

하고 물었다.

　여독이 풀려 거리 구경도 해 보고 싶을 것이려니 생각하고,

　"마음대루……."

하고 대답했다.

　그러나 옷을 차려입고 나설 때 명희가 어린애들을 달래며 떼어 놓는 것을
보자,

　"왜 애들을 안 데리구 가요?"

하고 묻지 않을 수 없었다.

　"귀찮아서……."

　명희의 대답이었다.

　"언니두……."

　성희는 조카들을 데리고 가자고 말하고 싶었으나 그때 언니는 벌써 대문
께까지 걸어가고 있었다.

　명희는 아무 말 없이 전차 종점 정류장으로 걸어갔다. 성희도 말없이 따
라서 갔지만 전차 사정을 모르는 언니에게 알리지 않을 수가 없어서,

　"전차는 못 타요. 걸어갑시다."

하고 멈춰 섰다. 그러나 명희는 그의 손목을 잡아끌며,

　"오늘은 나만 따라와."

하고 정류장까지 끌고 갔다. 정류장은 정류장이지만 줄지어 기다리는 수많
은 사람을 건너 바라볼 수 있는 그러한 위치에서 걸음을 멈춘 명희가 성희
의 손목을 놓고 사면을 살펴보는 것이 누구를 기다리는 눈치였다.

　무슨 계획이 있는 것이라 눈치챘기 때문에 긴말을 물어 보지 않고 언니의
시선만 살피고 있었을 때 성희는 시장골목으로 걸어오고 있는 성욱이를 발
견했다. 그는 가슴이 내려앉는 소리를 들었다.

성욱과 자기와의 관계를 만들어 주려는 언니의 계책이 자기도 모르는 사이에 진행되고 있었다는 생각이 번갯불처럼 머리를 스치고 지나갔기 때문이었다. 자기에게는 아무 말도 아니하고 알지도 못하는 남자와 공모하는 언니였던가 하는 생각이 어쩐지 가슴을 떨리게도 했다.

그러나 자기 발 앞에서 걸음을 멈추고 캡을 벗어 인사하는 성욱에게 얄궂은 얼굴을 보일 수가 없어서,

"어젯밤은 실례했습니다."

하고 도리어 지난 밤 성욱이를 만나 주지도 않은 자기를 사죄하였다.

"천만의 말씀입니다."

성욱이는 범연하게 인사를 하고 명회 앞으로 가서 머리를 긁었다. 그 머리 긁는 표정이 몹시 어색하게 보였다.

"그럼 가 볼까요."

명회는 성욱의 어색한 표정을 없애려고 생각할 여유를 주지 않으려 했다. 즉 성희에게 따라오라는 눈짓을 하고는 몸을 돌이켜 걷기부터 시작했던 것이다.

성욱이는 할 수 없이 캡을 다시 쓰고 따라섰다. 성희 역시 어쩐 영문인지도 모르는 그들 뒤를 쫓았다.

"빨리 가요."

하는 언니의 독촉 말이 성욱에게도 자기의 따라옴을 말리지 않았던 것 같으나 어쨌든 나선 길이니 할 수 없었다. 그들은 미아리 고개를 넘고 있었다.

고개를 넘어 동리가 있는 구부러진 길에 이르기까지도 어디를 목표로 간다고 하는 말을 들려 주지 않았다.

성희는 낯선 남자 앞에서 물어 보기도 안되어 혼자서 생각해 보았다.

언니가 성욱이와 단 둘이서 만나기로 약속은 했었지만 역시 자신을 경계하기 위하여 자기를 끌고 온 것이 아닐까.

그렇지 않으면서 성욱이의 감정이 언니에게로 쏠리는 듯한 눈치를 채고 그 감정을 자기에게로 넘겨 주려는 뜻이나 아닐까. 만약 그렇지도 않다면 결국 성욱이와 자기를 가깝게 만들어 주려는 생각일 것이다.

이렇게 생각하니 더구나 어디로 가는 거냐고 물을 수가 없었다.

세 사람은 모두가 입을 닫은 채 걸었다. 성희와 꼭 같이 모두가 자기대로의 생각에 잠겨 있는 것 같았다.

마을 어귀에 들어서서 그 총총한 미아리 공동묘지를 한 번 바라보던 명회가 처음으로 입을 열고 발을 멈추었다.

"앞서지요."

성욱의 뒤를 따르겠다는 뜻이었다. 성욱이는 시키는 대로 앞장을 서서 걸었다. 몹시 침착한 걸음이었다. 어떻게 보면 내키지 않는 걸음도 같았고 어떻게 보면 깊은 명상 속에 잠긴 걸음도 같았다.

성희는 보기만 하는 역할을 맡은 것 같이 무엇이라고 물을 수는 없었지만 수수께끼 같은 일에 점점 의아한 생각이 들었다.

성욱이는 공동묘지로 가는 길로 접어들었다. 분명 무덤을 찾아가는 모양이었다.

'누구의 무덤일까?'

'그새 어머니가 돌아가셨나?'

이렇게 혼자서 생각을 해 보았으나 어머니 무덤을 찾아가는 길이라면 자기네들 가족보다도 성욱이네 가족이 앞장을 서야 할 것이 아닌가.

공동묘지에 들어서자 성욱이는 한참 동안이나 헤맸다. 분명 자기가 없는 사이에 죽어 묻힌 무덤을 찾는 모양이었다.

"저기두 새 무덤이 하나 있구만요."

왔다갔다 하는 성욱이에게 손가락으로 붉은 무덤 하나를 가리키는 명회만은 누구의 산소를 찾는 것이라는 것을 아는 모양이다.

성욱이는 명회가 가리킨 곳으로 뛰어갔다. 그러나 금새 되돌아와서는,

"이 근방은 이 근방인데."

하고 한숨을 내쉬었다.

"비석도 세워 줄 사람이 없겠지."

명회가 먼발치의 수없는 무덤을 바라볼 때,

"저 편으로 가 보고 오지요."

하고 성욱이가 남쪽 언덕으로 달려갔다. 한참 동안 미친 사람처럼 덤벙덤벙 뛰어다니던 그가,

"여기 있습니다."

하고 이 쪽을 향해 고함쳤다.

명회 형제는 성욱이 있는 곳을 향해 걸었다.

성희는 언니가 모든 일을 잘 알고 있는 것이라 생각하면서도 언니가 말하기 전에 먼저 묻고 싶은 생각이 없어서 그때까지도 모른 척 뒤만 따랐다. 그러나 무덤 앞에 설 때까지도 무덤의 주인을 모른다면 무덤에게 실례된 일을 할지도 모를 것 같은 마음이 들어,

"누구 산소지요?"

하고 간단히 물었다.

"글쎄!"

명회는 대답을 흐렸다. 차차 알 수 있다는 뜻인 것 같이 들리기도 했다. 그러나 이까지 끌고 와서 아직도 숨긴다는 것은 자기를 너무나 무시한 것이라 생각되어,

"그럼 난 먼저 내려가지! 저 길가에서 기다릴게요!"

하고는 몸을 돌이키려 했다.

"애두! 이까지 왔다가 혼자 갈 테야!"

명회가 성희를 붙들었다.

"알지두 못하는 무덤에서 울까."

"너더러 누가 울라던?"

"무덤을 찾는 사람은 우는 마음을 가져야 하잖어요."

"그럼 내 말하지. 저!"

하고 명회가 다시 입을 열려고 할 때 그들은 서로 눈을 마주쳤다. 그 순간 그들은 머리를 떨어뜨리고 무덤 앞에서 있는 성욱이를 또 꼭같이 보았다. 그래서 꺼냈던 말도 끝맺지 못한 채 걷기만 했다.

성욱이가 서 있는 무덤 앞에 이를 때까지 성희는 상갓집에 들어간 것처럼 영문도 모르는 침울을 느꼈다. 그러나 그 무덤 옆에 꽂히어 있는 네모진 나

무 팻말을 볼 때 그것이 비록 성욱이에게는 슬픈 일일는지 모르지만 성희에게는 도리어 궁금하던 생각을 해결지어 주는 데 개운한 마음이 들었다.

'정순길의 무덤'(鄭順吉之墓)이라고 진한 먹글씨로 씌어진 팻말이 성욱이에 대한 지식을 말해 주는 것 같기도 했다.

'전쟁에 나간 사이에 마누라를 잃었으니 슬프기도 하겠지.'

이렇게 혼자 생각하면서도 얼굴마저 보지 못한 시체 앞에 절하기가 안되어 그저 묵묵히 서 있으려니 명회가 무거운 공기를 거둬 버리려고나 하는 듯이 말을 꺼냈다.

"그렇게 된 지가 얼마나 된다구요?"

"한 열흘 지났답니다."

대답하는 성욱이의 목소리가 감기 들린 사람처럼 코에 걸렸다. 아마 눈물을 흘리고 있는 모양이었다.

"조금만 더 참았더면 이렇게까지는 안 되었을걸! 오죽 괴로웠으면 제 손으로 그런 짓을 했겠소만……."

명회도 눈물이 나오는지 말끝을 흐리어 버렸다.

성희는 또다시 머리가 흐려졌다.

'그러면 마누라 되는 여자가 자살을 했단 말인가.'

이런 생각을 하니 무엇 때문에 수수께끼 같은 무덤에까지 따라왔던가 하는 후회가 났다.

정말 싫었다. 젊은 남자의 자살한 마누라 무덤을 찾아봐야 할 의무가 어디 있는가. 죽은 이유는 둘째로 하고 어쨌든 불쾌한 일이었다.

언니도 언니려니와 자기 혼자만이 슬퍼해야 할 곳에 아무 관계도 없는 사람을 둘씩이나 끌고 온 성욱이의 마음을 알 수가 없었다. 마누라가 죽었다는 사실을 알림으로써 동정을 구하겠다는 행동이라면 그는 죽은 사람에게 너무나 불성실한 사람이다.

그렇지가 않고 혼자의 슬픔에 벅차 힘이 되어 줄 사람을 고른 것이라면 자기 자신에 대해서 비겁한 남자이다.

알지도 못하는 일에 관여하기가 싫어서 아무 말도 입 밖에 꺼내지 않았지만 동정하는 생각보다 불쾌한 생각이 앞서 빨리 돌아가고만 싶었다.

"유서 같은 건 없었나요."

명희가 손수건으로 눈물을 닦고 나서 또 말을 꺼냈다.

"그런 것은 없대나 봐요."

침통한 얼굴이었으나 될 수 있는 대로 냉정해지려고 애쓰는 성욱이의 대답이었다.

"좀 앉아서 이야기나 하다 가십시다."

명희가 성욱이만을 보며 성희의 존재는 잊어버린 듯이 말했다.

"네!"

성욱이가 먼저 무덤 앞 붉은 흙 위에 앉았다.

성희는 뒤따라 앉으려는 언니를 흘기는 눈으로 보며 빨리 돌아가기를 재촉하였으나 명희는 그것을 보고도 못 본 척 주저앉았다. 슬퍼하는 사람에게 불쾌한 얼굴을 보이기가 싫어서 성희도 할 수 없이 언니 옆에 앉기는 하였지만 조마조마하였다.

그러나 명희는 그러한 성희를 완전히 무시하듯,

"그래두 그 원인을 좀더 알아봐야 하지 않아요."

하고 침울한 어조로 말했다.

"글쎄요."

"병을 비관했다면 성욱 씨의 소식을 좀더 기다려 보지 않았을까요? 해방으로 전쟁에 나갔던 사람들이 다 돌아올 때 그런 일을 했다는 건 좀 이상해요!"

"글쎄요."

"그리고는 전쟁에 나가시기 전에 약혼이라두 해 두시질 않구……."

"글쎄요."

성욱이의 대답은 그저 '글쎄요.'뿐이다. 수그린 얼굴을 전혀 들지도 못했다. 아픈 가슴이 뻐근하여 무엇을 생각할 기력도 없는 모양이었다.

성희는 또 새로운 사실에 자기도 모르는 새 성욱이 편을 보게 되었고 또,

"그럼 결혼두 안 했댔구만요."

하는 말을 언니에게 묻기까지 했다.

"글쎄 말이야. 약혼두 하기 전에 자살을 했다지 않니! 참 불쌍해!"

명희는 그야말로 남의 일처럼 이야기했다.

"내려가시지요."

성욱이가 고개를 들었다. 자기 때문에 두 사람씩이나 침울한 공기에 잠겨 있었음이 미안했던 모양이다.

"그럼 일어설까요."

명희는 그만한 정도로 무덤을 떠나는 것이 좋을 성싶어 몸을 일으켰다.

성희는 자기의 마음을 알고 그 지리한 시간을 단축시켜 주는 듯한 그들에게 고마움을 느끼며 누구보다도 재빠르게 일어섰다.

"자, 가십시다."

명희가 아직도 일어서지 않은 성욱이를 재촉하였다.

"네!"

성욱이도 일어설 듯 대답을 하였으나,

"저 먼저들 내려가시지요. 전 좀 뒤에 가겠습니다."

하고 명희와 성희를 쳐다보았다.

혼자서 실컷 울기라도 하고 싶다는 그러한 얼굴이었다. 조금만 건드리면 터지고야 말 듯한 부푼 고무풍선처럼 긴장된 얼굴빛이었다.

"다음에 또 오시지요."

명희는 내버려 두고 혼자만 갈 수가 없다는 듯이 말하였으나,

"글쎄요."

하는 성욱이는 자기의 마음을 혼자서 결정지을 수가 없어서 망설이고 있다는 태도였다.

성희는 이러할 때 자기의 말이 가장 필요할 것을 느꼈다.

"다음에 또 오시지요."

언니가 한 말을 그대로 옮겼으나 아직 서먹서먹한 사이인 자기의 말이라 듣는 사람의 마음을 움직이는 데는 명희 이상의 효력을 가질 것이라고 생각했다.

"가십시다. 미안합니다."

성욱이도 단념을 하였는지 시원스럽게 일어섰다.

그들은 말없이 걸었다.

"너무 깊이 생각지 마십시오. 잊어버려야 할 것을 하루바삐 잊어버리는 것이 새 길을 걸어가는 데 가장 필요한 요소일 겝니다."

명회가 위로의 말 비슷하게 말했다.

그러나 성욱이가 대답할 리 없었다.

"죽은 사람이 불쌍하기는 하지만 산 사람은 자기가 사는 데 필요한 것만을 그 죽은 사람에게서 받아들여야 하지 않을까요?"

염불과 같은 소리일 줄 알면서도 명회는 또 말하지 않을 수 없었다. 비록 사람은 셋이라 할지라도 말할 수 있는 사람은 자기뿐이었으니까.

"그러세요. 될 수 있는 대로 빨리 잊어버리세요."

명회는 성욱이의 마음을 달래 주려고 애썼다. 그러나 성욱이는 자기 마음에 성을 쌓고 있는지 그저,

"글쎄요."

할 뿐인 빈 대답도 할 생각을 아니했다.

성희는 위로의 말이나마 건드릴 수 없는 처지라 침묵 속에서 그들의 뒤를 따를 뿐이었다. 그러나 성욱이는 자기의 슬픔을 얼굴에나마 나타낼 수 있는 자유가 있으되, 자기에게도 죽음에 못지않은 슬픔을 가지고도 그 슬픔을 눈썹에도 나타내지 못하고 있음을 생각하고 있었다.

차라리 죽음은 체념을 줄 수 있는 것으로 그것은 모든 기억을 아름답게 만들고 또 해결짓지 못한 문제를 미련의 세계로 몰아 넣는 힘을 가지고 있을 것이다. 그렇기 때문에 추한 것까지도 미화(美化)시킬 수 있는 것이 죽음일 것 같았다.

미화시킬 수 있는 괴로움이란 사회에서도 떳떳하고 그렇지 못한 괴로움은 확실히 학대를 받고 있다.

그렇다면 자기의 괴로움이란 떳떳치가 못하고 그늘 속에 숨어서 느끼기만 하여야 할 종류의 것이 아닌가.

성희는 괴로움 속에서도 가장 불우한 괴로움을 느껴야 하는 자기를 생각할 때 소녀처럼 씩씩하게 자라야 할 희망의 싹이 가위로 잘린 듯한 불행을 눈앞에 보는 듯했다.

그렇게 생각해서 그런지 자기 감정 속에서 헤엄쳐 나오지를 못하여 침울한 얼굴을 하고 말 한 마디를 못하는 성욱이를 볼 때 그가 무척 나이 어린 소년 같았다.

따라서 그만한 감정도 누르지 못하는 소년에 비하여 자기는 나이 든 어른 같이 생각되기도 했다.

돈암정 정류장을 지나 신설정으로 빠지는 길에 와서야,

"공연한 수고를 끼쳐 미안합니다."

하고 성욱이가 억지로 웃으며 인사를 했다.

"너무 슬퍼 말아요."

누나처럼 타이르는 명희의 말이 무척 부드러웠다.

"네, 고맙습니다."

성욱이는 명령에 따르겠다는 듯이 고개를 숙였지만 혼자 가는 길이 외롭다는 듯 발길을 돌리려 하지 않았다.

"자주 놀러 와요. 집에 박혀 있으면 답답만 하지 뭐."

"네, 그래두 너무 실례가 되지 않을까요?"

"아이 별말두 다 하시네. 그런 생각을 하면 정말 와두 발을 들여 놓지 못하게 할걸!"

"그럼 염치없이 가겠습니다. 안녕히들 가세요."

이런 말이 오고 갈 때 성희도,

"또 오세요."

하고 한 마디 인사말을 아니할 수 없었다.

그러나 속마음으로는 이제야 겨우 해방이 되어 자기만의 생각을 혼자서 처리할 수 있다는 가벼움을 느꼈다.

명희의 형제와 헤어져 경마장 앞을 지나 동대문으로 해서 신당정으로 걸어 올라가는 성욱이는 역시 고개를 숙인 채 미아리 공동묘지만을 생각하고 있었다. 몸이 약하다는 것과 그것으로 마음을 쓰고 있다는 것을 모른 것이 아니지만 그것을 비관하여 자살하리라고는 꿈에도 생각하지 못했었던 것이었다.

　"꼭 살아 돌아오세요. 저두 그새 몸을 튼튼히 하구 돌아오시는 것만 기다리구 있을게요."

하며 만주로 출병 가는 자기를 섭섭히 보내던 순길의 목소리가 아직 귀에 쟁쟁한 것 같았다.

　미신일지는 몰라도 그것만 몸에 띠면 죽음을 피할 수가 있다는 말에 손수 길에 나서서 '센닌바리'[千人針]를 만들어 오는 순길이에 대한 가지가지 추억이 꼬리를 물고 머리에 떠올랐다.

　그렇게도 살아 돌아오기를 마음속으로 빌던 그가 돌아온 자기의 얼굴을 볼 수 있는 열흘을 앞두고 죽어 버렸다는 것은 아무리 생각해도 모를 일이었다. 병들어 죽는다고 해도 가슴 쓰릴 만큼 기다리던 사람이라면 그 사람이 자기 옆을 가까이 오고 있다는 것을 영감(靈感)으로 느끼고 죽음을 끌어갈 수도 있지 않는가. 만약에 자기를 만나기 위하여 죽음까지도 참고 기다렸으면 얼마나 즐거운 일일까. 죽음을 참지는 못했을망정 자기 손으로 목숨을 끊었다는 것은 수수께끼처럼 믿지 못할 일이 아닐 수 없다.

　"왜 죽지 않으면 안 되었을까?"

　아무리 생각해도 알 수 없는 일이었다. 얼마 남지 않은 목숨이기로서 그것은 조금도 부끄러워 할 것이 못 되는 병 때문이 아닌가.

　너무나 아름다운 마음이었다.

　그는 눈이 뜨거워짐을 느꼈다. 자기를 위해서 목숨을 끊은 순길의 순정에 대해서 통곡해 주고 싶은 생각이 났다.

　그래서 공연히 명회 형제를 데리고 가서 실컷 울지도 못한 자기의 못남을 뉘우치기도 했다. 처음으로 찾아간 순길의 무덤에서 울어도 주지 못한 자기가 얼마나 어리석을까.

　울다가 다 못 운 순길의 남은 울음을 언제든 울어 주어야 할 것 같았다.

　"내일이라도 다시 무덤을 찾아가리라."

그는 자기의 슬픔을 과장하여 사귄 지는 얼마 되지 않으나 누나 같은 생각에 명희를 데리고 감으로써 그 슬픔을 조금이라도 가볍게 하려 한 자기의 마음을 미워했다. 성회나마 데리고 오지 않았다면 그래도 울어 주었을는지 모른다. 자기 혼자만으로는 그 무거운 풍경을 보고 견딜 수가 없어서 동생을 끌고 오지 않으면 안 될 그러한 명희를 무엇 때문에 찾아가서 하소를 했던가 하는 후회까지 치밀어 올라왔다.

죽음으로 바꾼 괴로움에게 눈물까지 아끼고만 자기의 인색한 마음을 부끄러워하며 성욱이는 장충단을 지나 신당정 고개를 넘고 있었다.

몇백 년이나 살아 보겠다고 아담스런 집들을 빼곡히 세워 놓은 그 깨끗한 거리가 눈에 들어왔다. 모두가 지은 지 얼마 안 되는 정갈한 집들뿐이었다.

"제 놈들이 얼마나 잘 살자고."

성욱이는 일본의 얌치없는 어리석음을 생각한다. 정말 세계를 뒤흔들 줄만 알던 그 어리석은 백성들에게 떠밀려 총알받이로 나갔던 힘없는 민족의 설움이 분해 못 견딜 정도로 가슴에 치밀어 올라왔다.

민족 전체의 분노에 비하면 아무것도 아니겠지만 우선 전쟁에만 안 나갔다면 순길이가 그렇게 참혹한 죽음을 하지 않았을 것으로 생각될 때 참으로 일본이 미워졌다. 자기처럼 뼈아프게 일본을 미워하는 조선 사람이 얼마나 많을 것인가. 생명을 부지하고 돌아온 자기에게도 이러한 설움이 기다리고 있거늘 머리털 한 오라기 찾을 길이 없는 그 수많은 희생자들의 가족 가운데는 얼마나 많은 여성과 얼마나 많은 부모들이 이를 갈며 통곡할 것인가.

그러한 불행도 대 일본제국을 위하여 즐겁게 또는 만족하게 받으라고 설교를 하며 돌아다니던 사람들은 조선 민족의 피를 가지지 않은 때문이었을까 하는 생각이 뒤미치었다.

누구를 위한 희생이기에 그것을 달갑게 여기고 만족해야 하는 것일까.

"너 하나의 희생이 우리 민족을 살리는 것이 아니냐."

하던 아버지의 말 어귀가 들리는 듯했다.

그는 확실히 충실한 일본 천황의 적자(赤子)였다. 비록 다른 사람에게는 그런 말을 권할 수 있다 할망정 피로 된 자기 자식더러 죽음을 기뻐하라는 말이 진정으로 충성된 마음의 발로라는 것이었을까?

아무래도 애정을 못 느끼는 말하자면 죽어도 아무런 아까움이 없는 자식이었기에 그런 말이 나왔을 것이다.

순길의 죽음이 결국 아버지에 대한 분노로 변하고 있을 때 성욱이의 발걸음은 자기 집 대문 앞에 이르러 있었다.

어머니가 기다리고 있었다는 듯이 앉아 있던 마루에서 일어서며,

"창식이가 입때 기다리구 있다구 방금 나갔는데 만나지 못한 게로구나."

하였다.

"아니요!"

"꼭 만나구 싶다면서 또 오겠다구 그러더라. 그런데 너 오늘쯤은 네 아버지를 찾아가야지 않겠니?"

"아이, 천천히 간다는데 자꾸 그러세요. 창식이가 온다면 기다리구 있어야 하지 않아요."

성욱이는 사실 창식이가 온다는 것이 궁금하였다. 어제도 만나기는 하였지만 혹시 순길이에 대한 새 소식을 가져온 것이 아닌가 하고 마음 조려 기다려졌다.

"그래두 아버지가 궁금해하시지 않겠니?"

어머니는 아무래도 문안을 보내야 직성이 편할 모양이었다.

그러나 어머니 된 마음이 응당 그러려니 생각되기도 하지만 성욱이는 한사코 반발을 했다.

"궁금해하기는 무얼 궁금해요. 이미 죽은 것이려니 하구 꿈두 안 꿀 텐데요. 어머니는 밤낮 혼자 생각만 하시기 때문에 속아 넘어가는 거예요."

"나쁜 것을 탓하지만 말구 자식 된 도리는 해야 하지 않니?"

"윗사람이 제 구실을 못하는데 자식이라구 자식 노릇만 해야 할 게 어디 있어요. 인사 하러는 안 가겠어요."

"의리상 한 번은 찾아가야지!"

어머니는 강경한 아들의 태도에 기가 눌린 듯했으나 그래도 한 번 갔다 오기를 끝내 희망하였다.

성욱이는 어머니의 마음을 안다. 아직까지도 잊어버리지 못하는 남편에 대한 미련으로 그런 감정을 사지 않으려고 하는 약하고 약한 마음을!

그러나 그렇기 때문에 어머니의 말을 따르고 싶어하지 않는 성욱이었다. 옳지 못한 것을 빤히 알면서도 옳지 못하단 말 한 번도 못하는 어머니가 불쌍하기도 했지만 그렇다고 그 비굴한 마음을 그대로 두고 볼 수는 없었다. 한 남편의 아내로서의 마음을 이해하기 전에 한 아들의 어머니로서의 강한 마음을 바라는 까닭이었다.

이십 여 년 동안 돌아올 줄 모르는 남편에 대한 미련을 무엇 때문에 아직 가지고 있어야 하는가. 돌아오는 것은 둘째로 점점 먼 길로 달아나는, 아내로서 용서 못할 남편이 아닌가.

특히 자기가 전쟁에 나간 뒤부터는 어머니의 생활비도 보내지 않아 혼자서 품팔이로 지냈다는 말을 듣자 성욱이는 아버지에 대한 감정이 조금도 누그러지지가 않았다.

"의리상 다녀오라구 그러시지만 아버지는 벌써 의리와 담을 싼 사람이에요. 이제부터는 아무것두 바래지 말구 우리끼리 삽시다. 제가 있는데 뭘 걱정하세요."

"뭘 바래서 그러는 건 아니다 그래두 네가 살아왔다구 인사를 가면 얼마나 기뻐하겠니?"

"남 기쁘게만 하구 살 수 있어요. 그리구 제가 살아 온 것을 그리 기뻐하지두 않을 겁니다."

어머니로서도 어쩔 수 없는 아들의 태도에 말이 막혔는지 그렇지 않으면 살아 있는 남편을 두고도 외로움 속에 살아야 한다는 생각이 떠올랐는지 어머니는 머리를 숙이고,

"글쎄."

라는 어떻게 해석해야 좋을지 모를 말을 한숨과 더불어 내뿜었다.

이제 사십이 겨우 넘어 아직까지 기운이 팔팔할 어머니의 허연 머리가 살기에 지친 피곤한 얼굴과 더불어 몹시 늙어 보였다.

그 쪼그라진 얼굴은 이미 남에게 악의를 품을 만큼 생생한 빛을 아주 잃

어버리고 말았다. 자기 자식에 대해서는 강한 말을 한 마디도 못하는 어머니를 볼 때 성욱이는 그 아버지가 더욱 미워졌다. 어머니의 비굴하고 약한 마음은 결국 그 아버지가 만들어 준 것이 아닌가.

"어머니! 이제는 무슨 일이 있어두 어머니 곁을 떠나지 않을 겁니다. 나라가 독립되면 백성들이 다 같이 먹구 살 수 있을 거니까 별 걱정두 없겠지요. 이제부터는 아버지를 잊으십시다."

성욱이는 어머니의 마음을 달래 보려고 했다. 어머니가 아버지로 말미암은 외로움을 다시 느끼지 않도록 마음자리를 잡게 하고 싶었다. 그러나 어머니는 녹녹히 돌아오지 않았다.

"글쎄 좋도록 하렴."

성욱이는 화를 내고 싶었다. 네 말이 옳다 하고 좀 기운이 있는 대답을 왜 못 해 주는 것일까.

그러나 이 일 년 동안이나 기다리던 마음을 하루에 꺾을 수는 없다. 두고 두고 해야 할 일이다.

"어머니! 그런데 해방됐다는 말을 듣구 어머니두 태극기 들구 만세를 불렀어요!"

성욱이는 화제를 돌려 버렸다.

"네가 돌아올 것 같은 생각에 춤두 추구 싶더라만 그새 죽기나 했으면 어떡하나 하는 불길한 마음에 만세 소리두 안 나오더라."

어머니도 아무렇지도 않게 묻는 말에 대답을 했다.

"참 어머니두!"

성욱이가 웃음을 띄우며 말을 꺼내려 할 즈음에,

"성욱이 돌아왔나?"

하는 소리가 문 밖에서 들려 왔다. 창식이었다.

"아까두 왔더라면서 어서 들어오게."

성욱이의 말을 기다릴 것도 없이 창식이가 마루에 올라앉았다.

"좀 울어 주었나?"

대뜸 이런 말을 꺼낼 때 성욱이는 깜짝 놀라는 얼굴로 어머니를 힐끔 바라보고는 손을 입에 대고 쉬 하는 시늉을 했다.

창식이는 눈치를 채고 머리를 벅벅 긁은 다음 주머니 속에서 종이조각을 꺼내어 성욱이에게 주었다.

"이런 편지가 왔는데 좀 읽어 보게!"

성욱이는 웃으면서 종이를 받아 펼쳤다.

"성욱 씨! 용서하십시오. 저는 성욱 씨를 모실 수가 없는 몸입니다. 다만 성욱 씨의 행복을 빌면서 가야 하겠습니다. 순길."

성욱이는 그 글을 두 번 세 번 읽었다. 틀림없는 순길의 유서였다.

아찔해지는 정신을 수습하려고 종이조각을 찬찬히 접어 주머니 속에 넣었다. 그리고는 어머니에게 눈치를 채지 못하게 하기 위하여,

"그런데 그 친구의 주소는 알지. 빨리 찾아가 보세!"

하고 대뜸 일어섰다.

"알구 말구! 퍽 반가워할 거구만!"

창식이도 일어섰다.

"이제 가면 늦지 않겠니?"

어머니의 걱정하는 말을 기다리기나 했던 것처럼 성욱이는,

"그이두 병정 나갔던 친군데 며칠 전에 돌아왔다누만요."

하고 능히 속아 넘어갈 거짓말을 하고는 집을 뛰쳐 나왔다.

아들의 길

성욱이는 창식이를 끌고 장춘단 공원을 향해 걸었다. 그러나 공원에 이를 때까지를 참을 수가 없어서 노상에서 이야기를 꺼내고야 말았다.

"그 유서가 언제 나왔나?"

"어젯밤 그 애 책틀을 정리하다가 감쪽같이 책처럼 꾸미어 놓은 일기책

을 찾았는데 그 속에 들어 있었어."

"그럼 일기 속에 다른 이야기두 써 있을 게 아닌가. 창식이 그걸 좀 보여 주게."

창식이는 표정이 금시 달라지었다. 얼굴에서는 싸늘한 바람이 불어 나오는 듯했고 눈 속에서는 산들산들한 칼날이 튀어나오는 것 같았다.

"그러나."

하고 딴 이야기가 있는 듯한 그 짧은 말은 이때까지 우정으로 대하던 거와 달리 어떠한 적의를 품은 것 같이 들리기도 했다.

그러나 성욱이는 창식의 태도가 어떻든 순길의 일기를 보고 싶은 생각만이 앞서서,

"그럼 바루 자네 집으로 가지!"

하고 애원하듯이 말했다.

"암 바쁘지 않지. 그것보담 더 중대한 일이 있으니까."

성욱이는 창식의 말을 이해할 수가 없었다. 어제까지도 아니 조금 전까지도 자기의 마음을 알고 그래서 순길이의 이야기를 열심으로 가르쳐 주던 창식이가 아닌가. 그렇던 창식이가 가장 궁금한 순길의 일기를 말하지 않으려 하는 것이 무엇 때문인지를 알 수 없었다.

"아무래도 순길 씨가 죽은 데는 딴 이유가 있는 것 같은데 일기를 보면 좀 알 수가 있을 게 아닌가."

성욱이는 혹시 그 일기책을 가져오고도 보여 주지 않는 것이나 아닌가 하는 생각에 다그쳐 물었다.

"잘 알았네. 확실히 순길이가 죽은 데는 원인이 있었어. 나두 어젯밤에야 알았지 그러나 그 원인을 말하기 전에 내가 묻고 싶은 말이 있네."

창식의 이런 말에 성욱이는 가슴을 울렁거렸다. 오한이 날 때처럼 속이 떨리기도 했다. 그 말과 그 표정이 꼭 자기를 향해서 살인자라고 지명하는 것 같았기 때문이었다.

"내 누이를 죽인 놈!"

하고 협박을 하는 것 같았다. 그렇게 생각하니 자기도 모르는 사이에 자기

가 순길이를 죽도록 어떤 과실을 저지르지나 않았나 하는 겁이 들었다. 뜻하지 않고 이야기한 것이 잘못 들려 그것이 큰 일을 만드는 일이 세상에는 적지 않다. 그래서,

"무슨 말인가!"

하는 속 시원히 듣고 싶다는 표정을 했다.

창식은 간단한 이야기가 아니라는 듯이 장충단 못을 획 돌아가며,

"저 나무 밑에 앉아서 이야기하지."

하고 턱으로 늙은 소나무를 가리켰다.

소나무 밑 푸른 풀밭에 앉자마자 창식이는 독사처럼 독기 있는 눈으로 말을 꺼냈다.

"우선 자네 아버지에 대한 이야기를 들려 주게."

성욱이는 뜻하지 않았던 말에 가슴이 찌르르한 어떤 불길한 예감을 느꼈다.

아버지와 순길이 상상 못할 일도 아니련만 생각만 해도 소름이 끼쳤다.

학생으로 있는 나어린 처녀를 유인하여 지금의 어머니의 불행을 만들어 놓은 아버지다. 그것도 한 여자뿐이 아니라 본부인을 내놓고도 세 여자나 같은 운명에 빠뜨린 악질의 사나이다. 그러나 수많은 여성 가운데 어떻게 순길이를 알았으며 또 그 순길이를 절망의 구렁텅이로 빠뜨렸던 말인가.

"용서 못 받을 가장 잔악한 인간."

성욱이는 혼자서 주먹을 쥐고 부르르 떨었다. 저주받을 인간이었다. 어떠한 범죄보다도 용서 못할 죄악을 저지른 그 사나이를 아버지로 삼고 이 세상에 태어났다는 자기가 미울 정도로 그 아버지를 저주하고 싶었다.

그러나 순길이를 어떻게 알았을까. 또 알 기회가 있었다 하기로서니 순길이가 그렇게 만만하게 넘어갈 수가 있었을까.

"왜, 내 아버지 이야기는?"

하고 반문 아니할 수 없었다.

그러면서도 만약 자기 아버지가 관계된 일이라면 자기의 태도를 여간 신중히 하지 않아서는 안 될 것을 생각했다. 변호하는 눈치라든가 그렇지 않으면 무턱대고 미워하는 태도를 보임으로 해서 자기가 오해를 받으면 어떻

게 하나 하는 겁이 들었던 것이다.

"글쎄 좀 알고 싶은 일이 있어서 그러네."

틀림없이 관계가 있는 모양이다.

"아니 똑바루 이야기해 주게. 내 아버지와 순길 씨의 죽음과 무슨 관계가 있다는 말인가."

"관계 있을런지두 몰라."

성욱이는 숨이 막히는 듯했다. 무엇이라고 대답할 말이 생각나지 않았다.

그야말로 하늘이 무너지는 것 같았다. 세상에 무서운 일이 있다 해도 이보다 더 무서운 일이 있을 수 있을까.

성욱이의 얼굴은 갑자기 종잇장처럼 하얘졌다.

"좀 똑똑히 말해 줘!"

금새 울음이 터질 듯한 목소리로 외쳤다.

"그렇게 흥분하지 말구 이야기를 해 주게. 대체 자네 아버진 어떤 사람인가?"

"아니야 그것보다 순길 씨에 대한 것을 알아야겠어!"

"글쎄 그건 차차 이야기한다니까."

"차차가 아니야. 그걸 먼저 안 들려 주면 난 말 못하겠어."

성욱이는 사시나무 떨듯 입술을 떨었다. 아랫니와 웃니가 대각대각 소리를 내며 맞부딪쳤다.

만약 창식이가 무엇이라고 한 마디만 말해 준다면 그 자리에 앉아 배길 수 없었을 만큼 흥분되었던 것이다.

창식이는 이야기를 시원하게 해 주지 않음으로 해서 성욱이가 안타까워하는 것을 차마 볼 수가 없었다.

처음에는 용서 없는 말로써 성욱이의 아버지를 원망하고 또 어떠한 수단으로든지 누이동생의 원수를 갚아 주겠다는 말을 사양 없이 꺼내려고 했던 것이지만 괴로워하는 성욱이를 볼 때 그런 것을 말한다는 것은 공연한 성욱이만을 흥분시키는 일일 것 같아,

"성욱이 너무 걱정 말게. 이미 죽은 사람의 일을 가지고 죽은 이유를 추

궁한댓자 무슨 소용이 있겠나. 우리 우정만 상하지!"
하고 침착하게 말했다. 그러나 성욱이가 그 말을 받아들이진 않았다.
　"아니야! 그런 일을 밝히지 않으면 어떻게 해. 빨리 똑똑한 말을 해 주어."
　"사실은 나도 확실치가 않아. 자네는 모를지도 모르지만 자네가 만주로 떠난 뒤 순길이는 자네 아버지가 경영하는 공장에 서기로 취직했었네. 그것도 들어가서야 자네 아버지의 공장이라는 것을 알았지. 원체 자네가 아버지에 대한 이야기를 아니했으니까 알 턱이 없었지. 어떻게 들어간 것이 어쨌든 그 공장이었단 말야. 그것두 나는 말렸지. 몸두 변변치 못한데 취직이 뭐냐구 반대를 했지만 그 애가 말을 들어야 말이지. 답답해서 집에는 앉아 있을 수가 없다지 않아. 그래서 마음대로 하랄 수밖에 없었지. 하기야 그런데 들어가 마음이 긴장이 되면 몸도 날지 모르겠다는 생각도 있기는 했어. 그랬더니 그 일기를 보니까 말이야……."
　창식이는 끝을 흐려 버렸다.
　성욱이는 애가 탔다. 무슨 말이건 시원하게 듣지 않고 견딜 수가 없었다.
　"사람이 어쩌면 그런가. 나를 믿지 못하겠다면 거야 할 수 없지만……."
　"자네를 믿지 못해서가 아닐세. 그 애 일기책을 보니까 자네 아버지가 여러 번 나오는데 말하자면 그 애의 죽음이 자네 아버지와 꼭 관계가 있는 것 같단 말이야. 그러나 확실히 그렇다는 증거는 없거든. 그래서 자네 아버지의 평소 생활을 좀 알아보자던 것이지……."
　"그러기 때문에 그 일기책을 보여 달라는 말이야. 읽어 보면 짐작할 수가 있지 않나……."
　"보여는 줌세. 그러나 자네 아버지가 의심스러울 때에는 어떻게 하겠나?"
　"그건 나대로의 생각에 맡겨 주게."
　성욱이는 몸부림을 치고 싶었다. 이때까지 누구에게나 말해 본 적이 없는 깨끗지 못한 아버지가 마침내 그 얼굴을 세상에 나타내게 되었다. 아니 불결한 아버지의 아들이라는 것을 세상에 알리게 되었다는 사실이 숨막히게 가슴 아팠다.

자기의 육체가 생기게 된 동기를 생각할 때마다 어머니를 모욕한 아버지의 악마 같은 욕망에 몸서리를 칠 정도로 불쾌하게 느껴졌지만 그래도 이때까지는 자기를 운명의 희생이라고 그저 혼자만이 슬퍼할 수 있었던 것이다.

그러나 이제 창식이로 말미암아 아버지의 과거가 들추게 되고 또 자기의 역사가 알려진다면 자기의 슬픔을 혼자만의 슬픔이 될 수 없다.

세상과 더불어 같이 슬퍼해야 할, 보다 더 큰 불행이 가로놓이게 될 것이다.

"그럼 우리 집으로 가세."

창식이가 일어서며 걷기를 시작할 때도 성욱이는 어떻게 해야 할지를 몰랐다.

만약에 순길이의 일기를 읽고 틀림없이 자기 아버지를 의심해야 하게 된다면 어떻게 해야 할 것인가 하는 것을 단정하지 못했기 때문이었다.

차라리 안 묻고 모르는 척하는 것이 자기를 위하여 영리한 일이 아닐까 하는 생각도 들었다. 아무리 우연한 세상이기로니 아버지가 순길이를 죽도록 만들었다는 사실을 차마 믿을 수가 있는가. 믿을 수 없는 일을 일부러 캐내어 괴로움을 사느니보다 모르는 척하고 잊어버리고 말고 싶은 생각도 들었다.

그러나 어느 새 창식이는 일어서서 걷기를 시작했고 또 순길이에 대한 정열은 변함없이 끓어 올라왔다. 자기의 괴로움을 위하여 순길이를 잊어버릴 수 있는가 자기를 생각하는 마음에서 죽은 순길이라면 자기 역시 순길이를 위하는 마음에서 살아야 할 것이 아닌가 성욱이는 뛰쳐 일어났다. 그리고는 창식의 뒤를 따라 빠른 걸음으로 걸었다.

뒤를 돌아보며 기다리고 서 있는 창식이와 어깨를 겨누고 걷기 시작할 때 성욱이는,

"창식이, 내 아버지는 말할 수 없게 도덕을 모르는 사람일세. 내 어머니도 그의 부도덕(不道德)에 희생된 한 사람이지. 이때까지 그런 말을 안 한 것은 내 자신이 부끄럽기 때문이었어. 사실 그는 버젓한 생명을 타고 난 사람이 아니야. 그러한 사람이니까 어떤 짓을 했을런지도 몰라."

하고 아버지에 대한 지식을 넣어 주었다.

아무래도 알려지고야 말 일이라면 미리 말해 두는 것이 편할 것 같았기 때문이었다. 또 그러는 것이 창식이와의 우정으로 보아 당연한 순서일 것 같기도 했다.

"그래?"

새로운 사실에 놀랜 창식이는 걸음을 멈추고 아연한 눈으로 성욱이를 쳐다볼 뿐이었다.

"다른 사람들에게는 내게 아버지가 살아 있다는 사실까지 숨기고 있네."

"그럼 내 생각이 대개 틀림없는 모양이로군."

창식이는 마치 성욱이의 아버지를 의심했던 것이 미안했었지만 이제는 틀림없는 일이니까 안심한다는 그러한 표정을 했다.

"그렇지도 몰라, 넉넉히 그럴 수 있는 사람이야. 그러나 거기는 내게도 나쁜 점이 있어. 만약 내가 내 아버지를 밝혀 말할 용기가 있었다면 순길 씨가 그 공장에 취직부터 아니했을지 모르니까."

쓸데없는 말이지만 성욱이는 또 순길이의 죽음이 아무래도 자기에게 책임이 있는 것같이 생각되어 이런 말을 하고야 말았다. 그러나 어느 새에 왔는지 막다른 골목에 들어서서 창식이네 집을 바라보게 된 성욱이는 또다시 가슴이 울렁거림을 참을 수 없었다.

어제도 찾아왔던 창식이의 집이었건만 순길이의 일기가 자기의 운명을 결정지어 줄 것 같은 생각에 오늘의 방문은 죄수가 고랑을 차고 들어가는 법정처럼 으스스했다.

물론 큰 집도 아니다. 양식으로 정갈하게 꾸미어진 양식집도 아니다. 장교정에서 얼마든지 볼 수 있는 옹기종기 몰켜 있는 조선집 틈바구니에 끼어 있는 나즈막한 기와집이 살아 있는 순길이가 자기를 기다리고 있는 것 같은 성욱이의 마음이 그저 술렁거렸던 것이다.

창식이가 자기 방 미닫이를 소리나게 열어 제칠 때 성욱이는 방 안에 서서 들어오기를 기다리고 있는 순길의 얼굴을 보았다.

틀림없는 순길이었다. 말없는 순길이 언제 보나 한결같이 묵중하기만한 그 순길이가 방 안에서 있었던 것이었다.

성욱이는 자기도 모르게 머리를 숙였다. 죄지은 듯한 마음을 숨길 수 없는 때의 괴롭고 부끄러운 그러한 심사였을지도 모른다.

"빨리 들어오게!"

성욱이는 이미 방 안에 들어가서 들어오기를 재촉하는 창식의 말에 비로소 머리를 들고 자기가 착각 속에 잠겨 있었음을 알았다. 그러나 그것이 착각이었다 해도 순길이에 대한 죄스러운 마음만은 언제까지나 계속하여야 할 것처럼 방 안에 들어간 뒤까지 그는 머리를 들지 못하였다.

어디서 순길이가 자기를 보는 것 같고 어디선가 순길이의 숨소리가 들리는 것 같았다.

"자 일기책 여기 있네!"

창식이가 책꽂이 속에서 부피가 그리 크지 않은 책 한 권을 성욱이 앞에 내 놓았다.

언제 샀던 것인지 흡사 단행본(單行本)처럼 제본한 사륙판(四六版)의 자유일기책이었다.

그것도 두꺼운 흰 종이로 단정하게 뚜껑을 씌워 얼핏 보아 일기책이라고 생각할 수 없게 되어있다.

그러기 때문에 순길이가 죽은 뒤에도 그 책이 쉽게 나타나지 않았을 게다.

성욱이는 좀체로 그 일기를 집어 들려고 하지 않았다.

순길의 체온이 아직도 남아 있을 것 같은 그 책이 자기를 노려보고 있는 것 같았기 때문이었다.

"빨리 읽어 보게!"

창식이가 또 독촉을 했다.

"응."

대답은 했으나 역시 성욱이는 손을 내밀지 못하였다.

손을 씻고 나서 무릎을 꿇고 재배를 한 다음에나 손을 대고 싶었다.

"사람도 무얼 그러나. 이게 순길의 일기책이라는데……."

"아네, 알아!"

성욱이는 얼떨김에 일기책을 들었다.

순길의 마음이 한 알 한 알 박혀 있는 듯한 글씨! 순길의 체취가 그대로 풍기는 듯한 종이 냄새가 그의 머리를 아찔하게 하였으나 그는 또 글자를 읽어 보지 않을 수 없었다.

뚜껑을 열자 첫 장에, '소화(昭和) 17년 1월 1일'이란 글이 나왔다. 성욱이는 첫 장부터 읽고 싶었다. 비록 자기가 알기 전의 일이라 해도 그때의 순길의 감정과 생활을 알고 싶었다. 사랑하는 사람의 일이란 손톱만한 것까지 빼놓지 않고 알고 싶은 그런 심정에서였을 게다.

"새로운 시간이란 새로운 마음을 주는 것이어늘 때가 바뀌어도 변함없는 마음이며 새해라 해도 새로운 시간이 아닌 성싶다."

첫 줄을 읽었을 때 창식이가,
"그건 상관없는 이야길세! 여기서부터 읽어 보게!"
하며 책을 빼서 표적해 놓은 갈피를 펼쳐 주었다. 그리고는,
"이게 작년 취직한 뒤부터일세!"
했다.

성욱이는 시키는 대로만 읽고 싶지 않았다. 한 책을 가지고 몇 해를 쓴 것이라면 어딘가 자기와 만나기 시작하던 때의 일기도 있을 것이다. 그것을 먼저 보고 싶었다.

순길의 자기에 대한 애정의 고백을 자기 손에 들고 있으면서도 그것을 읽기 전에 죽음에 대한 괴로운 하소부터 읽고 싶은 마음이 들지 않았다. 차라리 죽음에 대한 것은 몰라도 좋을 것 같았다. 다만 자기에 대한 애틋한 마음을 눈으로 보고 그 속에 순길이와 더불어 행복감을 느끼고 싶었다.

만나도 자기 마음을 그대로 표현하지 못하던 순길이의 숨은 감정을 어찌 모른 척 넘겨 버릴 수가 있는가.

그는 책을 두 손으로 넘겼다. 그리고는 대중없이 가운데쯤을 열었다.

눈에 띄는 대로 읽기 시작했다.

"오늘도 성욱 씨를 만났다. 무척 쾌활해 보이나 어딘가 침울이 숨어 있는 얼굴이었다. 나는 그의 숨은 침울을 고쳐 주고 싶다. 일생을 통해서라도!"

성욱이는 앞으로 책장을 뒤졌다. 자기를 만나던 때의 첫인상이 기록되었을 페이지를 찾아보고 싶었다.

그래도 창식이가 일기책을 뺏으며,

"그건 다음에 집에 가지고 가서 읽어 보게! 우선 여기를 읽어!"

하고 먼저 펼쳤던 데를 다시 열어 내밀었다.

성욱이는 시키는 대로 읽기 시작했다. 나머지 것은 집에 가서 차근차근히 읽으면서 순길이와 둘이서 만이 속삭일 수가 있을 것 같았기 때문이었다.

"소화(昭和) 19년 10월 5일."

성욱 씨가 전쟁터로 나간 지 벌써 열 달이 지났다. 소식은 들을 수도 보낼 수도 없다. 북국에는 이미 찬 바람이 불리라. 고향을 그리며 눈물짓는 그의 얼굴이 자꾸만 눈에 보인다. 무엇 때문에 목숨을 아낄 줄 모르고 죽음을 달가워 할 것인가. 그의 마음은 아무래도 싸움터보다도 고향에 잠겨 있으리라. 그러나 꼼짝 못하는 부자유와 어쩔 수 없는 고역에 눈물 흘리고 있을 성욱 씨에게 나는 무엇을 보여 주어야 할 것인가. 무위도식과 병에 허덕이기만 하는 하잘것없는 생활로써 그를 맞이할 낯이 있을까.

그는 지금도 어디서 총을 들고 서 있을지 모른다. 그래도 나는 누워서 천장만을 바라보고 있다.

그 뒤로는 날자가 뛰었다. 얼마 동안 일기를 쉰 모양이다.

11월 1일

은실이 오빠가 다닌다는 공장에 이력서를 냈다.

어디도 좋다. 내 건강이 허락하는 한 아무런 일이라도 하겠다. 성욱 씨를 생각하는 한 아무런 일이라도 하겠다. 성욱 씨를 생각한다면 될 수 있는 대로 힘든 일을 해야 할 것 같다.

11월 3일

은실이가 와서 사장이 직접 보잔다는 말을 전해 주었다. 아마 결정이 되는 모양이다. 사회에 나가서 일을 한다는 것은 경험을 쌓는 의미에서도 나쁘지는 않겠지. 긴장미가 없는 생활이라 병이 마음대로 활동을 하는 것 같다. 오후만 되면 미열이 나고 때로는 오한을 느낀다. 병을 이겨야겠다. 병과 싸우기 위해서라도 직장을 가져야 하겠다.

11월 4일

사장이라는 사람을 만났다. 인격이 있는 것 같아 보여 마음이 한결 놓였다. 내일부터 매일처럼 책상을 마주 앉아 일을 한다.

그러나 사장 비서라니 힘든 일은 아닐 게다. 내게는 아무래도 힘든 일이 몸에 지칠 것 같다.

몸을 튼튼하게 하여야 할 것을 요즈음처럼 뼈 깊이 느껴볼 때가 없다.

아마 건강이 나쁜 길로 흐르고 있는가 보다.

이같이 읽었을 때 창식이가 다시,

"자 몇 장 뒤에."

하며 성욱의 승낙도 없이 일기책을 뒤졌다.

昭和 20년 7월 9일

암흑. 나를 기다리고 있던 것은 광명이 아니라 암흑이었다.

나는 내 혼자만의 일기책에도 오늘의 일은 적을 수 없다.

더러운 세상이다. 더러운 역사를 만들면서도 그 더러운 역사를 한 보자기로 곱게 짜 놓고는 아름다운 역사라고 극구 찬양하는 그들을 특권계급이라고 하나 보더라. 특권계급에서 짓밟히고도 말 한 마디 못하는 여성들을 위하여 나는 무엇이라 말해야 하는가. 어둡다. 눈앞이 캄캄할 뿐이다. 어떻게 하여야 할까. 나는 어머니에게도 오빠에게도 말하지 못하고 말았다. 그러나 성욱 씨를 만날 때 그때는 어떻게 해야 하나. 성욱 씨에게까지 숨겨야 할까? 밤이 지난 뒤에는 광명한 아침이 오건만 내게도 그러한 아침이 내게도 그러한 아침이 있을 것인가. 없을 것만 같다.

성욱이는 일기책 갈피에 손가락을 넣어 접어 쥐고는 순길이가 죽어야 할 원인을 만들어 준 7월 9일을 몇 번이나 뇌까려 보았다.

그리고 그 날 자기는 무엇을 하였는가 하고 생각해 보았다.

7월 9일 하고 그는 생각을 더듬었다. 날짜는 확실하지 않지만 그때쯤 그는 자무스[佳木斯] 방면에 가서 실전 연습을 하였다.

국경 부근의 습지(濕地)지대에서 길도 없는 허허 벌판을 행군하면서 피로한 다리를 끌고 있었을 것이다.

산다는 것이라든가 죽는다는 것이라든가 그런 생각을 머리에 그릴 여유가 없을 만큼 극도로 피곤을 느꼈던 때다.

차라리 마주 보이는 국경 넘어 소련 군인들이 기관총으로 쏘아 죽여 주었으면 하고 바랄 정도로 잠이 부족했다. 다만 잠자고 싶은 생각에 아무런 의욕도 없이 허덕이고 있을 때 순길이는 죽음을 생각하고 있던 것이다.

그는 다시 일기를 읽기 시작했다.

7월 11일

사표를 제출하기 위하여 공장에 나갔다. 아무 말도 안 하고 그만두고 싶었으나 다른 사람들이 의심할 것 같은 생각에 억지로 나갔다.

물론 사장을 만날 생각은 아니었다. 인사과장에게 사표를 내놓고 돌아올 작정이었지만 운명의 장난이랄까. 사장을 만나지 않을 수 없었고 그뿐만 아니라 너무도 뜻밖에 일을 그의 입에서 듣고야 말았다.

공장에 들어선 때가 바로 점심 사이렌이 울던 때였다. 군사령부(軍司令部)에서 손님이 와서 점심 먹기 전 삼십 분 동안을 특별강연회를 열게 되었다는 것이었다. 사표까지 제출했으니까 듣지 않아도 말할 사람이 없으려니 하고 안심하고 있을 때 인사과장이 무턱대고 끌었다. 무엇 때문에 듣기 싫다는 사람까지 끌고 가고야 말려는지 그 심사를 이해할 수가 없었다. 그러나 끌려가고야 말았다. 후회한들 무슨 소용이 있으랴. 자리가 조용해지자 사장이 먼저 나와서 인사를 한 다음 총후의 국민은 전쟁에 나간 병정과 꼭같은 마음으로 일을 잘 해야 한다는 말끝에 자기 자랑을 꺼냈다.

나도 내 자식을 전쟁에 내 보냈소. 내 아들 구레야 마세이이꾸(吳山成郁)가 무언의 개선을 한다는 신문이 나기를 나는 진심으로 기대하고 있소. 나를 위해 죽는 것이 슬플 게 있겠소. 그 뒷말은 들리지 않았다. 나는 내 귀를 의심했다. 그리고 그 순간 나는 정신을 잃었다. 아마 실신을 하고 쓰러졌던 모양이다. 눈을 떠 보니 공장 의료실에 누워 있는 내 옆에 그 사장이 또 앉아 있었다. 나는 정신을 깨지 못한 것처럼 다시 눈을 감았다. 사장이 사라진 것을 알고야 눈을 뜨고 집으로 돌아왔다.

성욱은 떨어지는 눈물 때문에 읽을 수도 없었다.

틀림없었다. 아버지가 순길이를 죽였다. 순길이를 죽인 사람은 다른 사람 아닌 자기 아버지였다.

"창식이. 내 아버질세! 순길 씨를 죽인 것이!"

성욱이는 창식의 손목을 잡고 흐느껴 울기 시작했다.

"나도 의심 안 한 것은 아닐세! 그러나 이왕지사를 어떻게 하겠나."

창식은 성욱이 마음을 떠보기나 하는 것처럼 냉정한 태도로 말했다.

"용서하게. 그러한 아버지를 아버지라고 부르지 않을 수 없는 성욱이를 용서하게."

성욱이는 넋두리하듯이 창식의 손을 잡아끌었다.

"자네에게 무슨 죄가 있다고 용서를 하겠나. 진정하게 진정해서 이야기를 하세."

"어떻게 진정하라는 것인가. 순길 씨가 죽었다는 사실만도 내 가슴을 쪼

개내는 것 같은데 내 아버지가 순길 씨를 죽였다는 사실을 알고도 그래 돌덩이가 되라는 말인가⋯⋯."

"어떻게 하고 안 하고야 둘째로 가슴이 아파 견딜 수가 없는 걸 어쩌겠나."

"나는 이런 사실을 자네에게 알리지 않고 나 혼자서 처결할 생각이었다. 그러나 아무리 생각해도 분해서 견딜 수가 있어야지. 생각하면 내가 경솔했던 것 같네. 역시 자네에겐 알리지 않았던 편이 좋았던 거야."

"응, 이 사실을 차라리 몰랐던 편이 좋았을런지도 몰라. 무엇 때문에 알아야 할 의무가 있단 말인가. 아들이라구 해서 아버지의 행동에 연대책임을 지어야 한다는 법이 어디 있나. 그러나 창식이 나는 장차 어떻게 해야 되겠나?"

"그건 내가 어떻게 알겠나. 좌우간 오늘은 그만 돌아가게. 내일이라도 다시 만나서 의논하지. 물론 내게는 내 생각이 있는 것이지만 오늘은 자네가 너무 흥분해서 말을 못하겠네!"

성욱이도 굳이 더 이야기를 끌 생각이 없었다. 어지러운 머리가 더 무거워지는 것만 같아 한시바삐 창식의 곁을 떠나고 싶어졌다. 순길이가 죽었다는 슬픈 마음과 아버지에 대한 분한 마음을 차례차례 골라서 따로 엮어 놓고 싶기도 했다.

엇갈린 마음을 움켜잡고 뒹굴기가 너무나 벅찼던 것이었다. 성욱이는 주먹으로 눈물을 닦고,

"그럼 내일 또 오지. 그때 이야기하세."

하고는 일어섰다. 캡을 쓰고 문 밖까지 나왔을 때 창식이가 일기책을 가리키며,

"이젠 소용이 없나."

하고 가지고 가라는 듯이 말했다.

"아 참 잊어버릴 뻔했네."

성욱이는 집어 줄 때까지 기다리지를 않고 다시 방으로 들어가 일기책을 집어 들었다. 사실은 잊어버렸던 것이 아니라 창식이 앞에서 그것을 들고 나오기가 민망해서 주저주저하던 끝이었다. 다행히도 창식이가 먼저 말

을 꺼낸 것을 기화로 황급하게 집어 들었을 때야 안심을 하고 걸을 수 있었다.

대문 밖 골목길까지 따라나온 창식이가,

"그 일기책을 잘 간수하게."

하고 당부할 때 성욱이는 안심하라고 대답을 했으나 그 말이 다시 들르라는 뜻에 아주 주지 않는 창식의 마음을 섭섭하게 생각했다.

아무리 창식의 동생이라고 해도 순길은 자기의 사람이 아닌가.

한길에까지 나왔을 때 창식이가 잘 가라는 악수를 청하고 나서,

"이번엔 자네 아버지를 정신 차리도록 만들어 보게."

하고 자기의 결심을 일단을 말해 주었다.

성욱이는 창식의 마지막 말을 입 속으로 되풀이하며 집으로 걸었다.

"정신을 차리도록 만들자!"

물론 창식이는 적의를 품고 한 말일 것이나 정신을 차리게 한다는 것은 결국 악한 사람을 선한 사람으로 만들자는 것이 아닐까. 이때까지의 잘못을 뉘우치도록 해 보자는 뜻이 아닐까. 만약 그러한 생각을 품은 것이라면 아버지를 미워하는 마음보다 아버지를 아끼는 마음이 앞선 생각이라고 볼 수 있다.

성욱이는 고개를 저었다. 조금도 아까워하고 싶지 않은 아버지였기 때문이었다. 무엇에 대한 미련이 남아 있기에 그를 아끼고 착한 사람 되기를 바랄 것인가.

오직 미움만으로 대하는 것이 마땅할 것 같았다. 그 이상 아버지에게 줄 것이라고는 아무것도 있지 않을 것이다. 악한 사람에게 대한 미움이란 조금의 관대와 용서가 있을 수 없다. 가혹하고 냉정해야만 한다. 그 가혹과 냉정으로 대하면 그뿐일 것 같았다.

집에 들어서자 어머니가 늦었다고 걱정했다. 밥상을 들고 와서도 옆으로 떠나지 않는 것이 늦은 이유를 알고 싶다는 눈치 같았다.

그러나 성욱이에게 말이 있을 리 없다. 그는 아버지에 대해서 어떠한 법으로 가혹하게 할 것인가 하는 것을 생각하기에 여념이 없었다.

아버지에게 가혹한 태도를 취한다면 반드시 그 영향을 받고야 말 어머니를 잊어서는 안 될 것이지만 지금의 성욱이로서는 그러한 생각을 가질 여유가 없다.

도리어 그러한 아버지에게 희생당한 어머니가 눈앞에 앉아 있는 것이 괴로웠다. 미워하기만 하여야 할 사람에게 순정을 바친 어머니가 보기 싫을 정도였다.

"무슨 일이 있었니?"

말없는 얼굴에서 심상치 않은 마음을 엿본 듯이 어머니가 또다시 걱정했다. 그러나 성욱이는,

"아니오."

했을 뿐이다. 같은 한 사람에게서 받는 괴로움이라 서로 통하고 서로 이해하여야 할 것이로되 성욱이는 어머니의 교섭을 한 마디로 거절해 버렸다.

저녁도 먹는 둥 마는 둥 하고 상을 내밀었다. 비록 구미가 나지 않는다 해도 어머니의 마음을 생각해서 한 술 더 뜰 수도 있는 것이지만 성욱은 그런 마음마저 가지지 못하였다.

"무얼 먹었니?"

아들의 몸을 생각하는 어머니의 걱정이었을 게다. 그러나 그러한 진심에서 나오는 걱정도 고마운 줄 모른다는 듯이,

"네."

하고 무뚝뚝하게 대답해 버린 성욱이는 확실히 어머니와도 멀리 떨어진 세계에서 방황하고 있는 모양이었다.

아버지를 미워하는 데 방해가 될 어머니라는 것이 성욱이로 하여금 어머니를 멀리하게 하는지도 모른다.

이미 끊어져 버린 정신적 관계로 그 아버지와 아들의 육체적 관계까지 부정하려고 하는 자기에게 어머니는 위험한 존재일 수밖에 없다.

그 어머니를 가까이 하는 것은 결국 어머니의 약한 마음을 닮아야 하는 것이 되는 것이니까.

한류

　이미 밤도 깊었지만 그보다도 어머니의 간섭이 싫어서 빨리 자리 속에 들려고 했다. 자기에 대한 어머니의 행동이 하나하나가 모두 애정에서 나온 것이련만 성욱이는 그 애정을 애정으로 받아들일 만큼 마음이 비지가 않았던 것이다. 도리어 어머니의 불행이 조금도 가감(加減)됨이 없이 아들 된 자기에게 그대로 계승되었다는 것을 생각할 때 어머니의 애정이 자기의 운명을 기만(欺滿)하려는 거짓 같이 느껴졌던 것이다. 물론 거짓이라고 단정할 수도 없는 것이지만 어머니의 애무를 그대로 맞아들인다면 잊어버려서는 안 될 괴로움이 눈가림을 하게 될 것 같아 어쨌든 어머니 곁을 떠나고 싶었다.
　그와 동시와 어머니 곁을 떠나야 순길이의 일기를 읽을 수 있다는 조바심도 있었다. 순길이를 사랑하던 자기의 순정과 자기를 사랑하던 순길이의 순정이 서로 부딪치게 하는 순길의 일기였다. 자기의 마음과 순길의 마음이 속임 없이 하나로 합해질 수 있는 그 일기를 모조리 읽어 버리고 싶다는 것은 그것이 앞으로 다시 가져 볼 수 없는 애정이기 때문에 더 애련했다.
　"어머니 빨리 주무세요."
　성욱이는 잠 안 오는 어린애를 자리 속에 끌어넣는 식으로 말했다.
　"참 밤두 깊었는데 자야지!"
　어머니는 아들의 마음을 알은 체도 아니하고 아들의 말에만 순종하였다.
　밥상을 치우고 나자 어머니는 건넌방으로 들어가 아들의 자리까지 깔아 주었다.
　성욱이는 어머니의 행동이 더욱 싫었다. 남의 마음은 알지도 못하고 자기의 고운 마음만 베풀어 주는 그 성격이 결국 자기의 불행을 만들었다는 것을 아직도 모르는 어머니라고 생각되었던 때문이었다.
　"내버려 둬요!"
하고 악을 쓰고 싶기도 했다. 다 큰 아들의 이부자리까지 깔아 줄 것이 무엇이냐고 나무람하고 싶은 마음은 어머니가 좀더 강한 사람이었다면 하고 바라는 마음과 일치하는 것이었을 것이다.

　현실에 채찍질을 하는 것이 아니라 백 번이면 백 번 현실에게 채찍질을 당하기만 하면서도 그 현실을 미워할 줄 모르는 어머니에 대한 불만이 아들 성욱이의 가장 큰 외로움이라고도 말할 수 있다.

　차라리 몽둥이를 가지고 자기를 때려 주는 위엄성 있는 어머니라면 자기가 외로움을 느낄 때 어머니의 품을 뚫고 들어가 응석을 부릴 수가 있을 것 같았다. 떼를 쓰며 응석을 핀다는 것은 어머니의 애정을 뺏으려는 자식의 유일한 특권이련만 성욱이에게는 그러한 특권이 있는 성싶지 않았다.

　"내일은 네 아버지한테 가 보겠니?"

　게다가 또 한다는 말이 아버지 타령이었다.

　"건 내일 봐야지요."

　성욱이의 대답은 퉁명스러웠다. 만약,

　"가 보겠니."

하고 의사를 물어 보는 말이 아니라,

　"가거라."

하고 명령하는 말이었다면 성욱이의 대답도 생전 찾아가지 않겠노라고 대담하게 해치웠을 것이지만 역시 약한 마음에서 나온 말이라 성욱이도 퉁명스럽기는 하나 결단성 없는 대답을 했던 것이다.

　"난 아무래도 네 맘을 모르겠다. 한 번만 갔다 오면 시원할 텐데 그걸 왜 안 가려구만 하니……."

　어머니에게 있어서 가장 큰 일은 그것밖에 없는 모양이다. 그러나 성욱이는 찾아가지 않는 이유를 솔직하게 말할 수도 없을 뿐더러 또 이야기를 길게 끌고 싶지 않기만 한 생각에,

　"그럼 내일 가 보지요!"

하고 옷을 입은 채 자리 속으로 들어갔다. 그리고 졸린다는 듯이 눈을 감아 버렸다.

　어머니는 다시 더 말을 아니하고 안방으로 들어갔다.

　자유스런 몸이 되자 성욱이는 다시 일어나 앉아 순길의 일기책을 꺼내 들었다.

그는 맨 끝을 펼쳤다. 아버지가 순길이를 죽인 사실을 좀더 알고 싶었었고 또 마지막 죽을 때의 심정을 알고 싶은 생각이 앞섰기 때문이었다.

9월10일

성욱 씨가 살아 있다면 머지않아 돌아올 것이다. 아니 이미 돌아오고 있을는지 모른다. 그는 꼭 살았을 것 같다. 왜 그런지는 모르나 죽었을 것 같지가 않다. 만약 그가 돌아와 나를 찾아 준다면 나는 무슨 낯으로 그를 대하여야 하나. 아무 일도 없는 것처럼 거짓을 꾸밀 것인가? 그것은 차마 못할 일이다. 비록 얼마 동안 속일 수 있다 해도 내가 그 속임에서 오는 괴로움을 이겨 나갈 수가 있을까? 그의 얼굴을 볼 때마다 거울처럼 비칠 내 마음이 나를 깎아 내릴 터이니 어찌 죽을 때까지 괴로워해야 할 새 괴로움 속에 살 수 있을까. 더구나 가장 사랑하는 사람을 속이다니. 속이는 것 가운데도 사랑이 있을 수 있을까?

그렇지 않으면 모든 것을 고백할 것인가? 그것은 더욱 못할 일이다. 그가 괴로워하는 것을 어떻게 본담. 그는 다른 사람 아닌 자기 아버지라는 데서 더 슬퍼할 것이다.

그뿐인가. 그런 사실을 알고 나를 소홀히 하거나 나를 경멸한다면 그때의 나는 어떻게 해야 하는 것이냐. 아, 무섭다.

결국은 성욱 씨를 보지 않는 길밖에 없다. 아무래도 오래는 살지 못할 몸이다. 늑막염이 폐로 옮아간 지가 벌써 오래지 않는가.

그러나 성욱 씨를 보지도 못하고 목숨을 끊어야 하는가.

그 뒤에도 일기는 몇 장 더 계속되었다. 그러나 성욱이는 그 이상 읽어 내지를 못했다. 눈물이 쏟아지고 숨이 막힌 것 같았기 때문이었다.

그저 불쌍하기만 한 순길이라는 생각과 그저 밉기만 한 아버지란 생각이 서로 엇갈리어 글자가 제대로 보이지도 않았지만 죽음을 눈앞에 두고 괴로워했던 순길의 최후를 그 이상 읽을 용기가 나지 않았다.

따라서 앞으로 영원히 외롭기만 해야 할 자기의 장래가 슬퍼져 울고만 싶기도 했다.

눈을 뜬 채로 밤을 새우는 동안 일기를 모조리 읽어 버렸지만 장차 어떻게 할 것인가에 대한 생각은 새벽녘까지도 정리가 되지 않았다.

허공에 뜬 것 같이 머리가 휑 돌며 어지러움을 느낄 뿐 생각이 갈래를 찾아 떠오르지가 않았다. 미칠 것같이 가슴이 답답하다가는 무엇 때문에 이러는가 하고 비웃음이 나올 것처럼 가슴이 텅 빈 것을 느끼기도 했다.

칼을 갈아 아버지에게로 달려가는 자기의 모양이 눈앞에 나타나다가는 순길의 무덤 앞에서 통곡하는 자기를 보기도 했다.

무능한 자식아! 하는 창식의 호령이 들리는가 하면, 너는 어디를 가는 것이냐! 하며 애원하는 어머니의 목소리가 귀를 울리는 것 같기도 했다.

방그레 웃으며 자기를 노려보는 아버지의 얼굴과 어깨를 쓸어 주며 달래 주는 명희의 얼굴이 번갈아 눈앞에 나타나기도 했다.

성욱이는 눈을 꼭 감아 보았다. 모든 생각과 모든 환상을 물리치고 자기 자신으로 돌아가겠다는 마음의 노력이 있을 게다. 이불을 뒤집어쓴 뒤 개구리처럼 엎드려도 보았다. 베개를 세로 세우고 머리를 높여도 보았으며 무릎이 배에 닿도록 허리를 꼬부려도 보았다. 그러나 아무런 짓을 해도 마찬가지였다. 잠은 여전히 오지 않았고 자기와 관계있는 사람들의 환상은 가지각색으로 눈앞에 어른거렸다.

창이 환하게 밝아 부엌으로 나가는 어머니의 발자국 소리가 마루에서 들려올 때 성욱이는 팔과 다리를 이불 속에서 내뻗으며 기지개를 한 번 피었다. 그와 동시에 하품이 나왔다. 육체는 피곤을 이기지 못하여 휴식을 필요로 하는 모양이다.

얼마를 잤는지도 모른다. 바시시 문 여는 소리에 눈을 떴을 때 어머니가 방 안으로 들어오며,

"더 자지 왜? 단잠은 약보다도 좋다는데? 얼마 동안은 잠이나 실컷 자렴."
하고 말하는 것이었다. 한 번 눈을 붙였던 탓인지 유달리 눈이 무겁고 거북스러웠으나 성욱이는 자리에서 일어나고야 말았다. 더 자고 싶은 생각이 없는 것은 아니지만 어쩐지 어머니에게 반발하고 싶은 생각에서였다. 자기의

마음을 붙잡지 못할 때 무엇에나 반대의 길로 나가 보고 싶어하는 것이지만 성욱이는 확실히 그러한 정신적 상태에 놓여 있었다. 만약 찌개가 다 식으니 빨리 일어나라고 어머니가 독촉을 했다면 그는 오지 않는 잠이라도 더 자야겠다는 말을 했을 게다.

어머니가 솥 안의 따뜻한 물로 세수를 하라 했을 때도 그는 들은 척 아니하고 냉수를 떠 왔다.

밥상을 대하고 앉았을 때 어머니가 국에 밥을 말아서 많이 먹으라고 권했으나 그는 끝내 맨밥으로 찌개와 김치만을 먹었다.

문 밖을 나가지 않고 이렇게 어머니 말을 거슬리기만 하다가 어머니에 대한 미안한 생각과 아울러 자기의 마음씨에 대한 반성을 일으키는 며칠이 지난 뒤였다.

자기가 자기의 마음을 붙들지 못한다는 것은 자기가 자기의 마음을 믿지 못하는 것도 된다. 자기가 자기의 마음을 믿지 못한다면 자기의 일을 어떻게 계획할 수 있으며 또 그 계획한 길을 어찌 자신 있게 걸어 나갈 수가 있을 것인가.

무슨 일이 생긴 것이라고 추측도 못할 어머니에게 비뚤어진 길로만 나가는 자기를 보여 주는 것도 더욱이 미안한 일이었다. 아들의 마음이 심상치 않은 것을 막연하게 느끼고는 그 마음을 풀어 주려고 혼자서만이 애쓰는 어머니가 불쌍했다.

왜 밖에도 안 나가고 그러느냐는 말을 몇 번씩 거듭하였으나 똑바른 대답을 한 번도 아니한 아들에게 궁금증인들 오죽했을 것인가.

음식을 정성껏 만들어 놓고 한 술이라도 더 먹기를 권하는 어머니에게 쓰다 달단 말없이 숟가락을 내던지기만 했으니 어머니 된 마음이 답답하긴들 얼마나 했을 것인가.

성욱이는 그러지 말자고 생각했다. 바라보고 사는 것이 오직 자기 혼자뿐인 어머니에게 그렇게 잔인하게 한다는 것이 죄 될 것 같았다. 사실 자기 이외에 또 누구를 바라고 살 어머니인가. 아버지를 잊지 못하는 것은 자기의 마음을 바친 사람이라는 어진 마음에서 오는 의무적 생각뿐일 것이다. 남을 미워할 줄 모르는 착한 마음이 착하지 못한 마음에 물들일 것 같은 아들을 걱정한 결과일지도 모른다.

그러나 어머니를 괴롭게 함으로 쾌감을 느낀다는 것은 확실히 죄스러운 일이다.

어머니에게뿐 아니라 자기 자신에게도 죄를 짓는 일이다.

죄라는 것은 남에게 해를 끼치는 데서 생기는 것이라고 하지만 그 해라는 것이 눈에 보이지 않는 것일 경우에는 반드시 남이라야 하는 법이 없을 것이다.

자기 한 사람만의 일이기 때문에 죄를 논하고 판정해 줄 사람이 없을 뿐이다. 같은 한 사람 속에서도 올바라야겠다는 자기와 또 그 올바르겠다는 것을 해치려는 자기가 있다면 그것은 한 사람이 두 개성(個性)을 가지고 있음을 말하는 것이다. 그러한 이중성(二重星)을 가진 사람이라면 반드시 두 개성을 판단할 새로운 개성이 있어야 할 것이 아닌가.

서로 상극하는 두 개성의 죄과를 판단하는 셋째의 개성을 가졌느냐 못 가졌느냐 또는 그것이 맹렬히 활동하느냐 못하느냐에 따라 그 인격의 가치가 결정될 것이다.

성욱이는 상극되는 두 개성의 싸움이 일어나기도 전에 둘이 꼭 같이 마비 상태에 빠져 나른해지고 있다.

반발이라는 것은 불을 멀리서 보고 몸을 떠는 것과 같은 생리적 반응 작용밖에 아무것도 아니다. 제삼(第三) 개성이 활동하기 이전의 책임 없는 행동이라고 밖에 할 수 없다. 책임 없는 행동으로 죄 없는 어머니를 괴롭히고 또 올바른 길을 찾아야 할 자기 마음을 흐리게 한다는 것은 죄악이 아닐 수 없다.

어떻게 해서든지 올바른 길을 찾아내야 할 성욱이었다. 아버지에 대한 아들로서의 정당한 길과 어머니의 아들로서의 진실된 길과 그리고 순길에 대한 사랑하는 사람으로서의 떳떳한 길을 찾지 않을 수 없는 자기이건만 눈앞에 벌어진 혼란한 현실에 현기증을 일으키고 반발적 행동을 일삼는다는 것은 무엇보다도 자기 자신에게 충실하지 못한 일이다. 자기 자신에게 충실하지 못한 것 이상으로 자기 자신에게 죄를 짓는 일이 어디 또 있을 것인가.

어떻게 해서든 자기의 길을 찾아야 할 것이라 생각했다. 그 동안에는 괴로움이 적지 않을 것이다. 올바른 길로 나가려는 마음과 그 반대로 나가려는 마음의 싸움이 그치지 않을 것이지만 그때에야말로 셋째의 개성을 활동시키어 어느 것이 참된 자기라는 것을 확실히 붙잡도록 해야 할 것이다.

그러기 위하여서는 우선 냉정한 생각을 품을 수 있도록 마음을 가라 앉혀야 할 것이며 현실 속에 뛰어들어가는 것이 아니라 현실을 바라볼 수 있는 자리에 뛰어올라서야 할 것 같다.

얼굴은 부석부석해졌고 눈은 쌍꺼풀로 퀭해지어 모진 병을 치르고 난 사람처럼 말이 아니었다. 며칠 동안의 불안이 눈에 보일 정도의 육체적 변동까지 일으켰다는 것을 성욱이 자신이 느끼지 못할 리 없다. 때로는 육체를 학대하고 목숨을 경멸하고 싶은 생각도 들지 않은 것은 아니었지만 냉정한 마음을 찾아보려는 노력이 일어나기 시작했을 때 그는 삼사 일 동안 한 번도 개어 본 적이 없는 이불을 차근차근히 걷어치웠다.

그리고는 세수를 하고 그 동안 잊어버렸던 이발까지 했다. 병정 생활을 하느라고 빡빡 깎았던 것이지만 해방 뒤 한 번도 손질 못한 탓으로 덥수룩했던 머리가 상고머리로 곱게 치장하니 비록 눈은 쑥 들어갔을망정 새 사람이 된 것 같았다.

후리후리하게 큰 키에 갸름하고도 균형진 얼굴의 윤곽이 까만 눈동자가 알따란 입술에 어울려 현대적인 청년다운 모습을 보여 주었다.

성욱이는 그러한 자기의 얼굴을 이발소 거울에 비쳐 보고는 두 번 다시 망발된 생각과 허황된 현실에 도취되지 않기를 결심하고 집으로 돌아왔다.

돌아오기가 무섭게 그는 그새 꿈에도 생각지 않았던 말을 어머니에게 했다.

"어머니, 저 오늘 아버지한테 인사 가겠어요."

어머니는 응당 놀랐을 게다.

"응?"

하고 반문한 어머니는 성욱의 얼굴만 쳐다보았다.

"제가 돌아온 것을 알았다면 인사두 안 온다구 꾸지람하시지 않겠어요. 생각하면 조금도 찾아가고 싶지가 않지만 그래도 그럴 수가 있어야지요."

어머니는 성욱의 말이 정신의 이상으로 헛 나온 것이거나 거짓을 꾸미기 위한 헛소리가 아님을 확인하고 나서,

"이제야 내 말을 알아들었나 보구나. 그럼 가 봐야 하구 말구. 생각난 김에 빨리 다녀오너라. 그래도 오래 있을 건 없고."

하고 기특하다는 듯이 성욱의 얼굴을 다시 쳐다보았다.

자기의 말을 따르는 것이라 생각하고 만족해하는 어머니에게,

"그럼 다녀오겠습니다."

하는 인사말을 한 뒤 대문 밖을 나선 성욱이는 혼자서 빙그레 웃었다.

현실을 냉정하게 봄으로써 자기의 길을 붙잡으려는 자기의 마음과, 아들의 도리로써 찾아가는 것이라 생각하는 어머니의 마음이 서로 다를 뿐 아니라 거의 반대의 것이건만 어머니가 자기 본위의 생각으로 만족을 느끼는 것이 우스웠던 것이다. 그러나 그것이 어머니를 해롭게 하기 위한 거짓이 아니며 아무런 거리낌이 없이 그저 웃어넘길 수가 있었다.

그래서 성욱이는 아버지를 만나 이야기할 것을 생각해 보았다. 인사말을 극히 간단히 해치우고 돈과 입던 것이나마 양복을 얻어 가지고 돌아오리라. 그리고 해방 뒤의 마음이 어떻게 변했는가나 알아보리라. 그리고는 미아리 공동묘지로 가서 순길의 무덤을 한 번 더 찾아보리라, 하고 생각하며 집 모퉁이를 돌아 한길가로 나섰을 때 옆 골목에서,

"성욱 씨 아니세요?"

하는 목소리가 들려왔다.

성욱이는 멈칫 서서 골목 안을 들여다보았다. 뜻하지 않은 명희였다.

"웬일이십니까?"

하고 천연스럽게 인사를 했지만 참으로 반가웠다. 물론 명희가 아닌 다른 아무 사람이라 해도 반가웠을는지 모른다. 마음이 외로울 때 뜻하지 않은 사람이 찾아 준다는 것은 자기도 외로운 사람이 아니라는 생각을 주는 것이

기 때문에 무턱대고 반가워하는 수가 많다.

성욱이는 명희의 품에 안기고 싶었다. 나이로 치면 칠팔 년밖에 나이 차이가 없지만 어머니에게 응석을 부려 보지 못한 외로운 마음이 응석을 부릴 수 있는 새어머니를 만나는 듯한 즐거움에 그새 막혔던 감정을 폭포처럼 쏟아 보고 싶은 충동을 느꼈기 때문이었다.

"아니 참 집 찾느라고 죽을 뻔했네."

명희는 집 찾느라고 안타까워하던 마음과 성욱이를 만난 기쁨과를 합친 구김 섞인 웃음을 웃으면서도 솔직한 한 마디 말로 얼굴의 주름살을 없애 버렸다.

"미안합니다."

성욱이는 마치 자기가 집을 잘못 가르쳐 주기나 한 것처럼 사과의 뜻을 표했다. 찾아오겠다는 약속이 있어서 집을 가르쳐 준 것이 아니라 그저 집이 어디냐는 말에 번지수를 알려 주었을 뿐이니 집을 못 찾아 헤매었다 해도 그 죄가 성욱에게 있는 것은 아니었을 게다.

그래도 그는 자기를 찾아 주었다는 고마운 마음에서 또,

"얼마나 애쓰셨는지요."

하고 거듭 미안하다는 표정을 했다.

"말 마세요. 지금 성욱 씨를 만나지 않았다면 그냥 돌아가려던 판예요."

그러나 명희는 애쓴 보람이 있었다는 듯이 생긋이 웃었다.

"바로 여긴데 좀 들어가시지요."

성욱이는 벌써 발길을 돌리고 있었다.

"그새 성희가 몹시 앓아서 통 밖엘 나오지 못했어요. 며칠 있다가 이사할 집도 구경할 겸 겸사겸사 나왔지요. 이왕 왔던 길이니 집이나 알아 둘까요."

명희도 사양 없이 성욱의 뒤를 따라섰다.

그러나 대문 앞에까지 왔을 때,

"아 바로 여기구먼요."

하고 명희는 발걸음을 멈추었다.

“알면 찾기 쉬운 집이지요. 자, 들어가십시다.”

성욱이가 대문을 가리키며 명희에게 앞서기를 권했다.

“집을 알았으니 다음에 또 오지요. 성욱 씨도 어디 볼일이 있는가 본데.”

“별로 볼일도 없습니다. 심심해서 나가 보는 길이지요.”

성욱이는 명희를 안심시켜 놀다 가게 하려 했으나 명희는 굳이 들어가기를 않으려 했다.

“일부러 오셨다가 들어오시지도 않고 가시는 법이 있어요.”

섭섭하듯이 말했으나,

“글쎄 다음에 온다니까요. 그 대신 오늘은 저하고 우리 이사 갈 집이나 구경 가세요.”

하며 명희가 골목길을 걸어 나오기 시작한다.

“그럼 다음에 꼭 놀러 오시지요.”

성욱이는 다짐을 받듯이 말하고 그러겠다는 말을 들은 뒤에야 명희의 뒤를 따라 걷기 시작했다.

그들은 장충단 공원으로 해서 진고개 길을 걸었다. 걷는 동안 명희는 오빠가 얻어 준 일본집으로 이사를 가게 되었다는 이야기 그리고 성욱이는 순길이의 일기를 읽으면서 며칠 동안 집안에 처박혀 있었다는 이야기를 서로 주고받았다. 그러고 나서 명희가,

“그래 왜 자살했는지를 알았어요?”

하고 순길의 자살 원인을 물었다.

성욱이는 몸이 약해 오래 못 살 것을 비관해 죽은 것이라고 간단하게 대답했다.

“그래도 그럴 수가 있을라구요?”

“그래도 그런 걸 어떡합니까?”

“나 같으면 죽지 않겠네. 사는 날까지 살다가 보고 싶은 사람을 만나지…….”

“글쎄나 말이에요.”

성욱이는 순길에 대한 이야기를 있는 그대로 말하고 싶지가 않았다. 만약

조금이라도 사실대로를 말한다면 자기의 아버지 이야기까지 숨김없이 알리지 않을 수 없다는 것이 싫었던 것이다. 명희는 성욱에게 살아 있는 아버지가 있다는 것도 여태 모르고 있다. 그래서 유쾌하지도 않은 이야기를 새삼스럽게 꺼내고 싶지가 않아 어물어물 넘겨 버리기는 했지만 속에서는 털어 놓고 말하고 싶은 충동이 일어나기도 했다.

순길의 무덤을 찾아갈 때 혼자만이 오지 않고 동생을 데리고 왔었다는 약간의 불쾌도 없지는 않았지만 누나처럼 자기의 슬픔을 어루만져 줄 것만 같은 생각에 순길의 죽음을 말하던 그때의 감정과 같이 지금의 심경을 그대로 보임으로써 어떤 힘이 되어 주었으면 하는 생각이 간절해졌다.

친척도 아무도 없는 외로운 자기다. 그러나 외로움을 풀어 줄 사람이 없다는 고적에서 아무나 붙잡고 싶은 그러한 생각이 아니라 언제나 자기를 이해하고 자기를 도와줄 명희 같은 생각에서 그를 자기의 유일한 친구로 사귀고 싶었던 때문이다.

그렇다고 해서 노상에서 그런 말을 꺼내기가 안되어 묵묵히 걷고 있을 때 명희가 이야기를 시작했다.

"요새 젊은 여자들의 맘은 통 모르겠어요. 내 동생도 무슨 일이 있는지 약은 먹을 생각도 안 하고 누워만 있지 않아요. 참 그 고집이란 할 수가 없거든요."

성희의 그러한 이야기가 성욱에게는 새로운 사실임에 틀림없었으나 그렇다고 해서 별 흥미를 느끼게 한 것은 아니었다. 흥미를 느낄 만큼 성희에 대한 지식도 없었을 뿐더러 지금의 자기로서 남의 괴로움을 아랑곳할 마음의 여유가 없었던 것이다. 그래서 그저,

"그래요?"

하고 그 이야기를 귀담아 듣지도 않았다. 그러나 명희는 무슨 마음에서인지 열을 내면서 이야기를 계속했다.

"오빠가 의사가 아니에요. 그래서 진찰을 할까 했지만 열이 사십 도나 가까우면서도 손을 못 대게 하누만요. 아마 요새 여자들은 고집만 배웠나 보지요. 성욱 씨의 그 여자도 여간한 고집을 가졌었던가 봐요. 안 그래요."

성욱이는 그 말에도,

"그런 성질도 있기는 했지요."

하고 대답해 치웠다. 그러나 어쩐지 순길의 말이 또 나올 것 같아 화제를 돌리고 싶은 생각에,

"동생 되는 분은 실연을 하신 거구만요."

하고 성희에게로 말문을 돌렸다. 꼭 그러려니 하고 한 말은 아니었으나 말눈치가 그런 것 같기도 했으며 또 그렇지 않다 해도 그렇게 말함으로써 순길에 대한 이야기를 막을 수 있을 것 같았기 때문이었다.

"벌써 뭘 그럴라구요."

명희는 성욱의 말을 부정했다. 그러나 아니라고 부정한 말에 설명을 붙이려고 하는 태도가 이상스러웠다. 즉 나라가 해방되었는데 여자는 어떤 일을 해야 할 것인가 하는 번민을 계속하다가 병이 들었다는 것 그리고 정신없이 앓으면서도 해방이라는 말을 잠꼬대처럼 되풀이한다는 것을, 말하자면 성희를 두둔해 주는 것처럼 설명했다. 말하는 태도도 어쩐지 당황해하는 것 같았지만, 그보다도 고집투성이라고 비난하던 말투가 갑자기 변해 버렸다는데 이해하기 곤란한 점이 있었다.

그렇다고 해서 따지고 캐낼 것이 못 되어,

"네 네."

하고 흘려 버리려 할 때 명희가 길가의 일본집을 가리키며,

"아마, 이 집이지요. 아, 이 집이에요."

하고 발을 멈추었다. 어느 새 본정 이정목(이때까지 일제 시대의 이름을 그대로 부르고 있었다.) 명희네가 이사 온다는 집까지 왔던 것이다.

"좀 들어가 구경하십시다."

성희에 대한 이야기를 흐려 버린 명희의 어색한 태도가 눈에 보였지만 성욱이는 그런 태도를 알아차렸다는 눈치를 보이고 싶지가 않아서,

"거 좋은 집이로군요."

하고 명희의 뒤를 좇았다.

뒷길로 통한 문으로 들어가 살림방과 가게를 한 바퀴 돌아본 뒤,

“일본집에 들었다가 다음에 문제가 생기지는 않을까요.”
하고 걱정을 했다.
　성욱의 걱정을 명희는 자기도 동감이란 듯이,
“누가 아니래요. 그래도 당장에 들 집이 없는데 어떡하느냐고 나중에 처
리한다는데 무어라고 우길 수가 있어야지요.”
했다.
　일본이란 말이 붙는 것이기만 해도 싫어하는 성욱이다.
　비록 어떠한 이유에서거나 일본집으로 이사 온다는 명희를 그렇게 달갑
게 생각할 수는 없었다.
　할 이야기가 있거나 없거나 좀더 명희와 같이 시간을 보내고 싶은 생각도
있었지만 어쩐지 명희가 자기에게 간격을 두는 것 같은 마음이 들어 빨리
혼자의 몸이 되고 싶었다.
　성회에 대한 이야기도 하다가 만 것 같았고 일본집에 대한 이야기도 말과
본심이 다른 것 같아 약간 불쾌했던 것이다. 그래서,
“좀 볼일이 있어서 가야겠는데요.”
하고 갑자기 정중한 태도로 말했다. 그랬더니 명희가 의아한 눈으로,
“볼일이 없다더니.”
했다.
“아버지한테 가 볼 일이 생겼어요!”
　성욱이가 얼결에 이렇게 대답을 하자,
“아니, 아버지두 계셨어요.”
하고 명희의 질문이 나왔을 때 생각 없이 말한 자기의 실수를 깨달았으나
이미 자기 입으로 꺼낸 말이니 도로 주워 담을 도리가 없었다. 그러나 아버
지가 없다고는 말하지 않았던 것이니까 당황할 것은 없었다.
“그럼요. 아버지도 계시지요.”
　천연스럽게 대답함으로 명희에게 의심을 주지 않으려 했다.
“그런데 어머니 이야기를 했어도 아버지 이야기는 한 번도 한 적이 없지
않았어요?”

"그랬던가요? 별로 할 이야기가 없으니까 그랬나 보지요?"

"네, 그래요."

명희는 처음 듣는 말에 새로운 지식이나 얻은 듯이 고개를 갸우뚱했다.
그리고는,

"그럼 같이 계시지는 않구만요."

하고 캐서 묻기 시작했다.

성욱이는 비밀을 털어놓게 되고야 만 것을 깨달았다. 그러나 될 수 있는
대로 어물어물 넘기고 싶은 생각에,

"좀 그런 사정이 있습니다."

하고는,

"그럼 다음에 또 뵙지요. 언제쯤 이사 오시지요?"

하고 화제를 돌려 버렸다.

"내일이라도 이사할래요. 짐도 없는 걸 이사할 것도 없지요……."

"그럼 제가 찾아오지요."

성욱이는 그 일본집에서 나와 작별을 하려고 했다. 그러나 명희가,

"점심이나 잡숫고 가세요."

하고 놓아 주지를 않았다.

성욱이는 명희에게 끌려 중국요릿집으로 들어갔다.

점심을 시키자 명희가 다시 이야기를 돌려,

"그럼 아버지가 별거하시나요?"

하고 눈치를 알아차리고 하는 말처럼 묻기 시작한다.

성욱이는 꼼짝없이 대답을 아니할 수 없었지만 아무래도 마음이 내키지
가 않아서,

"다음에 자세한 이야기를 하지요. 시작하면 오래 걸릴 이야기니까요."

하고 말을 흐려 버렸다. 이왕 아니할 수 없게 된 것을 쭉 이야기하고 싶기는
했지만 아무래도 아버지한테 다녀서 미아리까지 가고 싶은 생각에 끝내 말
을 꺼내지 않았다.

요리 두어 접시와 자장면을 먹기가 바쁘게 성욱이는 이사 올 집으로 놀러

갈 것을 약속한 뒤 명회에게 작별 인사를 하고 효자동으로 걷기 시작했다.

효자정 전차 종점 못 미처 왼편 골목으로 들어설 때까지도 성욱이는 냉정하리라 혼자서 다졌다. 그러나 초인종을 누르고 대문 안에 들어섰을 때 낯모를 여자가 머뭇거리며 누구를 찾아왔느냐는 눈초리로 아래위를 훑어보자 갑자기 길을 헛든 듯한 불안을 느꼈다.

분명 아버지 집에는 틀림이 없었기 때문에,

"아버지 안 계세요?"

하고 물어는 보았으나 어쩐지,

"아버지라니요?"

하고 반문하는 말이 나올 것만 같았다. 반문은 아니었지만 반문에 못지않은 불안을 줄 만큼 그 여자의 태도가 수상했다. 대답할 생각을 아니하고 머뭇거리면서 방 안으로 뛰어들어갈 눈치만 보였다.

성욱이는 자기가 도적이 아니라는 것을 알리기 위해서라도 다시,

"저 오건호(吳建鎬) 씨 댁이지요?"

하고 묻지 않을 수 없었다.

그때에야 그 여자는,

"네."

하고 간단한 대답을 했다. 성욱이는 약간 안심을 하고 또 물었다.

"어디 나가셨어요?"

"네."

그래도 그 여자는 그 이상의 말을 아니했다. 그만하면 식모로 들어온 여자라 해도 자기가 그 집 주인의 아들인 줄 알아차릴 수가 있을 텐데도 들어오란 말 한 마디도 아니한다.

"안 계신가요?"

성욱이가 재차 대답을 독촉했을 때 그 여자는 황급한 태도로 방 안을 향해,

"네에야."

하고 일본말로 사람을 불렀다. 성욱이는 그때에야 눈치를 챌 수가 있었다.

옷은 조선옷을 입었으나 사람은 조선 사람이 아니라는 것을, 그래서 방

안에서도 사람이 나오지 않았기 때문에 성욱이는 일본말로 나는 주인의 아들인데 아버지를 만나러 왔습니다. 지금 계시지 않은가요, 하고 친절하게 물었다. 그랬더니 그 여자는 그때야 일본말로,

"그렇습니까, 안으로 들어가시지요."

하고 자유스러운 표정으로 대답을 했다.

성욱이는 그 여자의 뒤를 따라 방으로 들어가면서 그 여자가,

"오돗상(아버지)."

이라고 부르는 말에 놀라고야 말았다.

밥하는 여자거나 전재민으로 갈 데가 없어서 몸을 의탁하고 있는 그런 여자가 아니라 자기의 아버지를 남편으로 섬기는 여자가 아닌가?

자기가 만주에 가 있는 동안 조선 부인을 또 자기 어머니처럼 처리하고 새로 얻은 일본 부인에 틀림없다.

성욱이는 냉정하려던 마음이 울컥 치밀어 오름을 느꼈다. 가라앉혀 두자던 순길의 생각이 회오리바람처럼 머릿속에 떠올랐으며 아무렇지도 않게 생각하자던 어머니 얼굴이 눈앞에 어른거렸다.

'무엇 때문에 찾아왔던가?'

성욱이는 발길을 돌리고 싶었다. 비겁한 자기가 미워졌던 것이다.

그리고 그때 틀림없는 자기 아버지가,

"나니(왜 그래)."

하며 문 앞에 나타났다.

아버지의 얼굴을 마주치자 성욱이는 자기도 모르는 새 머리를 숙이고 인사를 꾸벅했다. 그리고는,

"안녕하셨습니까?"

라는 인사말까지 했다.

왜 그런 인사까지 하지 않을 수 없었는지 자기도 모른다. 오래간만에 아버지를 보는 순간 아무 협잡물도 끼지 않은 아버지가 그 얼굴에 나타났기 때문인지 그렇지 않으면 좋든 나쁘든 아버지임에 틀림없다는 단순한 생각이 머릿속에 들었기 때문인지 도무지 알 수가 없었다.

그보다도 인간이란 나면서부터 허식(虛飾)이라는 것을 본능으로 가졌기 때문인지도 모른다.

딱 부딪치면 마음에 없는 일을 자기도 모르는 새 천연스럽게 해치우는 수가 얼마든지 있는 그러한 행동이었기가 쉽다.

그러나 아버지가 실로 놀란 듯한 표정으로,

"성욱이가 아니냐?"

하며 손을 덥석 잡아 줄 때 성욱이는 아버지의 손아귀에서 자기 손을 잡아 빼려고 하는 노력에 앞서 아버지의 체온이 전기처럼 온몸을 전염시키는 불쾌를 느꼈다.

"그래 언제 돌아왔니?"

"며칠 됐어요."

대답은 했지만 얼굴빛은 돌처럼 굳어만 갔다.

응접실로 들어가서 소파에 앉았을 때도 아버지는 참으로 반갑다는 듯이 전쟁 이야기와 죽지 않고 살아 나온 이야기를 들으려고 했다.

성욱이는 묻는 말에 대해서 산수 문제를 풀듯이 요령 있는 말로 간단 간단히 대답해 치웠다.

"그럼 왜 이제 왔니?"

하고 자기를 늦게 찾아온 데 대한 꾸지람 비슷한 말을 할 때에도,

"피곤해서 좀 쉬었지요."

하고 조금도 거리낌없이 대답했다.

"그래도 걱정할 걸 생각을 해야지!"

이 말이 나왔을 때 성욱이는 속으로 웃었다. 자칫하면 아버지가 볼 수 있게 얼굴에까지 나타낼 뻔했다. 그럴 때 성욱이 머리에 떠오른 것이 순길의 일기였다.

"내 아들이 전쟁에서 죽어 돌아온다는 소식이 신문에 나오기를 기다리고 있소."

그러고도 걱정했다는 것을 진정에서 우러나오는 것처럼 말하는 아버지의 마음이 뻔뻔스럽기 짝이 없었다. 그러나 성욱이는 찾아올 때의 마음으로 돌

아가 냉정해지려 했다.

어떤 기대를 가지기 위해서 또 새로운 지식을 얻기 위해서 찾아온 것은 아니다. 정상적인 길을 걸어가면서 자기의 위치를 똑바로 찾자는 것이 아버지를 찾아온 동기가 아니었던가. 그래서,

"일찍 찾아뵈려 했지만 원체 고생을 하면서 나왔기 때문에 몸살처럼 좀 앓았습니다."

하고 듣기 싫지 않을 정도로 꾸며댔다.

"그래? 지금은 좀 났니?"

"네, 땀을 내고 폭 잠을 잤더니 괜찮아요."

거짓말을 꾸민다는 것도 유쾌하지 않은 일임에 틀림없으나 그래도 꾹 참고 버티고 나가는 수밖에 없었다.

그때였다. 조금 전에 본 젊은 일본 여자가 쟁반에 과일을 담아 들고 문 안으로 들어섰다.

그러자 아버지가 일본말로 성욱이를 소개했다.

"만주로 출병 갔던 아들 성욱이야."

아버지의 말이 떨어지기가 무섭게 그 여자는 허리를 구부리고 깍듯이 인사를 했다.

"그렇습니까, 고생하셨겠습니다."

성욱이도 의자에서 일어서며 답례를 했다. 그랬더니 그 여자는 상냥하게도,

"여기까지 나오시느라고 대단했겠습니다. 나오시는데 며칠이나 걸리셨는지요?"

하며 조금도 어색한 티를 보이지 않으려고 했다.

미리 알고는 있었겠지만 처음으로 만난 남편의 아들이라 이상한 눈치를 보이지 않으려 함이었을 게다. 그보다도 민족적으로 또는 첩이라는 곤란한 입장에서 노골적인 미움을 받지 않으려는 간악한 수단일지도 모른다. 그러나 성욱이는,

"한 이십 일 걸렸어요. 또 고생이란 건 이루 말할 수가 없었습니다."

하고 그 여자의 기대에 어그러지지 않게 대답을 했다. 그때 아버지가 그 여자에게,

"나가서 점심이나 지어."

하고 내 보낸 뒤 조선말로,

"그새 복잡한 일이 있어서 그 여자와 결혼을 했다. 해방 뒤에는 돌려 보내려고 했으나 인정상 차마 그럴 수가 있던. 그래서 아직 집에 두고 있다."

하며 일본 여자와 산다는 것을 변명했다.

성욱이는 무엇이라 대꾸할 성질의 일이기 때문에 잠잠히 듣고 있기만 했으나 듣지 않아도 뻔히 알 수 있는 일이다. 일본에 아첨하던 나머지 마누라까지 일본 여자라는 것을 보임으로 자기의 생활을 튼튼히 해 보자던 심산이었을 게다.

거기에다 젊은 여자라는데 육체적 호기심이 가미했다고나 할까.

그러나 그러한 행동으로 또한 여자가 불행하게 된다는 도덕적 책임을 털끝만큼도 생각지 않는 아버지이니만큼 그런 일은 얼마든지 있을 수 있는 것이다. 책임감이 없는 사람, 특히 도덕적 책임 관념이 없는 사람보다 더 악독한 사람이 어디 있을 것인가.

아무리 후한 생각으로 덕을 준다고 해도 용서 못할 사람이다. 차라리 살기 위해서 일본 사람에게 아첨을 했다거나 동족을 팔아먹었다면 도리어 동정할 수가 있었을는지 모른다. 그러나 부른 배를 더 불리기 위하여 죄 없는 사람을 불행 속에 떨어뜨리고 일본 여자와 동거 생활을 한다는 것은 동정할 여지가 없다. 민족적으로 죄악의 극치요 인간적으로 타락의 맨 밑바닥을 걷는 사람이다.

성욱이는 그러한 아버지를 보는 것이 차라리 다행이다 생각했다. 만약 민족적으로나 인간적으로 새로운 면을 볼 수가 있고 따라서 앞으로의 기대를 가져야 한다고 하면 이때까지의 미움을 청산하려고 해야 할 것이 아닌가. 그렇게 된다면 이때까지의 고민이 헤식어 버릴 것이고 또 순길에 대한 정신적 책임을 잊어버리게도 될 것이다.

한 번 지은 죄에 대해서는 응당 그 갚음을 받아야 할 것이다. 그 갚음을

주기 전에 마음이 헤식어 버린다는 것은 결국 자기가 약해진다는 것, 그리고 자기가 속아 넘어간다는 것을 말하는 것이다. 자기가 약한 사람이 되지 않기 위해서 또 순길의 아픔을 풀어 주기 위해서라도 아버지는 어디까지나 악한 사람이 되어야 할 것 같았다.

그러나 성욱이의 마음을 알지도 못하고 아버지는 만주에서 지나던 이야기를 또 묻기 시작했다.

미움을 모르는 사람처럼 보이기 위해서라도 성욱이는 냉정하여야 했다. 만주에서 싸우던 이야기도 흥미 있게 설명했다.

그리고 일본이 얄밉다는 감정을 드러내지 않아야 한다는 것도 잊어버리지 않았다. 비록 해방이 되어 그들이 전부 쫓겨갔다 할지라도 아버지의 마음속에는 충성을 다하던 일본에 대하여 아직까지 어느 정도의 미련이 남아 있을는지 모른다. 공연한 말로써 아버지의 마음을 건드릴 필요가 없었기 때문이었다.

그러기 때문에 아버지는 흐뭇한 생각이 들어 마음이 안심되었는지도 모른다. 그래서 자기가 먼저 어머니의 안부도 물었고 또 그새 바빠서 한 번 찾아보지도 못했다는 변명을 구구하게 주어 섬겼다.

성욱이는 그 기회를 놓쳐서는 안 될 것을 생각했다. 그렇지 않아도 화제가 그리로 돌기를 기다리는 참이었다.

"무척 고생하셨습니다. 그새 갑자기 늙으신 것 같애요."

간단하나마 뜻깊은 말을 했을 때 아버지가,

"내가 나쁜 놈이 돼서 그렇다. 이제 내 마음을 알아 줄 때가 오겠지."
하고 양심의 가책을 받는 것처럼 한숨을 내쉬었다.

성욱이는 연극도 곧잘 하는 아버지를 알고 있었지만 그런 연극을 꾸미는 것도 어느 정도 마음이 느긋해질 때 하는 것이라는 것까지 짐작하기 때문에,

"당장에 생활이 곤란한 것 같아요."
하고 돈 문제를 넌지시 꺼냈다.

"그렇겠지. 갈 때 좀 가져가거라."

아버지는 선선하게 대답할 뿐 아니라,

"너도 학교를 계속해야지 않겠니?"

하며 성욱의 걱정까지 해 주었다. 그러나 너무 큰 부담을 줌으로 그 자리에서 염증을 느끼게 하고 싶지도 않았을 뿐더러 자기 개인 문제만은 절대로 다시 의뢰하고 싶지 않은 생각에,

"아버지도 생산 없이 소비만 하실 텐데 저까지 공부할 수가 있습니까. 이제는 공부할 생각도 별로 없고 새 나라 일이나 해 볼까 합니다."

라고 사양하는 척 거절을 했다. 아버지도 좋은 말을 들었다는 듯이 반가워했다.

"나도 앞으로는 돈 벌 생각을 그만두고 정치운동에나 나설까 한다. 너 나 할 것 없이 조국 광복에 몸을 바칠 때가 지금 아니고 언제겠니. 이승만 박사도 돌아오시고 상해 임시정부 요인들도 돌아올 테니까 얼마 안 있어 나라 독립도 도로 찾게 될 게 아니냐. 너도 생각을 잘 했다. 젊은 사람이 일할 때가 바로 이때야!"

한참 마음이 좋을 때 용건을 말해 버리고 싶은 생각에 성욱이는,

"일을 할래도 옷이 있어야지요. 헌 양복이라도 몇 벌 주시면……."

하고 아버지의 눈치를 살폈다.

아버지는 그것도 반갑게 승낙했다. 작아서 못 입은 양복이 적지 않게 있으니 마음대로 가져가라는 것이었다.

용건을 마치고 나서 그때는 더욱 오래 앉아 있고 싶지 않았다.

아무리 순조롭게 이야기를 했다 해도 찬 흐름이 가운데 흐르고 있는 두 사람이었다. 어디까지나 자기의 흐름을 찾아 따로 살아야 할 사람들이다.

두 번째 점심이기 때문에 구미도 별반 없었지만 성욱이는 들어온 음식을 먹는 둥 마는 둥 하고 돈과 양복을 얻은 뒤에 도망치듯 아버지 집을 뛰쳐나왔다.

여학교

　성희가 누워 앓은 것은 약 일주일 동안이었다. 명희가 성욱이를 찾아가던 날부터 열은 내리고 일어나 앉을 수도 있는 것이지만 그는 며칠 동안 더 누워 있었다. 아픈 데가 없다고 해도 병자 행세를 함으로써 무슨 일에든 모른 척하고 지낼 수 있다고 하는, 말하자면 세상일에 관계를 하지 않고도 지어 주는 죽을 먹고 지낼 수 있는 그런 생활을 조금이라도 길게 끌고 싶었던 것이다.

　"웬만하면 좀 일어나 보렴."

하고 언니가 누워만 있는 것이 보기 딱하다는 듯이 말을 해도,

　"팔다리에 기운이 없는 걸 어떻게 일어나요."

하고 구태여 일어날 생각을 아니했다.

　별로 아픈 데가 없는 것을 알기 때문에 언니는 더 다그치기도 했다.

　"네가 일어나는 걸 보고야 이사를 가지 않겠니……."

　그러나 성희는 막무가내였다.

　"내가 누워 있다고 이살 못 갈 게 뭐요. 오늘로라도 가세요. 죽지는 않을 테니……."

　"애도 어쩌면 그렇게 말을 하니. 누워 있는 걸 보고 이살 어떻게 간담."

　"참 언니도 못 갈 게 뭐유. 암만해도 난 며칠 더 앓아야겠는데."

　"그럼 넌 앓고 싶어서 앓는 게로구나. 군소리하는 걸로 좀 수상하다고는 생각했지만 아무래도 무슨 일이 있지?"

　명희는 이 말을 하면서 성욱이가,

　"동생은 실연을 한 게로군."

하던 말을 생각했다. 그때도 자기가 그렇게 느꼈기 때문에 성욱이가 그런 눈치를 차렸을 것이지만 지금 성희의 말을 듣고 나니 자기의 생각이 틀림없었던 것 같았다.

　성희는 깜짝 놀라는 얼굴로 자리에서 일어나 앉았다.

　"아니, 무슨 군소리를 했어요?"

　명희는 대답하기를 주저했다. 바른 대로 말을 하면 성희가 무색해할 것

같았기 때문이다. 참새처럼 자기의 즐거움을 속삭이던 성희였지만 열에 떠서 헛소리를 한 것으로 보아 말 못할 괴로움이 숨어 있는 것만은 사실이다.

마음을 떠보기 위해서 남의 괴로움을 꼬집어 뜯는다는 것은 차마 못할 일이다.

그러나 명희는 생각해 보았다. 만약 내 동생에게 괴로움이 있다면 그것을 미리 알고 의논을 해 주는 것이 마땅한 일일 것이라고.

눈치를 채고도 모르는 척하는 것은 동생을 사랑하는 마음이 아닐 것 같았다. 그래서,

"너 무슨 걱정이 있지?"

하고 물었다.

성희는 대답하기 전에 자기가 했다는 헛소리에 더 궁금증을 느꼈던지,

"뭐라고 군소리를 했어요. 그것부터 말해 줘요."

했다. 명희는 명희대로,

"네가 말을 한다면 이야기를 하지!"

하고 따졌다.

"응, 다 말할게."

성희도 언제까지나 숨기겠다는 마음은 아닌 성싶었다. 도리어 울먹울먹한 눈을 깜박거리는 것이 하고 싶은 말을 억지로 참고 있는 것처럼 보였다.

"그럼 말할게. 앓기 시작한 그 이튿날 열이 몹시 나서 정신을 못 차릴 텐데 이런 말을 하겠지."

명희는 성희의 얼굴을 빤히 쳐다보며,

"내 말을 똑똑히 듣고 바른대로 말해."

하고 명령하듯이 이야기를 계속했다.

"난 몰라요. 속였다는 것을 부정하련다면 듣기도 싫어요. 이러지 않겠니? 글쎄 그게 무슨 뜻이지?"

성희는 머리를 숙였다. 속이려야 속일 수 없는 일이다. 며칠 동안 잠을 못 자며 괴로워하던 끝이었으니 그런 말을 아니했다고 보장할 수도 없다. 그런 눈치도 안 보이도록 갖은 노력을 다했지만 그 헛소리 아니라도 자기 마음을

엿보았을는지 모를 언니에게 게다가 의심 아니할 수 없는 헛소리까지 말해 놓았으니 아무 일도 아니라고 대답해 버린다면 언니도 혀를 뽑아내며 끝내 말을 시킬 수는 없는 일이겠지만 자기가 언니를 속이는 것이라는 것만은 확실히 안 게 분명한 일이다.

언니에게 자기가 언니를 속인다는 생각을 주기는 싫었다. 자기가 괴로워하는 것도 다름 아닌 속은 것 때문이어늘 그 가장 미운 속이는 일을 하나밖에 없는 언니에게 보여 준다는 것은 차마 하지 못할 일이었다.

성희는 며칠 사이에 생긴 일을 될 수 있는 대로 줄거리만 따서 이야기했다. 그러나 언니를 속이지 않았다는 마음에서 속이 한결 가벼움을 느꼈다.

"거참 성욱 씨의 말이 맞았는데."

이야기를 듣고 난 언니가 웃었다.

"성욱 씨의 말이라니?"

성희는 깜짝 놀라는 눈초리로 반문했다.

"내가 헛소리를 하며 앓았다고 그랬더니 실연을 한가 보다고 그러던 말이 생각나서 하는 말이야."

"언니두 그런 말을 아무한테나 할 게 뭐유. 그럼 지금 한 말을 취소할 테야."

"아니 그저 앓는다고만 그랬는데 그런 말을 하는 걸 어떡허니, 설마 그런 말을 함부로 할라구."

"말해도 괜찮아요. 불명예스러운 일은 아니니까 숨길 필요도 없겠지 머."

성희는 사실 그것을 부끄러운 일이라고는 생각지 않았다. 명예스러운 일은 아니지만 불명예스러운 일도 아니다.

"쓸데없는 소리는 하지도 말아. 거 무슨 좋은 소리라고 씨부렁거리겠니."

명희는 불명예스럽지는 않다고 해도 그리 좋은 이야기는 아니라고 생각했다. 그래서 자기는 누설치 않겠다는 뜻을 말했으나 그것보다도 동생의 현재 마음을 알고 싶어서,

"그래 아주 끊어 버렸니?"

하고 물었다.

성희는 무엇이라고 대답할지를 몰라 한참 동안 망설였다가 자기 자신이 결정짓지 못한 일이라 이렇게도 저렇게도 말할 수가 없었던 것이다. 그러나 그러한 자기를 있는 그대로 보이기가 싫어 언니에게 반문을 하고야 말았다.

"언니 같으면 어떻게 하는 것이 좋겠어요?"

"어떻게 하다니? 뻔한 일이지."

명희는 간단하게 생각하는 모양이었다. 그러나 성희는 말눈치를 못 알아챈 것처럼 재차 물었다.

"뻔한 일이라니요?"

"부인 있는 남자라는 것을 알았으면 그 자리에서 손을 끊어야지 뭐야."

"그럼 사랑하던 마음은 누구에게 줄까요?"

"딴 사람을 만나서 다시 사랑하면 되지."

"언니는 아저씨에게 그런 사랑을 주고 있나요?"

"그럼. 날 속인대두 그걸 용서해."

"그런 것두 사랑이랄 수 있을까요?"

"마음이 서로 맞을 때 사랑이라는 것이 있지만 일방적인 때에두 사랑이 있는 줄 아니."

"사랑이라는 것은 뿌리가 있는 것이기 때문에 허리를 잘러두 뿌리만은 남아 있는 게 아니에요."

"무척 사랑했던 모양이구나."

"그래서 그러는 게 아니라 애정이 너무 상대적일 때에는 상품처럼 매매가 될 수 있지 않을까 해서 하는 말이에요."

"육체처럼 애정이 매매되는 것은 아니겠지만 불가피할 때는 끊어야 하지 않니!"

"불가피한 것을 이겨 나가는 것이 애정이 아닐까요."

"난 모르겠다. 좌우간 자기만이 손해 보는 연애는 단념하는 게 좋아!"

"애정을 느끼는데 왜 손해를 봅니까? 손해라는 그런 말은 장사치들만이 쓰는 말이에요. 사랑 아니할 수 없어 애정을 느낄 때 손해라는 것이 생각돼요. 만약 손해라는 그런 생각을 가진 사람은 애정을 느낄 줄 모르는 사람이 아닐까요."

"그럼 넌 아직두 사랑한다는 말이냐."

"사랑하구 말구요. 그러나 앞으로 그 사람을 어떻게 정리하느냐가 문제지요."

"그럴 것 없이 그대루 사랑하려마."

"그럴려구두 생각해요. 그이두 부인 때문에 괴로워하구 있구 또 머지않아 이혼두 한다니 아무 거리감 없이 사랑할 수가 있지 않아요."

성희는 마치 자기 마음이 그런 것처럼 이야기해 버렸다. 만약 언니가 자기를 동정하고 애정에 대한 생각을 장사꾼같이 아니했다면 또 그 반대의 길로 나갔을는지도 모른다. 결정짓지 못한 마음이지만 우선 언니에게 항거하고 싶은 생각에 그런 말을 하고 말았던 것이다.

"쯧 마음대루 하렴. 그런데 그 남자는 뭐라던."

언니는 아무래도 못마땅한 것처럼 다시 묻기를 시작했다.

"뭐라긴 뭐래요. 부인과는 얼마 안 있어 이혼한다는 거지 뭐."

성희는 흥분된 것처럼 대답을 했다.

"난 반대다. 사람이 없어서 부인 있는 남자를 사랑해."

"난 언니 마음을 모르겠어. 어떤 사람이건 그가 제일 좋다구 할 때는 사랑할 수 있지 않수. 불구자건 직업이 천하건 그 사람의 인간됨이 진실하다면 사랑할 수 있는 게 아니에요. 마누라 때문에 고민함으로 발전할 길이 막힌다면 그 사람을 도와서 발전하게 만들어 주는 것이 사랑이 아닐까요."

"건 결국 희생이야. 남에게 희생될 게 어디 있나 말이다."

"언니처럼만 생각한다면 세상에 애정이란 건 있을 수 없어요."

이렇게까지 이야기를 해 놓고 보니 어쩐지 자기의 말이 옳은 것만 같이 생각되었다.

그래서 성희는 언니에게 끝까지 반항할 자신이 생기는 것 같았고, 또 끝까지 그렇게 나가고 싶은 생각도 들었다.

"희생과 애정은 다른 거야. 자기를 돌보지 않는 희생은 자기 파멸이지 뭐냐?"

언니는 이렇게 해서라도 동생의 마음을 돌리고야 말 생각인 것 같았다. 그러나 그러면 그럴수록 성희의 마음은 자꾸만 외로 돌았다.

"그건 희생이 앞설 때 그렇지요. 애정이 앞서고 희생이 뒤따를 때는 알 수 없지 않아요."

"마찬가지지."

"어째서 마찬가지예요. 사랑하기 때문에 희생하는 것과 희생하기 때문에 사랑하는 것은 그 출발이 다른데요. 사랑하기 때문에 희생하는 것이라면 아름다울 수 있을 것 같아요."

"희생되기야 일반이 아니냐?"

"그래두 더러운 희생과 아름다운 희생이 다르지 않아요. 정신적으로나 물질적으로나 서로 희생당하며 사는 것이 인간인데 저마다 희생을 피하기만 한다면 대체 인간은 어떻게 사는 겁니까. 또 언니가 희생을 싫어한다면 언니 때문에 희생되는 사람은 어떡할 생각입니까?"

"누가 내한테 희생을 당해?"

"참 언니두 딱해. 언니가 즐거움을 느끼려면 그 반면에는 반드시 희생이 되는 사람이 있어야 하지 않아요. 애들을 두고 보세요. 언니는 애들을 언니 생각대루 길러야 만족해하지요. 그러나 애들은 자기가 가고 싶은 길을 언니 때문에 못 가는 수가 얼마나 많아요. 나중에 가서 어느 길이 참으로 옳은 길이었나 하는 판결이 내리기 전까지는 애들이 언니에게 희생되는 것이 아니구 뭡니까."

별로 생각지도 않았던 이야기가 자기도 모르게 술술 나오는 데 성희는 스스로 놀라기도 했으나 어쨌든 자기의 말을 굽히고 싶지 않았다.

성희의 말에 명희는 정신이 얼떨떨해진 모양이었다.

"글쎄, 네 말이 그럴 수두 있다. 아무렇게 해서라도 행복을 느낀다면 그뿐이겠지."

하고 손을 들었다. 속마음에서 손을 들었는지 그렇지 않으면 이야기가 귀찮아 말을 그만두라는 생각에서 손을 들었는지 어쨌든 이야기에 흥미가 없다는 눈치만은 확실했다.

성회도 피곤함을 느꼈다. 더 말할 기력이 나지 않았다. 그래서,

"사실 그렇지요. 사람은 자기가 행복하다고 생각하는 길만을 걸으려 하는 것이니까요."

하고 언니에게 처음으로 동의해 버렸다. 명회는 결론을 얻은 것처럼,

"일찍 자라."

하고 일어서려고 했다.

그러나 성회는 어쩐지 결론이 내려진 것 같지 않았고 또 언니를 그대로 돌려 보낸다는 것이 께름칙했다.

만약 한 마디라도 의지에서 나온 말이 아니라 속감정이 시키는 말을 하여야 가슴이 편할 것 같았다.

참으로 이때까지의 말을 자기 감정에서 나온 것이 아니라 감정과 멀리 떨어져 있는 의지가 시킨 것들이었다. 그래서,

"언니."

하고 언니를 도로 앉게 했다. 그리고는,

"사실 나는 그 사람에게는 속았다는 것이 무엇보다두 슬퍼요. 속임을 받았다는 것을 생각만 하면 애정이 배반당한 것만 같아서 가슴 속에 들었던 애정을 소독수로 소독해 버리고만 싶지 않아요. 배반에 변명의 여지가 있을 수 없고 또 동정할 가치가 없는 것 같아요. 언니 난 어떻게 해야지, 응."

하고 언니의 손을 붙잡았다. 눈에는 눈물이 글썽거렸다.

명회는 자기의 손으로 동생의 눈물을 닦아 주고는 다시 동생의 손을 힘있게 잡아 주었다.

"너무 괴로워하지 말아. 이제 차차 잊어버리게 되겠지."

이제야 겨우 성회의 마음을 안 것처럼 달래 주었다.

"아니야. 잊어버리는 게 아니라 점점 큰 괴로움을 느낄 것 같아. 그이가 나 때문에 얼마나 괴로워하겠어. 그걸 내가 못 본 척할 수가 있수. 아무리 날 배반했다고 생각을 해두 그를 사랑하던 마음은 죽을 때까지 가슴 구석에 남아 있을 게 아니야."

명회의 말이 진정 자기를 생각해 주는 것 같을 때 성회는 비로소 자기의

진심을 털어놓았고 또 진정에서 나오는 눈물을 막으려 애쓰지 않았다. 한편으로는 언니가 시키는 대로 맹종(盲從)하고 싶은 생각도 들었다.

그러나 명희는 내일 또 이야기하자고 하며 일찍 자라고 했다. 그 말이 성희에게는 다시 의논을 주었다. 자기를 위하여 좀더 이야기해 줄 아량을 가지지 못한 언니라고 생각되었기 때문이었다.

명희가 나가자마자 성희는 다시 자리에 누웠다. 그리고는 눈을 감아 보았다.

누워서 눈을 감는다고 곧 잠이 오는 것은 아니지만 그래도 잠들어 버린 것 같은 마음자리를 가지고 싶었던 것이다.

언니를 언짢게 생각하거나 또 경수에 대한 마음을 결정짓고자 한다는 것은 결국 자기를 들볶아 자기를 못 살게 구는 것밖에 되지 않는다.

남을 흠잡고 나무라는 데는 끝이 없다.

설사 언니에게 고까운 점이 있다 해도 그것을 파고들어 간다면 손해 보는 것은 자기뿐이 아닌가.

경수에 대한 것도 그렇다. 의지만으로도 또는 감정만으로도 해결 지을 수 없는 문제다. 그것을 초조하게 해결하려고 대들기만 한다면 다시 병이 나고 앓아눕지 않으면 안 될 것이 분명하다.

초조에서 헤엄쳐 나와 휴식 상태로 들어가고 싶은 것은, 생각한다는데 지치기도 했을 뿐만 아니라 자기의 몸을 학대하지 않고 싶은 때문이기도 했을 것이다.

자기 학대라는 것은 자기를 가장 미워하는 것이거늘 자기를 미워할 까닭이 어디 있는 것인가. 자기에게 죄가 없고 자기에게 흠잡을 데가 없다면 구태여 자기를 괴롭힐 필요가 없다.

그 대신 모든 것을 시간에게 맡기고 싶었다. 시간은 무엇이나 해결해 준다. 그 시간을 믿는다는 것이 자기의 의지가 약한 것이라고 말해 주어도 좋았다. 자기를 의뢰하지 못하기 때문에 시간을 믿는다고 비웃는다 해도 할 수 없는 일이었다. 차라리 초조한 가운데서 괴로움을 맛보고 어둠을 내다보는 것보다는 나을 것 같았다.

이렇게 생각될 때 성희는 될 수 있는 대로 빨리 자리에서 일어나려고 했다. 몸을 움직임으로 말미암아 시간을 지루하지 않게 보내고 싶었다. 시간을 허비하기가 힘든 사람을 구원해 주는 길은 오직 행동뿐이라고도 생각되었다. 그보다도 행동 없는 사람은 흔히 타락하기 쉬운 것이라는 생각이 머리 위를 스치고 지나갔다. 타락 —— 타락에서 더 무서운 것이 어디 있는가. 자기의 생활에 가치를 느끼지 못하는 타락은 죽음보다도 더 쓸모가 없는 것이다.

나라가 해방이 되었고 민족의 역사가 새롭게 만들어질 마당에서 죽음보다도 쓸개가 없는 타락 속에서 허덕인다는 것 같았다.

그리고 언니도 빨리 이사를 가도록 해야 할 것이 아닌가, 언니야 얼마 있던 무관하겠지만 형부가 불안해 할 것이다.

하루빨리 마음을 안정시키고 앞으로 살아나갈 계획까지 만들어 놓아야 할 형부가 자기 때문에 하루라도 불안하게 지내야 한다는 것은 약간 미안한 일이었다. 그래서 누운 지 일주일이 채 못 되는 날 성희는 자리를 깨고 넌지시 일어났다.

자리에서 일어나는 날 성희는 오빠의 병원으로 나아갔다.

바람을 쏘이면서 거닐어 보고 싶은 마음에서다. 전과 같으면서 거리로 나가고 싶은 충동을 받았을 것이지만 어쩐지 두 번 마음이 내키지 않았다. 아무래도 침울한 그림자가 그의 마음을 어둡게 하고 있는 모양이다.

집과 맞붙은 병원이지만 이때까지는 일이 있기 전에는 발길도 안 하는 곳이다. 돈만 아는 오빠가 탐탁치도 않았지만 언제나 음산하고 불건강한 분위기가 자기 마음에 들지 않았기 때문이었다. 그러나 이 날만은 병원 공기가 마시고 싶었다. 해방이 됐다고 해서 환자까지 달라졌을 리는 없을 것이지만 어쩐지 해방 뒤에는 환자들까지 명랑해졌을 것 같은 생각이 들었다. 뿐만 아니라 환자들의 얼굴에서 조선의 모습과 또 조선 사람들의 호흡을 알아낼 수 있을 것 같았다. 병자를 통해 민족의 표정을 엿보려는 마음부터가 병적일는지는 모른다. 병적인 마음을 가졌기 때문에 병자에 대한 호기심이 생겼고 또 거기서 통하는 바를 찾으려고 했다는 것이 옳을는지도 모른다. 좌우간 성희는 호기심으로 가지고 병원 안으로 들어섰다. 그러나 발을 들여 놓기가 무섭게 그의 호기심은 산산이 깨지고 말았다.

우선 환자가 해방 전보다도 많이 늘었다는 데 놀랐다. 일본 병원이 없어지고 일본 의사들이 제 나라로 돌아갔기 때문에 병원이 번창하는지 또 오랜 경험으로 남에 못지않은 기술을 가지고도 알려지지 않았던 오빠가 갑자기 유명해졌기 때문인지는 그 이유를 알 수 없으나 어쨌든 대합실에 환자가 가득 차 있다.

둘째 놀란 것은 간호부의 불친절이었다. 환자가 많으니 자연 바빠서 그렇기도 하겠지만 진찰이 끝난 환자를 내 보내려고 새 환자를 부르는 그 말소리가 말할 수 없이 차가웠다. 환자의 이름을 한 번 불러 보고 대답이 없으면 그 자리에서 얼굴색을 달리 하고,

"얼핏얼핏 대답해요."

하며 신경질부리는 것이 눈에서 횃불이 날 정도로 불쾌했다. 아직 나어린 소녀가 자기보다 어른인 환자들에게 거리낌없이 신경질을 부린다는 것은 직업적 의식을 잃었다기보다도 환자를 의사에게 복종하여야 하는 환자로만 취급하려는 마음에서 일게다. 그러한 불친절에 얼굴을 찡그리는 사람도 있기는 했지만 역시 의사를 필요로 하는 환자라는 약점에서 간호부의 아니꼬운 태도를 나무람 하는 이가 없었다.

오빠는 물론이었다. 해방 전부터 환자를 위하여야 자기가 손해 보는 일이 없는 빡빡하기 짝이 없는 의사다.

"늑막염인데요. 입원하구 치료를 해두 한 달 이상 걸립니다. 빨리 가서 입원할 준비를 하시오."

이것이 어떤 환자에게 주는 말이었다. 좀더 따뜻한 말로 중한 병을 걱정해 주는 마음씨를 보여 준다면 환자도 그리 흥분하지 않을 수 있을 것이다.

"안정이 필요합니다. 될 수 있는 대로 빨리 입원을 하는 것이 좋을 것 같습니다."

이렇게 말한다면 환자가 의사를 의뢰하는 마음인들 얼마나 클 것인가. 권한을 가진 사람마다 그 권한을 믿고 권한만 행세함으로 만족을 하려고 한다

면 권한 없는 백성은 언제까지나 권한 있는 사람의 희생물이 되고 말 것이 아닌가.

일본 시대에는 희생을 요구하는 민족과 희생을 바치는 민족이 스스로 구별되었던 것이지만 지금 그 특권 민족이 사라지고 없어진 때 무엇 때문에 다시 권한을 가지고 민족을 갈라 놓아야 할 것인가. 과거의 공통된 서러움을 생각해서라도 서로 아끼고 서로 사랑하여야 할 것 같았다.

과연 과거에는 서로 자랑하고 싶은 마음이 있어도 자기 민족보다도 일본을 사랑하여야 한다는 소위 지상명령이 서로를 사랑할 수 없게 하였었다.

해방이란 다름 아닌 사랑의 해방일 것이다. 서로 사랑하지 못하던 사람들끼리의 사랑이 해방되지 못하였다면 해방이 무엇을 의미한 해방일 것인가.

병든 자기의 마음을 마음껏 어루만져 주고 또 그 외로운 마음을 북돋아 주는 아름다운 새 살림이 병원에서부터 시작되어야 할 것이로되 해방 뒤의 병원은 애정 없는 권리의 행사처럼 변하고만 것만 같았다.

성희는 새로운 비애를 발견하였기 때문에 병원이 다시 싫어졌다. 그렇지 않아도 침울하기 만한 병원에 따뜻한 공기 한 모금을 마실 수 없으니 환자 아닌 사람이 한 시간인들 거기서 호흡할 수가 있을 것인가.

성희는 인술(仁術)을 다룬다는 병원이 이렇거늘 일반사회는 어떻게 할 것인가 하고 생각해 보았다. 물론 병원 못지않게 냉정할 것 같았다. 언니가 국경을 넘을 때 고생하던 이야기가 머릿속에 떠올랐다. 만약 자기 동족을 사랑하는 마음이 털끝만치라도 있다면 외국에서 고생하다 돌아오는 전재민을 조금이라도 가까운 길로 인도해 주었을 게다.

민족애(民族愛)가 해방되지 못한 8·15 해방 앞에는 수없는 험산준령이 가로놓여 있는 것 같았다. 물론 민족애에서 민족의 손으로 빼앗아 온 해방이 아니기 때문에 그럴 것인지도 모르지만 어쨌든 해방이라고 해서 무턱대고 즐거워할 수 없는 것이 사실이었다. 마치 그러한 사실을 보아라 하는 듯한 새로운 재료가 성희 눈앞에 또 나타났다.

일부러 나왔던 길이니 오래 대하지 못했던 신문이나 보고 들어갈 생각으로 응접실 탁자 위에 놓인 여러 가지 신문을 한 장씩 한 장씩 들치고 있을 때 성희의 눈에는 무엇보다도 서울 안에 새로 생긴 정당이 칠십여 개나 된다는 기사가 커다란 활자로 확대되어 그것만이 보였다. 그 기사 속에는 정당이 그렇게 많은 이유를 정치적 지위를 노리는 무리가 너무 많은 데 있다 하고 이어서 나라를 혼란시킬 최대의 원인을 만들기 전에 서로 반성하고 자각하여야 된다는 뜻의 말이 쓰여 있었다.

어떤 신문에건 대동소이한 내용의 기사가 실려 있었다. 그 기사를 읽을 때 성희는 오빠나 간호부의 불친절 따위가 아닌 불쾌를 느꼈고 또 해방 후 처음의 민족적 실망을 느꼈다. 사상과 정치이념이 다르다고 해도 아무렇기로서 칠십 가지의 사상과 주의가 있을 수 있을 것인가. 정당을 끌고 나아갈 만한 지도적 역량을 가진 사람들이 그렇게도 많다는 말인가. 그렇게 지도자가 많다면 일제 시대에는 어째서 민족을 똑바로 지도하지 못했을까. 일본 제국주의의 압박으로 일을 못했었다는 것을 구실로 말하는 사람이라면 그는 해방 뒤에도 좀더 자기 반성과 자기 실력의 양성을 꾀한 뒤 나오는 것이 정당한 것 같았다. 자유롭게 말할 수 있고 자유롭게 일할 수 있다 해서 과거에는 꼼짝도 못하던 사람들이 제 세상을 만난 것처럼 날뛰는 것은 아무리 좋게 해석을 해도 신중한 태도라고 말할 수가 없다.

나라가 해방된다면 어떻게 나아가야 할 것인가 하는 데 대하여 준비 운동이 많지 못한 민족이다. 준비 운동과 예비 훈련이 없었던 만큼 행동이 경솔해서는 안 될 것이다. 지도적 입장에 있다고 하는 것을 자처하여 누구나가 다 자기의 정당을 만든다는 것은 얼른 보기에 누구나가 다 정치적 지위를 차지하고 싶다는 야심을 말하는 경솔일 수밖에 없을 것이다.

한정된 지위에 비하여 지도자가 되려는 사람이 많다고 하면 거기에는 응당 싸움이 벌어질 것이고 따라서 그 밑에 있는 백성들은 서로 분열이 되어 옥신각신 난장판을 이룰 것이 분명하다. 성희는 신문을 접어 놓고 집으로 돌아왔다. 오빠야 원체 바쁘니까 동생이 말 한 마디 없이 그대로 왔다 가는 데쯤 괘념할 것이 못 되겠지만, 성희 역시 인사말 한 마디 없이 돌아온 데 거리낌을 느끼지 않았다. 그만큼 그는 흥분했던 것이다. 해방이 되었다. 그래서 무턱대고 기뻐만 할 수 없는 비애와 앞으로의 사회가 어지럽고야 말 것 같은 걱정이 그의 머리를 얼떨떨하게 만들었다.

자기 방으로 들어와 앉았을 때 성희는 행동에서나 감정에서나 경솔해서는 안 될 것을 거듭 생각했다.

정열이 왕성하여 행동이 가장 풍부한 젊은 사람의 활동을 무엇보다도 필요로 하는 가장 중요한 순간이라 할지라도 성희는 행동을 앞세울 만한 자신이 없었다. 무엇을 배워 무엇을 안다고 행동을 앞세울 수 있을 것인가. 만약에 준비 기간을 두지 않고 행동을 내세우려고만 한다면 그는 자기가 긍정하는 자기의 신념을 못 가진 채 감정에 쏠리기가 쉬울 것 같았다. 저마다 지도자가 되려고 칠십 여 개의 정당을 만든 것과 같은 지경에 빠지고 말 것이다.

성희는 문득 경수에게도 경솔한 태도를 취하지 않아야 할 것이라고 또다시 생각하여 마음을 다졌다.

그래서 그런지 좀더 두고 형편을 보면서 결정지어야 할 것이라는 생각이 움직일 수 없게 뿌리를 박은 듯 그 문제가 며칠 전처럼 그렇게 중요하게 마음을 점령하지 않았다. 어찌된 일인지 갑자기 방을 소제하고 싶은 생각이 들었다. 며칠 누워 있는 동안 지저분하게 널려 있는 옷가지가 눈에 거슬렸고 먼지가 보얗게 앉은 책상이 마음에 걸렸다.

빨아야 할 옷들을 보자기에 싸놓고 방 안에 비질을 한 뒤 물걸레를 빨려고 할 때 언니가 방 안을 기웃하며,

"오늘은 기분이 좀 나니?"

하고 물었다.

"응!"

성희는 턱으로 대답을 하며 웃었다.

"그럼 우리 이사 갈 때 같이 가겠니?"

"응!"

그는 다시 턱으로 대답을 했다. 마음에 구김살이 없을 때 흡족한 뜻을 턱으로 말하는 성희의 독특한 방법이다.

"참 내일 간댔지. 짐을 미리 싸 놔야지 않아요."

성희는 짐까지 싸 줄 것처럼 나서려 했다.

"무슨 짐이 있다구 벌써부터 싸겠니. 가만히 앉아나 있거라."

명희가 떠밀듯이 손짓을 해서 성희를 나오지 못하게 한 뒤,

"너 우리 이사 간 뒤 적어두 사흘에 한 번씩은 놀러 와야 한다."

했다.

"놀러 가는 데두 일과표를 만들어야 하나? 가구 싶으면 매일이라두 갈 텐데!"

"그럼 안 오구 싶을 땐 암만 되두 안 오게."

"가구 싶지 않은 델 무엇 땜에 가우. 언니가 미우면 난 평생 안 갈걸! 뭐."

"넌 그새 마음이 퍽 나빠졌어. 날 왜 미워하니?"

"언니가 그러지 않았수. 손해 보는 사랑을 말라구. 만약 언니가 밉다면 말이야. 미운 데두 찾아가면 손해를 보는 바보가 아니우."

이런 말을 주고받으며 히히닥거릴 때,

"성희 있어."

하고 밖에서 부르는 소리가 났다. 목소리로 여자 손님임에 틀림없었다.

성희는 찾아온 사람이 누굴까 하는 생각도 할 새가 없이 대문께로 뛰어나아 갔다. 해방 후 처음으로 자기를 찾아준 동무라면—— 그는 자기를 부른 말투로 보아 확실히 친구라고 생각했다—— 누구라는 것을 가릴 필요가 없었다. 아무건 간에 반가운 정이 앞섰던 것이다.

"누구야."

그는 대문을 열기도 전에 상대편의 말을 한 번 더 듣고 싶어서 이렇게 물었다.

"나야."

이름을 대지 않아도 목소리만으로 알 만한 사람이라는 대답이었다. 그러나 성희는 누구라는 것이 얼핏 머리에 떠오르지 않았다. 그러면서도 누굴까 하는 생각을 더듬을 새도 없이 그의 손은 우선 대문부터 열었다.

삐걱 소리와 더불어 대문이 열리자 성희가 밖으로 뛰어나가 밖에선 사람을 쓸어안으며,

"현주 아냐."

하고 부른 것은 거의 한순간의 일이었다. 찾아온 사람도 반가운 모양이었다. 성희의 손을 꼭 잡으면서,

"깍쟁이."

하고 오랫동안 만나지 못한 것을 원망하는 듯 말했다.

"네가 깍쟁이지 누가 깍쟁이야."

성희도 이제야 찾아오는 것이 밉다는 듯이 그 말을 받아들였다. 서로 미워 죽겠다는 듯이 깍쟁이 소리만 얼마 하다가 성희가,

"빨리 들어와."

하고 친구의 손을 잡아끌었다. 방에 들어와 앉자마자 성희는,

"그새 무얼 했니? 얼굴이 좋아 졌는데."

하고 입을 쉬지 않았다.

"하긴 무얼 해 그런데 넌 얼굴이 상했구나. 어디 앓았니."

"응."

턱을 약간 올리는 성희의 대답이었다.

"어디?"

"그새 죽은 뻔했어."

"그럼 아주 못 볼 뻔했게."

"응."

성희는 또 턱으로 대답했다.

그들은 한참 동안 서로 쳐다보며 웃기만 했다. 웃는 것으로 가슴 속에 품었던 이야기를 말하는 듯이, 뜻없는 웃음을 한참 웃고 나서 현주가 먼저 말을 꺼냈다.

"너 혜숙이 만나 봤니?"

"아아니, 너는 봤니?"

한 반 동창생의 이야기에 성희는 귀가 솔깃해서 반문했다.

"어제 길에서 만났는데 애가 아주 달라진 것 같아. 새로 생기는 여성단체에 다닌다면서 여성해방이니 남녀동등이니 하는 게 제법 야단이던데. 글쎄 그렇게 까불기만 하던 애가 어쩌면 그렇게 변하니."

"그래 다들 그렇게 변했을까?"

성희는 몇 달 안 되는 사이가 상당히 긴 것 같고 따라서 모든 동창생들이 몰라보게 변했을 것을 생각해 본다.

누구보다도 자기 자신이 변함을 느낀다. 어떻게 변했는지는 모르지만 확실히 달라진 것만은 사실이다. 그것이 꼭 해방 때문이라고도 말할 수는 없겠지만 해방 뒤에 생긴 일이라 어쩐지 해방이 모든 친구들에게도 여러 가지의 변함을 주었을 것 같다. 어린애처럼 까불기만 하던 혜숙이가 여성 운동을 말하게끔 변하였을 때에는 그 나머지 친구들 아니라 어쩌면 얼굴까지 달라지지 않았을는지도 모른다는 생각이 들었다. 유치원 시절의 동무를 다 자란 뒤 처음으로 만날 때 얼굴은 몰라보고 어리둥절히는 그러한 장면도 상상해 본다. 사람의 마음뿐 아니라 육체까지도 변하게 했을 것처럼 생각되는 해방이 실로 위대하고 또 꿈과 같은 것인가 보다. 성희는 눈앞에 앉아 있는 현주도 해방 이전보다 딴판일 것이라고 생각한다. 그래서,

"너는 그새 어떻게 변했니?"

하고 그새 달라진 점을 눈에 보여 달라고 했다.

"애두 변하긴 뭐에 변하니!"

"그래두."

"그래두가 뭐야."

"속이 엉뚱하게 달라졌을 걸."

"참 우스운 소리두 하네, 왜 달라지니."

성희는 그래도 현주의 말이 곧이들려지지가 않았다. 어덴가 달라졌을 것만 같아 못 견뎠다. 그래서 불쑥,

"그럼 앞으로 무얼 할래?"

하고 물었다.

"글쎄 너는?"

"나 말구 너 말이야! 말해 봐."

"영어 공부를 할까 해. 아무래두 앞으로는 영어가 제일일 거야. 영어 모르는 사람이 시대에 뒤떨어지는 때가 올 것 같지 않아, 그런데 너는?"

“글쎄 아직 모르겠어.”

성희는 역시 현주도 달라진 것이라 생각했다. 미군(美軍)이 들어온 지 얼마 안 되어 벌써 영어 공부 할 생각을 한다는 것은 현주에게 새로운 꿈이 생겼다는 것을 말함이다. 그렇게 생각을 하니 자기만이 아무런 계획도 없이 무의미한 날짜를 보낸 것 같아 약간 우울해졌다. 빨리 결정을 지어야 하겠다는 생각이 치밀어 올라왔다. 그와 동시에 현주와 같이 영어를 공부하겠다는 생각은 없이 하고 싶었다. 독립되는 나라 백성으로 자기 나라 문화를 둘째로 하고 남의 나라 것부터 공부하겠다는 생각은 그리 옳은 것이 못 될 것 같았다. 일본의 탄압으로 자기 나랏말까지 잊어버리게 된 백성이다. 자기들까지는 겨우 안다고 해도 아들 손자 대에 가서는 조선말이 씨도 없어질 뻔했을는지도 모른다. 그렇게 뺏겼던 우리의 문화를 하루바삐 도로 찾아야 하지 않겠는가. 그러나 성희는 현주에게서,

“너 춤 안 배울 테냐.”

하는 말을 들을 때 뒤통수를 얻어맞은 것처럼 아찔함을 느꼈다. 그래서 어떨떨한 김에,

“춤이라니?”

하고 반문을 했다.

“사교댄스 말이야.”

현주는 그것도 모르냐는 듯이 웃었다.

성희는 현주와 달리 터무니없는 웃음을 웃고,

“그래 댄스를 배우구 있니?”

하고 물었다.

“응! 그게 세계적 오락이 아니야. 그것두 그러면 앞으로 뒤떨어진 사람이 될걸.”

“그래?”

성희는 그저 놀랄 뿐이었다. 머리가 좋다던 현주가 되어서 그런 것까지 내다보고 있는지는 모르지만 자기는 생각도 못해 본 일이었다.

“참 배우기 쉬워. 그래 같이 안 배울래?”

현주는 유혹을 하려고 했다. 그러나 성희는,

"다 배우거던 네가 날 배워 주렴!"

하고 흥미를 느끼지 않는 것처럼 말했다.

"배워 두어서 해로울 게 있나? 남 하는 것 다 알아 둬야지."

"그럴까."

성희는 현주도 적지 않게 변했다는 데 놀랐다. 변해도 이만저만 변한 것이 아니다. 미군이 진주한 지 얼마도 안 되어 벌써 그 나라 말과 풍속까지 배우려 하는 현주의 생각이 어쩐지 자기 나라를 잊어버린 흔히 말하는 사대주의(事大主義) 사상이 아닌가 하고 느껴질 정도였다.

생활은 뒤떨어졌어도 화려한 것만 배우려고 하는 마음이 결국에 생활의 무질서와 타락을 가져오게 하는 것이 아닐까 하는 생각이 안 들 수 없었다. 말하자면 현주의 장래라는 것이 위험하기 짝이 없는 것이라 생각되었던 것이다.

"두고 봐. 이제 춤출 줄 모르는 사람은 축에 끼우지두 못하는 세상이 얼마 먼가."

현주는 그래도 자기의 예견이 얼마나 정확한가를 알리고 싶은 모양이었다.

성희는 그런 말을 신용하고 싶지 않았다. 설사 현주의 말이 들어맞는다 해도 벌써부터 그 날을 위해 준비할 필요가 없을 것이다. 내일의 생활을 흥정 아니할 수 없으나 그것이 걱정해야 할 내일은 아닐 것이 아닌가.

"그럼 된장국 대신에 빠다 수프 먹는 세상두 멀지 않았겠군?"

하고 비꼬아 말을 했다.

"것두 모르지."

"모르긴 뭘 몰라. 다꾸앙 먹는 법을 삼십여 년 배웠어두 조선 사람은 김치를 잊어버리지 않았어. 되지 않게 김치냄새 난다구 그랬던 사람들 앞으로 어떻게 되나 봐."

오래간만에 만나 반가운 동무였지만 그 생각하는 마음이 미워서 톡 쏘아 주고야 말았다.

"좌우간 두고 봐."

그래도 현주는 고집을 버리지 않았다.

성희는 그런 말을 할 기회가 다시 있으려니 하고 그 이상 현주를 공격하지 않았다. 일부러 찾아온 친구인 만큼 과자라도 대접해 보내야지 하는 생각에 가게로 나가서 먹을 것을 사들고 들어와서,

"해방이 좋지! 먹을 게 풍성한 것만두."

하고 웃었다.

"그럼 눈칫밥 안 먹는 것만두 얼마나 살찌는데."

현주도 맞받아 웃었다.

그들은 과자를 먹으면서 한참 동안 잡담을 주고받았다. 대수롭지 않은 말에도 서로 웃었다. 그럴 때 성희 올케가 편지 한 장을 들여 넣었다. 편지를 받아들자 성희는 얼굴색이 달라지면서 그 편지를 읽지도 않고 책상 서랍 속에 집어넣었다.

"누구한테서 온 편지야!"

학교 동무에게서 온 것이나 아닌가 하고 현주가 물었다.

"아니야!"

성희는 그 새까만 속눈썹을 깜박거리며 웃음을 지었으나 뺨은 점점 더 붉어졌다.

"수상한데, 이거야!"

현주는 주먹을 쥐고 엄지손가락을 내밀었다.

성희는 시골 사촌언니에게서 온 것이라고 속였다. 편지를 받을 때 평범한 태도를 취하지 못한 것이 자기의 실수이기는 했지만 그렇다고 해서 편지 보낸 사람의 이름을 말하기 싫어하는 성희다. 의심해도 좋았다. 비밀을 남에게 말하기 싫어하는 성희다. 언니에게 숨기지 못한 것마저 후회하는 그가 더구나 탐탁치도 않은 현주에게 쉽사리 이야기할 리가 만무하다.

그는 참으로 언니에게 이야기한 것을 후회했다. 후회할 것도 못 되는 것이라 생각하면서도 자기 비밀이 세상에 알려진 듯해서 마음이 공연히 찡찡했던 것이다.

현주는 더 캐물을 생각을 아니하고,

"그럼 다음 학교에서 만나."

하고 일어섰다.

"더 놀다 가."

성희는 한 번쯤 현주의 손을 잡아끌었지만 굳이 붙잡지는 않았다. 서랍 속의 편지가 그의 마음을 끌기도 했지만 부자연하게 속인 현주를 대하는 자기의 태도가 아무래도 어색하게 느껴져 견딜 수가 없었던 것이다.

"가 봐야겠어. 그런데 넌 무슨 과(科)에 들어갈래."

현주는 자연스러운 태도로 말했다.

"글쎄 너는!"

성희도 편지 사건은 잊어버린 듯이 반문했다.

"나는 영문과에 편입할래!"

성희는 대답을 못했다. 새로 개학하는 학교의 학제가 달라지니 전에 없던 과가 많이 생겼다는 말을 들었지만 아직까지 어떤 학과를 선택할까 하는 것까지는 미처 생각하지 못했던 것이다. 아니 학교를 계속하겠다는 것도 완전히 결심 못한 그다.

현주를 보내고 난 뒤 책상 앞에 도사리고 앉은 성희는 서랍을 열려고 하는 자기의 손과 싸움을 하기 시작했다. 빨리 뜯어보고 싶어하는 손이 책상 서랍 앞에서 널름널름할 때 그의 마음은 조급하게 굴지 말자고 손을 잡아끌었다. 도망가지 않을 편지를 가지고 조급하게 군다면 필경 흥분하고야 말 것을 알고 미리 경계하는 노력이었을 게다. 행동에 순서를 갖추어 마음을 안정시킴으로써 냉정해진다면 일에 실수가 없을 것이다. 그러나 손이 자꾸만 서랍으로 올라갔다. 무엇이라고 씌었는지가 보고 싶었고 또 경수가 무엇을 어떻게 하고 있는지를 알고 싶었다.

성희는 다시 고개를 흔들고 앞으로 어떻게 할 것이냐 하는 것을 다짐으로써 마음을 냉정하게 하려 했다. 어떻게 할 것이냐고 다짐을 한다면 또 그 대답이 흐려질 염려가 있어 그는 '첫째, 학교는 갈 것인가?' '둘째, 간다면 어떤 과를 선택할 것인가?' 하고 조목을 따져 생각을 추궁키로 했다. 그러면 조목에 대답 아니할 수 없을 것이고 따라서 대답을 하기 전에 경수의 편지를 읽을 마음이 일어나지 못할 것 같았다.

그는 첫째 조목에 대답을 하기로 했다. 그러나 그 대답은 간단했다. 자기에게서 가장 중요한 것은 행동에 앞서는 지식일 것 같았다. 알지도 못하고 아는 척 남을 지도할 수도 없는 것이지만 설사 그런 일을 함으로써 당분간 만족을 얻는다 해도 그 뒤에 오는 고독이 적지 않을 것 같았다. 아는 것 없이 일을 하다가 자기 실력이 부족됨을 깨달을 때의 고독이란, 후회하려야 도로 물릴 수 없는 일이다. 더구나 아는 것이 풍족치 못하고 일을 한다는 것은 일을 어지럽게 할 뿐 아니라 자칫하면 실력 있는 사람의 힘까지 빼앗을 위험성이 있다. 그것만도 아니었다. 새로운 국가로 건설되는 조선이 바람에 뜬 고무풍선을 요구할 것은 아니라고 생각되었다.

물론 이렇게 생각된 것은 며칠 동안의 혼란된 마음이 안정한 생활을 요구했기 때문일는지는 모른다. 어쨌든 다시 책보를 끼고 학교에 다닌다는 것만은 쉽게 결정지었다.

둘째 조목에는 여러 가지로 망설였다. 자기의 취미와 성격에 맞는 학과 그리고 허영을 떠난 실질적인 학과 이런 것을 모조리 생각해서 가장 적당하다는 것을 고른다는 것은 그리 간단한 일이 아니었다. 그러나 결국은 문과와 의과를 고르고 말았다. 그 중에서 어느 것이든 하나를 결정짓는 것이 가장 직당한 것으로 생각했던 것이다.

취미로 본다면 아무래도 의과보다 문과가 맞을 것 같았지만 조선의 현실로 본다면 문과보다 의과가 실용적일 것 같았다. 해방 이전에 문과를 선택했던 것은 취미도 취미려니와 나라나 사회를 위한다기보다 차라리 그런 것을 도피하여 자기 개인 속에 살고 싶다는 마음에서였을 것이라 어디까지나 나라와 관계가 있어야 할 것 같았다. 그렇다면 문과 아니라 의과를 선택해야 할 것이다. 그러나 아무리 나라를 위하는 공부라 할지라도 의사가 되어 병원을 내게 되면 오빠와 같이 돈만 아는 사람이 될 것 같은 생각이 들 때는 그것도 그리 좋은 것만은 아닐 성싶었다.

문과라 해도 나라를 위하는 학문이 아닌 것은 아니다. 생각에 따라 더 중요할는지도 모른다. 문화를 높이고 민족의 문화 수준을 올린다는 것은 문화가 낮은 나라일수록 그 필요성이 더욱 크다.

그러나 현주가 문과를 선택했다는 것이 무엇보다도 싫었다. 물론 문과에도 영문과와 국문과가 있는 것이지만 위험성이 있는 현주가 좋아하는 문과라는 것을 생각할 때 어쩐지 자기만은 허영 속에 뜬 사람이 되지 않고 싶은 생각이 들었다.

성희는 눈을 감고서 문과, 의과, 문과, 의과하고 몇십 번을 외어 보았다. 그렇게 외다가 자기도 모르는 새 멈추게 되는 것을 붙잡고 결정지으려는 마음에서다. 그러나 이것이 마지막이다 하고 결정지으려고 하면 딴 것이 머릿속에 떠올라 어느 것이 마지막인지 아리송해지고 만다. 말하자면 마음이 망설였기 때문에 우연한 방법에 만족할 수가 없었던 모양이다. 성희는 언니의 의견을 들으리라 생각했다. 당장에 결정지어야 할 것도 아니지만 앞으로 오빠에게 말할 때 언니와 의논해서 결정지은 것이라면 말하기도 쉬울 성싶었다. 그렇게 생각하니 두 조목에 대한 해답이 결정된 것 같이 책상 서랍을 열어도 좋을 것 같은 마음이 들었다. 그는 서슴지 않고 경수의 편지를 뜯었다.

"성희 씨 무척 흥분했으리라 생각합니다. 따라서 괴로움과 원망 속에서 나를 의심하고 있을 줄도 압니다. 그러나 그것이 나의 진정이었습니다. 속이려는 악의가 아니라 성희 씨에게 괴로움을 주기 전에 내 힘으로 내가 해결해 버리려던 것이었습니다. 그러나 성희 씨가 악의로 해석하는 것 같이 느껴질 때 나는 큰 죄를 진 것 같습니다. 그리고 내 최대의 애정이 허물어진 것처럼 생각되어 절망 속에 허덕이고 있습니다. 그러나 나는 나의 애정을 어떻게서든 도로 찾고 싶습니다. 찾아야 할 것 같습니다."

절연(絶緣)

어느덧 이 년이 지나갔다. 무엇보다도 자기의 취미를 무시해서는 안 된다는 언니의 말도 말이었지만 자기 자신도 어쩐지 의사라고 하면 돈벌이를 목적으로 하는 직업으로 불순한 것이란 생각이 들었고 또 거기에 들어가려면 새로 입학시험을 치러야 하는 복잡한 수속이 싫어 의과 대신 문과를 선택했기 때문에 성회는 머지않아 두 학기만 지나면 학교를 졸업하게끔 되었다.

그는 학생 생활에 충실하려고 했었기 때문에 이 년이란 세월을 비교적 단조롭게 보낼 수 있었다.

하기야 변변한 교수도 별로 없고 또 교수 시간도 일과표의 절반도 못 되는 초창기의 학교생활이라 가방을 들고 학교라 찾아나갈 맛이 조금도 없는 때가 적지 않았다. 학교에 가도 교수의 사정으로 책 한 번 펼쳐 보지도 못하고 돌아올 때면 으레 집에서 책이나 보고 있는 편이 도리어 공부가 될 것 같은 생각이 들어 학교를 그만두고 싶은 생각이 치밀어 오르기도 했었다.

그뿐 아니라 학생 사이에도 사상의 대립으로 옥신각신 싸움이 벌어지면 그런 것을 모른 척하고 틈에 끼지 않는다 하여 회색분자니 기회주의자니 하고 제각기 비난 공격할 때 성회는 학생 생활에 염증을 일으킨 것이 한두 번이 아니었다. 독립운동을 하다가 만주벌판에서 죽은 혁명가의 피를 받은 성회였지만 그 아버지로 말미암아 정신적인 불안 속에서 자라난 만큼 그는 소극적인 성격을 가졌는지도 모른다. 아버지의 말만 나와도 잡혀갈 것이 무서워 서로 쉬쉬하며 지내던 어린 때의 가정이 싸움이라든가 반항이라든가 하는 평상적이 아닌 행동을 일종의 공포로만 생각게 하였음인지 좌우간 성회는 싸움이란 것을 즐겨하지 않았다.

그렇기 때문에 친구들의 오해는 적지 않았을망정 그의 개인 생활에는 별반 파동이 일어나지 않았다. 학교생활뿐이 아니라 자기 개인 생활에 있어서도 비교적 평온한 편이었다.

경수는 그 뒤 학교로도 몇 번 찾아와서 자기를 오해하지 말아달라고 애원하였지만 부인과 정식으로 이혼했다는 증거를 보이기 전에는 찾아오지 말아달라는 강경한 태도에 어디로 갔는지 소식도 없어진 지가 벌써 일 년이 훨씬 넘었다. 그 동안 언니의 집에서 가끔 만나는 성욱이와는 서로 농담을 주고받는 사이가 되었고 또 서로의 비밀도 언니를 통해서 제각기 알게끔 되었

으나 그렇다고 해서 애정을 느끼거나 또 그런 흥미를 가지려고 애써 본 적
이 없다. 말하자면 과거 이 년이란 무난하게 지난 세월이었던 것이다.

겨울방학이 며칠 남지 않은 어떤 추운 날 오후였다. 부탁 맡은 십이지장
충 약을 전하려고 학교에서 돌아오는 길에 언니 집에 들린 성희는 아직 시
간이 멀었는데도 가게 문이 꼭꼭 닫힌 데 깜짝 놀랐다. 언니가 십이지장충
때문에 기운이 없어 시름시름 누워 앓는다는 말을 들었지만 그 밖에 누가
병들었다는 것을 들은 적 없다. 아무리 심한 병이래도 일 보는 사람이 있는
이상 문을 닫을 것까지 없을 것이라고 생각하니 어쩐지 심상치 않은 일이
생긴 것 같아 공연히 마음이 두근거렸다. 성희는 그새 얼마 동안 찾아오지
를 않았기 때문에 집안 형편을 자세히 알지 못하지만 그래도 가게를 닫을
일이라고 하면 전화로라도 알리었을 게다. 어제 전화로 약을 가져 오라 할
때에도 다른 이야기는 전혀 없었다. 그렇기 때문에 아무리 생각해도 문 닫
은 이유를 알 수 없었다. 누가 죽었을 리는 없을 것이다.

앓는 사람도 없었지마는 만약 위독하게끔 된 환자가 있다면 그래도 오빠
를 부르지 않을 수 없다. 오빠를 불렀다면 자기가 모를 리 없다. 그러면 무
엇일까. 일 보는 사람이 사고가 있었나. 오지를 못했는데 언니가 바쁜 일이
생겨 외출을 하였는가. 그것은 있을 수도 있는 일이다. 양재를 하는 만큼 옷
감을 산다든가 일이 밀리어 다른 집에 품일을 위탁한다든가 하는 일이 적지
않다. 그럴 때면 자기가 손수 나가지 않을 수 없다. 여자의 양장들이기 때문
에 대개 고급품을 취급해 옷감의 빛깔을 함부로 고를 수도 없는 일이지만
자기가 마른[裁斷] 것을 아무에게 맡길 수도 없기 때문이다. 그래서 재봉침
을 하고 앉아 있을 때를 빼놓으면 밖에 나가는 시간도 적지 않다.

그러나 해도 지기 전에 문을 닫은 것은 이때까지 본 일이 없다. 어찌된
영문인지를 몰라 어리둥절하기는 했으나 온 길이니 안 들어갈 수도 없어서
뒷문을 열고 집안에 들어 선 성희는 또 한 번 놀라지 않을 수 없었다. 언니
가 성욱이와 앉아서 웃고 있지 않는가. 정말로 알 수 없는 일이었다. 집안에
멀쩡하니 앉아 있으면서도 가게를 닫아 놓을 게 무엇인가? 성희는 성욱이
와의 사이를 의심도 해 보았다. 그저 가까운 정도만이 아니라 어떤 선을 넘

은 사이가 되지 않았나 하고 생각해 보았으나 아무리 가까운 사이라 해도 가게까지 닫고 밀회할 필요까지는 있을 성싶지 않은데 이상스러웠다.

성희는 못 본 척하고 발길을 돌릴까 생각했다. 숨기는 비밀을 알은 척하고 나선다면 당사자들이 불쾌해 할 것이 분명하다. 당사자들이 불쾌할 것은 둘째로 못 볼 것을 본 듯한 자기 자신이 꺼림칙했다.

그러나 성희는 기침소리를 하고 방 안으로 들어서고야 말았다. 들어가서는 안 되겠다는 마음과 정반대의 행동을 감히 취하고야만 그 이유를 몰랐다. 발길을 돌리려고 생각한 순간에 발이 말을 안 들었다고나 할까? 그렇지 않으면 당사자들에게 불쾌를 주고 자기가 꺼림칙함을 느끼면서까지라도 그들의 비밀을 알고 싶었는지 모른다. 알아야 아무 할 일도 없는 것이라 생각하면서도 언니와 성욱의 관계를 궁금하게 보아 오던 성희이기도 했다.

어쨌든 방 안으로 들어갔을 때 뜻밖의 침입자로 깜짝 놀라야 할 그들이 의외에도 범연한 데는 또다시 이상하지 않을 수 없었다. 언니가,

"성희냐? 오래간만이로구나."

하고 천연스러운 인사를 하는가 하면 성욱이도,

"오랜간만입니다. 어서 오십시오."

하는 것이 비밀이 탄로되었을 때에 당황해하는 빛이 아니었다. 대체 영문을 모르겠다. 반드시 심상치 않은 이야기를 하고 있었을 것임에도 불구하고 두 사람이 꼭 같이 천연스럽다는 것은 아무래도 이해할 수가 없는 일이다. 그래서 성희는,

"무슨 중대한 이야긴데 가게까지 닫았수?"

하고 꼬집어 물었다. 그리고는 언니와 성욱의 얼굴을 번갈아 보며 그 표정이 어떻게 달라지는가를 살폈다. 그러나 역시 변함이 없었다.

"돈을 너무 벌어서 쉬신 대나 봐요."

성욱이가 언니 대신 대답을 하며 웃었다.

"어쩌면……."

성희도 따라 웃는 듯하였지만 눈치를 살피는 눈만은 게을리 하지 않았다.

"언니더러 좋은 걸 좀 사 달라구 그러십시오."

성희는 성욱의 말을 받아 언니에게,

"그럼 무얼 사 줄 테유."

하고 언니의 얼굴을 바라보았다.

"성욱 씨두 이젠 제법 농을 잘 해. 얌전한 줄만 알았더니……."

명희가 약간 얼굴색을 달리했다. 그리고는,

"몸이 편찮으니깐 귀찮은 생각이 들어 하루 쉬었어."

하고 정색까지 했다. 성희는 그때야 부탁받은 약이 생각나서 가방을 열고 꺼내 놓으며 오빠에게서 들은 약 먹는 방법을 말해 주었다. 그리고,

"십이지장충이 그렇게 심한 버러진가요?"

하고 병 이야기를 꺼낼 때는 성희의 의심이 이미 풀어졌고 어딘가 불안하며 마음이 약간 안심되었을 때였다.

솔직히 말한다면 성욱이와 언니의 사이가 심상치 않다고 생각될 때 성희 는 어떤 불안을 느꼈던 것이다. 아무리 그렇지 않다고 생각하면서도 그래지 고야 말았다. 그래서 자기가 생각했던 것처럼 수상쩍은 것은 아니라고 느껴 질 때 비로소 그는 경계하던 긴장한 마음을 풀고 공연히 의심했던 자기를 비웃었다. 언니가 생각한 것도 겨우 그때였다.

"뱃속의 버러지 가운데서는 그 중 지독한 놈이래나 봐. 보통 회충으로야 이렇게 기운 없는 법이 있나."

이렇게 말하는 언니의 얼굴이 이제야 중병 환자처럼 창백해 보였다.

"참 얼굴이 말이 아니야. 힘드시면 누우시구려."

성희는 옆에 놓여 있는 베개를 툭툭 치며 눕기를 권했다. 그러나 자기가 들어간 지 얼마도 안 되어 성욱이가 불쑥 일어서며 돌아가겠다는 데는 또다 시 이상한 마음이 들었다. 자기가 두 사람의 이야기를 방해해서 일찍 가려 는 것이 아닌가 하는 생각이 들었기 때문이었다.

"아니 제가 먼저 가지요. 더 노시다 가세요."

성희는 방해를 놓아 미안합니다라는 말은 차마 못했다. 속으로는 그 말이 꼭 하고 싶었지만 잘못 하면 자기가 질투하는 것이라 오해를 받을 것이 겁 났던 것이다.

"너무 오래 놀아서 가 보아야겠어요. 그러면 실례하겠습니다."

성욱이는 긴말 아니하고 밖으로 나가 신을 신었다.

"저녁을 지어 먹구 놀다 가시지요. 성희두 오래간만에 왔는데."

명희는 일어서지 않고 앉은 채 가지 말라는 말을 했으나 성욱은,

"또 오지요."

하고 뚜벅뚜벅 걸어 나갔다. 성희는 언니 대신으로 한길께까지 따라 나가,

"또 오세요."

하고 인사를 했다.

"네, 고맙습니다."

성욱이도 지나가는 말로 인사를 했으나 무슨 생각에서인지,

"요새 재미 많이 보세요?"

하고 처음 만났을 때 못했던 인사를 새삼스럽게 꺼내었다.

"그저 그렇지요."

성희는 좀더 재미있는 말로 대답을 하고 싶었으나 갑자기 생각나는 말이 없었다. 성욱이도 하고 싶은 말은 있는데 이야기의 실마리를 붙잡지 못하기나 하는 듯이 머리를 숙이고 묵묵히 서 있다. 길가에서 말도 없이 마주 서 있는 것이 안되어,

"또 놀러 오시지요?"

하고 성희가 누구에게나 할 수 있는 헤어지는 인사말을 했다. 그때 성욱이는 마치 약속이나 하듯이,

"네, 내일두 오겠습니다."

하고는 발길을 돌리어 걷기 시작했다.

성희는 어쩐지 싱겁게 작별을 한 것 같은 생각이 들었다. 따지고 보면 하려고 생각했던 이야기도 별로 없었지만 그래도 할 이야기가 그렇게 없지는 않았을 것같이만 생각되었다. 그래서 내일 다시 오겠다고 한 성욱의 말이 귓전에서 사라지지 않을 때 그는 자기도 내일 언니에게 다시 와야 할 것을 생각했고 또 그때에는 할 말이 없어서 싱겁게 앉아 있지 않아야 할 것을 생각했다. 무슨 이야기를 할까 하고 그 이야기의 준비를 궁리하며 방 안으로

들어섰을 때 언니가,

"성희야!"

하고 불렀다.

"응!"

성희는 반응적으로 대답을 했다. 그러나,

"너 오늘 저녁은 여기서 자구 가거라."

하는 언니의 표정은 심상치가 않은 것 같았다.

"왜?"

"좀 할 이야기가 있어."

"내일 또 오지 뭐."

성희는 내일 다시 오겠다는 구실이 생긴 것을 다행으로 생각했다.

"아니야. 오늘밤에 이야기해야 해."

"그래두 오빠한테 걱정 듣지 않아."

성희는 무슨 이야기건 내일로 연기해 주었으면 하고 바랐다.

"오빠한텐 전화루 말해 두면 되지 않니."

"그래두."

"그래두가 뭐냐?"

언니는 불쾌한 표정으로 성희를 뚫어지게 보았다. 성희는 그때야 무슨 이
야기라는 것을 알 생각도 아니하고 고집만 부린 것이 미안해서,

"무슨 이야긴데……."

하고 수그러지었다.

"좀 중요한 이야기야."

성희는 가게를 닫은 데는 필시 곡절이 있었구나 하고도 생각해 보았으나
그러면서도 자기와 관계가 있는 이야기나 아닌가 하는 궁금증이 들어,

"그럼 빨리 말해."

하고 독촉을 했다.

"그렇게 짧은 이야기가 아니야. 너 나하구 하룻밤 같이 자기가 그렇게 싫
으니, 싫거든 가라."

언니는 나무람을 했다. 나무람도 예사가 아닌 것 같았다.

"누가 싫어서, 그런대?"

성희는 언니의 마음을 좀 풀어 주지 않을 수 없었다.

"그럼 왜 그러니?"

"무슨 이야긴지두 모르구 자구 들어가기가 싫어서 그랬지 누가 언니가 싫댔어!"

성희는 되레 시무룩한 얼굴을 함으로 언니의 불쾌를 없애 버리려 했다. 그리고는,

"그럼 내 저녁 지을게?"

하고 부엌으로 나가려 했다. 언니의 헌 옷을 갈아입으면서도,

"언니 무슨 얘기우."

하고 궁금해 죽겠다는 표정을 했다.

오빠에게 전화를 걸고 부엌으로 나온 성희는 심상치 않은 언니의 이야기가 무엇일까를 생각해 본다.

말하는 눈치로 보아 남의 일은 아닌 것이 분명하다. 그러나 언니에게 그리 중대한 일이 무엇일까. 적산공장(敵産工場)을 관리하며 돈 잘 버는 형부와 더불어 자기도 적지 않은 수입을 가지고 있을 경제적 생활에 불만을 느낄 것은 만무한 일이다.

그렇다면 역시 애징 문제로 성욱이와의 관계가 끊을 수 없게 된 것이나 아닐까. 그러나 그 문제에 대해서도 성희는 고개가 끄떡여지지 않았다. 아무리 비밀이라 해도 문제가 중대하게 벌어졌다면 어느 정도 눈치를 챌 수 있는 것이었지만 전혀 그런 것을 발견할 수가 없다. 그것도 아니라면 무엇일까. 그는 솥을 부시고 쌀을 씻는 동안 곰곰이 생각해 보았으나 신통한 생각이 떠오르지 않았다. 성희는 그 이상 더 생각하기를 그만두고 아궁이에 불을 지피기 시작했다. 생각 안 나는 것을 일부러 머리를 쥐어짜면서까지 궁리해 볼 필요가 없는 것 같았기 때문이었다. 그러나 그때 문득 형부가 눈앞에 보였다.

몇 번인가 부부싸움 하는 것을 보았고 또 형부의 생활이 그리 아름답지

못하다는 것을 들어왔기 때문에 이 날 형부가 집에 있지 않다는 것이 더구나 이상스러웠다. 언젠가 언니가 지나가는 말처럼,

  "혼자 사는 게 제일 편할 거야."

하는 말이 기억났다. 그때는 대수롭지 않게 들었던 것이지만 지금 생각해 보니 심상치 않은 말인 것 같았다.

  그래서 장작을 깊이 밀어 넣고는 방으로 뛰어들어가서,

  "언니? 형부 저녁은 어떡허우?"

하고 그 대답을 기다렸다. 이미 형부의 밥까지 안쳐 놓았지만 언니의 대답이 듣고 싶었던 것이다.

  "저녁이 다 뭐냐. 그만둬라."

  베개를 베고 누운 채 돌아도 안 보는 언니의 대답이 예기했던 것처럼 냉정하였다.

  "왜?"

  모르는 척하면서 언니의 마음을 떠보려는 성희의 심술궂은 질문이었다.

  "그만두래면 그만두기나 하렴."

  그만 하면 능히 알 수 있는 일이었다. 짐작이 들어맞았다는 생각이 들었을 때 성희는 그 이상 더 묻지를 않고 다시 부엌으로 나왔다.

  그러나 무엇 때문에 형부와 그렇게 싸움을 계속할까. 싸움을 해도 가게 문을 닫고까지 할 게 무엇일까 하는 생각이 들었다. 성희는 형부의 결점을 생각하기 전에 언니의 마음을 떠보려고 하는 것이었다. 그러한 성희의 마음은 자기 자신도 모르는 새 또다시 성욱이와 언니와의 관계를 의심하고야 말았다.

  그래서 저녁상을 놓고 밖에 나갔던 어린애들과 같이 밥을 먹기 시작했을 때 성희는 언니의 입에서 말이 나올 때까지를 참지 못하여,

  "언니! 형부와 왜 그렇게 싸우기만 하우."

하고 묻고야 말았다. 그러나 언니는,

  "밥이나 좀 먹자구나."

하고 구미가 없는 듯이 숟가락만 끼적이면서 대답을 피했다. 밥알을 세듯이

억지로 밥을 먹는 언니에게 유쾌하지도 않은 말을 시키기가 안되어,

"밥을 왜 그렇게 먹우."

하고 딴청을 했다.

"그래서 빨리 약을 먹어야겠다."

언니도 마치 병 때문으로 해서만 입맛을 잃은 듯이 시치미를 뗀다.

성희는 저녁을 다 먹고 애들을 재운 뒤 언니가 말을 꺼낼 때까지 입을 열지 않았다. 애들이 잠든 것을 보고 난 뒤 언니가,

"성희야!"

하고 불렀을 때에야,

"응."

하고 기다렸다는 듯이 언니 옆으로 다가앉았다.

"난 네 형부하구 이혼하기루 했다."

"응?"

성희는 깜짝 놀랐다. 부부싸움에 염증을 일으킨 괴로움이려니 했던 예상보다 너무나 엄청난 이야기였기 때문이었다.

눈 하나 깜박거리지 않고 성희의 표정을 살피던 언니가,

"이 이상 더 참지를 못하겠어."

하고 마치 할 말을 다 했다는 듯이 방바닥에 누웠다.

"왜 그러우? 언니!"

성희는 궁금하지 않을 수 없었다. 이미 마음으로 결심을 짓게까지 되었을 때는 언니로서의 괴로움이 적지 않았을 게다. 그 마음을 말해 주지 않고 불쑥 이혼하겠다는 결론부터 들었을 때 섭섭한 생각도 없지 않았다. 그 말만이 아니라 혹시 경솔한 행동을 하는 언니가 아닌가 하는 의심도 들었던 것이다.

"나두 여러 번 참았다. 그래두 참는 것만 잘 하는 일이 아닌 것 같애."

언니는 무척 생각한 끝인 것처럼 말을 이었다.

"만주에서두 나를 무던히 속 썩였지. 어쨌든 여자루 뼈아픈 일은 다 당해 봤으니까. 도박으루 밤을 안 새웠겠니, 술루 밤을 안 새웠겠니, 또 외입으루

날이 가는 줄 모르길 한두 번이 아니었어. 그뿐이냐. 내 자식이니 네 자식이니 하구 핏덩이 같은 어린것을 가져왔다 돌려보냈다 할 때 내 맘이 얼마나 썩었겠니. 그래두 나는 참아야 하느니라 생각했다. 그때는 그런 생각밖에는 들지가 않더라. 그런 것을 입 밖에 내는 것두 차라리 내 부끄러움 같아서 입 때까지 발설을 해 본 적두 없다.”

언니는 흥분한 어조가 아니라 과거를 회상하는 잔잔한 말씨로 이야기를 계속했다.

“그러나 그의 행동을 조금두 나아지지가 않구 점점 심해지기만 하니 어떡허니. 처음 만주에서 나왔을 때는 돈이 없으니까 한참 동안 얌전하게 뵈이더라만 적산공장을 관리하기 시작할 때부터 관리를 교제하여야 하느니 손님을 대접하여야 하느니 하구 뻔드르하게 집을 나가더라. 처음에는 자기두 해방이 망쪼가 들었다구 탄식을 아니하겠니. 그러면서 중국 관리 이야기를 다하겠지. 정말 중국 사람들은 그랬단다. 만주에서 보니까 관리 노릇을 하는 사람치구 잘못 사는 이가 하나두 없었어. 글쎄 웬만하며 관리를 관비(官匪)라구까지 했겠니. 중국 사람들은 재산을 뺏어가는 비적에게 하두 혼이 난 백성이 돼서 관리보구두 그런 이름을 부쳤나 봐.

그래서 그이두 처음엔 군정청 관리가 백성을 어지럽게 한다구 큰소리를 탕탕하더니 웬걸 댓 번 나다니기 시작한 뒤로는 관리 욕이 다 뭐냐. 오십만 원을 쓰구라두 백만 원을 벌면 오십만 원 이익이라구 돈 쓰는 걸 자랑삼아 말하지 않겠니.”

명희는 여기까지 말을 하고는 숨을 돌리려고 잠시 눈을 감았다. 수술을 마치고 나서도 아직 마취약에서 깨나지 못한 사람처럼 혼곤한 얼굴이었다. 그러나 조용히 떴다 감은 눈에는 건드릴 수 없는 위엄과 심각이 서리어 성희는 무엇이라고 말 한 마디 건넬 수가 없었다. 명희는 누운 채 눈만 뜨고 다시 이야기를 시작했다.

“민족에게 부끄러운 일이라 생각하면 그것이 제일 중요한 일일런지도 모르지만 그래도 그것만이면 넉넉히 참을 수가 있을 것 같더라. 인쇄공장 하나를 접수한 뒤에는 그것이 목돈을 만드는 사업이 못 된다구 토목회사를 또 맡으려구 그러지 않겠니. 너무 욕심 내지 말구 하나 잘 해 가라구 그랬더니 어디 말을 들어 줘. 그래두 사업을 하겠다는 걸 그렇게 말릴 수도 없어서 내버려 두었더니 글쎄 나중에는 미군을 우리 집에 데리구 와서 양갈보를 붙여 주지 않겠니? 그러구 그 시중을 나보구 하라더구나. 참 별일을 다 해 봤다. 사과랑 과자를 들구 그 방으루 들어갈 때 정말 눈물이 나더라. 생각만 해두 소름이 끼친다. 그것두 한두 번인 줄 아니. 그래두 그것까지 참았다. 어떡허니. 그렇게 해야 일이 된다구 고집을 세우면서 나를 못난이, 것두 모르는 천치루 몰아 주는 걸. 물론 천치가 안 된다구 시중든 건 아니지만 몇 번 그러다가 그만둘 일이니까 그저 참았지. 그러나 그것두 끝내 시중을 못 들었다.”

명희의 눈에서는 눈물이 핑 돌았다. 아마 그 뒤에 나올 이야기가 눈앞에서 맴돌고 있는 모양이었다.

이야기가 끝나지 않았으니 위로의 말을 할 수도 없고 또 중도에 입을 벌려 언니의 마음을 혼란하게 할 수도 없어서 입을 다문 채 듣고만 있으려니 성희도 무척 안타까웠다. 형부에 대한 증오감이 밀물처럼 북받치기도 했다.

빨리 결론부터 듣고 싶어 무엇이라고 말을 꺼내려 할 때 명희가 한숨을 한 번 길게 쉬고 나서 다시 이야기를 시작했다.

“글쎄 하루는 소위 양갈보라는 게 왔는데 얼른 보니 혜자가 아니야.”

이 말에 성희는 깜짝 놀랐다.

“혜자라니 가회동 사는 언니 말이야?”

“응, 이모의 조카딸 말이야. 참 너두 알겠구나. 하두 본 지가 오래서 첫눈에는 잘 모르겠더라만 확실히 그 애더라. 그런데 또 나더러 목욕물을 데우라구 그러지 않겠니. 나는 그것만은 못했다. 죽어두 못하겠더라. 그 애 면전에서 알은 척은 못했지만 차마 그 노릇을 할 수가 있니. 그랬더니 자기가 불을 때구 나서 나를 때리더라. 남편의 명령을 복종하지 않는다구 나가라더라. 나두 나가겠다구는 그랬지만 차마 그 애가 내 친척이란 말이 나오지가 않아서 그저 울기만 했다. 그래두 오구 가구 하는 게 그리 쉽던! 또 참았지. 그랬더니 글쎄 그 뒤에는 그이가 첩을 얻지 않았겠니. 첩을 얻구 딴 살림을 꾸미는 동안 얼마나 속을 썩여 왔겠는가, 생각해 봐라. 나는 그것두 참으려구 했다.

본성이 그런 걸 하고 모른 척하려 했지. 그런데 글쎄 되려 나 보고 야단을 치지 않겠니. 성욱 씨 말이다. 그이가 우리 집에 가끔 놀러 오는 걸 색안경으로 보고 터무니없는 의심을 하고 트집을 잡더라니까. 되지도 않는 말이기 때문에 나는 제 약점을 감추려고 그러나 보다, 하고 문제 삼지도 않았더니 나중에는 그 문제를 가지고 나를 때리기까지 하지 않겠니? 참말 억울하더라. 내게 손톱을 끝만큼이라도 의심받을 일이 있다면 피를 토하고 죽었을 게다. 그래서 변명도 해 보았어. 그러나 나중에는 굳이 변명도 안 했다. 그럴 필요가 어디 있겠니. 결국 자기의 행동이 아름답지 못하니까 나를 의심까지 해 보는 건데 그런 의심에까지 내가 머리를 숙일 필요가 어디 있어 이때까지의 괴로움을 찾아왔다면 그러한 모욕도 참아야 할런지 모르지만 백 가지의 괴로움이 한 가지의 모욕을 이기지 못하나 보더라. 그래서 어제는 마지막 싸움을 했다. 도장을 찍어 달라기에 이혼장에다 도장까지 찍었다. 그랬더니 무척 기쁜 모양이더라.”

말을 끝낸 명희는 한참 동안 천장을 바라보면서 눈을 꿈벅꿈벅했다. 모든 과거가 꿈같이 아련하게 어른거리는 모양이었다.

“그런 걸 입때 숨겼댔수. 언니도 웬간해.”

성희는 도리어 가슴이 후련한 것 같아 얼굴에 웃음을 띠었다. 그러나 명희는 아직까지 미련의 환상이 악몽처럼 눈앞에서 사라지지 않는 듯,

“거 무슨 좋은 말이라구 떠들고 다니며 광고하겠니?”

하고 좀체 웃을 생각을 아니했다.

“그런 말 하는 게 광고인가요?”

“광고는 아니래도 자랑은 될 수 없지.”

“그럼 언니는 그걸 부끄럽게 생각하시우?”

“부끄럽게는 생각지 않아. 그래도 자랑은 못되지 않니?”

“언니두 부끄럽지 않은 일에 고민할 게 어디 있수. 응당 해야 할 일을 남보다 먼저 했다면 그건 아주 잘 한 일이지 뭐. 그런 의미에서 언니는 우월감

을 가져도 좋아요. 만약 언니가 우월감을 못 가진다면 결국 그 일을 후회하는 것이 되니까.”

“후회는 아니한다. 후회할 성질이 아니니깐 그래두…….”

“그래두가 뭐유? 여자의 운명을 숙명처럼 생각하고 그 운명을 개척할 생각조차 못하는 우리 나라 여성들을 향하여 만장의 기염을 토할 수 있는 유쾌한 일이 아니에요. 언니가 그런 일을 하고도 아직 고민을 가졌다면 그건 언니도 숙명적인 생각에서 뛰쳐 나오지 못한 거야. 안 그래.”

“나는 내 행동에 대하여 후회하거나 괴로워하지는 않는다. 다만 너무나 갑자기 변한 내 환경에 얼떨떨하다고나 할까, 정신이 안정되지 않아서 그러지.”

“글쎄. 그래도 자기 행동에 자신과 유쾌를 느낀다면 불안은 없을 텐데. 만약 언니가 그러한 형부하고 그대로 같이 산다면 도리어 남에게 경멸을 받을 게 아니에요.”

“그것도 알아. 그렇지만 남의 일하고 제 일하고는 다른 거야. 뭐라고 설명할 수는 없어도 유쾌하지만은 않은 것 같애. 넌 아직 경험을 못해서 몰라.”

“체험을 아니했다 해도 같은 여자의 운명으로 오래 오래 경험해 온 것을 왜 몰라요. 언닌 날 바보로 아나 봐.”

“후회하지는 않으니까 걱정 말아.”

“후회하지 않겠다. 그리고 앞으로 살 걱정도 별반 없겠다. 뭐가 걱정이유.”

“글쎄 누가 걱정을 한다니 맹추야!”

명희는 비로소 웃는 얼굴로 성희를 쳐다보았다. 성희 역시 만족한 얼굴로 명희의 손을 힘있게 잡으며,

“내가 왜 맹추야?”

하고 웃었다. 그러면서도 성희는 큰 일을 하면서 말 한 마디 꺼내지 않은 언니를 훌륭하게 생각했다. 훌륭한 언니를 가졌다는 기쁨이 가슴 속에 가득 찼다.

학원의 봄

이해 타산에서 온 값없는 행동이 아니라 여성으로서의 운명을 바로 잡겠다는 위대한 첫발자국이라는 점에서 언니를 훌륭하게 생각한 것이지만 그래도 성희는,

"성욱 씨는 무어랍디까?"

하는 말을 묻고야 말았다. 언니의 행동이 성욱이와 어떻게 관련된가가 무엇보다도 궁금했던 것이다. 그러나 명희가,

"아직 이야기도 안 했다."

할 때 성희는 약간 놀랐다. 물론 형부처럼 그들 사이를 의심하고 질투하는 것은 아니지만 그렇게도 가까운 사이에 그런 문제를 이야기도 안 했다는 것은 상상할 수 없는 일이 아닌가. 그러면서도 한편으로는 안심되는 마음이 성희의 가슴을 점령하였다. 자기에게는 의논을 아니하고도 성욱이와는 미리부터 이야기를 했다 하면 그것은 반드시 자기보다도 성욱이를 더 무겁게 생각한다는 증거가 된다. 알고 싶은 것은 그것이었다. 알고 싶은 것을 알았다고 반드시 기쁜 것은 아니지만 성희는 기쁨까지 느꼈다. 어쩐지 가느다란 한숨이 나오는 것도 같았다. 그러나,

"언니도 성욱 씨가 그런 걸 모르고 있다가 섭섭해하면 어떡허우?"

하고 한 번 더 다져 보는 성희였다.

"애두 할 말이 있지 아무거나 말할까."

명희는 그런 것은 생각도 아니했다는 듯이 대답하였다.

"그래도 알 사람은 알아야 하지 않우."

성희는 공연히 빈정거리며 명희의 대답을 기다렸으나 뜻밖에도,

"너 성욱 씨를 좋아하지?"

하고 뜻있는 웃음을 짓는 명희의 시선과 부닥칠 때 성희는 모르는 새 얼굴이 빨개짐을 느꼈다.

"제 뜻이 남의 마음이라고 되레 나보고 그런 소릴 해."

하고 성희는 명희를 정면으로 공격함으로 자기를 변명하려고 하였으나 명희는 그런 수에 넘어가지 않는다는 듯이,

“똑바로 말해라. 나도 한 번 물어 볼라고는 했지만 속일 거야 뭐 있니.”
하고 마치 어른이 어린이에 대하는 태도로 물었다.

“언니도 나보다 언니가 더 가깝지 않수. 공연히 나보고 야단이야.”

“젊었어도 그만큼 똑똑한 사람이 쉽지 않을 게다. 요새 아버지 때문에 무척 속을 쓰는 것 같더라만 그 생각하는 게 훌륭해. 내 한 번 말해 줄까?”

“난 그만두고 언니나 좋아해요. 저 좋은 사람을 왜 남에게 말해.”

성희는 샐쭉한 듯이 입을 비쭉여 보였으나 실속은 조금도 불쾌하지가 않았다.

“망할 계집애!”
하고 언니가 욕을 해도 차라리 유쾌한 것 같았다.

다음날 학교에 갔다가 돈암동 집으로 돌아온 성희는 언니의 이야기를 오빠에게 전해 바쳤다. 금시초문인 이야기에 오빠는 물론 올케까지도 펄쩍 뛰었다. 물론 언니 편이 되어서 형부를 공격하는 식으로 이야기를 했지만 오빠는 그 이유를 따지기 전에 결과만을 가지고,

“빌어먹을 년”
소리만 연발했다. 올케도 옆에 앉아서,

“그 누이가 왜 망발을 할까?”
하고 오빠의 흥분이 부채질을 해 주었다.

“해방 해방, 해 가지고 계집년들이 함부로 날 뛰니. 그래 서방을 떡먹듯 갈아대는 게 해방이냐.”
오빠는 입에 침을 물고 떠들었다.

“이거 남부끄러워 살 수 있나? 그래 아주 갈라졌다던.”
마치 성희가 잘못을 저지른 것처럼 성희에게까지 빨간 눈으로 대들었다.

성희는 될 수 있는 대로 냉정하려 했다. 이해성이 없는데다가 흥분까지 한 오빠에게 사리를 따지며 대든댔자 아무런 효과가 있을 수 없다.

“이혼장에 도장까지 찍었다던데요.”
이렇게 대답한 성희는 차라리 오빠의 마음을 더욱 충동시켜 약을 올려 주고 싶었을는지 모른다. 어느 정도 화를 내나 보고 싶었을는지도 모른다.

“뭐? 헤어지면 헤어졌지 도장까지 찍어!”

못마땅해 죽을 것처럼 덤볐다. 마치 우리 속에서 약이 오른 호랑이처럼 몸을 어떻게 두어야 좋을지를 모르는 것 같았다. 안절부절해 자리에 앉아 있지 못했다.

“헤어질 바에야 깨끗하게 헤어지는 게 좋지 않아요.”

성희에게는 오빠의 마음을 바작바작 태워 주고 싶은 잔인한 마음이 생겼다.

과연 오빠는 화가 털끝까지 올라,

“그래 너는 그걸 수작이라고 하니 응.”

하고 달려들어 매질이라도 할 듯이 눈알을 부라렸다.

“그럼 헤어질 바에야 아주 헤어져야지. 나쁜 짓을 마음대로 하다가 마음 내킬 때 다시 오면 어떡해요.”

“너도 내일부터 학교를 그만둬라. 학교 가서 그런 거나 배우자고 돈 쓸 거 있니. 그래 새끼까지 달린 년이 남편 바람피운다고 이혼하는 게 잘 한 일이야. 말을 똑똑히 해 봐라.”

성희는 대답을 아니했다. 마음은 기가 막혔지만 대답을 하면 결국 싸움이 벌어지고야 말 것이기 때문에 차라리 입을 다물었다. 그러나 경제평등을 만들기 전에 남녀평등을 부르짖는 것이 효과가 적은 일이라고는 하지마는 남녀평등을 내세워야 한다는 그것만도 얼마나 힘든 일이라는 것을 혼자 안타깝게 생각하였다.

다음날 학교에 갔을 때 성희는 뜻밖에도 경수의 편지를 받았다.

참으로 오래간만이었다.

성희가 학교에 다니기 시작할 때 서울을 떠난다는 편지를 보낸 것이 마지막이었으니 만 이 년 만이었다. 그렇기 때문에 경수도 자기를 잊어버린 것이나 아닌가 하는 생각과 더불어 자기 역시 잊어버리고야 마는 것이 아닌가 마음먹었던 만큼 편지 한 장이 풀렸던 힘줄을 갑자기 뺑뺑하게 켕기게 하고 말았던 것이다. 편지의 내용은 간단했다. 마지막 편지에도 성희를 괴롭힌 죄를 완전히 사과할 수 있는 몸이 되어 돌아오겠다는 간단한 사연이 씌어 있었던 것이지만 이번은 보다도 더 짧은 글로 한 번 만나 보고 싶으니 찾아와 주었으면 좋겠다는 뜻만을 적은 두 줄밖에 안 되는 편지였다.

그러나 성희가 놀란 것은 편지의 내용보다도 봉투에 적힌 경수의 주소 때문이었다. 봉투에는 서대문 적십자병원이라 적혀 있었다. 병실 호수까지 적혀 있는 것으로 보아 확실히 입원하고 있는 것에 틀림이 없다.

언제 서울에 올라왔으며 무엇 때문에 입원을 했을까 하는 궁금증이 일어나 다시 한 번 그 편지를 읽어 보았으나 거기에는 그러한 말이 한 마디도 적혀 있지 않았다. 한 마디라도 병에 대한 말을 써 주었다면 그렇게까지는 궁금하지 않았을 게다. 성희는 그 자리에서 병원으로 달려가고 싶었다. 다른 것은 둘째로 하고 우선 병명이나 알고 싶었던 것이다. 중한 병으로 위독한 것이나 아닌가, 그렇지 않으면 대수술을 하고 누워 있는 것이나 아닌가 하는 생각을 하니 한시라도 앉아 있을 수가 없었다. 선생의 강의가 귓속으로 들어올 리 없다. 분필을 두들기며 칠판에 쓰는 글자도 한 자 눈에 보이지가 않았다.

그는 시작한 시간이 끝나기만 하면 곧 병원으로 달려가리라고 생각했다. 그러나 좀체로 종이 울리지 않았다. 멍하니 앉아서 바깥만 내다보고 있을 때 성희는 문득 자기가 연극에 나오는 배우 같은 생각이 들었다. 경수를 사랑하다가 잊어버리게끔 되었을 때 성욱이를 가까이 하고 싶은 마음이 들게 되었고 그 마음이 아주 싹트기도 전에 다시 경수를 만나야 하게 되었다는 사실이 어쩐지 자기를 경박한 여자로 생각게 해 주는 것 같았다. 이렇게 생각하니 경수의 편지에 초조해 할 것이 아니라는 마음이 들면서 경수 역시 할 일을 다 하지 못하고도 병환을 핑계로 하소를 거듭해 보려는 것이나 아닐까 하는 의심이 들었다.

그렇게 생각하니 그런 것 같기도 하다. 만약 떠날 때의 약속을 이행한 것이라면 경수의 편지가 그렇게 간단할 수는 없을 것이다. 자세한 것은 다 쓰지 않는다 해도 꼭 만나야 하겠다는 뜻만은 적혀 있어야 할 것이지만 그런 말이 조금도 없다. 그저 만나 주었으면 하는 희망뿐이다. 그렇다면 병을 핑계로 하여 자기의 약점을 감추거나 입원한 것을 기회로 하여 한 번 만나 보기나 하자는 그러한 불순한 동기일는지도 모른다.

그렇다면 공연히 초조할 필요가 없다. 설사 찾아간다 해도 마음을 안정시킨 뒤에 만나 홍분하지를 않도록 해야 할 것이다. 성희는 공부를 계속하였다. 그러나 둘째 시간이 끝났을 때 오늘은 긴급 학생회가 있다는 말이 들렸다. 수군거리는 말로 학생회의 목적이 신임 교장 배척운동이라는 것까지도 알 수 있었다. 말하는 학생들마다가 홍분된 얼굴로 이사회(理事會)를 때려 부셔야 한다고 했다. 그리고 오늘은 한 사람도 빠짐이 없이 학생회에 참석해야 한다 하면서 서로의 동정을 살피는 경계의 눈이 희번덕였다. 만약 한 사람이라도 빠지면 그냥 둘 수 없고 반역자로 몰고 학교를 사랑하지 않는 악질로 처단해야 한다는 험악한 공기가 떠올랐다.

성희는 어찌할 줄을 몰랐다. 차라리 그런 말이 들리기 전에 가 버렸다면 문제가 없을 것이지만 이제 자기 개인 문제로 개인 행동을 취한다면 학생들에게 다 들릴 것이 분명하다. 신임 교장에 대한 이야기를 전혀 못 들은 바 아니었지만 거기에 대한 자기 의견이 서지 않은 이상 어떤 의사를 표시하기도 전에 친구들의 오해부터 산다는 것은 명예스러운 일이 아니라 참석하라는 대로 참석이나 해 두어야 한 것 같았다.

그러나 그러자면 오늘 안으로 경수를 찾아갈 수가 없다. 병으로 입원한 것을 알면서도 가지 않는다면 잘하는 일이 아니다.

경수를 탓할 때 자기를 속였다는 것을 이유로 들었다면 자기는 무엇으로나 떳떳하여야 할 것이 아닌가. 위독할 수 없는 일이라 해도 입원한 줄을 알면서도 가 보지 않는다는 것은 경수에게 떳떳한 일이 될 수 없다.

그보다도 혹시 자기가 늦게 감으로 말미암아 경수가 자기를 보지 못한 사이 죽지나 않을까 하는 겁이 들었다.

그러나 성희는 하학을 하고도 학교를 떠나지 못한 채 도망질 칠 기회만 엿보면서 가슴을 졸였다. 강당 맨 끝자리에 앉아서 신임 교장에 대한 공격 연설을 들으면서도 그의 눈은 뒷출입구에서 잠시도 떠나지 않았다.

비록 동맹휴학을 찬성하지 않는 성희라 해도 애교심과 정의감에서 울부짖는 친구들의 연설을 뒤로 두고 혼자서 도망친다는 것은 떳떳한 일이라 생각되지 않았다. 물론 성과는 없으면서도 반드시 희생자는 내야만 하는데 동맹휴학을 찬성치 못하는 이유가 있는 것이지만 아직은 동맹휴학으로 들어갈 만한 태세에 이르지도 않았다. 다만 신임교장에 대하여 교육자로서의 자격이 있는가 없는가를 검토하고 그러한 사람을 교장으로 임명한 이사회의 외도가 어디 있는가를 규명하여 학생들의 의견을 통일시키자는 것이 첫날의 목표였을 것이다.

그러나 사리는 어쨌든 학생회가 끝날 때까지를 기다릴 수가 없어서 그는 마침내 친구들의 눈을 피하여 학교를 도망쳐 나오고야 말았다. 이미 거리는 어두웠고 밤바람은 싸늘하게 뺨을 스치고 지나갔다.

성희는 병원에 도착하기 전에 먼저 꽃가게에 들르는 것을 잊지 않았다. 오래간만에 만나는 경수를 병원으로 찾아가는 마음이 빈손으로 가기에는 너무나 허전했던지 모른다. 그보다도 지나간 이 년 동안 자기에게는 아무런 변화가 없었다는 것을 보이고 싶었던 때문인지도 모른다. 꽃다발을 들고 병원에 들어가 경수가 입원하고 있는 병실 문 앞에선 성희는 가슴이 두근거림을 느꼈다.

참으로 오래간만에 만나는 경수에게 무엇이라 첫인사를 할 것인가 자기는 거의 잊어버릴 정도로 무신경하게 지내왔지만 반드시 괴로움 속에 살았을 경수가 어떤 낯으로 대해 줄 것인가, 성희는 성큼 문을 열 용기가 나지 않았다. 죽은 듯이 고요한 병실에 혹시나 하고 귀를 기울이는 그의 가슴은 더 두근거릴 뿐이었다.

그는 조용히 노크를 했다. 겨우 자기가 들을 수 있는 정도의 약한 소리였다. 그래서 그런지 안에서는 아무런 대답이 없었다. 두 번째 노크는 조금 큰 소리를 냈다.

"들어오세요."

확실히 노크 소리를 들은 대답이 들려왔으나 그것이 여자의 목소리라는데 성희는 다시 문을 열 용기가 나지 않았다. 오지 말아야 할 데를 온 것이 아닌가 하는 생각이 문득 가슴을 철렁하게 했다. 그러나 이미 노크까지 해놓고 안 들어갈 수는 없다. 그는 문을 열었다. 우선 고개만을 디밀고 방 안을 기웃거렸다.

독방이 아닌 병실에 침대가 세 개나 놓여 있었다. 그 중 멀리 있는 창 밑 침대에 경수가 누워 있는 것을 보고야 성희는 방 안으로 들어갔다.

그러나 경수 옆으로 가까이 가는 동안 성희의 가슴은 또다시 철렁하고 내려앉았다. 조금 전에 들어오라고 한 여자는 다른 침대 옆에 앉은 간호원의 목소리였는지 경수 옆에는 아무 그림자도 없었다.

경수는 다만 혼자 외롭게 잠들어 있었다. 그러나 잠들어 있는 얼굴도 겨우 알아보기나 할 정도로 붕대 속에 험상궂게 감추어져 있었다. 웬만한 부상으로서는 그렇게까지 붕대를 감을 리가 없다.

어디서 무엇 때문에 저렇게 다쳤을까 하고 생각하니 소름이 끼치도록 무섭기도 했다.

성희는 발소리를 죽여 가며 경수 옆으로 가서 잠들어 있는 얼굴을 내려다보았다. 약간 찡그리기는 했으나 평화스럽게 잠들어 있다.

붕대를 감지 못한 콧잔등의 상처에도 이미 까만 딱지가 앉은 것으로 보아 입원한 지도 며칠이 지난 모양이다.

성희는 자기 얼굴로 붕대에 싸이지 않은 곳으로 비벼 주고 싶었다. 그러나 혹시 잠이 깰까 하여 숨소리까지 죽여 가며 경수를 바라보기만 했다.

성희는 자기 손에 쥐고 있는 꽃다발을 그때야 생각하고 사뿐히 일어서 침대 앞에 있는 찬장 같은 상자 위에 그것을 놓고 다시 의자에 소리 없이 앉았다. 그러나 그때 무슨 소리가 났는지 경수가 눈을 살며시 뜨고 성희 편을 바라보았다.

“그새 안녕하셨어요?”
하고 처음으로 입을 열었다.

“저는 아무 일도 없었어요. 그런데 왜 이렇게 됐어요. 네?”

성희는 다급하게 대답이 듣고 싶었다. 그러나 경수는 대답 대신에 또 눈을 감았다. 말없는 경수의 얼굴은 드디어 성희의 눈물을 홀리게 하고야 만다. 더 물을 생각도 아니하고 한참 동안이나 울고 나서야,

“말씀을 해 주세요.”

하고 경수의 팔목을 담요 위로 흔들었다.

“성희 씨!”

그는 가느다란 목소리로 성희의 이름을 불렀다. 그리고는 다시 눈을 감았다. 몹시 역겨운 듯한 표정이었다.

“경수 씨!”

성희도 경수의 이름을 불렀다. 그리고는 담요 위로 경수의 손목을 잡았다. 팔목을 잡고 눈감은 경수의 얼굴을 내려다본 성희의 눈에는 눈물이 어리어 있었다.

“언제 입원했어요.”

그러고만 있으면 눈물이 철없이 흐를 것 같아 성희가 말을 꺼냈다.

그러나 경수는 대답을 아니했다.

“왜 이렇게 됐어요?”

역시 대답이 없다. 눈감은 경수도 마음속으로는 울기만 하고 있는 모양이다.

“말씀을 하세요, 네.”

성희는 안타까운 듯이 경수의 팔목을 흔들었다. 그때에야 다시 눈을 뜬 경수가 볼일이 있어 서울에 왔다가 오는 날로 미국 자동차에 치어 그 날로 입원한 것이 이미 일주일이나 지났다는 것을 말해 주었을 때 성희는,

‘왜 빨리 알러 주시지 않았어요.’

하고 나무라듯이 경수를 바라보았다.

경수는 얼굴을 찌푸린 채 대답을 아니했다. 숨뻑숨뻑 하는 눈에는 금시 눈물이 고일 것 같았다.

“많이 다치지는 않았어요?”

이렇게 묻는 말에도 경수는,

“네, 다행하게……”

하고는 시원하게 말해 주지 않았다.

더구나 천장을 응시하고 있는 움직임이 없는 눈이 죽지 않은 것을 차라리 불행하게 생각한다고 말해 주는 것 같아 성희는 슬퍼졌다.

“말해 주세요. 어디를 다쳤는지.”

성희는 무엇보다도 경과를 알아야 할 것 같아 다그치어 물었다. 보이지 않는 담요 속에는 다리 하나가 배길 육체가 가로놓여 있을 것만 같은 불안한 생각이 안타깝게도 경수의 대답을 듣고 싶어했다.

그래도 경수는 대답을 아니했다.

“네.”

두 번째 대답을 재촉했을 때야 경수는 입을 열고 천천히 말했다.

“차에 스치고 넘어지기만 했기 때문에 별로 다친 데는 없습니다. 맨 밑의 갈비가 조금 어긋나서 걸리지만 쉬 아물어질 것이라니까 병신은 안 되겠지요.”

성희는 가는 한숨을 내쉬었다. 참으로 불행 중 다행이라는 생각이 들자 문득 경수가 덮고 있는 담요를 보며,

“이걸로 춥지 않으세요?”

하고 물었다.

“아니오.”

경수는 성희의 마음을 괴롭게 하지 않으려고만 하는 것 같았다.

“음식은 아무거나 잡수세요?”

하고 물어도,

“네.”

라는 대답뿐이었고

“친척들에게 알리셨어요?”

하고 물어도,

“알려선 무엇 해요. 곧 퇴원할 텐데!”

하고 심상치 않게 대답했다. 성희가 더 물을 말이 없는 듯 경수의 얼굴만 내려다보고 있을 때,

“성희 씨 고맙습니다.”

하고 경수가 붕대로 감긴 무거운 얼굴을 성희 편으로 돌렸다. 그리고,

“늦었는데 가시지요.”

했다. 성희는,

"좋아요."

하고 좀체로 가지 않을 것처럼 말했다.

그러나 시계를 보니 통행시간이 얼마 남지 않았다.

성희는 듣고 싶은 말과 하고 싶은 말을 다음 기회로 미루기로 하고 병원을 떠나지 않을 수 없었다.

다음날 아침 성희는 동무가 입원했다는 거짓말을 꾸며서 이부자리를 꺼내 가지고 병원으로 갔다. 그러나 경수는 이불이 필요 없다고 굳이 덮지를 않겠노라 사양을 했다. 그러나 이왕 가져온 것을 안 덮을 게 어디 있느냐고 기어이 덮어 주고야 말았을 때 경수는 이불 속에서 눈물을 흘리고 있었다. 이 년 동안이나 참고 눌러 오던 감정이 성희의 따뜻한 마음에 울음으로 터져 나오는 모양이었다.

만나려야 만날 수 없는 성희였지만 그러한 자기 마음을 알아 줄 성싶지도 않던 성희였다. 역겹게만 생각되던 성희가 손수 이부자리를 가져다 주고 굳이 덮어까지 줄 때 경수에게는 그 고마움을 어떻게 나타내야 할지를 몰랐을 게다. 그저 통곡하고 싶을 만큼 가슴이 벅찼을 것이다.

눈물이 두 귓바퀴 밑으로 흘러 붕대 속으로 젖어들어 갔다.

"왜 그러세요."

성희는 수건을 꺼내어 경수의 눈물을 닦아 주었다. 그러나 경수는 아무 대답이 없다. 돌처럼 움직임이 없는 얼굴로 천장만을 바라보고 있으나 눈물은 그치지가 않았다.

"그러지 마세요."

또다시 수건으로 눈물을 닦아 주었으나 그러는 것이 더욱 눈물나게 하는 것인지 경수는,

"내버려 두십시오."

하며 얼굴을 움직이지도 않았다.

"좀더 나신 뒤 이야기를 하시면 되지 않아요."

성희는 경수의 눈물을 막을 도리가 없어서 의자에서 일어나 창가로 걸어

갔다. 어젯밤 사 들고 온 꽃이 미국 삐루(맥주) 병에 꽂혀 있었다. 당황히 돌아가는 바람에 찬장 위에 놓은 채로 잊어버렸던 것이 생각났다.

누가 병을 구해다가 꽂아 주었을까. 간호해 주는 사람 하나 없으니 간호부에게 부탁한 것이겠지, 이렇게 생각하니 경수의 병이 날 때까지 잠시도 그 자리를 떠날 수가 없을 것 같았다.

그렇지 않아도 외로울 경수다. 거기에다가 마음을 가장 약하게만 하는 육체의 고통이 그를 얼마나 고적하게 하고 있을 것인가.

잠시 뒤에 성희는 다시 경수 옆으로 다가갔다. 경수도 눈물을 멈춘 것 같았다.

그래서 다시 눈물을 흘리게 하고 싶지 않아,

"꽃은 누가 꽂아 주었어요?"

하고 꽃 이야기를 꺼냈다.

"왼편 환자의 부인이 꽂아 주었어요."

경수는 머리를 왼편으로 움직이며 환자를 가리켰다.

경수의 마음이 어느 정도 안정된 것을 본 성희는 아무래도 경수의 병을 간호하고 있을 수 없다는 것을 생각한다. 그래서,

"학교에 갔다 오겠어요."

하고 자리를 일어섰다.

마음으로는 경수의 곁을 떠나지 말고 시중을 들어 주어야 할 것처럼 생각도 되었지만 아무래도 그럴 수는 없었다.

첫째 남의 눈이 거리꼈다. 둘째는 자기 마음이 내켜지지 않았다.

같은 방에 입원하고 있는 환자나 간호원들의 눈이 자기를 주시하는 것도 싫었지만 그보다도 이 년 동안이나 소식 없던 두 사이가 경수의 병으로 무조건 접근한다는 것이 불유쾌했다. 차라리 애정 문제가 없었던 사이라면 외로운 사람을 위하여 병간호해 주는 것이 그릇된 일이 아닐 것이지만 다른 사람 아닌 경수의 일이라 도저히 그럴 수가 없었던 것이다.

그러나 학교에 가서 책을 펼치고 책상을 마주 앉았기로니 선생의 강의가 귓속으로 들어 올 리 만무했다. 마음은 병원에 가 있었고 눈에는 경수의 누

워 있는 모습이 아물거리기만 했다.

쉬는 시간에 옆에 앉은 동무가 어제는 왜 일찍 도망쳤느냐고 비난을 할 때에도 성희는 코웃음으로 대할 뿐 변명할 생각도 아니했다.

그만큼 그는 마음의 전부를 병원에 뺏겼던 것이다. 목이 말라도 물 한 모금 떠다 달라고 말할 수 없는 경수가 눈앞에서 사라지지가 않았다. 그러나 오전 공부가 끝나고 점심시간이 되었을 때 성희는 경수를 잊어야 할 일에 부닥쳤다. 즉 잘 알지도 못하는 영문과 학생이 찾아와서 그를 운동장으로 끌고 가서는 일을 시작하기도 전에 꽁무니 빼는 사람이 있어서는 절대로 일에 성공할 수가 없다고 한 뒤,

"성희 씨가 그렇게 비겁한 줄을 몰랐어요."

하며 정면으로 공격을 했다. 성희는 사정이 있어서 그런 것인데 어째서 비겁하냐고 항의를 했지만,

"전교 학생이 하나도 빠지지 않고 다 참석했는데 혼자만이 도망친 게 비겁이 아니고 뭐요."

하고 냉혹하게 말을 하는 데는 분하지가 않을 수 없었다.

"남의 사정을 알지 못하고 그렇게 모욕을 해도 좋아요?"

하고 성희는 얼굴색을 붉히고 대들었다.

"모욕을 당해야 할 사람은 모욕을 당해 보기도 해야지."

"사람의 정의감과 단결심이 없어서는 아무래도 못 쓰는 거야."

나이 그리 많아 보이지도 않는 상대편 학생이 반말질까지 했다.

성희는 참으로 눈물이 나오려는 것을 겨우 참았다. 모욕도 그런 모욕이 없다.

"마음대로 해요. 그래도 내게는 그만한 사정이 있었으니까 부끄럽지는 않아요."

성희는 그 학생 옆을 떠나서 교실로 들어왔다. 책상에 앉아 두 손으로 턱을 고이고 마음을 안정시켜 보려고 하였으나 떨리는 가슴이 좀체로 가라앉지가 않았다.

오후 공부가 시작되었을 때 성희는 하학하기 전에 미리 돌아가 버릴까,

하고도 생각해 보았다.

비겁하다는 말로 모욕을 당하고도 어슬렁어슬렁 학생회에 참석한다는 것이 도리어 비겁하기 짝이 없는 일일 것 같았기 때문이었다. 차라리 하학하기 전에 학교를 떠나고 또 며칠 동안 등교를 안 하는 것이 마음 편할 것 같았다. 그러나 오늘마저 학생회에 참석치 않는다면 그야말로 전교 학생에게 주목받을 것이 뻔한 노릇이었기 때문에 차마 그럴 수도 없었다.

분한 생각을 하면 그런 것쯤 가리고 싶지가 않았다. 그러나 아무래도 안 볼 수 없는 동무들이니 더 큰 모욕을 받기 전에 참는 것이 온당할 것 같았다.

그뿐만 아니었다. 마지막 시간, 바로 전에 한 반 하급인 경난이가 찾아와서,

"오늘도 일찍 가야 해요?"

하고 마치 어제 일을 널리 이해한다는 듯이 말하고는,

"웬만하면 오늘은 꼭 참석해서 쓸데없는 일을 못하게 합시다."

하고 의외의 말을 꺼냈다.

"그게 무슨 소리지?"

성회는 반문하지 않을 수 없다.

"학생이 공부만 하면 되지 학교 일에 참석이 무슨 참석이유. 공연히 공부하기가 싫으니까 그 야단들 아니에요."

"그럴까?"

성회는 의아한 눈으로 경난이를 바라보았다.

"그러다가 동맹휴학이나 하면 손해는 누구 손핸데요. 안 그래요."

경난이가 동의를 구하려는 태도로 설명을 했다.

성회 역시 경난이와 꼭 같은 생각을 가지고 있다. 비록 학교를 위하는 일이라고 해도 동맹휴학을 하게 된다면 손해는 가르치는 선생에게 있는 것이 아니라 배우는 학생에게 있다. 그러나 경난이가,

"우리 편 돼 줘요."

하고 이상한 눈짓을 할 때 성회는 대답하기를 주저했다. 학생회가 두 패로

모이는 것이 분명하다. 그렇게 되면 정의가 이기는 것이 아니라 세력 큰 패가 이기게 되기 쉽다. 옳은 것은 동댕이치고 딴 싸움이 벌어진다면 그것은 추한 것 이외에 아무것도 아니다.

싸움에 끼여 들어가 한몫 보자는 것은 보기 싫고 추한 것이라 긍정한 뒤 또 다른 야심을 채우자는 것밖에 없다.

그래서 성희는,

"나도 나를 위하고 학교를 생각하는 마음이 있으니까 내버려 둬."

하고 말했다.

그러나 경난이는,

"그래두 태도를 결정해야지요."

하고 독촉을 했다.

"물론 결정져야지."

바로 그때 상학 종이 울렸다. 그래서 이야기를 중단해 버렸지만 그 뒤 학생회가 시작할 때까지도 성희는 마음의 태도를 결정짓지 못하였다. 교장 반대파에서 교장 비행(非行)에 대한 조목을 꼬치꼬치 들어 학생들의 동의를 구하려 할 때 경난이가 옆구리를 찔렀다. 빨리 일어나서 반대파를 공격해 달라는 뜻이었으리라.

그러나 성희는 모르는 척 움직이지를 않았다. 가든 부든 한몫 끼고 싶은 생각이 들지 않았던 것이다. 그랬더니 경난이가 때를 놓쳐서는 안 될 것처럼 황급히 일어서서 이사장의 말이 옳다는 것을 설명하고 난 뒤 학생의 직분을 잊어서는 안 된다는 것을 쭉 늘어놓았다. 몇 군데에서 박수 소리가 났다. 그러나 박수 친 사람의 수효를 가지고는 학생회를 뒤집을 도리가 없었다.

결국 결의대로 결의문을 만들어 이사회에 제출하기로 하였다. 그러나 반대파의 세력은 점점 커지어 그 뒤의 학생회는 단순히 두 파의 싸움으로 변하고 말았다. 몇 명 안 되던 반대파 학생이 어떻게 해서 그렇게 갑자기 늘었고 또 그렇게 열렬해졌는지 모른다.

성희는 더욱 학생회가 싫증이 났다. 처음에는 열렬하게 교장을 반대하던 학생까지 이 편에 박수 치는 것을 보자 힘에 눌려 이리 쏠리고 저리 쏠리는 것이 보기 싫었다. 자기 생각에도 교장을 반대하는 것을 정당하다고 생각되었다. 일제 시대에 여학교 교장으로 있으면서 소위 황민화 운동에 누구보다도 선봉을 섰던 여자다. 라디오를 통하여 일본말을 몇 해씩 두고 가르쳤으며 강연회란 강연회에는 빠짐이 없이 섞이어 학병이니 징병이니 하는 조선 사람 못 살게 하는 제도에는 두 손을 들고 찬성했던 사람이다.

오죽 일본 사람에게 곱게 보였기에 물건이 그렇게 부족한 그때에도 유독 그의 학교만이 번지르한 학교를 신축하였을 것인가. 학생회에서는 총독부와 군사령부의 촉탁까지 지냈다고 하나 그것은 보지 못한 일이니 제쳐 놓는다 해도 해방 후의 교육자로서는 적당치가 못한 것이 틀림없다. 그도 맡은 계통의 중학교를 나왔다는 관계를 가지고 동창회와 이사회를 움직여 대학 교장까지 되려고 하는 그 심사가 온당치 않은 것 같았다.

그러한 사람은 학생들이 반대하기 전에 자기 스스로가 교육계에서 물러나야 할 것이었다.

그것은 그렇다 치더라도 그러한 교장을 반대하는 데 싸움을 걸고 나설 것은 무엇일까. 더구나 반대파들은 자기의 힘으로 싸우는 것이 아니라 어떤 외부(外部)의 사람 지도에 따라 움직인다는 것을 들었을 때 성희는 놀라지 않을 수 없었다. 그들 간부는 그 지도자의 집에 합숙을 하면서 투쟁 방법을 연구한다는 것이었다.

물론 친일파라고 해도 교장으로 모시는 것이 옳다든가 그렇지 않으면 어차피 할 수 없는 일이니 그대로 두자든가 하는 것이 움직일 수 없는 일이고 또 정당한 일이라면 구태여 외부 사람에게 신세를 지며 합숙까지 할 것이 무엇인가. 그러나 성희는 흥분하지를 않았다. 어디까지나 방관자의 태도에서 한 걸음이라도 더 나가지 않으려 했었다. 그러나 교장 반대파의 세력이 눈에 보일 만큼 기울어 동맹휴학을 시작해 보기 전에 사건이 종말을 고하게끔 되었을 때였다.

교장 옹호패들이 교장 반대파에게 동정을 한다고 지목받는 교수는 교단에서 모욕을 주었다. 교실에서 교수를 하고 있는 선생에게 달려들어 넥타이를 잡아당기고 뺨에 손질을 한 것이었다.

그것을 본 성희는 참으로 방관자의 입장만을 지키고 있을 수는 없었다.

아무리 민주주의고 아무리 상하가 없기로서니 그래 자기들을 가르친다는 소위 교수에게 대하여 그것도 신성하다는 교실에서 더구나 여학생의 손으로 그런 일을 할 수가 있는가.

원인과 동기는 아무래도 좋다. 어쨌든 선생에게 손질하고 넥타이를 잡아 당겼다는 것만은 백 번 생각해도 잘 한 것이라고 말할 수 없었다.

성희는 눈물이 날 정도로 분했다. 해방이 가져온 선물이라 생각할 때 더욱 슬펐다. 아기자기하게 재미나는 해방이어야만 할 것이련만 이때까지 들어도 보지도 못한 가장 부끄러운 행동이 해방 덕택에 따라왔다고 한다면 해방을 고마워하기 전에 미워해야 할 것이 아닌가. 해방을 미워한다는 것은 일본의 탄압을 고맙게 생각한다는 뜻이 된다.

일본에 대하여 고마운 마음을 가지다니 민족 전부가 멸망하는 그런 일을 입 밖에다 낼 수 있는가. 도저히 안 되는 일이었다. 그러나 그러면서도 해방을 진심으로 고맙게 생각되지 않는 마음은 죄스러우면서도 그저 슬프기만 하다.

그러니 그것이 마지막 학생회였을 게다.

교장 반대파는 최후의 발악으로 친일파가 교육계에 버젓이 앉아 있는 모교가 잘 될 리 없다고 저주 비슷한 원망을 터뜨렸다.

그 반면 교장 옹호파는 학교를 거꾸로 엎으려는 음모와 발동으로 이사회의 결정을 반대하는 것이라고 반대파를 공격하며 학생회를 끝내자 했다.

그럴 때 성희는 처음으로 손을 들고 언권을 요구했다. 모두 시선이 성희에게로 쏠렸다. 성희는 떨리는 가슴을 겨우 안정시키며 말을 꺼냈다.

"우리는 여러 가지 과학을 배우는 직분에 만족해야 할 학생입니다. 그러나 배운다는 것은 우리와 우리의 나라를 잘 살게 하자는 것이지요. 나라를 잘 살게 하자는 것은 정의감에서 우러나온 것이 아닙니까. 또 우리가 잘 살자는 것은 우리가 깨끗한 사람이 되자는 것이 아닙니까. 그러나 학생이 선생을 때리고 선생을 모욕했다는 것은 절대로 깨끗한 마음의 발로라고 볼 수가 없을 것입니다. 과거의 오랜 전통을 자랑하는 우리의 역사에도 그러한 사실은 없습니다. 그래서 잘못 살았는지는 모르지요. 그러나 그렇게 깨끗지 못한 마음을 가진 사람에게 똑바른 정의감이 있으리라고는 생각되지 않습니다. 친일파는 앞으로 국가에서 처벌이 있을 것입니다. 반드시 있고야 말리라 생각합니다. 친일파를 그대로 둔다면 우리 민족의 정기는 깨끗해질 수가 없지 않겠습니까. 그러니까 교장 문제는 시간적으로 해결되지 않는다 해도 그리 슬퍼할 것은 못 됩니다. 그러나 슬퍼해야 할 것은 우리의 마음이 깨끗지가 못해 민족 전체에게 걱정을 끼쳤다는 사실일 것입니다. 우리는 진심으로 우리 민족에게 대하여 두 손으로 모으고 사과를 해야 할 것입니다.”

성희는 눈물을 흘리면서 자리에 앉았다. 자리에 앉을 때 뒤에서 들리는 박수 소리는 손가락으로 셀 수 있을 만큼 적적한 것이었다. 그러나 그 박수 소리마저 최후의 흥분이 되고 말았다. 학생회는 아무런 성과도 얻지 못한 채 폐회를 선언했고 교장 옹호패는 개가를 부르며 기세를 울렸다.

그 날 밤 성희는 집으로 돌아가는 길에 누군지도 모를 여학생들에게 머리를 뜯기고 발길로 채였다. 학생회에서 말한 것이 화가 되었던 모양이었다. 별 다친 데는 없었지만 그는 밤새 잠을 못 이루며 눈물을 흘렸다.

그저 가슴이 막막할 뿐이었다.

이렇게 학생회 일로 사오 일 동안은 언니에게 한 번도 가 보지 못하였다. 학교에 가는 도중 경수에게는 잠깐 들려 보았지만 언니에게는 길이 외따를 뿐 아니라 가기만 하면 긴 이야기가 벌어질 것만 같아 좀체 가지지 않았다. 그새 자기가 학교 가고 없는 동안 한 번 왔다 갔다는 말은 들었지만 못 본 지 며칠이 되어 그런지 무척 궁금한 생각이 드는데다가 어제 몰매를 맞은 흥분이 아직 가라앉지가 않아 집안에 있기가 싫던 참에 언니에게서 전화가 왔다. 어쩌면 그렇게도 발길을 아니하느냐고 언니는 전화로 나무람을 했다. 다른 때와도 달리 고적해졌을 것을 짐작하기 때문에 성희는 아무런 변명도 하지 않았다. 자세한 것은 만나서 이야기한다고 한 뒤 전화를 끊고 옷을 갈아입었다. 전화를 끊은 지 한 시간도 못 되어 언니 집에 이르렀을 때 웬일인지 방 안에는 성욱이가 혼자 앉아 있을 뿐 언니가 보이지 않았다. 성희도 며

칠 동안 만나지 못했었기 때문에 반갑기도 반가웠지만 언니 없는 방 안에
선뜻 발이 들어가지가 않아,
　"언니 어디 갔어요?"
하고 물었더니,
　"뭐 좀 사러 가셨는데 곧 돌아오실 걸요."
하고 성욱이가 대답을 하는데 어쩐지 그렇게 반기는 태도가 아니었다.
　"그새 별일 없었어요?"
하고 물었을 때도 성욱이 씁쓸한 얼굴로,
　"글쎄요?"
하고 정신 잃은 사람처럼 앉아 있었다. 이상스러운 일이었다.
　그러나 어떤 일인지는 모르지만 자기에게까지 태도를 달리하여야 할 일
이 무엇일까 하고 생각할 때 성희는 갑자기 가슴이 두근거림을 느꼈다.
　혹시 자기가 경수를 찾아 병원에 다니는 일을 알기 때문이나 아닌가 하는
생각이 들었기 때문이었다. 그렇게 생각하니 얼굴까지 붉어지는 것 같았다.
　그러나 언니에게도 한 마디 말하지 않은 일을 성욱이가 알리 만무했다.
　성희는 마음을 진정시키고,
　"무슨 일이 생겼어요?"
하고 천연스럽게 물었다. 그때야 성욱이는 마치 실수했다고 뉘우치기나 하
듯이,
　"일은 무슨 일이요."
하고는 웃는 얼굴을 지으며,
　"참 그새 왜 안 오셨지요?"
하고 되려 물었다. 그러나 성희는 성욱이가 반드시 심상치 않은 일이 있는
것이리라 생각되어,
　"제 이야기는 차차 하기루 하구 오 선생부터 말씀하세요. 얼굴에 근심이
그려 있는데 뭐."
하고 대답을 재촉했다.
　성욱이도 본시 숨기려는 이야기가 아닌 것처럼 시원스럽게 대답을 했다.

“결혼하게 되었나 봐요!”

너무나 쉽게 나오는 대답이어서 그런지 어쩐지 싱거운 것 같았다. 그렇게 싱겁게 말할 수 있는 일을 가지고 무엇 때문에 그렇게 심각한 얼굴을 하였을까 하고 생각하니 우습기도 하였지만 성욱이가 결혼을 한다는 사실 자체에 성희는 또 놀라지 않을 수 없었다.

“그럼 기쁘시겠구만요.”

그러나 성희는 이렇게 말하고야 말았다.

“네, 기쁜 일이라 생각해 주시니 고맙습니다.”

성욱이는 다시 얼굴을 떨어뜨리고 침울해지는 것이 조금 전 성희가 방 안에 들어설 때와 꼭 같았다.

“그럼 결혼하신다는 데 기쁘시지 않으세요?”

“누가 안 기쁘다구 했어요.”

“그럼 왜 그런 말씀을 하세요.”

“너무 기쁘면 그럴 수두 있지 않아요.”

“참 이상한데요.”

“이상하게 보는 사람이 이상할런지두 모르지요.”

성욱이는 눈을 감고 입술을 깨물었다.

성희는 그 이상 더 묻지 못했다. 아래 입술을 잴근 깨무는 형상이 좀더 자기를 원망하고 싶은 말을 참는 것만 같았다. 이상하게 보는 자기를 이상하다고 말을 하지만 그 실은 하고 싶지 않은 결혼을 슬퍼하는 것이 분명하다.

그리고 이왕 하지 않을 수 없는 결혼이라면 슬픈 생각을 가지게 할 필요도 없는 것이기 때문에,

“언제지요? 결혼식은.”

하고 물은 뒤 대답이 나오기도 전에,

“그때는 결혼 선물을 사 드려야지.”

하고 혼잣말처럼 중얼거렸다.

“아직 날짜를 정하지 않았지만 선물을 받기 위해서 하루 빨리 해야겠군

요."

성욱이는 마지못해 웃는 웃음을 보였다.

"선생님두."

같이 웃기는 했으나 성희 역시 만족한 웃음은 아니었다.

그 뒤에도 상대편 여자에 대해서 나이와 학식 등을 물어 보기는 했지만 그 물어 보는 말이 어색할 정도로 성희의 얼굴이 자꾸만 변해졌다. 홍미를 가진 것 같다가는 실망을 느끼는 듯한 그 종잡을 수 없는 얼굴을 성욱이가 보았는지 말았는지 화제를 돌리고만 싶은 마음이 컸다. 좋다고도 나쁘다고도 말할 수 없는 일이다. 그러나 소홀하게 취급할 수도 없는 일이 아닌가. 그럴 때 마침 언니가 돌아왔다. 몇 해 만에 처음 만났기로 그렇게 반가울 수가 있는가.

"어데 갔댔수."

성욱이와의 대화를 잊어버릴 수 있는 가장 좋은 기회라 성희는 일어서서 명희 앞으로 달려갔다.

재봉침 실이 떨어져 거리에 나갔던 명희도 오래간만에 만나 반갑다는 듯이 성희의 손목을 잡고는,

"오래 기다렸니."

하고 물었다.

"응."

성희는 아무 말도 아니하고 그저 울고만 싶은 심정에 머리를 끄덕일 뿐이었다. 언니가 오기 전까지는 그렇지도 않던 마음이 갑자기 슬퍼지는 것 같았던 것이다. 자기가 성욱이를 사랑한다고 똑똑히 말할 수는 없다. 성욱이 역시 자기를 사랑하는 것이라고 확신할 수가 없다. 그러나 성욱이가 결혼을 한다는 것이 슬퍼진다는 것은 똑똑히 사랑하는 것은 아니라 해도 사랑하는 마음이 싹트고 있었다는 것만은 말해 주는 것이 아닐지 성희는 그러한 자기 맘을 캐 보려고도 하지 않았다. 다만 어떤 구실이라도 만들어 언니에게 안기고 또 울고 싶은 마음을 억지로 참아야 한다는 것이 벅찼을 뿐이었다.

"앉아라."

명희가 먼저 앉으며 성희에게 권했다. 그리고는,

"그새 왜 오지 않았니?"

하고 성희의 대답을 기다렸다.

성희는 그 말에 대답을 하기 전에,

'성욱 씨가 결혼을 하게 된대.'

하고 다시 화제를 그리로 돌리고 싶었다. 유쾌하지 않은 일이지만 언니와 같이 또 한 번 이야기하고만 싶었다. 가슴에 그득한 것이 그 생각뿐이었으니까 우선 그것부터 소화시키고 싶었던 때문인지도 모른다. 그러나 성희는 참았다. 마음에 걸리는 이야기라고 해서 함부로 꺼냈다가 성욱이 앞에서 울기라도 하면 어떻게 하나 하는 겁이 없지 않아 있었다. 울기야 하련마는 자기도 모르는 사이에 이상스런 표정이라도 짓게 될는지 모른다. 차라리 모르는 척 건드리지 않는 것이 마음 편할 것 같았다.

오래간만에 만났으니 언니가 그 동안에 지난 이야기라도 들으려고 할 것 같으나,

"시장한데 점심이나 먹으러 가지."

하고 딴 생각은 전혀 없다는 듯 서둘러댔다. 성욱이는 구미를 느끼지 않는지 아무 대답이 없다.

성희 역시 점심 사 준다고 반갑게 뒤따라 나설 생각이 나지 않았다.

따분한 분위기가 싫어져 한시바삐 집으로 돌아가 자리에 눕고 싶은 생각만 났다. 그만큼 그는 피곤함을 느꼈던 것이다. 그러나 언니가,

"빨리 나두 바빠."

하고 독촉하는 바람에 뒤를 따르지 않을 수 없었다.

C 그릴에 들어가 런치를 시킨 뒤 언니가,

"성욱 씨! 그것 때문에 그렇게 우울해 할 건 없지 않아요. 요즘 세상에 강제 결혼이라는 것이 어디 있다구."

하고 침울한 성욱이를 위로하듯이 말할 때 성희는 어쩐지 피곤이 달아남을 느꼈다. 여자와도 달라 남자인 경우에 본인이 싫다고 말한다면 결혼이 성립되지 않을 것 같은 생각이 문득 머리에 떠올랐을 뿐 아니라도 대체 내막이

어찌된 일인지 궁금한 생각이 앞섰기 때문이었다.

"누가 결혼 때문에 우울하대요, 참."

하고 성욱이가 일부러 웃음을 지어 보일 때 성희는 더 참지를 못하고,

"그럼 왜 우울하세요."

하고 물었다.

"결혼이야 안 하면 그뿐이지만 아버지에 대한 복수를 어떻게 하느냐가 문제되어 그러지요."

"그런 걸 뭐 그렇게 심각하게 생각하실까."

성희는 무슨 영문인지 몰라 언니의 얼굴을 쳐다보며 자기 말에 대한 대답을 구했다.

"글쎄나 말이다."

언니도 성희와 동감이라는 듯이 성희를 맞바라보고는 다시 성욱이에게,

"하라는 일을 아니하는 것두 복수는 되지 않아요."

하고 타이르듯이 말했다.

"그런 소극적 행동으로는 만족할 수가 없을 것 같아요. 나는 아버지에게 복수를 하기 위해서 이 세상에 나온 몸이니까요."

"글쎄 밤낮 하는 말이지만 미운 사람 안 보면 그만이지 복수는 무슨 복수예요."

"그건 아직두 내 마음을 모르시는 말이야요. 그저 미워하기만 하기에는 내 피가 허락지 않는 걸 어떡해요."

"그래두 정력을 그런 데다 허비할 필요가 없지 않아요."

"내가 이 세상에 나온 목적이 무언데요. 아버지를 괴롭히는 거 아닙니까."

"난 몰라요."

명희가 승강이를 그만하고 싶다는 듯이 뒷말을 못하게 톡 쏘아 부쳤다.

그때 런치가 들어왔다. 그래서 자연 이야기가 중단되고 말았지만 어렴풋이나마 성욱의 결혼과 또 그의 괴로움의 내막을 알 수 있게 돼 성희는 가벼운 웃음을 웃으며,

“점심이나 잡수시지요.”

하고 방 안 공기를 부드럽게 하려 했다.

성욱이도 어떻게 생각했는지 그 뒤부터는 침울한 얼굴을 보이지 않았다. 점심을 다 먹을 때까지 그들은 같이 웃을 수 있었다. 아무리 괴로움이 있다 해도 그것을 웃음으로 덮을 수 있는 순간만은 유쾌한 일이 아닐 수 없는 것이지만 웃음으로 성욱이의 문제가 해결된 듯 생각할 수는 없었다.

점심이 끝나자 성희는 병원으로 들렀다. 성욱에 대한 감정이 그러했다고 해서 경수를 잊어버린 것은 아니었다. 경수에 대한 정열이 가라앉으려고 할 때 성욱이에 대한 감정이 싹트려고 했었는지 모르지만 그것은 결국 두 사람을 모두 사랑하지 않는 것이라고 말할 수도 있다. 그러나 현재의 심경으로 볼 때 역시 마음에 남아 있는 사람은 성욱이가 아닐까.

혼자 외로이 누워 있을 경수의 얼굴이 눈앞에 보여 발걸음이 허둥거렸으나 그러나 병원에 이르렀을 때 그는 손목의 힘을 일시에 잃어버리고 말았다.

병실에 들어간 지 오 분도 못 되어 그는 뛰쳐 나오고야 말았다. 너무나 잔인한 운명에 눈물이 북받쳐 나왔다.

성희는 진정하려고 했다. 경수를 위해서 자기만은 냉정하려고 했다. 더구나 경수의 어머니인 것 같은 늙은 부인 앞에서 흥분한 얼굴을 보이기가 싫었다.

그러나 참을 수가 없었다. 처음 보는 경수 어머니가 어떻게 생각하든 또 하염없이 누워 있는 경수가 무엇이라 말하든 그것을 가릴 여유가 없었다. 병원을 뛰어나와 지나가는 택시를 불러 타고 집으로 돌아오고야 말았다.

집에 돌아오자 성희는 자리를 깔고 이불 속에 들어갔다. 그리고는 밝은 빛이 싫어서 이불을 머리까지 뒤집어썼다. 차라리 태양이 없었으면 했다. 어둡기 만한 세상이라면 그런 것을 보지 않아도 좋을 것이 아닌가.

그러나 모든 것을 어둡게 보려고 애쓰면 애쓸수록 그 피 묻은 상처가 태양처럼 환하게 눈앞에 나타났다.

피부에 싸이지 않고 허옇게 드러난 뼈가 댕그랑 눈에 보이는가 하면 금시 피가 떨어질 것만 같은 불그스름한 살점이 가슴을 써늘케 했다.

성희는 눈을 감았다. 부끄러운 광경을 기억에서 없애 보려고 했다. 그러나 지금은 어디 있을지도 모를 잘라 버린 팻기 없는 외짝 발까지 눈앞에 나타났다.

얼마 전까지는 육체의 한 부분으로 마음대로 움직이고 있던 발이 이제는 발가락 하나 꼼짝 못하고 시험관 속에 알코올에 잠겨 있을 허연 피부가 자꾸만 눈앞에 떠올라 견딜 수 없었다.

살을 여미고 뼈를 자를 때 경수가 찡그리고 비명을 울렸을 그 무서운 얼굴도 눈앞에 나타났다.

소름이 끼쳤다. 사지가 부들부들 떨리는 것 같았다.

경수가 숨기는 대로 보지 않고 지날 수 있었다면 차라리 마음 편했을 것을 하필 의사의 진찰이 있을 때 병실에 들어가 그 광경을 보고야 말았단 말인가! 성희는 그러한 후회를 아니할 수 없었다.

결혼식

성희와 헤어진 뒤 명회와 같이 충무로 길을 걸어 명회의 가게 앞까지 온 성욱이는,

"그럼 또 오겠습니다."

하고 헤어지는 인사를 했다.

그러나 명회는 하던 이야기의 결말도 내지 않고 돌아가는 것이 말이 되느냐는 듯이,

"결혼은 어떻게 하기루 하구요?"

하고 성욱이를 쳐다 보았다.

"거야 물론 안 하지요."

성욱이는 조금도 서슴지 않고 대답을 했다. 그러나,

"그럼 그 뒤에는?"

하고 재차 묻는 말에 성욱이는 그것이 아버지에 대한 태도까지 결정지었느
냐 하고 묻는 뜻인 것 같아 '글쎄 어떻게 해야 할지요' 하고 망설이는 표정
을 했다.

그때 명희가,

"아이, 길가에서 무슨 이야길 해요. 빨리 들어오세요."

하고 앞장서서 가게 안으로 들어갔다.

사실 성욱이도 그 문제에 대하여 좀더 의논하고 싶었다. 그러나 그렇게
한가하지도 않는 명희가 자기의 문제로 너무 오랜 시간을 허비하게 하는 것
이 미안해서 다음날로 미루고 싶었지만 그렇게 명희를 뿌리치고 돌아가기도
안되어 마지못해 가게 안을 들어섰다.

진열된 여러 가지의 색다른 부인복과 털로 짠 부인용 스웨터 그리고 양복
감들이 자기 때문에 팔리지 못하기나 한 것처럼 한가롭게 널려 있는 듯해서
더욱 미안한 생각이 들었다.

그리고 가게와 안방 중간에 있는 재봉실을 지나가며 재봉침과 바느질을
분주히 하는 여직공들을 볼 때 일 없이 주인을 끌고 돌아다니는 자기를 유
심히 바라보는 것 같아 더욱 마음이 꺼림칙했다.

비록 아무것도 가리지 않고 자기를 친숙하게 대해 준다 해도 자기로서는
명희의 영업에 영향이 있도록 시간을 빼앗아서는 안 될 것 같았다. 그것은
자기가 명희에게서 생활비를 보조받는다는 이해 타산에서 나온 생각은 아니
었다만 자기로 말미암아 장사의 타격을 받는 일이 있어서는 안 될 것 같은
솔직한 마음에서였다. 그래서 안방에 들어가기 전에,

"저 오늘은 가겠어요."

하고 다시 어색한 얼굴로 용서를 청했다. 그러나 명희는,

"아이 참, 어쩌면 그렇게 흉물스러워요."

했다.

성욱이는 하는 수 없이 진심으로 미안하다는 표정으로 머리를 북적북적
긁으면서 방 안으로 끌려 들어갔다.

방 안에 들어가 앉아서도,

"바쁘실 텐데, 나 때문에."

하고 연방 혼자서 미안해했다.

그러나 명회는 그러는 성욱이가 불만하다는 듯이,

"성욱 씨는 그런 점을 고쳐야 해요. 어떤 땐 상당히 굳센 것 같으면서두 어떤 때는 굉장히 약하거든요. 아무리 바빠두 내 일은 내가 해요. 그런 걱정은 좀 그만하세요."

하고 타이르는 어조로 말했다.

성욱이는 자기 성격의 약점까지 끄집어내는 데 약간의 불쾌를 느끼며,

"그럼 그런 소리 안 할게요. 자 여기 앉을까요?"

하고 일부러 광대 비슷하게 몸짓을 하면서 방바닥에 앉았다. 그리고는 어리광을 부리며,

"누나두 동생 옆에 앉아요."

하고 명회의 치맛자락을 잡아당겼다.

명회는 우스워 못 견디겠다는 듯이 입을 가리고 소리를 내어 웃으며,

"누가 누나 치맛자락을 잡아다닌담."

하고 성욱이 옆에 앉았다.

"누나니까 그러지."

성욱이도 실쭉 웃었다.

성욱이 옆에 앉은 명회는 웃음 띤 얼굴에도 정색을 하며,

"그럼 다음부터는 정말 누나라구 그래요. 응."

했다.

"나보구두 동생이라구 하지요?"

"그러구 말구."

"그럼."

하고 성욱이는 겨레 형제의 약속을 명세하자고 새끼손가락을 내밀었다. 명회도 장난 같은 일이었지만 새끼손가락을 내밀어 깍지를 하고 흔들었다.

"이제부터는 남 앞에서두 동생이라구 그래야 해요."

성욱이가 다짐을 했다.

"동생은 누나의 말을 잘 들어야 해요."

"누가 동생보구 해요 하구 말합니까."

"참 내가 실수를 했군."

그들은 똑같이 웃었다.

유쾌하게 놀 때마다 누나니 동생이니 하고 농담하던 것이 성욱의 무미한 태도를 캄플라지하기 위한 발언으로 우연하게도 정식 누나와 동생이 된 것이지만 그들은 그것을 불쾌하게 생각지 않았다. 차라리 자연스러울 것처럼 생각했다. 두 사람의 친분을 더욱 두텁게 하는데 그 길밖에 없을 것 같았다. 그래서 명희는,

"참 동생을 다 둬보구!"

하고는 만족한 듯이 혼자 웃었다.

"참 누나를 다 둬보구!"

성욱이도 명희의 말을 그대로 받아 외우고 웃었다. 그리고는 두 사람이 꼭 같이 입을 다물고 제각기 서로의 만족을 가슴 속에 다졌다.

그러다가 갑자기 명희가 성욱이를 불렀다.

"동생."

"누가 동생보구 동생하구 부른담."

성욱이가 우습다는 듯이 퉁기어 말하자 명희는 다시,

"그럼 성욱이!"

하고 아무래도 자연스럽지가 못한지 얼굴을 약간 붉히고 웃었다. 그러나 성욱이는 그것도 안 된다는 듯이,

"성욱이가 뭐예요. 성욱아, 해야지!"

하고 명희의 얼굴을 물끄러미 쳐다보았다. 그러나 명희는 차마 '성욱아' 하는 말이 떨어지지가 않는 듯,

"다음부터는 그렇게 부르지. 좌우간 누나의 말을 잘 듣지."

했다. 성욱이는 심술궂은 어린애처럼,

"왜 다음부터 그렇게 불러요. 당장에 부르지 않으면 난 말 안 들을 테야."

하고 투정을 부렸다.

“글쎄 그렇게 부른다니까?”

“지금은 못 불러요.”

“참 고집두. 그럼 성욱아.”

“‘그럼 성욱아.’가 뭐예요. 그러지 말구 멋지게 한 번 불러 봐요.”

“참 고집쟁이. 누가 누날 보구 그러나. 자꾸 그러면 난 누나 안 할 테야.”

명희는 장난하다가 토라지는 어린 계집애처럼 외면하고 돌아앉았다.

“참 누나두 껄렁하네. 그럼 내 그렇게 바루 앉아요.”

명희는 일부러 신경질을 부려 보았다는 듯이 웃는 낯을 지어 성욱이 편으로 돌아앉아,

“정말 내 말을 들어야 해.”

하고 따졌다.

“들어 보구 들을 말이면 듣지.”

“그런 게 아니구 꼭 들어야 할 일이야.”

“글쎄 말해 봐요.”

“그리구 묻는 말에는 똑바루 대답해야 해요.”

“또 ‘해요’ 하네.”

“참 내 입이 맹추야. 이제부터는 조심할게.”

그들은 또 한 번 웃었다. 그러나 웃음이 가라앉기 전에 명희가,

“성희를 사랑하지는 않아요?”

하고 뜻하지 않은 질문을 꺼냈다.

성욱이가 어떻게 대답할지를 몰라 어물거리고 있을 때 명희는,

“똑바루 대답해 봐요?”

하고 대답을 독촉했다.

“내가 성희 씨를?”

성욱이는 묻는 말의 뜻을 잘 모르거나 하겠다는 듯이 반문했다. 그때 명희가 ‘네’ 하고 금시 무슨 겨레 형제의 약속을 잊고서 경어를 써 가며 말했다.

“성희가 졸업하거든 그 애하구 결혼하세요. 그 애두 사랑하나 보던

데……."

성욱이는 자기를 동생으로 대하는 것을 벌써 잊어버린 듯한 명희에게 힐난할 마음마저 가질 여유가 없이 그저 두근거리는 가슴에 대답할 말을 찾지 못했다.

성욱이도 자기가 성희를 사랑하는 것이라고 몇 번이나 생각했었다. 그러나 성희가 자기를 어떻게 생각하는지를 모르는 이상 자기의 마음을 표정으로나마 나타내지를 못하고 있을 뿐이다. 전혀 모르는 사람과도 달라 먼저 자기의 그러한 마음을 발표했다가 명희까지 불편한 낯으로 대하게 되면 그보다도 더 부끄러울 일이 없을 것이다. 그러기 때문에 성희에게 마음이 달려갈 때면 도리어 그 마음에 채찍을 내리어 냉정한 태도를 취하려고 해 왔다. 그렇게 애썼음에도 불구하고 명희가 눈치를 챌 만큼 자기의 본심을 완전하게 감추지 못했던 것인지는 모르지만 어쨌든 성욱이로서는 죽이기만 하려든 마음이라 명희가 무엇이라 말하던 선뜻 대답할 수가 없었다.

그러한 성욱인 만큼 사랑한다는 말 한 마디도 못하고 결혼 이야기가 불쑥 나올 때 그것이 자기 마음을 떠보려고 하는 시험이나 아닌가 하는 의심도 들지 않을 수 없었다.

"좀 말을 해 봐요. 성희가 싫단 말인가요?"

"참."

대답하기가 거북스럽다는 듯이 그저 웃기만 하는 성욱이었다.

"싫으면 싫다구 똑바루 말해요."

이렇게 따져도 성욱이는 말을 꺼내지 못했다. 어떻게서든지 싫어서 그러는 것이 아니라는 뜻만은 표하고 싶었으나 그 말도 나오지가 않았다.

"아니, 남자가 왜 그래요."

명희가 지루하다는 듯이 못마땅한 얼굴을 하고 성욱이의 무릎을 한 번 툭 쳤다. 성욱이는 하는 수 없이,

"누나의 동생하구두."

하고는 차마 그런 마음을 가질 수 없다는 뜻을 보였다. 명희도 그 말에는 대꾸가 나오지 않는지 한참 동안 망설이다가,

“두 사람의 행복이라면 누나가 희생을 당하지.”
하고 적이 낮은 목소리로 말했다.

“희생이라니요?”

“누나가 못 되구 아주머니가 되는 거 말이에요.”

명희의 얼굴에는 무언가 쓸쓸한 것이 보였다. 성욱이도 그것을 못 볼 리 없다. 그래서,

“누나가 어떻게 아주머니가 된담.”
하고 도저히 그럴 수 없다는 듯이 말했다.

“그까짓 누나야.”

그러나 명희는 그런 것이 문제가 안 된다는 것처럼,

“나는 두 사람의 마음을 다 잘 알아요. 성욱 씨두 결혼 때문에 고민하고 있지만 성희두 졸업만 하면 결혼을 해야 할 테니까 그렇게 결정을 해 둡시다.”
하고 혼자 단안을 내린 듯이 말했다.

그러나 성욱이는 무엇이라고 결정적인 말을 할 수가 없었다.

나이로 보아 스물여섯이 결혼하기에 그리 이른 것도 아니지만 사실은 결혼이라는 것을 구체적으로 생각해 본 일이 없기 때문이 비록 성희를 사랑하는 마음이 있다 해도 선뜻 대답할 수가 없었다.

그뿐 아니라 따지고 생각한다면 성욱이로서는 아직 결혼을 할 수가 없는 처지였다.

첫째 어떤 은행에 취직을 하고 있으나 그것으로 어머니와의 단 두 식구 살림도 꾸려 나가지를 못해 매달 명희에게서 돈을 빌려다 쓰는 형편이다. 처음에는 빌려다 쓴 것이지만 지금에 와서는 빌리는 것도 아니었다. 갚을 도리가 없는 것을 피차간에 알고 있기 때문에 지금에 와서는 그저 주는 것이요 또 그저 받아 쓰는 것이었다. 이렇듯 제 손으로 생활을 감당해 나가지도 못하는 주제에 결혼이라는 것을 생각할 수가 있는가.

둘째로는 아버지와의 관계다. 이것이 첫째일는지도 모른다. 그리고 죽을 때까지 계속해야 할 일일는지 모른다. 어쨌든 결혼 같은 것으로 아버지의

존재를 잊어버려서는 안 될 일이다. 그렇지 않아도 이번에 자기의 결혼을 서두르는 아버지의 본심이 다른 데 있는 것이 아니라 자기의 마음을 결혼 생활에 빼앗기도록 하는 데 있다는 것을 누구보다도 잘 알기 때문에 어떠한 결혼이든 찬성하지 못하는 것이었다.

그런 만큼 상대편이 비록 성희라 할지라도 다짜고짜로 좋다는 말을 할 수가 없었다. 그러나 그렇다고 해서 또 싫다는 말도 입 밖에 낼 수는 없었다. 순길이가 죽고 난 뒤 여자라고 사귀어 오는 이는 성희와 명희뿐이다. 명희는 나이도 나이려니와 결혼할 상대는 물론 이성으로서 애정을 느낄 수 있는 그러한 상대가 아닌 것이라고 생각해 온 여자다. 차라리 누나로서 대접하고 동생으로서의 애정을 받고 싶은 사람이다. 그러나 성희는 자기의 외로운 마음을 능히 어루만져 줄 수 있는 사람 같았다. 명희를 통하여 그가 첫사랑에 실패했다는 말은 들었으나 그것도 흡사히 자기의 과거와 같은 것이라 생각될 때 더욱이 마음 끌리기도 했다.

어쨌든 이때까지 그런 것을 입 밖에 내 본 적은 없으나 결혼을 하기만 한다면 성희를 빼고 다른 사람을 고를 수가 없는 형편이다.

그렇기 때문에 성욱이는 결정적인 말을 피하기 위해서,

"하루만 여유를 주십시오. 내일 대답을 해 드릴게."

하고 명희의 집을 떠났다. 명희는 결정적인 말은 아니래도 성욱이의 감정이 어떻다는 것쯤은 알고 싶었으나 너무 다그치면 결혼을 강요하는 것처럼 생각할까 겁나서 가는 성욱이를 내버려 두었다.

집에 돌아오자 어머니가,

"일요일에나 집에 좀 앉아 있지 찾아오는 사람두 만나구……."

하며 집에 붙어 있지 않은 성욱이를 나무람 했다.

그렇지 않아도 밤낮 혼자만이 집을 지키고 있는 어머니가 자기를 얼마나 기다리고 있으리라는 것쯤 모르는 바 아니었다. 낮이면 회사에 나가고 퇴근하면 집으로 돌아오기 전에 친구를 만나거나 명희에게 들리노라고 일찍 들어오는 일이 좀체 없다. 그래도 매일처럼 저녁을 지어 놓고 자기를 기다리는 어머니다.

기다리는 데 지친 어머니일 것에 틀림없다. 일생을 두고 아버지를 기다리기에 지쳤을 것이고 지금은 아들의 얼굴을 기다리기에 마음을 조리며 살고 있을 것이다.

기다림을 희망이라고 말한다면 어머니야말로 일생을 희망과 꿈 속에 사는 사람이라고 말할 수 있을 것이지만 한 번도 못한 희망에 머리가 세고 주름이 잡혔으니 그 기다림을 가장 미운 것으로 생각하지 않을 수 없는 어머니일 것이다.

그러나 죽을 때까지의 운명인 것처럼 남편 기다리던 마음을 아들에게 옮겨 여전히 기다림에 가슴을 졸이고 있는 어머니의 마음은 확실히 슬픈 것에 틀림없다.

그러나 슬픔을 슬픔으로 뛰어넘으려 생각지 않고 운명으로 그 속에 가라앉으려 하는 어머니의 비극은 영원한 것인지도 모른다.

지금도 남편에 대한 기다림을 아주 버리지는 못하고 있다. 그러나 아무런 자기의 노력으로 그 허황된 희망을 잃어버리게 할 수 없는 것도 아니지만 어쩐지 그것마저 이루어지지가 않았다.

일요일만이라도 집에 앉아 있으면 자기의 얼굴을 보고 또 그러함으로써 능히 마음의 빈자리를 채울 수 있을 것이라 생각되지만 그것을 알면서도 집에 붙어 있을 수 없는 아들이었다. 그뿐만도 아니었다. 종일 기다리게 하고도 그 기다린 마음을 어루만져 줄 생각조차 아니하는 아들이다.

어머니가 바라는 행복의 위치와 아들이 생각하는 감정의 세계가 서로 일치하지 않는 데서 오는 두 사람의 비극일 게다.

그래서 성욱이는 종일 나가 있는데 대한 마음의 변명도 하기 전에,

"누가 왔었어요."

하는 말만을 물었다.

"네 아버지한테서 사람이 왔다구. 또 창식이가 한참 동안이나 기다리다가 갔다."

"창식이가 무어라구 그럽디까."

"아무 말두 안 하드라. 그런데 네 혼인 날짜를 정했나 부든데 오늘은 늦

었으니 내일루라두 아버지한테 들려봐라.”

성욱이는 놀라지도 않았다. 응당 그렇게 될 일이라고 생각하고 있었기 때문에

“언제랍디까?”
하고 남의 일처럼 물어 볼 수가 있었다.

“십이월 초닷샛 날이래드라. 양복, 구두, 외투, 모두 새루 만들어 준다니까 빨리 가 보아라.”

“네!”

“잔치는 요릿집에서 한대나 부드라.”

“네.”

“이제 며칠 남지 않았으니까 우리두 방에 도배나 해야 하지 않겠니.”

“네!”

성욱이는 대답마다가 그저 ‘네’였다.

아무래도 싫은 결혼이지만 아버지는 꼭 시키고야 말 작정이고 어머니는 꼭 하리라고 믿고 있는 형편이다. 그뿐 아니라 자기 역시 보름도 남지 않은 그 결혼을 반대하고 물리칠 방법을 생각하지 못하고 있다. 그 방법을 완전히 생각될 때까지는 어머니에게 섣불리 말할 수가 없다. 공연히 싫다는 말을 되풀이해서 어머니의 마음을 다시 슬프게 하느니보다는 차라리 어머니 모르게 해결을 짓고 그 결과만을 알게 하는 것이 옳을 것 같았다.

사실 어머니는 아버지가 계획하는 대로 잘 넘어가고 있다.

아버지가 자기를 하루바삐 결혼시키려는 것은 첫째가 어머니로 하여금 며느리를 보고 손자를 보게 하여 마음을 가라앉도록 하자는 것일 게고, 둘째가 아버지를 미워하는 자기를 결혼 생활에 몰중하게 하여 아버지와 관계를 멀리해 보자는 것일 게다.

또 다른 이유가 있는지는 모른다. 순길이처럼 희생을 시켜 놓고 그 뒤처리를 감당치 못해 자기에게 떠맡기려는 것인지 그것까지는 알 수 없으나 어쨌든 자기의 결혼으로 자기 두 모자에 대한 의리를 다하는 것처럼 보이고 또 그것들로 자기의 의무를 끝맺은 것처럼 생각하기 위한 것만은 틀림없는

일이다. 그럼에도 불구하고 어머니는 참마음으로 며느리를 빨리 보고 싶어 했으며 또 손자를 안아 볼 꿈을 꾸고 있다.

아버지의 본심을 몇 번이고 말하였으나 어머니는 그러한 자기 말을 믿으려 하기 전에 자기 눈앞에 벌어질 행복만을 잡아 두려 했다. 설사 아버지의 마음이 그렇다고 해도 그것이 어떠냐는 것이었다.

속는 줄 알면서도 어리석은 척 속는 것이 마음 편하다는, 말하자면 비굴에 젖은 어머니다.

그런 결혼 아니면 장가 못 들 줄 아느냐고 말하면 이왕 결혼할 바에야 돈 한 푼 안 들이고 색시를 맞는 것이 얼마나 좋은 일이냐고 도리어 자기를 타이르는 어머니다.

그렇기 때문에 한 번 속음으로 일생을 불행하게 보내면서도 그 불행을 뒤집어엎을 생각도 못하고 자기 운명에 굴복하고 있는지 모른다. 그러한 어머니에게 아버지와 담판을 짓기 전,

“아무래두 안 가요.”

하고 자기의 마음을 말한다면 그것은 공연한 넋두리로 어머니를 슬프게만 할 것이다.

차라리 어머니에게는 아무 말도 하지 않고 일을 처단해 버리는 것이 어머니를 위해서라도 좋은 것 같았다.

그러한 성우의 마음은 모르고 그저 전과 달리 곱신곱신한 대답이 만족한 어머니는,

“우리 집에서두 동리 사람이나 청해다 한 끼 대접해야 하지 않겠니?”

하고 미리 그 날 걱정까지 했다.

“그래야지요.”

“그럴 테면 아버지보구 그 말두 해야겠구나…….”

어머니는 그 날 장만할 음식을 생각하면서 비용을 계산하고 있었다.

그러나 성우이는 그러한 어머니와 동떨어진 생각을 혼자 하고 있었다.

첫번부터 반대했음에도 불구하고 점심을 먹으러 나가자 하고 꾀어서는 사람을 시켜 여자를 오게 하여 맞선을 보게 했으며 맞선을 본 뒤에도 여전

히 결혼을 아니하겠다고 고집을 피웠으나 필경은 결혼 날짜까지 정해 놓고 말았으니 이제는 말만 아니라 좀더 다른 행동으로 대하지 않고서는 그 결혼을 물릴 수가 도저히 없다. 그러면 그 행동이란 것은 어떤 것이라야 할 것인가. 성욱이는 그런 것을 생각하고 있었다. 그러나 그 생각이 좀체로 떠오르지가 않았다. 자기 방으로 들어가 이불 속에서 머리를 짜보았으나 그래도 신통한 생각이 솟아나지 않았다. 그새 주먹을 쥐고 방바닥을 치며 마음을 고쳐야 한다고 아버지를 야단치기가 몇 번인지 모른다. 아버지의 멱살을 쥐고 그의 비행을 들어 욕설을 퍼붓기도 몇 번인가 했다.

아무리 생각해도 아들로서는 어쩔 도리가 없는 아버지였다.

그새도 일본 여자를 일본으로 돌려 보내고 다시 젊은 마누라를 맞아들였다.

한편 정치운동을 합네 하고는 그 중 세력이 있는 정당에 매달려 돈을 내면서 뒷구멍으로는 그 정당을 이용하여 적산공장을 접수하고 또 중국 무역을 하고 있다. 과도기의 무역(貿易)제도로는 할 수 없는 일이겠지만 현금을 가지고 갈 수 없다 하여 중석(重石) 홍삼(紅蔘) 같은 것을 몰래 사 가지고 홍콩(香港)으로 보내어 그곳 물건을 사다가 공정가격 이상으로 팔아 몇십 배 이익을 보고 있는 것이다.

그러나 기부금을 잘 내고 정당에 자리를 잡고 있다 해서 그는 갑자기 애국자가 되었다.

어떤 기념행사가 있으면 다른 것은 몰라도 준비위원회의 재정부장, 유가족(遺家族) 애호단체에는 이사로 되어 있고 전재민 원호에는 고문으로 되어 있다.

어떤 단체에나 얼굴을 내놓지 않는 곳이 없다.

그뿐만도 아니었다. 아직 확실하지도 않았지만 앞으로 국회(國會)가 생기고 국회의원을 총선거하게 된다는 풍설을 듣고 국회의원으로 출마할 꿈까지 꾸고 있다. 일제 시대에는 일본에 아첨하기 위하여 자식까지 군인으로 내보내던 친일파가 지금에 와서는 누구보다도 깨끗한 과거를 가진 사람처럼 애국자가 되었다고 하는 데는 격분하지 않을 수 없었다. 설사 친일파가 행세

하는 세상이니 할 수 없다고 단념한다고 하자. 그리고 또 지금의 애국자인 자기 아버지가 과거에도 부끄러운 일을 아니한 사람이었다 하자. 그러나 걸레처럼 더럽기 만한 그가 인생 생활은 어떻게 처리할 것인가. 정치를 한다는 사람은 도덕과 윤리를 무시해도 좋다는 말인가. 아무리 몰염치한 인간이라 해도 돈과 수단만 있으면 나라를 움직이게 하는 정치가 될 수 있단 말인가. 하늘이 내려다본다는 말은 이런 때 쓰기 위해서 만들어진 말이건만 성욱이 아버지에게는 하늘도 없는 모양이었다. 하늘이 있어서 사람의 마음에 부끄러움을 준다고 한다면 성욱의 아버지가 참 애국자까지야 될 수 있을 것인가. 하늘이 없는 아버지를 아버지로서 대할 수가 없다는 것은 아들로서 지나친 생각일는지 모르지만 좌우간 성심된 아들의 마음으로 움직일 수 없는 아버지라는 것만은 틀림없는 일이었다.

성욱이는 자기가 그 아버지의 아들 됨을 부정하지 못할 것을 생각한다. 이런 경우의 부정이란 것은 완전한 부정이 아니라 잊어버린다는 자기 기만밖에 아무것도 아니다. 법률적으로도 아버지이고 육체적으로도 아버지임에 틀림없는 존재를 마음속으로만 부정한다고 해서 부정될 것은 아니다.

그 대신 죄의 씨로서 나온 자기의 목숨은 누구보다도 그 죄를 미워할 권리를 가졌고 따라서 그 죄를 미워해야 하는 의무를 가진 것이라 생각한다.

사랑하기 전에 미워해야 한다는 의무는 삶의 의무 가운데서도 가장 슬픈 의무가 아닐 수 없다.

그러나 그것이 자기에게서 가장 큰 의무라고 한다면 아무리 슬픔이라 할지라도 그것을 내던질 수 없는 것이 또한 운명이다. 성욱이는 세상 모든 사람이 이해할 수 없는 자기의 운명을 생각한다.

확실히 슬픈 운명이다. 그러나 또한 부정할 수 없는 운명이다.

성욱이는 조반을 먹자 은행에 출근하는 것도 잊어버리고 효자동 아버지에게로 떠났다.

아버지를 만나자,

"날짜를 정하셨다지요?"

하고는 마치 그 날을 기다리고 있는 듯이 물었다.

"응! 어제는 어디 갔니? 그런데 이제는 빨리 준비를 해야겠다. 준비래야 별거 없겠지만 우선 네 양복과 외투는 사야지. 오늘로 가서 맞추어라."

아버지는 아버지로서 의무를 다할 뿐이라는 범연한 태도였다.

"이왕 맡길 바에는 좀 나은 것으로 만들어야지요."

성욱이는 아버지의 명령에 불평이 없다는 것을 보였다.

"그러면 한 번밖에 없는 결혼식인데 그런 걸 아껴서 되겠니."

"모자와 구두 사야지요."

"생각해서 해라."

아버지는 수표를 끊어 주었다. 십만 원짜리다. 그것으로도 넉넉지 못할 것을 알기 때문에,

"모자라면 계약금만 치르고 찾는 날 마저 가져가렴."

하고 자리를 일어섰다. 성욱이도 그 집을 떠났다. 돌아오는 길에 은행에서 현금을 찾아 가지고는 양복점에 들러서 최고급의 양복을 맡겼다.

양복과 외투 두 가지에 십이만 원이었다.

어머니 뱃속에서 나온 뒤 이때까지 십만 원은 고사하고 단돈 만원을 만져 보지 못한 성욱이지만 십이만 원이라는 데도 돈이 조금도 아까운 줄을 몰랐다. 그뿐만도 아니었다. 모자도 최고급. 구두도 제일 값비싼 놈으로 사려고 했다. 내복이며 와이셔츠 할 것 없이 양말까지도 그 이상 없는 것을 고를 생각이었다.

양복점에서 나오자 성욱이는 명희에게로 갔다. 성희와 결혼하라고 한 명희에게 하룻밤 동안 생각할 여유를 달라고 할 약속도 약속이려니와 하룻밤 사이에 커다란 변화를 일으킨 자기의 마음을 알리지 않을 수가 없었기 때문이었다.

그러나 성욱이는 자기 마음의 변화를 순서 있게 설명하기 전에,

"아버지가 시키는 대로 결혼하기로 했습니다."

하고 성희와의 결혼을 거절한다는 듯이 말했다.

"정말요?"

"네, 십이월 초닷새 날짜까지 정했습니다. 지금 양복을 맞추구 오는 길인

데요.”

“그래요?”

명희는 어찌된 영문인지를 몰라 입만 벌리고 있었다.

성욱이도 그 이상 더 말하지를 않았다.

만약 자기의 계획을 솔직하게 이야기한다면 성희와의 결혼 문제가 다시 화제로 나올 것이 분명했다. 지금의 성욱이로서는 그 문제를 꺼내고 싶지 않았다. 얼마가 지나면 다시 의논할 기회가 반드시 있으리라고 생각되기도 하였지만 그것보다도 자기의 계획을 딴 생각으로 허뜨리고 싶지가 않았던 것이다.

“성욱 씨두 권력과 돈에 눈이 어두울 수 있는 사람이로군요.”

마침내 명희의 독설이 나왔다.

“안 그럴 사람이 어디 있어요. 정확하게 말하면 산다는 것이 돈과 권력 밑에 있는 것인데…….”

“그게 정말이에요.”

명희는 길게 말할 흥미조차 없었던 것처럼 결론을 내리려 했다. 성욱이도 간단하게 대답하여 그 이야기를 끝맺으려 했다.

“저두 밤을 새우면서 생각했는데 그러는 수밖에 없는 것 같아요.”

“네! 그러시겠군요.”

명희의 태도는 갑자기 달라졌다. 얼굴에서 찬 바람이 부는 것 같았다. 자동차 바람에 일어난 먼지를 피하려는 사람처럼 탁한 공기를 물리치려는 노력이 눈에 보이는 듯했다. 성욱이는 그 정도가 지나친 것 같은 생각이 들었지만 무엇이라고 변명하고 싶은 마음도 나지 않아 잠자코 있었다. 그러나 볼일이 있다고 자기를 앉혀 논 채 나가 버리는 데는 명희의 신경질을 웃을 수밖에 없었다.

웃을 수밖에 없는 일이지만 자기를 진정으로 그런 사람이라고 생각한 것과 또 오해로 불쾌한 마음을 가질 것을 생각할 때 비록 그것이 얼마 안 가서 해결될 일이라 하더라도 성욱이 역시 유쾌할 수는 없었다. 그러나 주인 없는 집에 혼자 앉아 있기도 안되어 조그마한 종이에다,

"거짓에도 거짓이 있다는 것을 알아 주십시오."

하는 간단한 말을 써 놓고 명회의 집을 나왔다.

성욱이는 명회가 어째서 그렇게도 신경질적이었을까 하는 생각에 섭섭한 마음으로 집에 돌아갔을 것이지만 명회는 성욱이와 같은 그러한 섭섭할 정도의 마음이 아니었을 게다.

몇 해를 두고 사귀어 오는 동안 의리가 있고 인정이 두터운, 말하자면 사람 된 품이 능히 믿을 만하다고 굳게 생각해 오던 성욱이었던 만큼 그러한 정략결혼에 속아 넘어가는 경솔한 행동을 볼 때 명회로서는 섭섭한 것이 아니라 말할 수 없는 낙망을 느꼈을 것이다.

옛날에는 가난한 학자(學者)였지만 지금은 군정의 높은 자리를 이용하여 학자적 양심을 헌 빗자루처럼 내던지고 호탕한 생활을 즐기고 있다는 그러한 사람을 장인으로 모시려는 성욱이의 마음이 양심 잃은 학자보다 나을 것이 무엇인가?

지위와 권력을 절대적인 것처럼 생각하여 어떠한 수단으로서든지 그것을 이용하려고 하는 성욱이의 아버지보다 깨끗한 것이 무엇인가.

눈앞에 보이는 현실에 속아 넘어가는 성욱이가 더럽게 보이지 않을 수 없었다. 안타까운 일이었지만 성욱이를 더럽다고 아니할 수 없었다. 더러운 속을 흰 보자기에 싸 가지고 다니던 성욱이를 똑똑히 볼 줄 몰랐던 자기 자신이 어리석게 생각되는 동시에 더러운 속을 감쪽같이 감추고 다니던 성욱이가 얄밉기 짝이 없었다.

몇 해를 두고 믿어 오는 마음이 하루에 무너지고 말았다고 하는 사실이 슬프지 않을 수 없을 것이다.

믿는다는 것은 서로의 성실(誠實)을 나눈다는 것이다. 성실이 배반되는 것보다 더 슬픈 일이 세상에 또 어디 있을 것인가.

명회는 고적한 생활을 해 왔다. 비록 남편으로 믿을 만한 인간이 못 되어 이혼을 하였다 하나 이혼이라고 하는 것이 주는 고독까지는 면할 수가 없었다. 남편에는 미련을 가지지 않는다 해도 어린 자식을 그리는 어머니로서의 그리움을 처리할 수도 없었다.

그러나 그러한 고적 가운데서도 믿을 만한 사람을 붙잡고 그를 아름답게 봄으로써 세상을 더럽게만 보려는 마음을 똑바로 붙잡아 나갈 수 있다는 것을 다행으로 여기던 명회였다.

이제 그 아름다움을 잃어버렸다. 물론 세상에는 성욱이 말고도 아름다운 사람이 얼마든지 있을 것이다. 그러나 새것을 붙잡으려는 생각보다도 한번 품었던 아름다움을 잃은 슬픔만이 컸다. 빈 마음을 채우기란 그리 허술한 것이 아니다. 명회는 그 날 밤 생전 처음으로 술을 마셨다.

왜 술을 마셨는지도 모른다. 술맛이 어떠했는지도 모른다. 그러나 말똥말 똥한 정신이 조금도 흐려지지 않았기 때문에 술주전자가 빌 때까지 자꾸만 따라 마셨다.

만약에 가슴이 두근거리고 관자놀이가 널뛰듯 뛰는 것을 느끼지 못했다 면 얼마를 더 마셨을는지 모른다. 혼자서 한 되의 술을 다 마셨으나 정신은 여전히 똑똑했다. 다만 누가 옆에 있기만 한다면 무엇이라고 떠들어 보고 싶은 생각이 들었다. 혼자서도 군소리가 저절로 나왔으나 미친 사람 같은 것이 기분이 나빠 억지로 입을 막았다. 입을 막으려 애를 썼으나 그래도,

"그런 놈한테 돈까지 대 준 내가 미친년이지."

라던가,

"내가 미쳤어, 미쳐. 남이 아무런 짓을 하던 무슨 상관야."

하고 말이 자기도 모르는 새 입 밖으로 튀어 나왔다.

그러나 다음날 저녁 성희가 왔을 때는 냉정한 태도로 성욱이의 결혼을 알 려 주었다. 도리어 성희가,

"정말요?"

하고 깜짝 놀라는 얼굴로 눈알을 두리번거릴 때,

"사람이란 그런 거란다."

하고 초연한 태도를 보였다.

그 뒤 결혼한다는 날까지 성욱이가 한 번도 찾아오지 않는 것을 볼 때 명 회는 자기가 공연한 신경질을 부려 성욱이를 오지 못하게 한 것을 후회까지 했다. 성욱이가 결혼하는 날이었다. 그 날도 식장에까지 가야 하나, 그렇지

않으면 가지 말아야 하나 하고 혼자 망설였다. 가지 말아야 한다는 마음이 컸다. 그러나 그는 가고야 말았다. 그렇게 영광스러운 결혼이 못 된다 할지라도 성욱이를 생각하는 마음에 안 갈 수가 없었다. 그는 축하기념으로 오천 원이나 주고 차 세트까지 사들었다. 그런 사람들이 쭉 늘어선 덕수궁 석조전까지 이르렀을 때 남달리 커다란 물건을 끼고 가는 자기가 남부끄러웠다. 알 사람이라고는 하나도 없었으나 모두가 신랑과 어떤 관계가 있느냐고 묻는 듯이 자기를 바라보는 것 같았다. 명희는 자기도 모르는 새 얼굴이 붉어짐을 느꼈다. 정말 누가 자기더러 무엇 하러 왔느냐고 묻기나 하면 무엇이라 대답할까 하는 걱정이 들었다. 그러나 명희는 그 물음에 대답할 말을 궁리하면서 석조전 안으로 들어갔다. 밖에도 적지 않은 사람이 서 있었지만 방 안에도 그만 못지않은 사람들이 자리를 차지하고 앉아들 있었다.

접수하는 곳에서 기념품을 내놓은 뒤 식장 안으로 들어가 자리를 잡고 외톨로 혼자 앉아 있는 사람이 적지 않음을 보았기 때문이었다. 그러나 자기더러 무엇 하러 왔느냐고 따진 사람은 없다 해도 혹시 결혼식을 방해하러 온 사람이나 있지 않나 하는 불안이 마음 한 모퉁이에서 새로 일어났다. 막연한 불안이었다. 혹시 그래 주었으면 하는 희망적 불안일는지도 모른다.

앞으로 쭉 둘러선 호화로운 축하 화환이라든가 주례 책상을 좌우로 단아하게 서 있는 대나무와 소나무의 아담스런 품이라든가 보통 결혼식과 다르다는 것이 첫눈에 띄었으나 그래도 무슨 일이 일어나고야 말 듯한 불안한 예감이 떠돌았다. 그것이 명희 혼자만의 불안이었을는지는 모른다.

시간이 거의 되어 연미복 입은 사람들이 들락날락하고 가족석을 비롯하여 일반 손님들이 자리를 정돈하고 앉을 때까지도 그러했다.

행진곡을 칠 여자가 화환 뒤 피아노 앞에 앉았고 주례자가 책상 옆 의자에 자리를 잡았을 때도 명희의 가슴은 공연히 두근거렸다.

시계를 꺼내 보고는 출입구로 얼굴을 돌리는 사람이 점점 늘어갈 때 명희의 불안은 커 가기 시작했다.

주례하는 사람도 몇 시인가 시계를 꺼내 보았다. 그러다가 어떤 젊은 사람은 그의 귀에 입을 대고 무엇을 말하자 앉았던 자리에서 물러나 일반 손님의자로 자리를 옮겼다.

식장 안에 빼곡히 찬 손님들의 눈이 이상스럽게 움직이기 시작했다.

식장 안이 벌 둥지처럼 웅성거림에 따라 명희는 점점 더 긴장만 되는 마음에 방 안 공기를 살피는 눈만을 날카롭게 했다. 그는 남모르게 시계를 보았다. 예정 시간에서 사십 분이 지났다. 어찌된 일일까. 신부 편 가족들이 신랑 편 가족석으로 가서 귓속 이야기하는 것이 보였다. 그러자 성욱이의 아버지인지는 모르나 말끔한 중년 신사가 당황히 밖으로 나가는 것이었다.

손님들의 시선이 밖으로 나가는 신사들을 따라 집중되었다. 여기저기서 수군거리는 소리가 점점 높아 명희의 귀에까지 들려오기 시작했다.

"신랑이 안 왔대."

"신부는 벌써 왔다는데."

"그래서 신랑 아버지가 쩔쩔매는구만."

명희는 식장으로 오는 도중 자동차 사고나 난 것이 아닌가 하고 생각했다.

자동차 사고가 났다고 하면 그새 무슨 기별이라도 있음직하건만 그런 기미는 조금도 보이지 않았다.

한 시간이 훨씬 지나도록 아무런 소식이 없다.

앞자리에 앉은 양편집 가족들의 얼굴은 점점 파래지며 초조한 눈초리로 서로 맞바라보고 있을 뿐이었다.

장내는 물 끓듯 끓었다. 물론 삼류극장처럼 손뼉을 치구 마루를 구르며 떠드는 것은 아니었지만 점잖은 결혼식장이라고는 생각할 수가 없을 만큼 웅성거렸다.

금새 무슨 변이 터지고 말 듯한 공기였다.

명희는 조마조마한 마음에 그래도 딴 일이 생기지 말기를 바랐다. 아무리 성욱이가 만족하는 결혼이 아닐망정 결혼식을 거행하는 첫날부터 불행해서야 될 것인가. 해서는 안 될 결혼을 승낙한 성욱이가 밉다거나 하는 생각은 이미 가질 수가 없었다. 더군다나 순조롭지 못한 결혼식을 고소하게 생각할 만큼 명희는 잔인하지도 못했다.

빨리 성욱이가 신부와 같이 입장을 해 주었으면 하고 속으로 빌고 있을 때 뒤에서 커다란 소리가 들려왔다.

"무슨 놈의 결혼식이 이래."

그러자 다른 곳에서,

"신랑을 꾸어다가라도 결혼식을 해 버리지."

하고 응대를 했다.

식장에서 밖으로 나가는 사람이 하나 둘 늘어갔다. 아마 결혼식에 제대로 되지 못할 것을 알아차린 모양이다.

그럴 때 또 누가 뒤에서,

"신랑은 집에도 없대."

하고 떠들었다

"그럼 더러운 결혼을 누가 한담."

이런 소리가 이어오자 마치 결혼식이 필하기나 한 것처럼 모두들 일어섰다. 그 순간이었다. 누구의 장난인지는 몰라도 헌 구두 한 짝이 휙 날라 주례 책상 앞에 떨어졌다.

장내는 말이 아니었다. 누가 무엇이라 말을 아니해도 아주 파장이 되고 말았다. 어떤 사람이 나와서 당황하게,

"신랑이 병으로 오늘 결혼식은 연기하기로 하겠습니다."

하고 말했으나 그 말을 들은 사람은 얼마도 안 되었다. 명희도 밖으로 나왔다. 어찌된 영문인지를 몰라 답답할 뿐이었다. 만약 병이라고 한다면 시간 전에 알려 줄 수가 있을 것이 아닌가. 무슨 말인지를 모르지만 신랑이 집에 있지 않다고 하니 병이랄 수도 없다.

그러나 명희는 신랑을 기다리던 신부가 어떤 마음으로 돌아갈 것인가를 생각하며 집으로 걸었다.

사랑의 교류

걸음을 걸을 때 문득 성욱이가 혹시 자기 집에 와 있지 않을까 하는 생각

이 들었다. 그래서 그런지 빈방에 혼자 앉아 자기를 기다리고 있을 성욱이의 얼굴이 눈앞에 보이는 것 같았다.

명희의 걸음은 빨라졌다. 어두운 밤길을 걷는 것처럼 다리가 허청거림을 느끼도록 재빠르게 걸었다. 가게에 들어서서도 안방까지 들어가는 시간을 참지 못하여 사환에게 누가 찾아오지 않았느냐고 물었다.

사환애가 무표정한 얼굴로,

"오 선생이 기다리구 계셔요."

하고 대답해 줄 때 명희의 가슴은 갑자기 두근거리기 시작했다.

"역시 와 있었구나."

하는 생각이 그저 반가웠을 뿐이련만 성욱이가 앉아 있을 방으로 가까이 가는 마음이 신방으로 들어가는 신부의 가슴처럼 자꾸만 설렜다.

오래간만에 만나는 애인이 그렇게 반가울 수가 있을까.

그는 소리를 죽여 가며 방문을 열었다.

사환애는 기다리고 있다 하나 혹시 사환애가 모르게 돌아가지나 않았나 하는 마음이 들어 기웃하고 디민 얼굴에는 말할 수 없는 불안까지 들었다. 그러나 벽을 향하고 드러누워 있는 성욱이를 보자 이때까지 쌓였던 불안이 순시에 녹아 버리는 듯 마음이 후련해졌다.

명희는 발소리도 내지 않고 성욱의 옆으로 가서 그의 코를 꼭 쥐고는,

"이게 누구야!"

하고 소리를 질렀다. 깜짝 놀란 성욱이가 벌떡 일어나는 서슬에 그의 팔이 명희의 앞가슴을 탁 쳤다.

가슴이 얼얼했다. 명희는 허리를 구부리고 제 손으로 가슴을 문질렀다. 그때 성욱이가,

"힘껏 다쳤어요?"

하고 미안한 듯 그의 뒷잔등을 쓸어 주었다.

"응!"

명희는 몹시 아픈 듯이 허리를 더 구부리며 엄살을 했다.

부드러운 성욱이의 손이 좀더 힘있게 등을 비벼 주었으면 하는 생각에 참

으로 피가 날 만큼 힘껏 다치기나 했으면 하는 생각이 들었다. 아프지도 쓰리지도 않은 것을 엄살만 부림으로 성욱이를 미안하게 하는 것이 도리어 미안쩍었다.

그래서 몸을 날쌔게 돌려 등을 문질러 주고 있는 성욱이의 손을 꼭 잡고,

"그만둬요. 이제는 아무렇지도 않아요."

하고는 생긋 웃었다. 따뜻한 성욱이의 손. 쥐면 쥘수록 부스러지게 힘껏 쥐고 싶기만 말할 수 없는 감촉이었으나 명희는 그 손도 슬며시 놓지 않을 수 없었다.

'내가 왜 이럴까?'

하고 소리가 가슴 한편에서 들려 왔다.

명희는 꿈에서 채 덜 깨어난 사람처럼 한참 동안 멍하니 앉아 있었다. 잃었던 정신을 도로 찾느라고 더듬고 헤매는 모양이었다.

한참 뒤 명희는 허망한 꿈 속에서 잠겼던 자기를 싱겁게 생각하고 그 싱거움을 떨치려는 듯이 입술에 미소를 띠고 혼자 웃었다. 그러나 혼자 웃는 웃음을 또한 감추지 않을 수 없어서,

"성욱 씨는 나쁜 사람이야."

하고 마치 그 웃음이 성욱이를 보고 웃는 것처럼 꾸몄다.

성욱이는 그렇게 움직이는 명희의 마음을 알 까닭이 없다. 명희가 혹시 다치지나 않았나 하는 미안한 생각에 감히 말을 꺼내지 못하고 있을 뿐이었던 만큼 아무렇지도 않다는 것을 알자 우선,

"결혼식장이 어떻게 됐어요?"

하고 궁금증부터 풀려고 했다.

"말 말아요. 나쁜 사람 같으니라구."

명희는 아직까지 싱거운 웃음을 거두지 못했다. 성욱이를 꼬집기라도 해 주고 싶다는 그러한 얼굴이었다.

"왜요?"

"남을 그렇게 골리는 법이 어디 있어. 한 마디만 말해 주어두 안 갈

걸……."

"미안합니다."

"참 손해 배상이나 물어요."

"배상이라니요."

"결혼 프레젠트 사느라구 쓴 돈 말이에요."

"참 그것을 생각 못했댔군요. 그래 무엇 사셨댔어요?"

"말두 말아요. 재미있게 살림하라구 차 세트를 샀댔지요. 호호."

명희는 소리를 내며 웃었다.

"도로 찾지도 못하구 그걸 어떡하나……."

성욱이는 물건이 아깝다는 듯이 눈을 껌벅거리다가

"그럼 제가 그 결혼을 행복하게 살리라 생각하셨댔구만요."

하고 물었다.

"그러니까 성욱 씨가 나쁜 사람이라지. 왜 남을 그렇게 속이느냐 말이에요."

"속임수에 넘어가는 사람의 마음이 잘못은 아닐까요."

"게다가 또 나보구 잘못이야."

"저를 채 알지 못해 주었으니까……."

"알지 못하게 한 죄는 누구에게 있구."

"그런가요."

성욱이는 그런 이야기를 오래 끌고 싶지가 않아 그만큼 해 두기로 하고는 결혼식장에 대한 이야기를 다시 묻기 시작했다.

명희는 불안한 마음으로 본 결혼식이었지만 재미있었다는 듯이 이야기를 했다. 특히 맨 마지막에 헌 구두짝이 날라 들어온 것을 가장 유쾌하게 생각하는 듯 말하고는,

"그게 누구였을까?"

하고 물었다.

"알 수 있나요."

성욱이는 시치미를 떼고 대답했다.

"그래두 성욱 씨 동무였을 거야. 그렇지 않구요 그렇게 준비까지 해 왔을 라구."

"글쎄요."

명회는 싱글싱글하며 대답을 안 하는 성욱이의 얼굴로서 처음부터 끝까지 계획적으로 꾸몄으리라는 것을 짐작하고,

"딴 사람은 둘째로 하고 죄 없는 색시가 얼마나 울었겠어요. 이왕 안 할 바에야 그렇게 할게 무언고."

했다. 그때야 성욱이는 말문을 트고,

"신부 되는 여자에게야 미안한 일이지만 단순히 결혼을 하지 않기 위한 수단이 아니라 내 아버지에 대한 복수를 위한 것이었으니까. 약간 희생당하는 사람두 있을 수밖에 없겠지요."

하고 말한 뒤 헌 구두짝을 던진 사람도 사실은 자기 동무였다는 것을 설명했다.

명회는 복수라는 말에 그리 찬성하고 싶지가 않았다. 아무리 용서할 수 없는 사람이고 아무리 밉기만 한 사람일지라도 남에게 복수를 한다는 것은 그리 좋은 일인 것 같지가 않아,

"복수란 것이 아름다운 행동은 못 될걸요."

하고 성욱이를 쳐다보았다.

"아름다운 것은 못 될 것입니다. 결코 즐거운 일도 아닐 줄 압니다. 그러나 그것이 내 생(生)의 의의를 가져오는 첫 행동이 아닐 수 없음을 어떻게 하겠습니까."

성욱이는 마치 자기의 운명을 어루만지고 있는 듯한 엄숙한 얼굴로 말했다.

"그걸 생의 의의라구까지 생각할 게 뭐예요. 상대를 안 하구 모른 척하면 도리어 마음이 편할걸!"

"천만에요. 악(惡)을 보구두 모른 척하는 것은 악을 사랑한다는 게 아닙니까. 그건 둘째루 하구, 나는 아버지의 악과 싸우기 위해서 태어난 사람이니까 싸우지 않을 수가 없습니다. 사람만을 상대루 하구 싸운다는 것이 내

생의 범위를 좁게 만드는 것이기 때문에 거기 따르는 고민이 적지 않습니다만 그래두 그 일을 먼저 해 놓아야 다음 일을 할 수가 있는 것 같습니다. 나는 내 몸에 붙은 아버지의 더러운 때를 씻어 버리고 깨끗한 몸뚱이를 가지기 위해서라두 아버지에게 복수를 해야 할 것입니다.”

그래도 명회는 성욱이의 말을 이해할 수가 없었다. 그렇게까지 아버지를 원수로 취급할 것이 무엇인가 하고 생각했다.

그러나 성욱이의 생각이 잘못이라거나 하는 말을 하기에는 성욱이의 생각이 너무도 심각했기 때문이었다. 잘못 건드렸다가는 도리어 자기가 경솔해질 것 같았다. 다만 그러한 행동의 결과가 어떤 것이라는 것만을 귀띔해 주고 싶었다.

“그렇지만 감정적인 유쾌를 얻기 위해서 시간과 경력을 허비하는 것은 아닐까요.”

성욱이의 대답은 그럴는지도 모른다는 것이었다. 그러나 명회는,

“그렇다면 너무나 적은 결과를 위하여 너무나 큰 노력을 드리는 것 아녜요.”

하고 성욱이의 반성을 기다렸다. 그러나 성욱이는 그런 것까지 이미 생각했다는 듯이 서슴지 않고 대답하였다.

“세상에는 결과 없는 행동에 희생되는 일두 적지 않게 있지 않아요. 결과보다두 행동 자체에 가치가 있다면 결과까지를 바랄 필요가 없겠죠. 물론 나두 내 행동의 결과가 아버지에게 어떤 변화를 일으킬 것이라고는 단정하지 못합니다마는 그래두 나는 나로서의 행동을 아니할 수가 없으니까요. 그것이 내 운명인 걸 어떻게 해요.”

“운명이랄 게 어디 있어요. 모른 척하구 자기 생활만 개척해 나가면 그뿐이지요. 자기에게 손해되는 일이라면 운명이거나 의무이거나 무엇이든 내버릴 수가 있지 않아요. 성욱 씨는 좀더 이기적이 돼야 할 것 같애.”

“이기적이라는 것도 자기 감정을 정리한 뒤에나 있을 일이 아닐까요. 그렇지 않으면 자기 감정을 무시한 가장 물질적 인간에 한한 것이거나.”

“그러니까 성욱 씨는 감정적 행동을 하는 사람이야요. 감정적 행동이 반

드시 옳다고는 말할 수 없지 않아요.”

“감정을 소홀하게 생각하는 건 아름다운 생활을 무시하는 사람들의 에고이즘입니다. 감정을 더러운 데로 흐르게 한 책임을 회피하려는 마음이에요.”

“감정을 살리고서 소위 지성이라는 것을 무시하며 살아갈 때가 와야 할 것입니다. 악에 대한 감정이 없이 선악을 법으로만 해석하고 실리(實利)적으로만 따진다면 사람이란 결국 구속 속에서만 살 것이 아닙니까.”

“그렇지만 세상이 그런 걸 성욱 씨 혼자만이 속을 쓰고 손해를 볼 까닭이 어데 있느냐 말이에요.”

“참 딱하시군! 그러면 세상에는 혼란이란 게 없게요. 혼란이란 것은 언제나 선과 악의 갈등입니다. 악만이 뵈고 선이 없어진 듯하지만 눈에 안 뵈는 선이 크기 때문에 혼란이 진정될 희망이 있는 것입니까.”

명희는 한참 동안 대답을 아니했다. 그리고는 성욱이 말처럼 감정을 소홀히 한다는 점에서 자기 자신을 생각해 본다.

자기는 누구보다도 감정을 죽이며 산다는데 언제나 고독과 슬픔이 있는 것 같다. 만약에 감정을 죽이지 않고 살 수만 있다면 세상에 불행이라든가 괴로움이 없지 않을까.

그러나 혼자서 생기는 감정이라는 것은 없다. 상대편이 있음으로 해서 감정이 생기고 또 그런 감정이 움직인다. 그렇다면 한 번 생긴 감정을 누른다는 것은 자기 혼자만의 뜻에 있지 않는 것이 아닌가. 상대편의 감정을 무시하고 자기만의 감정을 살린다고 하면 거기에는 새로운 괴로움이 생기고야 말 것이 아닌가.

명희는 혼자서 머리를 흔들면서 아무래도 세상에는 행복만이 있을 수 없는 비극이 숨어 있다고 생각한다.

그러나 그 비극을 참고 견디어 가는데 인간적 도덕이 이루어지는 것이 아닐까 하고 결론을 내린다.

“성욱 씨!”

명희는 성욱이를 불렀다. 그리고는 꿈속에서 사는 사람이여! 하고 마치 자기와는 거리가 먼 사람이라는 것처럼 물끄러미 바라보면서 말을 이었다.

"그러면 성욱 씨에게는 미운 감정만 있구 사랑하는 감정을 살리려는 생각은 없나요?"

"천만에요. 사랑하는 감정을 살리기 위하여 미운 감정을 정리하는 것이지요."

"그러면 내게 대답할 숙제가 있지 않을까요?"

"숙제요."

성욱이는 생각 안 난다는 듯이 웃었다.

"그럼 성욱 씨는 무책임한 사람이로군요!"

"무슨 말인지 모르겠는데요."

"그러니까 무책임하지요."

"이야기두 안 하구 무책임하다면 말이 돼요."

명희는 한참 동안 성욱이의 얼굴을 쳐다보다가 생긋 웃으며,

"성희!"

하고 그래도 모르겠느냐는 듯 시선을 떼지 않았다.

"네, 그 문제……."

하고는 머리를 숙였다.

"대답하기가 싫다는 뜻인가요."

명희는 대답을 독촉했다. 그러나 성욱이는 냉큼 말을 내지 않았다.

"대답을 강요하지 말까요?"

그래도 성욱이는 대답을 아니했다. 명희 역시 그 이상 더 추궁하기가 안 되어 얼굴만 물끄러미 바라보고 있을 때,

"그 숙제는 좀더 연기해 주시지요. 아직 해답을 내리지 못하겠는데."

하고 성욱이가 말을 꺼냈다.

"네."

명희의 대답은 헤식은 것이었다. 그만하면 알겠다는 뜻 같기도 했으나 대답이 겨우 그뿐이냐고 힐난하는 것 같기도 했다.

좌우간 성욱이의 태도에 불만이라는 것만은 사실이었다. 그래서 성욱이

는,

　"나두 성희 씨를 사랑하구 싶습니다. 그러나 성희 씨의 맘을 모르구 뭐라구 말할 수가 있어요."

하고 자기 변명을 했다.

　"그건 사내답지가 못한 말이에요. 만약 사랑만 한다면 성희의 마음이야 어쨌든 끝까지 사랑해 볼 것이 아니에요. 정 싫다면 할 수 없는 노릇이지만 말두 해 보기 전에 미리 겁부터 먹는다는 것은 비겁하기 짝이 없어요."

　명희는 사양 없이 공격을 했다. 성욱이도 그런 공격을 받을 만하다고 자인했던지,

　"비굴하다 해두 할 수 없지요."

하고 싱겁게 웃어 버렸다.

　"미움에는 적극적이면서도 사랑에는 소극적인 성욱 씨를 난 이해하지 못하겠어."

　"그것이 나의 생리(生理)인지두 모르지요."

　"그만둬요."

　"그렇게 미워하실 건 없지 않아요."

　성욱이는 또 한 번 웃으며 명희의 마음을 돌리려 했다. 그러나 명희는 조금도 얼굴빛을 고치지 않고,

　"난 그런 성욱 씨가 미워 죽겠어. 정말 미워."

　"그럼 가겠습니다."

　성욱이는 벌떡 일어났다.

　"가, 누가 무섭대나."

　명희는 획 돌아앉았다. 정말 성이 난 것 같았다. 그러나 한 번 일어섰다가 다시 주저앉기가 안되어,

　"볼일두 있구 해서 정말 가 봐야겠어요."

하고 성욱이가 서성거렸으나 명희는 돌아보지도 않고,

　"이젠 안 와두 좋아요."

하고 내쏘았다. 그러는 데는 차마 떠날 수가 없었다.

아무런 일도 아닌 것을 가지고 그렇게 화를 내는 것이 모를 일이기는 했지만 그렇다고 해서 모른 척 달아날 수가 없어서,

"그럼 어떡헐까요."

하고 한 번 얼러 보았다.

"몰라요."

명희는 여전히 부은 얼굴로 가라앉히려고 하는 눈치도 보이지 않았다.

성욱이는 난처해서 어쩔 줄을 모르고 서 있었다.

농담 삼아 시작했던 일이니 쉽게 풀리리라고만 생각했던 마음이 자기도 모르는 새 무거워지고 말았다.

그러나 자기로서는 도저히 풀어 줄 성싶지가 않아 차라리 다음날 만나는 것이 나을 듯해서 그대로 나가려고 할 때,

"나 좀 봐요."

하는 명희의 말이 뒤에서 들려왔다.

성욱이 고개를 돌리고,

"네."

하고 대답했다.

가거나 말거나 참견도 아니할 것 같던 명희가 자기를 부른다는 것은 마음을 풀어 보겠다는 뜻인 것 같아 답답하던 숨통이 터진 듯 시원했다.

"그래, 그냥 가두 좋아요."

금시 눈물이라도 흘릴 듯 성욱이를 원망하는 말투였다. 생각 같아서는,

"오지두 말라는 걸 어떡합니까."

하고 비꼬아 주고도 싶었으나 그러면 또다시 획 돌아설 것 같아,

"글쎄 왜 그렇게 화만 내세요."

하고 알 수 없는 일이라는 듯이 말했다.

"그럼 성욱 씨는 잘못이 없다는 말인가요. 나만 신경질이구."

"내 잘못이 없다는 게 아니라 그걸루 화를 낼 것까지야 뭐 있어요."

"되지두 않는 말을 고집만 피우는 게 화나지 않구 뭐예요."

"그럼 사과를 하지요. 다음부터는 명령에 복종하겠습니다."

"누가 그런 말 듣겠대."

"아이 참, 그럼 어떻게 하라는 겁니까."

이렇게 말을 주고받을 때 밖에서 문을 두들기는 소리가 나더니 성희가 방 안으로 들어왔다.

"참 결혼식장에두 못 가서 미안합니다. 축하드립니다."

성희는 허리를 굽히고 성욱이에게 인사를 했다.

"감사합니다."

하고 성욱이가 맞받아 인사를 할 때 명희가 옆에서,

"야, 그런 인사를 하지두 말아. 결혼식이나 한 줄 아니."

하고 샐쭉한 얼굴을 그대로 보였다.

"네?"

성희가 눈을 둥그렇게 뜨고 놀랄 때 성욱이가,

"그런 이야기는 언니에게서 들으십시오. 난 바쁜 일이 있어 먼저 가 봐야 겠습니다."

하고 성희가 나타난 것을 기회로 나와 버렸다. 사실 그는 결혼식장에서 돌아왔을 창식에게로 찾아갈 약속이었기도 했지만 성희와 마주 앉기가 면구스러웠던 것이다.

명희도 더 붙잡지를 않았다. 성희 역시 전처럼 명랑한 얼굴이 아니었고 도리어 어딘가 서먹서먹해 보였다.

성욱이가 나간 뒤,

"어떻게 된 일이우?"

하고 언니에게 결혼식 이야기를 물을 때도 그저 궁금해하는 표정일 뿐이었다. 다른 때 같으면 무척 안타까이 알고 싶어 몸부림이라도 칠 일이었지만 조금도 당황해하는 눈치가 보이지 않았다.

명희도 흥분이 아주 가라앉은 목소리로 결혼식장에서 생긴 일과 성욱이의 결심을 차근차근히 설명하였다.

"그래요? 참 이상한 사람이야."

이야기를 듣고 난 성희도 그리 흥분하지는 않았다.

  명희네 형제는 한참 동안 서로 얼굴만 쳐다보았다. 제각기 성욱이에 대한
것을 생각하나 또 제각기 자기의 생각을 입 밖에 내고는 싶지 않은 모양이
었다. 그 대신 서로의 얼굴에서 성욱이에 대한 마음을 서로 읽으려 하는 것
같았다. 그러나 침묵의 시간이 길어 갈수록 이상스럽게도 어색한 것이 성희
가 먼저 입을 열었다.
  "성욱 씨두 불행한 사람이지."
  "왜?"
  명희는 이야기에 흥미를 느끼지 않는 것처럼 반문했다.
  "어쩐지 그런 것 같아. 안 그래?"
  "나두 그이가 행복한 사람이라구는 생각지 않아."
  할 수 없이 대답하는 말 같았다.
  "가정적으루 불행한 사람이 제일 불쌍한 것 같아."
  이렇게 말을 하고는 다시 명희의 얼굴을 살피고 있을 때 명희가
  "성희야!"
하고 이때까지 생겼던 생각을 떨쳐버리기나 하는 듯이 머리를 두 손으로 쓸
어 올리며 성희를 불렀다.
  "그렇게 불행한 성욱 씨와 결혼할 생각은 없니?"
  "응!"
  갑자기 대답이 나오지 않는 성희는 눈만 둥그렇게 떴다.
  "이제 방금 성욱 씨가 불행하다구 그랬지? 그러니까 그이를 행복스럽게
해 줄 생각이 없느냐 말이야?"
  "불쌍하다구 생각하면 결혼을 해야 하나, 언니두……. 나를 남의 불행에
희생시키려구 그러는가 보아."
  "희생이 아니라 불행하다구 생각하는 사람을 사랑하는 것이 더 훌륭한
사랑일 것 같아서 하는 말이야."
  "난 싫어. 불행이 조금두 좋은 게 아니니까. 행복한 사람을 사랑하는 것
이 불행한 사람을 사랑하는 것보다 행복스럽지 않우."
  "그건 가치가 없는 행복이 아닐까. 어쨌든 성욱 씨두 너를 사랑하는 것

같더라. 불행한 사람이 가지는 사랑은 행복스러운 사람의 사랑보다 참된 것
만은 사실이지.”

성희는 다시 한참 동안 대답을 아니하고 언니의 눈동자만 살피다가,

“그래 성욱 씨가 뭐랍디까?”

하고 물었다.

“글쎄 너를 사랑한대. 아까두 네가 들어오니까 부끄러워 나가 버리지 않
던…….”

명희는 그야말로 언니로서 동생을 생각해서 하는 말처럼 조금도 부자연
한 데가 없었다. 성희는 그래도 어떻게 할까 하고 망설이는 듯했다. 말할까
말까 하고 혼자서 다지는 것이 눈에 보였다. 그러나 조금 뒤에는 모든 것을
결심했다는 듯이,

“나한테두 편지를 했습니다.”

하고 얼굴을 쳐들었다.

그 말에 놀란 것은 명희였다. 자기도 모르는 새,

“응?”

하고는 다시,

“언제?”

하고 물었다.

“며칠 됐어!”

성희의 대답으로 성욱이가 편지했다는 것만은 확실한 일이지만 명희는
그 사실을 믿고 싶지가 않았다. 적지 아니 중대한 문제를 자기에게 숨겼다
면 그것이 얼마나 섭섭한 일일 것인가.

자기와 아무 관계도 없는 사람이라면 몰라도 다른 사람 아닌 자기 동생에
게 편지를 하고도 자기를 속일 수 있을 것인가. 더구나 자기가 성욱이에게
성희와 결혼하기를 몇 번인가 권했는데도 불구하고 자기도 모르게 직접 편
지를 하다니…….

그러나 성희가 거짓말을 할 리가 없다. 또 성희가 들어올 때 슬며시 달아
나던 성욱이의 태도도 이상하기는 했다.

“그래 뭐라구 그랬던?”

명희는 될 수 있는 대로 침착하게 물었다. 동생에게까지 이상한 눈으로 보게 하고는 싶지가 않았던 때문이었다.

“나를 사랑한대나. 그래두 아직 결혼은 생각할 수가 없다는 거야.”

성희는 속마음을 들여다볼 수 없도록 남의 일같이 이야기했다.

“나보구두 그런 말을 하더라. 그래 뭐라구 회답해 주었니?”

명희 역시 다 알고 있는 일이라는 듯이 대범하게 물었다.

“아직 회답을 못했어!”

“왜? 넌 성욱 씨를 사랑하지 않니? 난 네 말두 안 듣구 성욱 씨에게 너와 결혼하란 말을 했는데.”

“응!”

이번에는 성희가 놀랬다.

“너두 성욱 씨를 사랑하구 있는 거라 생각했지만 사실 성욱 씨만한 사람두 쉽지가 않을 것 같아서…….”

성희는 한 번 놀랬을 뿐 그 뒤에는 아무 말도 아니했다. 자기도 모르게 결혼이야기까지 했다고 언니를 나무라는 눈치도 아니었지만 그만큼 자기를 생각해 주는 언니를 고맙게 여기는 눈치도 아니었다.

명희는 성희의 마음은 알아내고야 말겠다는 듯이,

“그이와 결혼을 하면 불행하지는 않을 게다. 마음이 착해서 결혼이야기를 제 입으로 꺼내지는 못하지만 그이두 너를 무척 사랑하는 것 같더라.”
하고 같은 말을 다시 한 번 외었다.

그래도 대답할 생각을 아니하고 명상에 잠겨 있던 성희가 불쑥,

“난 결혼을 못해!”
하고 딱 잘라 말했다. 명희는 말끝을 놓지 않기나 하려는 듯이,

“왜? 누구를 사랑하니!”
하고 다그쳐 물었다.

성희는 얼굴을 쳐들고 명희를 바라보았다. 그리고는 중대한 이야기를 할 것처럼 몸을 바르게 잡고 단정히 앉았다.

“언니한테두 이야길 못했지만 그새 난……..”

성희는 말을 채 맺지 못하고 명희의 얼굴을 물끄러미 쳐다보았다. 말투가 심상치 않아 명희가,

“애두 말을 시원히 못하구…….”

하고 가장 너그러운 듯한 얼굴로 이야기를 재촉했다. 마치 아무런 이야기라도 괜찮으니 빨리 말하라는 것 같았다. 그러나,

“어떻게 될지두 모르는 걸. 미리 이야기하기두 안되어 말을 못했어요. 욕하지는 않지?”

성희는 그래도 이때까지 숨기고 있는 일을 먼저 사과하지 않고는 이야기나 나오지 않는다는 듯이 명희의 눈치를 살피었다.

“그렇게 된 일이면 할 수 없지. 욕은 무슨 욕을 해!”

명희는 중대한 일을 위하여 조그마한 감정쯤은 무시한다는 듯한 관대한 표정으로 성희를 다루었다.

“언니…….”

성희는 알맹이 말을 꺼내려는 듯이 우선 명희를 불렀다. 그리고는

“불행한 사람을 사랑하는 것이 가장 아름답다구 했지요?”

하고 또 언니의 대답을 기다렸다.

명희는 묻는 품이 어떻게 역습하려고 하는 것인지를 몰라,

“애두”

하고 어리벙벙하게 대답했다. 그러나 성희는 막혔던 가슴이 터지기나 한 것처럼 언니의 눈치도 볼 새 없이 이야기를 시작했다.

“난 언니가 참 좋아졌어. 이전에는 깍쟁이 살림꾼 언니 같았는데 이제는 행복이라는 걸 생각할 줄 아는 새로운 언니 같아. 전의 언니는 거짓말 언니구 지금 언니는 진짜 언니야.”

“계집애두…….”

명희는 아무런 말도 괜치 않으니 빨리 하고 싶은 말이나 하라는 듯이 웃었다.

“정말 나두 불행한 사람을 사랑하는 것이 가치 있는 사랑이라구 생각돼

요. 행복한 사람을 사랑하는 건 평범한 일이 아니에요. 그까짓 거야 누구나 못해. 파란 속에서 사랑을 단련시키구 그것을 가다듬어야 완전한 사랑이 생길 거거든. 자칫하면 사랑이라는 것이 마비가 되어 본래의 아름다운 형태를 잃어버리게 될 것 같아 자기 본위의 사랑과 순간적인 사랑만을 즐긴다면 그렇게 되지 않겠수!"

"그런 건 그렇다 하구 빨리 말을 해야지!"

"그래서 말이야. 성욱 씨두 불행한 사람이라는 데서 내가 사랑할 뻔했어요. 조금만 더 일렀댔으면 사랑하구 말았을 거야. 그래두 그이보다 더 불행한 사람을 그이보다 일찍 사랑하게 되었으니 할 수 없지 않아요. 그리구 성욱 씨는 그 사람의 사랑을 더 필요루 할는지두 몰라……."

명회는 눈을 둥그렇게 떴다. 그리고는,

"그게 무슨 소리냐?"

하고 따졌다.

"그럼 취소할까?"

성회가 생긋이 웃으며 외면을 했다.

"취소할 것 없이 똑똑히 말해 봐. 누가 성욱 씨를 사랑한대."

성회는 언니의 얼굴을 살금살금 바라보며

"꼭 사랑한다는 것이 아니구 그랬으면 좋겠다는 거야."

하고 말했다.

"어쨌든 그게 누구야?"

명회는 불쾌한 표정도 아니었지만 그렇다고 재미나는 이야기를 기다리는 그런 얼굴도 아니었다. 시작한 말이니 끝을 맺어야 한다는 그러한 눈치였다.

"그건 말해 무엇 해."

"그러지 말구 말을 해 봐. 나두 할 이야기가 있으니까!"

"참 그럼 난 갈 테야!"

성회는 금시 자리에서 일어설 듯이 들썩거렸다.

"계집애두 그럼 내가 말할까?"

명회가 한번 웃었다. 그리고는,

“너 날더러 하는 말이지?”

하고 물었다.

“난 몰라!”

성희가 웃으며 손으로 얼굴을 가렸다.

“그럼 말이지. 나는 성욱 씨를 사랑한다기보다 그를 귀애해. 나이루 보아 그렇지 않니. 그걸 사랑하는 거라구 생각한다면 네가 나뻐. 물론 성욱 씨를 나뻔 사람이라구는 나두 생각지 않는다. 그 대신 내가 필요루 하는 사람이 라구는 생각하지. 어쩐지 혼자 내버려 두기에는 위험스러운 것 같아. 경제적 으루두 그렇지만 정신적으루두 누나와 같은 내가 있어야 할 것 같아. 만약 그이가 너와 결혼을 한다면 나는 두 사람을 꼭 같이 사랑할 것 같아.”

명희는 조금도 다음에 감춰 논 것이 없다는 듯이 쭉 편 얼굴로 성희를 보았다.

“언니두 아끼는 거와 사랑하는 게 무어 다르우?”

성희는 그래도 처음 생각이 들어맞듯이 웃었다.

“그게 다르지. 어째 같단 말이냐. 동생을 사랑하는 거와 남편을 사랑하는 것이 같을 수 있니.”

“아무래두 동생이 못 되는 걸 어떡해요. 동생이 되기보다는 사랑하는 사람이 되기가 쉽지 않아요.”

“망할 계집애. 그래 나 때문에 딴 사람을 사랑했다는 말이냐.”

“아니야 그렇지는 않아. 사랑에두 양보가 있나.”

“그럼 왜 그런 소리를 하니. 나 때문에 성욱 씨를 사랑하지 못하기나 한 것처럼……”

“언제 내가 그런 말을 했수? 언니두 막 거짓말을 해. 좀더 일렀드면 사랑 할 뻔했다구 그랬지.”

“참 그랬나. 그럼 얼마나 늦어서 사랑하지를 못했니.”

성희는 잠시 입을 다물고 있다가,

“경수 씨 때문이야.”

하고 고개를 떨어뜨린 뒤 이야기를 계속했다.

　"미리 언니한테 말할래다 미처 못했는데 그이가 요즘 서울에 와 있어요. 언니 어떻게 생각할는지 몰라두 난 그이가 성욱 씨보다는 몇 배나 더 불행한 것 같아요."

　명희는 정중한 동생의 태도에 딴 생각은 다 잊어버리고 다만 성희를 동정하는 말투로,

　"그이두 참 불행한 사람이라지! 아직 이혼 문제가 해결이 안 된 게로구나……."

하고 물었다.

　"그건 해결 됐어요."

　성희가 이렇게 대답할 때 명희는 의아한 마음이 들었다. 경수와 헤어진다고 할 때 그 이유가 다만 경수의 본마누라에게 있는 것이라고 들었다. 결혼한 아내를 뻔히 두고도 그것을 속인 뒤 자기를 사랑했다고 해서 분해하던 성희였다.

　"그럼 무슨 문제가 있니?"

　"문제는 무슨 문제가 있어요?"

　"불행한 사람이라면서?"

　"불행에는 반드시 문제가 따라야 하나요?"

　"애두 불행에는 그 불행을 해결지어야 할 일이 있을 게 아니냐."

　"네, 그야 적지 않은 일이겠지요. 그래두 결국 어떻게 사랑하느냐가 문제될 것뿐이지!"

　"그럼 무엇이 불행하다는 거냐?"

　"불행이라구까지 말할 것이 못 되는지두 몰라요. 불행이 준 마음이 가장 아플 때 하는 말이니까."

　"어떻게 하는 말인지 통 모르겠다. 그래 행복하다는 말이냐……."

　"행복하다구 말하는 게 옳을 거야 사랑하는 것 이상으로 행복스러운 것이 있어야지."

　"그만둬라. 이야기를 어떻게 그렇게 하니. 불행하다구 했다가는 또 행복하다구."

"언니 용서해요. 나는 그 사람을 불행하다구 보구 싶지가 않아요. 그렇게 생각한다면 그에게 끌리는 내 마음은 동정 이외에 아무것도 아니 되구 마니까요. 그래두 세상에서는 그런 사람을 불행하다구 그러니 어떡합니까."

"글쎄 말을 해라. 답답하게 그러지 말구."

"언니 저 그이가."

성희는 그 말이 그렇게도 하기가 힘드는지 한참 동안 쉬었다가

"그이가 자동차에 치어 다리 하나를 잘랐어요. 그래서 아직 병원에 입원을 하구 있어요."

하고 말끝을 맺었다.

"무어?"

명희는 깜짝 놀랐다. 그러나 성희는,

"왜 그렇게 놀라시우? 다리 하나 없는 게 그렇게 놀라운 일인가!"

하고 냉정하게 반문했다.

(원)《부인신보》 1945, (출)　　한국문학전집 24　　선일문화사, 1974.

애정의 계곡

1. 단장의 서곡

푸른 하늘 밑에 두 남녀가 앉아 있다. 남쪽으로는 관악산(冠岳山)이 높다 랗게 줄기쳐 있고 뒤로는 멀리 한강(漢江) 물이 굽이쳐 흐르고 있다.

조그마한 소나무 밑에 앉아 관악산을 내려보던 남자가 말을 꺼냈다.

"현주! 내 이야기 하나 할까?"

"무슨 이야긴데요?"

옆에 앉았던 여자가 고개를 들고 남자를 쳐다본다.

"들어 봐. 작년 여름에 연주봉엘 올라가지 않았어, 그때 이야긴데 옛날 어떤 여자가 불공을 드리려 연주암에 올라갔던 모양이야. 원체 바윗길이 험 한데다가 바람이 심해서 발자국을 뗄 수가 없었대, 그래서 겁이 들어 걷지 를 못하고 섰을 때 같이 가던 중이 댓자로 치마를 벗어 버리라구 그랬대나!

그때 그 여자는 가슴이 덜컥 내려앉았대, 왜 그런고 하니 말이야 그 치마 감을 짤 때 옆집에서 실을 훔쳐다 짰대거든. 그래서 마음이 재려 치마를 벗 었드니 갑재기 바람이 자고 겁이 없어져 암자까지 무사히 갔대……."

"그래서요?"

"그랬단 말이야."

"중이 여자의 치마를 벗겨 보구 싶었던 게지요. 싱거운 이야긴데요."

현주는 학교에서 애들을 가르칠 때처럼 딱 잘라 말을 끊는 것이 아주 단정적이었다. 자기의 말이 절대적이라는 것 같다.

"천만에 사람이란 언제나 마음의 죄를 짓고는 못 산다는 이야기야. 중이 그 여자의 외모만을 보구 과거에 저지른 죄를 지적했다는 것두 용한 일이구."

"꾸며낸 이야기에 그렇게까지 감탄할 게 있어요."

"꾸며낸 이야기에두 동감일 때는 감격두 하는 거지."

"오빠는 그게 틀렸어요. 아무렇지두 않은 것을 하나두 흘려 버리지 않으려는 게……."

"현주는 밤낮 나를 못마땅히 생각하는 것 같은데 그래두 날 좋아하니 그건 뭐 때문일까? 현주가 더 틀리지 않았어?"

"틀린 델 알면서두 좋다 하니까 위대한 거지요. 그것두 몰라."

이런 이야기를 주고받을 때 멀리 산마루를 타고 그리로 걸어오는 젊은 학생 대여섯 명의 떠드는 소리가 들렸다.

"현주, 우리 저리루 내려가 점심이나 먹을까?"

젊은 학생패가 산 속에서 젊은 남녀를 만나면 아무래도 무엇이라 싱거운 말을 던져 보고야 지나갈 것이 귀찮은 생각이 들어 연길이가 풀밭에서 일어섰다. 현주도 점심을 싼 보자기를 들고 따라 일어섰다. 그러나 몇 걸음도 가지 않아 현주는,

"좋은 자릴 찾아볼게요!"

하고 딴 쪽으로 걸었다.

연길은 현주를 내버려 두고 자기대로 자리를 찾아 골짜기 밑으로 내려갔다. 물이 흐르는 골짜기는 아니나 사면이 나무로 가려 있고 나무그림자 밑에는 편편한 바위가 놓여 있어 두 사람쯤 앉아서 점심을 먹기에는 안성맞춤인 곳이었다.

그런 곳을 발견하자 연길은 왔던 길을 뒤돌아 현주가 있는 곳까지 가서 자기가 발견한 자리로 가자고 말했다. 그러나 현주는 자기가 발견한 잔디밭이 좋다고 거기에 앉자고 말했다. 옆에 하얗게 핀 버들개지가 더욱 좋다고

했다. 연길은 사면이 툭 트인 것이 싫어 나무 그늘 밑으로 가자고 했으나 현주는,

"앞이 훤히 내다뵈고 잔디밭이 매끄럽구……. 여기가 안 좋아요. 그리구 난 여기서 오늘부터 오빠를 오빠 아니라구 하는 말을 할 테야."
하고는 일어설 생각도 하지 않았다.

"그런 이야길 이렇게 햇빛이 쪼이는데서 할게 뭐야, 빨리 가."
그러나 현주는 막무가내였다. 누워 버리고 말았다. 연길은 화가 났다.

"혼자 있어."
연길은 연길이대로 자기가 잡은 자리로 걸어갔다.

연길이는 조그마한 등성이를 넘어 나무 그늘 밑까지 와서는 바위 밑으로 가서 누워 버렸다. 현주가 와도 잘 보이지 않게 하기 위함이었다. 그리고는 날이 어두워질지라도 현주가 찾아오기 전까지는 일어나지 않으리라 마음먹고 눈을 감았다.

그러나 눈을 감은 지 오 분도 못 되어,

"오빠……."
하고 자기를 부르는 현주의 목소리가 들려 왔다.

연길은 못 들은 척 움직이지를 않았다. 그러면서도 이쪽에서 불러 보다가는 저쪽으로 가고 저쪽에서 불러 보다가는 이쪽으로 오는 현주의 목소리를 지키기에 귀를 게을리하지 않았다. 현주의 목소리가 가까워 올 때 연길은 몸을 감추고 토끼처럼 뛰면서 자기를 부르는 그 현주의 안타까워하는 모양을 보며 고소하게 생각했다. 고집퉁이 현주…… 이렇게 생각을 하니 어디까지나 골려 주고 싶었다.

"오빠."
발돋음을 하고 사면을 두리번거리면서 입에다 손을 모으고 자기를 부르는 모양이 눈에 빤히 보여도 연길은 대답을 아니했다.

'좀더 애를 태워야지.'
연길이가 혼자 속으로 웃고 있을 때 이번에는 현주가 열 걸음도 못 되는 지점까지 와서 또 자기를 불렀다. 그리고는,

"참 어딜 갔을까?"

하고 중얼거리는 것이 정말 속이 상해 죽겠는 모양이었다.

연길은 그만 가엾은 생각이 들었다. 그 이상 더 골려 주다가는 정말 화를 낼 것 같기도 했다. 그래서 발 앞에 있는 돌멩이 하나를 집어 현주 옆으로 던지고는 또 바위 밑에 숨었다.

그때 현주는 돌이 날아온 방향으로 몸을 돌리고 연길이가 있는 데로 달려 왔다. 와서는 연길을 보자,

"오빠 나뻐."

하고 어린애가 토라지듯 땅바닥 위에 주저앉았다. 연길이는 현주 옆으로 가서 웃으면서,

"나쁜 줄 알면서 왜 찾아다니는 거야. 좀더 고집을 부리지 않구……."

하고는 그의 어깨를 두들겼다.

"오빤 밤낮 나더러 고집을 부린다구 하지만 그래 옳은 말을 하는 게 고집이에요? 옳은 말을 안 듣는 게 고집이지."

"그럼 내가 고집통인가……."

연길은 한 번 소리를 내어 웃었다. 고집을 부리다가도 얼마를 못 가서 사그라지는 현주가 귀여웠던 것이다.

"점심이나 먹지."

"싫어요."

현주는 점심 보자기를 들어 연길이의 손이 닿지 않을 데로 옮겨 놓았다.

"그럼 내가 사과를 할까?"

"누가 사과하랬어요?"

"다음 일요일에는 우리 저 관악산 꼭대기루 등산을 가, 응. 그땐 오늘처럼 구두를 신어서는 안 돼! 등산에 싼다루가 뭐야."

"난 높은 데가 싫으니까 그렇지 뭐."

"높은 데를 올라가야 재미가 있는 거야."

"그러다가 누워 앓으면 어떡허구……. 또 오빠네 학교 학생들을 만나면 어떡해……. 난 싫어."

“어때? 남부끄러워 결혼두 못하겠네.”

“참 오빠! 난 어머니한테 말하구야 말 테야, 오빠두 오빠 아버지한테 편지를 하세요. 오빠가 아닐 사람보구 오빠란 말을 쓰기가 싫어졌어요.”

자기도 모르는 사이에 현주는 화를 풀어 버리고 말았다.

“이번엔 정말 그렇게 하구 말아, 난 아버지하구 절교할 것을 각오했으니까…….”

연길이는 풀밭에서 오랑캐꽃 하나를 뜯어 현주에게 내 주었다.

“우리 어머닌 그래두 반대 않으실 거예요.”

오랑캐꽃을 받아 블라우스 웃주머니에 꽂은 현주는 제법 웃기까지 했다.

“반대하면 어때? 집을 뛰쳐 나가면 되지, 우리 어머닌 눈치 채구두 모르는 척하는데 현주만 그대루 학교에 나가면 생활 걱정두 없구…….”

“그래두 친척끼리 결혼하면 병신애를 낳는대지요?”

“일본의 황족들은 모두 병신만이겠군. 그런데 현주 벌써 어린애 날 걱정부터 하구 있어?”

연길은 빙긋이 웃었다. 현주는 부끄러움을 감추는 셈인지 연길의 셔츠 위로 살을 꼬집었다.

“아야!”

연길이는 꼬집힌 자리를 쓸면서,

“우리야 인척이라지만 외척인데다가 십오춘두 더 되는걸, 뭐. 헤져 산다면 인척인지 뭔지두 모를 거야. 안 그래. 대한민국 법률두 육춘 이상은 결혼해두 괜찮게 된다는데…….”

하고 말했다. 그때 현주는 점심 보자기를 끌어다 풀고는 도시락에서 초밥을 꺼냈다.

“오빠, 아니 황 선생님 이걸 잡수세요.”

“그럼, 현주 아니 김 선생님 먹겠습니다.”

그들은 김밥을 주고받으며 한바탕 웃어댔다. 그러나 현주가,

“오빠, 참 또 오빠야 내가 정말 바본데. 이젠 다시 안 그럴게요. 황 선생은 그냥 현주라 부르셔야 해요. 남자의 위신이 있어야 하지 않아요. 아시겠

어요."

하고 국민학교에서 애들을 가르치던 그대로 손가락질을 해 가며 말했다.

"남녀평등이 못 되는데……."

"남녀평등이 그런데서 오는 거래면 문제가 없게요. 정 그러시대면 현주 씨라구 씨자를 붙이시든지."

현주는 연길이를 쳐다보며 웃었다. 하얀 이가 곱다랗게 드러났다. 까만 속눈썹이 눈을 껌벅거릴 때마다 더욱 길어 보인다. 웃을 때마다 더욱 깊어 보이는 보조개가 전체의 얼굴과 조화되어 얼굴 속까지가 웃는 듯 보였다. 익을 무렵의 복숭아 껍질처럼 부드럽기만 해 보이는 살결.

"현주 씨."

"네?"

"괜찮지?"

연길이는 두 손을 내뻗었다. 현주는 고개를 떨어뜨리고 연길의 품에 안겼다.

"우린 높은 산꼭대기에 올라가서 결혼식을 해, 응! 높은 하늘과 넓은 땅에 우리의 사랑을 맹세하면서……."

연길의 말이었다.

"배를 타구 바다에 가서 해요. 푸른 바다 푸른 하늘이 더 좋지 않아요. 맹세를 들어 줌 물새두 있구!"

현주의 말이었다.

"것두 좋지."

그들은 다시 점심을 먹기 시작했다. 사 가지고 온 과일도 먹었다. 그리고는 노래도 불렀다.

　　아 세월은 잘 간다.
　　아이 아이 아이
　　나 살던 곳 그리워라
　　가슴에 날 품어다고

　나를 사랑해 이 맘
　아이 아이 아이
　이 맘을 바치리라

이렇게 합창도 하며 그들은 산길을 오르내리기도 했다. 해가 서녘에 기울어질 때가 되어서야 돌아가야 할 것을 생각한 연길이가,
　"다음 일요일에는 관악산에 가요. 그리구 그새 서루 보고할 사항을 실천하두록 하구……."
하고 말했다.
　"그 전에 시공관에서 하는 서울 심포니 구경을 가요. 수요일부터라는데……."
　일요일까지가 너무 길다는 듯이 현주가 말했다.
　연길이와 현주는 노량진(鷺梁津)으로 가는 큰길로 나섰다. 관악산 근처로 등산 갔던 젊은 남녀들이 길에 하얗게 깔려 있었다. 모두들 두 사람을 지나 앞으로 앞으로 걸어갔다. 아마 연길이와 현주와의 걸음만이 가장 느린 모양이었다. 그래도 그들은 발걸음을 빨리 하려 하지를 않았다. 어깨를 나란히 하고 크지는 않으나마 나즈막한 소리로 노래까지 불렀다.
　즐거움에 도취한 모양이었다.
　"저, <쏠베이지의 노래>를 불러!"
　연길이가 이렇게 말하면 현주는,
　"처음이 뭐드라."
하고는 사양할 줄도 모르고 노래를 끄집어낸다. 연길이는 따라 불렀다.
　"다음엔 <강남 제비>를 할까!"
　"그래요."
　옆으로 사람들이 지나가건 말건 그들은 노래에 흥이 겨웠다.
　그러나 고개를 넘어 한 부락을 지나 또다시 고개를 넘어 노량진 가까이까지 이르렀을 때 그들의 흥겹던 노래는 간 곳을 몰랐다. 인가도 많고 내왕하는 사람도 많다. 그러나 사람들이 부끄러워서는 아니었다. 보는 사람마다가

이상한 표정으로 수군거리는 것이 수상스러웠던 것이다.

"북한 괴뢰군들이 삼팔선을 넘었대!"

"벌써 동두천(東豆川)까지 들어왔대."

연길은 가슴이 서늘했다. 서울 장안에서 떠난 지 몇 시간 밖에 안 되건만 그 사이에 그러한 사태가 벌어졌다는 것은 도시 믿어지지를 않았다.

현주도 그런 모양이었다.

"정말일까요?"

같이 산 속에 있다가 내려온 연길이가 자기보다 더 잘 알 리가 만무하건만 그래도 현주는 이렇게 묻지 않을 수 없었다.

연길은 대답 대신에 길가에 서서 수군거리는 사람들 틈새로 들어가 그들의 말을 엿들었다. 역시 괴뢰군은 이 날 새벽 삼팔선을 넘었고 한편으로는 동두천까지 들어왔다는 것이었다.

그런 말을 거듭 들으면 들을수록 연길의 얼굴은 점점 더 노래져갔다. 그렇다고 해서 무엇이라 말을 하는 것은 아니었다.

전찻간에서 똑같이 엄숙한 얼굴들을 한 서울 시민들이,

"어찌된 셈일까?"

"모를 일인데……."

하고 걱정들을 해도 연길의 입은 떼어지지가 않았다.

"그까짓 문제가 돼, 국군이 있는데."

"미군들은 가만 있을라구……."

이렇게 낙관론을 이야기하는 사람들의 말을 들어도 연길의 입은 역시 닫힌 그대로다. 너무나 커다란 사실에 가슴이 벅찼던 것이다.

아직 채 어둡지도 않았건만 서울 거리는 상갓집처럼 고요했다. 지나다니는 사람들의 발자국 소리까지 조심성스러운 것 같았다.

연길은 을지로 4가까지 왔을 때 전차에서 내렸다. 전 같으면 동대문까지 현주를 바래다 주고 거기서 종로 4가까지 걸어와 다시 전차를 타고 돈암동 집으로 오는 것이 보통이었지만 이 날만은 그런 생각조차 마음먹지 못했다.

"또 봐."

"그럼 내일 전화 거세요."

그들은 이렇게 작별을 하고 전차에서 헤어졌다. 전차에서 내린 연길은 무엇보다도 바쁘게 신문 한 장을 샀다. 그리고는 돈암동행 전차 속에서 6·25 사변의 커다란 뉴스를 읽기 시작했다.

북한 괴뢰군의 불법 남침 사건이 신문 지면의 대부분을 차지한 것으로 보아 거리의 수군거림이 틀림없었다. 집에 들어서자 어머니와 동생이 한꺼번에 뛰어나오며 어딜 가서 그렇게 오래 있었느냐고 걱정을 하는 것으로 보아 장안 전체가 그야말로 난리가 일어난 듯 들끓고 있음이 사실이었다.

연길도 대한민국의 국군이 있는 한 그리 만만치는 않으리라고 생각하려 했으나 그래도 남침하기 시작한 첫날에 동두천을 넘어 왔다는 소식이 어쩐지 불길한 감을 주어 밤새 편안한 잠을 이루지 못했다.

다음날 아침 학교에 출근했을 때 모든 동료들의 얼굴이 꼭 같이 수심에 잠겨 있음을 보고 연길은 더욱 우울해졌다.

시간이 되자 모두들 교실로 들어가기는 하나 교수도 제대로 되지가 않는지 모두가 꼭같이 종이 울리기 전에 직원실로 돌아왔다.

급사 애가 밖에 나가서 의정부를 탈환했다는 신문 호외를 얻어 들고 왔다. 터져라 하고 모여든 선생들 틈에서 체조를 가르치는 여선생이 소리를 쳐 호외를 읽자,

"그럼 그렇지."

"오늘 국군이 미아리 쪽으로 굉장히 가던데……."

하고 안도의 분위기를 만들어 보려고 한 마디씩들 했으나 말하는 말과 그 얼굴이 도시 조화되지가 않았다.

어떻게 굴러 왔는지 이번에는 해주에 국군이 돌입했다는 호외가 왔다.

모두들 만세 소리를 입 속으로 외치고 있는 듯한 표정을 지었다. 그러나 그 표정도 다른 뉴스가 있기도 전에 금시 사라지고 침울한 얼굴로 돌아들 갔다.

연길은 책상에 턱을 고이고 혼자 생각했다. 절대로 낙심할 뉴스가 아닌데도 무엇 때문에 침울한 얼굴들을 하고 있을 것인가?

다름이 아닐 것이었다. 오랑캐나 왜군의 침략을 받아 본 일이 있기는 하지만 그것은 오랜 옛이야기다. 생전에 무력 침략을 받아 본 경험이 없는 민족들이기 때문에 침략을 당하고 있다는 사실만으로도 불안을 느끼는 것이리라.

어떻게 해야 되겠다는 생각도 없이 멍하니 앉아 있을 때 연길에게 전화가 왔다.

"누구세요."

"저, 초흽니다. 얼마나 놀라셨어요. 그래두 별일은 없으시죠?"

"초희야, 응 별일 없어."

"걱정이 돼서 전활 걸었어요. 그래두 별일 없겠지요. 수업은 그대루 하시지요?"

"그래."

"그럼 다음에 또 걸겠어요. 안녕히 계세요."

"몸조심 해."

작년에 고등과를 졸업하고 지금은 고아원 보모로 있는 여자다. 무슨 일만 있으면 전화를 걸거나 쫓아오거나 해서 보고를 하는 연길의 제자다. 있음직한 일이었다. 그러나 그 전화를 받고 나자 이때까지 잊어버리고 있던 현주가 생각났다.

그는 그 자리에서 현주에게 전화를 걸었다.

"나야 알겠어, 별일 없지?"

"지금 의정부서 피난 왔다는 사람한테 말을 들으니까 괴뢰군이 의정부까지 왔다는데요."

"뭐? 정말야?"

"거리에는 피난민들이 끌고 온 시가 야단법석이래요. 그런데 오빠."

어쩐 일인지 현주가 말을 꺼내려고 할 즈음에 전화가 끊어지고 말았다.

연길은 어떻게 해서든 불안한 마음을 가라앉혀 보려고 한다. 그래서 시골 있는 아버지에게 편지나 써 볼까 하고 책상으로 가 앉았다. 펜대를 들었다. 그러나 무슨 말을 먼저 써야 할지 도무지 생각이 떠오르지 않았다. 더구나 갑자기 전화를 끊어 버린 현주를 생각할 때 어쩐지 불길한 생각이 들어 술 렁거리던 가슴이 널을 뛰기 시작했다.

연길은 펜대를 놓고 다시 전화통 있는 데로 갔다. 아무래도 현주에게 전화를 걸어 보아야 할 것 같았기 때문이었다.

전화통 거의 가까이 갔을 때였다. 전화통 울리는 소리가 났다. 연길이는 혹시나 현주로부터 오는 것이나 아닌가 하고 딴 사람이 받기 전에 시급히 전화통을 들었다.

그러나 그것은 현주의 목소리가 아니었다. 같은 선생으로 있는 박재만 씨를 찾아달라는 S신문 여기자의 목소리였다.

기대에 어그러지기는 했으나 할 수 없이 박재만 선생을 불러 주고는 전화가 빨리 끝나기만을 기다렸다.

"별 통신이 없습니까? 아니 정말 의정부까지 들어왔어요. 좌우간 새 통신이 있는 데루 전활 걸어주세요. 네! 몇 시에요? 네! 네 그럼 그때나 가지요."

전화는 끊어졌다. 신문사에서 온 소식이니 괴뢰군이 사십 리밖에 안 되는 의정부까지 들어온 것이 사실이다.

옆에서 듣고 있던 연길이는 가슴이 덜컥 내려앉음을 느꼈다.

사십 리면 대포소리가 능히 들릴 만한 거리다. 그러나 현주에게 전화를 걸지 않을 수 없었다.

때마침 현주가 전화를 받았다.

"아까는 왜 전화를 끊었어?"

"좀 있다 만나서 말씀드리죠."

"그럼 몇 시에!"

"네 시 반 화신 앞에서요."

전화를 끊자 연길이는 시계를 보았다. 오후 두 시였다.

연길은 그때까지 기다리기가 힘들 것 같아 전화를 다시 걸었다. 그러나 어찌된 일인지 그때는 현주가 교실로 들어가고 사무실에 있지 않다는 것이었다.

교수 시간이 되었다고 해서 이야기도 채 끝내지 않고 전화를 중도에 끊어 버렸으리라고는 생각되지 않았다. 궁금한 채 한 시간을 기다리지 않을 수 없었다.

그 동안 연길이도 백묵을 들고 교실로 들어갔다.

학생들도 책을 펴고 공부할 마음의 여유가 없는지 연길이가 들어서기가 무섭게 새로운 소식이 없느냐는 말만을 물었다.

연길이는 별다른 뉴스가 없다고 대답을 하고는 될 수 있는 대로 마음을 놓고 공부나 하라고 타일렀다. 그리고는 책을 펼쳤다. 십 분이나 교수를 했을까 연길이도 그만 싫증이 났다.

그 동안 떠든 것도 무엇을 말했는지 모르지만 말이 꺼칠꺼칠하여 홀러내리지를 않는다. 그러니 한 마디를 하고는 그 뒤를 이을 이야기가 도시 생각나지 않았던 것이다. 공연히 술렁대는 마음, 게다가 전화를 끊은 현주의 생각이 마음의 갈피를 잡을 수 없게 해서 그는 마침내 학생들에게 조용히 자습이나 하고 있으라고 부탁을 한 뒤 교실을 나왔다.

조금만 일찍 교수를 끝내면 참새들처럼 좋아라 떠들던 여학생들도 이 날은 기쁨도 잊어버린 것처럼 아무런 반응이 없었다.

연길은 사무실에 돌아오자 창이 있는 데로 가서 밖을 내다보았다. 여전히 움직이고는 있으나 어쩐지 모든 사람이 땅 위에 달라붙은 듯 꼼짝을 못하는 것처럼 보였다. 지극히 높은 데서 내려다보듯이 차도 달리는 것이 아니라 엉금엉금 기어가는 듯 보였다.

네 시 십 분까지 학교 사무실에 앉아 동료들과 불안에서 오는 걱정들을 나누다가 동대문까지 나온 연길은 전차를 타고 화신 앞까지 달렸다.

현주는 아직 보이지 않았다. 연길은 화신 맞은편 한청빌딩 앞에서 오고 가는 사람들을 살피며 현주를 기다렸다.

웬 사람이 그렇게도 많을까. 길이 메일 정도로 밀려가고 밀려왔다. 모두가 불안과 초조에서 발걸음이 허둥거리는 것 같았다. 군인을 실은 군용자동차들이 연달아 지나간다. 달리는 자동차에 박수를 보내는 소리가 들린다. 만세소리도 높이 들렸다.

연길은 박수도 만세도 부르지 못하고 멍하니 서서 가는 군인과 보내는 민중을 번갈아 바라보았다. 모두가 긴장된 얼굴이다. 만세 소리를 맞받아 외치며 지나가는 군인들이 웃는 얼굴을 지었으나 죽음을 바치고 떠나가는 그들의 웃음이 어쩐지 정말 웃음 같지 않아 연길의 마음은 더욱 언짢았다.

연길은 마음속으로 만세를 부르며 이기고 돌아오기를 빌었다.

그때였다. 현주가 옆으로 와서,

"기다리셨어요."

하고 물었다.

"아니."

연길은 이렇게 대답하고 시계를 꺼내 보았다. 오 분밖에 더 지나지 않았음을 보고 단도직입적으로 물었다.

"그래 전화는 왜 끊었지?"

"어디 들어가 앉읍시다."

그들은 가장 가까운 다방 '은파'로 들어갔다.

다방 역시 불안한 공기에 잠겨 있었다. 의자에 앉은 지 한참 뒤에야,

"왜 전화를 끊었어?"

하고 또 물었다.

"이야기를 할라니 눈물이 쏟아져서……."

"눈물은 왜 또?"

"그럼 눈물이 안 나오구 어떡해요?"

"이야기를 하다가 갑자기 눈물은 무슨 눈물이냐 말이야?"

현주는 한참 동안 대답을 아니했다.

"말을 해 봐요 그러다가 또 울지 말구……."

이렇게 독촉할 때야 현주는,

"글쎄 어머니한테 우리 결혼 이야길 했더니 자기를 죽인 뒤 하구 싶은 대루 하라구 그러시지 않아요. 그리구는 자꾸만 우시누만요. 게다가 한편에서는 떠들석하구……. 어디 살 것 같아요."

하며 머리를 숙인 채 말했다. 정말 금시 울 듯한 얼굴이었다.

"그럼 어머니한테 지구 말았다는 건가."

연길은 불만스럽다는 듯이 날카롭게 물었다.

"졌다는 건 아니지만 더 싸우기가 싫었어요. 아무때라두 이기구야 말기는 하겠지만 며칠이 지난 뒤 다시 싸울랴구 가만 있었어요."

"그렇지만 전화를 끊었다는 건 이해하기가 곤란해."

"긴장과 불안과 초조가 어쩐지 절망을 주는 것 같아 눈물이 쏟아질려는 걸 어떡해요."

"민족의 실망인가?"

"이렇게 긴박한 위기에 서 본 일이 어디 있었어요. 우리 민족이……."

"그렇지……."

연길은 한숨을 길게 내쉬었다.

그때였다. 밖에서,

"쏘련 비행기다."

하는 소리가 높다랗게 들려 왔다. 동시에 전에 듣지 못하던 비행기의 폭음이 요란하게 들렸다.

다방에 앉았던 사람들이 모조리 일어섰다. 어떤 사람은 담벽에 가서 붙어서기도 했다. 몸을 부들부들 떨며 어쩔 줄 모르는 사람이 대부분이다.

소련 비행기가 김포(金浦)비행장까지 와서 폭탄을 던지고 불을 질렀다. 어떻게 할까!

연길을 불안하여 앉아 있을 수가 없었다.

"집을 갈까요?"

현주도 어머니가 걱정스러워진 모양이다.

"그럼 가!"

그들은 그들의 결혼에 대해서도 더 의논할 마음의 여유가 없었다.

연길은 현주를 바래다 주고 종로 5가에서 서울대학 앞을 향해 걸었다. 포천(抱川) 의정부 방면에서 들어온다는 피난민이 떼를 지어 길에 깔려 있었다.

집으로 들어가자 어머니가 쌀값이 갑자기 올랐다가 하며 며칠밖에 먹을 것이 없다고 쌀 걱정을 했다.

열아홉 살 먹은 동생 정길이는 방금 보고 왔다고 하며 미아리 고개에서는 피난민을 수용하느라고 야단법석이라고 떠들썩하니 지껄여댔다.

내일 아침에는 학교에 가서 돈을 빌려다가 쌀을 좀 사 놔야겠군 하고 혼자 생각을 하고 있을 때 어머니가,

"소고기 값이 막 떨어졌댄다. 송아지 한 마리 값이 오천 원이래나. 그런데 쌀은 금을 주구두 못 사게 될 거라니 이게 난리가 아니구 뭐냐?"
하고 쌀이 떨어져서가 아니라 난리가 무섭다는 걱정을 했다.

"며칠 있으면 조용해지겠지요."

어머니에게는 될 수 있는 대로 안정된 마음을 주고 싶었다. 그래서 연길이는 옷을 갈아입고 아무렇지도 않다는 듯이 꽃밭에 물을 주기 시작했다. 한 평밖에 안 되는 꽃밭이언만 이른 봄부터 씨를 뿌리고 매일처럼 물을 주고 있다. 다알리아도 꽤 자랐고 봉선화, 백합은 벌써 꽃이 피어 있었다. 채송화는 꽃보다도 살찐 이파리가 더 좋았다.

"저녁이나 먹구 물을 주렴."

젊었을 때부터 마음 둘 곳을 잃어버려서 그런지 어머니도 꽃을 무던히 사랑한다. 삼십 고개를 넘기 전부터 씨앗을 보아온 어머니라 유달리 다감한데다 남처럼 사람을 미워할 줄 모르는 성격이라 능히 꽃을 사랑할 줄 알 것이다. 마을 갔다가도 예쁜 꽃만 있으면 한 포기씩 얻어다 심고야 마는 어머니다. 거저 얻기가 미안하면 무엇을 주고 바꾸기라도 했다.

물 주고 있는 아들 옆에 서서 비뚤어진 꽃나무를 바로 세웠다.

"네, 곧 들어갈게요."

이렇게 말을 했으나 종일토록 피곤한 마음이 겨우 풀리는 듯한 그 자리를 떠나고 싶어하지 않는 연길이었다. 물은 다 주고도 피어나는 꽃들을 멍하니 바라보고 있었다.

어머니가 다시 독촉을 했다.

그때였다. 연길은 갑자기,

"어머니! 저 현주와 결혼하겠어요."
하고 뚱딴지같은 말을 꺼냈다. 아마 평화스러운 마음자리를 잡게 되는 순간

현주 생각이 갑자기 떠올랐던 모양이다.

"뭐? 현주하구?"

결혼이란 말이 처음 듣는 말이기도 하지만 현주라는 말에 깜짝 놀란 어머니는 연길 옆으로 다가서며 물었다.

"네, 일 년 전부터 사랑해 왔어요?"

"그럼 일두 저질렀니?"

"아니요. 그렇지는 않아요."

"그럼 결혼이란 말이 되는 말이냐. 남남이 아닌데 결혼이라니."

"남남이 아니드래두 일은 저질르기만 했다면 할 수 없단 말씀인가요?"

"그래두 안 되지 아버지가 아시면 큰일 나겠다."

절대적으로 안 되겠는 모양이다. 어머니는 몸을 또 바로 하고 서서 연길이를 내려다보았다.

"아버지가 무슨 상관이어요. 내 맘대루 하면 그뿐이지……."

사실 연길이는 아버지를 아무렇게도 생각지 않았다. 무엇이라고 반대하면 아버지와 절교해 버릴 것을 미리 각오하고 있는 연길이다.

아버지는 연길이가 열 살도 못 되었을 때부터 첩을 얻어 딴 살림을 시작했다. 그 뒤에도 이따금 어머니를 찾아오기는 했으나 연길이는 그런 아버지에게 애정을 느끼지 못해 왔다.

연길이가 열여섯인가 났을 때 아버지가 다시 젊은 첩을 얻었다는 말을 듣고서는 애정은 고사하고 증오를 느끼기 시작했다.

중학교에 다니면서 어머니와 같이 서울에 조그마한 살림을 벌렸을 때부터는 증오의 감정이 다시 경멸로 변했다. 말하자면 아버지로서의 존경의 마음을 조금도 가져보지 못한 연길이다.

어머니가 아버지의 말을 꺼내기만 하면 근본적으로 아버지를 부정하는 연길이다.

그러나 어머니만은 그렇지가 않았다. 그 아버지로 말미암아 속이 썩었고 주름살이 잡혔다 해도 자기의 남편이요. 자식들의 아버지인 것을 털끝만치도 부정하려 하지 않았다.

"일생의 최대산데 그래 그런 걸 아버지 승낙 없이 해서 되니? 잘났건 못났건 부모는 부모지."

연길의 혼사 문제에도 아버지의 의사를 무시할 수 없다는 것이었다.

"편지루 한 번 물어는 보지요. 그래두 반대할 게 뻔한 일이니까 하나마나예요."

"촌수는 멀어두 한 동네에서 가깝게 지내던 현주네 하구 혼사를 하다니! 당초에 되지두 않은 말이다."

"어머니까지 그렇게 반대하시면 할 수 없이 어머니 곁을 떠나는 수밖에 없겠지요."

"뭐? 에미두 모르겠단 말이냐?"

"어머니를 모른다는 것이 아니라 어머니가 저를 싫다시는 것이지요."

"내가 언제 너를 싫다던?"

"제가 하려는 일을 못하게 하는 건 결국 저를 싫어하시는 거 아니구 뭐예요."

"겉지두 않은 말은 하지두 말아. 못할 거니까 못한다는 거지."

"저도 하구야 말겠어요."

이렇게까지 나가니 어머니는 더 할 말이 없는 모양이었다.

"모르겠다. 밥이나 먹자."

하고 방 안으로 들어가 버렸다. 연길이도 손을 씻고 방 안으로 들어갔다.

조그마한 식탁을 가운데 놓고 세 식구가 둘러앉았다. 연길 혼자 벌어서 사는 이 집안 식탁은 조금도 풍성치가 못했다.

김치에 된장찌개가 한 그릇. 그래도 어머니는 쌀만이 걱정되는지,

"돈을 주구두 쌀을 못 살 것 같대니 큰일이다."

하고 또다시 쌀 이야기를 꺼냈다.

"내일은 돈을 구해 올게요."

연길은 이렇게 어머니를 안심시켰으나 사실은 자기도 걱정이 여간 아니었다. 난리가 길어져 쌀이 들어오지 못하고 있는 쌀은 장사치들이 쥐어 잡고 내놓지 않으면 자연 쌀값이 오를 게고 따라서 살림은 더욱 쪼들리게 될

것이다.

그러나 다음날 아침 학교로 나가자 그는 쌀 걱정도 잊어버리고 말았다.

국회에서 수도(首都)를 옮길 것을 결정했다는 말이 들렸기 때문이었다. 그렇지 않다는 말도 있기는 하나 그것이 사실이든 아니든 문제가 수도를 옮기는 이야기에까지 이르렀다면 사태는 예상 일이 아니라고 느껴졌다.

그러나 얼마 안 있어 S신문사로부터 박재만 선생에게 전화가 왔다. 미국 항공모함이 부산에 도착하였다. 기쁜 소식을 전했다.

"그러문 그렇지."

조그만한 재료만 있어도 새로운 사실에 모든 신경을 집중시키려는 직원실의 공기는 고양이 눈동자처럼 시시로 변하였다.

"애들이 절반두 안 왔는데……."

또 새로운 화제가 뛰쳐 나왔다. 그러자 모두의 신경은 그리로 쏠렸다.

"오늘부터 수업을 그만둔대."

"월급도 미리 준다는데……."

확실히 비관론이었다. 그러나 그 비관론이 실현되고야 말 때 연길의 마음은 차라리 쌀을 못 사도 월급을 미리 주는 일이 없었으면 하고 바래지기도 했다.

학생들을 돌려 보내고 월급을 받은 뒤 연길은 현주에게 전화를 걸었다.

"거기서두 수업을 중지했소?"

"네, 벌써 애들을 돌려 보냈어요."

연길은 말을 더 잇지 못했다. 시내 학교가 꼭같이 임시휴교를 했다는 확인된 사실이 가슴을 울렁거리게 했던 것이다.

"오빠…… 지금 풋소리가 들리죠?"

현주가 새로운 재료를 제공했다.

"뭐?"

"대포소리가 멀리서 들려 와요."

"그래?"

"그래가 뭐야요."

그래도 연길은 아무렇지도 않다는 것을 보여주고 싶었다. 보여주고 싶다는 것보다도 마음속에서 폿소리를 지워버리고 싶었다.

"현주 씨!"

그는 현주에게 씨자를 붙였다. 다시는 오빠란 말을 안 쓰기로 하고도 그래도 쓰고 있는 현주에 대한 경고이기도 했다.

"예?"

"어제 저녁에 어머니께 이야길 했지."

"무슨?"

"어머니두 반대한다면 어머니까지 떠난다구 협박을 했어."

"우리 어머니는 백기를 드셨는데 뭐."

"어떻게."

"어머니보다 내가 먼저 죽는다구 그랬더니 자기는 모르니 마음대루 하래나……."

"수훈갑인데…… 하하하."

"결사적인데 겁날 게 있어요. 호호……."

그들은 웃음으로 전화를 끊었다. 전화를 끊은 지 얼마 안 있어 초희에게서 전화가 왔다.

"괴뢰군이 창동까지 왔대요. 어떡허지요, 선생님!"

"정말야?"

"모두들 그래요 폿소리가 안 들려요."

"그래?"

"몸조심하세요."

전화가 끊어지기 전부터 연길의 가슴은 천길 만길 떨어지는 것 같았다. 괴뢰군이 창동(倉洞)까지 왔다면 이십 리밖에 남지 않았다.

그러나 오후에 들어서자 특별방송이 있었다.

"내일 아침부터 맥아더 사령부 전투지휘소가 서울에 설치되고 미군 항공부대가 참전을 하게 된다."

이러한 요지의 녹음방송이 몇 번이고 거듭되었다.

연길은 한숨을 내쉬었다. 인제는 안심을 해도 좋을 것 같았기 때문이었다. 그러나 저녁때 집으로 돌아가기 위하여 창경원 앞을 걸을 때 수없이 밀려나오는 돈암동 방면으로부터의 피난민을 보자 연길은 깜짝 놀랐다. 대학병원을 굽어 돌아서자 그야말로 폿소리가 눈앞에 떨어지는 듯 요란하게 들렸다.

2. 붉은 단충

폿소리가 창문을 흔드는 바람에 집안에 앉아 있을 수가 없어 돈암동 주민들은 우선 몸을 피해야만 했다.

연길이도 집으로 달려가 보따리를 꾸렸다. 필요 없는 것도 어머니가 밀어넣어 주는 바람에 륙색 하나가 불룩했을 때 동생이 돌아왔다.

"너두 빨리 준비해라."

어머니는 다시 정길의 짐을 꾸리기 시작했다. 그 짐에는 쌀과 된장, 식기 같은 당장에 필요한 것들만을 넣었다.

"빨리 나갑시다."

이번에는 연길이가 서둘렀다. 한 손에 장도리와 못이 들려 있다. 대문 밖으로 못을 줄 모양이다.

동생은 보따리를 둘러메었으나 어머니가 길 떠날 차림을 안 하기 때문에,

"왜 그러구 계세요. 빨리 떠나야지."

하고 연길이가 물었다.

"가면 어딜 가니?"

어머니는 냉정했다. 뜻밖이었다. 한편에서는 폿소리가 점점 가까이 들려오는데 갈 데가 없다고 그대로 앉아 있다니…….

"아무데라두 가야지요."

"갈 데두 없는데 떠나면 뭘 하니. 그리구 우리 살림 전부가 이 집 하나뿐인데 이걸 내버리구 어딜 간단 말이냐. 난 죽어두 여기서 죽겠다."

“집이 문젭니까. 우선 피난을 해야지.”

“굶어 죽으나 앉아 죽으나 마찬가지가 아니냐. 그리구 같이 다니다가 떼죽음을 당하느니보다는 좀 헤지는 것두 좋아. 딴소리 말구 빨리·너희들이나 떠나거라.”

그 말을 들으니 그러기도 하나 오십이 거의 되는 동안 고생만 하고 살다가 이제 집 한 채밖에 남지 않은 어머니에게 있어서 그 집을 떠난다는 것은 참으로 힘든 일이 아닐 수 없다.

연길은 동생만을 데리고 집을 떠났다. 어디로 가서 언제 돌아오겠다는 인사도 할 수 없다. 그저 떠나야만 하는 길이다. 그러나 가면 어디로 가야 할 것인가. 이렇게 생각할 때 이번에는 연길의 발걸음이 딱 멈추어졌다.

“어디로 갈까?”

아무리 생각해도 갈 곳이 떠오르지 않았다. 친척은 물론 없다. 두 사람이나 재워 달랄 만큼 친한 동무도 없다.

문득 현주를 생각했으나 그의 집은 동대문 밖이다. 돈암동보다 안전한 곳이 절대로 못 된다. 그뿐 아니라 현주가 그의 어머니에게 결혼 문제를 꺼냈다는 사실을 아는 이상 결혼 이야기의 결말을 내기까지는 얼굴을 나타낼 수가 없다.

이렇게 비록 하룻밤이나마 재워 줄 만한 곳이 없다는 것을 생각할 때 연길은 자기가 외로운 사람이라는 것을 느낀다.

몇 해 동안 학교 생활을 했으니 이런 때 찾아갈 만한 학부형도 있음직한 일이건만 연길에게는 그런 사람도 없다.

그러나 좌우간 떠나야 한다. 어디든 발 닫는 곳까지 가야 한다.

두 형제는 발걸음을 옮기기 시작했다. 폿소리를 가까이 듣지 않기 위해서 그저 시내를 향해 무턱 걸으려고 할 때였다.

“황 선생님!”

누가 뒤에서 불렀다. 초희였다.

“웬일이야!”

연길이가 놀란 듯이 물었다.

"돈암동 방면 사람이 모두 피난을 나온단 말을 듣구 선생님은 어떻게 됐나 궁금해서 전활 걸었더니 막 댁으루 돌아가셨다구 그러지 않아요. 그래서 저희 집으루 가시자구 쫓아 나왔어요. 빨리 가십시다."

초희는 앞장을 서서 총총 걸었다.

길은 피난민으로 꼭 메워 있었다. 구루마에 짐을 실은 사람도 없지는 않으나 대부분이 보따리나 어린애를 짊어진 채 땀들을 흘리며 걸어가고 있었다.

어디로들 가는 것일까? ……연길에게는 데리러 온 사람이 있어서 그런지 이런 것을 생각할 마음의 여유가 있었다. 그래서 길을 메우고 걸어가는 사람들의 얼굴 하나하나를 살펴보기도 했다.

그러나 모두가 그러한 걱정은 아니하고 있는 것 같았다. 그저 조금이라도 빨리 발을 옮겼으면 하는 생각에 남보다 한 발자국이라도 먼저 앞서려고 애쓰는 것만 같이 보였다.

공포에서 멀리하기 위하여 허덕이는 무리들!

"선생님! 좀 천천히 가세요."

뒤에서 초희가 소리쳤다. 그 말에 연길은 발을 멈추고 뒤를 돌아보았다. 동시에 자기도 공포를 멀리하기 위하여 조급하고 있음을 느끼자,

"천천히 걷자."

하고 동생에게 말한 뒤 초희가 따라오기를 기다렸다.

잔등에 땀방울이 맺혔고 양 볼이 연지를 진하게 칠한 것처럼 빨개 가지고 숨을 헐떡거리며 따라온 초희가,

"놈들이 정말 서울에까지 들어올까요?"

하고 한탄하듯이 말했다.

"누가 알아."

"놈들이 손을 쓰기 전에 여기서 먼저 평양까지 밀구 들어갔었으면 이런 일은 당하지 않지 않아요. 참 속상해……."

"빨리 가기나 해."

연길은 말도 하고 싶지 않았다. 어디든 갈 데까지 가고 싶은 생각뿐이

었다.

창경원을 지나 종로 4가까지 이르렀을 때 연길은 문득 동대문 쪽을 바라
보았다. 돈암동만은 못하나 거기서도 역시 피난민들이 몰려왔다.

'현주는 어디로 갔을까?'

이런 생각을 하고 있을 때,

"짐을 제가 좀 지구 갈까요."

하고 짐이 무거워서 멈칫거리는 줄 알았는지 초희가 말했다.

"걱정 마러!"

연길은 무뚝뚝한 대답을 하고 다시 앞장을 서서 걸었다.

"형님 어머니는 괜찮을까요?"

동생이 이런 걱정을 해도 연길은,

"괜찮겠지."

하고 무심한 대답을 했다.

"선생님! 무거우실 텐데 앞에 가는 구루마에게 좀 부탁해 볼까요?"

초희가 이런 걱정을 해도,

"괜찮어."

하고 대답할 뿐 초희의 갸륵한 심정에도 마음을 기울일 생각을 안 했다.

그의 가슴은 현주 생각에 그득 차 있을 뿐이었다. 현주는 어디서 불안한
이 시간을 보내고 있을까 하는 것만이 생각되었던 것이다.

'현주 집으로 가 볼까.'

이런 생각도 했으나 현주가 아직 집안에 앉아 있을 것 같지 않았다.

청파동 초희 집에 이르러,

"세수나 하세요."

하고 초희가 물을 떠오고 비누와 수건을 가져와도 그는 세수할 생각을 못
했다.

"웬만하면 내일 어머니까지 모시구 오시죠. 너무 걱정하시지 마세요."

초희는 연길이가 어머니 걱정 때문에 침울해 있는 줄만 알고 이런 말을
했다.

"어머닐 모시구 같이 오시지를 않구……."

초희 어머니도 연길이 옆으로 와서 연길의 마음을 어루만져 주는 듯이 말했다.

풋소리가 조금 멀어졌고 초희의 친절이 각별했으나 연길의 불안은 사라지지가 않았다. 자기를 생각하며 초조해 할 현주와 그리고 혼자서 밤을 지낼 어머니의 얼굴이 번갈아 나타났던 것이다.

"이걸 좀 잡수세요."

저녁 뒤 초희가 토마토를 썰어 사탕에 무쳐 왔으나,

"먹을 생각 없는데."

하고는 과일 접시를 눈여겨보지도 않았다.

"더우시죠."

하고 초희가 부채질을 해 줘도,

"초희 정말 너무 그러지 말어. 내가 미안하지 않아 내버려 둬."

하고 도리어 귀찮다는 듯이 고개를 돌려 버렸다.

"선생님두…… 미안하긴 뭐가 미안해요."

초희는 그대로 옆을 떠나지 않았다.

사실 연길은 초희의 친절도 받아들일 수가 없었다. 오직 혼자서 누워 있는 것만이 편할 것 같았다.

모시 적삼에 긴치마를 입은 것이 늠름한 체격과 어울릴 뿐만 아니라 몹시 청초해 보이기도 했지만 연길은 그러한 초희의 외모에 눈을 돌릴 여유도 없었다.

"일찍 눕게 해 줘, 좀 피곤해."

정말 눕고 싶었다. 그러나 초희는,

"제가 옆에 있는 게 불쾌하세요?"

하고 생각지도 못했던 말을 했다.

"천만에, 초희가 옆에 있다구 불쾌할 게 어디 있어 그저 피곤해서 그러는 게지……."

이렇게 말을 했으나 연길은 초희의 친절을 너무나 무시한 듯한 후회가 들었다. 난리 통에 찾아와 피난까지 시켜 주었다는 사실 그것만도 고맙기 짝이 없는 일이다.

그런데다가 옆을 조금도 떠나지 않고 시중드는 그 고마움에 연길은 한 번도 고맙다는 뜻을 표하지 못했다. 비록 흠 없는 사제지간이라 하고 또 인사를 차릴 계제가 못 될 만큼 마음이 초조하다 할지라도 친절을 무시한 듯한 태도는 옳다고 볼 수가 없다.

"초희, 오해하지 말어. 다음에 정식으루 고맙단 말을 할게……."

"참 선생님두 누가 고맙단 말을 듣겠다구 그랬어요?"

"아니야, 초희가 찾아오지 않았으면 나는 오늘밤 잘 데두 없었을 거야."

연길은 방바닥에 놓여 있는 토마토 접시를 보고,

"참 좀 먹어 볼까 너두 먹어라"

하고는 정길이를 보면서 토마토를 한 숟갈 떠서 입 안에 넣었다.

"수박을 하나 사 올까요?"

"정말 그만둬! 부탁이야!"

"참 무거운 짐을 지구 오시느라 힘두 드셨겠어요. 그럼 토마토나 빨리 잡수세요. 자리를 깔아 드릴게……."

연길은 그렇게 내키지가 않았으나 토마토를 열심히 먹었다. 빨리 먹고 빨리 눕고 싶어서였다.

초희도 두말없이 자리를 깔아 주었다.

"마음 놓구 주무세요. 무슨 일이 생기면 곧 알려 드릴게……."

이렇게 말하고 초희는 자기 방으로 돌아갔다.

연길은 다리를 펴고 누었다. 그러나 잠은 오지 않았다.

멀리서 폿소리는 여전히 들렸다. 밤이 깊어가도 눈이 감길 것 같지 않았으나 그래도 잠은 들고야 만 모양이었다.

비몽사몽간에 눈을 떴을 때는 창이 훤하게 밝았고 연길이 옆에는 초희가 쪼그려 앉아 있었다.

"선생님 괴뢰군이 서울에 들어왔대요."

초희의 보고였다.

"뭐? 언제?"

"오늘 새벽이래요. 국군은 한 명두 없대요."

"정말?"

"아버지가 방금 듣구 들어 오셨어요."

연길은 그 이상 더 묻지도 못하고 긴 한숨을 내쉬었다. 초희도 말없이 나가 버렸다. 무엇을 생각해야 할지를 몰랐다.

그저 무쌍한 역사를 한하고 싶기만 했다. 하룻밤 사이에 역사가 바뀌고 말다니…….

연길은 일어나 앉았던 자리에 다시 누워 버리고 말았다.

장차 이 나라는 어떻게 될 것인가?

연길은 문득 이런 생각을 했다. 그리고는 다시 일어나 앉았다. 옷을 주워 입고는 일어섰다.

"선생님!"

초희가 종잇장같이 하얘진 얼굴로 들어오며 말했다.

"한강 다리가 끊어졌대요. 그리구 괴뢰군이 시내에 꽉 들어찼구요."

"그래? 좀 나가 볼까?"

연길이는 밖으로 나가려고 했다.

"선생님, 아직 일러요. 젊은 사람은 국군이라구 막 죽인대요."

초희가 연길의 앞을 막아섰다.

"그래두 앉아 있을 수가 있나. 좀 나가라두 봐야지."

"봐서 뭐해요. 이미 이렇게 된걸!"

"아냐, 역사적 순간을 내 눈으루 봐야 하겠어. 그래야 민족의 슬픔을 가슴 속에 지닐 수두 있을 거야."

"그래두 개죽음을 하실 게 어디 있어요. 바쁘실 거 없지 않아요. 조금만 앉아 기다려 보세요."

그때 정길이도 눈을 뜨고 일어났다.

"무슨 일이 생겼어요?"

정길이도 어떠한 예감을 가지고 눈을 뜬 모양이었다.

"서울이 공산주의 세상이 됐댄다……."

연길의 한숨 섞인 말에 정길이는,

"뭐요?"

하고 이불을 가슴에 안은 채 연길이 옆으로 다가앉았다.

"그런 수도 있나부다."

연길은 정길이 옆에 힘없이 앉았다. 초희도 앉았다.

"선생님! 어떡허지요?"

초희는 앞일이 걱정인 모양이었다.

"누가 알겠어?"

연길은 깊은 산 속에 혼자 서 있는 어린이와 같은 자기를 생각해 본다. 사면이 층암 절벽이다. 길도 없다. 울어야 들어 줄 사람도 없다. 겁이 크면 클수록 절벽은 높은 것만 같고 자기는 작아만 보인다.

"형님, 어머니는 괜찮을까요?"

정길이가 어머니 걱정을 해도,

"괜찮겠지."

하고 자신 없는 말을 했다.

죽으라고 해도 좋았다. 자기가 믿을 만한 사람이 옆에서 무엇이라 타일러도 명령을 해 주었으면 하는 생각뿐이었다.

의지도 판단력도 그리고 사고능력까지 완전히 상실한 것 같았다. 사고능력뿐 아니라 모든 육체의 오가니즘까지도 정지된 것만 같았다.

어느 새 나갔었는지 초희가 다시 들어와,

"거리에서는 인민군 만세를 막 부르고 있대요."

하고 보고를 했다.

연길은 일어섰다. 그리고는 아무 말도 없이 밖으로 걸어갔다.

총뿌리가 불쑥 나올 듯한 무시무시한 골목길을 지나 사람들이 떠들썩한 큰 거리를 향해 그는 한 걸음 한 걸음 걸어가고 있는 것이었다.

연길은 철로 다리를 지나 용산 가는 전찻길까지 나왔다. 시위행렬이나 있는 듯 양쪽 길가에 죽 깔린 구경꾼 틈새로 들어가 지나가는 괴뢰군들을 바라보았다.

부대를 이루어 행군하는 것도 아니었다. 이따금 한 사람씩 무거운 다리를 끌면서 피곤하게 걸어가고 있었다. 그래도 그들이 나타날 때마다 길 양편에서는 박수를 쳤으며 괴뢰군 만세를 불렀다. 인민공화국 만세 소리도 들렸다.

연길은 만세 부르는 사람들의 얼굴을 바라보았다. 절대로 감격에 사무친 얼굴들은 아니었다. 그저 남들이 부르니 자기도 부른다는 어색한 표정들이었다. 그리고 대부분이 만세를 부르기 위해서 나왔다기보다는 너무나 급격한 역사적 변동에 넋을 잃고 흘러가는 역사적 사실을 목격하려고 나온 듯 보였다.

그러나 어느 새 만들었는지 괴뢰집단의 깃발을 휘두르며 자동차 위에서 목이 찢어져라 만세 부르는 젊은 친구들을 볼 때 연길은 불쾌한 감정에 가슴이 치밀어 오름을 느꼈다.

언제부터 그렇게 공산주의에 열심이었던가. 그렇게 열성분자라면 어째서 이때까지 대한민국에서 호흡을 하고 있었을까?

연길은 그 자리에 더 머물러 있고 싶지가 않았다. 너무나 불쾌했기 때문이었다.

역사적 사실을 자기 자신이 소화시키지도 못한 채 가장 열성분자인 것처럼 앞장을 서서 날뛰는 인간이란 가장 신뢰할 수 없는 위험인물이다. 그 위험인물들이 발호하고 있는 서울 거리가 싫어졌던 것이다.

차라리 모든 것을 안 보는 것이 날 것 같은 생각에 연길은 돌아서서 초회집을 향해 걷기를 시작했다.

그러나 철로 다리를 지나 개천을 지나갈 때 연길은 ‘악’ 하고 소리를 칠 뻔했다. 다리 밑에 쓰러진 국군의 시체가 보였기 때문이었다. 그 더러운 물 속에 얼굴을 박고 양손을 앞으로 뻗친 국군의 시체! 그것은 어쩐지 다른 사람 아닌 자기의 시체 같기도 했다.

연길은 눈을 돌리고 발걸음을 빨리 했다. 모든 것을 안 보는 것만이 그 중 상책일 것 같았던 것이다.

떨리는 가슴으로 죄 지은 사람처럼 바쁜 걸음을 떼었다.

"황 선생!"

하고 누가 뒤에서 불렀다. 연길은 밤길을 가다가 도적을 만난 것처럼 섬뜩하게 내려앉는 가슴에 떨리는 다리를 억지로 멈추고 고개를 돌렸다.

같은 학교에 있는 김 선생이었다. 매일 보던 얼굴이었기에 안도감을 느끼기는 했으나 그래도 연길의 울렁거리는 가슴은 안정되지가 않았다.

'무엇 때문에 불렀을까?'

아무렇지 않게 생각해도 좋은 것이었지만 연길에게는 사람을 만난다는 사실부터가 불안했다. 그리고 모든 사람이 자기를 해치려는 것만 같았다.

김 선생은 연길의 손목을 덥석 잡고,

"이제는 좋은 세상이 왔습니다. 열을 내서 일을 하십시다."

하고 감격된 어조로 말을 했다.

연길은 다시 가슴이 철렁했다. 빨갱인 줄을 모르고 대해 왔던 자기의 과거가 그에게 어떠한 인상을 주었을까가 겁났기 때문이었다. 그러나 그 자리만은 모면하지 않을 수 없다.

"네, 고맙습니다."

하고 어리벙벙하게 대답을 했다.

김이란 사람은 연길의 손목을 슬며시 놓으며,

"황 선생은 교련(敎聯)에 가입하지 않았지요?"

하고 심문조로 물었다.

교련이란 공산주의자들의 교육자 연맹을 가리키는 것이다.

연길은 그러한 단체에 가입한 일이 없기 때문에 대답하기가 곤란했다. 거짓말은 할 수 없고 그렇다고 해서 솔직한 대답을 한다면 어떠한 일이 닥쳐오는지 모른다. 어떻게 대답할지를 몰라 멍하니 서 있을 때 김이란 사람이 도리어 변명하듯 입을 열었다.

"교련이 지하로 들어간 뒤에야 교원 생활을 시작했기 때문에 나두 가입을 못하지 않았어요. 어쨌든 일을 할 수 있는 때가 왔으니 손 잡구 일해 보십시다."

이 말에 연길은 김의 정체를 가히 알 수 있었다. 과거에 김이 좌익 학생을 단호하게 처벌하자고 강경히 주장하던 것은 자기의 사상을 컴플라지하기 위한 거짓 행동이 아니었다. 좌익이 아닌 자기 사상의 자연적 발로였을 것이다. 그러기에 교련에도 가입하지 않고 있었을 것이다.

그러나 세상이 바뀌자 그 자리에서 좋은 세상이 왔다고 가장 좌익인 것처럼 호언장담을 하는 것은 결국 그쪽 세상에서도 남처럼 살아 보겠다는 야심의 발로이다.

'비굴한 인간!'

연길은 춤이라도 뱉어 주고 싶었다. 그러나 앞날을 위하여,

"좀 바빠서 실례하겠습니다."

하고 불쾌하지 않게 그 자리를 떠났다.

상대방을 불쾌하지 않게 한 대신 연길은 자기 자신이 불쾌했다.

앞날이 얼마나 영광스러울 것 같기에 그런 날을 위하여 있는 그대로의 감정을 표현하지 못했다는 말인가, 교련에 가입 안 했다는 것이 사실이라면 사실 그대로를 말한다고 해서 죄 될 일도 아니다.

비굴—— 확실히 비굴이었다. 김이란 사람에 못지않게 비굴한 자기였다. 그러나 공산 독재정치란 사람을 가장 비굴하게 만드는 정치다. 앞으로 얼마나 더 비굴해야 할는지도 모른다.

연길은 갑자기 어머니 생각을 했다. 십 년도 더 지난 것처럼 그리워졌던 것이다.

그는 발걸음을 빨리 했다. 빨리 가서 어머니를 보고 싶은 생각에서였다. 어머니를 보고 그리고는 현주를 찾아가리라 마음먹고 회모두리 길로 접어들 때였다.

초희가 뛰어오다가,

"걱정이 돼서 찾아가던 길이에요."

하고 발 앞에서 마주섰다.

"걱정두 팔자로군."

연길은 자기도 모르게 역증이 난 것처럼 말했다.

“선생님은 정말 심하셔.”

“뭣이 심해?”

“그럼 제 걱정이 팔자소관이란 말씀예요?”

“구경 나간 사람에게 무슨 일이 있을라구 그렇게 걱정을 했어? 그럼!”

“네, 그러서요? 잘 알겠습니다.”

초희는 더 이야기할 생각을 단념했는지 연길의 곁을 멀리 떠나 혼자서 걷기를 시작했다. 확실히 불쾌한 모양이었다.

“초희! 내 말이 그렇게 노여워?”

전 같으면 그보다 더한 말을 해도 웃어 버리던 초희였다. 그러기 때문에 연길은 자기가 한 말이 정말 심한 것이었다고 혼자 뉘우치기도 한다.

“노여울 게 있어요? 저의 감정은 문제두 하지 않는 선생님이신데.”

초희는 여전히 연길과의 자리를 멀리 확보하며 혼자서 걸었다.

“그런 소리 하면 못써!”

연길은 자기에게 글을 배우던 때와 꼭 같은 학생시대의 초희로 대하고 싶었다. 더구나 파도가 격심한 물결 속에서 잔잔한 감정의 유희는 용서되지가 않았다.

초희도 어떻게 생각을 했는지 멀찌감치 서서 걸어가던 발걸음을 돌려 연길에게로 와서는,

“미안합니다. 용서하십시오.”

하고 새삼스럽게 용서를 청했다.

“그러면 되레 내가 미안하지 않아, 빨리 가기나 해.”

연길은 초희의 등을 툭 치고 나오지 않는 웃음이나마 한 번 웃어 보였다.

“시장하실 텐데 빨리 조반을 잡숴야지요.”

초희는 아무런 일도 있지 않았다는 듯이 연길의 얼굴을 정시했다.

“시장한 줄두 모르겠어.”

이렇게 말은 하고도 초희의 집까지 간 연길은 초희가 들어다 주는 밥상을 대하고 밥을 먹는 척했다. 입맛이 없어 억지로 밥숟가락을 떠 넣을 때였다.

“여보세요!”

하고 누가 부르는 소리가 들렸다.

연길은 숟가락을 탁 떨어뜨렸다. 자기가 와 있는 줄을 알고 누가 잡으러 온 듯한 착각을 느꼈던 것이다. 자기가 거기에 와 있는 것을 알 사람도 없으려니와 또 설사 아는 사람이 있다 해도 그렇게 일찍부터 찾아다닐 만큼 큰 죄를 지은 자기도 아니다. 그러면서도 잡혀가기만 할 것 같은 심정은 무엇 때문일까? 그는 숟가락을 놓은 채 귀를 기울였다. 누가 나가는 소리가 들린다.

“누구세요?”

대문 안에서 묻는 여자의 목소리다.

“초희 씨 계십니까?”

대문 밖에서 들리는 남자의 목소리다.

“잠깐 기다리세요. 그런데 누구시지요.”

누구라는 것을 알기 전에는 대문을 열 수 없다는 말투였다.

“이 동네 사는 정인한이란 사람입니다. 잠깐만 만나구 싶다 하십시오.”

이 말이 들리자 연길의 몸에는 오싹하고 소름이 끼쳤다. 머리털이 주뼛하고 거슬러 오르는 것 같았다.

정인한! 무엇 때문에 찾아왔을까? 확실히 자기가 있는 것을 알고 찾아온 것만 같았다.

정인한이란 이삼 년 전 연길이를 우익이라고 해서 학생들을 선동시켜 축출시키려다가 좌익의 거세로 말미암아 도리어 축출을 당했던 좌익 계열의 선생이었다.

그런 만큼 이렇게 초희를 찾아온 것은 초희를 만나려는 게 아니라 자기에게 복수를 해 볼 심산으로 온 것이 분명하다.

연길은 허둥지둥 벽장 안으로 기어들어가 숨었다. 같이 밥을 먹던 정길이도 따라 숨어 왔다.

“이 동무! 동네 부녀동맹 일을 봐 주어야 하겠습니다. 동 인민위원회 사무실에 있을 테니까 좀 있다 나오십시오.”

“인민위원회가 어딘데요?”

“동회 사무실 자리죠.”

“글쎄요. 고아원에두 나가 봐야겠는데요.”

“고아원에요? 어쨌든 나가는 길에 좀 들려 보십시오.”

“두 군데 일이야 볼 수 있나요.”

벽장 속에서도 정인한과 초희의 대화가 들렸다. 그 대화를 듣자 연길은 자기를 잡으러 온 것이 아니란 생각에 조금 안심을 하고 대문 닫는 소리가 나기 바쁘게 벽장 속에서 뛰어나왔다.

온 몸이 땀에 푹 젖어 있었다. 땀을 씻을 사이도 없이 연길은,

“빨리 집으루 가자.”

하고 정길을 독촉했다. 오래 있으면 그 자가 또 오고야 말 것 같았다. 그 자에게 발견만 되면 정말 자기는 무사한 몸이 될 수 없다. 연길은 불안한 자기를 한시라도 빨리 떠나고 싶었다.

보따리를 내다 메고 신발을 신을 때였다. 초희가 들어 와서,

“벌써 가시게요?”

하고 연길은 물끄러미 바라보았다. 그러나 천천히 가라고 붙들려는 기색은 안 보였다.

“가 봐야지 어머니가 걱정돼서…….”

“네!”

초희는 힘없는 대답을 하고 신발 신는 연길의 손 움직임만 내려다보다가,

“선생님! 정인한이를 아시지요? 그 자가 방금 왔다 갔어요.”

하고 근심스러운 듯 말했다.

“다 들었어!”

연길은 숙박료를 치르고 난 뒤에 여관을 나서듯 륙색을 짊어지고 대문께로 나갔다.

“종종 놀러 오세요.”

“응, 잘 있어!”

연길은 인사말도 제대로 못하고 초희의 집을 나섰다.

대문을 벗어나자 연길은 정신없이 발길을 빨리 했다. 우선 불안한 곳에서 멀리하고 싶었기 때문이었다. 달음질을 치듯이 얼마를 걸었을 때였다. 초희가 뒤로 따라오면서 연길을 불렀다.

연길은 발걸음을 멈추지 않을 수 없었다. 그러나 초희마저 자기에게 불안을 가져다 주는 사람 같은 생각이 들어 조금도 반갑지가 않았다.

반갑지가 않을 뿐 아니라 초희를 만나는 그 사실마저 불안한 것 같았다. 그래서,

"왜 그래?"

하고 귀찮다는 듯이 얼굴을 찡그렸다.

"선생님! 그 길루 가면 동회 앞을 지나요. 정인한을 만나면 재미없으니까 따라오세요."

초희는 어느덧 앞장을 서서 걸었다.

연길은 자기를 그만큼 걱정해 주는 초희가 눈물겹도록 고마웠으나 그래도 혹시 초희와 같이 걷는 것이 발견만 되면 일은 좀더 시끄러울 것 같아 될 수 있으면 초희와의 거리를 멀리하여 걸었다.

어떻게 돌아 걸었는지 큰길가에 나와,

"그럼 안녕히 가세요. 댁으루 놀러 가겠습니다."

하고 초희가 인사를 할 때야 마음이 조금 가벼워지는 것 같았다.

연길이가 동생과 같이 서울역을 지나 남대문으로 해서 화신 앞을 지날 때였다.

곱게 길러 논 콩나물 항아리가 뒤집어 엎힌 듯한 큰 거리가 싫어 화신 앞에서부터는 골목길을 걸을까도 생각했다. 그러나 골목길은 위험할 것만 같았다. 어떠한 총알에 맞아 죽어도 말 한 마디 할 수 없는 무법천지다.

그는 종로통으로 해서 창경원 입구까지 이르렀다. 무엇 때문인지는 모르나 창경원까지 교통금지라고 했다.

하필 큰 거리에서 교통을 금지시킬 이유가 무엇일까 하고 고개를 기웃하여 동대문 경찰서 안을 들여다보았다. 그 순간이었다. 총소리가 몇 발 계속해서 들렸다. 연길은 깜짝 놀라 자기처럼 삥 둘러서서 구경하는 사람에게

무슨 일이냐고 그 이유를 묻자 옆에 섰던 노인이,

"동회장과 청년단장 두 명이 잡혀들어 가더니 아마 그들이 총살을 당하는 모양입니다."

하고 대답했다.

그 말을 듣자 연길은 일 분도 지체하지 않고 그 자리를 떠났다. 그들에게 대하여 소위 반동했다는 사람에게는 죄를 가릴 사이도 없이 처단해 버리는 그 비인간성에 대하여 분노를 느끼는 동시에 어제까지도 조국을 위하여 일하던 사람들이 하루 사이에 그야말로 이슬처럼 사라지는 그 사실이 뼈아팠기 때문이었다. 연길은 눈을 찌푸리고 왔던 길을 다시 돌려 돈화문으로 해서 창경원으로 향해 걷기를 시작했다.

창경원 앞을 지나 서울대학 부속병원을 꾸부려 돌아가려 할 즈음이었다. 지나가던 사람들의 시선이 병원 시체실 근처로 몰리는 것을 보자 연길이도 그 쪽으로 눈을 돌렸을 때 그는 정말 못 볼 것을 보고야 말았다.

병원에 입원했던 환자들을 죽여 그 시체들을 한길가에 던져 버렸던 것이다. 살이 그대로 드러난 시체들! 그 위에 까마귀들이 앉아서 마음놓고 살점을 뜯어먹고 있지 않는가.

삼십이 가깝도록 그러한 광경을 보지 못했던 관계인지는 모르나 어쨌든 연길은 눈을 뜨고 차마 바라볼 수가 없었다.

다른 사람과 달리 환자들이다. 환자를 죽이는 것도 죽이는 것이지만 그래 그 시체를 첩첩이 쌓아 지나가는 사람들의 눈을 찡그리게 해야만 할 일이 어디 있단 말인가?

사람의 목숨이 그렇게도 값이 없고 사람의 육체가 그렇게도 천하다면 누가 삶을 즐겨 하며 생명의 존엄성을 가질 수 있을 것인가?

공산주의의 인간성에 동감을 느끼려면 그는 자기의 목숨을 연장시키기 위하여 남의 목숨을 경멸하는 잔인성에 마비가 되지 않으면 안 될 것 같았다.

강압된 관념에 마비가 되지 않은 사람이라면 참말로 눈으로 볼 수도 없는 현상이었다.

연길은 보지 못할 것을 본 것처럼 얼굴을 숙이고 명륜동 앞을 걸었다.

길가에서는 연신 괴뢰군 만세 소리가 들렸다.

동소문 고개를 지날 때였다. 동생 정길이가,

"형님 무슨 소릴 하나 좀 들어 봅시다."

하고 사람들을 모아 놓고 이야기하고 있는 괴뢰군 쪽으로 걸어갔다. 연길에게는 아무런 흥미도 없는 일이었다. 그러나 동생을 내버려 두고 혼자만이 갈 수가 없어서 한참 동안 서서 기다리고 있을 때 정길이도 그닥 흥미가 없다는 듯이 돌아와,

"인민군은 인민의 군대기 때문에 시민 여러분을 절대루 보호할 테니 조금두 걱정 말라구 아주 그런는데요."

하고 모를 소리라는 듯이 보고했다.

참으로 모를 소리였다. 인민을 위한 군대라면 어찌하여 인민에게 공포와 불안과 증오를 품게 할 것인가!

연길은 그저 눈을 가리고 귀를 막고 싶은 그러한 감정이었다. 보는 것 듣는 것 무엇 하나 호기심 드는 것이 없기 때문이었다.

집에 들어 설 때에도 그는 어머니가 아무 말도 안 해 주기를 속으로 빌었다.

말을 한다면 안 들을 수가 없을 뿐 아니라 무엇이라 대꾸를 하여야 한다. 그 대꾸를 하는 것이 더욱 싫었다.

그러나 어머니는 두 아들이 무사히 돌아오는 것을 무엇보다도 반가워했으며 따라서 그 동안 보고 들은 것을 이야기하기에 바빴다.

"글쎄 치안댄가 뭔가 와서 옆집에서 쌀이니 옷이니 모조리 털어 가지 않겠니, 남자야 어찌 되었든 늙은 어머니와 어린 자식들은 먹구 살 것을 줘야지 않아! 참."

하고 혀를 몇 번이고 찼다.

"우리 집엔 무슨 일이 없었지요?"

연길은 무엇보다도 동네서 자기에 대한 태도가 어떤가를 알고 싶었다.

"아직은 별일 없다. 있을 것두 없겠지만"

사실은 있을 것도 없겠지만 그래도 불안한 마음은 무엇 때문일까? 바로 그때 밖에서,

"주인님 계십니까?"

하고 문을 두드릴 때 연길은 정말 간이 콩알만해졌으며 가슴은 방망이질 하듯 두근거렸다.

무슨 죄가 있어서 그런 것도 아니었다. 죄가 있건 없건 공포 관념을 주어 자유스런 행동을 엄금하는 공산정치의 말없는 분위기가 그의 마음속에 스며 들었기 때문이었으리라.

어머니도 그런 모양이었다. 그러기에 뜰아래 내려서지도 않고 대청에서 누구냐고 물었다.

"반장입니다."

대답을 듣고야 신발을 신고 대문께로 나가는 어머니는 그래도 믿음직하지가 않다는 듯이,

"수고하시누만요. 무슨 말씀을……."

하고는 될 수 있는 대로 대문을 열지 않고 용건을 끝내려는 태도였다.

"인민공화국 기를 달으랍니다."

반장이라야 옛날부터의 반장이다. 그는 동네 사람들의 마음을 잘 알고 있기 때문인지 정말 대문도 열리기 전에 이런 말 한 마디를 던지고는 그대로 사라져 버렸다. 어머니는 가벼운 한숨을 내쉬고 연길에게,

"깃발을 맨들어 달랜다."

하면서 방 안으로 들어왔다.

"빌어먹을 것! 구경두 못한 놈의 깃발을 어떻게 맨든담!"

연길은 그것보다도 우선 책들을 정리해야 했다. 언제 누구에게 조사를 당할지 모른다. 그들이 싫어하는 책들을 미리 없애 버려야 했던 것이다.

연길은 책장 속에서 공산주의자들이 싫어할 책들을 골랐다. 책 이름을 고르고 글 쓴 사람의 이름을 고르며 나중에는 책 겉장까지도 골랐다.

그렇게 고르니 이십 여 권이나 되었다. 그러나 일본말로 쓴 책 전부가 그들의 비위를 거스를 것 같아 그것까지 치워 버릴까 하고도 생각했으나 그것

은 너무나 아까운 생각에 딴 책은 나중에야 어찌되든 그대로 두기로 했다.

책을 골라 불을 태워 버릴 생각을 하니 새삼스럽게 아까운 마음이 들어 몰래 감추어 두었다가 되배라도 했으면 하는 생각이 들었다. 그러나 감추어 두었던 것이 발각되면 의심을 더 받게 될 것 같아 한 장씩 찢어 뒤지로라도 쓸까 했지만 그랬다가 변소까지 수색하게 되는 날이면 그 역시 재미가 없다.

태우기는 아깝고 그렇다고 해서 달리 방법이 있느냐 하면 그렇지도 못해 망설이고 있을 때 옆에 있던 동생이

"땅을 파구 묻어 두지요. 그럼 알게 뭐예요."

하고 가장 재치 있는 방법을 말했다.

"참 그래야겠군……."

연길은 삽을 들고 꽃밭 옆 한 귀퉁이로 가서 땅을 팠다. 그리고는 항아리에 책을 넣어 깊숙이 묻어 버렸다. 책을 묻자 연길이는 손을 씻고 외출할 준비를 했다. 집안에 앉아 있기가 불안하기도 했지만 무엇보다도 현주가 궁금해 앉아 있을 수가 없었던 것이다.

신발을 신고 나서려고 할 때 어머니가,

"어딜 가니?"

하고 물었다.

"현주한테 좀 다녀오겠습니다."

"현주? 할 일두 무척 없나부다. 이 난리 통에 현주를 찾아가면 어떡헐 테냐? 가만히 앉아 있질 못하구……."

"어머니 너무 그러시지 마세요."

연길은 기어이 떠나고야 말았다. 십 년과 같은 하룻밤 사이에 어떤 변화나 있지 않았는가 궁금도 했지만 십 년 동안 못 만난 듯한 현주가 안타깝게 보고 싶기도 했다. 그뿐 아니라 모든 불안을 없애기 위해서는 현주를 만나야 할 것 같기도 했다. 그러나 창신동 현주네 집에 이르렀을 때 대문 밖으로 자물쇠가 잠겨 있음을 발견한 연길은 입을 벌린 채 한참 동안 몸을 움직이지 못했다.

3. 절망의 길

너무나 놀란 마음에 사람이 무서워져서 일부러 빈집처럼 보이기 위하여 밖으로 대문을 잠그지나 않았을까 생각하고 대문을 한 번 밀고 나서,

"현주!"

하고 불러 보았다.

그러나 아무런 인기척도 들리지 않았다.

"현주!"

그는 다시 한 번 불렀다.

대답은 여전히 없었다. 부른 소리가 들리지 않았으리라고는 도저히 생각되지 않았다. 확실히 아무도 없는 게 분명했다.

'어딜 갔을까?'

아무리 생각해도 짐작되는 곳이 없었다.

혹시 자기처럼 하룻밤 피난을 갔다가 아직 돌아오지를 못한 것이나 아닐까하고 생각했으나 남의 집에 갔다면 아직까지 돌아오지 않았을 리가 없을 것 같기도 했다.

연길은 어제 초희네 집에 갈 때 좌우간 한 번 들러 보기라도 했어야 할 것을 조급한 자기 마음 때문에 들르지 못한 것을 후회했다. 그때 만나기만 했다면 고생을 해도 같이 고생을 하다가 지금쯤 집으로 돌아왔을 것이 아닌가.

이렇게 생각을 하니 집에까지 와서 자기를 데리고 간 초희가 원망스럽기도 했다. 사실 초희만이 아니었다면 현주를 찾아보았을는지도 모른다.

'무엇 때문에 그렇게도 친절했을까?'

초희의 행동은 확실히 친절과 호의에서 나온 것이었다. 고마운 마음으로 받아들이지는 못했을망정 불쾌와 원망으로까지는 대하지 않았던 것이 지금에는 원망스런 감정으로 변하여 불쾌한 마음이 치밀어 올라왔다.

언젠가 현주와 만나기로 약속한 날 초희가 찾아와서는 중요한 일이 있다고 하며 연길을 끌고 충무로로 가서 서울서 제일 맛있다는 아이스크림을 사

준 일이 있었다. 그래서 그 날 현주를 만나지 못했던 일도 있었지만 이런 것 저런 것을 생각할 때 결국 초희란 여자는 자기와 현주와의 사랑을 방해하는 존재 같은 생각이 들었다.

'다음엔 만나지두 말아야지.'

연길은 이런 생각까지 했다.

그러나 초희를 원망하는 생각보다는 역시 현주를 걱정하는 마음이 더 컸다. 현주가 집에 없다고 해서 그냥 돌아가고 싶지 않은 것이 연길의 마음이었다. 하루 종일이라도 대문 밖에 앉아 현주가 돌아올 때까지 기다리고 싶었다. 그렇지 않으면 담을 넘어 집안으로 들어가 현주가 돌아올 때까지 집을 지켜 주고 싶기도 했다.

그러나 생각하면 이럴 수도 저럴 수도 없었다. 공연히 빙빙 돌다가는 남에게 의심을 받을 것이고 담을 넘다가는 도적이라고 오해받을 것이다.

연길은 할 수 없이 떠났다. 할 수 없이 집으로 돌아오기는 했지만 마음은 불안하기 짝이 없었다. 현주는 대체 어디로 간 것일까? 혹시 그놈들에게 욕이나 당하지 않았을까? 이러한 불안이 조금도 사라지지 않을 때 가장 가까운 거리에서 총소리가 났다.

꼭 자기 집 대문 앞에서 놓는 것 같았다. 몸을 움칠하고 숨을 곳을 찾을 때 어머니가,

"옆집에 치안대가 또 온 모양이로군."

하고 한숨을 내쉬었다. 아침에도 와서 물건을 뺏어 갔다는 경찰관네 집인 모양이었다.

연길은 자기 집을 향하여 쏜 총이 아님을 알았으나 그래도 남의 일이 남의 일 같지가 않아 가슴은 그대로 뛰었다.

한참 지난 뒤 어머니가 나갔다가 돌아와서,

"죽일 놈들 공연히 헛방을 쏘구서는 돈을 뺏어 갔대누만!"

하고 분해하는 어조로 말했다.

조국을 위하여 인민을 위한다고 하면서도 결국은 강도질을 하는 것들이 아닌가.

연길은 불쾌하기 짝이 없었다. 잔인하고도 더러운 세상에 목숨을 붙이고 살아야 한다는 것이 무엇보다도 불쾌했다.

그리고 그는 될 수 있는 대로 모든 것을 잊고 현주만을 생각하려 했다. 아니 현주를 생각함으로 모든 것을 잊으려 했다. 그렇다고 해서 잊혀지는 것은 아니지만…….

다음날 아침 연길은 다시 현주의 집을 찾아갔다. 역시 대문이 밖으로 잠긴 채 그대로 있자 연길은 그야말로 울고 싶었다.

영원히 만나지 못할 것만 같은 불길한 예감이 들었기 때문이었다.

'영원히 만나지 못한다면 나는 어떻게 할 것인가.'

연길은 혼자서 긴 한숨을 쉬며 힘없는 발을 돌렸다. 그러면서도 행여나 하는 마음에 다음날도 또 현주의 집을 찾았으나 마찬가지로 잠겨 있는 대문을 볼 때 연길은 정말 죽고 싶었다.

현주가 없는 세상을 혼자서 욕되게 살고 싶지 않았다.

더구나 돌아오는 길에 파출소 앞에서 인민재판 하는 것을 보자 더욱 죽고 싶은 생각이 들었다.

힘없이 집으로 돌아올 때 파출소(지금은 내무서지만) 앞을 지나려니 웬일인지 수많은 사람이 삥 둘러 서 있었다. 무슨 일인가 하고 사람들 새로 안을 들여다보니 어떤 사람이 고개를 수그리고 의자에 앉아 있었다.

무엇이라고 먹글씨를 쓴 커다란 종이가 가슴에 붙어 있었다. 그 옆에서 어떤 사람이,

"인민을 학살하고 인민을 괴롭힌 이 반동분자를 현명하신 여러분은 어떻게 하실 작정입니까? 여러분은 이 매국자를 살려 주는 그러한 온정주의자라고 생각지 않습니다. 그러나 우리 진보적 민주주의는 인민의 의사를 무시하지 않습니다. 오직 여러분의 의사에 의하여 처단할 것입니다."

하고 연설조로 말했다. 그 말이 끝나자 한편에서,

"사형이오."

하고 고함치는 소리가 들렸다. 또 뒤따라 박수 소리가 났다.

연길은 그 이상 더 보기가 싫었다. 죄가 있건 없건 처벌할 사람이라면 법

으로써 처벌을 할 것이지 무엇 때문에 뭇사람을 모아 놓고 그 자리에서 연극을 꾸미는 것일까?

결국 반동적 행동을 하면 누구든지 그렇게 죽인다고 하는 공포 관념을 주기 위함이 아니겠는가?

공포 관념으로 민심을 흩어지지 못하게 붙잡아 매려는 야만적 정치가 어찌 민주주의에서도 진보적인 민주주의가 될 수 있을 것인가?

한참 동안 걸어오고 있을 때 그런 꼴을 보기가 싫어 도망 오는 사람인지 어떤 중년 신사가,

"청년단 간부였을망정 언제 사람을 죽였다구 사형을 준담."

하고 혼자 말하는 소리가 옆에서 들릴 때 연길은 정말 죽고 싶었다. 현주와 영원히 못 만날 것 같은 슬픔도 슬픔이려니와 문득 정인한이가 생각났기 때문이었다. 그에게 붙잡히면 자기도 인민을 학살했다고 인민재판에 붙이고 사형을 받을지 누가 알 것인가.

차라리 일찌감치 죽어서 구차한 죽음을 당하지 않는 것이 좋을 것 같았다.

그러나 한편 생각을 하면 현주가 한강을 넘어 멀리 피난을 갔다면 차라리 이런 꼴 저런 꼴 안 보고 편히 있을 것 같았다. 집을 비우고 모녀가 같이 나가 이틀 동안이나 돌아오지 않는 것은 필경 한강을 넘어 피난을 갔기 때문이 아니겠는가?

더구나 국군이 노량진에 진을 치고 괴뢰군과 싸우고 있으니 금시 서울로 다시 돌아올지도 모르는 일이다.

꾹 참고 얼마 동안을 기다리는 수밖에 없었다. 과연 마포 쪽에서는 대포 소리가 계속해서 들리며 서울 상공에는 미국 비행기가 떠돈다. 떠돌 뿐 아니라 용산 부근에는 폭탄을 던져 화약고를 터트렸다고 한다.

며칠밖에 남지 않은 괴뢰군들의 운명이 아닌가. 그 동안만 무사하게 지나면 그만이다.

이렇게 생각하면서도 현주를 생각하는 궁금한 마음과 따질 수 없는 공포와 그리고 초조하기 짝이 없는 불안은 좀체로 가시지가 않았다.

동부와 중부전선에서 괴뢰군이 어디 어디를 해방시켰다고 하루에도 몇

번씩이나 라디오 방송을 들려 주었다. 낮이나 밤이나 총소리는 끊임없는데 거리에는 허술한 옷을 입은 치안대원들이 총을 메고 함부로 싸다니며 사람 죽일 궁리만 하는 것 같았다. 거리에는 시위 행렬이 깔려 있고 골목골목에는 스탈린과 김일성의 초상화가 지저분하게 붙어 있다.

어느덧 어린애들은 김일성의 노래와 노동자의 노래를 입에 담아 부르고 있다. 게다가 며칠 전까지 국회의원으로 그리고 민족의 지도자로 모든 사람의 존경을 받고 있던 분들이 방송을 하며 대한민국을 타매하고 괴뢰집단을 찬양했다.

그것이 비록 그네들의 강압에 못 이겨 할 수 없이 나온 행동이라 할지라도 어쩐지 서울이 공산사회로 완전히 변하고 만 것 같은 인상을 주어 연길에게는 그저 서글프기만 했다.

그렇기 때문에 연길은 한시도 마음을 놓고 집안에 앉아 있지를 못했다. 거리에 나간대야 신통한 광경이 눈에 띠일 것도 아니지만 그래도 하루 한 번씩은 거리를 구경해야 했다.

전처럼 새 옷과 좋은 양복을 못 입고 헌 옷에 몸뻬를 입은 서울 시민들의 초라한 꼴들이라도 하루에 한 번씩 보지 않고서는 마음이 놓이지 않았다. 의복에까지 신경을 쓰면서 살지 않으면 안 되는 불쌍한 시민!

비오는 날이었다. 우산을 받고 동화백화점(신세계 본점) 앞을 지날 때 연길은 비를 쪽 맞고 서서 목쉰 소리로 울고 있는 어린애를 보았다.

"아버지, 아버지 배고파."

며칠 동안을 굶었는지 핼쑥한 얼굴이 그야말로 피골이 상접했다. 얼마나 아버지를 찾으며 울었는지 목이 금시 맥힐 듯했다. 자세히 보니 한 손에는 토마토 한 개를 들었다. 토마토를 먹을 생각도 못하고 비를 피할 생각도 없이 아버지만 연성 부르는 것은 배가 고픈 것보다도 잃어버린 아버지가 그리운 때문이리라.

'민족의 비극.'

민족의 비극이 아니고 무엇이랴? 연길은 집 잃은 어린애와 더불어 목놓아 울고 싶었다. 이렇게 민족의 비극을 만들어 논 자가 누구였던가? 그것을 생각하면 울고 또 울어도 시원치가 않을 것 같았다.

굳은비를 맞으며 마음속의 눈물을 끊지 못하고 집으로 돌아왔을 때 뜻밖에도 박재만 선생이 그를 기다리고 있었다.

학교에 들렀다 오는 길이라 하며 연길을 반가이 맞아 주었다.

"가능한 범위 내에서 살아야지요. 나는 오늘 학교에 나갔댔습니다. 몇 선생을 빼놓고는 거의 다 나왔던데요. 역시 살아야겠으니까 나오지 않을 수 없지요!"

"별 변동은 없습디까?"

"교장이 붙잡혀 갔다구 그러더군요. 그리고 오늘 자치위원회를 조직했는데 위원장에 차 선생이 선정됐습니다. 황 선생두 내일부터 나와 보십시오. 안 나오시면 도루 오해를 받기 쉬우니까요……."

"아직 마음을 수습할 수가 없어서 아무데두 나갈 생각이 안 듭니다. 기달려보지요."

"공산주의 사회에서는 그런 여유를 주지 않는 것 같습니다. 예스냐 노냐를 우선 결정 짓구 그 뒤 자기를 수습해야 하는 것 같아요."

"그게 싫어요. 자기 태도를 완전히 결정지을 때까지 판단의 여유를 주어야 하지 않습니까? 예스냐 노냐만을 먼저 묻는다는 것은 결국 예스라고 대답하라는 강요가 아닙니까? '노'라고 하면 반동이라고 즉석에서 처단하고 마니까."

"할 수 없지 않아요."

연길은 더 논의하고 싶지 않았다. 재만은 공산주의자가 아니었지만 공산주의 세상에서도 살아야겠다는 사람이다. 현실과 타협을 하는 사람은 비겁한 행동도 능히 할 수 있는 사람이다.

만약 말을 잘못 했다가 도리어 봉변을 당할는지도 모른다.

"내일부터라두 나가죠."

거짓말이라도 해서 넘겨 버릴 작정이었다.

"나두 공산주의자는 될 사람이 못 되지만 어떡합니까? 같이 살아 봅시다."

박재만은 진정한 고백을 하는 모양이었다. 그러한 고백으로 박재만이가 불쾌하게 생각되지는 않았지만 그래도 즉석에서 동감할 수 없는 것이 또한 연길의 마음이었다.

"그새 어떻게 지냈습니까? 며칠밖에 안 되었지만 무척 오랜 세월이 흘러간 것 같은데요."

박재만이가 감게 무량한 듯이 물었다.

"피차 그렇습니다. 그저 허무만이 느껴지는 것 같습니다."

연길은 동감이라는 듯 말했다.

"파도에 휩쓸리는 대루 살아야만 하는 것을 생각할 때 참으로 인생은 허무해요."

"생의 당위성(當爲性)이나 생의 권리 같은 것을 생각하면 차라리 죽는 것이 행복스러울 것 같은데요."

"죽는 것이 그리 쉽습니까. 죽지 못해 사는 경우가 살아야만 한다는 의식을 가지고 사는 경우보다 더 많을 걸요."

"생의 가치로 볼 때 그것은 제로가 아니겠습니까."

"제로 아니라 그 이하의 마이너스가 될 때에도 역시 죽지를 못하는 경우가 많지요. 마이너스를 초극하고 풀러스 만들 때가 혹시나 있을까 하는 자기 기만일지는 모르지만……."

"자기 기만을 용케 하는 사람이 행복하다는 말두 있을까요!"

"있지요. 확실히 있을 겁니다. 기만이라고 의식지 않고 자기를 기만하는 사람은 행복이겠지요."

"객관적으로 볼 때에는 가장 불행한 사람에 속하겠지요."

"객관적인 절망이란 것은 여유가 있을 때에만 가질 수 있는 태도이겠지요."

"그렇지만 우리가 자기 기만을 의식지 못할 수가 있을까요."

"나는 의식하지 않으렵니다. 우리는 이상과 현실 두 가지를 꼭같이 무시할 수 없습니다. 새로운 현실에 부닥치면 또 그 현실에서 살아야 하는 것이 인간이니까요."

"이상과 개성의 본질과는 다르겠지요. 자기의 본질을 현실에 따라 변형

시킬 수가 있을까요?"

박재만이가 돌아간 뒤 동생 정길이가 밖에서 돌아와 하는 말이,

"형님! 학교엘 갔더니 의용군으루 모두 나가래지 않아요."

하는 것이었다.

"의용군이라니?"

"훈련을 받아 가지구 일선으로 나가는 거래요?"

"그래 나가기루 했니?"

"아뇨."

"의용군은 또 뭐야. 총을 메워 내보낼라면 군대라구 그러지 기만적인 용어를 창작하는 데는 참으로 기술이 있어. 그리구 며칠 안으로 남한 전부를 점령할 자신이 있다면서 철없는 학생을 왜 또 끌구 나가려는 거야."

"그래두 지원하는 학생들이 있던데요."

"살구 싶지 않은 생각이 들어서들 그러겠지. 아무래두 못 살 바엔 사내답게 총알에 맞아 시원스럽게 죽구 싶은 심정에서일 거야."

"내일부턴 학교엘 안 나가겠어요."

"그래라."

연길은 공산주의가 또다시 싫어졌다. 점령한 지 며칠도 안 되는 고장에서 아무 훈련도 안 받은 학생들을 총알받이로 내보내는 비인도적 행동이 그들이 말하는 인간의 행복을 위하여 싸운다는 이념과 너무나 배치됨을 느꼈기 때문이었다.

인간의 행복을 진심으로 희구하는 것이 공산주의라면 사상도 신념도 없는 학생들로 하여금 인간을 저주하며 죽음의 길로 나가게 하는 잔인한 행동은 감히 취하지 못할 것이다.

연길은 눈을 감았다. 그리고는 탁류 속에서나마 살아야 하는 자기의 운명을 슬퍼했다. 현주를 잃어버린 것도 또한 자기의 운명같이 생각되어 그는 그대로 죽어 버렸으면 하는 생각이 들었다.

다음날 아침 연길은 현주의 집을 다시 찾아가리라 마음먹었다. 한 번만 더 가서 그래도 돌아오지 않은 것을 본다면 당분간 만나지 못하는 것이라

단념하는 것이 좋을 것 같았기 때문이다.

연길은 당장에 쌀을 구해야 했다. 어머니가 무엇이라 말을 한 것은 아니지만 죽만을 끓이는 어머니의 마음을 모를 리 없다. 오늘부터라도 길가에 나서야 했다.

그러나 마지막으로 현주의 집을 한 번만 더 가 보고 싶은 생각에 그는 쌀 생각도 못했다.

죽 한 술을 떠먹고 밖으로 나오려 할 때 어머니가,

"난 오늘부터 떡장살 해 보겠다. 먹는 장사가 제일인 것 같더라."

하고 은근히 살림 걱정을 했다.

"가만 계세요. 내일부터 제가 해 볼게요."

연길은 어머니에게 그런 말을 하도록 만든 것이 미안했다.

"이번에는 모두 여자들이 나서드라 너두 가만히 백혀 있기나 해라."

"오늘 시장에 가서 형편을 좀 보구 올 테니까 가만 계세요."

연길은 어머니에게 하루만 참아 달라고 신신당부를 한 뒤 집을 나섰다. 그러나 현주의 집은 여전히 잠겨 있었다.

잠겨 있을 수밖에 없다. 연길이가 초회의 집으로 피난 가던 그 날 거의 같은 시각에 모녀는 옆엣집 국군 가족들과 같이 서울을 아주 떠나 버렸으니까…….

그러나 그것을 모르는 연길은 모든 불안과 더불어 현주에 대한 궁금증이 가일층 더해 갈 뿐이었다.

그는 현주의 학교로 전화를 걸어 보고 싶었다. 혹시 학교에는 연락이 있을까 하는 생각에서였다. 어디를 가면 전화를 걸 수 있을까…… 상점은 한 집도 문을 열지 않았다. 결국은 종로에 있는 찻집까지 가지 않을 수 없었다.

종로통으로 걸어 나오면서 연길은 혼자 생각했다. 현주가 딴 곳에 있으면서 학교에 다니는 것이라면 자기에게 기별이 없을 리 만무하리라고. 그러니까 전화를 건다는 것도 헛된 일인 것 같았다.

그러나 또 한편 생각할 때 어디로 피난을 가는 길에 학교 선생네 집에 들려 무슨 말을 부탁했을지도 모른다.

그래서 마음먹었던 일이라 나왔던 김에 전화라도 걸어 보아야 속이 편할 것 같은 생각에 전화 있는 종로 어떤 다방문을 열고 들어섰다.

그 순간이었다. 연길의 가슴은 털썩 내려앉았다.

음악까지 통제하는 공산주의라 레코드도 틀지 못하는 다방 분위기가 음산한 것은 두 말 할 것도 없지만 드문드문 마주앉은 손님들의 얼굴은 마치 사형선고를 기다리고 앉은 재판정의 죄수들 같았다.

그뿐 아니라 이 모퉁이에는 기관단총을 손에 들고 괴뢰군이 서 있었다.

못 들어 올 데를 들어왔다는 생각에 발걸음을 뒤로 돌리려 하는 순간,

"여보시오!"

하고 기관단총을 든 괴뢰군이 말했다.

"네?"

연길은 허겁지겁 뒤를 돌아보며 자기를 불렀느냐는 뜻의 반문을 했다.

"들어오시오."

"지나가든 길에 잠깐 들여다봤는데요."

찻집 문을 열어 본 게 무슨 죄냐는 듯이 변명을 했으나 괴뢰군은 금시 총을 쏘기라도 할 어조로,

"들어와 앉어요."

하고 명령을 했다. 영문을 모르는 터라 공연한 봉변을 당하는 것 같은 생각이 가슴을 울렁거리게 했으나 명령이라 할 수가 없었다. 자리에 앉아서 보니 한편 구석에서는 사복을 한 청년이 어떤 사람을 앞에 놓고 심문을 하고 있다. 그 심문을 끝내자,

"다 보내."

하고는 딴 사람을 또 부르는데 명령을 받은 괴뢰군은 네 사람을 몰고 문 밖으로 나갔다. 나가자 곧 자동차 엔진 소리가 나는 것으로 보아 딴 곳으로 압송하는 것이 분명했다.

연길은 가슴이 뜨끔했다. 결국은 자기도 압송을 당하고야 말 것이 아닌가. 영락없는 일이었다.

생각하니 참으로 후회가 났다. 전화만 걸 생각을 안 했으면 이런 봉변을

당하지 않았을 것이 아닌가.

이제는 어머니도 동생도 그리고 현주도 영영 볼 수 없는 운명 앞에 놓인 것만 같았다.

그러나 사복 입은 친구가 자기를 부를 때 연길은 정신을 똑똑히 차렸다. 그 사람은 우선 무엇 때문에 들어왔는가를 물었다. 그리고는 이름과 직업을 물었다. 그것까지는 사실대로를 대답했다. 그러나 다음에,

"당원입니까?"

하고 물을 때,

"네, 그렇습니다."

하고 떳떳이 대답했다. 그들이 자기를 알 턱도 없겠지만 우선 심문 받을 이유도 없다는 태도를 보이고 싶었다. 더구나 공포관념을 먼저 준 뒤에 유도 심문을 하는 그들의 부당한 태도에 반항심이 불꽃처럼 뛰기도 했었다.

"그럼 끝까지 싸웠소?"

이 말에만은 거짓을 그대로 말했다가 뒷말에 본색이 탄로될 걱정이 들어,

"최근에는 활동을 못했습니다."

하고 대답했다. 그때였다. 심문하던 자가 갑자기 손을 들어 연길의 따귀를 한 대 갈겼다.

절대로 아픈 줄은 몰랐다. 정신은 아찔했다. 도끼로 맞은 소처럼 머리를 푹 수그리고야 말았다.

때린 사람도 한참 동안 말이 없었다. 한참 뒤에야,

"인민공화국에서는 사람을 때리지 않습니다. 그러나 이것은 동지로서 때린 것이오. 우리가 당신같이 비겁한 사람들을 위해서 피를 흘리며 서울을 해방시킨 것은 아니지 않겠소."

하고 흥분된 어조로 말하였다. 그 뒤에도 그는 두 번이나 법으로 때린 것이 아니라 동지로서 때렸다는 말을 변명처럼 거듭하고는 한참 동안 설교를 하다가,

"그럼 앞으로 많이 싸워 주시오."

하고 악수를 청한 뒤 나가도 좋다는 표정을 했다.

연길은 고맙다는 인사를 하고 불이 나게 찻집을 뛰어나왔다.

죽음의 길에서 뛰쳐 나온 연길은 걸음아 날 살려라 하고 집을 향해 걸었다.

거짓말도 잘 했거니와 매도 잘 맞은 것 같았다. 한 대의 따귀 값으로 죽었던 목숨을 살린 것이라 생각하니 그 따귀가 참으로 고맙기도 했다.

자기들은 고문과 구타를 절대로 안 한다고 큰 소리로 선전을 하다가 불현듯 본성의 탄로로 손질을 하고 보니 장소가 장소인 만큼 무안하기도 했을 것이다.

어쨌든 따귀가 고마웠다. 괴뢰군이 들어온 뒤 처음으로 느낀 고마움이었다.

그러나 그렇다고 해서 아주 살았다는 생각은 절대로 들지 않았다. 뒤에서는 누가 자기를 따라오는 것만 같았고 앞에서는 누가 자기를 찾아 마중 오는 것만 같았다.

될 수 있는 대로 눈을 땅으로 향하고 가는 사람이나 오는 사람에게 시선도 돌리지 않고 명륜동 로터리를 돌아갈 때였다. 난데없이,

"선생님!"

하고 어떤 처녀가 나타나서 머리를 숙이고 경례를 했다. 연길은 바라볼 여유가 없었다. 어떤 놈의 끄나풀이 자기를 잡으러 온 것만 같아,

"응, 잘 있었니! 또 봐."

하고는 그 자리에서 달아나 버리기나 하려는 듯이 뺑소니를 치려 할 때 처녀는 어림도 없다는 듯한 표정으로 앞을 가로막으며,

"지금 선생님 댁을 찾아가던 길이에요. 내일부터 학교에 나오시래요. 나오시지요. 네?"

하고는 대답을 기다렸다.

"응, 나가지."

안 나간다고 하면 이야기가 길어질 것 같아 이렇게 대답을 해 버렸다.

"제가 책임을 맡았으니까 안 나오시면 제가 다시 댁으루 찾아가야 해요. 아시겠지요, 네?"

자세히 보니 자기 담임급의 여학생이었다.

"그래 걱정 말아."

대답을 하고는 여학생의 얼굴을 한 번 더 바라보았다.

이제 열대여섯 살밖에 안 된 처녀다. 언제부터 빨갱이가 되었는지 갑자기 학교에 충실한 태도가 무척 얄밉게 보였다.

그러나 여학생이 얄밉다기보다 배워 주던 학생으로부터 감시를 받아야만 하는 세상이 덧없기 그지없었다.

선생이 학생을, 학생이 선생을, 아들이 아버지를, 아내가 남편을 이렇게 감시하는 것이 공산독재의 조직적 원칙이라고 하지만 이제부터 자기에게는 수많은 학생의 감시가 자기를 노리고 있을 것을 생각하니 완전히 자유를 잃었음을 느끼지 않을 수 없었다.

연길은 시장에도 들르지 못하고 집으로 돌아 왔다.

집에 들어서려고 할 때였다. 초희가 대문 밖으로 걸어 나오다가,

"선생님 이제야 오세요!"

하고 고개를 갸웃하며 인사를 했다.

"응, 집에 왔댔어."

연길은 냉정한 눈으로 초희를 바라보았다.

"학교에 나가셨어요?"

초희도 연길이만 못지않게 냉정한 태도였다.

"왜?"

연길은 냉정이라기보다 일종의 적대시하는 태도를 취했다. 학교에 나갔느냐고 묻는 것은 결국 자기를 감시하려는 마음에서 나온 말 같았기 때문이었다. 설마 초희가 그렇게까지 변하리라고는 생각되지 않았지만 세상일을 누가 보장할 것인가?

연길에게는 정말 믿을 만한 사람이라고는 한 사람도 없는 것처럼 생각되었던 것이다.

"저 말씀드릴 일이 좀 있어서요."

초희가 이렇게 하는 말에도 연길은 좀체로 마음이 내키지 않았으나 그래

도 할 이야기가 있다는 사람을 그대로 돌려 보낼 수가 없어서,

"좀 들어가지."

하고 앞장을 섰다.

집안에 들어서자 연길을 본 어머니가 쫓아 나오며,

"글쎄 쌀을 한 말이나 가져 왔구나."

하고 초희에게 고맙다는 뜻을 표했다. 그 말을 듣고 나서야 연길은 안심이
되었는지,

"정말 고맙구만! 쌀이 귀한 때 웬걸 그렇게 가져왔어……."

하고 얼굴살을 풀었다.

"저흰 배급을 좀 많이 탔어요."

초희는 생색낼 것이 못 된다는 듯이 말했다. 그러나 연길은 다시 놀란 표
정으로 물었다.

"많이 타다니."

즉 집안에 누가 좌익이 있느냐는 질문이다.

"우리 동네선 정미소와 부잣집을 턴 쌀이 상당히 많대요. 그래서 다들 많
이 탔어요."

초희의 이런 설명을 듣고야 마음이 풀렸지만 그래도 남의 쌀을 뺏어다
배급을 준다는 공산당의 위선적이고 약탈적인 행동이 비위를 거슬려 초희
에게,

"그런 쌀을 우리가 먹으면 집에서는 어떻게 해."

하고 한 마디의 인사나마 더 있어야 할 것을 그대로 생략하고,

"참 할 말이 있다더니……."

하고 초희의 얼굴을 바라보았다.

그때 초희는 앉아 있던 대청마루에서 살며시 일어서며,

"선생님!"

하고 조용한 장소를 만들어 달라는 표정을 지었다. 연길은 건넌방으로 초희
를 데리고 들어갔다. 방 안을 한 바퀴 둘러보고 난 초희는 뒷벽에 기대어 앉
아 나즈막한 목소리로 말을 꺼냈다.

“선생님 정인한이란 사람을 잘 아시죠. 지금 우리 동네 인민위원장인데 그 자가 학교 하구두 관계를 가지구 있다면서 선생님 이야기를 하지 않아요. 반동분자라구 숙청을 해야 한대요. 그래서 제가 좀 교제를 해서 입을 막구 있는데 당분간은 학교에 나가시지 마세요. 아마 별일은 없겠지만 조심하시는 게 좋겠어요!”

“그래!”

그렇지 않아도 가장 거리끼는 존재다.

그러한 정인한의 입을 초희가 막고 있다니 참으로 고마운 일이다.

그러나 연길은 속으로,

‘원자탄이나 떨어져 모두들 같이 죽었으면.’

하는 절망의 부르짖음을 부르짖었다. 바로 그때였다. 멀지도 않은 곳에서 벼락이 떨어지는 듯한 폭탄소리가 요란히 들렸다.

4. 천사의 탄식

“우르렁.”

땅이 흔들리고 문창이 울렸다.

“무슨 소릴까?”

연길이가 자문(自問) 하듯이 물었다.

“미국 비행기의 폭격인가 봐요. 많이 뚜드려 맞는 모양이지요.”

초희는 사뭇 통쾌하다는 어조로 말했다. 그러나 연길은,

“제길헐! 폭탄은 그만두구 원자탄을 떨어뜨리지 않구. 모두들 같이 죽어버리게……”

하고 입 속에서 부르짖던 생각을 입 밖에 꺼내고 말았다. 정말 그랬으면 좋을 것 같았다. 공포와 불안이 이렇게도 계속될 바에야 다같이 죽는 것이 얼마나 편안할 것인가?

“선생님두! 죽기는 왜 죽어요. 아버지한테 들으니까 유엔군이 참전을 한

다는데 그렇게 되면 괴뢰군이 문제 되요?"

"글쎄! 그것만이 희망이지만 어쩐지 미국이 중국을 포기한 것 같은 현상이 되풀이되지 않는지 모르겠어."

"그래두 살아야 해요. 산다구 하는 것이 그 자체가 희망이 아닐까요?"

"산다고 하는 그 자체가 희망은커녕 욕이 되니까 죽을 수밖에 없다는 거 아니겠어."

"선생님은 아무래도 마음이 약하셔. 저는 우선 살아야 한다구 생각해요."

"확실히 나는 약한 사람이야, 삶에 대한 의욕을 완전히 상실했어."

"라스코리니코프는 절망 속에서 최악의 죄악까지를 범해 보지 않았어요. 그래두 쏘냐가 있다는 것을 잊지 않았어요. 그래서 마음의 구원을 받은 게 아닙니까?"

"그러한 정신적인 문제만이 아니야, 생리적인 문제야, 생리적으루 최후의 단계를 걷는 것 같아, 나는 인간까지가 저주하고 싶어, 아니 공산주의를 만들게 한 구라파 인들을 저주하고 싶어, 공산주의를 만들어서 로서아로 보낸 뒤 그래두 세계의 지성이니 하구 떠드는 구라파 인들이 너무나 오만해……."

"그렇지만 지금은 정신적으루 죽는 것이 결국 사는 것이 아닐까요? 보고도 못 본 척 듣구두 못 들은 척……."

"내 귀와 내 눈이 닫혀져야 내 마음이 죽을 수 있지 않아, 초희! 내 눈과 내 귀를 막아 줘, 응."

"제가 힘이 될 수 있을까요?"

"초희에게는 나를 죽여 줄 힘두 없든가?"

초희는 대답을 못했다. 그 대신 눈을 가리고 울기를 시작했다. 울지 않을 수가 없었다.

마음으로 사모하고 존경하는 오직 하나의 그 사람이 진심으로 죽음을 생각할 만큼 절망을 느끼고 있을 때 어찌 슬프지 않을 것인가? 위로할 말이라도 있다면 눈물까지는 안 흘려도 좋을 것이다. 그러나 초희도 공감하고 있는 사실이라 다만 절망의 깊이가 연길보다는 조금 얕을지 모르나 연길의 마음이 자기에게 육박하여 자기 역시 가슴이 터질 듯하였다.

"초희 울지 말어! 응!"

부드러운 목소리로 연길이가 말했다. 참으로 부드러운 말 소리였다. 초희가 들은 모든 말 가운데 가장 부드럽게 들린 목소리였다. 그래서 그런지 초희의 눈물은 더 쏟아지는 것 같았다.

"울지 말래니까, 응. 내 마음이 더 괴롭지 않아."

초희는 정말 연길을 위하여 눈물을 닦았다. 얼마든지 울 수 있고 또 울고 싶었지만 자기의 울음으로 연길을 괴롭게 하고 싶지가 않았다. 초희는 그렇게 연길을 위하여 울 수도 있고 웃을 수도 있는 사람이다.

초희가 눈물을 닦고 나서 연길의 얼굴을 바라보며 생긋이 웃었다. 그리고는,

"울지 않을 테니 선생님두 좀 웃어 주세요. 억지루라두 한 번 웃어 보세요."

하고 어리광을 피우듯이 말했다.

"억지루야 어떻게 웃는담. 울다가 웃는 초희 얼굴이나 보구 웃을까……하하하…….."

연길은 갑자기 소리를 높여 웃었다. 찡그린 얼굴 그대로 입만을 벌려 소리질렀다.

초희는 얼굴을 돌렸다. 그리고는 흐느껴 울기를 시작했다.

"누가 그렇게 웃으랬어요?"

차라리 웃으란 말을 안 했던들 그렇게까지 괴로운 얼굴은 안 보아도 좋았을 것이 아닌가?

"그럼 어떻게 웃으란 말이야?"

"웃을 바에야 좀 유쾌하게 웃으셔야지."

"그럼 다시 한 번 웃어 볼까?"

"그만두세요, 정말 그만두세요. 정말 그만둬요."

"그럼 울지를 말어 웃지 않을게."

초희는 다시 눈물을 닦았다. 그리고는 한참 동안 묵묵히 앉아 있다가 살

며시 일어섰다.

"또 오겠어요. 어쨌든 제가 무슨 말씀을 드릴 때까지는 학교에 나가시지
마세요, 네."

"그래."

연길은 대문 밖까지만 배웅을 해 주었다. 세상에 믿을 만한 사람이 초희
하나밖에 없는 것 같은 생각이 들었지만 그래도 그 이상 더 배웅할 용기가
나지 않았다. 대문 밖에서 한 발자국만 더 디디면 모든 감시인이 자기를 에
워 둘러쌀 것만 같았기 때문이었다.

초희도 배웅 같은 것은 바라지도 않았다. 다만 연길이가 마음 든든히 살
아갈 수 있기만 바라는 마음에 뒤도 돌아보지 않고 집으로 총총 걸었다.

길을 걸으면서도 그의 눈앞에는 절망에 허덕이는 연길의 얼굴만이 떠올
랐다. 그리고 한 번 웃어 보라고 했다 해서 그 찡그린 웃음을 웃어 준 연길
의 마음이 가련하게도 슬프기만 하여 길바닥에서라도 울고 싶은 생각이 자
꾸만 들었다.

사실은 이상했다. 이때까지 남 앞에서 울어 본 일이 절대로 없는 초희
였다.

설사 울고 싶은 일이 있다 해도 혼자서는 눈물을 흘릴망정 사람 앞에서
우는 것을 가장 경멸해 오던 초희였다. 그러한 초희가 연길 앞에서는 부끄
러운 줄도 모르고 두 번이나 울었다.

역시 이때까지는 남 앞에서 눈물을 흘릴 만큼 그만한 슬픔을 맛보지 못했
던 것이나 아닐까?

과연 연길의 그 절망적인 태도는 이때까지 자기가 느껴 보지 못한 가장
뼈아픈 쓰라림이었다. 세상에서 그보다 더한 쓰라림도 있을 것 같지 않았다.

'황 선생의 신변에 신의 가호가 계시옵소서.'

초희는 이러한 기도를 마음속으로 드리며 길을 걸었다.

서울역까지 걷는 동안 초희는 정말 일 초 동안도 연길의 생각을 버리지
못했다.

그러나 서울역을 지나자 바쁜 걸음을 걷는 사람들의 표정이 심상치 않음

을 보고 초희는 무슨 일이 발생했다는 예감을 느끼고 용산 방면으로부터 걸어오는 어떤 중년 부인에게,

“무슨 일이 생겼어요?”

하고 물었다. 그때,

“청파동이 쑥밭이 됐어요. 사람두 많이 상했구! 참 기막혀 못 살겠는데요.”

하고 그 부인은 혼자서 대답하는 어조로 말하고는 그대로 지나쳐 버렸다.

청파동은 초희의 집이 있는 곳이다. 그런 만큼 초희는 낭떠러지에서 떨어지는 듯 가슴이 아찔했다.

초희는 발걸음을 빨리 했다. 청파동이라고 해도 상당히 넓은 곳이지만 그래도 폭격을 받은 집은 바로 자기 집일 것 같은 생각만 들었기 때문이었다.

그는 한참 가다가 또 어떤 부인에게 폭격 받은 지점이 어디냐고 물었다.

부인의 말은 바로 철둑 넘어 간장공장 맞은편이라고 했다. 그렇다면 틀림없이 자기 집이 있는 근처다.

초희는 다리가 와들와들 떨리는 것을 느꼈다. 빨리 걸으려 해도 다리가 말을 들어 주지 않았다. 그러면서도 초희는 설마 자기의 집이야 어떠랴 하고 생각해 본다. 다른 집은 다 쓰러지고 깨어졌다 해도 자기 집만은 오뚝하게 남아 있을 것만 같았다. 아니 그래야만 할 것 같았다. 만약 자기네 집이 없어지고 말았다면 자기네들은 우선 당장에 잠잘 곳이 없어지고 말 것이 아닌가? 잠잘 곳은 고사하고 아버지나 어머니가 잘못 되기만 하면 어떻게 한단 말인가?

초희는 다리가 말을 듣지 않아도 숨이 가쁘게 달렸다.

그러나 모든 걱정은 완전히 수포로 돌아가고 말았다.

근 백 미터의 넓이와 일 키로의 길이로 무연하게 된 폭격의 뒷자리에서 초희는 자기 집이 서 있던 지대도 찾아낼 수가 없었다.

골목길이 하나도 없이 메워지고 말았으니 어디가 어딘지 짐작할 수도 없었다. 초희는 숨이 막히는 것 같았다. 무엇을 먼저 생각해야 할지도 몰랐다. 얼핏 드는 생각에 아버지나 어머니가 근심스러웠으나 아버지나 어머니를 찾

아볼 생각도 못했다. 수없이 많은 구경꾼과 같이 멍하니 서 있을 때였다.

"초희 동무! 참 안됐습니다."

정인한이었다. 그가 옆으로 와서 위로의 말을 했다.

그러나 초희는 무엇이라 대답할 말도 없었다. 잿더미가 된 폭격자리만 멍하니 바라보고 있을 때,

"저기 가서 시체나 찾아봅시다."

정인한은 더 생각할 것도 없이 이미 죽은 부모의 시체나 찾으라는 투로 말을 했다.

그때야 초희는,

"우리 어머니두 돌아갔어요?"

하고 정신이 나간 사람처럼 눈동자 하나 움직임이 없이 물었다.

"글쎄 저—기 시체들을 모아 놓았으니까 가서 찾아봐."

정인한은 앞장을 서서 걷기를 시작했다. 무척 동정하는 듯한 태도였다. 그러나 정인한의 태도가 친절하든 말든 초희로서는 따라가지 않을 수가 없었다.

시체가 한일자로 눕혀 있는 곳까지 가서 하나하나씩 시체를 살펴보기 시작할 때 초희는 수많은 울음소리와 함께 목놓아 울고 싶은 충격을 느꼈다.

팔다리가 없는 시체, 얼굴의 형상까지 알아볼 수 없는 시체, 아무데도 다친 곳이 없는 듯한 시체, 내장이 터져 나온 시체.

그렇게도 처참한 것을 눈으로 일일이 들여다보아야 하는 자기의 운명도 운명이려니와 그러한 처참한 희생을 당하지 않으면 안 되는 민족적 운명을 차마 눈으로 볼 수가 없었기 때문이었다.

민족의 불행을 자기네 손으로 만들어 놓고도 국군이 먼저 삼팔선을 침범했기 때문에 부산까지 점령하고 말겠다는 공산당의 억지 이론이 이 처참한 시체 앞에서도 변명할 여지가 있을는지!

그러나 초희는 이제 공산당을 논란할 여유도 없어졌다. 그의 눈앞에 확실한 어머니와 아버지의 시체가 드러났기 때문이다.

어떻게 다쳤는지 얼굴이 조금도 상하지가 않았다. 말하자면 비교적 험악

하지 않는 두 시체였다.

그래서 그런지 초희는 눈물도 흘리지 못했다. 땅바닥에 꿇어앉아 아버지와 어머니 얼굴을 들여다볼 뿐이었다. 한참 뒤 어머니의 얼굴에 손을 대어 보았다. 역시 싸늘했다. 그 뒤에는 손을 더듬어 어머니의 하체를 살펴보았다.

치마 밑에 붉은 피가 엉기어 있었다. 그리고 다리를 만졌을 때 다리가 상체와 별개로 움직임을 보았다. 두 다리가 상한 모양이었다.

초희는 몸을 움직여 아버지에게로 갔다. 우선 수건을 꺼내어 아버지의 입에서 흘러내린 피를 닦은 뒤 이상스럽게 보이는 가슴에 손을 대어 보았다. 갈비가 하나도 남지 않았는지 며칠 굶은 배를 만지는 듯 물렁했다.

동시에 눈물이 핑 쏟아졌다. 초희는 땅바닥에 엎드렸다. 눈물은 끊임없이 흘러내려 땅을 적셨지만 초희는 자기가 미라가 될 때까지 울고 싶었다. 어쩐지 눈물을 한 방울도 남김 없이 뽑아 버리면 미라가 될 것 같은 생각이 들었던 것이다.

부모님의 시체를 지키고 안은 채 미라가 된다면 그 이상 더 행복스러울 것이 없을 것 같기도 했다.

부모가 동시에 돌아갔고 몸 둘 집마저 잃어버린 초희에게 있어서 앞으로 살아 나간다는 것은 남의 집 대문 앞에 버림을 받은 핏덩어리의 어린 목숨과 같기도 하다.

정말 초희의 마음은 캄캄했다. 숨이 막히는 것처럼 캄캄했다.

"이 동무, 그만 일어나시오. 모든 것이 미 제국주의의 ××적 정책 때문인 것을 알고 복수심을 굳게 합시다. 부모의 원수를 갚읍시다."

뒤에서 정인한이가 하는 말이었다. 초희가 정인한의 말을 못 들었을 리 만무하건만 그는 들은 척도 아니하고 그냥 울기만을 했다.

"이 동무 그만두라니까."

정인한은 초희의 팔을 잡아끌었다. 그때야 초희는,

"놔 두세요."

하고 팔을 뿌리친 뒤 부모의 시체를 향해 앉아서 다시 눈물을 떨어뜨리기 시작했다.

“맘을 굳게 가져야 해! 응! 알겠어!”

정인한은 다시 초희의 팔을 잡아 일으키려 했다.

“그럼 어떡허란 말씀예요?”

초희는 정인한에게 몸부림을 치고 싶었다. 가슴이 터지는 것 같은데 자기를 도대체 어떻게 하라는 것이냐고 악을 쓰고 싶었다. 두 시체를 눈앞에 눕혀 놓고 원수를 갚으라는 것이냐고 따지고도 싶었다. 슬픔과 아픔을 복수심으로 바꾸라는 현금주의(現金主義)적 이론에 공명하기 위하여 부모의 목숨을 팔아먹어도 만족하여야 하느냐고 울부짖고도 싶었다.

그리고 미국의 야만적 행동에 복수하란다면 이 민족적 비극을 만들어 놓고 동족의 피를 노리는 잔인무도한 무리에게 대해서는 어떻게 하라느냐고 정인한의 가슴을 찔러 주고도 싶었다. 그러나 정인한이가,

“장례식도 해야 할 테니까 준비를 해야지 않아. 자, 일어서.”

하고 말할 때 초희는 묵묵히 일어서고야 말았다. 장례식은 거행하여야 했다. 그러나 자기에게는 장례식을 거행할 아무런 힘도 가지고 있지 않다. 정인한에게 맡기지 않을 수 없었다.

초희는 연길을 생각했다. 연길에게 자기의 천변을 알리고 연길의 도움을 받고 싶기도 했다. 돕지는 않는다 해도 연길이가 옆에 있어 주기만 하면 자기의 슬픔은 그리 크지가 않을 것 같았다.

그러나 초희는 그러한 것은 불가능한 것이라 다시 생각했다. 첫째 정인한이가 있는 곳으로 연길이를 데려올 수가 없다. 그것은 연길이가 가장 두려워하는 일이다.

데리고 오는 것은 둘째로 하고 자기의 참변을 알릴 수도 없을 것 같았다.

최대의 절망 속에서 실신할 상태에 놓여 있는 연길에게 자기로 말미암은 또 하나의 슬픔을 준다는 것은 죄악에 가까운 일인 것 같았기 때문이었다.

그것만도 아니었다. 자기의 마음에 비하여 연길이가 자기를 생각하는 것은 백에 하나도 안 된다. 그러한 연길에게 자기의 슬픔을 호소하여 마음의 움직임을 보려는 것은 하나의 비겁이다.

사실 초희는 연길에게서 무엇을 얻기 위하여 마음을 바치고 있는 것은 아

니다. 그저 바치고 싶은 자기 스스로의 마음에서 우러난 행동을 마음이 시키는 대로 했을 뿐이다.

초희는 당분간 연길을 만나지도 않기로 생각했다.

그런 만큼 정인한이가 어떠한 위치에 놓여 있는 사람이건 그 사람에게 모든 일을 맡기지 않을 수 없었다.

효창공원(孝昌公園)에 합동 매장을 하기로 결정했다는 정인한의 말에 초희는 동의를 하지 않을 수 없었으며 자기 집에 상청을 차리고 간단한 제사라도 지내자는 정인한의 말에 그러자고 대답 아니할 수 없었다.

그리고 자기 집 방 한 칸을 내 줄 테니 기거를 하라고 할 때 초희는 그럴 수밖에 없다고 생각을 했다.

부모의 시체를 내버리고 멀리 갈 수도 없었지만 살뜰하게 맞아 줄 데도 있지 않았다.

장례라고 말할 수도 없지만 합동 매장을 끝낸 뒤에도 초희는 며칠을 정인한의 집에서 묵었다. 우선 머리를 쳐들고 나돌아다닐 용기가 나지 않았다. 나가야 할 일도 있지가 않았다.

장례식이 끝난 지 이삼 일이 지난 어떤 날 종일토록 밖에 나가 있던 정인한이가 돌아와 초희의 방을 들여다보며,

"갑갑하지?"

하고 말을 건네었다.

"아니요."

사실 갑갑한 줄도 몰랐다. 종일 하는 일 없이 앉은 채 날을 보냈어도 갑갑한 줄을 몰랐다.

"나가서 바람이라두 쏘이지 왜?"

정인한은 한 손에 무엇을 들고 방 안으로 들어왔다.

"아무렇지두 않아요."

"그러다가 병이 나면 어떡해? 이제는 빨리 마음을 돌리구 일을 해야 하지 않아……."

"일이 손에 잡혀야 하지요."

“개인의 감정 때문에 조국의 해방을 망각하는 것은 죄악이야.”

“죄악이래두 할 수 없지 않아요. 일이란 할 수 있을 때 할 거지, 어디 강제적으로 되는 겁니까?”

“개인은 조직에 복종해야 하구 소수는 다수에 복종해야 해! 이것이 원칙이니까?”

“개인이 있은 뒤 조직두 있지 않을까요?”

“그건 반동이야. 동무두 한 번 숙청에 걸려 보아야 할까 보군 그래. 하하…….”

정인한은 그때 들고 왔던 보자기를 끌러 원피스 양복 한 벌을 내놓고,

“한 벌 사 왔는데 맞는가 입어 봐.”
하며 다시 하하 웃기를 시작했다.

“그건 왜 사 오셨어요?”

고마운 마음에서 사양하는 말이 아니었다. 초희는 정인한의 친절을 받고 있으면서도 마음속으로 그것을 고맙게 여기지는 못하고 있기 때문이다. 그저 해 보는 말이었다.

“갈아입을 옷두 없지 않아? 사실은 벌써 그런 생각을 했지만 어디 틈이 있어야지. 오늘부터 시(市) 인민위원회 교육과로 나가 일을 보게 되어 시내에 들어갔던 길에 한 벌 사 가지구 왔지.”

정인한은 자기의 행동에 만족한 듯한 웃음을 빙그레 웃었다.

그러나 초희는 사다 준 옷을 입어 볼 생각도 아니하고,

“그럼 좀 덜 바쁘시겠군요? 동에서 일 보시는 것보다는…….”
하고 정인한의 사무에 대해서 묻기를 시작했다.

정인한이가 동 인민위원회를 떠남으로 앞으로는 자기가 끌려 다니지 않아도 좋으리라는 생각을 할 때는 마음이 가벼워지는 것 같았지만 그 반면 교육과로 갔다는 것이 직접 연길과 관계를 맺는 일인 것 같아 가슴이 조여들었던 것이다.

“덜 바쁜 게 어디 있어? 요새는 반동 숙청기이기 때문에 눈코 뜰 새가 없어. 게다가 의용군 모집이 있지!”

이 말을 듣자 초희는 머리가 아찔해짐을 느꼈다. 이제야말로 연길이가 정인한의 손에 숙청되고야 말 것을 깨달았기 때문이다. 그러나 초희는 무관심한 태도를 가장하고 묻기를 시작했다.

"처음엔 아무나 포섭을 한다구 그러더니 숙청을 왜 하지요?"

"반동분자에게는 포섭이 없는 거야. 정책상 포섭을 한다구 그러기는 했지만 반동분자는 어디까지 유해(有害)한 존재니까 무력 투쟁 때에는 온정주의를 쓸 수가 없어!"

"그럼 어떤 사람이 반동분잡니까?"

"첫째는 과거에 반동적 행동을 한 사람, 둘째는 성분이 좋지 못하여 반동할 가능이 있는 사람."

"성분이 나쁘다고 반드시 반동의 가능성이 있다고야 볼 수 없지 않아요. 성분이 나쁘다는 인테리 가운데도 유명한 공산주의가 많지 않습니까?"

"거야 노동자를 진심으로 생각할 만큼 계급적 의식이 확고한 인테리에 한한 일이지."

"같은 동포끼리 숙청만 할려구 그럴 게 어디 있어요. 널리 포섭해서 다 같이 일을 하두룩 하지……."

"동포라는 건 반동적 언사야, 우리에게는 동포보다두 친척보다두 계급이 더 중요하니까. 이 동무두 그걸 잘 알아야 해. 그리구 공산주의에서 인정이란 금물이야. 인정주의란 멘쉬비키로 흐르기 가장 쉬운 요소야, 냉정하고 무자비한 것이 혁명적 볼쉬비키즘이란 것을 알아야 해."

"위태로워서 어떻게 삽니까? 참 너무 무서워."

"참으로 무섭지. 언제 누가 숙청을 당할지 모르니까……. 그렇기 때문에 늘 정신무장을 게을리하지 말아야 하지!"

"정 선생님두 언제 숙청을 당하게 되는지 모르지 않아요. 아이 참 싫어."

초희는 거짓 애교를 부리며 공산주의를 싫다고 해 보았다.

"이 동무는 공부를 많이 해야겠어, 위험하기 짝이 없는데!"

"선생님두…… 좋은 건 좋다구 그러구 나쁜 건 나쁘다구 그래야지 맹목적으로 좋다구만 해요.”

초희는 정인한의 비위를 거스르지 않기 위하여 웃음을 꾸미고,

“참 사다 주신 걸 입어두 안 봤네.”

하고 일어서서 만족한 듯이 양복을 만져 보고 또 그것을 입어 보았다.

“참 몸에 꼭 맞는데요. 색두 좋구 선생님 눈두 아주 제법이야. 그리구 내가 남빛을 좋아하는 건 어떻게 아셨어요.”

초희는 제법 농담을 섞어가며 정인한의 비위를 맞추었다. 사실은 양복이 몸에 맞기도 했고 빛깔이 마음에 들기도 했지만 정인한이가 사다 준 것이란 생각을 할 때는 조금도 살에 대고 싶지가 않았다. 그러나 정인한의 비위를 거스를 수는 절대로 없다. 사상에 공명하지 못하는 대신 얼렁뚱 넘기기라도 해야 했다.

그러나 정인한은 초희의 행동을 진심에서 나온 것이라 느꼈는지 서 있는 초희의 장다리를 꼬집으며,

“요게.”

하고는 뜻있는 웃음을 웃었다.

“아이야!”

초희는 깜짝 놀랐다. 정인한이가 자기의 살을 꼬집었다는 것이 아파서가 아니라 뱀의 살을 댈 때처럼 섬뜩했기 때문이었다.

그러나 싫다는 표정을 그대로 나타낼 수도 없어서 웃음을 띤 채 눈만을 흘겼다.

그러나 정인한은 빙긋이 웃으며 마치 너는 내 것이라는 듯한 표정으로 슬며시 일어섰다. 확실히 달려들 모양이었다.

초희의 온 몸에는 소름이 오싹 끼쳤다. 내버려 두기만 하면 틀림없이 팔목을 잡아끌고 동물적 행동을 감행할 것이다.

초희는 정인한이가 가까이 오는 순간 얼핏 양복 아랫자락을 잡아 올리고 옷을 벗는 포즈로 얼굴을 가려 버렸다. 그리고는 방바닥에 주저앉으며,

“참 양복이 좋긴 해두 바꿔 와야겠어요.”

하고 양복을 벗어 그것을 곱게 개기 시작했다.

껴안으려는 순간을 놓쳐 버린 정인한은 얼굴을 붉히고 멋없이 앉아서는 그래도 아무 일이 없었다는 듯이,

"바꾸기는 왜 바꿔?"

하고 계면쩍게 물었다.

"저는 팔이 드러나는 양복을 못 입어요."

초희도 아무런 눈치를 채지 못한 것처럼 천연스럽게 말했다.

"여름 양복이야 팔이 드러나야 하지 않아?"

"저는 그런 걸 입어 보지 못했어요. 어떻게 살을 드러내 놓구 걸어다녀요."

초희는 어디까지나 정인한에게 무안을 주지 않으려고 불쾌한 얼굴을 만들지 않았다.

"봉건적인데…… 역시 초희는 성분이 나빠!"

정인한은 너털웃음까지 웃었다.

"그런 것은 좋은 거예요! 그럼 선생님은 활랑이 좋으세요?"

"반드시 그런 건 아니지만 남녀평등 시대에 봉건적 잔재는 버려야지. 어쨌든 내일 나하구 같이 나가, 내일은 D학교에 가 봐야 할 일이 있으니까 같이 학교에두 들렸다가 양복을 바꿔 오지!"

이 말에 초희는 연길에 대한 생각이 다시 머릿속에 들어박혔다.

"선생들 숙청을 하시려고요?"

"응! 내가 쫓겨난 학교니까 내가 숙청을 해야지!"

불현듯 이렇게 말하는 정인한은 초희의 마음도 모르고 긴장한 얼굴을 했다.

"몇 사람이나 숙청되나요?"

"교장은 벌써 잽혔으니까 그 담에는 우선 나를 내쫓은 놈들을 숙청해야지. 그 밖에도 악질이 몇 놈 있어!"

초희는 가슴이 뜨끔했다. 정인한을 내쫓은 사람을 숙청한다면 연길이가 맨 먼저 걸릴 것이 분명했기 때문이다. 그러나 초희는 그런 말에는 아무런 관심도 없다는 듯이,

“그럼 내일 꼭같이 가서 양복을 바꿔요.”

하고 양복을 싸 왔던 종이에 다시 양복을 싸기 시작했다.

초희는 양복을 꾸려 싸면서도 정인한의 눈치를 살피기에 여념이 없었다. 혹시나 삐뚤어져 자기를 못마땅히 생각한다면 큰일이기 때문이다. 연길에 대해서 술책을 써 볼 기회가 아주 없어질 뿐 아니라 자기 자신이 어떠한 오해를 당할지 모르게도 된다.

그러나 정인한은 그리 불쾌한 얼굴을 하지 않았다. 도리어 초희의 얼굴 움직임에 눈동자를 집중시키고 있었다. 그래서 초희는 약간 안심을 하고,

“미안합니다. 그래두 일부러 사 주신 걸 만족한 마음으로 입어야 더 좋지 않아요?”

하고 다른 마음이 조금도 없다는 것을 말했다.

“글쎄 그렇기는 하지만 그건 그것대루 입구 새 걸 또 한 벌 사지 그래. 다문 두어 벌이라두 있어야 갈아입지 않아……”

정인한은 아주 너그러운 듯한 태도로 말했다. 옷 한두 벌쯤 조금도 아깝지 않다는 말투였다. 초희는,

“정말예요? 그러다가 선생님 파산하시면 어떡하지요.”

하고 고맙다는 마음을 표시했다. 사실을 말한다면 입은 옷 한 벌밖에 아무것도 가진 것이 없는 초희다. 옷이 어찌 귀하지 않을 것인가. 다만 정인한에게서 그런 것을 얻어 입는다는 것이 불쾌할 따름이다.

그러나 정인한이가 불순한 야심을 드러내려다가 제지를 당한 무색함을 감추려고 보이는 친절이매 그것쯤 받는 것이 가책될 바 없을 것이며 또 주겠다는 것을 받아 주는 것이 그의 맘을 더 무색하지 않게 하는 방법일 것 같았다.

“양복 몇 벌에 파산이 될 정도는 아냐. 그런 걱정은 말아.”

정인한은 자선가나 된 것처럼 말했다.

“그런 것은 미리부터 알구 있지만 그래두 요새는 수입이 전혀 없잖아요!”

“월급은 없어두 생기는 길이 따루 있지. 공산주의자는 밥두 안 먹구 사는 줄 알아……”

"그런 줄두 알아요. 그렇지만 밥을 얻어먹기두 미안한데……."

이렇게 당겼던 줄을 다시 풀어 놓았을 때였다.

정인한은 초희 옆으로 다가앉으며,

"이 동무! 그런 말은 하지 말어 나는 동무를 정말 나의 동지루 생각할래. 내 팔이 되어 같이 일을 해 주지 않을 테야?"

하고 이번에는 말로써 설복을 시키려 했다.

초희는 다시 당황했다. 생각 같아서는 싸 논 양복을 면상을 향해 내던지고 당장에 집을 나가 버리고도 싶었으나 차마 그럴 수가 없어,

"피곤하실 텐데 들어가 주무시지요. 저두 내일 사 주실 양복에 대해서 꿈을 좀 꾸어 보게요. 저야 될 수만 있다면 팔만 아니라 머리라두 돼 드릴 테니까……."

하고 변소라도 갈듯이 벌떡 일어섰다. 정인한은,

"정말야 진정으루 하는 말이니까 잘 생각해 봐! 그럼 내일 나하구 같이 나가는 걸 잊지 않았지?"

하고 자기도 체면이 있는 사람이라는 듯 초희에 앞서서 안방으로 들어갔다.

정인한이가 들어가기는 했으나 마음은 도리어 점점 조여 왔다. 밤이 새기까지에 무슨 일이 생기고야 말 것 같은 불안이 들었던 것이다.

자리를 깔고 눕기만 하면 금시라도 쫓아들어 올 것만 같은 불안이 자리도 깔지 못하게 했다. 가슴이 떨리기까지 했다.

그러나 초희는 최악의 경우에는 자기에게도 최후의 수단이 있으리라는 신념을 마음속에 가지면서 공포심을 없애려고 노력했다.

다행하게도 아침이 될 때까지 정인한은 초희의 방에 발길을 안 했다. 역시 사제지간이란 관념이 정인한의 머릿속에도 들어 있는 모양이다.

인간인 이상 강도처럼 그러한 행동은 못할 것이리라 생각할 때 초희는 밤새 편한 잠을 못 잔 자기의 조심이 도리어 가소롭기도 했다.

안방에서 정인한의 식구들과 같이 조반을 먹자 정인한이가,

"그럼 같이 나갈까."

하고 초희를 독촉했다. 그러나 초희는 정인한과 같이 거리를 걷는 것이 싫

었다. 남들이 본다면 반드시 오해하고야 말 것이 무엇보다도 겁났다. 그뿐 아니라 나가는 길에 연길의 집에까지 들려 보고 싶은 생각이 들었다. 부모가 돌아가신 뒤 한 번도 찾아가지 않았다는 것이 죄송하게도 생각되었지만 그것보다도 정인한과 같이 학교에 들르기 전에 연길의 소식을 먼저 알아야만 할 것 같았다.

연길에게 들르려면 더욱이나 정인한과 같이 나가서는 안 된다.

"저야 지금 나가서 무엇 해요. 그 동안 일을 다 보시구 그담에 만나서 같이 다니다가 같이 집에까지 돌아오시지……."

"그럼 몇 시에 만날까?"

"그건 선생님이 결정 하셔야지."

"그럼 새루 두 시 조선은행 앞에서 만날까?"

"그러세요."

"시간을 잊지 말어."

"제 걱정은 마시구 선생님이나 시간을 지키세요."

이렇게 해서 정인한을 먼저 내보냈다. 정인한이가 나간 지 십 분도 못 되어 초희도 거리로 나왔다.

전차가 없고 자동차가 적기 때문만은 아니리라. 거리에마다 책상을 놓고 메가폰을 든 사람들이 의용군으로 나가라고 떠들며 지나가는 사람의 가슴을 서늘케 하니 어찌 거리가 쓸쓸하지 않을 것인가?

전에는 생각지도 않았던 곳에 시장이 생기고 참외 장사와 음식 장사들이 길가에 와글거렸으나 장사하는 사람들이 어쩐지 장사꾼처럼 보이지가 않고 남의 눈을 피하기 위하여 사람 많은 곳에 모이어 일부러 웅성거리고 있는 것처럼만 보였다.

길가에 써 붙인 속보판(速報板)에는 인민군이 수원을 점령했다는 뉴스가 붙어 있으나 그것을 바라보는 사람들의 얼굴에도 반가워하는 기색이 조금도 나타나 있지 않는 것 같았다.

그 대신 큰 건축물에마다 그려 붙인 스탈린과 김일성의 커다란 초상화만이 오고가는 사람들의 행동을 일일이 감시하는 것 같았다.

초희는 불안한 거리를 재빠르게 걸었다. 김일성의 초상화가 보이지 않는 곳에는 초상화의 눈동자에 못지않은 삐라들이 또한 모든 사람들을 감시하는 것만 같아 발걸음을 천천히 움직이려야 움직일 수가 없었다.

얼마 동안 연길이를 만나지 않으리라 생각했었지만 이왕 만나기로 하고 떠난 길이어서 그런지 연길의 집 근처에까지 갔을 때에는 왠지 모르게 가슴이 두근거렸다. 그리고 연길이를 만나면 또 울고야 말 것 같은 심정이 마음을 우울케도 했다.

될 수 있는 대로 냉정하리라 마음을 먹으며 연길의 집 앞까지 이르러 대문을 흔드는 초희의 가슴은 그래도 떨릴 대로 떨렸다. 두 번 흔들고 세 번 흔들어도 인기척이 나지 않을 때 가슴은 정말 방망이질을 하는 것 같았다. 네 번째 흔들고 연길이를 불렀을 때에야 대문이 열리며 정길이가 얼굴을 내밀었다.

"황 선생 계세요?"

초희는 말소리는 겨우 들릴락 말락 한 정도였다.

정길이도 반갑기는 한 모양이나 그래도,

"안 계세요."

하고 무뚝뚝하게 대답을 하고는 인사말도 하지 않았다.

"어디 가셨어요?"

초희는 될 수 있는 대로 침착한 태도로 물었다.

"네!"

"언제 나가셨나요?"

"어머니는 장사하러 나가시구 형님은 놀러 나갔어요."

묻지도 않는 어머니의 이야기를 할 뿐 아니라 언제 나갔느냐고 묻는 말에 놀러 나갔다는 엉뚱한 대답을 하는 것을 보아 정길의 태도가 당황해하는 것이 뻔했다.

"그럼 아직 무사하시기는 하군요?"

"네, 그래두 소개를 가라 의용군을 지원해라 매일 찾아와서 오늘은 어디라두 가야겠다구 그랬어요."

정길의 이야기는 어쩐지 연길을 숨겨 놓고 하는 말같이 들렸다. 그래서,

"계시면 잠깐만 보구 싶은데요."

하고 자기에게만은 숨길 필요가 없지 않느냐는 듯이 웃음을 지었다.

"없어요. 있으면서 왜 없다구 그러겠어요."

초희는 그 동안 집이 폭격 받아 부모가 다 돌아가신 이야기와 정인한이를 교제하여 연길이가 숙청당하지 않게 될 것 같다는 이야기를 간단히 설명했다. 그랬더니 그때야 정길이는,

"그래요?"

하고 놀란 뒤,

"사실은 벽장 속에 숨어 있어요. 어떠한 사람이라두 만나지 않겠다구 해서 거짓말을 했지요. 그럼 잠깐만 나오라구 그럴까요?"

하고 도리어 초희의 의견을 물었다.

그러나 정길이가 사실을 고백할 때 초희는 만나고 싶던 마음을 갑자기 억누르고 말았다.

불안 속에서 벽장 생활을 하는 연길을 만난다는 것은 그에게 즐거움을 주는 일 같지가 않았다. 비록 초희 자기에게나마 비밀이 발각되었다는 불안을 주게 될 것 같았다. 더구나 공연한 이야기를 정길이에게 말한 뒤라 연길이를 만나는 것이 연길을 위하기보다 자기의 하소를 하기 위한 것처럼 보이게끔 되어 있다.

"그만두세요. 다음에 또 오지요. 좌우간 학교에서는 문제가 없도록 할 테니까 걱정 마시도록 말씀해 주세요."

초희는 이 말을 남기자 대문 앞을 떠나 버리고 말았다.

만나지는 못했으나 무사히 있다는 것을 안 것만 해도 안심이 되었다. 그리고 정인한을 가장 걱정하고 있을 연길에게 어느 정도 안심을 주었다는 것이 마음 든든하기도 했다.

초희는 두 시까지 시간이 넉넉하기 때문에 같이 고아원에서 일 보던 최보배를 찾아 그 동안의 고아원 이야기를 듣다가 약속 시간에 맞추어 조선은행 앞으로 걸어갔다.

초희가 도착했을 때 정인한은 벌써 은행 앞에서 자기를 기다리고 있었다.

"제 시계가 잘못되지는 않았지요."

초희는 늦지 않은 것을 말하기 위하여 팔목시계를 내 보였다.

"아니, 나두 방금 왔어."

정인한은 사뭇 만족하다는 듯이 자기의 시계를 꺼내 보고는,

"그럼 우선 학교루 가 볼까."

하고 앞을 서서 걸었다.

초희는 한참 동안 뒤를 따라 걸었다. 아무 말이 없었다. 그리고 화신 앞을 지날 때,

"선생님!"

하고 그를 불렀다. 그리고는,

"선생님! 저 청이 있는데 들어 주시지요."

하고 인한을 쳐다보며 웃었다.

"무슨 청."

"아주 쉬운 청이에요. 너무 쉬워서 싱거울지두 몰라."

가장 친숙미를 보이기 위하여 초희는 반말까지 섞어 가며 애교 있게 말했다.

"말해 봐! 좌우간 내 힘으루 할 수 있는 일이라면야 해야지."

정인한은 역시 복선을 두고 말했다.

"꼭 해 주신다구 해야 말을 할 테야요. 말을 꺼냈다가 싱거운 사람이 되며 쥐구멍은 어디 가서 찾게요."

초희도 인한이가 꼭 들어 주겠다고 확언을 하리라고는 생각지 않았으나 그래도 다시 한 번 다짐을 받고 싶었다.

"부탁은 했다가 안 들어 준다구 해서 싱거운 사람이 될 거야 어디 있어, 좌우간 내 힘으로 할 수 있는 일이라면 극력 힘쓸 테니까 말해 봐."

인한은 사뭇 궁금한 모양이었다. 그러나 초희는 인한의 오해를 받을까 저어하여,

"사실은 안 들어 주어두 상관은 없어요. 직접 관계가 있는 일은 아니니

까."

하고 서두를 꺼내 논 뒤,

 "조금 전에 황연길 선생의 어머니를 길에서 만났는데 황 선생이 숙청을 당할까 봐 무척 겁을 먹구 있대요. 일을 해 볼 생각이 있지만 과거에 한 번 잘못한 일 때문에 무서워 나오질 못한대나요. 그래서 제가 선생님한테 한 번 말해 보겠다구 그랬지요. 공연한 말을 했다구 후회두 했지만 그까짓 일쯤 선생님에게는 문제두 아닐 것 같구 또 그런 사람을 일하도록 만들어 주는 것이 조국을 위하여 좋은 일일 것 같아 말씀드리는 거야요."

하고 말했다.

 "난 또 무척 중요한 일인 줄 알았더니 겨우 그거야. 그렇지만 그런 걸 내한테 부탁하는 초희 동무가 수상한데!"

 "내 그럴 줄 알았지요. 그래서 말두 안 할까 했지만 얼굴이 질려서 돌아다니는 그 어머니가 불쌍해서 말한 거야요. 그런 말씀을 하신다면 취소하겠어요. 황연길과 내가 무슨 상관이 있다구! 좌우간 남자란 천박하기 짝이 없어요. 같이 걸어만 가두 꼭 이상한 눈으루 보구야 마는 것이 남자들이니까. 정 선생님까지 그럴 줄은 몰랐어, 취숩니다. 취소했어요."

 초희는 도리어 불쾌하다는 표정을 지었다.

 "아니 그렇게 불쾌할 것까지는 없어!"

 "그만두세요 취소했다니까!"

 "초희 동무두 꽤 신경질인데! 그렇게 화를 낼 것까지야 어디 있어."

 "화를 안 내구 어떡해요? 그이두 옛날 선생의 한 사람이니까 그런 점에서 한 마디 해 본 건데 불쾌하게……."

 속으로는 웃음이 나왔으나 끝까지 화를 낸 듯이 말했다. 그랬더니 인한은,

 "자수서를 내라구 그래, 그럼 내가 적당히 할 테니까. 나두 그 자를 미워하기는 하지만 자기 반성을 했다면야 살려두 좋겠지, 초희 동무의 생색두 내구 안 그래."

하고 장담을 했다.

그러나 초희는 정말로 불쾌하다는 듯이,

"싫어요. 그 사람이 죽건 살건 나하구 무슨 상관 있어요. 이제는 말두 마세요."

하고 톡 쏘아 버렸다.

"그럼 못쓰는 거야. 사람이 그렇게 감정에 움직여서 쓰나……."

인한은 도리어 타이르듯이 말했다. 농담으로 한 말을 곧이듣고 화를 내면 못쓴다는 뜻이 분명했다.

그래서 초희는 그 다음 술책으로 침묵을 지키기로 했다.

동대문을 지나 학교에 이를 때까지 그 말은 한 마디도 비치지 않고 딴 말만을 했다. 학생이 하나도 없는 폐허 같은 학교에서나 그리고 양복을 사는 양복점에서나 초희는 연길을 아주 잊어버린 듯이 가장을 했다. 양복을 사 가지고 인한의 집으로 들어갈 때 인한이가,

"내일 황연길네 집에 갔다 와. 아까 새로 부임한 교책(敎責)에게두 부탁을 해 놨으니까."

하고 말했을 때도,

"글쎄요."

하고 마치 흥미가 없는 일이라는 듯 억지 대답을 했다.

"그러구 취직할 생각이 있다면 나를 찾아오라구 그래."

정인한은 진심인 듯한 태도로 이렇게까지 말했다.

"만나면 말해 보지요."

속으로는 고마우나 초희는 역시 관심이 없다는 말투였다.

얼마를 걸어 둑 밑 터널을 지날 때였다. 정인한이가 양복 뒷주머니에서 종이뭉치를 꺼내어 들고 초희 가까이로 다가서며,

"초희 동무, 이걸 받아 써."

하고 초희의 손목을 잡아 종이뭉치를 쥐어 주었다.

초희는 정인한이가 가까이 오는 것도 싫었지만 어둠을 이용하여 손목을 잡는다는 것이 더욱 싫었다. 비록 연길에 대하여 힘을 써 준다는 것은 고마운 일이지만 돈으로 자기를 매수하려는 꺼먼 속이 들여다보여,

"그럼 앞으론 만나지두 않겠어요. 집두 내일루 이살 가구."
하고 냉정하게 말했다. 그러나 그 말이 증오심에서 나온 것처럼 나타내지는
못했다.

"초희에게는 모든 것이 필요하기만 하지 않아. 수건 하나 양말 한 켤레라
도 살려면 돈이 필요하거든 안 그래. 조금두 달리 생각말구 받아요. 내 돈은
주는 대루 받아두 좋아. 그리구 필요한 때면 언제든지 달라구 그래. 좀 그래
보문 안 돼?"

"양복두 두 벌씩이나 사 주셨는데 글쎄 또 그러시면 난 어떡허란 말이세
요?"

"내가 무리를 한다면 모르지만 그렇지 않는 한 주는 것까지 받지를 않을
거야 무어야 내가 주는 것이 싫다면 거야 할 수 없지만!"

"싫다는 것이 아니라 받는 데두 정도가 있으니까 말이지요."

"결국 싫다는 말이지? 그럼 좋아."

정인한은 갑자기 신경질을 일으키며 주려던 지전뭉치를 모두 받아 쥐고
멀찌감치 떨어져 걷기를 시작했다.

초희는 당황했다. 어떻게든 다시 수습하지 않으면 안 될 사태였다.

"사양하는데두 골내는 사람이 있어요? 참 그럼 인 주세요. 줄래든 걸 도
로 가지는 법이 어디 있어요?"

초희는 인한의 옆으로 가서 손을 내밀었다.

"억지루 받으라는 건 아니니까 불쾌하게 그럴 것까지는 없어!"

정인한은 돈을 다시 내주면서도 화가 아주 가라앉지 않았다는 듯이 말
했다.

"선생님두 아직 어려. 혼자서 뭘 그러세요."

이렇게 말할 때 그들은 굴 밖으로 나왔다. 인한은 한참 동안 말이 없었다.

"참 비누하구 크림을 당장 사야겠군! 내일 좀 사다 주시겠어요?"

초희가 이렇게 말을 해도 인한은 대답마저 하지 않았다.

초희는 자기가 너무 심하게 대했던가 하고 혼자 후회를 했으나 그 이상
어떻게 할 도리도 없어서 자기도 묵묵히 걸었다.

집에 이르는 동안 그리고 안방에서 저녁을 먹는 동안까지도 서로가 말이 없었다. 그렇기 때문에 초희는 일껏 해 놓은 일이 모두가 수포로 돌아가지나 않았는가 하고 걱정을 했다.

자기 방으로 돌아와서도 그것만을 걱정하며 밤이 깊어가도록 마음을 조이고 있을 때였다.

그러니까 열 시도 지났을 때였다. 안방에서는 잠이 들었는지 사방이 고요하기만 할 때 정인한이가 기침소리도 없이 방 안에 뛰어들어섰다.

얼굴에는 서슬이 퍼래 있었다. 눈에는 노기가 올라 성난 고양이처럼 불을 켜고 있었다.

초희는 가슴이 떨렸으나 가장 침착한 태도로 일어서서,

"아직 안 주무셨어요."

하고 인사를 했다.

인한은 대답이 없이 초희 가까이로 와서 앉았다.

"밤이 늦었는데 주무시지 않구……."

초희가 친절한 말씨로 두 번째 말을 했을 때야 인한은 입을 열고,

"여기 좀 앉아."

하고 명령조로 말했다. 초희는 공손히 앉았다. 그리고는,

"제 태도가 그렇게 불쾌했어요?"

하고 사죄하듯이 물었다.

그러나 인한은 초희의 말 같은 것은 들은 척도 아니하고,

"초희, 나는 정말 초희를 사랑했어. 초희는 그런 걸 알려구두 하지 않지?"

하고 초희를 뚫어지게 바라보았다.

"선생님두! 무슨 그런 말씀을 하세요?"

초희의 가슴은 방망이질을 하듯 두근거렸으나 그래도 얼굴에는 억지 웃음을 띠었다.

"그만둬."

정인한은 불현듯 한 손으로 초희의 손목을 잡고 한 손으로 어깨를 끌어 초희의 몸을 잡아당기려 했다.

초희는 더 참을 수가 없었다.

"선생님 점잖지 못하게 이게 뭡니까?"

하고 몸을 뿌리친 뒤 벌떡 일어섰다.

그러나 정인한은 그야말로 피에 굶주린 맹수처럼 얼굴에 충혈을 해 가지고 일어서며 야욕을 채우고야 말겠다는 듯이 대들었다.

"선생님! 이것이 남녀평등을 말하는 공산주의입니까?"

초희는 드디어 악을 쓰지 않을 수 없었다. 그때였다. 정인한은 뒷주머니에서 새까만 권총을 꺼내는 순간 탄약을 재는 소리를 잘그럭 하고 냈다.

"너 하나쯤 죽이는 게 문제될 줄 알아?"

이 말과 더불어 권총뿌리로 앞가슴을 찌르는 순간 초희는 그만 정신을 잃고 방바닥에 쓰러지고 말았다.

그러니까 그 뒤에는 어떻게 되었는지를 모른다.

실신 상태에서 깨어나자 초희는 그저 울기만을 했다. 끝까지 정신을 차렸다가 그 권총에 맞아 죽었어야 할 자기가 죽지를 못한 것이 후회되었기 때문이었다. 무엇이 겁나서 정신을 잃었단 말인가, 무엇이 아까워서 죽지를 못했단 말인가, 만약 권총에 맞아 그 자리에서 죽어 버렸다면 일생에 남는 원한이 없을 것이 아닌가.

날이 밝을 때까지 울고 난 초희는 갑자기 눈물을 그치고 책상 앞으로 앉았다. 그리고 종이에 글을 쓰기 시작했다.

"황 선생님, 저에게 있어서 가장 무서운 밤이었습니다. 아니 가장 더러운 밤이었습니다. 저는 지금 살아야 할지 그렇지 않으면 죽어야 할지를 모르겠습니다. 황 선생님! 어떻게 하랍니까."

이까지 썼을 때 초희는 그만 펜을 놓고 눈을 감았다. 이제라도 죽어야 할 것 같았기 때문이었다. 그러나 그때 초희의 눈앞에는,

"바보 같으니라구 죽기는 왜 죽어."

하고 냉정한 얼굴로 꾸짖는 연길이가 나타나 보였다.

초희는 눈을 떴다. 그리고는 써 놓은 종이를 찢어 버렸다. 그의 눈앞에는 절망 속의 슬픈 얼굴이 떠올랐다.

그는 다시 펜을 들었다.

"황연길 선생님! 제가 책임을 지겠습니다. 간단한 자수서(自首書)를 써 가지고 정인한 씨를 만나 보십시오. 취직까지 시켜주겠답니다. 제 목숨을 걸고 책임을 지겠습니다. 안심하십시오."

7월 ×일

이렇게 글을 쓰고 난 초희는 자기도 모르는 눈물을 다시 흘리기 시작했다.

생각할수록 자기처럼 불행한 사람은 없을 것 같았다. 공산주의 침략으로 어버이와 모든 재산을 잃었을 뿐 아니라 자기의 육체까지 침략을 당한 여자가 어디 또 있을 것인가?

초희는 하늘을 향하여 공산주의를 저주하고 싶었다. 저주하는 것밖에는 다시 더 생각할 것이 없는 공산주의 같았다.

세상에 두 가지의 행동이 있으리라. 하나는 신에게 변명을 하고 사죄를 구할 수 있는 행동, 둘째는 신에게 사죄할 면목도 없는 행동!

죄 없는 사람을 함부로 숙청하고 정조를 무시하여 인권을 유린하는 공산주의의 행동이란 아무리 기묘한 화술(話術)을 가진 인간의 혓바닥으로로라도 변명할 수 없는 것이리라. 초희가 이렇게 생각하고 있을 때였다. 정인한이가 미닫이문을 열고 슬며시 들어왔다.

"세수를 하구 조반을 좀 먹지."

초희는 흘리고 있던 눈물을 멈추었다. 그리고는 인한을 향하여 인간이 쓸 수 있는 최악의 언어를 사용하여 매도(罵倒)하려 했다.

"뻔뻔하기 돼지만두 못한 자식아, 세수를 하구 밥을 먹는 것두 권총으로 명령을 하려무나. 불세례를 받아도 아깝지 않은 자식아……."

이런 말이 입 안에서 뱅뱅 돌았다. 그러나 초희는 역시 참을 수밖에 없었다. 정인한이가 비록 천하의 악한이라고 해도 현실의 사회는 정인한이를 옳은 사람이라고 규정짓고 있다. 정인한의 권력 남용을 정당한 것이라 인정하고 있다. 더구나 그는 연길의 생명까지 맡아 가지고 있는 사람이다.

"밥 생각 없습니다."

입에서 나오지 않으려는 말이나 억지로라도 아니할 수 없었다.

"조금두 달리 생각 말어, 나는 초희를 사랑했구 또 앞으루두 사랑할 테니까. 끓어오르는 열을 참을 수가 없어서 그런 것뿐이야. 초희가 나를 사랑한다면 그뿐 아냐 안 그래?"

천만 번 사죄를 한다 해도 변명이 되지 않을 말이다. 그러나 초희는,

"애정의 표현 방법을 알기에는 제 나이가 너무 어린 것 같애요."

하고 인한의 비위를 거스르지 않을 정도로 자기의 슬픔을 말했다.

"우리는 애정 문제루 시간을 허비할 수가 없어. 조반을 먹구 또 일을 하러 가야지. 빨리 밥이나 먹어, 응."

인간의 죄악이 인간을 위한다는 사회의 사업과 이렇게도 서로가 통하는 인류사가 일찍이 있었던가?

"정말 밥 생각이 없어요. 먼저 잡숫고 가세요. 조금 있으면 맘이 진정 될 테니까 제 걱정은 조금두 마세요."

이렇게 초희는 끝까지 사양을 했다. 인한이도 단념을 했는지,

"그럼 좀 있다가 연길에게 다녀와서 푹 좀 쉬어."

하고는 혼자서 안방으로 들어갔다.

초희는 그렇지 않아도 연길에게로 가리라 마음먹었다. 연길이 때문에 자기가 희생되었다는 그러한 마음에서 자기의 슬픔을 하소하기 위함은 아니었다.

더할 나위 없이 슬픈 마음을 가지고도 연길을 찾아간다고 하는 그 마음이 연길을 위하는 진실된 마음이라는 것을 스스로 느끼기 위함에서였다.

그러기에 그는 눈물에 젖은 육체를 끌고 가서도 연길네 집에 이르러서는 대문마저 흔들지 못했다. 대문 소리에 놀랄 연길이도 연길이려니와 더러운 육체를 연길이의 동생에게나마 보일 수가 없었기 때문이었다. 그래서 그는

새벽에 썼던 편지를 집어 대문 틈으로 들이밀고는 아무도 모르게 발길을 돌리고야 말았다.

5. 피난의 길

6월 27일, 옆집에서 사는 국군 장교의 가족들의 피난을 가야만 산다는 말을 듣자 현주 어머니는 피난 보따리를 싸기 시작했다. 학교에서 돌아온 현주가 내일부터 미군이 서울에 들어와 싸운다는 말을 들려 주어도 어머니는 막무가내였다.

"서울 장안에 피난 가는 사람이 얼마나 되는 줄 아세요? 거지반 다 그대루 있는데?"

이렇게 말을 해도 어머니는,

"국군이 모르겠니? 그들이 당장에 떠나는데 우린 뭘 믿구 남아 있어. 잔소리 말구 빨리 떠날 준비나 해."

하고 어머니는 짐만을 꾸렸다. 사실 서울 사람들의 대부분이 피난 갈 생각을 아니하고 있다. 더구나 연길이로부터는 피난 이야기를 한 마디도 못 들었다.

세상 사람들이 다 떠난다 해도 연길이가 남아 있는 한 어찌 혼자서 떠날 수 있을 것인가.

현주는 연길이와 한 마디의 의논도 없이는 서울을 떠날 수 없었다. 그래서,

"그럼 어머니 혼자서 먼저 떠나세요. 사세를 봐 가면서 뒤에 갈 테니."

하고 혼자만이라도 남으려 했다. 그러나 어머니는 펄펄 뛰며,

"이 애가 정신이 나갔나? 그래 나 혼자 살려구 떠나는 줄 아니? 정거장까지 자동차루 실어다 준다구 옆집 상호네가 빨리 짐을 싸래는데 어서 떠날 차비나 해."

하고 함부로 서둘러 댔다.

　현주는 내일이나 모레라도 떠날 수 있지 않느냐고 나머지 짐들은 그냥 두자고도 해 보았고, 내일 학교에서 월급을 준다니 그거나 받아 가지고 떠나자는 말도 해 보았으나 어머니는 오늘밤이 지나면 기차가 없어진다고 하며 도시 말을 들어주지 않았다.

　말하자면 현주로서는 어떻게도 할 도리가 없었다. 그러면 편지라도 써 놓고 떠나리라 생각했지만 그것은 전할 길이 없다. 정거장까지 자동차로 나간다면 아무도 만날 수가 없다.

　남의 차를 얻어 타는 신세에 돈암동까지 돌아가잔 말도 차마 할 수가 없고.

　그러나 현주는 혹시 정거장에서라도 누구를 만나면 부탁하리라는 생각에 혼자 떠난다는 사연의 편지를 간단히 써서 핸드백에 넣고 짐짝과 더불어 스리쿼터를 탔다.

　그러나 멀리 떠나는 피난민만으로 혼잡한 정거장에서 시내로 들어간다는 사람을 발견할 수는 도저히 없었다. 설사 그런 사람이 있다 해도 그런 사람을 찾아볼 여유가 없었다. 찻간 안은 물론 기차 지붕 위까지 사람이 빼곡한데 짐짝과 같이 사람이 기차 위에 오르는 것만도 두 여자에게는 너무나 힘든 일이었던 것이다.

　현주에게 있어서는 조금도 다행한 일이 아니었을지 모르지만 어쨌든 최종 열차는 다행하게도 그들이 찻간에 오르자 얼마 안 되어 떠났다.

　기차가 용산을 지나 한강 철교를 지날 때 현주는 기차에서 뛰쳐 내리고 싶었다.

　연길을 내버리고 혼자서 어디를 간다는 말인가, 죽어도 같이 죽어야 할 사람이 아니었든가. 그러나 현주는 달리는 기차에 몸을 맡기지 않을 수도 없었다.

　그는 피난행이 오랠 것이라고 생각지 않았기 때문이었다. 이삼 일만 지나면 다시 돌아올 길이라고만 생각했다. 그래서 기차가 노량진을 지날 때,

　"어머니! 영등포에 내렸다가 며칠 뒤에 돌아갑시다."

하고 멀리 가지 말자고 했다. 그러나 어머니는 다시 깜짝 놀라며 말했다.

“남들은 부산 대구루 간다는데 우리는 상주(尙州)까지는 가야 한다. 고향엘 가야 밥술이라두 얻어먹지 않니?”

“며칠 있다가 들어갈 것을 뭣 때문에 먼 데까지 갑니까?”

현주가 이렇게 말을 해도 어머니는,

“글쎄, 내 말만 들어 모두가 너만 못해서 부산으로 가는 줄 아니?”
하고는 말도 못하게 했다. 참으로 안타까운 일이었다. 자기를 찾아 헤맬 연길을 생각하니 가슴이 터지는 것 같기도 했다. 자기를 찾아다니다가 혼자서 떠난 것을 안다면 자기를 얼마나 원망할 것인가?

현주는 기차가 영등포에 정거했을 때 혼자만이라도 내릴까 생각했다. 그래서,

“변소에 갔다 물을 좀 먹구 올게요.”
하고 도망갈 기회를 만들려고 했다. 그때 옆에 섰던 사람이,

“어느 틈으루 변소엘 갑니까. 자 여기 깡통이 있소. 깡통이…….”
했다.

현주는 웃음이 나올려는 것을 겨우 참고 남의 등을 밀치며 한 걸음 한 걸음 걸어 나갔다. 땀에 젖은 옷들이 손에 달 때마다 선뜩했다. 땀 냄새가 코를 찌르기도 했다. 댓 발자국 걸었을 때 현주는 온몸이 땀투성이가 되고야 말았다. 정말 소변만이 마려운 것이라면 차라리 깡통에 오줌을 누는 것이 그 고생보다는 나을 것 같았다. 뒤엎어 논 콩나물처럼 엉키어 버린 사람 틈을 걸어간다는 것은 참으로 힘든 일이었다. 그러나 그 속으로나마 나가야 차에서 내릴 수가 있고 차에서 내려야 하루빨리 서울로 돌아갈 수 있었다.

그러나 출입구까지 거의 다가서 무심코 뒤를 돌아볼 때 현주는 자기를 따라오는 어머니를 발견하고 도적질을 하다가 발각된 때처럼 얼굴을 붉혔다.

“도망도 칠 수가 없구나…….”

현주는 단념하지 않을 수 없었다. 말은 아니하지만 자기가 연길이 때문에 서울을 떠나고 싶어하지 않는 마음을 어머니가 모르지 않을 것이다. 그렇기 때문에 변소에까지 따라오는 것이라면 어떻게 어머니의 눈을 속일 수가 있을 것인가. 차라리 딴 생각이 없었다는 것처럼 보이는 동시에 자기도 일찌

감치 단념해 버리는 것이 상책일 것 같았다.

현주는 변소엘 갔다가 물을 먹고 어머니에게로 가서 천연스럽게,

"더워서 어떻게 가요?"

하고는 도리어 기차가 언제 떠날지 모르니까 빨리 타자고 먼저 서둘렀다. 어머니도,

"변소 때문에 큰일이구나……."

하고 넌지시 말했다. 그 뒤 현주는 도망갈 생각도 버리고 어머니가 하자는 대로 내맡기고 말았다. 차라리 기차가 빨리 가서 콩나물통 같은 기차에서 해방되기나 바랬었다.

그러나 기차가 김천(金泉)까지 이르는데 사흘씩이나 걸리는 데는 정말 숨이 막힐 지경이었다. 전 같으면 대여섯 시간에 넉넉히 갈 수 있는 곳이다.

사흘 만에 김천역에 도착하여 하룻밤을 플랫폼에서 잔 뒤 다음날 아침 상주행 열차를 타려고 할 때였다.

땀을 흘리며 적지 않는 짐짝을 찻간에 올리고 있을 때 어떤 젊은 사람이 문득 나타나,

"수고들 하십니다. 좀 도와드릴까요."

하고는 짐짝을 옮겨 주었다.

키는 보통 키였으나 반즈봉을 입고 스타킹을 신은 것과 머리를 가운데로 반 가른 것이 균형진 육체에 현대적인 감각을 주는 청년이었다.

"서울엔 괴뢰군이 입성했다죠. 민족의 수난이 여러분까지 고생시키누만요."

하고 말하는 것으로 보아 더구나 교양도 있는 남자 같은 인상을 주었다. 그리고 짐을 날라 주는 모든 몸 움직임이 부자연하지도 않게 보였다.

청년은 짐을 전부 올려 논 뒤 찻간에 올라와서 뒷주머니에서 꺼낸 수건으로 이마에 흐르는 땀을 씻으며,

"어데까지 가시죠."

하고 물었다. 말하는 품이 조금도 천해 보이지가 않았다. 그러나 현주는 젊은 남자에게 호락호락 말을 건넬 수가 없어서 대답을 하지 않고 있을 때 어

머니가,

"상주에까지 갑니다. 너무 애를 써서 고맙습니다."

하고는 간단한 인사를 했다.

"상주까지요? 저두 상주에 가는데요."

삼십이 거의 되어 보이는 그 청년은 그 이상 더 할 말이 없다는 듯 창 밖으로 눈을 돌렸다.

현주는 서울에 괴뢰군이 입성했다는 것까지 아는 사람이라면 그 밖에 이야기도 알 것 같아 물어 보고 싶은 생각이 들었으나 차마 이야기를 꺼낼 수가 없어 묵묵히 있을 때 어머니가,

"선생은 가족을 어떡허시구 혼자 오십니까?"

하고 물었다.

그때 청년은 여전히 밖을 내다보며 웃음을 띠운 얼굴로 대답했다.

"가족두 없습니다. 고향이 함경돈데 재작년 혼자서 도망쳐 나왔으니까요."

"그래 짐두 없군요?"

"짐이라구 가진 것두 없지만 이번에 역시 도망치듯 떠났기 때문에 갈아입을 옷 한 벌을 못 가지구 왔습니다."

"상주에는 친척이라두 계신가요?"

"네, 8·15 직후 월남한 삼촌이 상주서 장사를 하구 있습니다."

그때 요란한 기적소리가 그들의 대화를 잠시 중단시켰다. 요란하던 기적소리가 잔잔해지자 레일 위를 달리는 기차바퀴 소리가 유난히 크게 들렸다.

현주는 기차의 달림과 더불어 연길을 점점 더 멀리 떠나고 있음을 느꼈다. 더구나 괴뢰군이 입성한 뒤의 연길이가 어떻게 지낼까 하는 생각이 가슴을 불안케 하였다.

그래서 그는 염치도 생각하지 않고,

"서울에 남은 사람들은 어떻게 될까요?"

하고 묻고야 말았다.

"많이 다치겠지요."

청년은 그래도 창 밖만 내다보고 있었다.

"죄 없는 사람도 죽일까요?"

"죄가 있구 없는 건 그 사람들만이 결정지으니까요. 그리구 모른 척하면 모른 척한다구 그것까지 죄가 된답니다."

정말 그렇다면 연길이도 무사하리라 보장할 수가 없다. 연길이가 죽었다면……. 이렇게 생각하니 연길을 내버리고 혼자 떠난 것이 더욱 후회가 되었다. 그리고 괴뢰군이 원망스러웠다.

"공산주의는 왜 사람을 그렇게 잘 죽일까요?"

"누가 압니까. 나같이 음악밖에는 아무것도 모르는 사람까지 살지를 못하게 하니까요. 저희들 종노릇은 안 하면 다 반동이라나요."

현주는 남모르는 한숨을 혼자 내쉬었다.

"그럼 서울은 아주 뺏기구 말까요?"

"글쎄요. 미군이 도와주면 그렇지두 않겠지요."

"미국은 물론 도와주겠지요?"

"그렇겠지요."

이런 이야기를 주고받으며 네댓 시간을 달렸을 때 기차는 상주역에 도착했다.

"제가 먼저 내려서 받지요. 창문으로 짐짝을 내주십시오."

청년은 혼자서 밖으로 나와 현주네 짐짝을 차창으로 받아 놓기 시작했다. 짐을 전부 받아 놓은 뒤에는 내려놓은 짐짝들을 하나씩 들어 한편에 모아 놓기 시작했다. 자기의 일을 하듯 열심이었다.

현주는 미안하기 짝이 없었으나 미안한 채 바라만 보고 있을 때 석유 궤짝을 들어올리려는 순간 찻간 안에서 커다란 짐짝 한 개가 내려와 청년의 머리 위에 떨어졌다. 청년은 궤짝을 안은 채 땅바닥에 쓰러지고는 '악' 소리를 한 마디 낸 뒤 그만 쓰러지고 말았다.

현주는 깜짝 놀라 청년에게로 달려갔다. 어머니도 얼굴이 질렸다.

그들은 청년의 몸을 잡고 끄는 한편 두 손이 깔린 짐짝을 굴렸다. 청년은 다시,

“아이야—.”

소리를 지르고는 땅 위에 넘어졌다. 짐짝에 깔렸던 두 손에서는 새까만 피가 흐르고 있었다.

어머니는 역 구내로 물을 뜨러 가고 현주는 손수건을 꺼내 피 흐르는 손가락을 붙잡아 매기 시작했다. 왼손은 껍질이 베껴진 정도였으나 바른손의 둘째손가락과 장지는 어떻게 다쳤는지 붙잡아 맨 손수건이 금시 피투성이가 되고 말았다.

어머니가 물그릇을 들고 와서 입에 대주자 청년은 몇 모금 마시고 나서 그때야 겨우 눈을 뜨고는 바른손을 움직이며 신음 소리를 내었다.

“역 앞에 병원이 있으니까 빨리 데리구 가 보시죠.”

옆에 모여 섰던 사람 가운데 역부인 듯한 사람이 말했다.

정신을 못 차리고 신음하는 것으로 보아 상처가 보통이 아닌 것 같을 뿐 아니라 좀체로 피가 그치지 않는데 걱정을 한 현주는,

“빨리 병원엘 가 보십시다.”

하고 청년의 팔을 끌어 올렸다.

청년도 다리에 힘을 주며 일어섰다.

다행히 멀지 않은 곳에 병원이 있어 들어갔으나 손수건을 놓고 손가락을 만져 보던 의사가,

“장지의 뼈가 상했는데요.”

하고 말할 때에는 현주의 가슴이 서늘해졌다. 자기들 때문에 뼈가 다쳤으니 어떻게 해야 좋단 말인가.

다친 곳에 소독을 하고 지혈주사를 논 뒤 상처를 만져 보던 의사는 정말로 무서운 말을 하고야 말았다.

“한 매디는 잘라야겠는데요.”

이 말에 놀란 것은 현주뿐이 아니었다. 청년이,

“뭐요?”

하고 항의를 하듯이 물었다.

“멘 끝마디 뼈가 으스러졌습니다.”

의사의 말이었다.

"아니 아주 짤라야 한단 말입니까?"

"네."

의사의 선언이 내리자 청년은 눈을 꼭 감았다. 악몽에서 깨어나려는 노력을 하는 것 같았다. 한참 뒤에야 감았던 눈을 뜨고,

"안 짤르면 안 될까요?"

하며 애원을 했다.

"둬 뒀쟈 소용도 없지만 고통만 심할 겁니다."

의사는 그야말로 냉정했다.

"그럼 피아노는 다 쳤구만……."

청년은 비명과 같은 소리를 한숨 섞여 내쉬었다.

"아."

현주도 한숨을 내쉬지 않을 수 없었다. 음악을 한다는 말을 들었지만 피아노를 친다는 말은 처음이다. 피아노를 치는 사람이라면 손가락 한 마디를 자른 뒤 어떻게 될 것인가, 보통 사람에게 있어서 눈 하나보다도 더 중요할 손가락이다. 아니 그에게 있어서는 생명보다도 더 중요한 것일지도 모른다.

"그럼 이제 수술을 하겠습니다."

의사는 응당 해야 할 일을 하는 것처럼 수술 준비를 했다.

"한 번만 더 잘 봐 주십시오. 정말 수술을 꼭 해야겠습니끼"

이번에는 현주가 애원하듯이 부탁을 했다.

"남의 손가락을 짤르기 좋아할 사람이 어디 있겠소."

의사는 도리어 쓴웃음을 웃었다.

청년은 손을 내민 채 눈을 천장으로 향했다.

"빨리 수술을 해 주십시오."

참을 수 없게 아픈 모양이었다.

의사는 마취제 주사를 놓고 힘들지 않게 장지 한 마디를 잘라 버렸다.

수술이 끝난 뒤 잘린 손을 붕대로 감아 목에 걸어맨 청년은 수술비를 지불하려고 바지 뒷주머니로 왼손을 돌렸다.

그러나 바른편에 있는 주머니에까지 왼손이 닿을 리가 없다.

"미안하지만 돈을 좀 꺼내 주십시오."

그는 엉덩이를 돌리고 현주에게 말했다.

"내버려 두세요 제가 물게……."

현주는 수술비나마 자기가 지불해야 할 것이라고 생각했다.

"아닙니다. 그것은 나를 모욕하는 것입니다. 빨리 꺼내 주십시오."

청년은 성이 난 듯한 얼굴로 말했다.

"그래두 그것만은 제가 내도록 해 주십시오."

사실은 수술비를 지불할 만큼 현금을 가지고 있는 것도 아니었다. 그러나 현금은 없다고 해도 청년의 돈으로 수술비를 내도록 내버려 둘 수는 없었다.

"이것은 오직 나를 위해서 내는 것입니다. 만약 내 돈을 내지 못한다면 나는 일생동안 더 슬픈 생각을 가지게 될 겁니다. 정말 나를 생각해서 돈을 꺼내 주십시오."

이렇게까지 말하는 데는 현주로서 더 거역할 수가 없었다. 이상한 사람이라는 생각만을 하면서 현주는 청년이 시키는 대로 돈을 꺼내어 주었다. 이름도 모르는 사람의 주머니에 손을 디밀어 돈을 꺼내는 현주의 손은 약간 떨렸다. 그러나 무엇보다도 정식 인사를 해야 할 것 같아 병원 앞 길가에서 고개를 숙여,

"인사두 못 드렸습니다. 저는 김현주(金賢珠)라구 합니다."

하고 인사를 했다. 그때 청년도 머리를 숙여 인사를 하며,

"참 미안합니다. 저는 최순일(崔舜一)이라고 합니다."

그리고 나서 그들의 발걸음이 정거장으로 향하고 있을 때 현주는,

"친척 댁이 어디시죠? 제가 모시고 안내를 해 드리죠."

하고 발길을 멈추었다.

"저는 천천히 가두 좋습니다. 우선 어머니께서 기다리실 테니 정거장으로 가십시다."

"아프실 텐데 바루 가셔야지요."

“아무데루 가나 아프기는 일반일겁니다.”

“그래두 미안해서……..”

“오늘만은 내 마음대로 하게 내버려 둬 주십시오. 빨리 가기나 합시다.”

현주는 또 순일의 말을 따르지 않을 수 없었다. 극도로 미안한 데다 말까지 안 들을 수가 없었던 것이다. 그 대신 현주는,

“피아노를 전공하셨어요?”

하고 물었다. 순일에 대한 것을 좀더 자세히 알고 싶었던 것이다.

“네, 어렸을 때부터 피아노를 공부했습니다. 몇 번 독주회까지 했지요. 그러나 이북서는 피아노두 마음대루 칠 수가 없어 월남을 했다가 이렇게 되었습니다.”

말하는 것으로 보아 숙명적인 슬픔을 느끼고 있는 것이 분명했다. 현주는 그 이상 더 말을 꺼낼 수가 없어서 묵묵히 걷고 있을 때 이번에는 순일이가,

“김 선생님은 무얼 하고 계십니까?”

하고 물었다.

“국민학교 선생입니다.”

“네, 제 처두 그런 직업을 가지구 있었는데 아직 살아나 있는지 모르겠습니다.”

“그래요 그럼 부인은 어디 계신데요?”

“함흥에 있습니다.”

이렇게 말할 때 그들은 정거장 앞까지 이르렀다. 그때 짐을 정거장 밖으로 옮겨 놓고 현주를 기다리던 현주 어머니가 달려오면서,

“좀 괜찮습니까?”

하고 순일에게 물었다.

“손가락 한 매디를 짤랐어요!”

순일이 대신 현주가 대답했다.

“저걸 어쩌문 좋아……..”

현주 어머니도 걱정을 안 할 수 없었다. 자기네가 남의 생손을 자르게 했다는 생각을 안 가질 수 없기 때문이었다.

“이제는 피아노를 못 치게 됐대요. 피아노가 최 선생의 직업이시라는데…….”

현주는 그 손가락이 보통 손가락과 다르다는 것을 설명했다.

“아이유 저걸 어쩌문 좋아, 그래 넌 치료비나 치렀니?”

어머니의 이 말에 현주는 돈이 없어서 수술비도 못 치렀다고 어머니를 원망이나 하듯이 말했다.

“그럼 이제라도 물고 오너라.”

어머니를 보자기에서 돈을 꺼내려 했다.

“걱정 마세요. 최 선생이 벌써 다 치룬 걸. 그리고 제가 낼래두 못 내게 했어요.”

“그래서 쓰니 원! 우리가 물어야지!”

어머니는 돈으로라도 순일이를 줄려고 했으나 순일이가 그것을 받을 리 없다. 그들은 구루마를 얻어 짐짝을 싣고 걷기를 시작했다.

“어디로 가지요?”

현주가 어머니에게 물었다.

“글쎄 황 영감네 집으루 가면 방은 있을 텐데…….”

현주는 이 말을 듣자 갑자기 발을 멈추었다.

“난 싫어요. 그 집엔 뭣 하러 가.”

황 영감이란 연길의 아버지다. 아무리 피난길이라 해도 결혼을 하기 전에는 그 집에 발을 들여 놀 수가 없다.

“그럼 누구 집으루 갈까…….”

어머니도 꼭 그 집으로 갈 생각은 아니었던 모양이다.

“칠춘네 집이 있지 않아요. 그 집에두 방 한 개쯤 있지 않을라구.”

그래서 그들은 남문거리로 발을 옮겼다. 칠촌 댁에 이르자 그들은 반가운 인사를 받았으나 현주는 짐짝을 방 안에 옮겨 놓기가 바쁘게,

“이제는 최 선생님이 가 보셔야지.”

하고 순일을 독촉했다.

“참 늦기 전에 가 보셔야겠군요?”

어머니도 걱정을 했다. 그러나 순일은 그리 바쁠 것이 없다는 듯이 떠날 생각을 안 했다.

"참 오늘 일을 뭐라구 말씀드려야 좋을지 모르겠어요. 다음에 정식으로 사과를 드리겠습니다. 고의적인 일이 아니었으니까 용서하시겠지요."

현주는 소학생처럼 고개를 숙였다가 쳐들고는 애교 있게 웃었다. 현주의 재롱하는 듯한 웃음에 순일이도 웃고,

"그럼 피곤하실 텐데 편히 쉬십시오."

하고 그 집을 떠났다.

현주는 상주에 한 번도 와 본 적이 없다는 순일을 혼자서 보낼 수가 없어서 순일과 같이 그의 삼촌 집을 찾아 남성동(南城洞)으로 갔다. 길가에서 약방을 경영하는 집이라 찾기에 힘이 들지는 않았다.

집만을 알자 현주는,

"그럼 내일 찾아오겠습니다. 그때 병원엘 같이 가세요."

하고 발길을 돌리려 할 때,

"오실 것 없습니다. 혼자서도 능히 갈 수가 있으니까요."

순일이가 쓴웃음을 웃었다.

"혼자 가시기가 외롭지 않아요."

"외로움을 따지구 살 수가 있나요. 정말 오실 필요가 없습니다."

"제가 하구 싶은 일이니까 그것만은 허락해 주세요. 꼭 기다려 주세요. 네? 혼자 가시면 안 돼요. 아시겠어요?"

"그럼 기다리구 있겠습니다."

순일은 처음에 인사를 한 때와 같이 머리를 숙여 인사를 했다. 어딘가 침울한 표정이었다.

순일을 떠나 남문거리로 걸어오고 있을 때 현주는 내일 기다리고 있겠다고 하며 고개를 숙이던 순일을 생각지 않을 수 없었다. 자기 때문에 운명에 커다란 변동을 일으킨 순일! 그 순일은 속으로 자기를 얼마나 원망하고 있을 것인가.

물론 순일의 부상이 현주를 원망할 수 있는 성질의 것은 아닐지도 모른

다. 그러나 부상을 생각할 때마다 자기를 연상할 것만은 사실이다. 자기의 모든 희망이 좌절되었다는 절망을 느낄 때마다 그는 손가락만을 바라볼 것도 사실이다.

현주는 집으로 돌아와서도 그런 것만을 생각했다.

다음날 그는 일찌감치 화장을 하고 순일이를 찾아갔다. 순일을 독촉하여 병원에도 갔다. 병원에서 나오는 길에는 왕산공원으로 올라 산보도 했다.

"어떡허지요. 피아노를 못 치게 되어?"

그는 끝내 이런 말을 꺼내고야 말았다. 순일이가 자기의 운명에 대한 태도를 하루 빨리 결정지어 주어야만 자기도 안심할 것 같은 생각에서였다.

"어떡하겠어요. 할 수 없지……."

순일은 무기력한 대답을 했다. 아직까지도 운명에 대한 슬픔만을 느끼고 있는 모양이었다. 하기야 그 슬픔이 하루 이틀에 정리될 것은 못 된다.

"저는 최 선생의 일생을 어떻게 바라보아야 할지 정말 가슴이 아파요."

현주는 나무 밑에 앉아 멀리 시가를 내려다보며 말했다.

"정말 가슴이 아픈 것은 누구보다도 나 자신이겠지요."

순일이도 현주 옆에 앉으며 말했다.

"그래두 미안한 마음은 일생 버리질 못할 것 같아요."

"미안한 것과 아프다는 것이 같을 리 없겠지요. 미안하다는 마음은 시간의 흐름과 더불어 얇아지기 쉬운 것이니까요."

"그렇기는 하지만."

"그렇지만 걱정은 마십시오. 나의 운명은 어디까지나 나의 운명이니까요. 나만의 운명을 남에게 전가시키려는 어리석은 생각은 가지지도 않습니다. 설사 김 선생이 나의 운명과 관련이 있다고 해서 그 책임을 추궁한다면 김 선생은 과연 그 책임을 질 수가 있겠습니까?"

"어떻게 추궁하시려는지요?"

"추궁한다는 것이 아니라 그렇게 가정을 한다면 말입니다."

"가능한 정도 책임을 져야지요."

"그 가능이란 것이 문제입니다. 김 선생의 가능이란 나의 운명에 영향을 주는 가장 적은 부분밖에 되지 못할 것입니다. 말하자면 치료비를 지불한다든가 그렇지 않으면 정신적 위안을 준다든가……. 그것이 도대체 내 운명에 어떠한 영향을 줄 것입니까? 아예 책임 운운의 말은 꺼내지도 마십시오.”

“………”

현주는 대답을 못했다.

순일이가 그렇게까지 솔직하게 그리고 명확하게 말하는 데야 정말 자기의 미안한 정도의 마음을 가지고는 이렇다저렇다 말할 수가 없었다.

“내 운명을 남에게 전가시켜 마음의 가벼움을 얻으려는 어리석음을 범하지 않을 테니까 조금도 걱정을 마십시오.”

순일은 도리어 현주의 마음을 가볍게 해 주려고 했다.

“좌우간 피아노를 못 치시게 됐으니 어떡허지요?”

현주는 그래도 걱정이라는 듯 물었다.

“음악으로 이름을 날리겠다는 생각만 버리면 되겠지요. 그저 음악을 사랑하지요. 그러면 나는 음악에 더 충실한 사람이 될지두 모릅니다.”

“………”

“어쨌든 내 장래에 관여할 생각을 마십시오. 가기나 하십시다.”

순일은 한 손을 땅에 대고 일어서려고 했다. 보기에 넘어질 것 같이 위태로웠다.

“가 보실까요.”

하고 현주는 냉큼 일어나 순일의 팔을 잡아 올렸다.

6. 운명의 작희(作戲)

두 사람은 시멘트의 층계를 걸어 내려오고 있었다. 누가 보아도 사랑하는 두 사람의 산책이라고 밖에 말할 수 없는 광경이었다.

그러나 현주는 순일을 옆에 두고 걸으면서도 생각은 연길에게로 가 있었다.

일요일만 되면 둘이서 서울 시외를 산보하던 지난날의 추억이 머리에 떠올랐던 것이다. 따라서 지금은 무엇을 하고 있을까 하는 연길에 대한 생각이 순일의 존재까지도 잊어버리게 했다.

"상주가 참 좋은 곳인데요!"

순일이가 이런 말을 할 때 현주는,

"복잡하지두 않구 너무 한적하지두 않구……."

하고 독백을 하듯이 대꾸를 했다.

"일평생 살았으면 좋겠구만요!"

"마음에 맞은 사람하구……."

이것도 연길이를 머리에 두고 한 말이었다.

"마음 맞는 분이 어디 계시죠?"

"글쎄요."

현주는 미소를 띠고 층계 시멘트 바닥 위에 있는 자갈 한 개를 구둣발로 차서 굴렸다.

순일은 공연한 이야기를 들었다고 후회나 한 듯이 얼핏 화제를 돌려,

"김 선생님은 음악을 좋아하시지 않나요?"

하고 물었다.

"전 음악을 잘 모릅니다."

"그럼 음악가를 경멸하시나요?"

"천만에요. 자기가 모른다고 해서 남을 경멸할 수가 있습니까? 도리어 존경해야지."

이런 말을 하며 그들은 갈래 길에 이르렀다. 순일은 자기 집으로 바로 갈려고 했다. 현주는 그 전 날 한 말도 있고 해서 자기 집으로 가서 점심이라도 대접하려고 했으나 순일은 피난살이에 그런 것은 생각지도 말라고 하며 굳이 거절했다. 길가에서 긴 이야기도 할 수가 없어서 현주는 다음날 과자라도 사서 대접하며 다시 이야기하리라 생각하고 혼자 집으로 돌아왔다.

집에 와 보니 어머니가 보이지 않았다. 칠촌 아저씨 댁에 물어 보니 연길

의 아버지가 불러서 갔다고 했다. 현주는 옷을 갈아입고 우물물을 떠서 세수를 했다.

그리고 부채질을 하며 어머니를 기다리고 있을 때 얼마 안 있어 어머니가 돌아왔다. 희색이 만면한 얼굴이었다.

"왜 오라구 그럽디까?"

"서울 소식두 궁금하구 연길이 이야기두 묻구 싶으니까 오랜 거지!"

"딴 말은 없구?"

현주는 어쩐지 연길이에 대한 이야기가 좀더 있었을 것만 같았다.

"딴 말은 무슨 딴 말이 있겠니!"

어머니는 잠깐 새치미를 떼고 앉았다가 정색을 하고,

"너 지금 어데 갔었니?"

하고 물었다.

"최 선생하구 병원에 갔다가 왕산에 산볼 했지."

"애, 그 사람한테 미안하기는 해두 같이 다니는 건 삼가 해라. 손바닥만한데 뜬소문이 안 날 줄 아니? 그렇지 않아두 연길 아버지는 벌써 어떤 남자와 같이 왔다는 걸 알구 있드라."

"어때요 소문쯤. 내 마음만 안 그러문 되지."

"과년한 처녀는 몸조심을 해야 하느니라."

어머니는 잠시 말을 끊고 부채질을 하다가 좋은 수나 있는 듯이 현주를 부르고,

"연길 아버지가 그러시는데 참 좋은 신랑감이 있대더라. 그렇지 않아두 기별을 할래던 차인데 이번에 약혼이라두 하라구 그러시지 않니."

하고 현주의 눈치를 살폈다.

"피난 통에 약혼이 다 뭐야요."

하고 현주는 첫마디에 침을 뱉듯 거절해 버렸다.

"너 공연한 고집을 말아. 연길이 하고는 내가 살아 있는 한 절대루 안 될 테니까 아예 마음을 돌려야 해."

"연길 씨는 둘째루 하구 이 난리 통에 약혼이 무슨 약혼이냐 말이에요."

"그럼 연길이 하구 하래두 안 하겠니."

"그건 딴 문제지요."

"봐라 그러니까 네가 아직 틀린 생각을 하구 있는 거야."

"틀렸어두 좋아요. 어머니가 내 대신 시집 가 주는 게 아니니까요."

"너두 너무 그러지 말아. 연길 아버지가 말씀하시는 남자는 내가 듣기에
두 훌륭하더라. 재산 있구 학식 있구 게다가 집안 세력이 당당하구……
너 같은 건 백 번 죽어두 그런 데 못 간다. 그것두 연길 부친의 덕택이
지…….."

"글쎄, 이젠 그만두라니까요. 그런 소린…….."

"잔말 말구 에미 하라는 대로 해라."

어머니는 모래쯤 연길네 집에서 선을 보게 되었다는 것까지 말했다. 연길
과의 연애를 막기 위하여 어머니는 하루빨리 현주의 약혼을 결정지어야 했
다. 그러기 때문에 연길 아버지가 좋은 신랑감이 있다고 말할 때 현주 어머
니는 누구보다도 기뻐했다. 그래서 하루라도 속히 선까지 보려고 했던 것이
다. 때마침 부산에 가 있던 경수가 볼일 보러 올라온 길이라니 그 기회를 놓
칠 수가 없었다.

현주는 차라리 자기를 죽이라고 어머니에게 대들었다.

그렇지 않으면 물에 빠져 죽겠다고 협박도 했다. 그러나 어머니는 종시
굴하지를 않았다. 죽기 내기를 하자고 현주 못지않게 악을 썼다.

현주는 정말 죽어 버릴 것을 생각해 보았다. 어머니가 끝까지 연길과의
결혼을 반대하고 다른 남자와 결혼을 시키려 한다면 자기의 일생이란 얘기
하지 않았던 운명 속에 빠지게 되고 마는 것이다. 따라서 연길과의 굳은 약
속이 깨짐으로써 오는 슬픔은 일생에 타격을 주고야 말 것이다. 그것만도
아니었다. 자기의 의사가 전혀 무시당한 결혼 그 자체의 모순을 알면서도
그 모순을 극복지 못하는 자기 자신의 불합리성은 자기의 개성을 영원히 죽
이고 들어가는 행동이 된다.

어머니는 자기라는 하나의 생명을 낳아 주었다. 그러나 그 생명이 눈을
뜰 때 그때는 어머니가 인정하지 않을 수 없는 하나의 개성으로서의 생명으

로 변한다. 아무에게도 소속되지 않는 개성이다.

이제 그 개성이 완전히 유린당한다면 자기에게는 생명력의 원동력을 잃어버리게 되고 마는 것이다.

그렇게까지 자기를 잃고 살아서는 무엇 할 것인가. 현주는 이틀 동안 먹지를 않았고 자지를 않았다. 너무나 괴로운 마음에 순일을 만나서까지,

"나는 죽어야 할 것 같아요."

하고 탄식을 했다.

그러나 순일이가 무엇 때문이냐고 추궁할 때 현주는,

"어머니가 강제로 결혼을 시킨대요."

하고 자기의 고민을 말해 버렸다. 그때 순일은,

"뜻하지 않은 운명이 닥칠 때에는 그 운명을 새로 개척하는 힘이 인간에 있는 것입니다. 그리고 개성이란 운명과 타협을 하는 데서 승리를 얻어야 할 것입니다. 죽는다는 것은 모든 것의 패배를 말하는 것이죠."

"그것은 타협주의예요."

"아무런 주의건 죽는다는 것은 패배와 종말을 말하는 것 이외에 아무것도 아닙니다. 타협을 하는 척하다가 최후에 가서 적절한 방법을 쓸 수두 있는 것이니까요."

"그건 그렇겠죠."

"죽음이 그렇게 쉬운 것이라면 인류의 절반은 다 죽고 말았을 겁니다."

이런 말을 듣자 현주는 죽을 필요만은 없는 것이라 생각했다.

현주에게 죽음을 전적으로 부인하기는 했으나 그런 말을 한 순일 자신도 사실은 죽음에 대한 유혹을 받고 있었다.

순간적 실수로 말미암아 모든 희망이 일시에 좌절되고 말았으며 즐거움이란 영영 맛 볼 수 없게 되었으니 어찌 생에 대한 의욕이 있을 수 있을 것인가?

차라리 귀머거리가 되고 벙어리가 되었다면…….

그는 베토벤을 생각했다. 귀머거리의 육체적인 고민을 정신적인 음악으로 이겨 나갈 수 있는 베토벤은 차라리 자기보다 행복스러운 사람이라고 생

각되었다. 자기는 자기의 육체의 마이너스를 메울 수 있는 정신력을 전혀 가지고 있지 못하다.

더구나 한 마디가 아무것도 아닌 우발적 사건으로 말미암아 육체와 더불어 정신력까지를 전부 잃어버렸다는 것을 생각할 때 슬픔은 점점 더 커지기만 했다.

손가락 한 마디가 아니라 손 하나 전체를 끊어 버렸다면 차라리 지금 보다는 미련과 슬픔이 적었을지도 모른다.

손가락 한 마디로 말미암아 음악을 단념하여야 한다니……. 그러나 순일은 자기의 비극이 하나의 인과에서 오는 것이나 아닌가 하고 의심도 해 본다. 자기만이 살겠노라고 가족을 내버린 뒤 혼자서 집을 떠나온 죄가 지금 이러한 벌을 받는 것 같기도 했다. 자기를 멀리 그리워하고 있을 아내와 어린 두 자식을 생각하면 자기는 벌을 받아도 마땅할 것 같았다. 언제나 만날 지 아니 영영 만나지 못할지도 모르면서 그래도 만날 날만을 기다리고 있을 처자!

그러한 처자를 생각할 때 이름도 성도 모르는 여자들의 짐을 옮기노라고 애쓰는 것이 가엾다고 해서 쓸데없는 의협심을 보이다가 손가락을 잘리는 것쯤 도리어 가벼운 죄인 것 같았다.

손가락 한 마디가 아니라 팔 하나를 전부 잘라 남들이 불구자라고 손가락질하도록 되었어야 할 자기 같았다.

순일은 참으로 자기 자신이 미워졌다. 그래서 채 낫지도 않은 손가락을 왼손으로 꼭 쥐어 주었다. 아파 보라고 한 것이었다.

그러나 쑤시는 듯한 고통이 심장을 찌르는 것 같을 때 그는 눈을 감고 비명을 올리지 않을 수 없었다. 그리고는 그 아픔이 일생 동안 자기와 같이 있을 것을 생각했다.

순일은 벌떡 일어섰다. 그리고는 거리로 나가 선술집에서 소주를 혼자서 들이켰다.

술을 마셔 마음의 고통을 잊어 보자는 것이었다. 그러나 술을 마시자 수술한 데가 점점 더 쑤시는 데는 참을 수가 없었다. 얼굴을 찡그리며 앓는 소

리를 내면서도 그는,

"빌어먹을 것 십 년이건 이십 년이건 요렇게 아프기만 하다가 죽어라."

하고 자기 자신을 저주까지 했다.

새빨간 얼굴로 집에 돌아 왔을 때 숙모가 그새 현주가 왔다 갔다는 말을 전했다.

"뭣 때문에 왔대요? 내 죽어 가는 꼴을 보구 싶어 왔댔나……."

취기에서 나온 말일지도 모르지만 순일은 현주도 반갑지 않았다. 현주 때문에 손을 다쳤다고 해서 그를 원망하는 마음에서는 아니었다. 다만 세상 모든 사람을 만나고 싶지 않다는 그러한 심정의 발로였을 것이다.

"다음에 오거든 만나지 않겠다구 말씀해 주십시오."

사실 현주도 만날 필요가 없다고 생각했다. 세상의 어떠한 사람도 자기의 슬픔을 풀어 줄 수 없는 것이라면 구태여 현주라고 해서 만날 것이 없는 것이다.

"현주. 그는 나와 아무 상관이 없는 사람이야 상관이 있을 수 없어! 상관 없는 사람을 무엇 때문에 만나……."

그는 혼자서 뇌까렸다.

다음날 어찌된 일인지 현주도 오지 않았지만 순일이도 현주를 찾아가지 않았다. 자기의 괴로움도 해결지을 수 없는 마당에 현주가 괴로워하는 그의 결혼 문제는 순일에게 새로운 부담이 되는 것 같았다. 더구나 결혼 문제가 대두해 있는 여자를 자주 만난다는 것이 절대로 좋은 일이 아닐 것 같았다.

만약 자기가 결혼할 수 있는 사람이라면 문제는 또 다르다. 언제 만날지는 모르나 자기를 눈 빠지게 기다리고 있는 아내가 자기에게는 엄연히 존재하고 있다. 지옥과 같은 사회에서 오직 자기만을 기다리며 살아가고 있을 아내를 생각한다면 그 아내를 버리고 딴 여자와 결혼한다는 것은 생각만이라도 죄악일 것 같았다.

그럼에도 불구하고 현주를 사귄 이후 순일은 현주를 생각하는 데 열심이었다.

그 동안 구체적인 감정이 익어버린 것은 아니지만 좀더 교제를 계속한다면 그러한 경지에까지 이르지 않으리라는 법도 없다. 더구나 현주는 자기에 대하여 말할 수 없이 미안함을 느끼고 있다. 그러한 현주의 감정과 그리고 자기의 절망적인 감정이 교류한다면 어떤 결과를 만들어 낼지도 모른다.

그래서 순일은 병원에도 혼자 갔다 왔다. 그리고는 현주가 찾아올 것을 피하느라고 시외에 있는 방천으로 산보를 나갔다.

그는 하루 종일을 풀밭에 누었다 앉았다 했다. 낚시꾼 옆으로 가서 물 위에 있는 쫑대를 넋 잃고 바라보기도 했다. 방축 위를 뜻없이 거닐기도 했다. 그러나 뙤약볕을 피하여 나무 그늘에 앉기만 하면 어쩐지 현주의 얼굴이 눈 앞에 떠오르기도 했다.

현주의 환영을 지우기 위하여 물 속에서 헤엄치고 있는 어린 발가숭이들 옆으로도 갔다. 물장구를 치고 물쌈을 하는 어린애들을 볼 때 순일은 그 속에 들어가 애들과 같이 놀고 싶은 생각도 들었으나 아픈 손이 허락지를 않았다.

순일은 시계를 꺼내 보고 또 꺼내 보았다. 그러나 시간은 좀체로 흘러가지 않았다. 저녁때가 되려면 아직도 멀었다. 그러나 현주를 만나는 일이 있다 해도 뙤약볕 밑에서 그 이상 더 시간을 보낼 수는 없었다. 집으로 들어가고야 말았다.

그러나 방 안에 혼자 앉아 있기도 싫어 삼촌이 있는 약방 가게로 나갔을 때 삼촌은 잘 왔다는 듯이,

"우리두 피난을 가야 하나 부다 괴뢰군이 수원까지 들어 왔단다."

하고 한숨을 내쉬었다.

"그래두 설마 예까지야 들어올라구요."

"글쎄 유엔군이 출동을 한다지만 언제 올지 아니. 남들은 벌써 떠난 사람 두 있는데……."

"………"

순일은 말도 못했다. 다시 또 피난을 가야 한다는 것이 너무나 처량했기 때문이다.

"화물자동차가 되는 대루 떠나자……."

이 말을 듣자 순일은 또다시 현주 생각이 났다. 피난을 떠나야 한다면 그들도 떠나지 않을 수 없을 것이고 기왕 떠난다면 같이 떠나지 않을 수 없다는 생각이 들었던 것이다. 만나지 말자고 먹었던 마음도 언제 사라졌는지 모른다.

그러나 그 날 밤으로는 찾아가지를 않았다. 다음날 아침에야 현주를 찾아가서,

"또 피난을 가야 한다는데 어떻게 하실 작정입니까?"

하고 말했다.

"글쎄요. 피난 공론이 떠돌고 있기는 하지만 전 가구 싶지가 않아요?"

현주의 말이었다.

"그럼 여기 남아 계시게요?"

"여기까지는 절대루 못 들어올 것 같아요."

사실 현주의 마음 같아서는 다시 피난의 길을 떠나고 싶지가 않았다. 설사 괴뢰군이 상주에까지 들어온다 해도 연길의 생사를 모르는 자기로서 혼자만이 살겠노라 서울을 더 멀리 떠나기가 싫었다. 연길은 그새 죽었을는지도 모른다. 죽지는 않았다 해도 모든 젊은 사람이 모조리 의용군에 끌려나갔다니 어디로 붙잡혀 갔을지도 모른다. 그러한 연길이를 모르는 척 내버려두고 자기만이 살겠다고 하는 생각을 가진다는 것부터가 옳지 않은 것 같았다. 그러나 거리 사람들이 떠들썩하니 피난을 간다고 할 뿐 아니라 칠촌 댁에서도 집을 비우고 떠난다고 하니 정말 남아 있으려야 있을 수가 없었다.

한편에서는 괴뢰군이 몇십 리 밖에까지 왔다고 떠들썩하다.

현주는 어머니와 같이 피난짐을 싸지 않을 수 없었다.

칠촌 댁과 같이 구루마로 가는 데까지 가려는 것이었다. 짐을 거의 다 쌌을 때였다. 순일이가 와서,

"짐을 빨리 싸십시오. 오늘 우리 삼촌네가 빌린 화물자동차가 대구로 떠납니다. 같이 가십시다."

하고 시간이 늦으면 놓쳐 버린다는 듯이 말했다.

"아이 고마워라. 같이 태워 주문야 얼마나 고마울라구……. 짐은 벌써

싸 놨는데……."

현주 어머니는 구세주나 만난 듯이 금시 짐짝이라도 들고 나설 듯이 서둘렀다.

"삼촌네 짐을 다 싣거든 자동차를 몰구 오겠습니다."

"그럼 기다리구 있으리다. 참 이 은혜를 어떻게 갚는담……."

이렇게 순일이를 보낸 지 십 분도 안 되었을 때였다. 며칠 전에 현주와 선을 본 임경수(任慶洙)가 찾아와서 자기네 회사 트럭이 왔으니 그것으로 부산엘 내려가자고 했다.

"그거 참 잘 됐군……. 그렇지 않아두 짐을 싸 놓구 걱정을 하던 참인데……."

현주 어머니는 순일과의 약속은 잊어버리기나 한 듯이 말했다. 그러나 현주가,

"우리는 대구루 가기루 했어요. 화물자동차두 곧 오기루 됐구요……."
하고 어머니의 말을 뒤집어엎었다.

"얘는 이왕 갈 바에야 멀찌감치 부산까지 갈 게지 하필 대구까지만 갈 게 어디 있니?"

"트럭까지 오기루 한 것을 어떡해요."

"거야 가서 한 마디만 하문 될걸 뭐……."

"싫어요 난 대구까지만 가겠어요."

그때 임경수가,

"대구까지만 가셔두 우리 차루 가실 수 있지 않아요."
하고 현주의 마음을 모르겠다는 듯이 떡 버티고 서서 말했다.

"잘 알지두 못하는 사람의 신세를 지느니보다 임 서방네 차를 타는 것이 얼마나 더 좋으냐."

어머니는 물론 임경수의 차를 타고 싶었을 것이다.

"그렇기 때문에 안 되요. 아직도 그런 신세를 질 수가 없지 않아요."

"별말씀을 다 하시누만요 신세랄 게 있어요."

"그렇구 말구 신세라구 따질 처지두 아니지……."

그러나 현주는 딱 잘라 맺었다. 어머니의 고집으로 선까지 보기는 했으나 결혼할 생각이 전혀 없는 사람에게 신세를 질 수는 도저히 없었다. 신세지는 것보다도 관계라는 것을 맺고 싶지가 않았다.

현주는 어머니의 고집이 어떻든 이번만은 죽어도 굽히지 않으려고 결심했다. 그렇기 때문에 현주는 경수를 돌려 보내고야 말았다.

"넌 딸년이 아니라 원수루 태어났나 보구나."

어머니가 끝까지 화를 냈으나 그들의 피난짐은 그 뒤 얼마 안 있어 온 순일네 트럭에 싣고야 말았다.

현주 모녀와 순일이는 순일의 삼촌 가족들과 같이 트럭 뒤 짐짝 위에 올라탔다. 그들을 실은 트럭은 바로 뒤에 괴뢰군이 따라오기나 하는 듯 속력을 내어 대구를 향해 달리기 시작했다.

일정한 계획이 없이 피난을 떠나는 사람 치고 마음 편할 사람이 어디 있을 것이랴마는 그들은 꼭 같이 입을 잠그고 말 한 마디를 꺼내지 않았다. 트럭 뒤에서 일어나는 뽀얀 먼지가 그들의 얼굴을 뒤덮어도 코를 막을 생각하는 사람조차 없었다. 하기야 서로가 다른 각자의 생각을 이야기한댔자 통할 것이 절대로 못 됨을 서로가 알고 있을 것이니 말을 꺼내려야 꺼낼 수도 없을 것이다. 어머니가 경수네 트럭을 탔더라면 같이 부산까지 가서 경수와 현주와의 약혼이 좀더 쉽게 전개되리라는 생각을 현주에게 말한댔자 그것이 아무런 반응을 가져올 것 같지가 않았고 현주는 현주대로 연길에 대한 걱정과 경수에 대한 불쾌에 그득 찬 마음을 말한댔자, 아랑곳해 줄 사람이 없다.

순일이 역시 그러했다. 혼자 떠날 수 없는 마음에 현주네 모녀를 태우고 가기는 하나 대구까지 간 뒤에는 또한 그들의 걱정을 해 주어야만 할 것 같은 짐스러운 책임감에 우울을 느끼고 있으니 그 마음을 어찌 입으로 꺼낼 수가 있었을 것인가.

그런 해가 뉘엿뉘엿 서산에 기울어 갈 즈음 왜관을 좀 지나 어떤 부락 앞에서 엔진을 끄고 스르르 멈춰 설 때 그들의 관심은 하나의 중심체로 모여 서로 입을 열기 시작했다.

즉 트럭의 큰 모터가 오일의 부족으로 타 버렸기 때문에 자동차 조수가 대구까지 가서 모터를 사 오기 전에는 트럭이 움직일 수 없다는 것이다. 할 수 없이 하룻밤 중도에서 자지 않을 수 없게 되었다.

"임 서방네 차를 타구 갔으면 이런 일이 없이 잘 가지 않았어!"

현주 어머니의 말이었다.

"피난살이에 어딜 가면 편한 잠을 자요. 길가에서라두 하룻밤 새면 되지……."

현주의 말이었다.

"미안합니다. 좋은 편이 있었으면 그걸루 가실 것을……."

순일이는 자기 자신의 지나친 친절을 **후회**했다.

이렇게 서루의 반대되는 감정으로 주막의 하룻밤은 불안 속에서 깊어 갔다.

과히 좁지는 않으나 순일의 삼촌 가족과 도합 팔구 명이 같은 방을 쓰게 되니 앉기만 해도 빼곡 차는 것 같았다. 그렇기 때문에 잠자리를 볼 때에는 꼭 같이 세로만 누울 수가 없었다. 순일이는 삼촌네 어린애와 같이 발치에 가로누워 잠이 들려 했으나 누운 데가 발치라고 해서가 아니라 좀체로 잠이 오지 않았다. 바로 자기의 가슴께에 현주의 발이 누워 있기 때문이었다.

조금만 움직이면 살이 서로 닿을 그러한 위치였다. 살이 닿아서가 아니라 거리감에서 오는 현주의 체온이 잠을 이루지 못하게 했던 것이다. 몸과 마음이 꼭같이 피곤했기 때문이기도 하였지만 자리에 누운 사람들은 눈을 감자 모두 잠이 들어 버렸다. 오직 순일이만이 잠을 못 이루고 몸도 마음대로 움직이지, 못할 때였다. 잠이 든 현주가 굽혔던 다리를 뻗어서 그런지 그 부드러운 발이 순일의 가슴 위에 놓였다.

잘못하여 다칠까 겁냈던 현주의 육체가 자기 가슴 위에 올라 놓이자 순일은 자기도 모르게 그 발을 자기의 팔로 가슴에 안았다. 부드러운 감촉이 심장을 찔렀다. 현주는 그것을 아는지 모르는지 안긴 채 반응이 없다. 그러나 순일은 금시로 현주의 발을 놓고 몸을 돌려 누웠다. 그러다가는 한참 뒤 다시 돌려 누워 현주의 발을 안았다. 그러기를 날이 밝도록 계속하며 순일은 트럭이 떠난다고 잠든 사람들을 깨우는 새벽까지 한잠을 못 이루었다.

7. 북방의 별

흐트러진 행렬이 끝없이 줄지어 의정부(議政府)로 가는 큰길은 그야말로 사람의 물결을 이루었다.

"아무래두 이북으루 가는 모양이지!"

"글쎄 뭣 때문에 이북으루 보낼까 의용군이라면서."

"언제 의용군이라구 그랬어? 이북에 사람이 모자르니까 거기서 일을 시키려는 거겠지……."

"어쨌든 이렇게 끌고 어디까지 갈 작정인가……."

이러한 말들이 길 걷는 사람들 사이로 들려 나온 것으로 보아 그들은 어디로 또 무엇을 하러 가는지도 확실히 모르는 모양 같았다. 어쨌든 새벽에 서울을 떠난 행렬은 아침 9시가 거의 되도록 연달아 끝날 줄을 몰랐다. 아마도 수만 명이 넘는 모양이었다.

"배가 고픈데 밥이라두 사 먹읍시다."

잿더미밖에는 아무것도 남은 것이 없는 의정부 거리에 발을 들여놓자 길가에서 장국밥을 파는 노점 음식점을 지나갈 때 같이 걸어가던 박재만에게 하는 황연길의 말이었다.

"참 어제 점심에 밥 한 뎅이를 얻어먹구 이때까지 굶었지요."

이렇게 말한 재만이는 어느 새 장국밥 파는 곳으로 가서 밥값을 물었다. 그리고는,

"이백 원씩이라는데요."

하고 연길의 얼굴을 쳐다보았다. 돈이 있느냐고 묻는 눈치였다.

"꼭 사백 원 있을 거요. 먹읍시다."

연길은 뒷주머니에서 돈을 전부 꺼내어 세어 보고는,

"사백 원 하구두 삼십 원이 더 있군요."

하고 노점 걸상에 주저앉았다. 그들은 고깃국물로 만 장국밥을 남남하게 먹고는 다시 걷기를 시작하였다.

"대체 어디루 가는 걸까요?"

“글쎄 누가 알겠소.”

이런 말을 주고받을 때 북쪽 맨 끝 불에 타지 않은 집들이 몇 채 있는 곳까지 이르렀다. 길가에 앉아 있거나 남의 집 대문으로 출입하는 일행들이 밥 걱정을 하거나 자기 대원들을 찾는 것으로 보아 일단 의정부에서 휴식을 하는 모양이었다. 따라서 연길이와 재만이도 자기네 교원으로 편대한 부대를 찾지 않을 수 없었다. 어디로들 갔을까 하고 왔다갔다 하는 사람들의 얼굴을 살피고 서 있을 때 김이란 같은 학교 교원이 멀찌감치서 고함을 질렀다.

그들은 김명구에게로 가까이 가서,

“여기서 쉰답니까?”

하고 물었다.

“네, 여기서 조반을 먹구 밤에 떠난답니다. 대열을 떠났다구 소대장이 야단치구 있으니까 빨리빨리 오세요.”

김명구는 괴뢰군이 서울에 들어서는 날 연길이가 초회의 집에서 돌아오는 길에 만났던 사람이다.

그 사람은 연길과 재만이의 앞에 서서 마치 소대장이나 된 것처럼 피혁공장을 했다는 조그마한 공장 안뜰로 데리고 갔다. 뜰 안에 이르렀을 때 교육자 부대의 대원들은 대부분이 처마 밑 그늘에 누워서 잠들어 있었다.

“밤새 눈 한 번 못 붙였더니 잠이 오는데요. 우리두 좀 잡시다.”

재만이가 누워 있는 사람들 한편 끝으로 가서 땅바닥에 주저앉으며 하는 말이었다.

“나는 잠두 안 오는데요?”

“그래두 자야지요. 밤에 또 얼마를 걸을지 모르니까.”

“서울루나 돌아갑시다. 이런 판에 도망치면 누가 알겠소. 눈치가 이북으로 가는 것 같은데…….”

“가다가 붙잡히면 어떡허게요? 그야말로 큰일나게요.”

이런 말을 주고받을 때 괴뢰군 한 명이 따발총을 메고 들어와 인원이 맞느냐고 묻는 바람에 그들은 그 자리에 그만 누워 버리고 말았다.

“전원 이상 없습니다.”

어떤 학교 선생인지는 모르나 소대장으로 뽑힌 사람이 일어나 보고를 하자 군인은,

"이 집에서 점심과 저녁을 줄 테니까 여기서 쉬다가 저녁 여섯 시에 출발을 하십시오."

하고는 훌딱 나가 버렸다.

군인의 발소리가 멀어지자 연길은 다시 귀에다 입을 대고 말을 꺼냈다.

"이제 도망치지 못하면 아주 기회가 없어질 겁니다."

"도망간대야 거기가 거기 아닙니까. 그리구 숨어 살 수 있다면야 이렇게 나오지부터 않았을 거구요."

"좌우간 삼팔선을 넘으면 그때는 오구 싶어두 못 올게 아닙니까."

"인민군이 대전까지 점령했는데 이제 삼팔선은 어디 있습니까? 가는 데까지 가십시다. 도망치다 발각되면 그때야 말루 총살일 겁니다. 사는 대루 살아야 하지 않아요."

6·25 이전에도 중간파라고 말 듣던 박재만이다. 현실에 불평을 가지면서도 현실에 약한 사람이다.

그리고 연길은 그런 줄 알면서도 재만의 말을 듣지 않을 수가 없었다. 그 많은 사람 가운데는 어떠한 사람이 숨어 있는지를 모른다. 말하자면 감시인이 어디 숨어 있는지를 모른다. 물론 따발총을 멘 군인도 적지 않게 있다.

그리고 탈주에 성공을 한다고 해도 갈 곳은 뻔한 일이다. 한 달 동안 숨어 보았으나 결국은 숨어 있을 수 없어서 끌려 나온 자기인 만큼 서울도 무섭기만 했다.

연길은 초희가 편지를 던지고 간 뒤에도 자수서를 쓰지 않았다. 그러나 얼마 안 되어 동생 정길이도 몸을 감추지 않을 수 없게 되었다. 의용군 강제 모집은 학교에서는 물론 길거리에서도 있었다. 거리에 나가기만 하면 붙잡혀 간다. 그런데다가 동 인민위원회에서는 집집을 뒤지면서 사람을 골라낸다. 그래서 할 수 없이 정길이도 숨어 있을 때 하루는 군인과 같이 인민위원회 사람들이 와서 연길이가 숨어 있는 벽장을 뒤졌다.

그때 다행하게도 무사하기는 했으나 연길은 어느 때든 발각되고야 말 것

이란 예감이 들었다. 두 사람씩이나 숨어서 무사하리라고는 생각되지 않았던 것이다.

그런 지 며칠 뒤 재만이가 찾아왔다.

"내일 학교에 나오면 등록을 하고 복직이 되지만 그렇지 않으면 반동으로 숙청이 된답니다."

이런 말을 어머니에게 전하고 갔을 때 연길은 마음이 움직였다. 그것이 정말이라면 한 번 나가 보고 싶었던 것이다. 물론 복직을 하여 일을 보겠다는 생각이 아니라 벽장 속에 숨어 있지 않게만 되기를 바랐던 것이다. 그러면 정길이를 의용군으로 내보내지 않게 될 수도 있을지 모른다. 더구나 연길은 그것을 믿는 것은 아니었지만 초희가 장담을 한 말이 기억났다.

다음날 거의 한 달 만에 거리에 나와 학교에 이르렀을 때 모든 사람에게 반가운 인사를 받았다. 그러나 한 시간도 못 되어 소위 총궐기대회라는 것이 열리고 연길이도 며칠 동안 받는다는 훈련에 나간다고 동의하지 않을 수 없게 되었다. 그리고는 그 자리에서 어떤 국민학교로 끌려갔다. 이틀 동안 심사를 받았다. 그리고는 의정부까지 또 끌려온 것이다.

그런 만큼 연길은 서울로 돌아간대야 무사하리라고는 생각이 되지 않았다.

그러면서도 이북까지 끌려가고 싶은 마음이 없어 탈출해야 하겠다는 생각만 가지고 있을 때 인민군이 주먹밥을 가지고 들어왔다.

여자의 주먹만한 밥덩이 두 개씩을 돌려 주자 군인은,

"인민공화국은 여러분에게 하루 쌀 여섯 홉을 주기로 됐습니다. 여러분은 여섯 홉의 밥을 먹을 권리가 있습니다. 그러나 목적지에 도착할 때까지만은 참아야겠습니다. 그 대신 여러분은 여러분의 의무를 다 해야 합니다. 인민군은 조국에 배반하는 사람을 내버려 두지 않습니다. 인민군은 정말 무섭다는 것을 알아야 합니다. 가는 도중에 무슨 일이 있으면 알죠?"

하고 눈을 부릅떴다. 도중에 도망가는 일이 있으면 그 자리에서 죽인다는 말일 것이었다.

모두들 조용히 밥만을 먹기 시작했다. 반찬이라고 소금 한 알 없었으나 쓰다 달다 말하는 사람이 하나도 없었다. 그것만이라도 주는 것이 고맙다는 표정들 같았다.

오후 다섯 시쯤 해서 그러한 밥덩이가 또 한 번 분배되었다. 모두들 허기진 눈으로 손바닥에 붙은 밥알 하나도 버리지 않고 핥아먹었다. 그리고는 아무 불평도 말하지 못하고,

"이왕 갈 바에야 일찌감치 떠납시다."

하고 남보다 일찌감치 떠나 될수록이면 천천히 걸을 것을 생각했다. 배가 고픈데다가 빨리 걷기까지 하면 정말 못 견딜 것 같은 모양이었다. 연길은 의정부를 떠날 때 길가에서 남은 삼십 원을 성냥 두 갑을 사서 재만과 같이 한 갑씩 나누어 가졌다. 삼팔선을 넘으면 대한민국 지폐가 소용이 없게 될 것이다. 그뿐 아니라 주머니에 돈을 남기고 삼팔선을 넘기가 싫었다. 돈이 자라면 담배라도 살 것이지만 담뱃값은 자라지가 못한다. 그러니 성냥밖에 살 것이 없었다. 연길은 밤새 걸었다. 어디가 어딘지도 모르고 걷기만 했다. 도살장에 들어가는 소와 같았으나 그래도 걷지 않을 수 없었다.

아침 날이 밝자 삼팔선의 한탄강(漢灘江)을 건너 전곡(全谷)으로 들어갈 때에는 몸이 무거워 다리를 꼼짝도 할 수가 없었다. 연길이뿐만이 아니라 대부분이 그러했다. 전곡 거리에 이르자 인민학교 어린 학생들이 길가에 나와 만세를 부르며 그들을 환영해 주었다.

교기를 들고 정연하게 늘어서서 만세를 불러 준 것이다.

연길은 자기도 모르게 눈시울이 뜨거워짐을 느꼈다. 눈물이 떨어지려는 것을 억지로 참았다. 공산 치하에서 살았다고 해도 이남과 꼭같이 한복을 입었고 한국말을 쓰는 소년과 소녀들! 삼팔선을 외국처럼 착각했던 연길이는 이북 소녀도 같은 민족에 틀림없다는 생각에 가슴이 뻐근했던 것이다. 그뿐 아니라 포로된 패잔병처럼 기운이 하나도 없이 끄는 대로 끌려가는 자기들에게 만세를 불러 주는 철없는 어린이들의 얼굴이 눈물겨웠다.

무엇 때문에 어디까지 끌려가는지도 모르는 자기들에게 만세를 불러 주는 것일까?

전곡에서 주먹밥을 먹이자 이번에는 대낮에도 행군을 시켰다.

다리가 아프고 갈증이 심해도 또 따라가지 않을 수 없었다.

"어디까지 갈 작정인가?"

"밤낮으루 걸리기만 할 작정인가?"

모두들 불평을 말했으나 그것은 두 사람 세 사람끼리만 주고받는 불평이었다. 연길은 말할 기력도 없었다. 더위에 타는 듯한 목을 축이기 위하여 어디 물이 없는가 하고 물만을 찾으며 아픈 다리를 끌고 또 걸었다. 한낮에 연천(漣川)까지 이른 연길은 집합 장소인 인민학교 마당에서 그만 누워 버리고 말았다. 피곤한 데다 갑자기 복통이 일어났던 것이다.

냉수를 너무 마셔 설사가 난 모양이다. 극도로 피곤한 몸에 설사까지 계속해서 몇 차례 하고 나니 정말 허리가 꼬부라지는 것 같았다. 재만이가 걱정이 되어 군인한테로 가서 약을 좀 달라고 했으나 설사 정도라면 목적지에 도착할 때까지 참으라는 말을 듣고 빈손으로 돌아왔다. 연길은 참을 수밖에 없었다. 운동장 나무 그늘 밑에 누워 있는 것이 고작 좋았다.

만약 또 걸으라고 한다면 그때는 정말 죽을 것 같았다.

저녁때 주먹밥을 주었다. 조반을 먹은 뒤 처음이다. 연길은 설사를 하면서도 식욕은 그대로 동하여 제 몫을 받아 쥐었다.

식욕이 동한 것이 아니라 안 먹으면 죽을 것 같은 생각에서였다. 그러나 그대로 먹으면 설사가 더할 것 같아 그는 남모르게 인가로 들어가 그릇 한 개를 빌렸다. 물에라도 말아먹으려 했던 것이다.

주인 집 여인이 나와 그릇을 주고는 어디서 오느냐고 물었다.

"서울서 옵니다."

이 말을 듣자 안주인은 놀란 표정을 하고,

"서울 양반들까지 끌구 오누만……."

하고는 혼잣말을 한 뒤 장독대에 가서 된장 한 숟가락을 퍼다 주었다.

물만밥에 된장을 먹으니 처음으로 밥을 먹는 것 같았다. 된장이라도 입에 넣어 보는 것은 나흘 만에 처음이다.

저녁을 먹자 그들은 정거장으로 모였다.

"기차를 태우려는 모양이다."

모두들 반가워했다. 어디를 가는지 모르지만 어쨌든 걸리지 않는 것만이 연길에게는 고마웠다.

대원을 정리하고 화물차에 태우는 데 세 시간 이상이 걸렸으나 차에 타지 못한 사람이 차에 오른 사람보다 몇 배나 더 많은 것을 볼 때 연길은 차라리 다행하다고 생각되었다. 죽어도 남보다 먼저 죽는 것이 마음 편하다는 그러한 심정에서였을 것이다.

그러나 밤중에 떠난 기차가 가다가 멎고 가다가는 멎다가 아침에 정거한 곳은 연천서 겨우 오륙십 리밖에 안 되는 월정리(月井里)였다.

올챙이들처럼 우르르 내리자 이천여 명이나 되는 대원들은 학교로 수용되었다.

화물차 안에서 콩나물처럼 박혀서 잠도 못 잔 대원들은 학교로 들어가자 모두들 누워 버렸다.

연길과 재만이도 마룻바닥 위에 누워 잠을 이루었다. 한잠을 자고 나니 배가 고팠다. 설사는 어느 새 멎었는가 보다.

배가 고파서 그런지 가만히 있어도 땀은 저절로 흘러내린다.

"제길 밥두 안 멕일 작정인가."

여기저기서 들려 오는 말이란 배고프다는 이야기뿐이다.

하기야 어제 저녁에 밥 한 덩이를 얻어먹고 오늘 점심때가 지나도록 밥 구경을 못했으니 시장하지 않을 수도 없었다.

연길은 시계 주머니에서 회중시계를 꺼내 보았다. 한 시가 지났다. 그래도 밥 준다는 말은 한 마디도 없다. 또 누워서 잠을 잤다. 눈을 떴다. 세 시가 지났다.

밥을 기다리다 지친 사람들은 어느 새 나가 민가에서 옥수수를 얻어다 뜯어먹고 있었다. 옆에 가서 손을 내미는 사람도 있다. 연길이도 몇 알 얻어먹고 싶었으나 차마 말이 나오지 않았다. 네 시가 다 되어서야 주먹밥이 왔다. 한 사람에게 한 덩이씩 나누어 주었다. 그야말로 코끼리에 비스킷이었다. 그러나 그것이나마 받아먹지 않을 수 없었다. 순서를 기다려 연길이도 한 덩이 받았으나 밥을 받자 연길은 눈물이 핑 돌았다.

자기의 밥덩이만이 유달리 작았다. 한 입에 넣고도 남음이 있을 것 같았다.

연길은 정말 분한 생각까지 들었다. 자기의 운명이 겨우 이것이었던가 하는 슬픈 생각이 들었던 것이다.

그는 바깥으로 재만을 끌고 뛰쳐 나갔다. 그리고는 운동장 바깥에 키 큰 옥수수 나무가 빽빽하게 서 있던 밭으로 달려갔다. 절대로 옳은 일이 아닌 줄을 알면서도 할 수 없었다. 누렇게 말라붙은 옥수수 수염을 골라 큼직한 놈으로 몇 개를 따 가지고 학교에서 조금 떨어진 집으로 들어갔다.

"배가 고파 환장을 할 것 같습니다. 미안하지만 이걸 좀 삶아 주십시오."

늙은 부부만이 사는 집인지 두 부부가 모두 마루로 나와 동정하는 듯한 표정으로 힘들지 않는 일이라 하며 옥수수 껍질을 벗기고 가마솥에 안쳤다. 옥수수가 익기 전에 노파가 쪄 두었던 옥수수와 익은 감자를 들고 와서 우선 시장기나 끄라고 권하였다.

연길과 재만은 염치없이 받아먹었다.

"서울은 살기가 좋다지요?"

노인이 탐스럽게 먹고 있는 그들에게 물었다.

"그저 그렇지요."

"여기보다는 낫겠지요. 여기야 젊은 사람이 없으니 일을 할래야 일을 할 수 있습니까. 나는 아들 둘을 모두 인민군으루 내보내구 일두 손에 잽히지 않아 한심하게 살구 있습니다."

"그래두 토지개혁을 해서 살기가 좋다면서요?"

"좋기는 뭣이 좋겠소, 내는 게 하두 많아서 살 수가 있나요."

그들은 쪄 주는 옥수수까지 다 먹고 다시 학교로 돌아왔다. 할 일 없이 마룻바닥에 누었을 때 유엔군 비행기의 기총소리가 났다. 드르륵 드르륵 기관총 소리가 바로 머리 위에서 들렸다. 학교를 향해 소사(掃射)하는 것만 같아 몸을 담 벽에 기대고 정말 죽고야 마는 것 같은 생각에 얼굴이 질려 있을 때 어느덧 비행기가 멀리 사라져 버렸다. 다음날도 떠나지를 않고 밥 한

끼로 하루를 채웠다. 그 대신 대원들을 전부 모아 놓고 여학교 학생의 강연을 들려 주었다. 김일성이가 남반부 동포에게 보내는 호소문의 설명이었다.

연길은 또 배가 고팠다. 또 옥수수를 따 가지고 이번에는 다른 집으로 가서 익혀 달라고 했다. 그 집에서도 서울서 온 사람들이라고 친절하게 대해 주었다.

다음날 저녁에야 정거장으로 나와 화물차를 탔다. 올라탄 찻간이 총알에 구멍이 뻥뻥 뚫려 있었다. 전전날 기총소사를 맞은 자리였다.

기차를 타고 조금 가다가 정거장에서 밤을 새웠다. 그러다가 아침이 되면 촌으로 들어가 밥 한 덩이를 얻어먹고는 다시 찻간으로 돌아온다. 옷은 땀에 젖어 먼지에 새까매졌다. 그러나 땀 냄새와 더러워진 옷쯤은 문제가 아니었다. 하루에 밥 한 덩이밖에 얻어먹지 못하는 배가 문제였다.

어디를 가도 좋았다. 탄광 노동자도 좋고 공장 노동자도 좋았다. 세 끼 밥만 먹여 주면 그만일 것 같았다. 배가 고프니 어머니가 어떻게 지낼 것인가 동생이 붙잡히지나 않았을까 하는 걱정도 그렇게 심각하게 생각되지가 않았다.

열흘이 거의 지나서야 평양에 이르렀다. 그러나 평양에 와서도 인민학교에 수용을 해 놓고 아무 일도 안 시켰다. 밥도 겨우 두 끼밖에 안 주는데 역시 생각나는 것은 밥뿐이었다. 학교 울타리 바깥에는 사과, 엿, 참외, 옥수수 장수가 그득하다. 돈만 있으면 먹을 수가 있다.

모두들 시계, 만년필 심지어는 입고 온 내복까지를 팔았다.

연길이도 값나갈 물건이라고 두 개밖에 없는 시계와 만년필 중에서 우선 만년필을 삼백 원에 팔았다. 무척 아까웠으나 그것도 이백 원밖에 안 주겠다는 것을 사정해서 삼백 원을 받았다. 돈으로 우선 담배 한 갑과 빵 삼십 원어치를 사서 재만과 같이 나눠 먹었다.

평양에 도착한 지 사흘 만에 연길이는 다시 어딘지도 모르는 곳으로 이송되었다. 기차가 만포선을 달리는 것으로 보아 만주로 가는 모양이었다.

"이제는 정말 죽는 길로 가는가 보우!"

"죽어두 가는 데까지 가야지 않소."

연길과 재만의 대화였다.

"의정부에서 도망을 쳤어야 하는데……."

"지난 일을 후회해서는 뭣 합니까?"

"보구 싶은 사람두 못 보구 죽구 말다니."

연길은 현주 생각을 했다. 결혼을 약속까지 하고 이제 얼굴도 못 본 채 죽음의 길을 달리다니…….

그러나 달리던 기차가 개천 다음 정거장인 원리(院里)에 머물러 대원들을 하차시킬 때 연길은 만주에까지 보내지 않은데 약간의 안심을 했다. 원리에 이르자 그들은 동네 뒤로 흐르는 청천강에서 목욕을 하라는 명령을 받았다.

서울을 떠난 지 보름 동안 세수라고는 한 번도 못했다. 그리고 화물차 안에서 뒹군 옷이 광부의 옷보다도 더 새까매졌다.

모두가 다 그랬지만 연길은 거울과 같이 맑은 물 속에 들어가 목욕을 한 뒤 입었던 런닝과 사루마다는 물론 노타이 셔츠와 베 즈봉을 비누도 없이 빨았다.

그래도 몸과 옷은 깨끗하게 가져야 한다는 생각이 아직 남은 모양이었다. 몸을 씻고 옷을 빠니 확실히 기분이 가벼워지는 것 같았다.

그러나 옷이 채 마르기도 전에 집합 호각 소리가 났다. 젖은 옷을 입은 채 대열에 끼이자 그들은 사방 열대여섯 자 가량 되는 작은 초가집이 백여 채가 줄지어 들어앉은 훈련소로 들어갔다. 소위 제3 야영훈련소였다. 훈련소래야 식당과 숙소가 있을 뿐 아무런 시설이 없었다. 다만 사진 몇 장과 포스터 몇 장이 붙어 있는 중대 단위의 교양실 겸 오락실이 하나씩 있을 뿐이었다. 모든 건물은 지붕 사이로 하늘이 보였다.

첫날에는 소대 편성이 있었고 둘째 날에는 전 대원의 이발이 있었다. 이발이 아니라 긴 머리를 빡빡 깎는 것이었다.

연길은 십여 년 기른 머리를 깎아 버린다는 것이 서운했다.

"뭐 감옥에 왔나! 머리를 깎게."

"까짓 거 머리만 길러선 뭣 하겠소."

재만은 모든 것을 그저 운명에 맡기고 만 모양이었다.

그러나 세 끼씩 밥과 국을 주는 것만은 고마웠다. 보름 만에 처음으로 식탁에서 밥그릇에 담은 밥을 된장국과 같이 먹을 수 있었던 것이다. 물론 세 끼의 밥이라고 해서 배가 부른 것은 아니었다.

사흘째 되는 날부터 그들은 원리 남쪽에 있는 작은 산으로 가서 늙은 밤나무 밑에 앉아 중대 단위의 교양을 받기 시작했다. 강사는 그 지방 중학교와 소학교 교원이었고 학과는 인민 공화국의 역사, 김일성의 투쟁사, 북한의 토지개혁, 북한의 인민경제, 인민군의 역사, 국제정세 등등이었으나 말하는 내용은 거의가 인민공화국의 칭찬이요 미국의 욕설이었다.

때로는 평양서 북로당 선전부장이니 여성동맹 조직부장이니 개천 지방 공산당 책임자니 소위 명사라는 자들이 와서 특별 강연도 했으나 그들의 이야기는 언젠가 여학교 학생에게서 들은 김일성의 호소문 해설 그것뿐이었다.

점심을 먹은 뒤에는 청천강변에서 군사 훈련을 받았다. 처음부터 목총을 들고 포복 연습을 했다. 따가운 햇볕 아래서 한참씩 뛰다가는 자갈판 위에 엎드려 포복을 하는 데는 단벌밖에 없는 의복에 구멍 날 것이 무엇보다도 걱정이었다.

저녁을 먹은 뒤에는 불도 없는 교양실에서 취침 시간이 되기까지 노래공부를 해야 했다. 새벽 다섯 시에서부터 저녁 아홉 시까지 한 시간의 휴식도 없는 훈련이었던 것이다.

열흘이 지났을 때였다. 김명구는 배가 아프다고 자리에 누었다. 아무것도 먹지를 못했다. 그 대신 연길은 다리가 퉁퉁 부어올랐다. 누르면 쑥쑥 들어가는 것이 틀림없는 각기였다. 그러면서도 배는 점점 더 고팠다. 약을 좀 먹게 해 달랬더니 병자 명부에 올려 줄 테니까 하루만 기다리라고 했다. 그러면 숨이 가빠 견딜 수가 없으니 며칠 쉬게 해 달라고 말했으나 그만한 병에 쉬어서는 안 된다고 그것마저 거절이다.

"빨리 죽기나 해라……."

연길은 혼잣말을 하며 시키는 대로 따라다녔다. 아침 일과를 끝내고 점심 먹으러 들어왔을 때 연길은 운동장을 빙빙 돌았다. 담배가 피우고 싶어 꽁초를 줍는 것이었다. 돈이 없어 담배를 못 사는 사람은 꽁초밖에 피울 것이 없기 때문에 운동장에는 꽁초도 남아 있지 않았다.

그러나 혹시나 하는 생각에 땅바닥만 들여다보며 꽁초를 찾고 있을 때 두세 사람이 식당에서 나오며 누룽지를 먹고 있었다. 연길은 그놈이 먹고 싶었다. 이름도 모르는 사람들이지만 그는 가까이 오는 그 사람들에게 손을 내밀었다.

"식당에 가면 얼마든지 있지 않수."

그 사람들은 조금도 나누어 주지 않았다. 괘씸했다. 같이 고생을 하는 사람들끼리 누룽지까지 나누어 먹지 못할 것이 무엇인가.

연길은 홧김에 식당 부엌으로 갔다. 한참 밥을 푸고 있었다. 한편에서는 시루판 같은 누룽지를 돼지에게 주기 위하여 가마니 속에 집어넣고 있다. 연길은 누룽지를 먹으러 모여든 사람들 뒤에 섰다가 감시하는 군인들의 눈을 피하여 날쌔게 뛰어들어가 넓적한 누룽지 한 개를 훔쳐 주머니 속에 껴넣었다. 그리고는 아무 일도 없다는 듯이 운동장으로 뛰어올 때였다.

"동무."

뒤에서 누가 불렀다. 그만 발각이 되고만 셈이다. 할 수 없이 부르는 데로 갔더니 군인은 주머니 속에서 누룽지를 잡아 꺼냈다. 그리고는 그것을 입에 물라고 했다. 시키는 대로 안 할 수가 없었다. 연길이 뒤에는 누룽지를 입에 문 사람이 대여섯 명이나 있었다.

"손을 들고 앞으로 갓."

입에는 누룽지를 문 채 양손을 들고 걷기를 시작했다. 운동장을 한 바퀴 돌고는 식당에 들어 와서 전원이 점심을 다 먹을 때까지 만인 주시 앞에 그렇게 서 있어야 했다. 물론 점심은 먹이지도 않았다.

연길은 땅 속에 잦아들고 싶었다. 세상에서 이러한 창피도 당할 수가 있을 것인가.

이런 일이 있은 뒤 연길은 시계를 팔아서 옥수수나 엿을 사 먹을까 했다. 그러나 판다면 결국 인민군 장교에게밖에 팔 도리가 없다. 그러나 그것은 거저 빼앗기는 것과 마찬가지다. 연길은 굶어 죽는 한이 있어도 시계만은 팔지 않으리라 생각했다.

그리고 그자들에게 무엇이든 빼앗기고 싶지가 않았다. 점심도 못 먹고 무거운 다리로 훈련장에 나갈 때 또 구보를 시켰다. 연길은 다리가 아픈데다가 숨이 차 따라갈 수가 없어 남보다 뒤떨어지지 않을 수 없었다. 그랬더니 스무 살도 못 되는 인민군 분대장이 뒤로 와서 몸을 떼밀었다.

할 수 없이 달음박질을 했더니 빨리빨리 하며 분대장은 다시 연길을 떼밀었다. 연길은 그만 거꾸러지고야 말았다. 동시에 눈에서 눈물이 핑 돌았다.

"사람이 죽어두 좋습니까?"

불쑥 이런 말이 입 밖에 나왔다. 그때였다. 자기를 떼밀던 분대장이,

"뭐요? 그 말을 한 번 다시 해 보시오."

하고 눈을 부릅떴다. 연길은 처음으로 반항해 본 것이 잘못된 것을 깨달았다. 변명하지 않을 수 없었다.

"아니 몸이 아파 죽겠다는 말입니다."

"그래 인민공화국은 사람을 죽이는 데란 말이지?"

연길은 문득 영창을 생각했다. 영창에는 가마때기 하나 깔지 않은 땅바닥인데 그 속에 들어가면 옷을 쪽 발가벗기고 먹을 것도 안 준다고 한다. 이미 그 영창 속에는 입을 옷이 없어 장교의 내복을 훔치다가 들킨 사람, 남의 물건을 팔아 준다고 물건을 가져다 가는 돈을 잘라먹은 사람, 그리고 김일성이를 가짜 김일성이라고 말했다가 붙잡힌 사람들이 들어가 있다. 연길이가 혼자서 떨고 있을 때 분대장은 그를 소대장에게로 끌고 가서 보고를 했다. 소대장은 분대장의 말만을 듣고,

"반동분자들이 나중엔 개수작까지 하누나. 어디 맛 좀 봐라 이 새끼."

하고는 댓자로 따귀를 후려갈겼다.

"이 새끼들 밥을 괜히 맥여 주는 줄 아니? 정말 좀 죽어 봐라."

소대장은 연길이가 메고 있던 목총을 빼서 그것으로 사정없이 갈겼다.

연길은 땅바닥에 쓰러졌다. 그리고는 속으로 '죽여라 죽여.' 하며 눈을 감았다. 소대장은 일어서라고 명령했다. 할 수 없이 일어서자 또다시 두들기기 시작했다. 죽는 것은 아깝지 않으나 아픈 것을 참을 수가 없어서 연길은,

“저, 보십시오. 각기병에 걸렸습니다. 뛸 수가 없어서 혼잣말루 죽겠다구 그랬어요.”

하고 바지를 걷어 올려 보였다.

“이 새끼 누가 앓으레던! 너 같은 건 뒈져두 좋아…….”

“용서하십시오. 한 번만 용서하십시오.”

소대장은 겨우 손을 멈추었다. 그리고는 빨리 뛰어서 행렬을 따라가라고 명령했다. 연길은 할 수 없이 무거운 다리를 끌며 뛰어갔다.

다음날은 의무부에 갔으나 자기와 같은 환자가 수십 명이나 되었다.

모두들 영양 부족이라고 했다. 가루약 이틀 분을 주면서 먹어 보라고 했다. 그러나 훈련에 쉴 수 있는 환자증은 주지 않았다. 연길은 할 수 없이 하루도 쉬지 못했다.

연길은 정말 자기의 목숨이 눈앞에 내다보이는 것 같았다. 붙잡아 꼭 눌으면 금시 죽어 버릴 것 같았다. 자기의 목숨이면서도 자기의 목숨 같지 않은 것이 또한 자기의 목숨이었다.

훈련을 시작한 지 보름이 지났을 때 예정 과목이 끝났다고 해서 작업만을 시키고 있던 어떤 날 평양서 군인들이 와서 스물다섯까지의 젊은 사람들을 뽑아 갔다. 약 구백 명이 떠나 버렸다. 인민군으로 뽑혔다고 한다. 또 보름이 지났을 때 이번에는 내무서원으로 뽑아 간다고 하며 근 천 명을 추려 갔다. 한 육백 명이 남은 셈이다.

그러나 남은 육백 명은 전부가 나이 많은 사람뿐만은 아니었다.

연길이나 재만이도 나이 든 축이 아니었지만 그보다 더 젊은 사람도 적지 않게 있었다. 알아보니 모두 반동분자라고 한다. 그리고 나머지 사람들은 모두 탄광으로 보낸다고 했다.

연길은 차라리 탄광으로라도 빨리 보내 주었으면 했다. 거기에 가면 무엇보다도 밥을 배불리 먹을 것이고 또 인민군의 감독이 없을 것이다. 그뿐 아니라 잠을 마음대로 잘 수 있을 것 같았다. 사실은 자는 시간도 부족했다. 그러나 좀처럼 탄광에도 보내 주지 않았다. 그러니까 구월 이십일 경이었다. 숙사를 고치고 방공호를 파고 운동장을 돋우고 그런 일을 하고 있을 때 상공을 지나다니기만 하던 제트기가 하루는 훈련소를 향하여 기총소사를 했다. 한 길이 넘는 방공호에 숨어 있을 때 제트기는 머리 위를 오르내리며 자유자재로 총탄을 퍼부었다. 연길은 오늘에야 죽는구나 하는 생각을 했으나 제트기는 훈련소에 불을 질러 논 뒤 그만 남쪽으로 날아가고 말았다.

다행하게도 집이 전부 불타 버렸으니 이제는 할 수 없이 탄광으로라도 보내 줄 줄 알았으나 다음날부터는 새로운 작업을 시키기 시작했다. 멀리 동북방에 있는 산 밑을 파고 방공호를 만드는 일이었다. 산을 깎아서 높이 일 미터 반, 넓이가 약 이 미터 반, 길이가 삼십 미터의 방공호를 판 뒤 거기다 기둥을 세우고 서까래를 올린 뒤 흙을 다시 덮어 산의 원형을 그대로 만들어 놓는 일이었다.

오륙백 명이 삼천 명 수용할 방공호를 파는 공사란 방대하기 짝이 없었다. 새벽 여섯 시에서부터 밤 열 시까지 잠시도 쉴 새가 없었다.

깡통만 들면 명동 거리의 거지와 조금도 다를 것이 없는 구멍 뺑뺑 뚫리고 때가 까맣게 낀 옷을 입은 거지부대 그대로였다. 서울을 떠난 이후로 거의 두 달 동안 양치라고는 한 번도 못해 보았다. 머리도 깎은 지가 두 달이 거의 되었다.

거기다 옷에는 이가 어떻게나 많은지 밥을 먹고 난 뒤마다 이 사냥만을 해도 따가워 견딜 수가 없으리만큼 번성한다. 더구나 방공호 공사가 시작된 뒤로는 이 사냥할 새도 없다.

손이 부르틀 만큼 삽질과 곡괭이질을 해야 했으며 어깨가 부어오를 만큼 목도질을 해야 했다. 조금만 일을 게을리하면 나이 어린 분대장으로부터 따귀를 맞아야 했기 때문이었다.

그러나 연길은 공사를 하기 위하여 개천(价川)서 끌려왔다는 사람에게서 유엔군이 서울을 탈환했다는 소식을 듣자 다음날 함부로 꺼내 보지도 않던 회중시계를 팔려고 내놓았다.

언젠가 남의 물건을 팔아 준다고 속이고는 돈을 떼어먹었다가 영창 생활을 한 가짜 연극동맹원 키다리에게 매매를 부탁했다.

삼천 원은 넉넉히 받을 수 있다고 말했으나 연길은 현금은 이천 원만 하고 나머지는 옷 한 벌과 지까다비 한 켤레를 달라고 했다.

키다리는 그것이 더욱 좋다고 했다. 시계를 사는 건 결국 장교들인데 그들은 현금보다도 물건 주는 것을 좋아한다고 말했다.

그 날 밤 연길은 재만이에게 시계를 팔기로 했다는 것과 이제부터는 탈출할 계획을 세워야 한다는 것을 말했다.

"탈출합시다. 나두 공산주의에는 신물이 났소."

"박 형두 그런 말을 합니까?"

"이론과 실제가 그렇게까지 다른 줄은 몰랐어요. 정말 몰랐어요. 내 눈으로 보니까 공산주의는 정말 거짓뿐이에요. 오늘 개천 탄광에 있다가 왔다는 사람을 만났는데 노동자두 혼자만 벌어 가지구는 도저히 가족을 멕여 살리질 못한대요. 노동자의 왕국이 결국 그렇군요."

"이북에는 전기가 쓰구두 남아서 촌사람들까지 전기온돌을 쓴다구 그랬지만 전기 있는 농촌이 얼마나 됩니까!"

"좌우간 공산주의의 거짓이란 차마 눈으로 볼 수가 없습니다. 오늘 온 사람들두 하루만 일을 하구 돌려 보낸다구 했다지만 그래 이 일을 하루 이틀에 끝내요?"

"단 두 사람은 적적할 테니까 한두 사람 동지를 골라 봅시다."

"그래두 공민증과 군사증과 여행증의 세 가지가 없으면 한 걸음도 움직일 수가 없다는데 탈출할 수가 있을까요?"

"그러니까 산을 타구 몇 달 걸을 생각을 해야지요."

"김명구 씨는 어떨까요?"

"글쎄요. 믿을 수 있을까요. 더구나 병이 채 났지두 않았구……."

그들은 이 날부터 탈출의 계획을 세웠다. 그러나 철의 장막을 뚫고 서울까지 돌아간다는 것은 별을 따기보다도 힘든 일이었다.

다음날 아침 연길은 재만과 같이 목도를 메고 있었다.

"그만 가시오."

삽으로 흙을 담아 주던 사람이 눈을 끔뻑했다. 무겁지 않을 정도로 메고 가라는 뜻이었다.

“그뜩 담으시오. 이젠 이력이 나서……．”

연길은 잔꾀를 부리다가 또 어린 분대장들의 잔소리를 듣는 것이 싫었다.

“이젠 노동판으루 나서두 굶어 죽지는 않겠는데요.”

재만이도 목도쯤 문제 아니라는 듯이 웃었다.

“엉치기, 엉치기.”

그들은 발을 맞추기 위하여 소리까지 지르며 목도를 메었다. 한참 동안 흙을 나르고 있을 때 소대장이 연길을 불렀다.

“시계를 팔겠다지요?”

“네.”

“사실은 소대장들이 돈을 모아서 중대장 시계를 하나 사 줄까 하는데 다들 돈이 있나요. 잘 생각해서 파십시오.”

중대장이란 자기를 두들겨 주던 바로 그 사람이었다. 그러나 그 원한을 어찌 얼굴에 나타낼 수가 있을 것인가.

“좋두룩 하십시오.”

“딴 중대장은 다 하나씩 사 줬는데 우리 중대장만 사 주질 못했어요. 옷 하구 지까다비는 곧 드릴게 우선 돈을 받으십시오.”

소대장은 현금 팔백 원을 내놓았다. 그것은 너무나 적은 돈이었다. 그들이 많은 돈을 주리라고는 바랄 수도 없는 일이지만 적어도 일천오백 원은 줄 줄 알았던 것이다. 이북에서 제일 비싼 것은 시계다. 론진 십칠 석이니 서울서도 이만 원이 넘는다. 이북 돈으로 환산한대도 만 원쯤은 받을 수 있는 시계다.

그러나 연길은 싫다 할 수가 없었다. 안 내는 것이라면 몰라도 팔려고 했던 것을 값이 헐하다고 안 판다면 반드시 후환이 있을 것이다.

“옷 하구 신발이나 좋은 거루 주십시오.”

연길은 돈을 받아 들고 헤질 대로 헤진 옷과 아구리를 벌려 새끼로 잡아 맨 지까다비를 가리켰다. 그것도 군인들이 신다가 버린 것을 주어 신은 것이다.

“거야 말할 것 있어요. 우리 맘만 내키면 그까짓 거쯤 문제두 안 됩니다."

　연길은 그것이라도 받지 않을 수 없었다. 그러나 마음은 패가를 하고 쓰고 살던 집까지 팔지 않을 수 없을 때의 그러한 심정이었다. 마음이 외로워지는 것 같기도 했다.

　돈을 받아 들자 몇 시간도 안 되어 김명구가 찾아왔다. 어떻게 알았는지 돈 십 원만 달라고 했다.

　연길은 참으로 불쾌했다. 어떠한 돈인데 체면도 없이 손을 내미는 것일까. 더구나 가장 열성적인 공산주의자연하고 자치위원회 같은 때에는 혼자서 떠들어대던 그런 일까지 머리에 떠올라 연길은 명구의 내민 손에다 침이라도 뱉어 주고 싶었다.

　"마늘이 좋대는데 십 원만 있으면 둬 톨 살 수가 있다누만요."

　이 말을 듣자 연길은 그만 주머니에 손을 디밀지 않을 수 없었다. 그렇게 아프다고 해야 약 한 봉 얻어먹지 못하고 있다. 밥도 먹지 못해 얼굴에는 껍질만이 남았다. 마늘이라도 사 먹고 병을 고쳐 보겠다는 데야 어찌 모른 척할 것인가. 연길은 자기가 각기로 앓던 때의 일을 생각하고 십 원을 더 해서 이십 원을 주고 말았다.

　명구를 돌려 보내고 났을 때 재만이가,

　"황 형! 이승만 대통령이 서울 탈환 축하식에 참석했다는구려! 라디오 방송이 있었대……."

하고 연길의 손목을 잡아 흔들었다.

　"그렇겠지 서울은 도로 찾구야 말았군."

　연길이도 감개무량했다. 그러나 북방의 별 밑에 살고 있는 자기들은 민족의 기쁨을 나눌 자격도 없는 이방의 족속과 같은 생각이 들었다.

　그리운 서울!

　그리운 사람들이 살고 있는 서울이 하루라도 빨리 보고 싶었다.

8. 마음의 교차

유엔군이 괴뢰군을 몰아내고 서울을 탈환하자 누구보다도 먼저 서울에 올라간 이는 현주였다. 서울로 돌아가자 누구보다도 먼저 찾아간 곳도 연길네 집이었다.

그러나 팔월 초순 이북으로 끌려 간 뒤 아직까지 소식이 없다고 하며 눈물만 흘리고 있는 연길 어머니를 보자 현주는 세상이 새까매지는 것을 느꼈다.

"정길이두 의용군으루 끌려가서 소식이 없으니 둘이다 죽구 말았나 부다."

이렇게 자기 설움에 울고만 있는 연길 모친에게도 현주는 무엇이라 위로의 말을 건넬 생각을 못했다. 자기도 연길 모친 못지않게 슬펐기 때문이었다. 연길이가 이북으로 끌려갔다면 지금쯤 죽었을는지도 모른다. 설사 죽지를 않았다고 해도 영영 돌아오지 못할는지도 모른다.

피난의 구십 일. 비록 괴뢰군의 시달림을 직접 받지 않았다고는 하나 현주에게 있어서도 결코 평탄한 생활은 아니었다.

평탄치 못한 생활을 무엇 때문에 싸워 왔던 것인가. 구십 일의 생활이란 결국 아무 보람도 없는 헛수고에 지나지 않았다. 싫다고 해도 어머니에게 생활비를 가져다 주면서까지 어떻게든 약혼을 해 보려던 임경수와의 싸움, 임경수에게 매수가 되어 억지로라도 그에게 떠맡기려던 어머니와의 싸움, 그리고 감정적으로 끌려가려는 마음을 의식적인 노력으로 끊어 버리려고 애쓴 순일과의 관계! 이런 것들을 생각할 때 현주는 오직 연길만을 생각한 나머지의 자기 행동이 너무나 값없는 수포로 돌아간 것을 깨닫고 일종의 허무감까지를 느꼈다.

현주는 남들처럼 끝까지 숨어 있지 못한 연길이가 원망스럽기도 했다. 그래서,

"어떻게 하다가 끌려갔어요?"

하고 연길 어머니에게 물었다.

"나오지 않으면 정말 큰일 난다는 말을 듣구 처음으루 학교엘 나갔다가 그냥 돌아오질 못하구 말지 않았어……"

연길 어머니는 눈물 섞인 어조로 말했다.

"황 선생님은 마음이 약하셔. 그래서 끌려갔겠지요, 뭐."

"그땐 달리 할 수두 없었어……."

캐고 묻고 할 일도 아니었다. 이미 지나간 일을 따져서는 무엇 할 것인가.

"그럼 또 오겠습니다."

"종종 오너라."

연길 어머니는 그야말로 물에 빠진 사람처럼 지푸라기라도 붙잡고 싶어 하는 표정이었다.

모든 희망을 잃고 연길의 집을 떠난 현주는 집으로 바로 들어가고 싶지가 않았다. 어디를 쏘다니고만 싶었다. 그리고 모든 아는 사람들의 안부라도 듣고 싶었다. 괴뢰군들이 후퇴할 때 수십만 시민을 납치해 갔고 의용군으로 수십만 명을 끌어갔다. 장안에 사는 사람치고 슬픔을 지니지 않은 이가 별반 있을 것 같지가 않았다. 그러니 자기가 아는 사람도 전부가 슬픔 속에 있을 것이 분명하다. 그렇다면 누구하고나 마음을 터놓고 서로 이야기를 할 수가 있을 것이 아닌가.

그러나 현주는 아무도 찾아가지 않았다. 찾아가는 것이 도리어 자기의 마음을 무겁게 할 것 같았던 것이다. 그 대신 그는 순일이를 찾아갔다.

그이만은 자기의 마음을 어느 정도 가볍게 해 줄 것 같았다. 임경수와의 약혼 문제로 시끄러울 때에도 순일이만 보면 말을 아니해도 마음이 정돈되었다. 순일은 그만큼 마음의 친구였던 것이다. 순일의 숙소인 회현동을 찾아갔을 때 순일은 어쩐 일인지 안경을 벗은 채 현관으로 나왔다. 어디를 나가려든 길인지 곤색 양복을 위 아래로 입고 넥타이까지 매었다. 그리고 처음으로 찾아오는 현주를 조금도 반기는 것 같지 않았다.

순일의 방은 이층에 있었다. 층계를 올라 다다미방으로 들어갈 때까지 현주는 순일의 심상치 않은 태도를 눈으로만 살피었다. 순일은 방에 들어가자 담벽에 기대어 앉았으나 손님에게는 앉으란 말도 안 했다. 눈을 껌뻑이며 혼자의 생각에 젖어 있었다.

현주는 방 가운데에 놓여 있는 책상 앞으로 가서 순일을 마주보며 앉았다.

“나가시던 길이면 가 보시지요?”

“나갔다 돌아온 길입니다.”

“그럼 안경이나 쓰시지요.”

현주는 책상 위에 있는 안경을 집어 순일에게 내어 주었다. 그리고는 방 안을 한 바퀴 둘러보고 나서 벽에 걸린 베토벤의 그림에 눈을 멈춘 채,

“깨끗한 방이로군요. 젊은 베토벤의 얼굴은 역시 천재 같아요. 저런 사람과 한번 연애를 해 보았으면…….”

하고 말했다. 순일의 마음을 건드리고 싶지 않았고 또 자기의 슬픔도 다치지 않고 싶은 마음에서 객설이나 끄집어낸 것이다. 순일이는 안경을 쓰면서 그때에야,

“현대에는 그러한 천재가 있지 않아서 슬프시겠습니다.”

하고 입을 열었다. 그리고는 이어서,

“그래서 연애를 못하시누만요?”

하고 빙그레 웃었다.

“그렇지요. 천재가 아닌 다음에야 연애할 맛이 있나요.”

현주는 순일과 농담을 주고받을 만큼 가까웠지만 아직도 연길에 대한 이야기는 한 마디도 하지 않고 있었다.

“방 안에 있는 피아니스트는 병이 들었구…….”

심상치 않은 말이었다. 현주는 그 말에 문득 상주서 대구로 피난 가다가 왜관 어떤 주막에서 자던 날 밤 순일이가 자기의 발을 꼭 껴안던 것을 생각했다.

무안을 주지 않기 위해서 하는 대로 내버려 두었던 것이지만 그러한 행동이나 말을 그대로 받아 줄 수는 없어서,

“병들긴 무슨 병이 들었어요?”

하고 현주는 말을 슬쩍 흘려 버렸다.

“공연한 말입니다. 사실 오늘 거리에 나갔다가 ××심포니 이사(理事)를 만났는데 남의 사정은 알지두 못하구 다음 연주회 때 연주할 피아노 콘첼트에 나와 달라구 그러지 않아요?”

“그래서 뭐라구 대답하셨어요?”

“사정이 있어서 못 나갈 것 같다구 그랬지요. 차마 손가락은 못 내밀었습니다.”

현주는 그 말로 안경도 안 쓰고 우울한 얼굴을 짓고 있던 순일의 조금 전 일을 알아차렸다. 그러나 그런 이유를 알고도 위로의 말을 할 수 없는 것이 또한 현주였다. 그렇다고 해서 경솔하게 다른 말을 꺼낼 수도 없어서 묵묵히 있을 때 순일이가 현주의 마음을 살폈는지,

“현주 씨.”

하고 현주를 부른 뒤,

“좀 의논하고 싶은 말이 있는데요.”

하고 손가락 이야기는 잊어버린 듯 말했다.

“뭔데요?”

“나 개인적 문젠데 나와 같은 처지에 있는 사람이 다른 여자를 사랑한다면 그걸 어떻게 생각하시겠어요?”

“아주 잘못이겠지요. 유엔군이 막 북진을 하는데 얼마 안 있어 이북까지 들어간다면 부인을 만날 수 있지 않아요. 조금만 참으셔야지.”

“확실히 옳은 말씀인데 그 아내를 만날 수가 없게 된다면요?”

“그건 그때 보아야 하지요. 이북서 넘어온 사람 가운데는 부인이 없다구 속여서 결혼하는 이가 적지 않다는데 그건 좋지 못하다구 생각해요.”

“나는 속이지 않습니다. 다만 다시 만날 것 같지가 않다는 것뿐이지요.”

순일은 한숨을 죽여 가며 담배에 불을 붙여 물었다.

“만약에 최 선생 부인께서 최 선생과 꼭 같은 마음으루 다른 남자와 사랑을 시작했다면 최 선생님은 어떻겠습니까?”

현주는 순일을 뚫어지게 바라보았다.

“글쎄요……..”

“글쎄요가 아니라 좀더 솔직한 말씀을 하세요.”

“파탄이겠지요!”

“파탄을 감수할 용의가 있습니까?”

"글쎄요. 그렇지만 나는 당장에 외로워 살 수가 없습니다. 누구든지 나를 거들어 주지 않으면 살 것 같지가 않습니다. 내가 손가락 하나를 짤랐다는 것을 안다면 세상에서 나를 애껴 주고 또 나를 필요루 해 줄 사람이 어디 한 사람이나 있겠습니까, 나를 필요하다구 생각해 주는 사람이 정말 그리워요."

"부인이 계시지 않아요."

"환상 속에 사로잡혀 살라는 말이지요?"

현주는 그 이상 순일을 더 괴롭힐 수가 없었다. 의리를 위하여서는 언제까지라도 아내를 잊어서는 안 될 일이지만 실제에 있어서는 그러한 의리로 현재의 괴로움을 참으란 말은 순일이에게 통하지 않을 것을 어느 정도 짐작할 수 있기 때문이다. 만약 자기에게 연길이만이 없다면 자기도 순일을 사랑하지 않을 수 없을지 모른다.

엄격히 말한다면 연길의 행방이 묘연하다고 해서 누구보다도 순일이를 찾아온 것은 순일에 대한 어떤 마음이 싹트기 시작한 때문인지도 모른다.

그리고 좀더 기다려 보아야 한다고 한 것은 순일에게 한 것보다도 자기 자신에게 마음을 든든하게 하기 위한 말이었을지도 모른다.

"최 선생님! 그 이야기는 다음에 하기루 하지요."

"사실은 나두 지금과 같은 생각을 가진다는 것이 죄악이라는 것을 잘 알구 있습니다. 손가락을 다칠 때두 내가 아내를 데리구 월남하지 못한 죄 값이라구까지 생각했었으니까요. 좌우간 그만둡시다. 해야 소용없는 이야기니까……."

순일은 담배 연기를 천장을 향하여 훅 내뿜었다. 모든 괴로움이 사라져라 하는 듯이…… 그때 현주가 화제를 돌리기 위하여 순일을 불렀다.

"최 선생님!"

"네."

"저를 좀 보세요."

"왜요?"

"작곡을 하나 하세요."

“나는 연주가입니다. 작곡가가 아닙니다.”

“이제부터 작곡가가 되세요.”

“능력이 없습니다.”

“6·25를 통하여 최 선생님이 체험하신 것을 음악적 감정으루 표현하신
다면 위대한 작품이 나올 거예요. 민족적인 슬픔을 그대루 엮어 보세요. 전
세계 인류의 가슴을 찌르구야 말 것입니다.”

순일은 한참 동안 머리를 숙이고 무엇을 생각했다.

그리고는 가슴에 벅차오르는 정열을 어찌할 도리가 없다는 듯이 두 손으
로 가슴을 비볐다.

“누구를 위하여 작곡을 하라는 것입니까, 네? 누구를 위해서 작곡을 해야
한다는 것입니까?”

“저를 위해서! 그리구 우리의 민족을 위해서!”

“현주 씨가 내 예술을 받아 줄 사람이 될 수 있을까요?”

“그 영광을 저에게는 주실 수 없다는 말씀입니까?”

“아니요.”

순일은 자기의 손가락을 만지작거렸다. 둘째손가락보다도 짧고 손톱도
없이 민민한 장지 손가락을!

현주는,

“오늘부터 작곡을 시작하세요, 네.”

하고 일어섰다. 그리고는 손을 내밀어 악수를 청했다. 순일은 떨리는 손으로
현주의 부드러운 손을 힘있게 잡고,

“네, 해 보겠습니다. 꼭 시작하겠습니다.”

하고 충혈된 얼굴로 대답했다.

현주는 집으로 돌아오면서도 순일이가 작곡으로 마음을 돌려 슬픔을 잊
어 주었으면 하고 진심으로 바랐다. 그의 모든 외로움이란 결국 자기의 생
활을 잃은 데서 오는 것이다. 만약 새 생활을 창조할 수 있다면 그렇게까지
슬퍼하지 않아도 좋을 것 같았다. 더군다나 음악 가운데서도 피아노를 전공
했으니 웬만한 소질만 있다면 작곡은 능히 할 수 있을 것도 같다.

6·25의 커다란 민족적 감정을 가지고 작곡만 한다면 베토벤의 <황제>
(皇帝)나 슈베르트의 <군인행진곡> 같은 것이 나올는지도 모른다. 진통이
크면 클수록 위대한 예술이 창조된다. 밀턴의   실락원   (失樂園)이
그랬고, 위고의   레미제라블   이 그랬다. 역사적 진통인 6·25를 전
후하여 위대한 작품이 생산되어야 한다는 것은 민족의 한 과업이어야 할 것
이다.

순일에게 그러한 천재적 기능이 있는가 없는가가 문제다. 그러나 없다고
단정할 수는 없다. 있는 재능을 다 하여 창조하도록 해야 할 것이다. 오직
정열과 성실성이 문제다.

그러나 예술적인 정열과 민족적인 성실성이 개인의 고독으로 상실되지나
않을지 그것이 걱정이 되었다.

'그의 자신을 위하여 그리고 민족 전체를 위하여 어떻게 해서든 완성을
하도록 해야지!'

현주는 이런 것을 생각하며 집으로 돌아왔다. 다음날도 현주는 순일을 찾
아가는 것을 하나의 의무감처럼 생각하며 찾아갔다. 순일이가 6·25 전부터
빌려 쓰고 있는 피아노가 무사한가 보러 가는 데도 현주는 순일을 따라 순
일의 친구 집까지 따라갔다. 그 다음날은 작곡을 하다가 피우라고 양담배
한 갑을 사 가지고 갔다. 다음 다음날은 피곤할 때 먹으라고 미국 건포도 한
통을 사 가지고 갔다.

작곡하는 데 필요한 만년필도 하나 사 주고 싶었으나 큰돈을 장만할 수가
없어 그것만은 사지 못했다.

어떤 날은 순일의 옆에 끝까지 앉았다가 열심히 작곡하는 순일의 피곤한
얼굴을 보고,

"제가 제일 좋아하는 <쏠베이지의 노래>를 한 번 쳐 주세요."
하고 좀 쉬게도 했다.

"그런 노래를 좋아하세요?"

순일이는 비록 손가락 하나가 없으나 그래도 전문가가 아닌 현주에게는
손가락이 있고 없고를 구별할 수 없을 만큼 아름다운 곡을 쳤다. 순일은 피

아노를 치다가 피아노에 맞추어 노래까지 불렀다.

　　겨울도 지나가고 봄은 아주 가 봄은 아주 가
　　여름도 다 가고 해는 바뀠네 해는 바뀠네
　　잘 있소? 그리운 님이여 내 님이여
　　내 참말로 그대 기다리리 내 그대 기다리리

　현주도 피아노를 따라 속으로 노래를 불렀다. 노래가 끝나자 현주는,
　"오늘은 그만 하시지요."
하고 의자에서 일어섰다.
　"가시게요?"
　순일이는 피아노 앞에 앉은 채 몸만을 돌리고 말했다.
　"더 하시겠어요?"
　"좀더 하다가 가지요. 그럼 먼저 가세요."
　현주는 혼자서 거리로 나갔다. <쏠베이지의 노래>를 불러서 그런지 마음이 갑자기 울적해졌다. 또 연길이 생각이 난 모양이었다. 언제까지라도 기다리기만 해야 하는 연길인 것 같았으나 그래도 내일쯤 한 번 또 연길네 집에 가 보리라는 생각을 하며 집에까지 돌아왔다.
　대문 안에 들어서자 현주는 가슴이 섬찍해졌다. 뜻하지 않았던 임경수가 툇마루에 앉아 어머니와 무엇을 먹고 있었던 것이다. 어떤 일이 있다 해도 결혼은 허락지 않을 만큼 결심이 굳었지만 그 얼굴을 본다는 것부터가 불쾌하다는 생각에 경수에 대한 인상은 점점 나빠만 가고 있었다. 더구나 대구에 있을 때 두 번이나 찾아온 것을 자기는 아직 결혼할 생각이 전혀 없으니 빨리 다른 여자와 결혼하라고 굳이 거절했었다. 그런데도 불구하고 서울까지 올라와 또 찾아올 것이 무엇인가.
　그러나 그렇다고 해서 원수 대하듯 발길을 그냥 돌릴 수도 없고 해서,
　"언제 오셨어요?"
하고 마루로 올라갔다.
　"어제 왔습니다. 대구서는 고생 많이 하셨지요?"

임경수는 히죽 웃으며 뒤를 돌아보았다. 뒤를 이어 어머니가,

“이제야 오니? 어서 앉아서 이걸 좀 먹어라.”

하고 전에 없이 싹싹하게 말했다. 밥상 위에는 과자와 과실 접시가 놓여 있었다. 임경수와 같이 마주 앉아 무엇을 먹고 싶은 생각은 없었지만 그렇다고 혼자서 방 안에 들어갈 수도 없어서 어머니 곁에 앉자 임경수가 자리에서 일어나며,

“바쁜 일이 있어 실례를 하겠습니다.”

하고 모자를 집어 들었다. 마카오 양복, 테두리 넓은 미국 모자가 어울리는 듯했다. 체격도 근사했다.

얼굴도 남에 빠지지 않을 만큼 말쑥했다.

“현주두 오구 했는데 좀더 놀다 가지 않구…….”

어머니도 말로는 붙잡는 것 같았으나 바쁘면 가 보란 듯이 따라 일어섰다.

“수입 허가 관계로 어떤 사람을 만나기루 했는데 시간이 다 됐구만요.”

임경수는 팔목시계를 들여다보고 뜰 아래로 내려서서는 현주에게 인사를 했다. 어머니는 뒤따라 대문 밖까지 나갔다. 경수를 배웅하고 돌아온 어머니는 현주가 옷을 갈아입는 안방에까지 들어와,

“현주야 시장하지 않니? 저걸 좀 먹어라 거 다 임 서방이 사 온 거다.”

하고는 도로 마루로 나가 과자 접시를 들고 왔다. 현주는 원피스로 갈아입고 과자를 하나 집어든 뒤,

“어머니! 그이가 뭣 하러 왔댔지요?”

하고 물었다. 묻지 않아도 능히 알 수 있는 일이기는 했지만 말 한 마디도 건네지 않고 돌아갔다는 것이 수상스러웠던 것이다.

“볼일이 있어서 서울 왔던 김에 들렸던 거지 뭣 하긴 뭣 하러 와. 너는 아주 토라지구 말았으니까 네 생각은 하지두 않는대더라.”

“그만두세요 이제는 날 속이기까지 하실려는군. 모를 줄 알구…….”

“애두 알긴 뭘 안다구 그러니?”

“다 들었어요. 못 들은 줄 아세요.”

“뭘 들었단 말이냐? 무슨 이야길 했다구.”

"그만두세요 좋아요."

현주는 정말 토라져서 획 돌아앉았다.

"얘두 별라게 군다. 돈은 좀 맡아 뒀다 달래서 그걸 맡아 뒀는데 이야기는 무슨 이야길 했다구, 정말 무슨 이야기나 했다면 큰일 나겠네."

현주는 귀신 딱지를 뒤집어쓴 것처럼 어안이 벙벙했다. 임경수의 연극에 어머니가 놀아나고 있는 것이 분명했다. 확실히 연극이었다. 그러기에 자기가 들어오자 한 마디의 말도 없이 모른 척 돌아가기까지 한 것이 아닌가.

"언제 찾아간대요?"

현주는 또 묻지 않을 수 없었다.

"이삼 일 내루 찾아간대니까…… 애두."

어머니는 사뭇 귀찮다는 듯한 말투였다. 현주는 이 이상 더 캐서 묻지를 않았다. 이삼 일 두고 보면 알 수 있는 일이기 때문이었다. 도리어 어머니가,

"사람은 점잖은 사람이드라. 돈 쓸 줄두 알구. 글쎄 혼사 이야긴 한 마디두 없이 그새 공연한 마음만 쓰게 했다구 십만 원을 더 주지 않니. 그래두 받을 체면이 없어서 돌려 주기는 했다만……."

현주는 잘들 한다 하는 듯이 쓴웃음을 웃고 돌아앉았다.

다음날 현주는 바빴다. 곧 개학을 한다는 학교에도 가 봐야 했고 연길네 집에도 들려야 했다. 그리고 순일이도 찾아가지 않을 수 없었다. 현주는 우선 학교에 가서 다음날부터 출근해야 된다는 교장의 말을 듣고 교원들과 같이 그새 지난 이야기들을 주고받다가 점심때가 좀 지나서야 연길네 집을 들렸다.

대문이 열려 있기 때문에 무심코 뜰 안엘 들어갔을 때였다. 신돌 위에는 여자 구두가 놓여 있는데 방 안에서는 오순도순 말소리가 들렸다.

"걱정 마세요 꼭 돌아오실 겁니다. 6·25 뒤에 점치는 게 부쩍 는 것 같은데 다들 맞는데요. 좋은 점을 쳤으니까 안 돌아올 수 있어요."

"글쎄 그래나 쳤으면 오죽 좋겠수?"

"그 동안 쌀말이라두 갖다 드릴게요."

"쌀은 무슨 쌀 6·25 때두 쌀을 갖다 줘서 얼마나 잘 먹었는데."

“그럼 또 오겠어요.”

현주는 무심코 남의 말을 엿듣기까지 했다. 그러나 이야기하던 사람들이 일어서는 듯한 기미가 보일 때,

“아주머니 계세요?”

하고 방 안을 향하여 연길 어머니를 불렀다.

“누군가?”

연길 어머니는 미닫이를 열고 고개를 내밀었다.

“현주로군! 응 들어와.”

현주는 구두를 벗고 마루로 올라 설 때 방 안에서 나온 여자는 구두를 신고 뜰로 내려섰다. 현주는 유심히 젊은 여자의 얼굴을 바라보았다.

나일론 양복을 날씬하게 입었는데 얼굴도 깨끗하게 생겼다. 슬립퍼식 구두가 점잖게도 보였다.

“또 오겠어요. 안녕히 계세요.”

말소리도 쨍쨍한 것이 명랑한 여자로 보였다.

현주는 연길 어머니가 그 여자를 배웅하고 들어오자 즉시로,

“누구지요?”

하고 물었다.

“연길이가 가르친 앤데 가끔 찾아와 주누만.”

“황 선생이 계실 때부터 놀러다녔나요?”

“그럼. 6·25땐 그렇게 귀한 쌀까지 갖다 주지 않았어. 것두 두세 번씩이나.”

“그래요? 참 고맙구만요. 이름은 뭔데요?”

“초희래지! 이초희래나 봐!”

“네.”

현주는 입 속으로 이초희라고 두세 번 뇌까려 보았으나 아무래도 들은 기억이 나지 않았다.

‘연길 씨가 이야기하지 않은 여자.’

이렇게 생각하니 현주는 갑자기 마음이 뒤숭숭해졌다.

비록 가르친 제자라고 해도 생활까지를 걱정할 만한 사이라면 보통 교제
는 아닐 것 같았다.
'비밀의 여성!'
이렇게도 생각해 보았으나 연길이가 없는 연길네 집에 버젓이 출입한다
는 것으로 보아 비밀의 여성 같지도 않았다.
"뭣 하는 여자지요?"
현주는 다시 또 물어 보았다.
"고아원 선생이래든가!"
여자의 직업에 대해서도 현주는 들어 본 기억이 전혀 없었다. 현주가 이
렇게 초회에 대한 생각만을 궁금해 여기고 있을 때 연길 어머니가,
"하두 답답해서 어제 점을 쳐 보지 않았어, 아주 고명하다구 모두들 가
본다기에 갔더니 정말 잘 알아맞혀, 아들들 가운데 하나는 북으루 가고 하
나는 남으루 가 있대, 그런데 북에 간 아들은 금년 안에 돌아오구 남으루 간
아들은 몇 해가 있어야 온대! 정길이는 아마 만나기가 힘들래나 봐."
하고 말했다.
"그 말을 어떻게 믿어요?"
"그래두 지난 일은 꼭꼭 들어맞거든……."
"맞는 것두 있기는 하겠지요."
그들은 한참 동안 말이 없다가,
"어쨌든 빨리들 돌아오셔야겠는데요."
하고 현주가 입을 열자,
"글쎄나 말이야, 이북에 끌려갔다가 돌아온 이두 적지 않다는데……."
하고 연길 어머니가 한숨을 지었다.
"혼자선 사시기두 힘드실 텐데……."
"산 입에 거미줄 쓸겠니. 그리구 초회가 가끔 찾아와 줘서 그래두 맘이
좀 놓이는 것 같다."
현주는,
"돌아오시거든 곧 저한테 들려 달라구 말씀해 주세요."

하는 말을 부탁하고 돌아오려 했으나 그 말이 차마 입 밖에 떨어지지 않았다. 연길 어머니도 자기와 연길의 결혼을 반대하는 사람이다. 속으로 뻔뻔하다고 생각할 것이 두려웠다. 더구나 초희가 가끔 찾아와서 마음이 놓인다고까지 하니 그의 마음은 역시 초희에게로 쏠린 것이 분명하다.

"그럼 또 오겠어요."

"그래라."

처음 갔을 때보다는 확실히 냉정해진 연길의 어머니였다. 간다는 인사에도 '그래라' 정도의 말로 놀다 가란 빈말도 없다. 가고 싶거든 얼마든지 가라는 그러한 말이 내쫓는 것보다도 더 심한 것 같았다.

현주는 차라리 오지나 말았다면 하고 후회를 했다. 오지만 않았다면 초희도 만나지 않았을 것이고 연길 어머니의 냉정한 태도도 보지 않았을 것이다.

현주는 연길의 집을 나오자 혼자서 망설였다. 예정대로 한다면 순일이에게로 가야 할 것이지만 지금과 같은 심정으로 순일이를 찾아간다면 그의 가슴에 안겨 울고야 말 것 같았다. 연길에게마저 속임을 당한 것 같은 그 외로움을 풀기 위해서는 그래야만 할 것도 같았다.

그러나 그것은 자기 자신에 대하여 너무나 무서운 일이었다. 비록 진심을 다 하여 자기의 우정을 전부 기울이고 있는 사이라 할망정 연길이가 자기를 사랑한다고 말한 이상 딴 사람의 품 안에 안길 수가 있을 수 없다.

그러나 한편 생각한다면 연길에게 비밀의 여인이 있는 이상 자기가 멀리하기만 한다면 연길은 기꺼이 이별할 것 같았다. 설사 결혼을 약속까지 했다 해도 그것은 오랜 동안의 애정과 의리로 할 수 없이 허락한 것 같이 생각 들기도 했다. 현주는 어떤 것이 연길의 진정한 마음인가를 여러 번 거듭 생각해 보았으나 결국은 결론을 내리지 못한 채 순일이를 찾아가기로 했다.

그러나 그것은 순일에게 안기고 울고 싶어서는 아니었다. 자기의 힘으로 순일의 작곡을 도와 완성품을 만들어야 한다는 하나의 의무감에서였다. 만약 약속을 하고도 가지 않는다면 순일은 반드시 외로움을 느끼고 작곡을 게을리할지 모른다. 그렇게 된다면 그 책임은 현주 자신에 있는 것이다.

현주는 남산 밑 피아노가 있는 집으로 갔다.

도어를 노크하자 마루 소리를 내며 달려와 도어를 열고,

"왜 늦었어요?"

하고 묻는 순일은 역시 눈이 빠지도록 기다린 모양이었다.

"학교에 좀 갔다 오느라구요."

이렇게 대답은 했으나 현주는 역시 잘 왔다는 생각을 했다.

"그만 돌아가 버릴까 생각했는데요."

"미안합니다. 그래두 좀 늦었다구 그렇게 일을 중단하구 가시면 어떡해요."

"그래두 일이 안 되는 걸 어떡해요?"

"그럼 저를 위해서 작곡하시든가요?"

"현주 씨를 위해서 작곡하는 것이 아니란 건 사실이지요. 그러나 현주 씨가 없으면 작곡이 안 되는 것두 사실입니다."

"왜 자꾸 저를 죄인으루 만드시려구 그러십니까?"

"죄인으루 만들다니요?"

"그런 말씀을 하시면 제가 선생님 부인에게 죄인이 되지 않아요?"

"………"

"저는 선생님에게 최대의 우정을 바치겠어요. 이성을 초월한 우정이라면 얼마든지 아깝지가 않겠어요."

"………"

"자…… 빨리 작곡을 시작하세요, 네."

순일은 현주의 말에 따라 피아노 앞에 앉았다. 그러나 그 동안 작곡한 노트를 바라보고만 있다가 갑자기 현주를 향해 돌아앉으며,

"고맙습니다. 잘 알았습니다. 이때까지 현주 씨의 우정을 이성간의 애정이라 혼자 생각했던 나의 잘못을 용서하십시오. 그것이 죄악인 줄 알면서도 나는 현주 씨를 사랑하고 있었습니다."

하고는 벌떡 일어나 현주의 몸을 잡아끌어다 가슴에 안았다.

"나를 용서하는 표적으로 처음이고 마지막인 포옹을 허락해 주십시오.

이 포옹으로 나는 내 마음을 씻어 버리겠습니다. 그리고는 영원한 우정으로 돌아가겠습니다.”

순일은 현주를 으스러져라 하고 안았다. 눈물방울이 상큼한 콧나루를 타고 골진 데를 더듬어 뚝뚝 떨어지고 있었다.

“그만, 네 그만.”

현주는 눈물 흘리는 것을 그만 하라는 뜻인지 포옹을 그만 하라는 뜻인지 자기도 모르게 ‘그만’ 소리를 연거푸 했으나 사실은 순일의 몸을 내밀어 떼지도 못했다.

“현주 씨, 정말 나는 용서 못 받을 사람입니다. 용서하십시오.”

순일은 현주를 풀어 놓고,

“유엔군이 함흥을 넘어갔대니까 나두 떠나가 보겠습니다. 가족들을 찾으러 가 보겠습니다.”

하고는 신부 앞에 고해를 드리는 신자처럼 고개를 숙이고 말했다.

“그러나 앞으로의 우정만은 그대루 가지게 해 주십시오.”

현주는 마음속으로 눈물을 흘리느라 말도 꺼내지 못했다. 왠지 모르게 마음이 슬퍼지며 자꾸만 울고 싶었다.

“용서하시지요?”

순일이가 대답을 독촉할 때 현주는 터져 나오려는 눈물을 막기에 입을 열지 못했다. 한참 뒤에야,

“용서받을 만큼 무슨 잘못이 있었어요?”

하고는 저고리 고름을 입에 물고 잴긴잴긴 씹었다.

9. 기항(寄港) 없는 출범

십일 월 초순이었다. 그러나 날씨는 제법 추웠다. 오버까지는 입지 않는다 해도 털내의는 입어야 할 만큼 쌀쌀한 기후였다.

초희는 자기가 입은 드레스가 갑자기 추워 보였다. 춥다고 생각하니 팔때

기에 좁쌀알 같은 소름이 돋아나는 것 같기까지 했다. 겨울 장만을 조금도 못한 고아원의 고아들만을 보면서 살기 때문인지 초희는 겨울 준비를 너무나 안 하고 있음을 처음으로 느낀다.

하기야 겨울이 닥쳐올 것을 모른 것도 아니지만 오늘 비로소 원장으로부터 월급이라는 것을 처음 탔기 때문에 추위도 처음으로 느낀 것이리라.

"오늘은 내복도 살 겸 황 선생 댁에두 들릴 겸 시내를 들어가야지."

초희는 이렇게 혼자 생각하면서 아침에 받을 월급을 신문에 싸 들고 고아원에서 그 중 큰 애를 한 명 불렀다.

초희는 원장에게 특별히 부탁해서 얻은 쌀 한 말을 연길네 집까지 가져가기 위하여 고아원 짐을 맡아서 나르는 짐꾼을 데려오도록 열두어 살 난 그 소녀에게 심부름을 시켰다. 소녀는 얼른 뛰어가서 짐꾼을 데리고 왔다. 그리고는,

"어머니 어디루 가세요?"

하고 소름이 쪽 돋은 얼굴살을 떨면서 물었다. 고아원을 아주 떠나가느냐고 묻는 것 같았다.

"시내에 볼일이 있어 갔다 올게……."

"그럼 돌아오세요?"

"그럼. 그런데 너 추우냐?"

"아—니오."

소녀는 당장에 떨고 있으면서도 춥지 않다고 대답했다. 초희는 짐꾼에게 쌀을 실리고,

"곧 다녀올게 잘 놀아."

하고 아무렇지도 않은 듯이 말하고 뺨을 쓸어 주었으나 어쩐지 그 소녀를 두고 혼자서 떠나는 것이 못할 곳을 가는 것 같았다. 누구 하나 부모를 가진 애가 없다. 철찾아 옷을 갈아입는 때도 없다. 더구나 6·25 뒤 몇 달 동안 먹을 것도 먹지 못하고 살아오는 고아들이다. 그러나 하루 이틀이 아닌 긴 긴 날을 매일 같이 측은한 생각에 마음 줄을 댕겨서는 살 수가 없는 터라 어느 정도 무감각하게 지내 오던 초희의 마음이 이 날만은 이상하게 움직였

다. 어린 자식을 내버리고 딴 서방을 만나러 가는 여자처럼 마음 줄이 해워
졌다. 자기를 내버리고 아주 가는 듯한 불안을 가지고도 춥냐고 묻는 말에
춥지 않다고 대답하는 소녀!

초희는 어쩐지 자기가 고아들의 친어머니가 되기에는 너무나 거리가 먼
것을 느꼈다. 그리고 애들은 옷을 못 입고 떨고 있는데 자기만은 옷을 사러
시내로 들어간다는 것이 죄스러운 것 같기도 했다. 그래서 시내로 걸으면서
도 정릉리 고개를 넘을 때까지 몇 번이나 뒤를 돌아보았는지 모른다. 6·25
로 말미암아 자기도 하나의 고아가 되었기 때문인지도 모른다. 자기가 없는
동안 고아들이 얼마나 외로울 것일까 하는 생각까지 들어 공연히 가슴이 조
여지기도 했다. 그러나 정릉리 고개를 넘자 초희의 생각은 연길에게로 옮아
잠시 고아원 생각을 잊었다.

유엔군이 청진까지 들어갔다고 하는 지금 아직도 돌아오지 않았다면 연
길은 영영 만나지 못하는 사람이 되고 만 것이나 아닐까 하는 생각이 들었
다. 만주나 시베리아까지 끌려갔다면…… 이런 생각을 하며 돈암동 연길네
집 앞까지 이르렀을 때였다. 대문을 밀고 안으로 들어가니 방 안에서 뜻하
지 않은 남자의 목소리가 들려 나왔다. 초희는 숨을 죽여 가며 귀를 기울였
다. 아무래도 연길의 목소리만 같았기 때문이었다. 초희의 가슴은 갑자기 두
근거리기 시작했다.

말하는 중에 어머니란 말이 있는 것으로 보아 확실히 연길임에 틀림없
었다.

"황 선생님!"

초희는 대답을 기다릴 새도 없이 안방으로 날아 들어갔다. 문을 열자 어
머니와 마주 앉아 이야기하는 연길을 보고 초희는 그 앞에 몸을 던지듯 달
려가 두 손을 연길의 무릎 위에 놓고 머리를 파묻었다.

"선생님!"

연길 어머니가 바라보고 있는 것도 생각할 여유가 없었다. 격한 가슴을
누를 수 없어 그저 선생님 소리만 연발하며 빗방울 같은 눈물을 흘렸다.

"초희! 얼마나 고생했소?"

연길이가 초희의 머리를 쓸어 주며 위로를 했으나 초희는 칵 칵 막히는 가슴에 숨도 제대로 내쉬지를 못했다.

"그새 부모님이 다 돌아 가셨다지. 편지를 받구두 찾아가질 못했어. 그래 그새 어떻게 지냈지……."

그래도 초희는 머리를 들지 못했다.

"초희가 날 살려 줬지, 그새 몇 번이나 쌀을 갖다 줬는지……."

이때 밖에서 짐꾼의 말소리가 났고 연길 어머니가 뛰어나갔다. 바깥에서 들어온 어머니가,

"또 쌀을 가져 왔구만."

하고 감격한 어조로 말했으나 그런 것들은 귀에도 들어오지 않았다. 한참 동안이나 정신없이 울고 났을 때,

"초희! 울지 말어. 운다구 슬픔이 사라지나……."

하고 연길이가 말할 때야 그는 겨우 눈물을 멈추었다. 연길의 말이 옳다고 생각해서가 아니라 연길이가 자기의 슬픔을 전부 모른다는 것을 생각했기 때문이었다. 연길은 확실히 자기의 슬픔 전부는 알지 못하고 있다. 다만 집이 부서졌고 부모가 돌아갔다는 사실만을 알고 있다. 그러한 연길 앞에서 오래 오래 운다는 것은 아무런 의미 없는 일이다. 울음의 이유도 모르는 사람 앞에서 운다는 것은 확실히 무의미한 일이 아닐 수 없다. 초희는 눈물을 그치고,

"언제 돌아오셨어요?"

하고 비로소 제 정신이 든 것처럼 말을 시작했다.

"어제."

"어디까지 가셨어요?"

"평양서두 한 이백 리나 북쪽에 있는 개천이란 곳까지 갔댔지."

"가셔선 무얼 했어요?"

"일을 했지, 중노동을 했어."

"아니 노동을 하시다니 무슨 일인데요?"

"방공호 파는 일이었어."

"참말 몹쓸 놈들이로군요. 그런데 오시기는 어떻게 오셨어요?"

"걸어왔지, 한 팔백 리 길을 내내 걸어왔지, 그새 죽을 뻔두 여러 번 했구."

"왜요?"

"이야길 할까."

연길은 서울이 탈환되었다는 말을 듣자 탈주를 계획했다는 이야기로부터 시작했다.

"탈출할 작정으루 시계를 팔지 않았어! 그런 현금 팔백 원에 옷 한 벌과 지까다비 한 켤레를 받기루 했는데 돈은 받았으나 그 나머지를 줘야지. 산을 타고 걸어와야 하는데 옷과 신발이 없어서야 떠날 수가 있어. 그래서 하루하루 기다리는데 좀체로 그것을 줘야지. 나중에는 단념을 하고 팔백 원 속에서 지까다비를 사백 원, 무명옷 한 벌을 이백 원 주구 샀지. 그래서 정말 떠날려구 하니까 나보다 먼저 탈출했던 사람들이 붙잡혀 오지를 않았어. 그래서 결심이 누그러져 있는데 며칠 지나니까 유엔군이 진남포에 상륙했단 말이 들리지 않아, 참으로 기쁘더군!"

연길은 예까지 이야기를 하고는 덥수룩한 머리를 한 번 쓰다듬었다. 깎은 지 석 달이 되는 머리가 꾀 길게 자라기는 했으나 반 치나 거의 자란 수염이 감옥에서 나온 사람 같아 보기가 흉했다.

"오늘은 이발 좀 해야겠군……."

연길은 수염까지 한 번 쓸고 나서 다시 이야기를 계속했다.

"유엔군이 진남포까지 상륙했다면 압록강까지 밀구 올라올 것은 분명한 일이거든. 그러니까 같이 갔던 박재만 선생은 될 수 있는 대로 시일을 끌고 기다리다가 유엔군이 들어온 뒤 슬쩍 나가자구만 그러지 않아. 그것이 제일 안전하기는 하지. 그러나 그때까지 내버려 둘 리가 문제거든. 그래서 나는 하루빨리 떠나자구 그랬어.

아닌 게 아니라 일이 그렇게 되니 괴뢰군들은 지방 사람들을 붙들어다가 군복을 입혀서는 자꾸 북쪽으로 보내는데 매일 수천 명씩 되었을 거야. 그러니 아무리 반동분자라구 해두 우리를 내버려 둘 리가 있어. 알아보니 맨 마지막에 보내기는 하나 역시 보내는 것만은 틀림없었어. 그래서 유엔군이 도착할 때까지를 기다리지 못하구 떠나려 하는데 그때부터는 괴뢰군들과 민간인들이 길이 메도록 북으루 걸어가지 않아. 우리 있던 데가 바로 길가여서 매일 내려다 봤는데 정말 기운 없는 꼴들을 하구 연달아 걸어가는 것이 손들구 도망치는 게 분명하더군.

통쾌하기는 말할 수 없었으나 그 길을 뚫구 남쪽으루 내려 올 수가 없어 걱정이었어. 그런데 하루는 우리를 전부 소집하지 않아 그 날이 바로 시월 이십일이었어. 알아보니 그 날이야말루 우리에게 군복을 입히구 북쪽으루 끌구 갈 셈이거든. 그래서 나하구 재만 선생하구 또 한 사람이 집합이 있기 전에 뛰어나왔지. 그 때는 규칙이 문란해서 어물쩍하구 뛰어나올 수가 있었어. 나와서는 어떤 민가에 들어가 오늘은 북쪽으루 떠나니까 밥이나 한 그릇 해 달라구 그랬더니 아주 수고한다면서 저녁을 지어 주지 않아. 그래서 저녁을 먹고는 밤을 기다려 길을 떠났지. 괴뢰군들이 막 올라오는데 그 길로 내려 갈 수가 없어서 산 속으로 들어갔어. 그랬더니 어두운 산 밑에까지 이르렀을 때 누가 뒤에서 고함을 지르지 않아. 가슴이 덜컹 내려앉더군. 그게 바로 괴뢰군이었어. 어쩔 줄을 모르구 부들부들 떨구 있을 때 같이 오던 사람이 괴뢰군 앞으로 가서 강계(江界)로 가는 길이 어디냐구 슬쩍 묻지 않았겠어. 그랬더니 그 친구는 길을 잘못 들었어. 저 아래로 내려가라구 고함을 지르겠지. 그래서 그 뒤부터는 산길을 걸을 생각을 버리구 큰길루 내려가기루 했어. 같이 떠난 그 사람이 심이란 사람인데 전에는 청년단 일을 보던 사람이래. 아주 대담했지.

그 사람 덕택에 살기두 했지만 어쨌든 큰길루 나서니 모두가 북으루 가는데 남으로 가는 사람은 우리들뿐이었어. 그래서 조금 가다가는 붙들려 어디를 가느냐구 심문을 받았으나 그때마다 심이란 그 사람이 앞에 나서서 환자들을 데리구 개천까지 가는 의용군이라구 대답을 해서 겨우 모면을 했어. 하기야 그놈들두 도망을 가는 판이라 걷기에 정신이 없으니까 따져 물을 생각두 없었던가 봐. 그래서 이십 리 되는 개천까지 겨우 왔는데 그 뒤부터는 전술을 바꾸어 우리두 남반부에서 오던 사람인데 가족을 뒤에 두고 왔기 때문에 순천(順川)까지 간다구 그랬지. 그 다음에는 유엔군이 순천까지 들어왔다는 말이 있기에 그 뒤부터는 개천에두 유엔군이 들어 왔기 때문에 안주루 해서 신의주로 길을 돌렸다구 꾸며댔지. 개천서부터는 큰길을 걷지 않구 소롯길로만 걸었기 때문에 그런 거짓말이 통했어. 그러나 순천까지 백여 리 길을 걷는 사흘 동안 몇 번 죽을 뻔했는지 몰라."

연길은 한숨을 한 번 길게 내쉬었다. 그리고는 몸이 괴롭다고 누워 버렸다.

연길은 몹시 피곤한 모양이었다. 그러나 누워서도 이야기는 계속했다.

"길가에는 꺾어 버린 총대와 그냥 내버린 탄약이 얼마든지 있었어. 그리구 내버린 공민증이 수두룩했지. 무기는 무거우니까 그랬지만 공민증 같은 것은 유엔군에 붙잡힐 때 위험할까 봐 그랬나 봐. 어쨌든 쫓겨 가기에 정신이 없는 놈들이었지만 어떤 놈들은 우리를 붙잡구 꼬치꼬치 묻지를 않겠어. 그 때 말 한 마디만 잘못했으면 그뿐이지. 용서 있어? 그때마다 심이란 사람이 용케 대답을 해서 죽지는 않았는데. 유엔군이 낙하산으로 진격해 들어왔다는 순천 근처에 왔을 때가 제일 곤경이었어. 순천으로 들어가다가 붙들리면 그때야말로 변명할 도리가 없거든.

그러나 우리는 순천 가는 길루 들어서구야 말았어. 한 오 분쯤 걸었을까 아닌 게 아니라 뒤에서 총소리가 탕 하구 들리지 않아. 그러자 같이 오던 심이란 사람이 그만 쓰러지구 말았어. 나두 죽는 줄만 알았지. 그래두 정신없이 뛴 것이 그만 무사했어. 재만 선생두 그때 혼이 났지. 그러구 한참 동안 걸었더니 대한민국 국군이 써 붙인 포고문이 보이지 않아! 참으로 그 순간이야말로 역사적인 순간이었어. 재만 선생과 나는 서로 얼싸안고 울었어. 아무 말도 못하구 울기만 했지!

그 뒤부터는 머리 위루 떠다니는 비행기가 무섭지 않구 반갑기만 해서 공연히 손을 흔들기두 했어. 그 뒤부터 걷는 것을 열사흘 동안! 좀 고생했고! 그 고생이란 결국 배고픈 고생이었지만 누가 밥을 그렇게 주나. 밭에 있는 옥수수를 따서 생으루 먹으며 걷기를 며칠 동안이나 계속했는지 몰라. 그래두 배고파 죽을 것 같은 생각은 조금도 없었어. 서울까지 오구 싶다는 생각뿐이었지……"

　연길은 한 번 빙그레 웃고는 양말을 벗어 발바닥을 내밀었다. 그것은 장작처럼 뻣뻣하였다. 곰의 발바닥이 어찌 그리 두꺼울 수 있으랴.

　"왜 그래요?"

　"몇 달 동안 발을 벗어 보질 못했어. 그리구 한 번두 씻지를 못했구. 그런데다가 노동을 해서 그렇겠지."

　"참 고생을 많이 하셨군요?"

　"고생은 둘째루 하고 나는 철의 장막이라는 것을 내 눈으로 보았구. 생지옥이라는 것을 내 몸으로 체험했어. 공산주의가 인간을 절대루 구원할 수 없는 사상이라는 것을 뼈저리게 느꼈지."

　"저두 그런 건 느꼈어요. 아마 괴뢰군이 발을 들여놓았던 곳에서는 누구나 다 그것을 느꼈을 것입니다."

　"그런 의미에서 6·25는 좋은 민족적 체험이었을 거야."

　"너무나 비참하구 잔인한 체험이었지요."

　"확실히 그래, 그런데 초희는 어떻게 지냈어?"

　"그럭저럭 살았어요. 동무네 집에두 있다가 고아원에두 있다가."

　초희는 정인한의 이야기는 될수록이면 꺼내지도 않으려 했다. 그래서,

　"맹서하구 책임을 지겠다구 내한테 편지했던 건 무슨 뜻이었지?"

하고 물을 때에도 초희는 어떤 유력한 공산당원을 만나 신신당부를 했더니, 절대루 책임을 진다구 언질을 받았기 때문이었노라 대답을 해 버렸다.

　연길도 그 말을 더 추궁하지 않았다.

　초희의 말을 듣고 학교에 갔다가 붙잡혀 간 것도 아니기는 하지만 지나간 일을 더 생각하고 싶지가 않았기 때문이었다. 그래서 연길은 말문을 돌려 어머니에게,

　"그새 찾아왔던 사람은 없어요?"

　"현주가 두어 번 찾아왔댔지."

　"언제요?"

　"한 스무날 되었을까."

“그럼 서울에 있었대요?”

“대구까지 피난 갔다 온 모양이드라.”

이 말을 듣자 연길은 벌떡 일어나며 옷을 갈아입기 시작했다.

현주의 말이 나오자 연길의 태도는 갑자기 달라졌다. 피곤하다는 말은 언제 적 이야긴지 모른다.

“며칠 쉬어 가지구 나가럼.”

어머니가 이렇게 말해도 연길은 들은 척도 안 하고 옷을 주섬주섬 갈아입었다.

“나 좀 나가 봐야겠어.”

초희가 찾아온 것도 대견치가 않은 모양이었다. 그러한 연길의 태도를 물끄러미 바라보고 있던 초희가,

“저두 가 보지요.”

하고 일어설 때야 연길은,

“미안해, 다음에 또 와.”

하고 미안하다는 표정을 지었다.

초희는 또 울고 싶어졌다. 현주가 어떤 사람인지는 모르나 두어 번 찾아온 사람이라면 언젠가 바로 연길네 집에서 본 그 여자일지도 모른다. 그 여자를 만나기 위하여 일부러 찾아간 자기를 무시해 버린다는 것은 그 여자가 보통 사람이 아니라는 것을 말해 주는 것이다.

그러나 초희는 무어라고 물을 수도 없었다. 그저 묵묵히 뒤를 따라 걸을 수밖에 없었다. 연길이도 별말이 없었다. 큰길에까지 나와서야 연길은,

“부모님 무덤에라두 한 번 가 봐야겠는데……”

하고 자기는 방향이 다른 곳으로 가야 한다는 듯이 발걸음을 멈추었다.

“수십 명의 시체를 한꺼번에 묻었는데 아버지 어머니의 무덤이 따로 있기나 하나요.”

초희도 주춤하고 서서 대답했다.

“그래두.”

“피곤이나 푸신 뒤 가 보시죠. 그런데 어떤 데루 가시죠?”

"안암동으루 해서 동대문까지 가!"

"그럼 저두 같이 가지요 시장에 가는 길이니까……."

초희는 더 연길이와 같이 조금이라도 더 걷고 싶었다. 할 말이 수없이 많은 것 같기도 했다. 그 수없는 말을 모두 입 밖에 꺼내지 못한다면 그 동안에 쌓였던 울적이 풀릴 것 같았던 것이다.

그러나 연길은 그러한 자기의 심정을 알아 주지 않고 다른 여자를 만나러 가고 있다.

초희는 그래도 입을 다문 채 걷는 데까지 걷다가 헤어지리라 생각했다. 연길이가 들으려고 하지 않는 이야기를 공연히 주워섬길 필요도 없어서 경마장 앞까지 아무 말 없이 뒤만 따라가고 있을 때 연길이가 갑자기,

"고함소리를 한번 힘껏 질러 보았으면 좋겠다. 자유의 천지가 이렇게도 좋을 수가 있나……."
하고 말했다. 그 말이 행복감에서 나오는 말임에 틀림없으나 그 행복감이란 자기와 아무런 상관이 없는 것 같아,

"댁에 가서 마음껏 소리를 질러 보시지요."
하고 초희가 남의 일처럼 말했다.

"집에 돌아가거던 뒷산에 올라가서 목이 터져라 하고 소리를 질러 봐야겠군……."

연길은 어디까지나 자기 혼자만의 감격을 말하고 있는 것 같았다.

초희는 속이 바작바작 타들어 가는 것 같았다. 빈말이나마 자기 이야기를 한 번만이라도 물어 주면 어떨 것인가.

"현주 씨란 누구시죠?"

초희는 필경 이런 말을 묻고야 말았다. 자기에게 대하여 너무나 등한한 것 같은데 대한 하나의 항거였다. 그렇기 때문에 부드러운 말씨를 쓰려고 애쓰면서도 목소리가 떨렸다.

초희의 돌연한 질문이 심상치 않은 것을 깨달았는지 연길은 갑자기 얼굴색을 변하고 그러나 냉정한 목소리로,

"나와 결혼 하기루 한 여자야. 내가 말하지 않았었나?"

하고 대답했다.

그 말을 듣자 초희는 머리가 아찔해지며 하늘이 빙빙 도는 것을 느꼈다. 그 자리에서 쓰러질 것도 같았다. 그러나 그는 잠시 눈을 꼭 감고 정신을 수습하기에 애썼다. 머리를 좌우로 한 번 흔들고서는,

"그래요? 저두 보았어요. 참 좋은 분이던데요. 그런 분을 왜 한 번두 소개하시질 않았어요?"

하고는 다시 말을 이어,

"축하합니다. 그럼 곧 결혼하시겠군요."

했다.

"될 수 있는 대루 빨리 할래."

"그럼 기념품을 사 드려야겠네."

"무슨 대단한 결혼이라구……."

"왜요. 제가 제일 좋아하는 황 선생님 결혼식인데…… 우선 축하하는 뜻으루 제가 과자를 사지요. 바쁘신 길이기는 하겠지만 잠깐만 들어가십시다."

"다음에 사지, 바쁠 거 없지 않아……."

"선생님의 가장 행복스런 이야기를 듣구 어떻게 가만 있을 수가 있어요. 잠깐만……."

초희는 길가에 있는 과자집으로 앞장을 섰다.

초희는 가슴이 쓰릴 정도로 마음이 아팠다. 그러나 아프다는 말도 할 수 없는 처지가 더욱 괴로웠다. 연길이를 사랑하기 때문에 자기는 정인한이에게 정조까지 빼앗겼다는 일이 숨길 수 없는 사실이라 할지라도 그것은 입 밖에 낼 수도 없는 일이다.

연길이를 괴롭게 할 것은 둘째로 하고 우선 자기가 어리석은 인간이 되고 싶지가 않았다. 더구나 결혼 상대자가 있다는 말을 들은 즉시로 그런 이야기를 한다는 것은 무지에 가까운 행동으로 경멸밖에 아무것도 받을 것이 없다. 만약 연길에게 약혼자가 따로 있지 않고 또 자기도 그런 이야기를 하는 그 자리에서 연길을 영영 떠나 버릴 생각이라면 모른다.

그렇기 때문에 초희는,

"무슨 과자를 잡술까요? 그새 당분이 몹시 부족했을 텐데 슈크림으루 하실까요?"

하고 자기도 행복 속에 잠겨 있는 듯이 과자 진열장 가까이로 왔다갔다 하며 말했다.

"평양서 걸어올 때 미군들이 길가에서 초코렛 먹는 것이 참말 부럽드군. 초코렛이나 하나 먹을까……."

연길의 말에 초희는 초콜릿과 슈크림 그리고 카스텔라 등 한 접시를 주문했다. 그리고는 밀크도 가져오게 한 뒤,

"선생님! 국군이 압록강까지 완전히 진격하면 난 평양으루 가겠어요. 지옥에서 살던 동포들을 위해서 일하구 싶어요. 어때요?"

하고는 해롱해롱했다. 그러나 그는 자기도 모르게 가는 한숨을 내쉬었다.

"좋지! 나두 그런 생각을 가졌는데……."

"그럼 그때두 절 만나 주시겠어요!"

"그럼 만나지 않구! 무슨 소릴 그렇게 해?"

"말할 수 없이 더러운 몸이래두요?"

무엇 때문에 이런 말을 꺼냈는지 초희는 자신도 몰랐다. 슬프기만한 속마음에서 자기도 모르게 불쑥 터져 나온 모양이었다.

"더러운 몸이라니?"

연길에게서 이런 질문을 받았을 때,

"아니요."

하고 아무 일도 아니라는 듯이 부정하기는 했으나 그래도 공연한 말을 했다는 마음이 꺼림칙하여,

"그 동안 부역 행위를 했으니까요."

하고 있지도 않은 거짓말을 꾸며댔다.

"쓸데없는 소릴 다 해."

연길은 곧이듣지를 않았다.

초희도 그 뒤에는 엄벙덤벙 웃어넘기고 말았다. 과자를 다 먹고 나자 초

희는,

"눈이 빠지게 기다리실 분이 계실 테니까 빨리 가 보셔야지요."

하고 또 웃으면서 연길이보다도 먼저 일어섰다.

초희와 작별하고 현주네 집 골목에 접어들 때 연길은 마음이 허전함을 느꼈다. 어떻게 해석해야 좋을지 모를 만큼 변화가 격심한 초희의 태도와 일부러 꾸미는 명랑 속에 뚜렷이 흐르고 있는 초희의 괴로움이 눈에 보이는 듯하였다. 그리고 그러한 비정상적인 초희의 태도에 대해서는 막연하게나마 자기가 책임을 져야만 할 것 같은 생각이 들었다.

어떠한 책임을 져야 할지는 모르나 어쨌든 초희는 그대로 모른 척 내버려 둘 수가 없는 것 같은 심정만은 속일 수가 없었다.

부모도 집도 없는 초희는 확실히 외로움을 느끼고 있으리라. 그러한 초희에게 자기는 지나치게 무관심했던 것이나 아닐까!

이런 것을 생각하며 현주네 집으로 들어섰을 때였다.

그의 시선은 마루 밑 신돌 위에 놓여 있는 남자 구두에 머물렀다. 순간 그는 몸을 움칠하고 몸을 뒤로 물렸다.

번쩍이는 에나멜 구두가 불길한 예감을 주었기 때문이었다.

"누굴까?"

연길은 혼자서 생각해 보았지만 전혀 알 수가 없었다. 집으로 찾아올 그러한 남자가 있다는 말을 이때까지 들어 본 일이 없기 때문이었다.

"내가 아주 끌려가고 만줄 알고 딴 남자와 교제를 하는 것일까?"

이러한 생각이 들자 연길은 갑자기 슬퍼졌다. 어쩐지 초희의 슬픔을 자기가 맛보는 것 같았다. 그리고 초희처럼 외롭게 돌아가야 할 것 같기도 했다. 그런 자기가 모르는 남자가 과연 누굴까 생각할 때 연길은 차마 그대로 돌아설 수가 없어서,

"현주 씨."

하고 안방을 향해 현주를 불렀다.

현주 어머니가 문을 열고 툇마루까지 나왔다.

"안녕하셨어요?"

연길이가 인사를 하자 현주 어머니는,

"연길인가? 그래 언제 왔나?"

하고 얼굴살 하나 움직이지 않고 물었다.

"어제 왔습니다. 그새 얼마나 고생하셨지요?"

"다 같이 한 고생인걸 뭐!"

현주 어머니는 들어오라는 말도 아니했을 뿐 아니라 그 동안 고생한 이야기 한 마디도 묻지를 않았다.

"현주 씨는 어디 나갔나요?"

"글쎄 어디 나간 모양이지."

"학교에는 안 나가나요?"

"학교두 가기는 하지……."

연길은 그 이상 더 물을 수는 없었다.

그렇게까지 냉정한대야 무슨 말을 물을 수가 있겠는가. 그러나 그렇다고 해서 당신이 그러면 나도 그러겠다고 그냥 돌아서는 것이 야박한 것 같아

"피난은 어디까지 가셨지요?"

하고 딴 말을 꺼내 보았다.

"대구까지 갔댔네."

연길은 아무래도 발길을 돌려야 할 것이라 생각했다. 그러나 구두가 궁금해 견딜수 없어,

"손님이 오셨나요?"

하고 물어 보고야 말았다.

"응, 현주하구 약혼한 사람이 왔군……."

연길은 무슨 말로 응대해야 좋을지를 몰랐다. 놀란 표정은 차마 보일 수가 없고 그렇다고 해서 축하하는 듯한 말도 꺼낼 수가 없었다. 벙어리가 되어 땅 속으로 기어들고 싶을 뿐이었다.

'벌써 약혼을 하다니…….'

'현주가 그런 사람일 수 있을까…….'

연길은 혼자서 자문자답하며 또 오겠다 말만을 남긴 뒤 현주네 집을 떠

났다.

집으로 돌아오자 연길은 즉시로 자리를 깔고 누워 버렸다. 마음이 아파서 그런지 몸이 아파서 그런지 몸이 피곤해서 그런지 그것은 연길이도 몰랐다. 그저 손가락 하나 까딱하고 싶지가 않았다. 눈을 뜨고 무엇을 본다는 것도 싫었다.

"어디가 아프냐?"

하고 어머니가 물어도 그는,

"네."

했을 뿐 대답도 아니했다. 사실은 입을 벌리고 말한다는 것까지 싫었던 것이다.

벙어리가 되고 장님이 되어 말도 안하고 보지도 않고 누워만 있다가 그대로 죽어 버리는 것이 제일 좋을 것 같았다.

"몸살이 온 게로구나."

어머니가 이불 한 채를 더 덮어 주었다. 그리고는,

"죽을 쑤련?"

하고 물었다. 그래도 연길은,

"네."

했을 뿐이다. 죽이거나 밥이거나 먹는다는 것부터가 싫어졌지만 대답하는 것마저 귀찮았던 것이다.

다른 남자와 약혼했다는 현주의 생각이 고무풍선처럼 가슴을 부풀어오르게 하여 조금만 다치면 터져버리고 말 것만 같았다. 그렇기에 더 다칠 수가 없었다.

"설마 그렇지는 않겠지."

연길은 혼자서 자기의 마음을 달래 보기도 했다. 사실 현주는 그러한 여자일 수가 없으리라고 믿어 왔다. 말 한 마디 없이 딴 남자와 결혼하리라고는 도저히 생각할 수가 없다. 그것은 하나의 신념이라도 좋았다. 그만큼 현주가 믿어지기는 하면서도 그래도 현주 어머니가 하던 말과 그 구두가 귀와 눈에서 사라지지를 않는 게 걱정이었다.

‘그것이 사실이라면……’

이러한 생각이 현주를 믿으려는 마음에 자꾸만 앞을 서려고 했다.

‘차라리 죽는 것이 낫겠지……’

만약 그것이 사실이라면 차마 살아 나갈 수가 없을 것 같았다.

그렇기 때문에 연길은 귀를 밖으로만 기울였다. 현주가 자기를 뒤따라오고야 말 것 같았기 때문이었다. 자기가 살려면 현주가 자기를 찾아오고야 말 것이다.

그뿐 아니라, 그렇게까지도 슬픔을 품고 돌아온 것을 안다면 일시도 지체 못하고 찾아올 것이 또한 현주일 것 같았다.

“사박 사박.”

여자의 신발 소리가 갑자기 들렸다.

연길은 눈을 번쩍 뜨고 숨소리를 죽였다. 그러나 발소리는 부엌으로 사라지고 말았다. 어머니의 발소리였던 모양이다. 그 뒤에도 연길은 몇 번이나 바람소리에 놀라 벌떡 일어났었다. 바람 소리라는 것을 알고 다시 자리에 누울 때마다,

“오지두 않는 사람을……”

하고 혼자서 등이 달아 기다리는 자기를 나무랬다.

“설마 그렇게 변하지는 않았겠지……”

하며 자기를 타이르기도 했지만 오지까지도 않는 것은 아무래도 마음이 달라졌기 때문인 것처럼 생각되었다.

어머니가 죽을 끓여 왔다.

“한술 떠라.”

그러나 연길은 죽을 한 숟가락도 입에 넣지 않았다. 살겠노라고 음식을 먹는다는 것이 싫기도 했지만 우선 입이 쓰고 혀가 깔깔해서 음식을 보는 것이 싫었다. 냄새조차 맡기가 싫었다. 열이 나기 시작한 것이다.

몇 달 동안 먹을 것을 먹지 못하고 고생한 피곤이 몸살로 터지는 모양이었다. 열이 높아짐과 동시에 사지가 송곳으로 쑤시는 듯 아프기 시작했다.

날이 새기까지 열은 내리지 않았다. 사십 도에 가까운 열은 그의 육체를

수은처럼 무겁게 만들어 자리에 가라앉게 했으나 한편 쑤시는 팔 다리의 아픔이 몸부림을 치게도 했다.

"아이유."

그는 자기도 모르게 신음소리를 내고는 두 다리를 내뻗었다. 그리고는 다시 죽은 사람처럼 눈을 감았다.

"조반을 먹은 뒤 한약을 져 오마."

이러한 말이 귀곁에 들리는 것 같기도 했으나 연길은 아무 대답도 못했다.

"죽이라도 좀 먹어라."

몸을 흔들어도 그는 모르는 척 눈을 감은 채 움직이지를 않았다.

"아파두 먹어야지 않니. 조금만 먹어라……."

그래도 연길은,

"싫어요."

한 마디로 베개 옆에 가져다 놓은 죽그릇을 거들떠보지도 않았다.

"이 애가 큰일 낼라구 그러지. 자 빨리 한술 받아먹어라."

어머니가 죽을 떠서 입에 넣어 주려 했으나 연길은 입을 다문 채 열지를 않았다. 사실 연길은 먹지도 않고 그대로 죽었으면 했다.

"에미를 보아서라두 좀 먹어야지."

이런 말을 하고는 어머니가 눈물을 흘렸다. 그래도 연길은 못 본 척 못 들은 척 했다. 어머니는 할 수 없이 죽그릇을 놓은 채 약을 지으러 바깥으로 나갔다.

어머니가 나간 지 얼마 안 되어 연길의 베개 옆에는 초희가 와서 앉았다.

"선생님!"

연길은 놀란 듯이 눈을 떴다. 그러나 그것이 현주가 아니고 초희라는 것을 알자 그는 다시 눈을 감아 버렸다.

"몹시 편찮으세요?"

"조금."

연길은 눈을 감은 채 귀찮다는 듯이 입만을 움직였다.

“갑자기 어디가 아프세요?”

“온 몸이 쑤셔?”

“진지는 좀 잡수셨어요?”

“………”

“하나두 안 잡수셨네, 어머니는 어딜 가셨어요?”

“약방에……”

죽그릇을 들여다보던 초희는 불현듯 숟가락을 들고,

“조금만 잡수세요. 제가 멕여 드릴게.”

하고는 죽 한 숟가락을 떠서 입가에 대었다.

“싫어, 안 먹어.”

“마지막일지두 모르니까 제가 드리는 걸 한 숟가락만이라두 잡수어 주세
요.”

“마지막이라니?”

“그저 그렇게만 알아 주세요.”

“아무래도 싫어, 싫은 걸 어떻게 먹어.”

“싫어두 잡수세요. 네! 자 빨리.”

초희는 한 손으로 연길의 입을 벌리고 숟가락을 입술에 대었다.

연길은 할 수 없이 한 숟가락을 받아먹었다. 한술을 먹자 초희는 다시 또
숟가락을 입술에 대었다. 이렇게 대여섯 숟가락을 먹었을 때 연길은 숟가락
을 잡아들고,

“초희, 초희두 약혼을 했어? 그래서 마지막이라는 거야?”

하고 눈을 크게 떴다. 연길은 너도 갈 데로 가라 하는 다음 말이 하고 싶었
던 것이었다. 그러나 초희가,

“약혼이오? 약혼하자는 사람이나 있으면 제법이게요.”

하고 말할 때 연길은,

“속일 거야 무어 있어. 내가 붙잡을 줄 알구!”

하고 비꼬아 말했다. 사실은 비꼬는 말이 아니었을지도 모른다. 모두들 다
가 버려라 하는 원망의 말이었을지도 모른다.

"붙잡으시라구는 당초에 생각지두 않았습니다. 그러나 속이는 것두 없습니다."

초희가 고개를 숙이고 나직이 말했다.

"그만둬 다 듣기 싫어."

연길은 획 돌아눕고 말았다. 초희와 더불어 말승강이를 하고 싶은 생각이 없었던 것이다. 현주가 아닌 바에야 어떤 사람과도 이야기할 필요가 없었다. 천만 사람이 말을 하자고 한다 해도 그것은 현주 한 사람에 비할 것이 못 되었다.

"네, 가겠습니다. 귀하신 몸 조심하시며 안녕히 계세요."

초희가 이렇게 말하고 일어설 때 연길은 몸을 바로 하고 누우면서 슬픔에 어린 초희의 얼굴을 바라보았다. 그러나 보기도 싫다는 듯한 표정으로 바라보고 있을 때 초희는 얄팍한 핸드백 속에서 봉투 하나를 꺼내 연길의 자리 밑에 밀어 넣고 난 뒤 손을 내밀었다.

빨리 가라는 뜻으로 연길도 손을 내밀었다. 조금도 열이 없는 악수였다. 초희는 떨리는 손으로 연길의 손을 잡자마자 얼굴을 돌리고 방을 나섰다. 마루로 나가서는 도망치는 사람처럼 신발을 꿰신고 대문 밖으로 달렸다.

초희가 나가 버리자 연길은 또 눈을 감았다. 열도 열이려니와 세상 모든 사람에게 대하여 영원히 눈을 감아 버리고 싶은 심정에서였다.

초희와의 악수! 그것은 초희를 안 뒤 최초의 악수나마 영원한 이별의 표가 되어지기를 한편으로 바랐던 것도 숨길 수 없는 일이었다.

연길은 초희가 두고 간 편지도 읽을 생각을 아니했다. 그 속에 어떤 말이 씌어 있다 해도 그것은 자기와 아무런 관계가 있을 것 같지가 않았다. 그래서 어머니가 약을 지어 가지고 돌아와 그것을 숯불 위에 올려놓고 방으로 들어왔을 때까지 그는 초희의 편지를 만져도 보지 않았다. 죽그릇을 들여다보며,

"혼자서 떠먹었니?"

하고 물어도,

"네."

할 뿐 초회가 왔다 갔다는 말도 하지 않았다. 그러나 어머니가 다시 부엌으로 나가자 연길은 도대체 무슨 편질까 하는 호기심에 누운 채 편지를 끄집어냈다.

"황 선생님! 안녕히 계십시오. 이것이 최후의 편지라고 생각하니 마음이 어지럽습니다. 저는 선생님의 애정을 독점하겠다는 마음으로 선생님을 사모했던 것은 아닙니다. 그러나 선생님을 사모하는 마음이 커질수록 저의 괴로움이 큰 것을 깨달았습니다. 더구나 제가 선생님을 사랑할 자격이 없는 몸이 되었다는 것을 스스로 알 때 선생님을 가까이 한다는 것이 하나의 죄악 같은 생각이 들었습니다.

저는 이런 것을 선생님께 영원히 말씀드리지 않으려 했습니다마는 떠나는 자리니까 숨기고 싶지도 않습니다. 이것은 야수적인 공산주의의 탓이기는 하지만 어쨌든 저는 정인한이란 자에게 정조를 빼앗기고 말았습니다. 부끄러운 일이기는 하지만 숨길 수 없는 사실입니다.

그러나 제 마음만이 더럽혀지지 않았다면 그 마음을 가지고 선생님을 영원히 흠모하며 살겠습니다.

현주 씨와의 행복된 생활이 계시기를 선생님을 흠모하는 진실된 마음으로 기원하옵니다.

저는 기항 없는 출범을 하겠습니다. 그러니까 목적 없는 출발이겠지요. 다만 더럽힌 몸을 씻기 위하여 조국에 도움되는 일이나 할까 하나이다."

초희 드림

편지를 다 읽자 연길은 다시 눈을 감아 버렸다.

10. 아랑 이야기

보지 않은 척 덮어 버리자고 눈을 감기는 했으나 어쩐지 마음의 눈까지는 덮어지지가 않았다. 영원히 떠나 버리겠다는 말쯤 아무렇지도 않았지만 정인한에게 겁탈을 당했다는 말만은 그대로 새겨 넘길 수가 없는 듯했다. 언젠가 편지에 목숨을 걸어 맹세를 할 테니 걱정 말고 학교에 나가 보라고 한 초희의 말이 정인한과 관련성이 있었다는 것을 새삼스럽게 느꼈다. 정인한이를 육체로서 매수했으니 걱정 말라는 뜻이었다고 해석할 수밖에 없었다.

'만약 그것이 사실이라면……'

만약 그것이 사실이라면 연길은 초희에 대하여 좀더 마음을 달리 가져야 한다. 이때까지 그처럼 허술하게만 생각한다면 그것은 죄악일 것 같았다. 그리고 연길은 고개를 내저었다. 생각한다는 것이 싫었던 것이다. 죽음이 눈앞에 닥쳐 있다 해도 그것마저 생각하고 싶지가 않았다.

갑자기 열이 오르며 머리가 쪼개지는 것처럼 아프기 시작했다. 어머니가 약대접을 들고 왔을 때 그는,

"아무래두 죽을래나 봐요."

하고 돌아누워 버렸다. 약도 먹지 않고 그대로 죽었으면 그것이 차라리 좋을 것 같았다. 죽기만 한다면 이런 것 저런 것 생각지 않아도 좋을 것 같던 것이다.

"공연한 소리 말구 빨리 약이나 먹어라. 고달프다가 마음이 놓이면 앓는 법인데 죽기는……."

그래도 연길은 일어날 생각을 안 했다.

"빨리 먹어, 약을 먹어야 낫지."

어머니가 두 번 세 번 독촉할 때야 겨우 몸을 일으켜 한약을 마셨다. 그리고는 약 기운인지 열 때문인지 잠이 들어 버리고 말았다.

한참 동안 잠을 자고 눈을 떴을 때 연길은 뜻밖에도 자기 옆에 앉아 있는 현주의 얼굴을 보았다. 연길은 꿈만 같아 눈을 몇 번이고 비볐으나 확실히 꿈은 아니었다. 그는 자기도 모르게 자리에 일어나 앉았다.

"현주 씨."

연길은 그만 고개를 떨어뜨리고 말았다.

“누우세요.”

현주가 연길의 몸을 붙잡고 자리에 눕혔다. 눕히는 대로 눕기는 했으나 연길의 입에서는 불현듯,

“그새 약혼을 하셨다지요?”

하고 말이 뛰쳐 나오고야 말았다.

“네?”

현주는 놀란 얼굴로 반문했으나 역시 고개를 들지 못했다.

“퍽 행복하시겠군요?”

연길이가 눈을 감고 슬프게 말하자, 현주는 숙였던 고개를 들고,

“그게 겨우 첫인사 말씀인가요?”

하고 나무랐다.

“현주 씨가 나에 대한 첫인사가 그것이었으니까.”

“언제 저를 만나셨다구…….”

“어제 현주 씨를 만나러 갔을 때 내가 알아들은 것은 그것뿐이었어…….”

“그건 어머니의 말이었겠지요?”

“어머니 말과 딸의 말이 다르다는 거요?”

“언제는 같았어요?”

“그럼 어제 찾아왔던 사람은 누구지요?”

현주는 피난 가 있는 동안 어머니의 야단으로 경수라는 사람과 선을 보았다는 것, 그리고 확실히 싫다고 거절했음에도 불구하고 그 남자가 서울까지 따라올라 왔다는 것을 설명했다. 그리고는,

“제가 그렇게도 마음이 변할 사람이라구 생각하셨어요?”

하고 연길을 원망하는 투로 말끝을 맺었다. 연길은 한참 동안 말을 못하고 있다가 한참 뒤에야 손을 내밀고,

“용서하시오. 나는 현주 씨를 오해했었소.”

하고 악수를 청했다. 현주는 용서하라는 한 마디 말에 막혔던 마음이 풀린 듯 연길의 손을 잡고 자기의 볼에 대었다. 그리고는 몇 번이고 자기의 볼로

연길의 손등을 쓸었다.

현주는 연길을 만났다는 꿈과 같은 사실에 가슴이 뻐근했을 뿐이었다. 만나고야 말 사람이었지만 그래도 영영 만나지 못하리라고 생각했던 사람을 만난 것처럼 현주의 가슴은 떨리기까지 했다. 더구나 열이 올라 뜨끈뜨끈한 손이었지만 연길의 살이 자기의 볼에 닿는 순간 현주의 전신은 감전이 된 것처럼 짜릿짜릿 했다.

현주는 자기도 모르는 새 눈물방울이 연길의 손잔등 위에 떨어지는 것을 보았다.

"잘 오셨어요."

자기의 손바닥으로 연길의 손잔등의 눈물을 닦으면서 현주는 연길의 얼굴을 똑바로 바라보았다.

"얼마나 고생했소?"

연길의 말도 부드러울 대로 부드러웠다.

"안 오시면 어떡할까 걱정했어요."

"안 올 수가 있소? 공산당 사회에서는 남을 감시하고 괴롭히는 그러한 취미를 가진 사람이나, 그렇지 않으면 그 사회를 떠날 수 없다고 체념해 버린 사람이나 살 수 있는 겁니다. 어찌 남을 감시하고 남을 괴롭히는 취미에 만족할 수가 있겠습니까, 물론 반동분자라는 사람에게는 그러한 취미의 특권도 주지를 않겠지만……"

"그래 얼마나 고생을 하셨어요? 가시기는 어디까지 가시구?"

"개천이라는 데까지 갔댔지요. 고생이라는 것보다도 귀한 체험을 했다구 하는 게 옳겠지."

"그게 무슨 귀한 체험이에요."

"귀하구 말구, 자유라든가 행복이라든가를 막연하게만 그리워하던 사람으로서 어떤 것이 진정한 자유와 행복이라는 것을 몸으로 체험했다면 그것이 귀한 것이지 뭐야. 말할 수 있는 자유, 생각할 수 있는 자유—— 아직은 마음을 정리하지 못해 무어라 말할 수 없으나 어쨌든 나는 자유의 세계로 돌아 나왔다는 행복감을 느끼구 있어. 이것은 이때까지 느껴 본 일이 없는 행복감이야.”

“그럼 제가 보고 싶어서 돌아왔다는 마음은 극히 적은 부분이겠군요.”

“그럴는지두 모르지, 그리고 그렇지만두 않아 현주 씨가 자유의 화신이었을지두 모르니까.”

“그럼 굉장한 존재게요?”

“그렇구 말구, 어제 현주 씨를 만나러 갔다가 쓸쓸히 돌아올 때의 나의 마음이란 결국 나의 행복감을 어둡게까지 했으니까.”

“미안합니다. 용서하세요.”

그 뒤 연길은 초희에게 이야기한 것과 같은 여러 가지 고생을 이야기했고 현주는 피난 생활과 더불어 경수라는 사람의 관계를 이야기했다. 그러고 나서는,

“돈을 사랑하는 것인지 그렇지 않으면 그 돈이 축났으면 하고 그 날을 기다리는지 돈을 우리 집에다 맡겨 두구 그러구 있지 않아요? 어제는 미국제 팔목시계까지 사 오지 않았어요. 아마 돈 쓰는 재미루 사나 봐요.”

하고 현주는 연길의 이마에 손을 대었다. 열이 높은 듯한 얼굴이 걱정되었던 모양이었다.

“아무렇지두 않아, 몸살인걸 뭐.”

연길은 현주의 손을 자기 이마에서 잡아 내렸다. 확실히 열이 올랐고 몸이 괴로웠으나 연길은 아픈 것을 생각지 않으려 했던 것이다.

“좀 주무세요.”

“잠이야 밤새 잘 수 있지 않아, 그래 그 시계는 어떡했지?”

“어머니가 가지구 계실 거예요.”

“왜 차구 다니지 않구? 결혼 안 한다구 돌려 달라지는 않을 테니까 경수가 준 시계를 나두 좀 보게……”

연길은 뜻이 있는 듯한 웃음을 웃었다.

“그럼 내일부터 차고 다닐까요?”

현주는 마치 연길의 말을 맹종(盲從)하기나 할 듯이 반문했다.

“마음대루.”

　연길의 대답에는 힘이 없었다.

　"정말예요? 좋다구 그러시기만 한다면 차구 다닐 터예요. 그 사람은 내
버릴 셈 치구 사 준 것일 테니까……."

　이때 연길은 문득 말문을 돌려,

　"아랑(阿娘)이란 처녀 이야기를 알아?"

하고 물었다.

　"몰라요."

　"밀양(密陽)에 가면 아직두 아랑각이라는 게 있어. 아랑이란 조선 시대의
처녀인데 밀양 원님의 딸이었던가 봐. 생기기두 잘 생겼든 게지. 그런데 아
전으로 있던 어떤 작자가 아랑이를 짝사랑한 모양인데, 이 친구가 아랑에게
자기의 속을 알리고 싶어도 알릴 도리가 없어 하루는 아랑의 유모를 매수해
서 아랑을 강기슭 영남루(嶺南樓)까지 데리고 나오도록 했던 모양이야. 아
랑은 아무것도 모르고 유모의 꼬임에 속아 영남루까지 나갔더니 뜻밖에도
알지도 못하는 남자로부터 구혼을 받게 되었단 말야. 그러나 한 번 본 적도
없는 사내에게 마음을 허락할 수가 없어서 첫마디부터 거절을 했어! 남자는
위협까지 하며 결혼을 청했으나 결국은 칼에 찔리는 순간까지 거절을 했대.
그래서 아랑은 무참히 죽었고 그 뒤 원한을 풀지 못한 영혼은 새로 부임하
는 원님에게마다 나타나서 원님을 괴롭히다가 원한을 풀고 나서야 잠잠했다
는 이야기야."

　"그러니까 절더러 아랑이 되라는 거지요?"

　"그런 것은 아니지만 나는 여자의 미가 그런 데 있지 않나 생각해."

　"그럼 저한테는 그런 미가 없단 말씀인가요?"

　"그런 건 아니지만 나는 한국 여자의 긴 치마가 참으로 좋아, 땅을 쓰는
듯한 치마의 원(圓)이 무한이 큰 세계를 내포(內包)한 듯두 하구 한국 여성
의미가 그 치마에 있지 않은가 생각된단 말야. 그 치마가 짧아지면서 한국
적 여성미가 줄어지는 듯도 하고 따라서 아랑각의 주인 같은 여성이 적어지
는 듯도 해!"

　"마치 저에게 들으란 말 같은데요."

“그런 건 아니지만 그저 그 말이 하구 싶을 뿐이야.”

“그러니 시계하구 무슨 관계가 있는 말이지요?”

“관계가 있는 건 아니라니까. 한국 여성에게는 긴 치마가 없을 수 없다는 말을 하구 싶을 뿐이지.”

현주는 더 추궁하지를 않았다. 연길이가 자기의 마음을 의심해서 한 이야기라 할지라도 그것은 문제가 되지 않는다. 자기가 경수를 안중에도 넣지 않고 있기 때문에 그것을 문제삼을 필요도 없었다. 다만 순일과의 관계를 이야기하지 않은 것이 죄스러울 뿐이었다. 순일과 연애를 하는 것도 아니지만 그것을 숨긴다는 것은 옳은 일이 아닐 것이라 생각되었던 것이다.

그러나 잘못 말했다가 도리어 오해를 사지나 않을까 주저되었다. 알지도 못하는 사실을 자청해서 이야기했다가 오해를 사느니보다는 차라리 숨겨 두는 것이 좋을 것 같았기 때문이었다.

“걱정 마세요. 시계 아니 금뎅이를 가져온다 해두 그걸 몸에 붙이지는 않을 테니까요.”

현주는 우선 경수가 사온 시계에 대한 결론을 내렸다.

“잘 생각 했어.”

연길은 역시 그 말이 듣고 싶었던 모양이었다.

그러나 현주는 빙그레 웃는 연길의 얼굴에 만족할 수는 없었다. 순일에게 다리를 안겼던 일과 그의 품에 안겼던 일이 눈앞에 나타나 가슴을 두들겼기 때문이었다.

이성으로 사랑한 것이 아니기 때문에 연길을 배반한 행동이라고도 생각되지 않았지만 연길이가 알지 못하게 교제했다는 사실은 죄스러운 일이 아닐 수 없다.

어제도 순일이를 만났다. 그러노라고 늦었다. 만약 순일이를 만나지 않고 일찍 돌아오기만 했다면 연길에게 오해와 슬픔을 주지 않아도 좋았을 것이다.

현주는 숨긴다는 것이 무엇보다도 죄악인 것 같아,

“이성 사이에 우정이라는 것이 있을 수 있을까요?”

하고 우선 연길이의 생각을 타진하기 시작했다.

"있을 수 있겠지요. 그렇지만 새삼스럽게 그런 이야기는?"

"그저 알구 싶어서요."

"무슨 일이 있었어?"

"글쎄, 그런 우정이 확실히 있을 수 있지요? 네."

"있을 수 있구 말구, 다만 그 우정이라는 것이 우정의 선을 넘기 쉬운 우정이기 때문에 문제가 생기는 거겠지."

"그럼 남녀 간의 우정을 신뢰하시지는 못한단 말씀입니까?"

"사람에 따라 다르겠지! 현주 씨 같은 이야 어떠한 일에두 신뢰받을 사람이지만."

현주는 가슴이 뜨끔했다. 너두 마찬가지 인간이 아니냐고 야유하는 것 같이 들렸기 때문이었다."

"저는 있을 수 있다고 생각해요. 그야말로 한계선을 확실하게 한 뒤 교제를 한다면 탈선하지두 않구!"

"글쎄 누가 없다구 그랬어? 있어두 그냥 있는 것이 아니라 아름답게 있을 수 있겠지. 그런데 왜 그 이야기를 자꾸 강조하는 거요? 별안간……."

현주는 잠깐 말을 멈추고 있다가 그러나 서슴지 않은 태도로,

"상주루 피난 갈 때 어떤 남자를 알았어요. 피아니스트입니다. 그런데 저의 짐을 옮겨 주다가 실수를 해서 그만 손매디 하나를 짤랐어요. 피아니스트의 생활이 중단되고 말았습니다."

하고 순일과의 관계를 설명하기 시작했다. 그에 대한 일종의 정신적 책임 관념으로 만나게 되었고 또 그의 잔 슬픔을 덜어 주기 위하여 작곡을 시작하도록 격려하고 있다는 일까지 설명했다.

이야기를 끝까지 듣고 난 연길은 문득,

"미혼인 남잔가요?"

하고 물었다.

"어린애까지 있는 남잡니다. 가족이 이북에 있기는 하지만…… 예술가니까 그렇기두 하겠지만 솔직하구 좋아요."

“좋은 일이로군. 영원히 가질 수 있는 우정이라면 누가 나무라겠어.”

“저두 처음에는 경계를 했어요. 그래서 명확하게 한계선을 그어 놓았어요. 의리상 모르는 척할 수가 없어서 사귄 것이니까 이해해 주시겠지요?”

“이해구 말구 할 게 있어? 현주 씨가 하시는 일인데…… 한 번 소개나 하시지요.”

“참 같이 오겠어요. 황 선생 하구두 친구가 되어야 할 테니까…….”

“그렇지만 병이나 난 뒤에 오두록 하십시오. 현주 씨가 좋아하시는 분은 내가 좋아하는 사람일 테니까 하루빨리 보구 싶기도 합니다만…….”

깍듯이 경어를 쓰면서 하는 연길의 말에는 정반대의 뜻이 숨어 있는 것 같았다.

“만나지 말라면 안 만나겠어요. 똑바로 말씀하세요, 네!”

“똑바로 말하지 않았어요? 내가 사랑하는 사람이 좋아하는 사람은 나에게도 좋은 사람일 거라구…….”

“그렇게 말하는 건 싫어요. 좀더 솔직하세요. 말과 얼굴이 다른걸 뭐…….”

현주는 공연한 말을 꺼냈다고 속으로 후회하며 연길을 바라보았다.

연길은 순일이란 남자와의 이야기가 절대로 유쾌하지 않았다. 자기가 없는 사이에 사귀었다는 것이 더욱 그러했다. 그러나 그렇다고 불쾌한 표정을 지을 수가 없었다. 한계선을 긋고 교제하는 사이라니 탓할 수는 없었다. 탓한다는 것이 도리어 편협된 감정처럼 드러날 것이 싫기도 했다. 그래서 대단치도 않은 이야기니까 그만해 두자고 이야기를 중단하려고 했다. 그때 현주가 문득,

“초희라는 여자는 누구지요?”
하고 물었다.

“학교에서 가르쳐 준 학생이지.”

연길은 범연하게 대답을 했다. 사실 범연하게 대답할 수밖에 없는 일이었다. 그러나 현주가 자기의 이성 교제 이야기를 꺼낸 뒤 곧 물어 보는 말이라는데 어떤 오해가 있지 않은가 의심이 났다.

　현주가 범연하게 생각한다면 하필 자기 이야기 뒤에 그런 말을 묻지 않아도 좋을 것이다. 그뿐 아니라 초희가 편지로 고백한 애정의 감정을 알고 난 뒤이기 때문에 연길 자신의 마음이 범연치가 못했는지도 모른다. 그래서 귀밑이 뜨거움을 느끼며,

　"초희는 어떻게 알지?"
하고 물었다.

　"사제지간하구는 특별하게 가까운 모양 같은데요?"
　현주는 일부러 웃음을 띠며 농담조로 말했다.
　"글쎄 나두 이번에야 알았지만 심상치가 않은 것 같애."
　"얼마 전에 봤는데 참 좋은 여자던데요. 저 때문에 연애를 안 하셨나요?"
　"쓸데없는 소린 말어."
　"정말예요. 저 때문이라면 양보해 드릴게요."
　"내가 싫거든 그저 싫다구 그래. 나보다 좋은 남자가 생겼으니 나하구는 결혼을 안 해두 좋단 말이지?"
　"왜요? 황 선생님이 하시구 싶어서 하시는 말씀 아녜요?"
　연길은 벌떡 일어나 앉았다. 그리고는 극도로 정신이 쇠약한 사람의 발작같이 현주의 뺨을 한 차례 갈겼다. 그리고는 쓰러지듯 자리에 누워 버렸다.
　너무나 의외로 뺨을 얻어맞은 현주는 그 자리에서 눈물을 쏟았다.
　그러나 두 사람은 꼭같이 입을 다물고 말이 없었다. 한참 뒤에야 연길이가,
　"현주가 내 마음을 그렇게두 몰라 줄 줄은 정말 몰랐어! 마음대로 해."
하고 뒤로 돌아 누었다. 역시 연길이도 눈물을 흘리고 있는 모양이었다.
　"전 어떡하라는 겁니까? 어떡하라구 때리신 건가 말을 하세요?"
　현주는 수건으로 얼굴을 가린 채 울음 섞인 어조로 말했다.
　"마음대로 하세요. 나는 영원히 불행해두 좋으니까, 현주를 때리기까지 한 야만인에게 무슨 할 말이 있어."
　"정말 그러시지 말구 똑바로 말씀하세요. 저 때문에 선생님에 불행이 있어서는 안 되지 않아요?"

"그만둬, 초희는 나 때문에 정조까지 잃은 여자야. 그렇지만 나에게는 현주밖에 없었어. 그래서 초희는 이런 편지를 쓰고 영원히 가 버리기까지 했어. 나는 과거나 현재나 현주 하나만을 생각해 왔기 때문에 초희의 감정을 알지 못했던 거야. 알려구두 안 했지 그러나 현주는 그러한 내 마음을 몰라 주는 것이 슬퍼!"

하고 연길은 요 밑에 두었던 초희의 편지를 꺼내 현주에게 주었다.

"선생님 때문에 정조까지 잃은 여자를 모른 척하실 수가 있어요?"

현주는 연길이가 주는 편지를 읽을 생각도 안 하고 눈물을 닦기 시작했다.

"모른 척하기두 안됐지만 또 아는 척할 수두 없는 일 아냐."

연길은 돌아누운 채 조용히 이야기했다.

현주는 그 이상 더 추궁할 생각이 없다는 듯 잠시 눈을 감았다가,

"저를 버리시지 않지요? 네."

하고 돌아누운 연길의 머리를 두 손으로 돌려 눕혔다.

"현주 씨두 그렇다구 대답을 해 줘."

현주는 그만 연길의 가슴에 얼굴을 파묻고

"저를 의심한다면 저는 죽구 말겠어요."

하고 얼굴을 파묻은 채 손으로 연길의 가슴을 어루만졌다.

연길도 말없이 한참 동안 현주의 머리만 쓸고 있었다.

그러기를 한참 동안 계속하다가 현주는 그래도 초희가 썼다는 편지를 읽고 나서 내일 다시 오기를 약속한 뒤 연길을 떠나갔다.

다음날 현주는 꽃과 과일을 사 가지고 연길을 찾아갔다. 병이 더해 가는지 이 날은 기운이 아주 빠진 듯 말도 크게 하지 못하는 것을 보자, 현주는 될 수 있는 대로 말도 시키지 않고 연길의 옆에 앉아 있기만 하다가 돌아왔다. 사실은 옆에 앉아 있는 것만도 좋았다. 그리고 앓고 있던 연길의 옆을 떠난다는 것이 도리어 불안하기도 했다.

자기의 뺨을 때릴 수 있을 만큼 연길은 자기를 사랑한다. 자기를 사랑하기 때문에 뺨을 때리기까지 한 것이다. 이렇게 생각하니 뺨을 맞은 것은 품에 안겼던 것보다도 더 인상적인 것 같았다.

그러나 현주는 자기의 행복감 속에서 초희를 잊어버릴 만큼 단순하지는 않았다.

아무래도 초희를 한 번 만나 이야기라도 해 보아야 마음이 풀릴 것 같았다.

연길 때문에 정조까지 잃은 여자라면 연길에게도 영원히 잊을 수 없는 여자다. 그뿐 아니라 그렇게까지 연길을 사랑한 여자라면 말 한 마디 없이 연길의 사랑을 독점한다는 것이 죄악인 것 같기도 했다.

'초희를 만나리라.'

현주는 이런 생각을 가졌으나 그래도 초희보다 먼저 만난 것은 순일이였다. 순일에게도 자기의 마음을 한 번 다시 따져 두어야 할 것 같이 생각되었기 때문이었다.

현주는 연길의 집을 떠난 길로 순일이를 찾아갔다.

순일은 작곡을 하다가 집으로 돌아와서 쉬고 있었다.

"늦어서 미안합니다."

현주는 의무를 이행치 못한 때처럼 미안하다는 뜻을 표했다. 이 날 늦었다는 것보다도 그 전날 한 번도 찾아오지 못했다는 것이 진심으로 미안하기도 했다.

"바쁜 일이 있었어요."

순일우 역시 많이 기다렸다고 하는 표정이었다.

현주는 연길의 이야기를 새삼스럽게 꺼내기가 거북했다. 한 번이라도 귀띔을 했던 일이라면 몰라도 전혀 이야기하지 않았던 일이기 때문에 더욱 그랬다. 그러나 말하지 않을 수도 없는 일이었다. 그래서 서로 사랑을 약속했던 사람이 이북에 끌려갔다가 돌아왔다는 이야기를 하고야 말았다. 그 말을 듣자 순일은 갑자기 얼굴색을 달리했다. 칼슘 주사를 맞은 것처럼 얼굴이 빨갛게 달아올랐던 것이다. 그러나,

"그러세요? 참 기쁘시겠습니다."

하고는 말을 끊었다가,

"그런 사람이 있다는 걸 왜 이때까지 말하지 않았습니까?"

하고 반문했다.

현주는 미안하다고 사과를 하고 싶기도 했지만,

"이야기해야만 할 필요성을 느끼지 않았지요."

하고 대답했다.

"필요성이 없다구요? 이야기란 꼭 필요성을 따져서 해야만 하는 것일까요?"

순일은 냉정하게 말했으나 그 냉정 속에는 격한 감정이 숨어 있음이 확연했다.

"그렇지만은 않겠지요. 이야기할 기회가 없었는지두 모르지요."

이렇게 말을 하는 현주도 사실은 미안한 마음을 금할 수가 없었다. 어쩐지 그 사실을 일부러 속인 것 같이 오해할 것이 불쾌하기까지 했다.

"나는 우정이 허락하지 않는 것까지를 요구하지는 않습니다. 그러나 우리의 우정도 그만한 것을 비밀로 지켜야 할 정도는 아니라구 생각합니다."

순일은 역시 속았다고 하는 감정을 가진 모양이었다.

"그럼 사과를 하지요. 사과를 받으세요."

현주는 고개를 끄떡하고 사과의 뜻을 표했다.

"사과를 받으려고 한 말은 아닙니다. 용서하십시오."

순일은 시선을 돌리고 말았다. 그리고는 곧 말문을 돌려,

"한 열흘만 있으면 떠나게 될 것 같습니다. 군(軍)의 허락이 겨우 나오게 됐어요."

하고 감개무량한 듯이 말했다.

"가시면 좀체루 못 오시겠군요?"

"가 봐야 알겠지요. 아무래두 고향이니까 쉽게는 못 오겠지요."

"퍽 기다려지시겠습니다. 잃었던 고향을 찾게 됐으니까……."

"멸망해 가던 고향을 다시 볼 수 있다는 것이 말할 수 없이 통쾌합니다. 현주 씨두 잃었던 사람을 만나 무척 행복하시겠습니다. 그러나 불행 속에 맺어졌던 우정을 행복한 속에서까지 유지할 수 있게 되기를 바랍니다."

"저두 동감입니다. 그 대신 작곡을 끝내셔야 한다는 걸 잊어버리시지는

마세요."

이런 말을 주고받은 뒤 현주는 자기 집으로 돌아왔다.

집에 들어서자 어머니가 눈에 횃불을 돋우고,

"너 어딜 그렇게 쏘다니니?"

하고 야단을 치기 시작했다.

"놀러요."

"글쎄 어딜 놀러다니는 거냐 말이다."

"그걸 몰라서 물으세요?"

"뭣이 어째? 아가리를 찢어 죽일 계집 같으니."

"그렇게 보기 싫거든 빨리 죽이시지요."

"죽이래문 못 죽일 것 같으냐?"

"글쎄 죽이라니까요."

"에미를 말려 죽이려는 자식새끼를 살려서는 뭣 해. 내일부터는 학교두 다 그만두구 집에 처백혀 있어야 한다. 어디 누가 못 견디나 해 보자."

현주는 한참 동안을 어머니와 승강일 했지만 나중에는,

"그만두세요. 제가 죽구 말 테니."

하고 이불을 뒤집어쓰고 누워 버렸다.

현주는 정말 모든 것이 귀찮았다. 순일에 대한 생각도 그러했거니와 초희에 대한 생각도 그렇게 단순하게 처리할 수 있을 것 같지가 않았다. 복잡한 생각이 머리를 어지럽게 할 때 어머니의 신경질은 그의 마음을 더욱 혼란케만 했던 것이다.

그래서 다음날은 학교에도 아무데도 나가지를 않고 자리 속에 누워만 있었다.

하루 종일 누워서 생각한 결과 현주는 자기의 마음을 든든히 가지자고 자기 자신을 격려하였다. 특히 어머니와의 타협은 결국 자기의 파멸이기 때문에 어떠한 일이 있거나 자기는 자기대로 살아야 한다는 것을 새삼스럽게 결심했다. 다만 나머지 문제는 초희를 만나는 일뿐이었다. 초희만은 만나지 않을 수가 없었다. 그래서 다음날 현주는 학교에 사직원을 제출하러 나간다는 핑계를 대고 초희를 만나러 집을 나섰다.

초희를 만나는 데는 우선 연길을 찾아가 그 주소를 알지 않으면 안 되었다. 물론 하루를 걸렀으니 그 동안 연길의 병이 궁금해서라도 찾아가야 할 길이었다.

연길은 열이 조금 내렸다고는 하나 아직 병에 차도가 있는 것 같지 않았다. 현주를 보고도 순간은 반가운 표정을 했지만 금시 고통에 사로잡히고 말았다.

현주는 어제 찾아오지 못한 이유를 간단히 이야기했으나 연길은 거기 대한 이야기도 더 캐어묻지를 않았다. 몹시 고달픈 모양이었다.

현주는 위독한 병이나 아닌가 생각하고,

"의사를 불러 오셨댔어요?"

하고 물었다.

"응."

"뭐라구 그래요?"

"역시 피곤에서 온 병이래 영양두 부족하구."

이런 말을 하고 있을 때였다. 박재만이가 연길을 부르고 방 안으로 들어왔다. 현주는 알지 못하는 남자이기 때문에 자리를 비켜 주고 발치로 가서 앉았다.

"어디가 편치 않습니까?"

박재만의 말이었다.

"긴장이 풀려 몸살에 걸렸나 봅니다."

연길의 대답이었다.

"황 선생은 아무래두 나보다 몸이 약한가 본데요."

"글쎄 그런가 부지요."

연길과 재만은 얼마 동안 이북 이야기와 돌아온 뒤의 가정 사정 등을 주고받으며 이야기하다가 재만의 이야기로 화제가 돌아갔다.

"나는 제이국민병으로 나가게 됐습니다."

"제이국민병이라니요?"

“허허, 앓아누워 있느라구 세상이 어떻게 돌아가구 있는지두 모르는가 보군요. 말하자면 징병제도입니다. 황 선생두 등록을 해야 할 겁니다만 어쨌든 나는 등록을 하는 동시에 지원을 했습니다. 일선으로 나가려구요.”

“많이들 나가겠구만요?”

“지원해서 나가는 사람이 많습니다. 조국을 사랑하는 마음도 마음이려니와 공산주의에 대한 증오심이 크기 때문이라고 생각합니다. 나두 그렇습니다.

공산주의를 미워하지 않을 수 없는 하나의 정의감이 일선으로 나가지 않을 수 없게 합니다. 민족의 정의감은 분노로 변한 것 같습니다. 불의를 보구 그대루 참을 수 없는 분노입니다. 나는 나의 정의감을 어떻게 정화(淨化)시킬 수 있는가를 생각해 보았습니다. 나의 분노를 어떻게 표현시켜야 하는가를 생각해 보았습니다. 결국은 목숨을 바치는 길밖에 없다는 결론을 얻었습니다.

그 이상 나의 정의감을 만족시켜 주는 길이 없다구 생각했습니다. 우리 문화인은 육체적 고통에 나약합니다. 그리고 하나의 행동에도 결단성이 없습니다. 그러나 나의 정의감은 행복만을 요구하기 때문에 싸우는 길밖에 딴 길을 요구하지 않는 것 같습니다.”

재만이가 흥분된 어조로 말하자 연길은,

“나는 어떻게 해서 나의 정의감을 살려야 할까요?”
하고 힘없이 말했다.

“우선 건강을 빨리 회복하십시오. 행복은 그 뒤에 있을 겁니다.”

그들은 금시 이별이나 할 것처럼 새삼스럽게 악수를 했다. 그 뒤에도 서로의 정의감에 대한 이야기를 주고받았으나 박재만이가 불현듯,

“참 지금 오던 길에 초희를 만났는데 황 선생을 만나 봤다구 그러더군요.”
하고 화제를 초희에게로 돌렸다. 그러나 연길은 초희의 말이 나오자 갑자기 얼굴색을 달리했다.

그러나 못 들은 척할 수는 없어서,

“집으루 놀러 왔댔지요.”

하고 범연하게 말했다.

“그 명랑하던 색시가 여간 침울해진 것 같지가 않던데요. 6·25 사변은 개개인의 성격에까지 변화를 일으킨 모양이지요? 참으로 민족의 비극이었어요.”

“초희는 그새 집이 폭격을 받았구 부모가 돌아가시구 그랬다더군요.”

연길은 초희의 슬픔이 새삼스레 가슴 속으로 스며들었으나 연길은 초희의 표면적인 슬픔만을 말할 수밖에 없었다.

“그래요?”

박재만은 깜짝 놀라는 표정이었으나,

“아직두 정릉리 고아원에 다니는 모양이던데요.”

하고 이야기를 흘려 보냈다. 연길이도 현주가 있는 앞에서 그 이상 더 이야기를 하기가 싫었다. 그래서,

“현주 씨, 참 인사를 드리시죠. 박재만 선생입니다.”

하고 현주를 소개시켰다.

“나하구 약혼을 한 사람입니다.”

현주와 재만이가 인사를 하자 연길은,

“참 양심덕 씨는 무사합디까?”

하고 재만의 애인에 대한 것을 물었다.

“무사했어요. 고생은 좀 한 모양이더군요. 아버지가 괴뢰군에 끌려갔구…….”

“그래요? 참 안됐군요. 그래두 박 선생이 돌아와서 반가웠겠습니다.”

“막 울었지요. 둘이 울기만 했습니다. 반가울 때 우는 것은 슬플 때 우는 것보다 가슴이 더 시원하든대요. 앞으로는 잠시두 떨어지지 말자구 약속을 했습니다.”

“약속을 하자 떠나게 되었군요.”

“그렇습니다. 약속을 못 지키는 것이 제일 꺼려집니다마는 그 약속에만 충실하기에는 나의 의분이 용서치를 않습니다.”

"화랑의 정신이로군요."

"글쎄요? 그러나 외부적인 요구가 아니라 내면적인 충격에서 나온 행동이니까 행동의 규격을 지을 것두 못 되겠지요. 만일 곧 떠나게 되면 못 볼지두 모르겠으니까 빨리 건강이 회복되기만 바랍니다."

박재만은 쾌활하게 악수를 하고 연길과 작별을 했다.

"잘 싸우시오."

연길이가 누운 채 이런 말로 재만을 보낼 때 현주는 마루까지 따라나가 그를 전송했다. 그리고 들어와서는 오 분도 못 되어 자기도 가 보겠노라 하고 연길을 떠났다.

연길의 집을 나온 현주는 그 길로 정릉리를 향해 걸었다. 박재만에게서 들은 고아원을 찾아가는 것이었다.

그는 아무리 해도 초희를 만나야만 할 것 같았다. 설사 자기가 초희에게 연길에 대한 애정을 양보하지 않는다 해도 그를 만나 보지도 않고 연길을 독점한다는 것은 무엇보다도 연길에게 죄스러운 일인 것 같았기 때문이다. 더구나 연길과 평생을 같이 사는 동안 자기가 초희의 애정을 약탈했다는 불쾌한 기억을 가지고 싶지가 않았다.

현주가 산기슭에 있는 고아원에 이르렀을 때 초희는 고아들을 모아놓고 노래를 가르치고 있었다. 그러나 초희는 금시 현주 앞에 나타나,

"저를 찾아오셨어요?"

하고 물었다. 초희도 현주를 한 번 보았으니까 전혀 모를 리 없으련만 그래도 미심하다는 표정이었다.

"초희 씨지요?"

현주가 실수를 안 하려고 다짐을 받는 듯이 물을 때 초희는 경쾌한 어조로,

"네, 이초힙니다. 김현주 씨 아녜요?"

하고 현주에게 악수를 청했다.

"네, 김현줍니다. 갑자기 찾아와서 미안합니다."

"천만의 말씀입니다. 그럼 저리루 가실까요."

초희는 현주를 조그마한 응접실로 안내했다.

둥근 테이블 하나에 의자 네 개가 겨우 놓인 좁은 방이었다.

그들은 얼굴을 마주 보며 의자에 앉았다.

현주는 목적을 가지고 찾아온 길이나 무슨 이야기부터 꺼내야 할지를 몰라 망설이고 있을 때였다. 초희가 생긋이 웃으며,

"황 선생님과 결혼하신대지요? 축하합니다."

하고는 곧 뒤를 이어,

"한 번 찾아가 축하의 말씀이라두 드릴까 생각하던 참인데 일부러 오셨군요."

하고 현주의 얼굴을 바라보았다. 그리고는 현주가 대꾸를 꺼내기도 전에 잠깐 실례한다고 한 뒤 바깥으로 나가 버렸다. 나간 지 이삼 분도 안 되어 초희는 '초콜릿'과 껌이 든 유리접시 하나를 가지고 들어와,

"촌구석에야 뭐 살 거나 있어야지요. 애들 물건이나 빼앗아 대접하는 수밖에 없습니다. 자, 하나 드세요."

하고 유리접시를 현주 앞으로 내밀었다. 현주는 점점 더 이야기를 꺼내기가 거북스러웠다. 조금도 침울해 보이는 기색이 없는 초희에게 심각한 말을 꺼내기가 거북스러웠던 것이다. 그러나 안 꺼낼 수도 없었다. 그래서,

"사실은 좀 의논드릴 말씀이 있어서 왔는데요. 말씀드려두 좋을까요?"

하고 서두를 꺼내고야 말았다.

"말씀하세요. 그렇게 무서운 얼굴을 마시구 이거나 드시면서 말씀하세요."

초희는 유리접시를 또 내밀었다.

"좋아요. 그런데 저는 아무래도 황 선생과 결혼할 수가 없는 사정인데 말씀드리기 거북하지만 초희 씨가 대신해서 해 주실 수는 없을까요?"

"무슨 뜻인지를 모르겠는데요? 결혼을 대신해 드리는 법두 세상에 있는가요?"

"그런 게 아니라 황 선생님을 행복스럽게 해 드리는 데는 저보다도 초희 씨가 제일 적임자일 것 같아서 하는 말씀입니다."

"천만의 말씀입니다. 남의 행복에 책임을 질 만큼 내 자신이 행복된 운명에 있지를 못하니까요."

"겸손의 말씀입니다. 사실 저는 황 선생님과 먼 인척 관계가 됩니다. 결혼을 할래야 할 수가 없는 처지기 때문에 드리는 말씀예요."

"좌우간 저는 황 선생님과 결혼할 생각을 가진 일이 없습니다. 제자로 선생님을 존경했을 뿐이지요."

"그렇지만……."

현주는 조금 머뭇거리다가,

"황 선생을 위하여 희생까지 당하셨다면서요?"

하며 하고 싶은 말의 정통을 쏘고야 말았다.

"천만의 말씀입니다. 내 의지가 약했던 때는 있어두 황 선생님을 위해서 희생된 일은 일찍이 없습니다."

"조금두 숨기실 건 없습니다. 자세한 것을 알구 있으니까요…… 어쨌든 황 선생을 행복되게 해 주세요. 황 선생두 편지를 받구 고민하구 계십니다."

"네?"

그때야 초희는 현주가 자기의 편지까지도 읽은 것을 알고,

"그래두 마음으루 작별한 지 이미 오래이니까 그런 말은 그만두기루 하지요."

했다.

"아랑의 이야기를 아시겠지요? 아랑은 애정 없는 남자에게 애정을 강요 당하다가 마침내 죽고 말지 않았어요. 그래서 그 고혼이 원수를 갚구야 고히 잠들었다구 하는데 제가 남자는 아니지만 일생 초희 씨의 저주를 받으며 살 것만 같아 차라리 초희 씨에게 황 선생을 드려야 할 것 같아요."

"저주를 한다구요? 어찌 그런 말씀을 하십니까, 제가 제 운명에 대하여 그렇게도 의타적(依他的)인 생각을 가진 줄 아세요. 저를 모욕하는 말씀은 삼가십시오. 저는 황 선생의 행복을 멀리 바라보는 데서 행복감을 느끼려구 결심을 한 지 오래입니다."

"모욕을 드리려구 찾아온 것은 절대 아닙니다. 초희 씨의 위대한 애정을

약탈해 버리는 듯한 제 자신이 괴롭기 때문입니다.”

“조금두 그렇게 생각지 마십시오. 그것은 나를 괴롭히는 일입니다. 나를 괴롭히지 말구 빨리 돌아가 황 선생님을 즐겁게 해 드리십시오.”

“그럼 어떠한 일이 있다 해두 저를 원망하지는 않으시겠지요?”

“무엇 때문에 현주 씨를 원망합니까? 현주 씨와 저의 운명과는 하등의 관계가 없지 않아요? 이제는 돌아가 주세요. 애들이 기다리구 있으니까 가 봐야겠습니다.”

초회는 그만 의자에서 일어나고야 말았다. 현주도 그 이상 더 말할 수가 없어 따라 일어서서는 그래도 안심이 안 된다는 듯이,

“그럼 가 보겠습니다. 종종 놀러 오세요. 그래야 황 선생님두 안심하실 겁니다.”

하고 머플러를 목에 걸쳤다.

“네, 가겠습니다. 그렇지만 결혼하실 때는 꼭 알려 주두룩 해 주십시오.”

초회는 남자처럼 현주의 손을 잡아 흔들었다. 이렇게 현주를 보내기는 했으나 응접실로 돌아 왔을 때 초회는 테이블에 머리를 대고 혼자서 울기를 시작했다.

현주는 자기의 마음을 따지려고 왔다가 흡족한 마음으로 돌아갔을 것이지만 흡족한 마음으로 돌아가게 한 초회의 마음은 한없이 슬펐다.

혹시 나중에라도 문제를 일으키지나 않을까 하는 의심을 품고 따지러 왔었다는 것이 불쾌하기도 했다. 연길을 단념하지 않을 수 없는 자기의 결심을 흔들어 논 듯한 현주가 아닌 게 아니라 원망스럽기까지 했다. 초회는 연길을 잊기 위하여 갖은 애를 다 썼다. 물론 죽기 전날까지 연길을 잊어버릴 수는 없을 것이지만 다만 만나지 않고도 살 수가 있으며 만나도 큰 슬픔을 느끼지 않을 수 있는 마음의 준비를 갖추기 위하여 애를 써 왔다.

그러기 위하여 그는 어린 고아들에게 더욱 열심이었고 대하는 사람에게 명랑한 얼굴을 꾸몄다.

얼굴만이라도 즐거운 척하려 했던 것이다. 그러나 뜻하지 않았던 현주의 방문은 그의 명랑을 모조리 깨뜨려 버린 것 같았다.

조소와 야유와 모욕을 퍼붓기 위하여 찾아왔던 현주.

초희에게는 현주가 악마의 한 분신(分身)으로 나타났던 것 같기만 해서 견딜 수 없었다.

"어쩌란 말이냐? 가졌던 전부를 잃어버린 나에게 이제는 또 어쩌란 말이냐?"

하고 발악을 하고도 싶었다.

그러나 초희는 문득 아랑의 이야기를 생각했다.

자기에게는 아랑각(阿娘閣)을 받을 만한 자격이 영원히 상실되었다. 따라서 아랑의 고혼처럼 광분(狂奔)할 자유마저 잃었다.

굴종과 망각만을 미덕으로 삼고 고이 잠들어야 하는 외로운 혼이 아닐 수 없는 자기다. 그러나 초희는 문득 머리를 쳐들었다. 그리고는 좌우로 목을 흔들었다.

'나는 나로서의 생활이 있을 것이다. 더러운 몸을 깨끗이 하기 위한 노력이 일생 동안 필요하다면 그것을 생활로 삼아야 할 것이다.'

11. 애정의 피안

초희의 슬픔은 세월의 흐름과 더불어 멀어질 그러한 것은 아닌 모양이었다.

잊으려고 노력하면 노력할수록 연길의 생각이 간절하며 현주의 얼굴이 눈앞에 나타났다.

고해 속에 홀로 내던짐을 받은 운명 속에서 자기의 운명을 헤아리지도 못하는 어린 고아들을 위하여 어머니가 되어 주고, 운명의 개척자가 되는 공부를 가르쳐 주고, 장난 동무가 되고, 침모가 되어 주면서 연길과 더불어 현주를 잊어보려 했으나, 뜻하지 않은 틈을 타서 그들의 영상이 머리를 스쳐갈 때면 죽고 싶을 만큼 뼈가 저렸다.

어린애들과 운동장에서 사방치기를 하며 어린애들의 마음을 자기의 마음

으로 하고 무념의 세계에서 놀다가는,

‘흐 흐, 그게 겨우 너의 행복이냐?’

하고 요망스런 현주의 웃음소리가 귓전을 울리면 그만 토끼처럼 뛰던 몸을 멈칫하고 딴 세계로 정신이 돌아오곤 했다.

병들어 누워 있는 어린애 옆에서 괴로움을 잊게 해 주기 위하여 자장가를 불러 줄 때면 불현듯 연길의 얼굴이 떠올라 신음 소리까지 들리기도 했다.

그런 때마다 연길에게로 달려가 병문안이라도 해 주고 먹을 것을 입 속에 넣어 주고 싶은 생각이 문득 일어나지만 영원한 이별의 편지를 써 놓고 온 이상 가 볼 수 없는 마음이 안타까웠다.

비록 아주 떠나는 편지를 썼다 해도 찾아가기만 하면 연길이가 왜 왔느냐고 나무라는 대신 겉으로나마 반가워해 줄 것 같은 생각도 안 들은 것은 아니었다. 그러나 연길은 그렇다 해도 그 옆에 붙어 있을 현주를 만날 생각을 하니 몸에 소름이 끼쳐 연길의 생각도 하기 싫었다.

그러나 초희는 현주를 미워하지 말자고도 마음을 먹어 보았다. 현주를 미워한다는 것은 결국 따지고 보면 현주에 대한 하나의 질투에 지나지 않는다. 자기는 연길을 사랑하지 못하는 대신 현주가 연길을 사랑할 수 있다는 극히 천박한 질투심이라고 밖에 해석할 도리가 없다. 그렇다면 자기는 너무나 평범한 인간이 아닐까? 그리고 도리어 경멸을 받아 마땅한 여자가 아닐까? 만약 연길의 행복을 희구하는 마음이 진실되게 가슴 속에 깃들였다면 설사 현주가 자기를 야유하고 경멸했다 해도 연길을 잊지 못하는 이상 현주를 미워해서는 안 될 일 같기도 했다.

그러나 그런 생각까지 하면서도 초희는 끝내 연길을 찾아가지 못했다.

그러기를 약 보름이나 계속하고 있을 때 하루는 오래간만에 책상에 앉아서 철필을 끄적였다.

누가 하라고 하는 것은 아니지만 어린애들의 빨래까지 해 주고 있으니 책상에 앉는 시간이란 좀체로 있을 수가 없었다. 점심을 먹고 나니 자기 방으로 들어가고 싶어졌고 방 안에 들어오니 낙서가 하고 싶어졌다.

초희는 자기의 이름자를 써 보았다. 한문으로도 써 보았고 국문으로도 써 보았다. 수십 자를 계속해서 쓰고 보니 글자가 옳게 씌어졌는지 의심이 생겼다.

풀 초 자에 초두가 있는지 없는지도 아리송했다. 그래서 딴 글자를 쓰노라고 쓴 것이 자기도 모르게 '無慕'(무모)란 두 글자였다. 쓰고 보니 글씨도 잘 된 것 같았고 글 뜻도·마음에 꼭 드는 것 같았다.

그래서 새 종이에다 그 글자를 커다랗게 써서 담벽에 붙이고 있을 때였다.

뜻밖에도 현주가 찾아왔다.

초희는 방 안에 들어서는 현주를 보자 우선 붙이려던 종이를 떼어 꾸깃꾸깃 말아 책상 밑에 던져 버렸다.

종이를 꾸겨 버리자 모든 감정을 죽이고 자연스럽게 대하리라 마음먹은 순간 초희는 또한 다른 하나의 감정에 사로잡히고 말았다.

즉 현주가 그 붙이려다가 떼어 버린 종이를 보았을 것 같은 것이었다. 만약 거기 써 있는 글자를 읽었다면 자기가 연길을 잊으려 애써도 잊혀지지가 않아 마침내는 그런 것까지 써 붙이는 것이라 해석할 것이 불쾌하기 짝이 없었다. 그래서 현주가 인사말도 꺼내기 전에,

"무슨 일루 오셨지요?"

하고 적의(敵意)가 가득한 말을 쏘아붙였다.

그러나 현주는 침착한 태도로,

"심부름을 왔습니다."

하고 핸드백 속에서 편지 한 장을 꺼내 놓았다.

초희는 편지를 냉큼 집어 봉투를 찢었다. 연길의 편지였다.

"초희! 먼저 용서를 청하오. 그새 나의 개인적인 복잡한 감정으로 초희에게 뜻하지 않은 냉대(冷待)를 서슴지 않은 나의 경솔을 사과하오. 그러나 신뢰할 수 있는 우정이기에 성의를 무시했던 것인지 모르겠소. 초희를 가볍게 생각하려는 악의가 아니었다는 것만을 알아 주시오.

영원한 결별을 고한 초희에게 이런 글을 쓴다는 것이 우스운 일일지는

모르겠으나 그렇다고 해서 초희에게 아부하려는 것은 아니오.

영원한 결별이란 하나의 적개심이나 그렇지 않으면 완전한 실망을 말하는 것밖에 아무것도 아니라고 생각하오. 초희의 심정을 모르지는 않지만 그렇다고 해서 나와 영원한 결별을 한다는 것은 초희 자신에게 대하여 너무나 잔인한 일이 아니겠소? 아니 나에게도 잔인한 일이 아닐 수 없소. 내가 비록 초희의 마음을 완전히 차지할 수 있는 사람은 될 수 없다 해도 서로 마음을 나눌 수 있는 누구보다도 가까운 사람은 될 수가 있을 것 아니겠소.

내가 초희의 불행에 대하여 횃불과 같은 존재는 될 수 없다 하나 그렇다고 해서 먼 위치에서 바라보기만 하기에는 초희를 너무나 잘 아는 존재 같소. 만약 초희가 남녀관계를 떠나서 나를 생각할 수 없다거나 또는 나를 떠남으로 경쾌감을 느낀다면 나는 아무 말도 아니 하겠소마는 나에게 이전과 같은 감정의 위치를 그대로 용서만 할 수 있다면 한 번 나를 찾아 주시오. 내가 찾아가야 할 것이지만 병이 완쾌되지 못하여 아직은 움직일 수가 없으니 용서하시오. 나의 우정이 배반당하지 않기를 바라고 있소."

황연길

편지를 다 읽자 초희는,

"황 선생님 병환은 어떠세요?"

하고 처음과 달리 부드러운 말소리로 물었다.

"딴 병이 새로 생겼는지 조금도 낫지를 않아요. 몸살이라면 아직까지 앓지를 않을 텐데……."

이렇게 말하는 현주는 어디까지나 침착했다. 그러기 때문에,

"한 번 황 선생을 만나 주시겠지요?"

하고 말할 때에도 그 말이 조금도 어색하지가 않았다.

"글쎄요. 조금 생각해 보아야겠습니다."

"죄송합니다마는 생각하실 것 없이 한번 찾아가 주십시오. 우정에 버림

을 받은 듯한 괴로움을 느끼고 있는 것 같습니다. 모진 사람이 못 되어 괴로움을 참을 수가 없는 것 같아요. 그래서 제가 편지를 쓰도록 말을 했습니다. 제 마음을 생각해서라도 찾아가 주십시오.”

현주는 애원하는 듯이 말했다.

“황 선생은 한 사람에게 버림을 받은 괴로움보다 한 사람을 차지한 행복감이 더 크겠지요.”

초희는 냉정한 얼굴로 말했다.

“거기다가 버림을 받았다거나 차지를 했다거나 하는 말을 쓸 수 있을까요? 공산주의 사회라면 동지냐 반동이냐 하는 식의 사고(思考)방식이 일정해 있는 것이겠지만 우리에게는 좀더 넓은 의미의 사고방식이 있지 않을까요?”

“무슨 뜻인지 자세히 모르겠는데요.”

“말하자면 의리와 애정은 병존할 수가 있지 않겠느냐 말입니다.”

“그러면 현주 씨는 애정 속에서 살고 나는 의리 속에서 살라는 말씀이지요?”

“………”

현주는 말을 못했다. 그렇다고 대답하기에는 너무나 잔인한 것 같았기 때문이었다. 그러나 대답을 안 하는 것은 결국 그 말을 긍정하는 뜻이 될 것 같아

“황 선생님이 무척 괴로워하고 있습니다. 그야말로 초희 씨에게 버림을 받은 듯한 괴로움을 느끼고 있어요. 병 중이 아니래도 조금 낫겠는데 누워 앓고 있으면서 우울해하는 것은 차마 볼 수가 없을 지경입니다. 모든 감정은 잊어버리시고 한 번 찾아가 주시기만 하면 고맙겠습니다.”
하고 애타는 표정으로 애원을 했다.

“감정을 무시한 행동은 아직 취할 수가 없습니다. 나는 황 선생을 원망하는 그러한 감정은 조금도 가지고 있지 않아요. 다만 내 자신의 감정이 황 선생을 만나지 못하게 할 뿐입니다. 단순한 감정입니다. 얼마 동안 지나면 찾아가 뵐 수도 있겠지만 지금은 가 뵐 용기가 없습니다. 강요될 일두 못

되구요.”

“그럼 황 선생에 대한 의리까지두 당분간은 버리시겠다는 말씀이신가요?”

“자꾸 캐서 묻지 말아 주십시오. 좌우간 현주 씨의 말로 찾아가지 않고 내 마음으로 찾아갈 때를 기다리고 있다는 것만을 말씀해 두지요.”

“그럼 김현주란 사람의 말이기 때문에 들을 수가 없다는 말씀입니까?”

“묻지 말아 달라니까요.”

“그것은 너무나 옹졸한 생각이 아닐까요? 내가 초희 씨와 경쟁을 해서 황 선생을 쟁취한 것이 아니라면…….”

“네, 옹졸한 것은 절대 아닙니다. 나 역시 현주 씨를 경쟁의 대상자라고는 생각지 않습니다. 그렇게 생각할 만큼 옹졸한 인간은 못 됩니다. 다만 나에게 자유를 달라는 것입니다.”

“잘 알았습니다. 다음부터는 어떠한 일이 있다 해도 찾아오지를 않겠습니다.”

“그건 현주 씨의 자유겠지요.”

현주는 벌떡 일어났다. 그리고 최후의 말이라는 듯,

“나도 황 선생을 사랑합니다. 초희 씨도 그럴 것입니다. 그러나 이제 그 애정의 길이 서로 달라졌다고 해서 황 선생을 모른 척한다는 것은 현대 여성으로 옹졸한 행동이라고 생각할 수밖에 없습니다.”

하고는 잘 있으란 말도 없이 밖으로 나가 버렸다.

초희도 갈 테면 가라는 듯이 눈 하나 움직이지 않고 현주를 보냈다.

현주가 아주 사라지자 초희는 울고 싶은 심정을 어찌할 수 없었다.

현주의 말과 같이 옹졸한 여자가 될 수도 없으며 그렇다고 해서 모든 감정을 무시한 그러한 여성도 될 수 없는 괴로움이 치밀어 올라왔던 것이다. 울고 싶어도 울 수 없는 심정에 다시 무모(無慕)라는 글자를 쓰면서 무념의 세계로 돌아가려고 애쓰고 있을 때 같이 있는 최보배가 들어오다가,

“또 서울서 피난을 해야 한대!”

하며 질린 얼굴로 당황하게 말했다.

피난해야 한다는 말만을 들어도 초희는 몸서리가 쳤다. 피난한다는 것은 결국 서울을 포기한다는 뜻이다. 대한민국의 수도를 그놈들에게 내 맡기고야 만다면 결국 6·25와 같은 현상이 벌어질 것이 아닌가. 한 번은 있었다 해도 절대로 두 번씩 거듭할 수 없는 일이다.

초희도 신문을 통하여 오랑캐들이 한국 전선에 참가했다는 말을 들었다. 그리고 초산까지 진격했던 국군이 평양 이남까지 후퇴를 했다는 사실도 알고 있다. 그러나 미개하기 짝이 없고 과학병기가 전혀 없을 오랑캐들이 수억만 나오기로서니 조금도 두려울 것이 없으리라고 생각했다. 호떡장수나 채소장수밖에 연상할 아무것도 없는 오랑캐들이 세계에서 가장 발달한 과학을 가졌고 가장 풍부한 물자를 가진 미국에 도전하고 대든다는 것부터가 우스꽝스러운 일이라 생각했었다.

그러한 오랑캐들이 서울에까지 육박할 위험성이 없다는 것은 도저히 이해할 수가 없는 일이었다.

또 되놈이라고 민족적으로 경멸을 하던 오랑캐들이 아무 상관도 없는 싸움에 뛰어들어 판을 친다는데 대한 증오심은 둘째로 하고 그러한 오랑캐의 더러운 발에 아름다운 강토가 더럽혀진다는 그 현실적 사실이 믿을 수 없었다.

믿을 수 없는 사실임에도 불구하고 피난이라는 것을 생각지 않을 수 없는 현실이라면 한시바삐 손을 써야 할 것 같았다. 무지한 인간인수록 세력을 남용하기 좋아하는 법이니 그놈들이 들어오기만 한다면 괴뢰군 이상의 고난을 각오해야 할 것이다.

그러나 초희는 모든 것이 믿어지지가 않았다. 있을 수 없는 일 있어서는 절대로 안 될 일이어서 그런지는 모르지만 서울을 다시 내놓는다는 것은 아무래도 믿어지지가 않았다.

"어디서 그런 말을 들었어?"
하고 물었다.

"신문에 났어. 내가 신문을 보구 왔는걸, 뭐! 노인과 부인과 어린애들은 미리 소개하는 것이 좋을 것 같다구 신문에 났어요."

"만일의 일을 걱정해서 하는 말이로군 안 그래? 서울을 빼앗긴다는 뜻이 아니라 만일의 경우를 생각해서 하는 말일 거야."

"물론 그렇지, 내일루 서울을 후퇴한다는 것은 아니겠지. 그래두 왜 그런 것을 벌써부터 생각해야 하는가가 문제지. '만사는 튼튼히 해야' 하는 거니까 그렇겠지, 설마 서울이 다시 그럴라구."

이런 말을 하면서도 초희는 자신이 있는 것은 아니었다. 유엔군을 절대로 믿고 싶은 마음에서였을 뿐이다.

더구나 하루가 지나고 이틀이 지나는 사이에 이삿짐을 가지고 서울을 떠나는 사람들을 눈으로 직접 바라볼 때 초희는 자기도 떠나야 할 것을 생각했다. 죽으면 죽었지 공산 치하에서 두 번씩 숨을 쉴 수 없다는 것은 생각할 필요도 없는 절대적인 사실이었기 때문이었다.

초희는 서울을 떠날 결심을 하게 된 때 연길을 찾아가야 할 것을 생각했다.

앞으로 어떠한 운명이 닥칠지도 모르는 절박한 순간에 연길을 보지도 않고 떠난다는 것은 생각할 수가 없었다. 어떠한 일이 있다 해도 만나야 했다. 현주에게 대한 감정쯤 아무것도 아니었다. 그런 것을 생각할 여유도 없었다.

그러나 초희는 떠날 준비가 끝날 때까지 연길을 찾아가지 않았다. 떠날 날을 하루 앞둔 때에야 오래간만에 화장을 했다. 그리고는 새까만 외투에 노란 머플러를 걸친 자기의 몸을 체경 앞에 비춰 보기도 했다.

이상스러웠다. 사랑을 고백하러 가는 것도 아니고 사랑을 속삭이러 가는 것도 아니건만 초희는 화장에 유달리 신경을 쓰게 되었다. 좀체로 바르지 않던 연지도 꺼내어 입술을 연하게 물들였고 연필로 눈썹도 동그랗게 그렸다.

언제 다시 연길을 만날지 모른다는 그러한 마음에서일는지 모르나 어쨌든 오래간만에 단정한 화장을 하고 고아원을 나섰다.

바깥은 몹시 추웠다. 뒷산에는 녹지 못한 눈이 하얗게 덮여 있었다. 화장한 뺨이 찬 기운에 어는 듯 조여드는 것을 느끼며 걸어가는 초희의 발걸음은 조금도 초조하지가 않았다. 연길을 만나서 이야기할 말을 냉정하게 생각할 수 있을 만큼 마음이 담담하기도 했다.

초희는 연길의 병이 어떤가를 알아본 뒤 자기가 피난 간다는 이야기를 하고는 그 이상 아무 말도 안 하리라 생각했다.

연길이가 편지에 쓴 우정에 대한 이야기도 할 필요가 없다고 생각했다. 필요가 없다는 것보다도 그런 것을 이야기하고 따짐으로 말미암아 자기의 마음이 수습될 것이 아니라는 것을 잘 알기 때문에 그러한 어리석은 이야기는 꺼내고 싶지가 않았다.

그것을 말해 본댓자 결국은 연길을 원망하는 마음밖에 더 나을 것이 없다. 차라리 말하지 않고 생각지 않는 것이 자기의 감정을 위하여 좋을 것 같았다.

초희는 돈암동 시장에 이르자 장 안을 한 바퀴 돌았다. 대부분이 식료품 가게였다. 그래서 다시 입구로 나와 조그만 가게에서 머플러 한 개를 샀다. 연길이도 피난길을 떠나야 할 테니까 그때 쓸 수 있는 물건을 사다 주는 것이 과일을 사다 주는 것보다 나을 것 같았기 때문이다.

연길은 아직도 누워 있었다. 그러나 열에 달은 얼굴이 아니라 열에 가라앉은 기운 없는 얼굴이었다.

"그렇게 낫지를 않아서 어떡해요?"

초희는 연길의 방에 들어서자 진심으로 걱정되는 말로 물었다.

"글쎄나 말이야."

연길도 병에 대한 걱정이 여간 아닌 모양이었다.

"의사는 무어라구 해요?"

"오늘 의사를 데려다 봤는데 늑막염이라구 그러든가 봐."

"그래요?"

초희는 깜짝 놀랐다. 그러나 냉정한 태도를 잃지 않으려 애를 쓰면서,

"신용할 만한 의산가요?"

하고 침착하게 물었다.

"글쎄."

"유명한 의사에게 한 번 더 보이시지요?"

“내가 보기에두 늑막염 같기두 해.”

연길은 확실히 병에 대한 실망을 가진 것 같았다.

“그럼 입원을 하셔야지 않아요?”

“글쎄!”

초희는 병에 대한 이야기도 그만했다. 입원을 권유하는 수밖에 없지만 돈이 없을 연길에게 그런 말은 도리어 고통스러울 것만 같아,

“전 내일 대구루 내려가겠습니다.”

하고 작별의 인사를 꺼내기 시작했다.

“그래? 다들 떠나는 모양이지.”

“선생님두 떠나셔야 할 것 같은데요.”

“병이 좀 나면 떠나지. 유엔군이 평양을 철수했다지만 아직 어떻게 될지두 모르는 일이구……”

초희는 사 가지고 온 물건을 내 놓고 일어서려 했다. 그러나 어쩐지 꼭 해야 할 말을 못한 것만 같은 생각이 들어 몸이 움직여지지가 않아 연길의 얼굴을 다시 한 번 보았다.

연길도 할 말이 많다는 듯한 얼굴로 초희를 바라보고 있었다. 그러나 무슨 말을 할 것인가 생각하니 더욱 할 말이 없는 것 같아 초희는,

“빨리 나셔야겠는데!”

하고 결국은 연길의 병을 다시 한 번 걱정했다.

“죽으면 편하지, 차라리 죽는 게 제일 편할 것 같아.”

“왜 그런 말씀을 하세요. 병만이 완쾌되면 가장 행복하실 분이……”

“그런 비꼬는 말은 듣기두 싫어. 우리는 개인의 행복을 생각하기에는 너무나 큰 괴로움 속에 있지 않어? 나는 그 괴로움을 견뎌내기에는 육체의 세포가 너무나 약한 것을 느끼구 있어. 정신적 괴로움보다두 우선 육체적 압박감을 견딜 수가 없단 말야.”

“그래두 정신적인 즐거움을 가질 수 있는 분은 조금 낫지가 않을까요?”

“초희는 그래 정신적인 즐거움마저 없다는 말이지?”

“있기야 있지요. 어린애들과 같이 지나는 즐거움이 적지는 않습니다만

어쩐지 그게 억지만 같아요.”

“그 속에서 인생의 희열을 느껴 봐, 설교 같기두 하구 기만적인 말 같기
두 하지만 초희에게는 그러한 즐거움을 가장 큰 즐거움으로 느낄 수 있는
소질이 있는 것 같아, 또 그것이 초희에게 알맞은 것 같기두 해.”

“즐겁게 느낄 수 있는 희열과 억지로 느낄 수 있는 희열이 서로 다르겠지
요. 저에게는 그 억지의 숙명적인 희열이 알맞다는 말씀인가요?”

“그런 뜻은 아니지만 초희에게는 좀더 넓은 세상이라야만 호흡이 맞을
것 같은 것이 사실이야.”

“좁은 세계에서 작은 행복에 만족할 수 있는 것이 여자로서의 미덕이 아
닐까요?”

“구태여 그럴 것은 없겠지. 만약 현주를 알기 전에 초희의 감정을 알 수
있었다면 내가 초희와 결혼했을는지두 몰라. 그런데 그것이 초희를 위해서
행복스러울 것 같지는 않아.”

“그만두세요 그런 말은.”

“그렇기 때문에 나는 초희를 영원의 우정으로 대하고 싶어!”

“글쎄 그만두시라니까요. 운명만이 해결지을 문제니까…….”

“내가 현주를 가볍게 생각할 수는 없어. 그러나 초희! 내 마음을 알아 주
겠지, 응?”

연길은 이 말을 하자 그만 눈을 감아 버렸다. 마음이 피곤한 모양이었다.

초희도 그 말에는 대답을 않고,

“몸이 웬만하시면 떠나세요. 네.”

하고 가지고 온 머플러를 꺼내 놓았다.

“드려두 괜찮다면 받아 주세요.”

연길은 꺼내 논 물건을 받지도 않고 눈을 감은 채 입도 벌리지 않았다.

“이번에는 남하 하지 않을 수 없지 않아요?”

초희가 거듭 피난에 대한 말을 할 때에야 연길은,

“안 할 수 없지, 그래두 어머니가 걱정이야, 동생을 혹시 만날까 해서 다
들 피난 가두 자기만 남겠다구 그러시지 않아!”

“어머니야 그러시지만 황 선생님은 떠나셔야지.”

“떠나야 하구 말구.”

초희는 그만 일어서고야 말았다.

“몸조심하세요.”

“응, 또 만날 날을 서로 기다려……”

연길이가 손을 내밀어 악수를 청했다. 열이 오른 뜨거운 손이 와들와들 떨리고 있었다.

연길의 떨리는 손을 잡은 초희는 손 대신 가슴이 떨리는 것을 느꼈다. 그야말로 최후의 이별 같은 불길한 예감이 마음을 엄습했던 것이다.

연길과 작별하고 고아원으로 돌아온 초희는 내일의 출발을 연기하고 싶은 뜻하지 않았던 생각에 사로잡히고 말았다.

중병에 앓고 있는 연길을 내버리고 혼자 떠나는 것이 차마 못할 일인 것 같았던 것이다. 연길에게 도움이 된다거나 연길을 간호해 줄 수 있는 자기가 아님을 알면서도 그래도 연길의 병을 눈으로 보고 혼자만이 떠난다는 것은 세상이야 어찌 되었던 자기만이 살면 그만이라는 심정 같은 마음이 들었다.

“나 혼자의 몸이야 언젠들 못 떠날라구.”

그는 이렇게도 생각하였다.

그러나 한편 현주를 생각한다면 그럴 수도 없었다. 무엇이기에 연길을 위하여 떠나려던 길까지 멈추었느냐고 묻는다면 그것은 참기 어려운 모욕일 수밖에 없다. 현주를 위하여 연길을 생각하는 것은 아니건만 현주를 생각하면 연길을 멀리하지 않을 수 없게 되는 자기 처지도 또한 어찌할 수 없는 일이었다.

“떠나야지.”

이렇게 망설이고 있을 때였다. 고아원 원장이 초희를 불렀다. 원장실로 들어간 초희가 원장의 말이 떨어지기만 기다리고 있을 때,

“내일 떠나시지요?”

하고 다짐을 받자 어쩐지 떠난다는 말이 하고 싶지가 않아,

“글쎄요.”

하고 가장 명확치 않은 말로 대답을 했다. 그러나 원장은,

“초희 선생에게 부탁이 있습니다.”

하고 떠나는 것을 전제로 하고 말을 꺼냈다.

“다름이 아니라 고아들을 서울에 남기고 우리만이 떠날 수는 없다구 생각합니다. 괴로우실 줄은 알지만 한 댓 명 데리구 떠나 주시면 내가 뒤를 따라 내려가서 어떻게든 하겠습니다.”

이 말을 듣자 초희는 잠시 대답을 못했다. 연길을 내버리고 혼자 떠날 수 없다고 생각하던 때의 심경이 다시 살아났기 때문이었다. 본심을 말하자면 떠나고 싶지 않다고 대답할 수밖에 없는 자기였지만 고아들을 데리고 떠나라고 하니 떠나지 않을 수도 없을 것 같았다. 고아들과 떠난다면 자기만이 살겠노라고 떠나는 것은 안 된다. 그래서 초희는,

“그러겠습니다.”

하고 대답을 해 버렸다.

“미안합니다. 여자의 몸으루 무리한 일인 줄은 알면서도 의지할 데 없는 고아들의 장래를 위해서 수고를 해 주십시오. 보아서 서울이 안전하게 되면 곧 돌아오십시오. 나두 곧 내려가기는 하겠지만…….”

원장은 한 애에게 만 원씩 오만 원과 그리고 초희의 용돈으로 삼만 원 도합 팔만 원을 세어 주었다.

“웬 돈을 그렇게 많이 주세요!”

초희는 그 돈을 전부 받고 싶지가 않았다. 돈이 많다는 것은 결국 오랫동안 자기가 책임져야 한다는 뜻인 것 같았기 때문이었다. 그러나 원장이

“타 곳에서는 돈이 제일 필요합니다. 받아 두십시오. 남으면 애들 옷을 사 쥐두.”

하고 말하는데 그만 더 사양치도 못했다.

다음날 초희가 떠나려고 할 때에는 원장이 자기 동창생이라는 사람에게 편지를 써 주며 그 사람을 찾아가라고 했다. 그리고는 ‘트럭’ 한 대를 빌려다가 정거장까지 보내 주었다.

　‘트럭’을 타고 어린애들과 같이 고아원을 떠난 초희는 중도에 차를 멈추고 연길의 집을 잠깐 들렀다. 떠난다는 인사도 인사려니와 돈 한 푼 없을 연길에게 조금이라도 돈을 주고 떠나고 싶었기 때문이었다.

　자기에게도 돈이 많아서가 아니었다.

　자기가 따로 준비해 두었던 이만 원 이외에 어제 원장으로부터 받은 삼만 원이 있을 뿐이었다. 그러나 피난의 길을 떠난다고 해도 성한 사람은 어떻게든 살 수 있을 것이지만 환자에게는 무엇보다 돈이 필요할 것 같았다.

　초희는 연길의 집에 들어서자,

　“황 선생님! 저 지금 떠나요. 빨리 병을 고치세요. 그리구 이거 많지는 않지만 써 주세요.”

하고는 연길이가 뒷말을 꺼낼 사이도 없이 연길의 집을 나왔다.

　어제 이미 작별의 인사를 했으니 더 할 말도 별로 없지만 돈을 받느니 안 받느니 또는 고맙다느니 괜찮다느니 하고 필요 이상의 이야기가 퍼질 것이 싫어서 뛰어나오고야 말았다.

　그러나 트럭 위에서 정거장까지 나오는 동안 초희는 자기가 과연 냉정할 수 있는 여자라는 것을 느꼈다. 아무렇기로서니 연길에게 말 한 마디 할 여유도 주지 않고 연길을 떠날 수가 있었을까 하고 자기의 일이면서도 의심이 났던 것이다. 의심이 아니라 슬픈 마음이 우러나왔다. 부모를 일시에 잃었고, 정조를 빼앗겼고 또 사랑하는 사람을 빼앗긴 자기가 말하자면 여자로서의 최대의 슬픔을 겪고 나서도 천연스럽게 살아가고 있는 자기가 우선 슬픈 존재 같았다.

　슬픈 존재이면서도 또 연길을 찾아다니고야만 자기. 그렇기 때문에 찾아간다고 해도 범연하게 만나고 범연하게 헤어져야만 하는 자기다. 연길이나 자기 자신에게 마음의 움직임을 가져오게 해서도 안 되는 자기다.

　말 한 마디도 못하게 하고 연길을 떠났으니 연길의 마음인들 어찌 좋을 수 있을 것인가. 초희는 이런 생각을 하면서 정거장까지 이르렀다. 그러나 정거장에 내리면서부터는 차표를 사고 또 다섯 고아를 보살피기에 딴 생각을 가질 여유가 없었다. 차를 못 타지나 않을까 또는 어린애들을 잃어버리지나 않을까 그리고 많지는 않지만 짐을 부칠 수 있을까 모두가 걱정뿐이었다. 그러나 몇 시간이 지난 뒤 초희는 어린애들과 같이 기차에 오르고야 말았다.

모든 잔걱정을 일소시키고 기차가 떠날 때야 초희는 가벼운 한숨을 내쉬고 자기 자신으로 돌아오려고 했다. 이번에는 어린것들이 놓아 주지를 않았다.

“어머니, 어디로 가는 거지요?”

“얼마 있다가 서울로 오나요?”

“어머니! 오줌이 마려우면 어떡하지요?”

이제 칠팔 세에서부터 많아야 열 살밖에 안 되는 어린것들이니 그 중에는 기차를 처음 타는 애도 있을 것이요. 또 개중에는 서울 떠나는 것이 싫은 애도 있을 것이다.

서울을 떠나는 것이 부모를 만날 기회가 아주 없어지는 것이라고 생각하는 애도 없을 수 없다.

초희는 그런 애들에게 실망을 주지 않게 차근차근 대답을 해 주었다. 그러나 어린것들은 앞으로 살 것까지를 걱정했다.

“대구로 가면 살 집이 있나요?”

“오랑캐가 들어오면 창으루 사람을 죽인대지요?”

이런 질문에도 초희는 피난 가는 길이니 좋은 집이 있을 턱 없으나 잠잘 곳은 있으리라는 것, 그리고 오랑캐는 무식한 사람들이기 때문에 정말 어떤 짓을 할지도 모른다는 것을 자세히 설명해 주었다. 이런 이야기를 하고 있을 때였다. 옆엣자리에 앉았던 젊은 여자가 불쑥,

“모두가 댁의 어린애들입니까?”

하고 말을 걸었다.

고아원에서는 어린애들이 보모에게 어머니라고 부르는 습관이 있음을 모르는 사람에게는 이상스럽기도 했을 것이다. 아직 삼십도 못된 초희가 다섯 애에게서 어머니라 불린다는 것이 신기스럽지 않을 수 없다. 그러나 초희는 어린애들 앞에서 고아들이란 말을 하기가 싫어,

“네, 그렇습니다.”

하고 그 이상스럽다는 얼굴을 한 여자에게서 외면을 해 버리고 말았다.

“아니 몇이신데요?”

다시 이런 질문을 할 때였다. 빽빽이 서고 또 앉은 부근 일대의 사람들이 모두가 초희에게로 시선을 집중시켰다. 초희는 화제의 중심이 될 것이 싫어,

“고아원 애들을 데리구 피난 갑니다.”

하고 한 마디로 설명해 치웠다. 그러나 무료한 피난 열차 안이라 길손들은 어린애들을 하나 하나씩 붙들고 필요 없는 말까지 묻는데 초희는 얼굴이 달아오를 지경이었다.

왜 고아원에 들어갔느냐 부모는 언제 어떻게 죽었느냐 하는 것들은 고아를 처음 대하는 사람들이 꼭같이 가지는 호기심이기는 하지만 물음을 당하는 고아의 입장에서는 불쾌하기 짝이 없는 이야기다.

고아들의 심정도 모르고 자꾸만 그런 말을 질문하는 것이 초희에게는 얼굴이 붉어지도록 싫어서,

“애들에게 괴로운 추억을 주는 질문은 삼가 주십시오.”

하고 자기 입장이 괴롭다는 듯이 말했다. 그때였다. 옆에 앉았던 젊은 여자가 초희에게,

“실례지만 어떤 학교를 나오셨지요?”

하고 말을 붙였다.

초희는 묻는 대로 대답했다. D여학교라는 말을 듣자 그 여자는,

“그럼 박재만 씨를 아시겠군요?”

하고 다시 물었다

“알구 말구요. 수학을 가르쳐 준 선생님이신데, 그런데 그 선생님을 잘 아세요?”

“네, 좀 압니다.”

“친척이 되시는가요?”

“아니요. 그저 알지요?”

그 여자는 공연히 얼굴을 붉히고 부끄러워하는 표정을 했다. 심상치 않은

관계인 모양이었다.

"난 이초희라구 합니다. 실례지만 누구시죠?"

"양심덕입니다."

"얼마 전에 박 선생을 만났는데 무척 고생을 하신 것 같더군요."

"그랬어요. 며칠 전에는 국민병으루 자진해서 나가셨지요."

"그래요? 참 용감하신데……."

"공산주의에 대한 증오심이 좀이 쑤셔 견딜 수가 없다구 기어이 나가구야 말았어요."

"적적하시겠군요?"

"모르겠어요."

말하는 태도로 보아 고적을 느끼는 것이 분명했다. 그래서 초희는,

"공산주의를 증오하는 마음에 공산주의를 섬멸시키기 위하여 젊은 사람들을 자진 전선에 나가게끔 한 것은 공연한 남침을 했던 괴뢰군들의 큰 실패일 겁니다. 국가의 존망을 생각할 때 개인의 행복을 잊지 않을 수 없는 것은 자연스러운 일이겠지요. 우리는 그런 것을 잘 이해해야 할 것 같아요."

"나두 그걸 모르지는 않지만……."

양심덕은 그래도 사랑하는 사람을 내보낸 고적감을 아주 잊어버리지 못한 듯이 말끝을 맺지 못했다.

초희는 있음직한 감정이기는 하나 교양 있는 여자에게서 그러한 표정을 보기가 싫어서,

"어디까지 가시지요?"

하고 화제를 돌려 버렸다.

"대구까지 갑니다. 어디까지 가시지요?"

양심덕도 감정 세계를 변환시키려고 노력하는 듯이 침울한 표정을 지워 버리고 대답했다.

대구에 내리자 초희는 양심덕과 작별을 하고 원장이 소개장을 써 준 남산동(南山洞) 김상철(金尙鐵)을 찾아갔다. 우선 애들을 데리고 잠잘 집을 구해야 했기 때문이었다.

편지를 보자 김상철은,

"얼마나 고생하셨습니까? 이거 우리 집에 같이 계시두룩 해 드려야겠는데 빈방이 없어서 어떡허나?"

하고 걱정부터 했다.

"그런 폐를 끼치려 찾아오지는 않았습니다. 월세루 방 하나만 얻어 주십시오. 그게 차라리 마음 편합니다."

그래도 상철은 미안하다는 말을 몇 번이나 거듭하다가 초희가 그런 걱정을 끼칠 생각이라면 차라리 찾아오지도 않았을 것이라고 강경하게 말할 때야,

"방이야 없겠습니까."

하고 앞장을 섰다. 그래서 동인동(東仁洞) 상철의 친구네 집 건넌방 한 칸을 손쉽게 얻었다.

방을 얻어 주고도 김상철은

"피난 살림에 필요하신 게 많을 텐데……."

하고 또 걱정을 해 주었다. 초희는 초면인 그가 그렇게까지 걱정을 해 주는 것이 싫었다. 더구나 대학교수로 봉급생활을 하는 그에게 남을 도와줄 여유가 있을 리 만무하다. 그래서,

"가지고 온 돈이 있으니까 걱정 마세요."

하고 그를 돌려 보냈다.

김상철을 돌려 보내기는 했으나 당장에 저녁을 지어 먹을 쌀과 솥과 그릇과 나무 간장까지 사 놓고 나니 돈을 한꺼번에 너무 많이 쓴 것 같은 불안이 들었다.

그러나 며칠 안 있으면 원장이 찾아오려니 하는 생각에 이삼 일을 지냈으나 돈이 점점 줄어지는 것을 눈으로 볼 때마다 불안이 점점 커졌다.

일주일이 지나도 원장은 오지 않았다. 열흘이 지나도 오지를 않았다. 그 대신 가지고 왔던 돈은 한 푼도 남지 않았다. 할 수 없이 한 끼를 굶게 되자 어린것들은 초희의 눈치만을 살피며 어른처럼 말을 안 했다.

"내일은 쌀을 사 올게. 오늘만 참아, 응."

차라리 배고프면 배고프다고 말을 해 주었으면 조금 났을지도 모른다. 배가 고파도 배고프다는 말을 한 마디도 못하는 어린것들이 가슴 아프게 보였다.

"밥두 못 멕이는 어머니가 바보지."

초희는 어린애들을 껴안아 주며 말했으나 어린것들은 고개만 살랑살랑 흔들었다. 배가 고파도 초희를 바보라고는 말할 수 없다는 태도였다.

"하룻밤만 참아, 응."

그 말에도 어린애들은 약속이나 한 듯이,

"네."

하고 의젓하게 앉아 있었다.

만약 자기가 어린애들의 친어머니라면 한 끼를 굶고도 그렇게 의젓할 수는 없으리라. 생각하니 초희의 가슴은 더욱 조여들었다.

다음날 아침 초희는 일찌감치 보따리를 들고 자유시장으로 나갔다. 얼마 있지도 않은 옷이지만 당장에 필요하지 않은 옷을 전부 꾸려 가지고 나갔던 것이다.

그래서 옷 판 돈으로 이삼 일을 지냈으나 그래도 원장은 오지를 않았다. 또 어린것들을 굶기는 수밖에 없었다.

그래서 초희는 절대로 폐를 끼치지 않으리라 생각했던 김상철을 찾아갔다.

김상철은 반가이 맞아 주었다. 그러나 사정 이야기를 듣고 겨우 간장 한 병과 돈 오천 원을 내주었다. 부끄럽다고 하며 내주는 것이 그것도 최대의 노력인 듯했다.

그것이나마 받지 않을 수 없어 받기는 했으나 초희는 갑자기 하늘이 노래짐을 느꼈다. 어린애 다섯을 자기 손으로 굶어 죽이고야 말 그 날이 바로 눈앞에 가로놓인 것 같았기 때문이었다.

초희는 문득 취직이라도 해야 할 것을 생각했다. 그래서 상철에게,

"어디 취직할 자리는 없을까요?"

하고 물었다.

"글쎄요. 알아는 보겠습니다만 일자리는 없는데다가 피난민은 자꾸만 몰려들어 그거나마 쉬울 것 같지가 않은데요."

하고 난색한 얼굴을 했다.

"다섯 생명을 죽일 수도 없구 어떡합니까? 아무런 일이라두 하겠어요!"

초희는 애원을 했다.

"참 딱하십니다. 알아볼 대루 알아보지요."

"언제쯤 찾아뵐까요?"

"오실 거 있습니까. 제가 찾아가지요."

"그럼 꼭 부탁하겠습니다."

체면 없는 일인 줄 알면서도 부탁을 안 할 수 없었다. 그러나 그 부탁이 꼭 이루어질 것 같지가 않은 것만 같은 예감이 들 때 초희는 정말로 절망을 느끼지 않을 수 없었다.

제비 새끼들처럼 입을 벌리고 자기를 기다리고 있을 어린것들을 생각할 때 눈물까지 핑 돌았다.

초희는 시장에서 보리를 사 가지고 돌아가 보리죽을 끓였다. 쌀밥 한 끼를 먹이느니보다 보리죽 몇 끼를 끓여 먹이는 것이 우선 그만큼 오래 살리는 것 같았기 때문이었다. 그러면서도 어린것들에게 불안을 주지 않기 위하여,

"이거 서양사람들이 먹는 오트밀이라는 거다 맛있지?"

하고 어린것들을 어르며 억지웃음을 지었다.

이상한 이름에 정말 서양 사람들이 먹는 것인 줄 알고 몇 숟가락 열심히 퍼먹던 어린것들은,

"서양사람 입은 이상하지."

하고 숟가락을 놓아 버렸다.

설탕가루라도 쳐 준다면 그래도 맛있게 먹을 걸 하고 생각하니 공연히 거짓말한 것까지가 후회됐으나 초희는,

"너희는 서양 가서는 못 살겠구나?"

하고 웃음으로 얼버무려 버렸다.

맛있게 먹든 안 먹든 한 끼를 치우기는 했으나 그렇다고 해서 가만히 앉아 있을 수는 없었다. 보리죽이나마 몇 끼가 안 가서 그것까지 떨어진다는 것을 눈앞에 바라보고 있기 때문이다. 정처도 없는 길이지만 행여나 아는 사람이라도 만나지 않을까 또는 나다니면 무슨 궁리가 생기지 않을까 해서 거리로 나왔다.

서울서 피난 온 사람이 많으니 아는 사람도 있을 법하건만 누구 하나 걸리지 않았다. 그래서 초희는 여자들이 하고 있는 장사들을 유심히 살펴보았다. 떡장사, 부침이장사, 구멍가게 그리고 자유시장의 가지가지 장사.

무엇이나 다 할 수 있을 것 같았다. 다만 어떤 것이 그 중 이가 많을까 하는 것이 문제였다. 그러나 가장 풍성풍성해 보이는 것이 자유시장 같았으나 알아보니 그것은 자본금이 적지 않게 든다고 했다. 자기에게는 떡장사 할 밑천도 없다.

미장원이나 양재봉점 같은 데는 취직할 수도 있다는 말이 들리나 불행하게도 그런 기술은 갖지 못하고 있다. 이제라도 배우고 싶은 생각이 들었지만 당장에 어린것들의 밥을 끓여 먹여야 하는 초희에게 그러한 여유가 있을 리 만무하다.

하루 종일을 아무런 수확 없이 떠돌기에 몸만 피곤을 느끼며 집으로 돌아올 때였다. 누가 뒤에서,

“미쓰 리.”

하고 불렀다.

피곤한 탓이기는 했지만 자기를 부를 사람도 있을 성싶지 않아 못 들은 척 걸어갈 때

“미쓰 리.”

하고 재차 부르는 소리가 들렸다.

초희는 주춤하고 서서 뒤를 돌아보았다.

“어쩌면 그렇게 못 들우?”

하고 쫓아오는 여자는 양심덕이었다.

초희는 반가운 마음에 심덕의 손을 덥석 잡았다. 기차에서 사귄 뒤 대구

에 와서는 완전히 잊어버렸던 심덕이었지만 자기를 알은 척해 주는 오직 한 사람이라는 생각에 무척 반가웠던 것이다.

"그래 어떻게 지내시우?"

하고 심덕이가 묻는 말이 마치 얼굴만 보고도 고생하는 줄을 알아낼 수 있다는 듯하여 초희는 눈물까지 글썽해졌다.

"말씀 아닙니다."

이렇게 말하며 천천히 걸어가는 그들은 그 동안에 지난 이야기를 서로 주고받았다.

초희는 어린애를 몇 끼나 굶겼다는 이야기를 했고 심덕은 궁리 끝에 장사를 시작했다고 말하였다.

"무슨 장산가요?"

초희가 물었다.

"할 수 있나요. 미군 상대루 삐루장사를 시작했지요. 조그마한 창고 하나를 얻어 대강 수리를 하구 그럭저럭 시작했더니 심심치는 않군요. 바루 낙하산부대가 있는 곳이 되어서 경기는 괜찮아요."

미군을 상대로 더구나 술장사라는데 꺼림칙하기는 했으나 그래도 장사를 할 만큼 돈이 있다는 것만이 부러웠다.

"얼마나 남아요?"

"하루에 칠팔만 원 팔리니까 삼사만 원은 남는 셈이죠."

"뭐요? 그래 혼자서 그 돈을 다 벌어요?"

"혼자 시작한 걸 어떡해요. 그 대신 바뻐 죽을 지경이지요."

부러워도 할 수 없었다. 남이 백만 금을 벌면 무슨 소용이 있는가. 초희는 도리어 안 들은 것만도 못했다. 그러나 심덕은,

"차나 한잔 먹을까요."

하고 초희의 손목을 잡아끌고 찻집으로 들어가려 했다. 죽도 못 먹는 판에 차를 마신다는 것이 마음에 걸리는 것 같아 초희는 사양을 했지만 양심덕은 반가운 사람을 만났다 그냥 헤어지는 법이 어디 있느냐고 살뜰하게 굴었다.

찻집에 들어가 우유를 두 잔 주문시킨 뒤 양심덕은 핸드백을 열면서

"삐루를 사러 잠깐 나왔던 길이에요. 나두 빨리 들어가야 해요."

하고 돈을 세기 시작했다. 그리고는,

"이거 많지는 않지만 가지구 나온 것을 다 쓰구 이거밖에 안 남았군요. 애들 밥이나 몇 끼 해 주세요."

하고 삼만 원을 내놓았다.

"아니 이걸 다."

초희는 그저 놀랄 뿐이었다. 받아야 할지 안 받아야 할지도 몰랐다.

"암말 말구 받아 줘요. 하루 버는 것두 채 못 되는 거니까……."

초희는 말이 나오지 않았다. 그렇다고 해서 돈에 기갈이든 자기로서 안 받을 수도 없었다. 돈을 받아 핸드백 속에 넣고 있을 때 심덕은 이야기를 계속했다.

"좋은 장사는 아니라구 생각해요. 그래두 돈은 있어야 하겠구 손쉬운 장사가 그것이었으니까 할 수 없어요."

"장사에 좋구 나쁜 게 있어요. 돈만 벌면 그뿐이지!"

"한번 놀러 와요."

"어디지요?"

심덕은 금호강 근처 자기 집을 가르쳐 주었다. 그리고는,

"별일 없으면 나하구 같이 장사를 해요. 혼자서 할래니 정말 죽겠구만요. 돈을 맡아 볼 레지를 한 사람 쓸려든 참인데……."

하고 생각이 어떠냐는 듯이 초희를 바라보았다. 초희는 도리어 의심이 난다는 듯이,

"정말요?"

하고 반문을 했다.

초희에게는 정말로 꿈과 같은 일이었다. 박재만 선생을 생각한다는 심덕이가 그리 생뚱한 사람은 아니지만 생각지도 않았던 심덕에게 돈을 얻어 쓰게 되고 또 취직까지 하게 되었으니 세상이란 정말 알 수 없는 노릇이었다.

"정말이구 말구! 조금만 도와주는 사람이 있으면 난 딴 일을 더 할 수가 있거든요."

심덕은 진심으로 도와주기를 바라는 모양이었다.

"그렇지만 내가 정말 도움이 될는지가 걱정인데요?"

초희는 빈말로라도 사양을 해 보았다. 어떤 일인지도 모르고 승낙을 했다가 나중에 원망이나 듣게 된다면 그것은 차라리 손을 대지 않는 것이 좋을 것 같았기 때문이었다.

"별소리를 다 하시네. 무슨 힘든 일이라구. 다만 상대가 미군이라는 게 좀 안됐을 뿐이지! 그래두 요즘에야 미군 상대 안 하구 돈벌이가 있어야지요."

"좌우간 내일이라두 찾아가겠습니다."

사실은 상대가 미군이라는 말을 듣자 갑자기 용기를 잃어버렸지만 그렇다고 해서 싫다고 할 수도 없어 결정적인 말을 못하고 찻집을 나와 버렸다.

다음날 초희는 어떻게 할 것인가 하고 혼자 망설였다. 아무리 생각을 해도 마음이 내키지 않았지만 그러나 결국은 돈 준 의리를 보아서라도 한번 찾아가 보기는 해야 할 것 같았다.

대구 형무소 뒤 금호강 근처를 헤매다가 심덕이 집을 찾았을 때 초희는 참으로 실망을 하고 말았다. 가게라고는 구멍가게가 몇 개 있을 뿐 보잘 것 없는 거리에 그야말로 창고 같은 집에 종이로 발라 논 것이 소위 심덕의 집이었다. 빨간 글씨로 '티룸'이라고 썼는데 한국인은 출입 못하게 되어 있었다.

그런데도 문을 열고 보니 안에도 미군이 그득 앉아 있었다. 그 중에는 유엔 마담도 몇 명이 눈에 띄었다.

초희는 심덕을 만날 것도 없이 발길을 돌리려 했다. 돈 아니 금을 준다 해도 앉아 있을 수 없는 분위기였던 것이다.

그러나 문을 닫고 돌아서려 할 때 심덕이가 어느 새 보고 뒤따라 나와서 초희를 끌고 주방으로 들어갔다.

"좀 생각해 봤어요?"

심덕은 기다렸다는 듯이 반가운 표정으로 물었다. 그러나 초희는 느낀 대로 말 할 수가 없어,

“우리 원장이 오시기루 했는데 그이가 오실 때까진 좀 기다려야 할 것 같아요.”

하고 딴 핑계를 대고 거절했다.

“원장이 오면 그때 그만둬두 좋지 않아요.”

이 말에 초희는 대답을 안 하고 가만히 있다가 불쑥,

“박재만 선생이 돌아와 보시면 뭐라구 그러실까요?”

하고 도리어 심덕에게 반성하라는 뜻의 말을 하였다. 그때 심덕은,

“뭐라기는 뭐래요? 먹고 살 수가 없어서 하는 노릇인데요? 내 마음만 굳으면 어떤 일을 하든 무서울 게 있어요. 더구나 요즘 세상에 돈 없이 어떻게 삽니까.”

하고 천연스럽게 대답했다.

그러나 초희는 심덕의 말이 조금도 곧이들리지 않았다.

그 뒤 다음날 또 그 다음날도 상철을 찾아가 원장 선생이 도착하지 않았다는 말을 들었으며 또 심덕이가 준 돈도 다 써 버렸을 때 초희는 다시 심덕을 찾아가리라 결심하지 않을 수 없었다. 심덕의 말과 같이 자기 마음만 굳으면 어떠한 일에도 실수가 없으리라 생각이 들었으며 또 어린것들을 굶기지 않고 살리려면 아무래도 심덕을 의지하는 길밖에 없는 것이라 생각되었기 때문이었다.

12. 생의 절규

초희를 떠나보내자 연길은 말할 수 없는 외로움을 느꼈다. 초희가 자기를 가엾게 생각하기 때문에 한 마디의 의견도 들으려 하지 않고 마음대로 떠나고 말았다는 외로움도 외로움이었지만 초희가 떠나고 나니 모든 사람이 앓아누워 있는 자기만은 남겨 두고 떠나 버린다는 생각이 새삼스럽게 들었기 때문이었다. 피난을 간다면 누구보다도 먼저 떠나야 할 사람은 자기다.

이북에 끌려갔다가 탈출해 나온 자기인 만큼 다시 공산주의 사회가 된다

면 틀림없는 총살감이 아닐 수 없다. 총살을 당한다는 것은 또 다음 문제로
하고라도 누구 한 사람 피난 안 간다는 이가 없는 서울에서 자기만이 피난
의 계획을 세우지 못한다는 것은 참으로 외롭지 않을 수 없는 일이었다.

그래서 연길은 초희가 주고 간 돈으로 주사를 맞고 약을 쓰기에 열중
했다.

몸만 움직일 수 있으면 기어서라도 떠날 수 있기 때문에 무엇보다도 병을
고쳐야 했다. 양약을 쓰면서도 늑막염에 좋다는 옥수수 수염을 구해 끓여
먹기도 했으나 그래도 고이는 물이 마르지 않았다. 사흘이면 한 번씩 물을
뽑아야 할 만큼 고이고 또 고였다.

그런데다가 하루는 현주마저 떠나야 하겠다는 말을 비쳤다.

연길은 울고 싶었다. 현주마저 떠나 버리면 자기는 정말로 호랑이굴 속에
혼자 남는 셈이 된다.

자기의 생명에 대하여 관심을 가져 주는 사람이 하나도 남지 않은 외로움
이었다. 그러나 연길은 현주의 떠나는 길을 막을 수가 없었다. 자기의 외로
움을 위하여 떠나지 말아 달라는 말을 입으로 꺼낼 수가 도저히 없었던 것
이다. 그래서,

"내 걱정은 말구 빨리 떠나, 나두 물만 고이지 않구 열이 내리기 시작하
면 곧 떠날 테니까. 가는 데만 알리면 그리루 찾아가면 그만 아니우?"
하고 아무렇지도 않다는 듯이 말했다.

"산다구 하는 것이 이렇게두 힘들 바에야 차라리 죽는 것이 날 것 같아
요."

현주는 슬픔 속에서 낙망을 느끼는 모양이었다.

"쓸데없는 소리는 하지두 말어요. 아직 그렇게까지 긴박한 것두 아니니
까. 그새 일어나게 되겠지, 일어나서 나두 피난 가면 되지 않어."

"그래두 저 혼자만이 살겠다구 떠나갈 수가 있어요?"

"현주가 옆에 있다구 해서 죽을 내가 살 것두 아니지 않아!"

"그렇기는 하지만…… 그래두 어머니만 아니라면 떠날 생각두 안 하겠
어요."

"어머니가 안 떠날 수 없을 게구 떠난다면 혼자만이 떠날 수 없을 테니까 현주 씨는 가야 하는 거야."

연길은 이렇게 현주의 출발을 권유했으나 그렇다고 해서 마음놓고 혼자만이 떠나랄 수 있는 것은 아니었다.

현주도 숨이 막히는 듯한 감정에 울고만 싶었다. 개인의 힘으로는 꼼짝도 할 수 없는 현실이 개인을 무시하고 참을 수 없는 고통으로 육박하고 있을 때 어찌 사리를 판단할 능력인들 있을 수 있을 것인가. 울다 울다 기진해서 쓰러지고 말아 버린다면 차라리 편할 것 같았다.

현주는 그 동안 학교도 그만두었다. 어머니에게 모든 것을 양보할 마음에서였다. 무엇이나 양보하여 어머니와의 마찰을 피하려 했었다.

다만 하나 연길과의 결혼만을 최후의 승리로 목표하고 어머니의 말을 들어가려던 현주의 마음이 이제 또다시 연길과 떠나야 한다는 것을 생각지 않을 수 없다는 현실에 부닥칠 때 현주는 유달리 기구한 자기의 운명에 싫증이 날 정도였다. 그래서 현주는,

"선생님은 어째서 죽어두 같이 죽자는 말씀을 안 하세요."

하고 항거하는 듯 불평에 찬 말을 연길에게 말하고는 방바닥 위에 쓰러졌다.

그러나 연길은 조금도 흥분하는 기색이 없었다.

"피하면 살 수 있는 것을 무엇 때문에 어리석은 죽음을 생각해."

하고 말했다. 마음으로야 견딜 수 있는 날까지 같이 있고 싶은 것이 숨김 없는 일이겠지만 자기로 말미암아 현주에게 하루나마 더 불안을 줄 수 없었기 때문이었다.

그러나 자기에 비하여 어느 정도 냉정한 듯이 보이는 연길이가 다른 것을 생각하고 있기 때문이나 아닌가 하는 마음이 들어,

"초희 씨는 떠나지 않는데요?"

하고 현주는 불쑥 초희 이야기를 꺼냈다.

"초희는 벌써 떠났어!"

이 말을 듣자 현주는 그것이 거짓말일 수 없다는 생각에 한편 마음이 놓이기도 했으나 그 피난 간다는 말을 그 이상 더 하기가 싫어 또 오겠다는

말만을 남기고 연길네 집을 나왔다.

연길의 집을 나서기는 했으나 집으로 바로 들어가기가 싫었다. 가면 또 짐을 싸고 내일로라도 떠나자는 어머니와 승강이질을 하여야 할 것이 싫었던 것이다. 그뿐 아니라 하루 이틀 승강이를 더 할 수는 있지만 어차피 어머니를 따라 떠나야 할 자기다. 다만 그러한 것들을 생각지 않는 것만이 상책이다. 떠날 때는 떠난다 해도 잠시나마 잊을 수 있다면 그만큼 살이 찔 것 같았다.

현주는 순일을 찾아갔다. 고향으로 떠나려다가 그만 떠나지 못하고 주저앉았다가 이제 도리어 피난을 가야 하는 순일의 마음이라도 엿보고 싶었던 것이다. 엿본다기보다도 공통되는 슬픈 감정을 발견하고 싶었다.

순일에게 연길이가 있다는 것을 말한 뒤부터 두 사람 사이의 감정에 약간 거리가 생긴 듯하기는 했으나 그렇다고 해서 그것이 서로 만나는 것까지를 거부할 이유는 되지 못하기 때문에 현주는 의식적으로라도 순일을 찾아가곤 했었다.

그러나 이 날은 의식적으로 만나러 간 것이 아니었다. 정말로 만나고 싶었고 또 이야기를 하고 싶어서였다.

순일은 집에 있었다. 레코드를 틀고 앉았다가 현주가 들어오는 것을 보고 반겨 맞아 주었다.

현주는 방 안에 들어서자 그대로 돌아가고 있는 레코드를 들여다보며,

"무슨 레코드지요?"

하고 물었다.

"쇼팽의 피아노 협주곡 제일번입니다. 내가 제일 좋아하는 거지요."

순일은 레코드 소리에서 귀를 떼지 않으면서 대답을 했다.

"그렇게두 유명한 곡인가요?"

"곡두 유명합니다만 이 곡을 들으면 조국인 폴란드를 제정 로서아의 압박에서 구원하려고 혁명운동에 참가했다가 그만 뜻을 이루지 못하고 불란서로 망명해 간 쇼팽의 그때 심경이 가슴 속에 스며드는 것 같아 가슴의 약동을 느끼게 됩니다."

“그럼 선생님 작곡에두 도움이 되겠군요. 통할 수 있는 심정이니까요.”

“그렇지요. 적지 않게 힌트를 받았습니다.”

“쇼팡이 저승에서 지금 그의 조국이 소련에게 완전히 점령된 것을 안다면 그 마음이 어떨까요?”

“더 위대한 작품을 만들지두 모르지요. 슬픔이 클수록 위대한 작품을 창작할 수 있으니까요.”

“그럼 한국의 예술가들은 모두 위대한 작품을 만들 수가 있겠군요?”

“슬픔이 크다 해도 그것을 고도화시킬 수가 있고 또 전 인류의 희망을 끌고 나갈 수 있는 천재적 기질이 있어야 하겠지요. 그러나 내게는 천재적 기질도 없는데다가 작품을 쓸 만한 정신적 여유도 없으니…….”

이렇게 말한 순일은 축음기 옆으로 가서 축음기를 틀고 딴 레코드를 다시 걸었다.

현주는 한참 동안 레코드 소리만 듣고 있다가 문득,

“선생님은 피난 안 가세요?”

하고 물었다.

“가지요 왜 안 가요. 이삼 일 내루 떠나겠습니다.”

순일은 이미 짐까지 싸 놓았다고 대답을 했다. 그 말을 듣자 현주는 갑자기 마음이 허전해짐을 느꼈다. 지난번 상주에서 대구로 떠날 때는 ‘트럭’까지 가지고 와서 같이 떠나자고 하던 순일이다. 그러나 이번에는 같이 떠나자는 말 한 마디도 안 한다는 것은 결국 순일이가 자기를 멀리하고 있음을 말해 주는 것이다. 말하자면 순일의 우정이란 것이 이성을 초월하여 있을 수 없는 것이었다는 것이 느껴져 가슴이 허전해졌던 것이다. 그래서,

“그런데두 왜 같이 가시잔 말씀을 안 하세요?”

하고 현주는 솔직한 감정을 표시했다.

“나 아니래두 같이 가실 분이 있지 않아요? 아니 반드시 같이 가야 할 분이 있지 않아요?”

순일도 가식 없는 말로써 응수했다.

“잘 알았습니다. 찾아오지부터 않았어야 할 것을 잘못했습니다.”

현주는 벌떡 일어났다. 그리고는 인사도 없이 방을 나서려 했다. 그 때 순일은,

"현주 씨."

하고 그의 앞을 가로막아 서며

"노하실 것까지는 없습니다. 사랑하는 사람이 있는 현주 씨를 생각한다는 것부터가 하나의 죄악일 것 같아 그랬을 뿐입니다."

"죄인을 만들게 해서 죄송합니다. 그러나 죄악이란 것을 아신 이상 다시 죄악을 범해서는 안 되겠지요."

"안 될 줄은 나도 잘 알고 있습니다. 그러나 잘 아는 일도 뜻대루 안 되는 수가 많지 않습니까?"

"그러면 아직까지 죄악을 범하시구 계시단 말씀인가요?"

"범하지 않으려구 최대의 노력을 하고 있습니다."

"있어서는 안 될 것을 구태여 생각하실 게 어디 있습니까?"

"그러나 무엇 때문에 살아야 하는가를 생각할 때 나는 최대의 슬픔을 느끼게 됩니다. 누구를 위하여 마련된 조국이기에 슬라브의 곰과 호족(胡族)의 중공으로 말미암아 우리는 유랑의 백성이 되어야 합니까. 그리고 나는 나의 슬픈 곡(曲)을 누구를 위하여 장만하여야 하는 것이겠습니까? "

"조국을 위하여 바치는 곡이 아니었던가요?"

"현주 씨는 그것만을 내게 강요하실 것입니다. 그래야 나를 멀리해도 괜찮을 것이니까…… 그렇지만 나는……."

"그만두세요. 저에게 그 이상 더 요구하실 건 없으시지 않아요?"

"잘 압니다. 잘 알기 때문에 그저 슬플 따름입니다."

"자꾸 그러신다면 앞으로 찾아오지두 않겠어요."

"네, 좋두룩 하십시오. 나두 현주 씨를 보지 않아야 현주 씨를 잊을 수 있을 것 같습니다."

"안녕히 계십시오."

현주는 더 참을 수가 없었다. 뒤도 돌아보지 않고 뛰어나왔다.

그러나 혼자서 머리를 푹 숙이고 찬바람 속을 걸어가는 현주의 가슴 속에

는 새로운 슬픔이 솟아오르고 있었다.

자기를 사랑하기 때문에 멀리하지 않으면 안 되는 순일! 사랑에 죄가 있을 수 없다면 순일이를 악하다고 말할 수도 없다. 그러나 순일을 괴롭히고야 만 자기다. 차라리 자기가 괴로움을 받고 순일에게 기쁨을 줄 수 있다면 자기는 마음이 편할 것 같았다. 남을 괴롭혔다는 괴로움이 현주의 마음을 자꾸만 찔렀기 때문이었다.

생각한다면 순일이가 자기에 대한 미련을 버리지 못하게 만든 것은 현주 자신에게 책임이 있다. 순일을 알게 되던 당시부터 자기에게 연길이가 있다는 것을 밝혔다면 순일의 감정이 그렇게까지 발전하지 않았을 것이 사실이다.

그렇다면 순일을 괴롭게 만든 것은 결국 현주 자신이다. 그렇기 때문에 현주는 순일의 미련을 받아들이지는 못할망정 그 감정을 경멸할 수가 없었다.

그러나 이제 와서 순일을 탓할 수가 없다고 해서 다른 방도가 있을 수도 없다. 될 수 있는 대로 만나지 않는 것밖에는 딴 길이 있는 것 같지가 않았다.

만나지 않는다면 순일도 자연 마음이 변할 것이며 따라서 자기를 잊어버릴 수도 있을 것이다.

그래서 현주는 어떠한 일이 있다 해도 순일을 만나지 않으리라 결심했다.

만나려야 만날 겨를도 없었다. 하루가 달라지는 서울 거리. 거리에 오고 가는 사람이란 오직 피난 가는 이들 뿐이다. 집집마다 대문이 바깥으로 잠겨진 서울 장안에서 혼자만이 떠나는 생각을 안 한다는 것은 결국 공산주의를 무서워하지 않음을 말하는 것밖에 안 된다. 게다가 병의 차도가 없어서 도저히 떠날 수가 없다는 연길을 남기고 홀로 떠나지 않을 수 없는 절박감으로는 순일을 찾아가 볼 생각이 당초에 머릿속에 들지도 않았다.

현주는 연길을 남겨 두고 혼자 떠나기가 정말 싫었다. 그래서,

"구루마를 타구라두 떠나지 않아야겠어요?"

하고 떠날 생각을 못하는 연길을 나무라기도 했다. 그러나 연길은,

"떠나지 않으려는 건 아냐, 하루만 늦게 떠나면 그만큼 몸이 회복될 것 같으니까 하는 말이지."

하고 사태가 위급할 때까지는 떠나고야 말 테니 먼저 떠나라고 말했다.

"날더러 어떻게 혼자 떠나라는 겁니까?"

하고 말하면,

"현주 자신을 위하는 것은 결국 나를 위하는 일이 아니겠소. 현주만이라도 먼저 떠난다면 내 마음이 조금 가벼울 거요. 있는 물건을 전부 팔아 여비두 좀 준비해 놨으니까 정부의 지시가 있을 때까지는 떠나게 될 거야……."

하고 연길은 진심으로 먼저 떠나기를 권고했다.

사실 현주는 자기의 어머니를 떠나 단독 행위를 취할 수도 도저히 없는 사람이다.

설사 자기 어머니를 떠나 연길과 같이 행동을 취한다고 해도 현주가 연길에게 도움될 것은 없다. 현주를 좋아하지 않는 어머니도 어머니려니와 돈 없는 피난 생활에 식구 하나가 는다면 그만큼 연길의 짐이 커지는 것밖에 아무것도 아니다.

사실 현주가 집으로 찾아오기는 하나 어머니는 그것을 한 번도 반갑게 생각한 적이 없다. 그런데다가 구차한 피난 생활을 같이 한다면 두 사람의 사이는 더욱 악화되기만 할 것이다.

차라리 먼저 떠나보냈다가 대구나 부산에서 만나는 것이 무엇보다도 편할 것 같았다.

그래서 연길은 현주를 먼저 떠나보낸 뒤 하루하루 하고 몸이 가벼워지기만 기다렸다.

그러나 크리스마스가 지나고 서울 거리가 텅 빈 것처럼 떠날 사람이 거의 떠났을 때까지 연길의 병에는 조금의 차도가 없었다.

일월 이일! 연길도 그 이상 더 기다릴 수는 없다고 생각했다. 가다가 죽는 한이 있다 해도 떠나야 했다.

그래서 그는 어머니에게 피난 가는 마차라도 붙잡아 보라고 부탁했다. 기차로 떠난다는 것은 염두에도 생각지 못할 일이었기 때문이다.

"원, 마차나 있을라구……."

그러나 어머니는 처음부터 서울을 떠나고 싶어하지 않았던 만큼 연길의 말을 달게 받아 주지를 않았다.

"그래두 알아는 봐야잖겠어요?"

서울에 괴뢰군이 다시 들어온다면 의용군으로 끌려간 정길이를 만날 수 있지나 않을까 해서 서울 떠나기를 과히 달가워하지 않는 어머니의 마음을 모르지는 않지만 그렇다고 해서 어머니만을 남기고는 촌보도 움직일 수 없는 몸이라 연길은 어머니의 심정 같은 것은 무시해 버리지 않을 수 없었다.

"알아는 보겠다만 있을 것 같지가 않다. 더구나 그런 몸으루 떠났다가 도중에서 무슨 일이라두 생기면 차라리 안 떠나는 것만 같지 않니……."

어머니도 둘째 아들을 만나고 싶다는 것으로 큰아들의 마음을 막을 수가 없기 때문에 연길의 병을 구실 삼았다.

"가다가 죽는 한이 있다 해두 떠나기는 해야 하지 않겠어요. 나는 그놈의 세상을 다시 볼 바에는 내 손으루 생명을 끊어 버리겠어요."

"못 떠나면 할 수 없지 죽기는 왜 죽어, 그놈들이 들어온다면 얼마나 오래 있을 성싶으냐, 그 동안이야 앓는 사람을 어떡할라구……."

"어떡 안 해두 싫어요. 죽어두 내 땅이라는 곳에서 죽을 테야요. 어머니! 나는 그놈들의 얼굴두 보기 싫어요. 거짓과 위협만이 그득 찬 그놈들의 얼굴은 이리떼보다도 보기가 끔찍해요. 빨리 나가 마차를 알아보세요."

어머니는 그렇게까지 강경한 연길의 태도에는 어찌할 수가 없었다.

"그럴 테면 미리 떠날 것이지 왜 이제야 그런 소릴 하니?"
하고 미리 못 떠난 것만을 탄했다.

"끝까지 기다리누라면 몸두 좀 나질 것 같구 또 그새 정세가 변해 안 떠나두 좋게 될지 몰라 그랬지요. 안 떠날랴구 누가 그랬나요."

이 말에 어머니는 밖으로 나가고야 말았다.

어머니가 나간 동안 연길은 불안하기 짝이 없었다. 마차까지도 전부 떠나고 없다면 어떻게 할 것인가 하는 두려움이 가슴을 떨리게 했다. 혹시 구하

면 있을 것이지만 가고 싶은 마음이 없는 어머니라 구해 보지도 않고 없다
는 말을 할는지도 모른다.

그래서 어머니가 돌아올 때까지 기다리는 동안이 연길에게는 몇 해를 보
내는 것처럼 길기도 했다. 꼭 떠나지 못할 것만 같은 생각이 들었다. 그래서
연길은 안전면도 상자에서 면도날 한 개를 꺼내어 종이에 싸서 주머니에 넣
었다. 만일의 경우를 당한다면 그때 동맥을 잘라 버릴 생각에서였다.

그러나 나간 지 두어 시간 만에 돌아 온 어머니가 지금 막 떠나려는 이삿
짐 마차 하나를 붙잡고 태워 달라는 부탁을 했노라 말했다.

과연 짐 실은 마차 한 대가 대문 앞까지 와 닿았다. 사람이 누울 수 있게
끔 짐도 평평하게 실었다.

연길은 어머니가 펴 주는 요 위로 엉금엉금 기어 올라가 누웠다. 그리고
는 이불까지 덮었다.

찬바람이 불기도 했지만 방 안에서 마차까지 걸어오는 동안 몸을 움직인
탓으로 기침이 나고 숨이 가빴다.

그러나 공산도배를 다시 보지 않고 서울을 떠날 수 있다는 마음이 한결
가벼웠다.

연길은 가는 도중에 죽는다 해도 한이 없을 것 같았다.

마차는 서울을 떠났다. 그리고는 한강까지 넘었다. 그러나 영등포에까지
이르러서는 다 왔다고 하며 연길을 마차에서 내리라고 했다.

옆에 따라오던 짐 주인이,

“수원까지만 갑시다. 그러지 말구⋯⋯.”

하는 것으로 보아 그 마차는 영등포까지만 올 것을 약속하고 떠났던 모양이
다. 그러나 영등포에서 내려놓는다면 오도 가도 못할 것 같아,

“가는 데까지 가십시다.”

고 연길이도 사정을 해 보았다.

“나두 가서 집안 식구를 데리구 나와야지요.”

하고 마차꾼은 말을 듣지 않았다.

짐 주인과 연길 어머니는 몇 번이고 사정을 해 보았으나 마차꾼은 막무가

내였다. 그래서 할 수 없이 연길은 주인도 모르는 빈집으로 들어가 거기에 자리를 잡은 뒤 마차꾼에게 식구를 데리고 올 때는 꼭 들려 자기를 태워다 달라는 부탁을 했다. 마차꾼도 그것만은 승낙했다.

짐도 많은 게 아니니 한 사람쯤 태울 수 없는 것이 아니라고 쾌히 승낙했다.

그러나 연길은 마차꾼이 잊어버리지를 않고 들려서 기차를 태워 가지고 대구 방면으로 데려다 주리라고는 믿지 않았다. 언제부터 안 사람이라고 자기와의 약속을 의무적으로 지켜 줄 것인가? 돈을 줄 것이니까 돈을 바라고 찾아온다면 모른다. 어쨌든 꼭 와 주리라 믿지를 않으면서도 그래도 마차꾼을 하루 같이 기다린 것도 사실이었다.

지나가는 트럭과 지붕에까지 사람이 빽빽이 탄 기차가 없는 것은 아니지만 촌보를 마음대로 움직일 수 없는 연길에게는 피난행이 결국 마차와 같은 누워 갈 수 있는 것이 아니어서는 안 된다.

더구나 한강을 넘었다는 안도심은 가지고 있다 할지라도 초희와 현주가 가 있는 대구까지 하루 속히 가야겠다는 마음이 더욱 마차를 기다리게 했다.

그러나 다음날도 마차는 오지 않았다.

정부의 명령으로 최후의 피난민이 한강을 전부 넘었다는 소식이 들릴 때 연길은 마차꾼을 단념하고야 말았다.

더구나 국군과 UN군이 영등포에서까지 후퇴하고 있다는 말을 들었을 때 연길은 벌벌 기어서 거리로 나왔다. 지나가는 구루마가 있으면 그것을 붙잡아 타고 떠나려는 생각에서였다.

엉거주춤하고 앉아서 지나가는 구루마를 기다렸으나 구루마는 좀체로 지나가지를 않았다. 어머니도 다급한지 지나가는 군용트럭에 손짓을 하여 멈춰 달라고 고함소리를 질렀지만 속력을 내어 달아나는 트럭은 좀체로 멈춰 주지를 않았다.

큰일이었다. 민간인은 둘째로 국군 한 명 없는 텅 빈 거리에 혼자 남아 있다는 것은 목숨을 공중에 매달아 놓는 것이나 다름이 없다.

그러나 구루마는 보이지도 않고 트럭은 서 주지를 않으니 또 하룻밤을 영등포에서 새우지 않을 수 없었다. 연길은 밥을 한술도 먹지 않았다. 바짝바짝 말라드는 목을 축이기 위하여 냉수만을 들이켰다. 따라서 열은 오를 대로 올랐다. 잠도 올 턱이 없다.

하룻밤을 꼬박 새우고 다음날 아침도 일찍부터 길가에 나가 앉아 있었으나 역시 연길에게는 생명의 은인이 나타나지를 않았다.

연길은 안타까웠다. 세상에는 자기의 목숨에 대하여 손톱만큼의 관심도 가져 주는 사람이 없다는 서글픔이 오장 육부에 서렸다. 더구나 서울에는 중공군이 침입했고 일부는 한강을 넘고 있다는 소식을 들을 때 연길은 하늘을 우러러,

"나는 이렇게 버림을 받아야 하는가요? 내 목숨은 이렇게도 값이 없었던가요?"

라고 혼자서 울부짖었다.

과연 버림을 받은 목숨이었다. 참견해 주는 사람은 고사하고 본 척해 주는 사람 하나도 없는 담모퉁이의 버린 돌이었다.

무슨 죄를 지었기에 자기만이 하늘로부터 버림을 받아야 하는 것일까? 형벌 가운데서도 가장 큰 형벌이 눈앞에 닥쳐오고 있다.

연길은 눈을 감았다. 사형집행 시간을 기다리고 있는 사형수의 마음과 같이 최대의 슬픔 속에서 최대의 고독을 느끼는 것이었다.

생리적으로 맞지 않는 공산주의! 타오르는 불 속에서 숨을 못 쉬는 그러한 괴로움 이상의 괴로움을 주는 공산주의! 연길은 주머니 속에서 면도날을 꺼내 쥐었다. 그리고는 조금의 미련도 없이 그리고 조금의 주저도 없이 왼쪽 팔의 동맥을 썩 끊었다.

그 순간였다. 앞에서 달려오던 지프차 한대가 채 쓰러지지도 않은 연길 앞에서 먼지를 올리고 멈추어 섰다. 그러나 연길은 이미 눈을 감아 버릴 때였다.

"황 선생님!"

하고 가느다랗게 부르는 소리가 들리는 듯했으나 연길은 대답도 하지 못

했다.

"연길아! 초희가 왔구나……."

어머니의 목소리 같았으나 그래도 연길은 눈을 뜨지 못했다.

"아, 이 피가……."

어머니는 연길의 팔에서 솟아나오는 피를 그때야 발견한 모양이었다.

"이게 웬일입니까……."

초희도 얼굴이 새파래졌다.

이렇게 당황하여 어쩔 줄을 모르고 있을 때 지프차를 운전하던 미국 군인이 뛰어내려 붕대로 팔목을 잡아매고 주머니에서 약을 꺼내어 연길에게 먹였다. 그리고는 연길의 몸을 들어 지프차 위에 올려 놓고는 속력을 내어 그대로 달리기를 시작했다.

"웬일입니까?"

달리는 지프차 안에서 초희가 연길 어머니에게 물었다.

"내내 옆에 서 있었는데두 보질 못했어! 내가 천치야!"

연길 어머니는 옆에 서 있으면서도 아들이 팔을 자르는 것까지 몰랐다는 것을 슬퍼하였다.

초희도 더 묻지를 않았다. 사정없이 속력을 놓아 달리는 차 속에서 큰 소리로 말하고 싶지도 않았다.

자기의 손으로 자기의 팔을 자르고 죽으려 한 연길의 슬픔이 자기의 슬픔처럼 가슴 속에 스며들기도 했다. 죽지 않고는 배겨날 수 없는 고통이 얼마나 했으랴 하는 생각에 눈물이 저절로 흐르기도 했다. 그러면서도 연길이가 절명만 하지 말기를 마음속으로 바랐다.

지혈하는 약을 먹였고 잘린 팔을 잡아매어 출혈은 멈쳤으나 아직까지 정신을 차리지 못하는 것이 이미 죽고 있는 것이나 아닌가 하는 겁을 먹게 했다.

그래서 지프차가 대전 어떤 천막 앞에서 멈출 때 초희는 우선 연길의 체온을 살폈다. 그리고는 맥박을 보았다. 다행하게도 아직 따뜻한 체온이 남았으며 기운은 없으나 맥박이 움직이고 있음을 알자 죽지 않았다는 안도감에 초희는 가벼운 한숨을 내쉬었다.

　그래서 초희는 운전병에게,

　"닥터?"

하고 의사를 빨리 불러 달라는 시늉을 했다.

　운전병은 천막 속으로 뛰어들어갔다. 바로 의무대인 모양이었다.

　그리고는 몇 사람을 데리고 나와 연길의 몸을 들고 천막 속으로 들어갔다. 연길은 곧 침대 위에 눕혔고 진찰과 동시에 주사를 맞았으나 주사를 논 의사 같은 군인은 두 손을 들어 뒤로 빼며 입을 삐죽 했다.

　희망이 없다는 제스처였다.

13. 영광의 곡

　따가운 태양의 타는 듯한 열을 빨아들인 개천가의 자갈들이 열병 환자처럼 풀이 죽어 누워 있다.

　모래 속에 빨려 잦아 들어간 강물은 몇 길 땅 속에도 형적이 없을 듯 금호강은 가뭄에 목말라 있었다.

　물 없는 강에도 강바람이 있음인지 그래도 강 둔덕 나무 밑에는 소풍객이 드문드문 앉아 있다.

　인가에서 얼마 떨어지지 않은 과수원 근처 뽕나무 밑에는 양 지팡이를 옆에 놓고 이마의 땀을 씻는 상이군인 한 명이 풀밭 위에 앉아 있다.

　내뻗고 앉은 바짓가랑이 하나가 속이 없는 것으로 보아 다리 하나를 잃은 상이군인임을 알 수 있다. 그리고 풀밭 위에 작은 보따리 하나가 놓여 있는 것과 또 양 지팡이가 그리 헐지 않다는 것으로 보아 그가 병원에서 금시 퇴원하고 고향을 찾아가고 있는 사람이라는 것이 틀림없었다.

　그러나 급한 길을 가는 사람 같지 않게 펄썩 주저앉아 있는 그 상이군인 옆으로 양장한 젊은 여자 하나가 지나다가 그 앞에서 멈칫 서서 핸드백을 열고 무엇을 꺼내 내던지고는 못 본 척 다시 걸어갔다.

옆에 떨어진 물건을 바라보자 상이군인이 갑자기 고함을 쳤다.

"여보!"

그러나 걸어가는 여인은 못 들은 척 그대로 걷기만 한다.

"이걸 못 가지구 가! 더러운 년!"

다시 내지르는 상이군인의 고함였다.

그때야 젊은 여인은 발을 멈추고 뒤를 돌아본다.

"이런 더러운 돈을 내가 받을 줄 알아! 빨리 가지구 가!"

상이군인은 옆에 떨어졌던 물건을 집어 여인 앞으로 내던졌다. 그 바람에 던진 지전뭉치가 공중에서 흩어져 나르듯이 땅에 펄펄 떨어졌다. 이것을 본 여인은 뒤로 돌아와 떨어진 지전들을 줍기 시작했다.

여인이 지폐를 주어 다시 핸드백 속에 집어넣고 의아한 눈으로 남자를 홀 깃 바라보고는 가던 길을 걸으려 할 때였다. 고함을 지르던 상이군인이 갑 자기 떨리는 목소리로,

"초희 아니야?"

하고 젊은 여인을 불렀다.

여인은 자기의 눈을 의심하듯이 한참 동안 상이군인을 응시만 하고 서 있 다가 마침내 그도,

"박재만 선생이 아니세요?"

하고 상이군인 앞으로 달려갔다.

"난 누구라구? 바루 초희였어?"

재만은 어색한 얼굴로 초희를 바라보며 조금 전에 취했던 자기의 행동을 어떻게 메울지를 몰라 당황한 표정을 했다.

그러나 초희는 경멸을 당한 바로 순간 전의 일도 잊어 버렸다는 듯이 재 만 앞에서 머리를 숙여 인사를 한 뒤,

"언제 돌아 오셨어요?"

하고 머리를 숙여 버렸다. 역시 부끄러운 표정이었다.

"내 이야기는 천천히 하지, 그런데 초희는 언제부터 이렇게 됐어?"

재만의 언성은 역시 날카로웠다. 초희는 대답이 없었다.

“나라는 걸 알구 그런 돈을 던진 거야? 그렇다면 심덕이와 공모를 해서 나를 농락해 볼려는 것이구만?”

분통을 터치고야 견딜 것 같은 재만의 말이었다.

“아니에요. 정말 선생님인 줄은 모르구 그랬어요. 용서하세요.”

“몰랐다면 어째서 그렇게 많은 돈을 알지두 못하는 사람에게 던진 거야? 그래 변명할 말이 있어?”

재만은 더욱 노기를 띠어 초희를 힐난했다.

초희는 노기를 띤 재만에게 조금도 항거함이 없이 재만 옆에 앉아 진심에서 우러나오는 사과를 했다.

“용서하세요. 선생님인 줄 알았다면 아는 척도 못하고 도망했을 겁니다. 옳지 못하게 번 돈이지만 제 마음의 죄를 씻기 위해서 불쌍한 제이국민병들에게 일만 원 또는 이만 원씩 매일처럼 주어 왔습니다.

그러나 다리 하나를 잃고 돌아오는 상이군인을 처음 본 저로서 남과 같이 줄 수 없다는 생각에 한 뭉치를 그대로 드리려 했던 것뿐입니다.”

이 말을 듣자 재만은 한참 동안 말이 없었으나 자기의 생각이 오해였다는 것만은 풀렸다는 듯이,

“그래 초희까지 이러한 길을 걸어야 해? 한국 여성의 운명은 결국 이것이 되고 말 것인가?”

하고 감개무량한 듯이 물었다. 차린 차림과 얼굴 화장이 틀림없는 유엔 마담이라는 첫 인상을 지울 수가 없는 데서 나오는 슬픔이었을 것이다.

“무슨 변명이 있겠습니까, 데리고 온 다섯 명의 고아를 굶겨 죽이지 않으려고 한 것이 이렇게 됐습니다.”

초희는 자기가 대구에 내려온 뒤의 이야기를 설명했다.

그리고는 어떤 아는 여자를 만나 취직을 하게 된 것이 결국 미군을 상대로 하는 삐루(비어)장사 집이었다는 것, 그리고 뜻에 맞지는 않았으나 직업을 안 가질 수도 없어 얼마 동안 나가는 사이에 자기도 모르게 이렇게 되고 말았다는 것을 말했다.

이런 말을 듣자 재만은 그래도 화를 풀지 못하고,

"그 안다는 여자가 양심덕이가 아냐?"
하고 높은 언성으로 물었다.

"그것만은 묻지 말아 주세요."

양심덕이가 재만의 사랑하는 여자임을 알고 있는 초희로서 심덕의 이름을 입 밖에 꺼낼 수가 없었다.

"내가 지금 만나 보구 오는 길인데 나를 속여? 응."

"속이는 것이 아닙니다."

"그만둬! 나는 심덕의 얼굴에 침을 뱉구 다시는 안 만나기루 하구 떠나오는 길이야, 그렇게까지 생에 대한 의욕이 강하다면 그런 짓을 안 하구두 목숨을 얼마든지 이어갈 수 있을 거야. 더구나 내가 일선에 나가 목숨을 바치구 있다는 사실을 조금이라두 머릿속에 생각한다면 뼈를 갈아 파는 한이 있다 해두 그런 짓은 못할 거야."

"그럼 제 얼굴에두 침을 뱉어 주십시오."

이 말에 재만은 입을 다물었다. 그리고는 초희의 얼굴을 찬찬히 들여다보다가,

"초희, 이제라두 그만둘 수는 없어?"
하고 어조를 바꾸었다.

"네, 잘 알았습니다. 그러나 제 자신을 위하여 걷기 시작한 타락의 길이라면 저는 벌써 자기의 목숨을 애끼지 않았을 것입니다. 그러나 제 자신이 세상의 최대의 경멸을 받음으로 일종의 쾌감을 느끼지 않으면 안 되는 그러한 처지에 있음을 깨닫고 있습니다. 저에게는 자신을 학대하는 길밖에 없습니다."

"무슨 말이야?"

"저는 일생을 속죄 속에서 살아야 하는 운명에 놓여 있습니다. 자신을 학대하고 나에게 맡겨진 다섯 생명을 살리는 것으로 속죄의 생활을 계속하고 있는 것입니다."

아무리 설명을 해도 초희가 연길에 대한 순정을 바침으로 해서 더러운 몸이 되었고 따라서 씻을 수 없는 그 모욕이 죽을 때까지 자기를 괴롭히리라

는 이야기를 말하지 않는 한 재만이가 초희의 말을 이해할 수 없을 것은 사실이다.

그래서 재만은,

"지성적인 듯한 궤변은 말어, 우리는 오직 절망만을 말아야 하는 거야. 알겠어."

하고 타이르기 시작했다.

초희도 그 이상 정말 궤변같이 들리는 변명을 더 하지 않으려 마음먹었다. 그래서,

"저두 선생님이 말씀하시는 그러한 절망을 느끼지 않고 있습니다. 육체를 무시했다고 해서 그것이 전부를 결정하는 것은 아니니까요. 진실된 애정은 썩어 가는 육체라도 구원할 수 있는 것이라 생각합니다. 박 선생님! 웬만하면 저의 집으루 가시지요. 가서 한국의 비극을 보십시오. 전쟁이 가져온 희생입니다. 그러나 저는 그 다섯 애를 슬프게 해 주지 않으려는 마음에 희생의 희생을 하고 있습니다. 선생님두 그 애들과 같이 즐길 수 있는 마음을 가진다면 선생님의 육체적인 희생에 슬픔을 잊을 수 있을 것입니다."

하고 재만이를 자기 집으루 가자고 했다.

사실 초희는 전쟁에서 육체를 희생시키고 돌아온 재만이가 부모를 잃어버린 자기의 다섯 어린애와 꼭 같은 생각이 들었다. 정상적인 생활을 잃어버린 사람의 슬픔은 운명적인 불행을 느끼는 데 있어서 서로가 공통되는 일이다. 그렇기 때문에 초희는 재만에게 설교를 들으려고 하기 전에 재만에 대한 자기의 마음을 나누어 주고 싶었다.

"내 걱정은 말아, 내 슬픔은 내가 충분히 처리할 테니까. 그 대신 초희나 생활의 태도를 고쳐 봐."

"제 문제두 곧 해결될 것입니다. 그러나 따로 가실 데가 없으시면 저의 집으루 가세요. 저는 애들의 슬픔을 만들어 주지 않으려고 제 생활을 전혀 보여주지 않고 있습니다. 그래서 방두 따로 얻어 가지구 있지요. 불편하실진 몰라두 어린애들의 아버지와 같은 감정으로 얼마를 지내 보셔두 좋지 않아요?"

"나는 초희의 생각을 전부 옳다구 생각할 수가 없어. 초희를 본다는 것이 도리어 괴로운 일일지두 모르겠어. 하기야 나는 지금 갈 데두 없어. 저녁부터라두 재워 줄 사람이 없어! 그렇지만 초희에게루 갈 마음은 없어."

"참, 황 선생 이야기를 모르시지요. 황 선생님은 후퇴할 때 비참하게 돌아가셨습니다!"

초희는 화제를 아주 다른 데로 돌렸다.

그래서 재만의 마음을 딴 방향으로 돌려 자기 집으로 데리고 가려 함이었다.

"뭐? 황 선생이 죽었어?"

재만은 깜짝 놀랐다.

"집에 가서 천천히 말씀드리지요. 전쟁이 빚어낸 가장 큰 슬픈 이야기의 하나일 것입니다."

초희는 연길의 이야기를 꺼내자 자기가 먼저 슬퍼지기도 했다.

그러나 지금은 그 슬픔에 잠길 때가 아니었다. 그래서 풀밭에서 일어서서 혼자 걷기를 시작했다. 재만은 연길의 이야기를 듣기 위해서라도 초희를 따라가지 않을 수 없었다.

양 지팡이를 두 겨드랑이에 끼고 한 다리로 걸어오는 재만을 보자 초희는 그의 손에 든 작은 보따리를 빼앗아 들었다. 그리고는 이것이 옛날의 스승 박재만 선생이었던가 하는 생각을 하고는 고개를 푹 숙여 버렸다.

교단에서 수학을 가르치던 선생! 어린 처녀들의 아름다운 장래를 축복하기에만 열중하던 그 선생이 지금 지팡이를 들지 않고는 한 걸음도 걸을 수 없다는 상이군인이 되다니!

초희는 자기도 모르게 눈물을 흘렸다. 그러나 재만은 마음의 상처는 하나도 없다는 듯이,

"그래 황 선생이 어디서 죽었어?"

하고 연길의 이야기만을 독촉했다.

초희는 걷는 동안 대답을 안 했다. 금호강 동편에 있는 조그마한 초가집으로 들어가서,

“이게 바루 어린애들 방입니다. 다들 놀러 나갔나 보군요. 편히 앉으세요.”

하고는 냉수를 한 그릇 떠다 재만에게 주고 나서 자기도 편히 앉고 나서야 연길에 대한 것을 이야기하기 시작했다.

“일월 이일이었습니다. 제가 그 동안 교제한 미군 한 사람이 연락할 일이 있어 서울에 간대나요. 그 말을 듣자 나는 그 미군을 따라 서울로 올라갔습니다. 황 선생이 늑막염으로 서울을 떠나지 못한 것을 알기 때문에 데리러 갔던 거지요. 그러나 집으로 찾아갔더니 어디루 떠나구 집이 텅 비었더군요. 떠난 것만은 다행이지만 병이 좀 어떤지 참으로 궁금했습니다.

다음날 서울을 떠나 다시 대구로 내려오는데 영등포를 지나려니 길바닥에 앉았다 쓰러지는 사람이 있지 않겠어요. 그래 지프차를 정거시키고 내려가 보았더니 바루 황 선생님이었습니다. 가만 보니 팔에서 피가 솟아나고 있었어요. 칼로 동맥을 끊어 버렸습니다. 즉시 차에 싣고 대전 야전병원에 데리고 갔으나 이미 때는 늦어 몇 시간이 안 되어 돌아가시구 말았어요.”

그리고는 연길이가 병으로 말미암아 맨 나중에야 떠났다는 것과 그리고 영등포까지는 마차를 타고 왔으나 그 이상 더 탈 것이 없어 노상에서 아무것이나 붙잡으려 기다리는 동안 오랑캐가 강을 넘기 시작한다는 말을 듣고 미리 준비했던 면도날로 팔의 동맥을 끊었다는 말까지 이야기했다.

이야기를 다 듣고 난 재만은 한참 동안 고개를 숙이고 묵상에 잠겨 있다가,

“황 선생이 죽지 않을 수 없는 그 심정은 삼천만이 전부 알 수 있을 거야.”

하고 한 마디를 한 뒤 다시 머리를 숙여 버렸다. 한참 뒤 그는 다시 입을 열었다.

“인류의 역사가 있은 뒤 1950년인 작년까지 지구에는 수많은 싸움이 있었지만 1950년의 한국에서의 전쟁 같은 전쟁은 한 번도 없었을 거야. 같은 민족끼리 그렇게 치열한 전쟁을 한 적이 언제 있었어!”

일선에서는 정말 치열하게 싸우고 있어. 딴 민족끼리의 싸움이란 차라리

승부가 간단할지두 몰라. 한편은 절대적이라 생각하는 사상을 위해 싸우구 한편은 인류 본연의 민족적 감정과 침략자에 대한 증오감에서 싸우는 것이니까 절대루 간단치가 않아. 침략자에 대한 복수심이란 침략자의 침략 의도보다 언제나 강하고 또 떳떳한 것이기 때문에 침략자가 최후에는 실패하지 않을 수 없는 것이 사실이지만. 어쨌든 전쟁은 빨리 끝내야 하겠어. 민족의 염원인 남북통일을 하루 빨리 완수해야 죄 없는 동포의 희생은 그만큼 줄어질 것이니까. 인류 전체를 위해서 공산주의를 뿌리 채 뽑고, 인류의 이상적인 민주주의로 하루 빨리 전 세계를 구원해야만 인류의 불행은 그만큼 줄 것이니까. 황 선생 같은 희생자를 낸다는 것은 인류의 죄악인 동시에 불행이야! 안 그래?”

“하루 빨리 진실과 애정만이 통하는 세상이 돼야 할 것 같아요. 그래야 비극도 없어질 것 같구요.”

“그래 인간이 구원받을 길은 오직 진실과 애정에서뿐일 거야, 공산주의에는 절대루 있을 수 없는…….”

말이 이렇게 돌아갈 때 초희는 재만을 말끔히 바라보며,

“박 선생님! 그럼 제 말씀을 하나 들어 주시겠어요?”

하고 수수께끼를 할 때처럼 눈을 깜박거렸다.

“무슨 말?”

재만은 돌연한 질문에 당황한 듯이 반문했다.

“글쎄 제가 말씀드릴 수 있는 이야기인지는 모르겠어두 양심덕 씨를 다시 사랑해 주세요. 아까 양심덕 씨에게 침을 뱉었다구 말씀하셨는데 생활의 수단만을 보고 일률적으로 침을 뱉는다는 건 옳지 않다구 생각해요.”

“그럼 생활 수단과 생활 자체 하구는 아무런 상관이 없단 말인가? 돈을 향락하기 위하여 타락한 고등 양갈보를 나더러 어떻게 생각하라는 거야?”

“타락의 원인에 대해서는 조금두 책임을 느끼시지 않나요!”

“책임을 못 느끼지! 느낄 필요두 없구 따지구 본다면 한국의 여성은 전부가 양갈보 될 생활적 요소를 가졌을지두 모르지만, 그렇다고 해서 아름다움과 추한 것에 대한 기준을 혼동시킬 수는 없지 않아!”

“그러나 정신이 타락되는 것보다는 용서할 수가 있다는 너그러운 마음을 가지실 수는 없어요?”

“나는 육체와 정신을 구별해서 생각하구 싶지가 않아, 육체가 정신이구 정신이 육체지…….”

초희는 그만 입을 다물었다. 심덕의 이야기를 꺼낸 것은 심덕을 옹호해 주기 위해서가 아니라 상처받은 재만의 마음을 안식시켜 주고 싶은 마음에서였다.

그러나 재만이가 심덕에 대해서 조금의 책임도 느끼지 않겠다는 태도를 볼 때 심덕의 생활과 다름이 없는 자기로서 어찌 심덕을 변명하고 재만의 마음을 돌이킬 수 있을 것인가? 심덕을 공격하는 것은 결국 자기를 공격하는 것이나 다름이 없다. 공격받은 입장에서 변명을 한다는 것은 아무런 의의가 없다. 그뿐 아니라 심덕을 좋게 생각하는 초희도 아니다. 심덕이 때문에 자기도 그런 길을 택하게 되었다는 그러한 생각에서가 아니라 그야말로 돈을 벌기 위하여 안 해도 좋은 일에까지 지나치게 열심이라는 인상을 그대로 주는 여자이기 때문이다.

재만이가 용서를 한다 해도 도리어 재만이를 경멸할지 모르는 심덕이다. 그래서 초희는,

“그럼 그 말을 취소하겠습니다.”

하고 자기의 신분을 잊어버린 말을 해서 미안하다는 듯이 귀밑을 붉히며 말했다.

“새삼스럽게 취소할 것두 없지!”

“주제 넘는 말이었으니까요!”

“초희에게 한 말은 아니었으니까 별달리 생각할 것은 없지 않아.”

“심덕 씨와 비교해서 조금두 날 것이 없는 사람이 아닙니까?”

이 말에 재만은 대답을 피했다. 따진다면 심덕과 다른 것이 없는 초희다. 꼭 같다고야 말할 수 없지만 역시 불쾌한 인상을 주는 점에서는 거의 마찬가지다. 그렇다고 해서 그런 말을 솔직하게 표시할 수도 없었기 때문에 차라리 입을 다물어 버렸다.

"저를 만나지 않으셨다면 차라리 덜 불쾌하였을 걸 미안합니다."

초희가 이렇게 말하자 재만은 더 오래 있는 것이 재미없을 성싶어

"빨리 가라는 말이로군……."

하고 일어서려 했다. 가되 불쾌해서 가는 것이 아니라 할 수 없이 간다는 뜻을 보여주려 함이었다. 두 손에 힘을 주어 방바닥을 집고 일어서려 할 때였다.

"이게 누구요?"

하고 재만을 얼싸 안을 듯이 뛰어들어오는 부인이 있었다. 재만은 눈을 크게 들고 그 부인을 바라보았다.

그는 연길의 어머니였다.

"아주머니가 어떻게 여기를……."

재만은 한 다리로 일어서서 연길 어머니에게 허리를 굽혀 인사를 했다.

"아니, 한 다리는……."

연길 어머니는 하나밖에 없는 재만의 다리를 보고 깜짝 놀랐다.

"전쟁에 상했지요."

"참, 병정으루 나갔었지요?"

"네! 다행하게 죽지를 않구 돌아왔습니다. 그런데 황 선생이 그렇게 돌아가서 아프신 마음이 비할 데 없으시겠습니다."

이 말을 한 뒤 재만은 다시 앉지 않을 수 없었다. 연길 어머니도 따라 앉았지만 그는 앉자마자 눈물을 흘리기 시작했다.

"모두 내 팔자지요. 중년에 생과부가 되기는 했지만 이렇게두 기구한 팔자가 될 줄은 몰랐어요……."

"아주머니 같은 분이 한두 사람이 아닐 겁니다. 그저 군대에 내보냈다 죽었거니 생각하십시오. 그러면 마음이 조금 위안되실 겁니다."

"위안은 무슨 위안을 바라겠소. 하루 빨리 죽기나 해야지……."

"그놈들의 더러운 발 밑에서 사느니 차라리 죽는 것만 같지 못하다고 생각한 황 선생의 행동은 참으로 훌륭한 일입니다. 대한 남아의 자랑이랄 수도 있지요. 싸우다 죽지 못한 것이 좀 섭섭하기는 하지만 몸이 약해서 그런

걸 어떡합니까."

　"글쎄 그놈의 병만 앓지 않았더면 그렇게까지는 안 됐을 거예요."

　이 때 초희가,

　"이제는 그만들 두세요. 생각해야 마음만 아플 일이니까요."

하고 연길 어머니에게 저녁 걱정을 꺼냈다.

　"찬거리 좀 사 오셨어요? 박 선생님두 오셨는데……."

　"그럼 가서 고기를 좀 사 오지, 콩나물만 사 왔는데……."

　연길 어머니는 눈물을 닦으면서 일어서려 했다.

　"아니, 전 가겠습니다. 제 걱정은 마십시오."

　재만은 그렇지 않아도 가려든 길이라 연길 어머니보다 먼저 일어서려 했다. 그때 초희가.

　"불편하신 대루 하룻밤 유하시지요. 공연한 고집을 부리시지 마시구……. 쌀 걱정은 없으니까요. 아주머니 어때요? 피난 생활에 하룻밤쯤 같이 주무셔두 괜찮지요?"

하고 재만과 연길 어머니를 번갈아 보며 말했다.

　"괜찮구 말구 하루 아니라 한 달이면 어때. 연길이가 살아 온 듯한 생각에 마음이 여간 달라지지 않는데."

　연길 어머니도 진심으로 재만이가 같이 유하는 것을 원했다.

　재만은 방이 좁으리라는 것을 구실 삼아 한두 번 사양을 했으나 사실은 갈 곳도 있는 것이 아니었기 때문에 그대로 주저앉고 말았다.

　갈 곳이 없다는 것보다도 연길 어머니 역시 초희가 옳지 못한 직업을 가진 줄 알면서도 초희의 신세를 지고 있다는 것은 초희가 그만큼 연길 어머니에게 고맙게 해 주기 때문이란 생각이 들었다. 의지할 데 없는 연길 어머니까지 먹여 살리고 있는 초희! 그에게 대해서 심덕이와 같은 생각을 가진다는 것은 죄스러운 일인 것 같은 마음도 들었다.

　"그럼 하룻밤 신세를 질까요?"

　재만은 입에서 이런 말이 떨어지자 초희는,

　"불쾌하시면 저는 발길두 안 할 테니까 아주머니와 같이 그대루 계셔 주세요."

하고 애원하듯이 말했다.

재만이가 있게 되면 그만큼 경제적 부담이 커질 것만은 사실이지만 초희에게는 그것보다도 경멸로써 버림을 받는 것이 가장 두려웠던 것이다.

하룻밤을 어린애들과 연길 어머니와 같이 한 방에서 지내기는 했지만 그래도 소위 유엔 마담의 밥을 얻어먹었다는 불쾌한 마음이 들어 재만은 다음날 어디로라도 떠나리라 마음먹었다.

국가를 위하여 목숨을 바치고 싸웠다는 정의에 대한 자존심이 그것을 허락하지 않았던 것이다. 거지가 된다거나 굶어 죽는다고 하거나 자존심만은 잃어버리고 살 수가 없을 것 같았다.

연길이가 자살했다는 것도 결국은 자유를 사랑한다는 자존심이 소치일 것이고 일선에서 싸운다는 것도 정의를 위한 자존심의 발로라고 볼 수 있다. 비록 생활의 능력을 잃은 불구자가 되었다 해도 생활에 대한 자존심을 버릴 수는 없었다.

그래서 조반을 먹자 초희가 나타나기 전에 떠나리라 마음먹고 있을 때였다.

어느 새 초희가 짐꾼 하나를 앞세우고 들어왔다.

"불편하셨지요? 방도 비좁고!"

발길을 안 하겠다고까지 말하던 초희니만큼 인사도 사무적인 태도였다.

"잘 잤습니다."

재만도 억지의 인사말을 했다. 그때 초희는 짐꾼에게서 이불 한 채와 보따리 하나를 받아 방 안에 들여 놓으며,

"변변치는 않지만 이부자리와 옷을 사 왔습니다."

하고 보따리를 풀었다. 보따리 속에서는 재만의 양복 한 벌과 잠옷 한 벌 그리고 와이셔츠와 양말 등 심지어는 칫솔과 치약까지가 들어 있었다.

재만은 물건들을 한 번 훑어보고 나서,

"나를 위해 사 온 것들인가요?"

하고 물었다.

“네.”

“나한테는 너무 지나치게 어울리지 않는 것들뿐인데요. 좀 어울릴 사람에게 주시지요.”

하고 당치도 않다는 듯이 쓴 얼굴을 했다.

초희의 몸을 팔아서 사 온 물건이란 생각을 하니 그것을 몸에 댈 염두도 나지 않았다.

“끝까지 저를 경멸하실 마음이신가요?”

초희는 반항조로 말했다.

“좌우간 나는 오늘 여기를 떠나겠소.”

초희는 말을 못했다. 말릴 수도 없는 일이었지만 또 항거할 수도 없었다. 오직 슬플 뿐이었다. 생각할수록 슬프기만 했다. 잘 한 것은 하나도 없으나 그렇다고 해서 그렇게까지 경멸받아야 할 자기인지를 몰랐다. 자기도 모르게 눈물이 나왔다.

“저는 영영 버림을 받아야 할까요?”

정말 초희는 이 말의 대답을 듣고 싶었다. 그 대답 하나로 자기의 가치는 확실히 결정될 것 같았다.

“나는 초희의 과거를 말하고 싶지는 않아. 초희가 취해 온 행동에 대해서는 이해할 수 있어. 그러나 내가 긍정할 수 없는 생활을 계속하고 있다는 것을 알면서두 초희를 유쾌한 낯으루 대할 수 없는 것은 나의 슬픔일지는 모르나 나로서는 어찌할 수 없는 일이야!”

재만의 엄숙한 대답이었다.

“그럼 이 생활을 계속하는 한 버림을 안 받을 수 없단 말씀이지요!”

“버림을 받고 안 받는다는 것은 초희 자신의 마음이 결정지을 문제지 세상이야 뭐라구 말하든 초희 자신이 정당하다구 생각하면 그뿐 아니야!”

“세상이 아니라 선생님 개인의 생각을 말씀해 주세요. 저를 끝까지 경멸하시겠어요?”

“경멸하지.”

“그럼 황 선생 어머니와 어린것들은 어떻게 살리라는 것입니까?”

초희는 손수건으로 얼굴을 가렸다.

재만도 그 말에는 더 냉혹할 수가 없었다. 어린애들과 연길 어머니를 위하여 희생을 달게 받고 있는 초희의 마음을 아프게 한다는 것만은 차마 할 수 없는 일인 것 같았다. 그래서 대답을 못하고 있을 때 초희는,

"저는 6·25 때 이미 버림을 받은 육체였습니다. 그래서 대구에 내려와서 이러한 직업을 가지게 될 때에도 고민이 없지는 않았지만 그래도 비교적 쉽게 결심을 가졌습니다. 그 뒤 고아원 원장이 내려왔을 때 그가 숨이 맥힐 정도란 말을 했지만 그 이상 더 책임을 지고 싶지가 않아 나중에야 어찌되든 애들을 돌려 주려고도 생각했습니다. 그러나 속수무책한 원장에게 맡겨 버리고 나서 모른 척할 수가 차마 없었습니다. 내가 희생을 당하는 것이 그래도 나을 것 같았습니다.

그러나 지금 어떻게 할까요? 말씀해 주십시오. 저는 죽을 때까지라도 나를 버릴 수는 있을 것 같습니다만!"

하고 마치 자기의 운명을 재만의 말 한 마디에 달렸다는 듯이 물었다.

"초희!"

재만은 초희를 불렀다. 그리고는 정중하게 말했다.

"그 직업을 버리면 애들이 반드시 굶어 죽을까? 세 끼 대신에 두 끼를 먹여서라두 살릴 방도는 없을까?"

"있을지두 모르지요. 그렇지만 저는 이미 세상에서 버림을 받고 말았으니까 세상에 대해서 무엇을 요구할 자격이 없겠지요."

"자격이 없다구까지는 절대루 말할 수 없어, 세상이 알면 불쾌해 할지는 몰라두 어린애들을 가르치는 교육사업에 들어간다 해두 초희는 부끄러워할 것이 없으리라구 생각해."

"정말예요?"

"정말이지 정말이구 말구."

이 말을 하자 초희는 또 눈물을 흘리며

"고맙습니다. 저를 알아 주시는 선생님이 계신다는 것만으로두 만족합니다."

“초희의 힘이 부족하다면 내가 도와주지, 비록 다리 하나가 없다 해두 능히 살아 나갈 힘이 아직 남았어.”

초희는 방바닥에 엎드려 어깨를 들먹거리며 울었다.

“선생님! 저를 정말 용서해 주시겠어요?”

“용서 여부가 있어? 초희의 정신은 조금도 썩었던 것이 아니니까…….”

이 말에 초희는 머리를 들어 재만의 얼굴을 한번 쳐다보고는 다시 재만의 무릎에 쓰러지며,

“저는 선생님 말씀에 복종하겠어요.”

하고 무릎이 없는 잘린 다리에 얼굴을 부볐다. 그때 재만은 ‘아이야’ 소리를 내며 무릎을 빼는 동시 초희의 두 어깨를 꼭 붙잡았다.

“짤른 자리가 다 아물기는 했어두 아직 다치면 아파…….”

“그래요? 제가 선생님을 아프게 하다니…….”

그러나 두 사람은 처음으로 웃을 수가 있었다. 만족한 웃음이었다.

그러나 한참 뒤 재만이가,

“6·25 때 육체의 버림을 받았다는 건 무슨 말이지?”

하고 초희의 말을 되씹어 물을 때 초희는 얼굴색을 붉히고,

“그 말은 지금 묻지 말아 주세요. 얼마 뒤 말씀드릴게…….”

하고 고개를 숙였다.

“그럼 그럴까?”

재만은 가장 너그러운 태도로 이야기를 흩어 버렸다.

몇 시간 뒤였다.

재만은 초희와 같이 거리로 나왔다. 서로의 생활을 개척하기 위하여 재만은 아는 사람을 찾아 그리고 초희는 과거를 청산하기 위하여!

달포가 지난 어떤 날 오후였다. 근무하는 출판사에서 퇴근하는 길로 염매 시장으로 간 초희는 집에서 가지고 온 빈 깡통에 고추장 한 근을 사서 담았다. 그리고는 그것을 다시 책보에 싸 가지고 삼덕동을 향해 새로 이사 온 집으로 돌아갈 때였다.

중앙파출소 앞을 지나 가다가 자동차 때문에 잠시 발을 멈추고 서 있으려

니 누가 어깨를 가볍게 두드린다.

누굴까 하고 돌아보았을 때 초희는 뜻밖에도 현주가 뒤에 서 있음을 보았다.

"이거 얼마 만입니까?"

초희는 자기도 모르게 현주의 손목을 잡고 큰소리를 질렀다.

"참 오래간만입니다. 그새 쭉 대구에 계셨어요?"

현주도 반갑기는 한 모양이었지만 그래도 마음이 선뜻 당기지 않는 듯한 표정이었다.

사실 초희도 얼김에 소리를 지르고 반가워하기는 했지만 현주의 얼굴이 무척 반가울 것은 못 되었다. 감개무량한 생각이 들어 현주를 끌고 길가에 있는 아이스크림 집으로 들어갔다.

연길이가 죽은 지 이미 반 년이 훨씬 넘었으니 현주가 그것을 아직 모를 리 없다. 알고 모르고 간에 현주를 만난 이상 연길에 대한 이야기밖에 다른 말도 있을 수 없다. 더구나 현주의 머리에 흰 헝겊으로 만든 나비가 달려 있음을 볼 때 그것이 필경 연길의 죽음을 말하는 것이라 생각되어 우선 조상의 뜻이라도 표하려 했다. 그러나 초희보다도 현주가,

"황 선생님이 돌아가실 때 초희 씨가 같이 계셨다지요?"

하고 먼저 연길의 말을 꺼냈다.

"네, 바루 차편이 있길래 서울까지 갔다 내려오는데 우연하게두 황 선생님을 만나지 않았어요. 그때 이미 절명하시게 되어 있었지만……."

"네, 그게 사실이루군요."

"그럼 미안하지만 황 선생님이 돌아가시던 때의 말씀을 좀 들려 주실 수 없어요?"

"말씀드리지요."

초희는 경과를 죽 이야기했다. 그러고 나서는,

"현주 씨 대신에 제가 황 선생님의 운명을 보게 되어 미안했어요."

하고 말했다.

"황 선생님이 서울을 떠났다는 것두 서울을 다시 수복했을 때야 알았어

요. 돌아가셨다는 것은 그 뒤에두 두어 달이나 지나서야 알았구.”

“나두 현주 씨를 만나 이야기라두 전해 드릴까 했지만 어디 만날 기회가 있어야지요.”

“저는 헛소문이 아닌 것을 알면서두 곧이들리지가 않아 초희 씨를 무척 찾았어요.”

“미안합니다. 돌아가실 때까지 현주 씨의 마음에 걸릴 일을 해서…….”

“천만의 말씀입니다. 공연히 초희 씨를 마음 아프게 한 제가 사죄를 드려야지요. 결국 못 사랑할 사람을 사랑했던 죈가 봅니다.”

현주는 손수건을 꺼내어 얼굴을 가렸다.

“우리는 이번 전쟁에 너무나 소중한 것을 모조리 잃었습니다. 우리의 슬픔은 대한민국의 슬픔이 아닐까요? 저는 현주 씨보다두 더 많은 것을 잃구두 살아 가구 있습니다. 슬퍼만 마시구 또 살아갈 길을 구해야겠지요.”

“………”

“좌우간 종종 만나기나 하십시다. 나는 ××출판사에 있으니까 찾아와 주세요.”

“고맙습니다.”

현주는 더 이야기를 못하고 그저 흐느껴 울기만 했다.

초희도 연길의 죽음을 생각할 때마다 슬픔을 느끼지 않은 것은 아니었으나 지금 현주의 울음을 보자 어쩐지 연길에 대한 추억보다도 현주가 불쌍하다는 생각에 새로운 슬픔이 솟아올랐다.

현주와 같이 울어 주고 싶은 그러한 심정이었다. 결혼까지 하기로 한 연길이라고 해서 자기에게 연길을 잊어 달라고 일부러 찾아와 자기를 모욕하던 현주가 지금 서럽기 만한 심정에 울지 않을 수 없다는 것을 생각하니 참으로 불쌍한 생각이 들었다.

자기는 지금 재만이로 말미암아 재생의 길을 걷고 있다는 넉넉한 마음을 가져서 그런지는 모른다. 자기 자신의 슬픔보다는 현주의 슬픔을 위해서 울어 주고 싶었던 것이다. 사실 초희는 지금 재만과 같이 먹을 저녁을 위하여 고추장을 사 가지고 가는 길이다. 중학교에 취직하여 매일처럼 출근하는 재만이보다 한 걸음이라도 먼저 돌아가 손수 저녁 준비를 해 놓고 재만이를 기다리는 것을 요즘의 습관으로 삼고 있는 초희다.

그러나 초희는 우는 대신,

"애정을 나눌 때는 서루가 괴로운 것이지만 슬픔을 나눌 때는 서루가 위안이 되지 않습니까? 서루 위로하며 사십시다."

하고 위로의 말을 했다.

"슬픔인들 어떻게 나눌 수가 있을까요."

현주는 슬픔도 자기만의 슬픔이기나 한 듯이 초희와의 타협을 거부했다.

"슬픔도 독점하는 데 아름다움이 있을지 모르지만 구태여 슬픔의 아름다움을 찾으실 것까지는 없지 않습니까? 삶의 아름다움을 찾는 것이 청춘이 아닐까요?"

"돌아가신 분을 위하여 말씀을 삼가시지요. 초희 씨두 황 선생을 사랑했다면."

"내 사랑이 현주 씨의 사랑보다 부족했던 때문이겠지요. 뭐, 그래도 지금 그런 말을 할 때가 아니니까 그만두시지요. 난 좀 바쁜 일이 있어 가 봐야겠습니다."

초희는 이 말을 남기자 자리에서 일어나 레지에서 회계를 치르고 총총 걸어 나갔다.

현주는 걸어가는 초희의 뒷모습을 물끄러미 바라보다가 자기도 그만 일어서 버렸다. 남의 음식점에 정신 나간 여자처럼 우두커니 앉아 있을 수도 없었지만 비웃는 듯한 태도로 혼자 나간 초희를 생각한다는 것이 견딜 수 없는 일이었기 때문이었다.

가장 높은 곳에서 자기를 내려다보는 듯한 그 태도라든가 연길의 애정을 독점하려고 했으니 이제 슬픔도 독점해 보라는 듯한 태도가 결국은 자기를 비웃는 것밖에 없는 것이란 생각이 들었다. 현주는 그렇게만 생각이 들었기 때문에 더욱 괴로웠다. 미칠 것같이 괴로웠다.

초희가 그렇게 악한 여자가 아니라는 생각은 조금도 머릿속에 들어오지 않았기 때문에 현주는 초희를 저주하고 싶을 만큼 미워지기도 했다.

이러한 격분 속에서 어떻게 걸었는지도 모르게 문화극장 앞까지 이르렀을 때였다.

현주는 극장 앞 쇼윈도 앞에서 발을 멈추고 그 속에 붙어 있는 예고판을 바라보았다.

崔舜一 作曲·指揮
〈榮光의 曲〉
6월 30일부터 3일간 公演

그리고 연주에는 한국교향악단이라고 씌었는데 맨 위에는 순일의 사진이 커다랗게 붙어 있었다.

'앞으로 사흘이 남았군…….'

현주는 혼자서 이런 생각을 하며 무대 위에서 지휘를 하고 있을 순일의 모습을 머릿속에 그리고 있었다. 그러나 현주는 거기서도 도망치듯이 걷기를 시작했다. 순일의 눈초리와 부닥칠 때 사진이라 해도 자기를 노려보며 비웃는 것 같기 때문이다.

자기의 사랑을 받아들이지 않았다고 해서 오늘의 슬픔을 비웃는 듯한 순일이도 원망스러웠다.

슬픔이 크기 때문에 그런지는 모르지만 현주는 모든 사람이 자기를 비웃는 것만 같아 견딜 수가 없었다. 가슴이 미어질 만큼 세상 사람들이 미워지기도 했다.

가슴이 갈래갈래 찢겨진 듯한 그러한 아픔을 품고 집으로 돌아왔을 때였다. 어머니가 편지 한 장을 주었다. 그리고는 만족한 듯이,

"글쎄 또 돈을 이렇게 가져왔구나!"

하며 보따리 속에 넣어 두었던 돈뭉치를 꺼내 가지고 현주에게 보여 주었다.

현주는 눈치로 보아 임경수의 편지인 것을 알고 보기도 전에 찢어 버리려 했다. 돈으로 자기를 매수하려는 경수도 결국은 자기를 경멸하는 것

이란 고까운 생각이 들어 편지를 손에 쥔다는 것만도 불쾌하기 짝이 없었다.

돈이면 마음대로 될 수 있는 여자라는 생각을 가졌기 때문에 그렇게도 추근추근하게 구는 것이라고 생각을 하니 언제보다도 경수가 미워졌다. 복수를 해 주고야 견딜 것 같은 격정에 손까지 떨렸다.

그러나 어머니가,

"빨리 뜯어봐라. 무슨 말이 씌었나 어디 보자. 참 편지를 다 쓰구……그 사람두……."

하고 궁금해 못 견디겠다는 듯이 편지 읽기를 독촉했다.

"읽어 보나 마나지 뭐."

"애 그런 소리는 하지두 말아, 그만큼 지내 왔으면 이제는 알 만두 하지 않니…… 세상에 그만한 사람두 쉽지 않느니라."

현주는 어머니의 칭찬이 더욱 귀에 거슬렸다.

그러나 세상에 자기가 경멸할 수 있는 오직 한 사람이 경수란 생각을 할 때 현주는 그 편지를 뜯고야 말았다. 편지 내용으로 경수를 더욱 경멸할 수 있다는! 아니 경멸하고 싶은 마음에서였다.

"현주 씨,

마지막이란 생각을 하니 감개가 무량합니다. 돈을 가지고 현주 씨의 마음을 사려는 듯한 나의 태도에 늘 불쾌감을 느끼신 줄 잘 압니다.

그러나 현주 씨를 매수하기 위하여 돈을 쓴 것은 아닙니다. 있는 돈이니 쓰는 것이지요. 그리고 또 현주 씨를 위하여 쓴 돈이라고는 별로 있지도 않습니다. 제 뜻과 어그러진 오해는 말아 주시기 바랍니다. 다만 현주 씨를 사랑하는 순정이 내 가슴 속에 있었다는 것만 알아 주십시오. 더구나 나 아닌 딴 사람과 사랑한다는 현주 씨를 어떻게 해서든 나의 현주 씨로 만들려고 한 나의 정열이 컸다는 것을 알아 주십시오. 내가 사업을 하는 사람이 되어 그런지는 모르나 남에게 지고 남에게 빼앗기고 싶지는 않았습니다.

　그러나 끝까지 돌아오지 않는 현주 씨!

　그리고 이제 사랑하던 사람의 죽음으로 슬픔 속에 빠져 있는 현주 씨!

　나는 이 이상 현주 씨를 괴롭힐 심장은 가지고 있지 못합니다.

　슬픔 속에 잠겨 있는 괴로움을 이용하여 현주 씨의 마음을 붙잡으려는 그러한 잔인성만은 가지고 있지 못합니다. 오랫동안 괴롭힌 것을 진심으로 사과드립니다. 그럼 행복이 계시기를 비옵니다."

6월 25일

任慶洙

　편지를 다 읽자 현주는 혼이 나간 사람처럼 멍하니 앉아 눈만을 껌벅였다. 슬픈지 그렇지 않으면 가슴이 시원한지 도무지 알 수가 없었다.

　아직까지도 미련을 없애지 못하고 그대로 결혼을 요구한 편지라면 차라리 좋았을지도 모른다. 경수를 미워하고 경멸하는 마음이 모든 설움과 울분을 풀 수 있으리라 생각했던 만큼 그 예상과 어긋남에서 오는 실망이라고나 할까 현주는 갑자기 가슴의 공허를 느꼈다. 텅 빈 듯한 가슴은 허전하기만 했다. 도리어 경수가 측은해 보이기도 했다. 웬만하면 찾아라도 가 보고 싶을 정도였다.

　넋을 잃고 앉아 있는 현주를 보자 어머니가,

　"그래 뭐랬니?"

하고 편지 사연이 궁금한 듯 현주 편으로 다가앉으며 물었다.

　"이제는 내가 싫어졌대요. 찾아두 안 온대요."

　현주는 남의 말을 하듯 했다.

　"뭐?"

　당초에 알 수 없는 말이라는 듯이 눈을 크게 떴다.

　"좋은 색시가 생겼다구 나 같은 건 일이 없대요. 읽어 드릴까요?"

　현주는 다시 편지를 펼치어 그럴 듯하게 꾸며 읽었다.

　"아니 그래 그게 정말이냐? 응?"

　"정말이지 그럼 거짓말이에요. 오늘 가져 온 돈두 마지막이란 뜻인가 봐

13. 영광의 곡　425

요.”

“계집애가 끝내 들어온 복을 내쫓구야 말았구나, 원 이 일을 어떡헌담…….”

어머니는 금시 기절이나 할 듯이 기겁을 떨었다. 딸을 찢어 죽여도 시원치가 않을 듯 몸을 부들부들 떨기도 했다.

“할 수 없지 않아요. 나두 마음을 달리 가질까 생각했지만 저쪽에서 시원치가 않을 듯해요.”

현주는 픽 픽 웃어 가며 말했다. 그 태도가 더 안타깝게 보였든지 어머니는,

“이 복두 없는 년아, 아가리나 다물구 있어라.”

현주는 어머니만이라도 자기 때문에 속을 태운다는 것이 통쾌했다.

그러나 현주는 어지러운 마음을 수습할 수가 없었다. 며칠 동안을 두문불출 방 안에서만 뒹굴었으나 그렇다고 마음이 풀리지가 않았다. 며칠 안 있으면 작곡 발표회가 있을 순일에게도 한 번 찾아가 봐야 할 것이지만 순일이도 만나고 싶지가 않았다.

대구에 내려 온 뒤 통틀어 두세 번 밖에 만나지 않을 정도로 그를 경원해 왔지만 그렇다고 해서 이번까지 찾아가지 않음은 인정에 어그러진 일이 아니랄 수가 없었다. 현주는 공연이 있는 날까지 순일을 찾아가지 못하고야 말았다.

공연 첫날밤에야 꽃다발 하나를 사 들고 문화극장으로 그를 찾아갔다.

생각하면 감개무량한 <영광의 곡>이다.

그것을 작곡하게 된 동기라든가 그 곡을 지을 때 자기의 고심이라든가를 생각한다면 현주와 떠나 있을 수 없는 곡이다.

화장실(분장실)에서 순일을 만났을 때 현주는 그저 울음만이 앞서려고 했다. 그러나 그는 눈물을 막으면서,

“악수를 청해두 좋을까요?”

하고 손을 내밀어 순일의 손을 꼭 쥐었다. 그리고는 꽃다발을 내밀었다. 순일도 멍멍하니 말을 못하고 서 있다가 한참 뒤에야,

"손수 무대에서 주실 수는 없을까요? <영광의 곡>의 어머니로서."
하고 꽃다발을 도로 내밀었다.

현주는 사양치 않고 꽃다발을 다시 받아 들고 객석으로 나왔다.

입추의 여지가 없을 만큼 빽빽이 들어앉은 관객 속에서 현주는 주먹에 땀을 쥐고 막이 오르기를 기다렸다.

마치 자기가 무대에 오르기나 하듯이 가슴이 두근거리기도 했다.

시계를 보니 바로 정각이다. 현주의 가슴은 점점 조여들기 시작했다. 정각에서 일 분도 지나기 전에 마이크가 찍— 하고 소리를 낼 때 현주의 가슴은 더욱 떨렸다. 그러나 막이 오르기 전에 마이크는 <영광의 곡>에 대한 해설을 시작했다.

"<영광의 곡>을 작곡한 최순일 씨는 이북 괴뢰집단 밑에서 민족의 자유와 더불어 예술의 자유를 부르짖으며 월남해 온 천재적 음악가입니다. 민족의 수난기인 6·25를 당하자 그는 민족의 설움을 가슴에 품고 피난하여 남하하던 중 불행히도 손마디 하나를 잃었습니다. 그는 그의 전문인 피아노를 단념하지 않을 수 없게 되었습니다. 생명과 같은 예술을 버려야 한다는 것은 그에게 죽음을 말하는 것이었습니다.

그러나 그는 민족과 더불어 개인의 슬픔을 정의의 승리로 극복하였습니다. 공산 독재 속에서 이 <영광의 곡>을 창작하기 시작했던 것입니다. 우리의 민족과 더불어 전 인류에게 영광을 축하하는 <영광의 곡>을 이제부터 연주하겠습니다."

마이크가 끝나자 막이 오르고 자리를 정돈해 앉은 수십 명의 악사가 지휘자의 등장을 기다리는 눈동자가 여기저기서 빛났다.

연미복을 입은 순일이가 지휘봉을 들고 무대에 나타나자 관중석에서는 뇌성 같은 박수 소리가 울려 나왔다.

순일은 공손하게 경례를 한 뒤 악사들을 향하여 돌아서자 연주 준비를 살피기가 바쁘게 지휘봉을 올렸다.

엄숙한 악사들의 표정이 장내를 더욱 잔잔하게 했다.

드디어 지휘봉은 내렸다.

괴뢰군의 불법 침략으로부터 시작하여 죄 없는 동포들의 학살, 그리고 유엔군의 반격 등을 상징하는 음률을 섞어 지은 장엄하고도 씩씩한 심포니는 제1악장으로부터 제5악장에 이르는 사십 분 동안의 연주를 끝까지 긴장 속에서 끝냈다.

관중의 전부가 음악을 이해하는 사람들은 아니련만 모두가 자기의 체험과 견주어 듣기 때문인지 사십 분이란 긴 시간을 끝까지 긴장 속에서 들었다.

연주가 끝나고 순일이가 관객을 향해 절을 할 때 박수 소리는 다시 쏟아져 나왔다. 박수 속에서 순일이가 무대를 나가고 막이 내리자 마이크가 다시 울렸다.

"이제부터 작곡가에게 보내는 꽃다발이 있겠습니다. 맨 처음에 이 <영광의 곡>의 작곡에 있어서 가장 공헌이 큰 김현주 양의 꽃다발 증정이 있겠습니다."

마이크 소리가 끝나자 다시 박수 소리가 극장을 무너뜨릴 듯이 나왔다.

현주는 눈물이 푹 쏟아지려는 것을 억지로 참으며 꽃다발을 들고 무대로 올라갔다. 순일은 벌써 나와 현주를 기다리고 있었다.

만인이 주목하는 가운데서 현주는 순일에게 절을 하고 꽃다발을 두 손에 안겨 주었다.

심각한 표정으로 꽃다발을 받는 순일의 그 엄숙한 얼굴을 바라보자 현주는 그만 화석처럼 몸이 굳어짐을 느꼈다.

그 뒤에도 계속해서 박수 소리가 요란하게 났으나 현주는 박수 소리도 들리는 것 같지 않았다. 어떻게 걸어서 화장실로 돌아왔는지도 모른다.

몇 개의 꽃다발을 받고 돌아온 순일이가 현주 앞에 와서,

"고맙습니다."

하고 감격의 악수를 청할 때까지도 현주는 제 정신을 차리지 못했다.

순일의 손목을 잡은 뒤에야 겨우 정신을 차린 듯한 현주는,

"수고하셨습니다."

하고 눈물이 글썽한 눈으로 순일을 쳐다보았다.

"현주 씨 덕택입니다."

순일도 감격한 어조로 말했다.

"<영광의 곡>과 더불어 선생님도 영광을 받으십시오."

"나 혼자의 곡이 아니었으니까 현주 씨에게 나는 그 말을 도루 드리겠습니다."

현주는 대답 대신 순일의 손을 힘주어 쥐어 주었다.

바로 그때였다. 화장실로 들어온 두 남녀가 있었다.

초희와 재만이었다. 초희는 화장실로 들어오자마자,

"현주 씨."

하고 현주 앞으로 달려왔다.

"현주 씨 공로가 숨어 있다는 <영광의 곡>을 축복합니다."

초희는 만족한 듯한 얼굴로 현주의 손을 잡아 흔들었다. 그리고는 현주와 마주 서 있는 순일에게로 몸을 돌려,

"현주 씨의 동무입니다. 축하드립니다."

하고 허리를 굽혀 절을 했다.

현주와 순일이가 어리둥절해 있는 동안 초희는 재만이를 데리고 그들 앞으로 다시 와서,

"박재만 선생입니다. D여자 중학교에 계시다가 지원해서 일선에 나가 부상을 당하고 돌아온 분입니다. 같이 구경을 왔다가 현주 씨가 꽃다발을 드릴 때 제 동무라고 했더니 꼭 만나서 축하를 드리구 싶다 해서 모시구 왔습니다."

하고는 재만을 소개시켰다.

초희의 인사가 끝나자 재만은 지팡이에서 한 팔을 떼어 순일에게 내밀고

"초면에 실례입니다만 참으로 감격했습니다. 음악을 모르기는 하지만 우리 민족에 영광이 있고야 말 것 같음을 느꼈습니다."

하고 악수를 청했다.

"변변치 않은 걸 칭찬해 주셔서 고맙습니다."

순일의 대답이 있자 재만은 다시 현주에게로 향해,

“저는 황연길 씨와 동료였습니다. 가장 가까운 친구였습니다. 조국에 영광을 못 보구 돌아간 것이 가슴 아픈 일이기는 하지만 저는 오늘 밤 황 선생을 위해서라두 조국에 영광을 위하여 더욱 노력해야 할 것을 느꼈습니다.”

하고 군인답게 명확한 어조로 또박또박 말했다.

현주는,

“고맙습니다.”

한 마디를 남기자 홱 돌아서서 화장실을 뛰어나왔다.

순일에게도 간다 온다의 말을 할 여유가 없었다.

초희는 재만과 같이 아름다운 장래가 약속된 듯하나 자기에게만은 아무런 약속도 없다는 서글픔이 갑자기 벅차게 했던 것이다.

순일이는 우연한 불행으로 한때 생명이 깎인 듯한 슬픔을 맛보았지만 이제 새로운 영예를 차지하게 되었다. 그러나 순일의 영예도 자기와는 아무런 관계가 없다.

순일은 지금이라도 자기가 그의 품 속으로 들어오기를 기다리고 있을 것이지만 언제든 만나게 되고야 말 처자가 있는 그의 품으로 들어간다는 것은 하늘이 용서 못할 일이 아니겠는가.

현주는 자기만이 북극의 처녀처럼 얼음 위에서 쪽 발가벗고 평생을 울면서 지내야 하는 것이란 슬픔 속에서 어둠 속을 함부로 달렸다.

(원)《대구매일신문》1951. 3. 1~7. 17, (출)　　애정의 계곡　　三省社, 4286.

청춘 병실(靑春病室)

인간 채점(人間採點)

　자기의 청춘을 자랑하고 싶은 때란 자기의 청춘이 이미 시들어 가기 시작한다는 것을 무의식적으로나마 느끼기 비롯할 때일지 모른다.

　다방 '일로'(一路)를 향해 걸어가고 있는 권병호(權炳浩)는 그 다방의 마담 정옥심(丁玉心)을 생각하며 정옥심이 자기에게 호의를 표하는 것은 결국 자기의 청춘 때문이라고 따져 본다.

　청춘에 대한 호기심이 정옥심의 마음을 끈 것이라고밖에 생각할 수 없다. '일로' 다방에는 적지 않은 단골손님이 있다. 그 중에는 지위가 높은 사람도 있고, 돈이 많은 사람도 있다. 지식을 자랑하는 사람도 있고, 권력을 과시하는 사람도 있다.

　그러나 권병호는 검사라는 직업을 가지고 있다 할망정 돈이 없을 뿐 아니라 그 밖에 자랑할 아무것도 없다. 자랑할 아무것도 없다는 것은 병호 자신의 생각일지는 모르지만 어쨌든 병호는 자기에게 자랑할 것이란 근 십 년 동안 검사가 되려고 애쓰다가 마침내 그 희망을 이루었다는 자존심 그것 이외에 아무것도 없다고 생각하고 있다.

　그것은 그의 성격일는지 모른다. 자랑할 것이 없다고 생각하는 대신 부족한 것이 많다고 생각하는 병호의 성격이었다.

첫째 돈이 없다. 둘째 용모가 잘 생기지를 못했다. 그것들이 자기의 출세에 지장을 주는 것이라고는 생각지 않지만, 살아가는 데 있어서 그것들이 커다란 부자유를 준다고 하는 것만은 부정할 수 없는 사실이다.

몇 해 전 일이기는 하지만, 오신영(吳信永)과의 약혼이 성립 안 된 것은 그의 가문이 보잘것 없다는 것이 가장 표면적 원인이기는 했으나, 결국은 돈이 없고 또 용모가 잘 생기지 못한 때문이었다.

돈이 없다는 것은 체념할 수 있는 문제요. 또 이미 체념이 되어 버린 문제라 큰 관심을 가지고 있지 않지만, 얼굴이 못 생겼다는 것은 혼자 있을 때나 사람 앞에 나설 때나 느끼지 않을 수 없는 문제였다.

병신은 아니라 할지라도 눈이 위로 찢어졌고 인중이 길고 코가 이중으로 생겼으며, 입만 벌리면 아랫니가 툭 튀어나오는데다가 얼굴색이 검어서 '에티오피아'라는 별명을 들었었다.

게다가 머리가 대머리여서 앞머리에는 털이 몇 오라기 보일락말락한 정도라 세수를 하고 빗질을 할 때마다 몇 오라기밖에 안 되는 그 털을 얼마나 아껴 하는지 모른다.

잘못해서 남아 있는 몇 오라기의 털을 하나만이라도 뽑을까 하여 조심조심 빗질을 하노라면, 자기의 못 생긴 얼굴이 전체로 거울에 드러나 그만 거울을 던져 버리는 것이 매일 아침 거듭하는 첫 행사이기도 하다.

그러한 병호에게 정옥심이가 호의를 보이다는 것은 결국 자기가 삼십이 가까웠다 해도 결혼 전인 청년이기 때문이라고밖에 생각할 도리가 없었다.

모르기는 하지만 다방을 경영하는 여자라면 우선 돈에 대한 관심이 제일 클 것이 보통이다.

그런데도 불구하고 정옥심은 자기에게 돈을 써 가면서까지 친절을 베푼다. 자기의 성격을 알기 때문에 찻값만은 또박또박 받지만, 저녁을 같이 먹는다든가 구경을 간다든가 할 때는 반드시 옥심이가 돈을 치른다.

오늘도 저녁을 같이 먹자는 약속을 했으나 옥심이가 돈을 낼 것이 빤한 일이다.

"청춘은 무조건 좋은 것인가?"

다방 '일로'의 출입문을 밀고 들어설 때 병호는 혼자서 중얼거리는 것이
었다.

다방 문 안에 들어서자 병호는 방 안에 앉아 있는 사람들을 거들떠볼 사
이도 없이 빈자리로 걸어가 앉아 버렸다. 못 생겼다고 생각되는 얼굴을 남
에게 보인다는 것도 싫었지마는, 원체 남의 얼굴을 정면으로 바라보기를 싫
어하는 병호이기도 했다.

의자에 앉아 담배를 꺼내 문 뒤에야 고개를 들고 정옥심을 찾아보았다.
정옥심은 벌써부터 병호를 지키고 있었던지 금시 두 사람의 시선이 부딪
쳤다.

그러나 병호나 옥심이나 할 것 없이 두 사람은 주인이요. 손님이란 한계
선을 넘지 않는 태도로 목례를 했다. 목례를 하자 두 사람은 다 같이 시선을
돌려 버렸다.

레지가 와서 차를 주문 맡은 뒤까지도 옥심은 병호 가까이로 오지 않았다.

주문한 커피가 나온 뒤에야 행주를 들고 탁자를 소제하는 체하며 옥심이
가 병호 자리로 와서 마주 앉았다.

"오늘은 늦으셨군요?"

옥심의 첫 인사말이었다.

"좀 바쁜 일이 있어서 지금에야 나오는 길입니다."

병호가 싱긋이 웃으며 대답했다.

"재미있는 사건이나 들어왔어요?"

"재미있는 사건이라니요?"

병호가 묻는 말의 뜻을 모르겠다는 듯이 반문을 하자, 옥심은 자기 말에
특별한 의미가 있은 것이 아니라고 변명하듯,

"요새 범죄 사건이란 모두가 재미나는 재료가 아녜요?"

하고 말했다.

"정 선생은 몹시 잔인하시군요? 죄를 구성하고 잡혀 올 때는 자기 인생
을 가장 심각하게 고민하는 법입니다. 가장 심각한 범죄자의 고민을 재미나
는 재료로 바라보려는 것은 약간 심한데요?"

이것은 정옥심을 공박하기 위한 말이 아님은 물론이다. 마음이 통하는 사람끼리는 화제의 발전을 위하여 얼마든지 있을 수 있는 말이다. 그렇다고 해서 병호가 범죄자의 입장에 서서 범죄 사실을 조금도 생각지 않으면서 화제의 발전만을 위하여 일부러 꾸민 말도 아니다.

병호는 검사의 입장을 잊어버리지는 않으나 범죄자의 심적 동정을 살피려고 노력하는 데는 누구에게도 지지 않는다.

그러나 옥심은 병호가 본시 말을 꾸며 할 줄 모르는 성격을 알기 때문인지,

"내가 왜 잔인해요? 요새 범죄란 치정 관계가 많으니까 하는 말이죠. 나처럼 인정이 무른 사람이 어디 있다구요. 거지들한테 돈을 많이 주는 다방두 우리 집 말구 별루 없을 걸요."

하고 변명을 했다.

병호는 속으로 웃음이 나왔다. 잔인하다는 말이 듣기 싫어서 거지에게 돈을 많이 준다고 함으로 자기를 변명하려는 옥심이가 덧보였던 것이다.

그러나 병호는 옥심의 자존심을 잘 알고 있다. 어떠한 일에나마 상대방의 경멸을 받지 않으려고 노력하는 옥심이다. 나이에 어울리지 않게 빨간 비로드 저고리를 입었을 때 무엇이라고 말하면 옥심을 반드시 자기도 그런 줄 알지만 남이 사 주어서 할 수 없이 입는다고 자기 변명을 하고야 만다.

짧은 치마에 구두를 신었을 때 이제부터는 긴 치마에 고무신이 어울리지 않느냐고 말해 주면,

"누군 몰라서 이런 걸 입나요. 왔다갔다 하며 일을 할려니까 거치장스럽지 않는 걸루 입느라구 그러지요."

하고 자기도 모르지 않는다는 것을 말하고야 마는 여자다.

'자존심을 위해 사는 여자.'

병호는 이렇게 생각하면서도,

"참, 이 다방처럼 거지에게 돈을 잘 주는 집도 없더군요."

하고 옥심의 자존심을 만족시켜 주었다.

"그래두 밉상스런 거지에겐 한 푼두 주구 싶지가 않아요. 왜 술을 처먹구

다니는 늙은 거지가 있지 않아요? 오늘두 한바탕 쌈을 하구 돌려 보냈어
요.”

그러면서도 옥심은 자기의 정당성을 잃지 않고 있다는 듯이 말했다.

“참, 술에 취해서 다니는 거지가 있더군요. 그런 거지는 구걸하는 것이
아니라 떼를 쓰러 다니는 것 같던데요?”

병호는 옥심의 정당성을 옹호하는 듯이 말했다.

“무엇보다두 거지만은 없었으면 좋겠어요. 권 선생 같은 분은 남에게 죄
줄 생각만 말구 거지 없애는 법 좀 연구하세요.”

“거진 나라임금두 구하지 못한다는 옛말이 있지 않습니까? 미국에두 거
지는 있답니다. 그걸 어떻게 없애요.”

병호는 옥심을 마주 쳐다보며 웃었다. 왜 웃는지 그 이유는 모른다. 서로
의 마음이 통할 때 저절로 나오는 웃음이었을지 모른다. 이유도 없는 웃음
을 한참 동안이나 웃고 나자 옥심이가 일어서며,

“잠깐, 안방에 들어갔다 올게요. 기다리구 계세요.”
하고 은근히 말했다. 말하는 태도가 허락을 바라다가 애원을 들어 달라는
듯한 그런 태도였다.

“네!”

병호는 황송스러운 듯이 대답하였다. 사실 병호는 그러한 옥심이가 좋았
다. 한 번 결혼을 했던 여자이고 또 자존심이 지나칠 정도로 강한 여자이기
는 하지만 이따금씩 보여 주는 말할 수 없이 그윽한 태도가 옥심을 찾아오
게 하는 동력이 되는 것이었다.

그렇다고 해서 병호는 자기가 옥심을 사랑한다고는 생각지 않는다. 옥심
이도 자기를 좋아하는 것만은 사실이지만 죽자 하고 사랑하는 것 같지는 않
았다. 때로는 서로가 사랑하는 것 같기도 했지만 안타까이 보고 싶어하고
못 견디게 그리워하는 것 같지 않은 것으로서는 사랑한다고 말을 할 수가
있을 것 같지 않았다.

병호로서는 친하다고 할 만한 여자가 옥심을 빼놓고는 한 사람도 없다.
그리고 홀어머니를 모시고 사는 단조로운 생활이라 퇴근만 하면 ‘일로’ 다

방을 찾아가는 것이 하나의 습관으로 되었다.

그래서 자주 만나게 되고 자주 만나게 되니 자연 친해질 수밖에 없었다.

병호는 옥심을 그저 그렇게 생각하고 있다. 안 만나면 궁금은 해도 없어서는 못 살 사람이라고까지는 생각지 않는 것이다.

그러면서도 옥심이가 자기에게만 보여 주는 친절을 베풀 때에는 조금도 불쾌하지가 않았다. 고맙고 황송스러운 것만 같았다.

안방에 들어갔던 옥심이가 핸드백을 들고 나와서 나가자고 했다.

병호는 전날 약속한 일도 있고 해서 이유를 물을 것도 없이 뒤따라 일어섰다. 그리고는 레지에게 찻값을 주고 밖으로 나갔다.

옥심과 병호는 옥심의 안내로 어떤 일본식 요릿집에 들어갔다. 요릿집을 들어가자마자 옥심은 병호의 의견을 물어 보는 둥 마는 둥 하고 제멋대로 전골과 술을 주문했다.

얻어먹는 판이라 병호는 음식에 대한 의견을 말할 수 없었다. 그런 이야기를 꺼내면 도리어 미안한 마음만 커질 것 같아,

"다방을 비면 영업에 지장이 있지 않습니까?"

하고 화제를 다른 데로 흘려 버렸다. 그러나 옥심은 뜻밖에도 소녀처럼 입을 삐죽 하며,

"같이 저녁 먹는 게 불쾌해서 그러세요?"

하고 얼굴을 홱 돌려 버렸다.

정말 뜻밖이었다. 대여섯 달 사귀어 오는 중 처음 보는 신경질이었다.

병호는 어쩔 줄을 몰랐다. 자기가 물어 본 말이 옥심의 감정을 상하게 한 것인지 그렇지 않으면 자기를 만나기 전부터 불쾌한 일이 있었는지 도무지 분간할 수가 없었다.

신경질을 내면서도 하는 말로 보아서는 자기에게 감정이 있는 것 같지가 않았다. 도리어 자기에게 불만이 있다는 뜻으로 해석이 되었다. 그러나 불만이 있다고 하면 그런 식으로 신경질을 낼 수가 있을 것인가?

"아, 내가 말을 잘못했나요?"

병호는 이렇게 옥심의 마음을 타진해 보는 도리밖에 없었다.

“………”

“말을 잘못했으면 취소하겠습니다.”

“………”

“말을 해야 알지 않습니까?”

그래도 옥심은 대답을 안 했다.

“영업을 하는 이가 자리를 비면 영업이 잘 되지 않을 것 같아서 걱정 삼아 한 말인데 그렇게 화를 내실 건 없지 않아요?”

옥심은 끝내 화를 풀지 않을 것처럼 입을 열지 않았다.

그렇게까지 마음을 풀어 보려고 애썼는데도 불구하고 끝내 입을 열지 않을 때 병호는 괘씸한 생각이 들었다. 어떤 이유인지는 모르지만 그렇게까지 타협할 생각이 없는 여자에게 자기만이 비굴한 태도를 보이고 싶지가 않았다.

그래서 두 사람은 음식이 들어올 때까지 아무 말이 없었다.

전골이 끓기 시작할 때야 옥심이가 술병을 들고,

“술이나 잡수세요!”

하고 생긋 웃었다.

병호는 그 웃음에 만족할 수가 없었다.

“말을 해야 술을 마실 테야, 불쾌한 술을 누가 먹어!”

하고 반말을 써 가며 말했다. 적이 불쾌하다는 뜻이었다.

“잡숫기나 하세요!”

옥심은 그저 술만 따르려 했다.

“내가 술 거진 줄 아는가 봐…….”

“누가 술 거지랬어요? 술두 할 줄 모르는 양반한테 그런 말을 어떻게 해요.”

“술을 먹을 줄두 모르는 사람한테 권하기는 왜 권합니까?”

“그러지 말구 조금만 들어요. 이야긴 나중에 할 테니…….”

엔간한 고집이었다. 대단한 감정도 아닌 것 같은데 조금도 풀 생각을 안 했다. 병호는 자기도 지고 싶지가 않았다. 안 먹고 뛰쳐 나오고 싶었다. 안 먹고 안 만나면 그뿐이란 생각도 들었다.

그러나 하찮은 일을 가지고 뛰쳐 나간다면 그 뒤에 무슨 얼굴을 하고 만날 것인가? 만나지도 않을 만큼 원수가 될 이유가 무엇인가?

병호는 못하는 술이나마 한 잔 들이켰다. 그리고는 빈 잔을 내밀며,

"한 잔 드십시오!"

하고 술을 따르려 했다.

그러나 옥심은 술잔을 보지도 않고,

"정말 나를 어떤 여자루 생각하시는 겁니까?"

하고 쌈이라도 걸 것처럼 병호의 얼굴을 노려보았다.

"남녀평등 시댄데 술 한 잔쯤 못하세요?"

병호는 웃을 수밖에 없었다.

"그만두세요."

첫번처럼 화를 낸 것은 아니지만 병호를 경멸하려는 태도만은 확실하게 나타냈다.

"요즘 여성은 술을 안 권한다구 화를 낸다는데 정 선생은 현대 여성이 아니시루군……."

"몰라요! 난 그런 여자가 못 돼요!"

잘못하면 소녀처럼 울음을 터칠 것 같기도 했다. 그러나 옥심은 울지를 않았다. 그 대신 전골을 저으면서 젓가락에만 신경을 집중하고 있는 듯이 애를 써 가며 얼굴 표정을 꾸미고 있었다.

병호는 옥심에게 술을 권했다는 것이 잘못한 일인지는 모르나 그렇다고 해서 처음에 냈던 신경질을 잊기도 전에 다시 또 화를 낸다는 것은 지나친 일이라 생각지 않을 수 없었다.

병호는,

"화만 내게 해 드려서 죄송합니다."

하고 자리에서 일어서려 했다. 그 이상 더 참을 수 없었던 것이다. 설사 자기가 잘못한 일이 있다고 해도 그렇게까지 무안을 줄 것이야 무엇인가?

병호는 불쾌한 얼굴을 하고 일어서려 할 때에야 옥심은,

"낮부터 불쾌한 일이 있어서 안 그럴랴구 하면서두……."

하고는 말끝을 맺지도 못하고 병호의 손을 잡아끌어 앉혔다. 그리고는 용서하라는 말까지 했다.

병호는 술집 여자들의 손을 만져 본 일은 있지만 접대부 이외의 여자 손을 잡아 본 일이 별반 없는 남자다. 설사 가지 못하게 끄느라고 잡는 손이었지만 옥심의 살이 자기 손에 닿을 때 가슴이 찌르르 했다. 그 부드러운 감촉도 감촉이려니와 여자가 먼저 남자의 손을 잡는다는 것이 웬만큼 깊은 사이가 아니고서는 있을 수 없는 일처럼 생각하고 있는 병호에게는 보통 일이 아니었다. 그는 얼굴이 붉어짐을 느꼈다. 동시에 앞으로의 두 사람은 어떠한 선을 넘게 되고야 말 것 같은 예감을 느끼면서 자리에 주저앉았다. 병호가 다시 앉자 이번에는 옥심이가,

"나만 신경질인 줄 알았더니 권 선생두 상당한 신경질이신데요?"
하고 공격 비슷하게 말했다.

"지렁이두 밟으면 꿈틀거리지 않아요."
병호는 헤식은 웃음을 띠며 대답했다.

병호가 웃음을 띠자 옥심은 정색을 하고 말을 시작했다.

"다방을 할려니까 별별 손님이 다 많아요. 오늘은 단골손님 한 사람이 편지를 주면서 같이 구경을 가자나요. 어떻게 불쾌한지 편지를 보지두 않구 돌려 줬어요. 다방 하는 여자를 전부 꼭 같이 보자는가 봐요."

병호는 이야기를 듣기만 할 뿐 더 물을 생각을 하지 않았다.

"저는 권 선생 이외에는 손님과 같이 앉지두 않아요. 모두들 건방지다구 그러지만 성격이 그런 걸 어떻게 합니까? 다방을 못 하면 못 해두 손님한테 애교는 부리지 못하겠어요. 정말 나처럼 애교 없는 여자두 별루 없을 거예요. 안 그래요?"

옥심은 혼자서 지껄였다. 그러나 병호는 마음이 점점 더 움츠러드는 것만 같아 끝까지 듣기만 하고 응수를 해 주지 않았다. 그래도 옥심은 자기의 성격이 결백하다는 것을 여러 가지로 설명했으나 병호는 식사가 끝나기 전부터 돌아갈 생각만 했다.

조금만 적극적으로 나가면 포옹을 할 수 있을 것이란 생각도 들었지만 병

호는 일부러 그런 기회를 피했다.

식사가 끝나고 자리에서 일어섰을 때 옥심이가 움직이지를 않고 병호를 빤히 쳐다보았으나 병호는 옥심의 시선을 피하고 밖으로 나와 버렸다.

옥심이가 돈을 내기 전에 자기가 회계를 하려고 할 때 옥심이가 자기 앞에 와서 필요 이상으로 몸을 떠밀었으나 병호는 겁에 질린 사람처럼 슬며시 피하고 말았다.

음식점을 나오자 옥심은 자기 다방에 가서 차를 한 잔 마시고 가라 했으나 병호는 군이 사양하고 집으로 돌아왔다.

집으로 돌아온 병호는 아무 사고 없이 돌아온 것을 다행하게 생각했지만 그러나 자기 손을 잡던 옥심의 부드러운 손과 무엇을 기다리고 있는 듯 아무 말 없이 서 있던 옥심의 표정이 가슴을 두근거리게 함을 어쩔 수 없었다.

옥심은 자기를 사랑하고 있다. 자기의 사랑을 받으려 하고 있다. 그것만은 확실한 것 같았다.

그러나 병호는 사랑을 주지도 못했고 또 받지도 못했다.

그것은 자기가 애정에 대하여 인색하다는 것을 말하는 것 이외에 아무것도 아니었다.

사랑을 하고 사랑을 받으려는 사람에게도 사랑을 주어야 할 것이 아닌가? 나중에야 어떻게 되든 불과 불이 부닥치면 우선 타는 것이 원칙이다. 타다가 중도에 꺼지는 일이 있거나 다 타 재도 남지 않는 일이 있다 해도 우선 타기는 타야 할 것이다.

그것이 또한 현대 남녀들의 애정관인 것 같기도 했다.

그런데도 불구하고 병호의 가슴이 타오르지 않는 것은 무엇 때문일까? 그것은 오직 병호는 마음이 인색하다. 특히 오신영에게 배척을 당한 이후 근 십 년 동안 그는 모든 여성을 경계해 왔다. 경계가 지나쳐 사귀기부터 안 했다. 검사가 되려고 독학을 시작한 것도 오신영에게 배척을 당한 것이 원인이었었지만 오신영과 같은 여자를 다시 만날까 두려워하는 마음은 여자에게 대한 경계심을 한시도 떠나지 않게 했다.

그런 만큼 여자에게 마음이 인색하다는 것도 그에게는 무리한 일이 아니었다. 배반을 당한 사실은 그의 일생 가운데서 가장 뼈가 아픈 일이었다. 같은 동네서 같이 자라난 그들은 철이 들면서부터 사랑을 했다. 중학교를 졸업할 때에는 서로 결혼할 것까지 맹세했었다.

그러나 중학을 졸업하고 결혼 말을 꺼냈을 때 신영의 부모는 단호히 결혼을 반대했다.

신영은 집을 뛰쳐 나와서라도 병호와 결혼을 하겠다고 하며 이해성 없는 부모를 원망했다. 병호는 그러한 신영의 마음을 믿고 어디로 도망할 것을 생각했다.

그러나 신영을 대학에 보내 주겠다는 말에 마음이 변했는지 한 달이 못 가 신영마저 결혼을 못하겠다고 하며 병호를 만나 주지도 않을 때 병호는 그만 물에 빠져서 죽기라도 하리라 결심했었다.

조금도 살고 싶지 않았다.

그러나 죽지를 못하고 말았을 때 병호는 검사가 될 것을 결심했고 따라서 여자를 믿지 않으리라 마음먹었다.

병호가 검사가 되자 얼마 안 있어 아직 결혼을 안 하고 있었다는 오신영이가 전과(前過)를 뉘우치며 다시 약혼하기를 청해 온 일이 있었다. 그때 병호는 추호의 여지도 주지 않고 그를 거절했었다.

말하자면 병호는 그 동안 인간을 채점하는 습관을 길러 왔다. 채점한 결과 수준 이하일 때에는 상종도 하지 않으려고 마음먹고 있는 그였다.

채점을 안 하고 상종한다는 것은 결국 자기의 손해며, 채점을 잘못 하고 상종하는 것은 오신영과의 관계에서 체득했기 때문에 어떠한 사람을 사귀는 데 있어서도 병호는 그 사람을 채점하려 한다.

옥심을 사귀는 동안 옥심에 대한 인간 채점도 이미 시작되어 있었지만 그 동안 자기는 기본 점수에서 마이너스되는 점을 그리 많이 발견하지 못했었다. 어느 정도 고집이 센 여자라는 것은 알고 있었지만 오늘처럼 점수가 깎인 일은 없었다.

오늘의 채점에 있어서는 완전히 낙제였다. 공연히 신경질을 피우는 경솔함과 그리고 지나치게 자기를 높이 보이려는 조작적인 자존심을 기본 점수에서 최소한도 오십 점 이상을 깎아 내리지 않을 수 없다.

'사랑을 준다고 해서 아무의 사랑이나 받을 수 있나?'

병호는 역시 자기의 채점이 정당하다고 생각했다.

정상적이 아닌 자존심이란 정당한 자존심을 가질 수 없는 사람에게만 있을 수 있는 일이다. 그리고 경솔이란 것은 그만큼 교양이 부족하다는 것을 말한다.

병호는 그 두 가지를 합쳐서 최소한도 오십 점은 계산해야 할 것이라 생각했다.

마이너스 오십 점의 인간이라면 상종할 가치가 없지 않을 수 없다.

다방 주인으로 자기를 하나의 손님으로만 대접해 준다면 오십 점, 아니 그 이하의 점수를 깎인다 해도 만나지 않을 것까지는 없을 것이지만, 애정이 가운데 끼일 수 있는 사이라면 미리부터 만나지 말아야 할 것이다.

비록 용모는 못 생겼다 해도 자기는 미혼 남자인데 비하여 옥심은 한 번 결혼했던 여자다. 애정 문제에 생각지 않을 수 없는 그런 일이 또한 가로놓여 있다.

그런데도 불구하고 순간적인 감정으로 옥심을 사랑하거나 애무한다면, 그것은 장차의 불행을 다시 준비하는 것이나 마찬가지다.

아무리 생각해도 옥심과 그대로 헤어진 것이 정말 잘 한 것 같았다.

병호가 자기의 행동을 잘 한 것이라 단정하고 자리에 누우려 할 때였다. 안방에 있던 어머니가 병호 곁으로 와서,

"글쎄 오늘은 신영이가 집으로 찾아오지 않았니? 참 뻔뻔하기두 요새 계집년들은 상판에 소가죽을 씌웠나 봐……."

하고 혀를 끌끌 찼다.

"뭐요?"

병호는 어이가 없다는 듯이 놀라는 표정으로 물었다.

"네가 없는 틈을 타서 오기는 왔나 부더라만 와서는 눈물을 찔찔 홀리며 잘못했다구 그러지 않겠니……."

"이제야 잘못을 뉘우치는가 보군요."

"대학에 보내 준다는 말에 부모가 시키는 대루 하기는 했지만 일 년두 못 가서 자기 잘못을 깨닫구 다른 사람하구는 결혼을 안 하겠다는 마음을 먹었노라구 그러더라. 네 마음이 풀리지 않았을 걸 아니까 만날 생각두 못하구 있는데 네가 시험 공부한다는 말을 듣고는 더욱 만날 생각을 못했다지 않아. 네가 성공하기만 바라구 이 날 이때까지 살아 왔다구 하면서 눈물을 흘리는데 보기가 안되기는 안됐더라만 옛날 생각이 나서 얄밉게만 뵈어 그냥 돌려 보내구 말았다. 한 번만 만나두록 해 달래나. 그래서 벌써 약혼한 여자가 있다구 그런 말을 더 꺼내지두 못하게 했더니 그런 일이 없는 걸 잘 알구 있다면서 꼭 한 번만 만나게 해 달래더라. 참 뻔뻔하기두……."

"다음엔 발두 들여놓지 못하게 하십시오. 생각만 해두 치가 떨립니다."

"글쎄나 말이다. 배를 내밀 때는 언제구 빌며 붙을 때는 언제겠니? 그런 것들이 사람을 잡아먹구야 마는 법이니까."

"말할 필요두 없어요. 보지 않으면 그뿐이니까……."

"잘 생각했다."

하고 싶은 말을 다 했는지 어머니는 안방으로 돌아갔다.

병호는 혼자 자리에 누워 눈을 감아 버렸다.

추억하기에도 몸서리가 나는 오신영이가 자기 집을 찾아오다니…….

오신영의 이름만 들어도 사지가 떨리는 것 같았다. 젖 먹던 밸이 곤두서는 것 같기도 했다.

병호는 오신영이가 어떠한 말을 하건 귀담아 듣지도 않으리라 생각했다. 그러면서도 밤새도록 잠 한잠 자지를 못했다. 쓰라렸던 과거가 눈앞의 일처럼 솟구쳐 올라왔기 때문인지 오신영이가 미워서 그 미운 마음이 걷잡을 수 없는 흥분을 자아냈기 때문인지 어쨌든 병호는 그 날 밤 한잠도 잠을 이루지 못하고 뜬눈으로 밤을 새웠다.

밤을 새우고 난 병호는 생각한다는 자체가 귀찮아졌다. 무엇 때문에 잠까지 자지 못하며 밤을 새웠나 하는 생각을 할 때 잠을 자지 못할 만한 아무런 건더기도 찾아낼 수 없었던 것이다.

인생에 있어서 애정 문제가 전부는 아니다. 애정 문제가 중대한 문제의 하나일지는 모르나 전부가 아닌 것은 틀림없다.

다른 사람은 어쨌든 병호에게 있어서는 그러했다. 그런데다가 아주 잊어버리고 만 오신영이가 나타났다고 해서 밤잠까지 못 잘 것이 무엇인가?

어떠한 일이 있다 해도 자기는 오신영이라는 여자를 생각할 수가 없으며 오신영과의 관계를 다시 되풀이할 수 없다는 것을 생각할 여지도 없는 일이라고 결정짓고 있다.

그런 만큼 오신영으로 말미암아 밤을 새웠다는 것은 정말 무의미한 일이 아닐 수 없었다.

병호는 잠을 못 이룬 자기를 경멸하며 다시는 그런 생각도 말리라 마음먹고 자리에서 일어나 세수를 했다.

그 뒤 며칠 동안 병호는 신영을 생각지 않았다.

신영뿐 아니라 옥심도 생각지 않았다. 퇴근하면 아무데도 들르지 않고 집으로 돌아와 책을 읽다가 잠을 잤다.

옥심도 만날 필요가 없다고 생각했던 것이다. 결혼까지 하겠다는 마음이 생길 만큼 옥심을 사랑하지 않는 것만은 사실이다. 그러면서도 공연히 애정 비슷한 감정 속에서 애정의 변두리를 방황하며 감정의 유희를 한다는 것은 시간과 감정의 소비 이외에 아무것도 아니다. 차라리 만나지 않음과 같지 못했다.

그러나 다방에 발을 끊은 지 사흘째 되는 날 옥신에게서 편지가 왔다. 긴급하게 의논해야 할 일이 있으니 퇴근 후에 들러 달라는 사연이었다.

병호는 편지를 가지고 온 애를 돌려 보낸 뒤 혼자서 생각했다. 긴급하게 의논해야 할 일이란 무엇일까? 과연 용건이 있어서 오라는 것일까?

아무리 생각해도 용건이 있을 것 같지가 않았다. 며칠 동안 발을 끊었으니까 나오게 하려는 책략에 지나지 않을 것 같았다.

그러면서도 정말 의논할 이야기가 있다면 어떻게 할 것인가 하고 다시 생각해 본다. 세금이 많이 나왔다고 세무서에 교섭해 달라는 것이나 아닐까? 그런 일을 가지고 의논하잘 옥심이는 아니다. 자기의 자존심도 자존심이려니와 병호의 성격을 알고 있는 만큼 그런 부탁은 절대로 하지 않을 것이다.

그러면 무슨 일일까?

병호는 도저히 상상할 수 없었다. 그러나 퇴근을 하자 그는 일로 다방으로 발을 옮겨 놓고야 말았다.

옥심에게 속는 일이 있다 해도 갈 수밖에 없었다. 속는 한이 있다 해도 용건이 있다는 데까지 안 갈 수는 없었기 때문이었다.

다방에 들어서자 옥심이가 마중을 나와 빈자리에 안내해 주었다.

병호는 자리에 앉자마자 차 한 잔을 주문한 다음 옥심에게 용건을 물었다.

옥심은 차차 이야기하겠다 하며 차나 마시라고 했다.

"우선 이야기부터 들읍시다!"

병호는 궁금해 못 견디겠다는 듯이 다그쳐 물었다. 용건 없이 오래 앉아 있는 것이 싱거운 것 같은 생각도 들었다.

"용건이 없으면 평생 안 오실 작정이었어요?"

옥심이가 신경질을 내는 체하며 물었다.

"평생 안 올 것까지야 없겠지만 그렇다구 해서 너무 자주 올 것두 없겠지요."

옥심은 입을 삐죽거렸다. 그러나 전처럼 신경질을 부리는 것은 아니었다. 병호가 차를 마시고 나자 그는 정말 의논할 중대한 일이 있는 듯 정숙한 얼굴을 하고,

"좀 같이 나가 주세요."

하고 앞장을 서서 다방을 나섰다.

태도로 보아 일이 있기는 있는 것 같았기 때문에 병화는 옥심이가 가는 대로 따라나섰다.

그러나 무턱 따라가기만 한다는 것이 안심치가 않아,

"도대체 어딜 가는 겁니까?"

하고 노상에서나마 가는 곳을 따져 물었다.

"다 왔습니다."

옥심은 병호의 의사를 무시한 것처럼 대답도 똑똑히 하지 않고 걸었다. 뒤도 돌아보지 않고 걷던 옥심이가 어떤 중국요릿집 앞에 이르자 그때야 병

호를 한 번 뒤돌아 보고는 역시 말이 없는 채 안으로 쑥 들어갔다.

그까지 온 바에야 안 따라갈 수도 없어서 병호는 아무런 항의도 없이 중국요릿집으로 들어갔다.

옥심은 병호가 따라오는가 눈치만 살피면서 이층으로 올라가서는 방 하나를 잡았다.

조용한 방이었다. 두 사람은 마주 앉았다. 단 두 사람이 조용한 방에 마주 앉자 그때는 병호의 마음이 두근거리기 시작했다.

묻지 않아도 용건이라는 것을 알 수 있다는 생각이 그의 가슴을 두근거리게 했다.

옥심은 얼굴이 굳어지며 말을 못했다. 음식을 주문한 뒤 당분간 들어올 사람이 없게 되었을 때야 옥심이가,

"권 선생은 왜 그러세요?"

하고 입을 열었다.

"뭐 말씀이지요?"

병호는 묻는 뜻을 충분히 알 수 있었으나 모르는 체하지 않을 수 없었다.

"그만두지요."

옥심은 열어 놓았던 말문을 그만 닫아 버리려 했다.

옥심의 자존심이었다. 하려던 말을 그만둔다고 해서 그 말을 듣지 못해 안타까워할 병호는 아니었다. 될 수만 있다면 이야기를 시작도 말아 주기를 바랐다. 아무래도 결혼을 할 수 없는 사람이라고 생각한 이상 옥심의 심정을 들을 필요가 없었다.

그러나 옥심은 그러한 병호의 마음을 아는지 모르는지 말을 꺼내고야 말았다.

"권 선생은 그 성격을 좀 고치세요. 조금만 비위가 틀리면 어린애처럼 삐죽거리는 성격 말입니다. 그래 사람을 보내지 않으면 영 안 오실 작정이었어요? 사람이 기다리고 있을 것두 좀 생각해야 하지 않아요……."

병호는 자기가 어린애 같다는 말에,

"정 선생은 어른 같습니다. 삐죽이는 데는 누보다두 한술 더 뜨면서……."

하고 응수를 했다.

"내가 뭘 삐죽입디까?"

"전번에 만났을 때 다방을 비면 지장이 있지 않느냐구 물었더니 대답두 아니하구 화만 내지 않았어요?"

"거야 나를 돈만 아는 여자루 취급하는 것 같으니까 그랬지요. 나도 돈 이외의 것을 생각할 줄 아는 여잡니다."

"어쨌든 권 선생은 남의 마음을 알려구 하지 않아요. 나는 어떤 남자하구 두 이렇게 단 둘이 다녀 본 일이 없어요. 그런 걸 왜 알아 주지 못합니까?"

"그걸 알아서는 어떻게 합니까?"

"그러시겠지요?"

옥심은 더 말을 안 했다. 또 신경질을 내는 모양이었다. 말없이 고개를 숙이고 있던 옥심이가 눈물 닦는 것을 본 뒤에야 병호는 자기가 잘못 말한 것을 깨달았다. 설사 가까이 할 생각이 없다 해도 그것을 말로 표현했다는 것이 뉘우쳐졌던 것이다.

"용서하십시오."

우는 것이 측은하기도 해서 그의 등을 가볍게 두들겨 주었을 때였다. 옥심은 병호의 무릎에 쓰러지며 소리를 내어 울기를 시작했다.

자기 때문에 우는 것을 본다는 것은 그리 불쾌한 일이 아니다. 그렇다고 해서 유쾌하다고는 말할 수 없지만 일종의 만족감을 주면서도 처치가 곤란하다고 모순된 심정에서,

"왜 우세요? 우시는 이유를 모르겠는데요?"

하고 병호는 도리어 옥심을 공박하는 투로 말했다. 그것은 동정을 한다거나 사랑을 한다거나 그런 말을 할 수 없었기 때문이었다.

"울지 않구 어떡해요. 목석 같은 사람을 사랑했는데……."

"누가 목석 같단 말입니까?"

"누구긴 누구예요?"

"목석 같은 사람을 누가 사랑하라구 그랬어요?"

옥심은 잠시 대답을 안 했다. 그러나 잠시 뒤 고개를 들고 긴 한숨을 내

쉬고 나자 다시 이야기를 시작했다.

"나는 결혼에 실패를 한 뒤 돈이나 벌려구 생각했어요. 돈만 있으면 어떤 유혹에두 빠지지 않구 내가 살구 싶은 대루 살 수 있다구 생각했어요. 다방을 경영한 지 근 일 년이 됐지만 유혹에 빠져 본 적은 한 번두 없었습니다. 앞으로두 그런 걱정은 없다구 생각해요. 그러나 외롭기는 말할 수 없이 외로웠습니다. 외로움이란 것은 무엇 때문에 사는가 하는 의심을 주는 물건이더군요. 돈만 벌어서 무엇 하나 하는 생각까지 들었습니다. 그러나 권 선생이 우리 집에 나오시기 시작할 때부터 나는 스스로 위로를 받았습니다. 외로움이란 것이 조금씩 줄어드는 것 같았어요. 그러다가두 권 선생이 안 오시면 다시 외로워지군 하는 심정을 혼자서 달래 보기두 했습니다. 그러나 이제는 혼자서 달랠 수가 없습니다. 지난번까지두 신경질을 부린 것은 선생님에게 불만이 있어서가 아니라 내가 나와 싸워야 한다는 내 자신의 고민이었습니다. 그러나 이제는 내가 나와 싸울 자신이 없어졌습니다. 선생님이 나를 사랑하시지 않는다 해두 난 내 마음을 털어놓구 혼자서라도 사랑하지 않을 수 없습니다. 나는 자존심을 강하게 가지구 살아야 하는 여자입니다. 자존심이 약해질 때 나는 쓰러지구야 말 것이라구 생각합니다. 그러나 그 자존심을 가지구 그래두 살게 될지 앞으루가 의문입니다."

병호는 듣고만 있었다.

들으면서도 자기를 목석이라고 한 옥심의 말을 머릿속에서 지워 버리지 못했다.

옥심의 말대로 자기는 과연 목석인가? 목석이란 말이 호락호락하지 않다는 뜻이라면 불쾌할 것이 없을 것이지만 그것이 감정을 상실한 인간이라고 비난하는 말이라면 불쾌가 아니라 부끄러워해야 할 일이었다.

있어야 할 것을 가지지 못했다면 그것은 확실히 부끄러운 일이다. 인간을 채점만 하려고 하고 따라서 여성을 경계하려고만 하는 것은 자기의 굳은 의지를 표시하는 것이 아니라 도리어 자기가 하나의 패배자라는 것을 고백하는 것 같은 생각이 들었다.

"내가 왜 목석이야……."

병호는 목석이라는 말에 반항을 하면서 옥심을 한 번 끌어안아 주고 싶었다. 자기에게도 인간의 감정이 있다는 것을 그 자리에서 보여 주고 싶었다.

손이 들먹거렸다. 찻잔을 쥐었다 놓았다 하면서 가만히 있지를 못했다. 들었던 찻잔을 놓을 때마다 그 손이 옥심에게로 뻗어갈 것 같았으나 마르지도 않은 목을 축이기 위하여 그 손은 다시 찻잔을 들고 마는 것이었다.

병호는 자기의 손을 들여다보았다. 정말 용감하지가 못한 손이었다. 그렇게까지 자기를 사랑해 주는 옥심을 무엇 때문에 알아 주지 못할까?

병호가 용기 없는 자기 손을 바라보고 있는 때 옥심이가 자기 가슴 속으로 기어 들어왔다. 절망적인 숨을 가쁘게 쉬면서…….

의문의 사건

봄비가 내리고 있었다. 며칠만 있으면 창경원의 벚꽃이 만개한다고 겨울이 아주 가 버렸다는 즐거움에 만취하고 있을 때 봄비가 모진 바람과 더불어 쏟아지고 있었다. 눈이 아닌 것만은 다행한 일이었지만 이번 비만 오면은 모든 꽃이 싹트리라 생각했던 서울 사람들의 즐거움을 짓밟아 놓기에 넉넉한 거세기 짝이 없는 봄비였다.

꽃이 싹을 트기는커녕 나오려던 싹이 다시 움츠러들 것만 같은 무서운 바람이었다. 거리의 가로수가 꺾어질 것처럼 휘청거렸다. 아스팔트 위에 떨어지는 빗방울이 금시 얼어붙을 것처럼 땅에 들러붙는다.

권병호 검사는 출근 시간에 늦지 않으려고 열심히 걸으면서도 아랫도리를 내려치는 빗발에 피부가 척척해 옴을 느끼는 동시에 마음까지 선득선득함을 느꼈다.

우산을 날려 보내지 않으려고 바람을 피해 가며 걷는 것이 마치 인생 항로를 걸어가는 듯 슬픈 생각이 들었던 것이다.

최근에 와서는 기후까지 달라졌다. 추워야 할 겨울에는 전처럼 춥지가 않았고, 따뜻해야 할 봄에는 늦가을보다 더 추운 바람이 내리고 있다.

그것은 하늘이 인간에 대한 하나의 분노로써 표현되고 있는 현상이나 아
닌가 하고 생각되기까지 했다.

하늘의 분노를 받아야만 할 만큼 인간은 악해지고 말았을까?

권 검사는 기후가 불규칙하게 변한 이유를 과학적으로 설명할 만큼 기상
학에 대한 지식이 없는 때문인지는 모르나 그것이 과학적 원인에서만 오는
것 같지가 않았다. 설명할 수는 없다 해도 인간의 변해 가는 마음과 관련이
있는 것만 같았다.

따라서 인간 전체라기보다도 우선 자기 자신에게 그 책임이 있는 것 같은
생각이 들어 빗방울이 피부를 적실 때마다 마음까지 선득선득함을 느꼈던
것이다.

그렇다고 해서 자기의 잘못이 하나하나 반성의 재료로 머리에 떠오른 것
은 아니다. 막연하나마 자기를 비롯한 인간 전체에서 무엇을 암시하기 위한
기후의 변동 같은 마음에 우울을 느꼈을 뿐이다.

자기 사무실에 들어서자 비에 젖은 바짓가랑이가 뻣뻣하고 구두가 흠뻑
젖은 것이 유달리 신경을 쓰게 했으나 그렇다고 해서 바꾸어 신을 구두도
없는 만큼 신은 채 구두를 말리지 않을 수 없다는 것이 그를 더욱 우울케
했다.

그러나 권 검사는 사무를 시작하려고 서류를 꺼내어 책상 위에 펼쳐 놓고
있을 때였다. 밑에서 일하고 있는 최 서기가,

"A경찰서에서 방금 전화가 왔는데 어떤 사람이 자기 딸과 정사를 했다고
검증을 신청해 왔습니다."

하고 보고를 했다.

"뭐? 아버지하구 딸이 정사를 해?"

권 검사는 그만 아연하여 입을 벌렸다.

"어젯밤 열 시가 채 못 되어 자기 집에서 정사를 했다는데 그 원인은 아
직 알 수가 없다고 합니다."

"곧 간다구 A경찰서에 전화를 걸어……. 그리구 공의두 부탁해 둬!"

권 검사는 직업적인 행동을 개시하려고 자동차까지 부탁했다.

그러나 속으로는,

‘아버지와 딸이 정사하는 세상이 되었으니 기훈들 변하지 않을 수 있나?’ 하고 자탄을 했다. 직업적인 의식으로 사건의 내용을 조사하겠다는 호기심이 없는 것은 아니지만 땅에 떨어지고만 윤리에 대하여 우선 서글픈 생각이 앞섰던 것이다.

‘인간의 자멸……’

권 검사는 하늘에 향하여 인간의 죄악을 사해 달라고 빌고 싶은 마음이 들었다. 그러나 자동차가 왔다는 말에 우선 경찰서를 향해 달려가지 않을 수 없었다.

비바람 속을 자동차로 달리는 동안 권 검사는 그래도 설마 하는 생각을 버리지 못했다.

패륜이 극도에 달했다고 해도 아버지와 딸이 정사하는 일까지는 있을 수 없을 것 같았다. 어떤 소설에서도 읽어 본 일이 없으며 또 이야기로서도 들은 일이 없다. 뿐만 아니라 그러한 일은 상상도 해 본 일이 없다.

어떻게 해서 아버지와 딸이 우연하게 같이 죽은 것이나 아닐까? 그렇지 않으면 돌발적인 사실로 죽은 것을 자살이라고 오인한 것이나 아닐까?

아버지와 딸이 이성으로 사랑할 수 있고 또 사랑해도 좋다고 하면 아버지란 말과 딸이란 말을 사전 속에서 빼 버려야 할 것이다. 더구나 사랑을 맺을 수 없다고 해서 부녀가 정사를 한다고 하면 신은 돼지나 개에게도 정사할 수 있는 권한과 자각을 부여해야 할 것이다.

개도 정사를 하고 유치원 다니는 어린애들도 정사를 하고…….

지구와 별들은 자기의 궤도를 무시하고 태양과 부딪친다. 별과 별이 부딪치고…….

권 검사의 눈 속에 불똥이 튀었다. 눈앞에서 별과 지구가 부딪치는 착각을 일으켰던 것이다.

권 검사는 A경찰서에 이르러 간단한 상황 보고를 들었다.

역시 정사라고 했다.

“정사라고 확정할 증거가 있습니까?”

권 검사는 정사라는 말을 부정하고 싶었다. 경찰서의 조사가 정사라는 결론을 내렸다고 해도 자기는 그것을 부정하여야 할 것 같았다.

그러나 형사주임이,

"네, 물적 증거가 있습니다."

하고 죽은 사람들의 유서와 청산가리를 내놓았다.

유서는 한 사람의 글씨로 씌어 있었으나 마지막 끝에는 두 사람의 이름이 씌어 있었다.

"죽고 싶다는 생각은 누구나 가질 수 있다. 그러나 죽는다는 것은 인간의 기본적 권리가 아니라고 말하며 죽는 것을 죄악이라 말하고 있다. 그러나 산다는 것이 죽는 것보다 더 죄악일 때는 죽는 것이 마땅할 것이다.

우리는 사는 것보다는 죽는 것을 선택했다. 삶을 부정하기 때문은 아니다. 죽음을 찬양함도 아니다. 어쩔 수 없는 운명을 존중하기 때문이다. 오직 운명을 존중할 따름이다."

4월 20일

李泰燮

李桂草

길지 않은 유서였지만 두 사람의 이름으로 된 유서의 내용으로 보아 자살이라는 것, 그리고 두 사람의 자살이 공통된 원인에 의해서 이루어졌다는 것이 확실했다.

그리고 어쩔 수 없는 운명을 존중하기 때문에 죽는다는 말과, 또 죽는 것이 사는 것보다 덜 죄악이기 때문에 죽는다고 한 말은 틀림없이 두 사람의 사랑이 이 세상에서는 이루어질 수 없다는 것을 알고 있으나 그 사랑을 끊을 수도 없다는 뜻으로 해석할 수밖에 없었다.

그렇다면 정사라고 단정 내린 것이 틀린 일이라고 말할 수가 없다.

확실히 정사였다.

'있어서는 안 된다는 일이 도대체 무엇일까?'

법률을 공부했고 법률로써 인간의 행동을 제약하려는 입장에 서 있는 사람이어서 그런지는 모르나 세상에서 있어야 한다는 일보다 있어서는 안 된다는 일이 더 많은 것 같았다.

그것은 인간의 마음이 선(善)에게보다도 악(惡)에게 더 가깝다는 말이 되는 것이지만 권 검사는 그 악에게 가까우려는 마음을 선에게 가깝도록 만들어야 한다고 믿고 있다.

그러나 이태섭과 그의 딸 이계초는 악에게서 멀리하려는 생각은 고사하고 선을 무시한 뒤 악을 사랑했다..

인간 죄악의 극치라고 아니할 수 없다.

권 검사는 그러한 사람들의 죽음을 다행스런 처사라고 생각했다. 그러한 사람들이 죽지를 않고 살아 있다면 그것은 인간이 인간의 얼굴에 침을 뱉는 것이나 마찬가지다.

있어서는 안 될 존재라면 미리 죽어 없어지는 것이 옳은 일 같았다.

사실은 저주까지 해 주고 싶었다. 인류의 명예를 더럽힌 인간들이란 생각까지 들어 그들의 죽음을 필연적인 자멸(自滅)이라고 생각하고 싶었다.

자멸 이외에 아무것도 아니었다. 완전한 멸망 —— 그리고 다시는 싹도 터서 안 될 멸망이어야 할 것 같았다.

이렇게 생각하니 시체를 검증하기도 싫었다. 시체를 본다면 인간에 대한 혐오가 더 커질 것 같았던 것이다.

차라리 있을 수 없는 사랑을 맺은 두 남녀가 정사했다고 간단히 처리해 버리는 것이 전체의 인간을 위하여 편리할 것 같았다.

그러나 이미 의사가 와서 검증 나가기를 기다리고 있었다. 그리고 상부에 보고해야 할 직무를 잊어버릴 수가 없었다.

싫으나마 떠나야 했다.

형사주임의 안내로 원남동(苑南洞) 현장에 이른 권 검사는 우선 그 집의 외형부터 주의 깊게 살피었다.

한국식 아담한 기와집이었다. 높다란 처마 밑에는 사방으로 풍경이 달려 있어 집 주인의 정취를 짐작케 했다. 더구나 널따란 뜰에는 나무와 화초가 적지 않게 들어앉아 있는데다가 한편 옆에는 파서 만든 못[池]이 있었다.

손질을 안 해서 그런지 아직 철이 일러서 그런지 오붓하고 꼭 짜여진 맛은 없으나 집 주인의 성격이 얼마나 치밀한가를 엿볼 수 있는 좋은 재료였다.

권 검사는 이태섭이란 사람이 교양도 있고 취미도 높게 가진 사람이라는 생각을 가지고 대청 안으로 들어섰다.

정말 쥐 죽은 듯 고요한 집이었다. 두 사람이 죽었다고 해도 산 사람이 남아 있을 것이언만 사람의 숨소리 하나 들리는 것 같지 않았다.

대문 소리가 나고 인기척 소리가 나면 밖을 내다보는 사람이 있어야 할 것이지만 누구냐고 물어 보며 나오는 사람이 하나도 없었다.

형사주임이,

"여보세요!"

하고 안방을 향해 소리를 질렀으나 그래도 대답이 없었다.

한 번 와 본 일이 있는 형사주임은 집안 내막을 알고 있는지 대답을 기다리지 않고 안방 문을 열었다.

의아스러운 생각이 들기는 했지만 권 검사는 형사주임의 뒤를 따르지 않을 수 없었다.

세 칸도 넘는 널따란 방이었다. 그 넓은 방에 들어섰을 때 형사주임이,

"시체를 검증하러 검찰청에서 나왔습니다."

하고 방 안에 앉은 젊은 여자에게 말했다. 그러나 젊은 여자는 머리도 들지 않았다. 대답은 물론 없었다.

"시체실로 안내해 주십시오!"

그때야 젊은 여자는 자리에서 일어섰다. 그리고는 말없이 앞장을 섰다. 대청으로 나와서 대청에 붙어 있는 사랑방 문을 열어 주고는 마음대로 하라는 듯이 자기는 방 안에 들어가지를 않았다.

시체실의 문턱을 넘어섰을 때 형사주임이 권 검사에게,

"이 집 딸입니다. 죽은 여자의 동생인데 직업은 중학교 교원입니다."

하고 귓속말을 해 주었다.

권 검사는 살아 있는 유가족에게보다도 우선 죽은 사람에게 관심을 집중시켜야 했다.

그는 방 안에 들어서자 나란히 뉘어 있는 두 시체로 시선을 옮겼다. 흰 천으로 덮어 씌웠기 때문에 얼굴은 하나도 보이지 않았으나 가지런히 곱게 누워 있는 곳으로 보아 한 쌍의 부부 같은 느낌을 가지지 않을 수 없었다.

그러나 권 검사는 덮어씌운 천은 걷고 죽은 사람들의 시체를 보려고 하기 전에 먼저 방 안을 한 번 살피었다.

과히 좁지 않은 방이었다. 그러나 한 편 벽이 책으로 완전히 가려져 있었다.

책은 철학 서적과 문학 서적이 대부분이었다. 한 편 벽에는 '로댕'의 <생각하는 사나이>가 아담스런 틀에 들어 걸려 있었다. 그리고 방 한 편에 놓여 있는 화류 책상에는 파란 고려자기(高麗瓷器)가 놓여 있었다. 주둥이가 길고 배가 둥그렇게 생긴 보기에 탐스러운 술병이었다.

뜻없이 살려고 하는 사람의 방 같지가 않았다. 인생을 느끼면서 무엇을 찾아내려고 애쓰던 발자취가 보이는 듯한 방이었다.

권 검사는 다시 시체로 몸을 돌려 보자기를 걷으려 했으나 보자기를 걷는 손이 갑자기 경건해짐을 느꼈다.

자멸한 인간이라고 저주하던 마음이 어딘가 멀리 달아났다. 올바르게 살려고 애쓰고 애쓰다가 불행하게 죽은 시체를 대하듯 그의 손은 경련을 일으킨 듯 떨리기까지 했다.

보자기를 벗기자 남녀의 얼굴이 드러났다. 극약을 먹고 죽었다니까 얼굴이 보기에 험할 것 같았으나 예상보다 깨끗하고 부드러웠다.

고민을 완전히 씻은 사람처럼 주름살들이 모두 펴져 있었다.

"이것이 바로 죽은 그대롭니까?"

권 검사는 시체가 너무 곱게 누워 있는 것을 보자 첫 질문을 내리었다.

"아닙니다. 한 사람은 이렇게 가로눕고 한 사람은 좀 삐딱하게 누워 있었습니다."

형사주임이 ㄱ자(字)를 그리며 처음에 누워 있던 자리를 설명했다. 그리고는,

"남자는 위로 향해 누워 있었고 여자는 엎드려 누워 있었습니다."
하고 누웠던 형태까지 설명했다.
"왜 자리를 이동시켰소?"
권 검사가 물었다. 타살이 아니라 자살이기 때문에 그런 것이 별반 문제가 안 될지 모르지만 검증하기 전에 자리를 이동시켰다는 것은 확실히 불법 행위다.
"그대로 놔 두라구 타이르기까지 했는데 옮겨 놓았습니다."
형사주임은 이렇게 말하고 젊은 여자를 부르려 했다. 그러나 권 검사는,
"알았소, 그럼 원형대로 눕혀 보시오!"
하고 젊은 여자와는 이야기할 사이도 주지 않았다.
권 검사의 말에 형사주임이 시체 가까이로 가려 할 때였다.
대청에 말없이 서 있던 젊은 여자가 방 안으로 달려와서는 형사 앞을 가로막고,
"시체를 만지지 마세요!"
하고 명령하듯 말했다. 그때 권 검사는,
"직무상 하는 일입니다. 내버려 두십시오!"
하고 젊은 여자를 저지시켰다.
"자살한 것이 사실이라면 시체를 가지고 번거롭게 굴 필요가 없지 않아요?"
"그걸 확인하려 하는 겁니다."
"어째서 그걸 확인 못합니까? 뻔한 일을 가지고……."
"상식적인 확인과 법률적 확인은 다르니까요."
"법률보다두 죽은 사람들을 존중해야 하지 않아요!"
젊은 여자는 끝까지 항의를 하려 했다.
권 검사는 변사가 아니라 자살이라는 것이 틀림없다고 생각되기는 했으나, 자기 눈으로 그것을 다시 확인해야 하겠다는 생각에 죽은 사람의 딸이 항의를 해도 끝까지 임무를 수행하려 했다.
"죽은 사람을 존중 안 하기 때문이 아닙니다. 만약에 자살이 아니고 타살

이라는 혐의가 조금만 있다면 타살의 이유를 끝까지 추궁해야 하는 것이 법률의 임무입니다. 인간은 법률을 부정할 만한 정신적 위치에 놓여지지 않기 때문에 자기가 만든 법률의 제재를 자기가 받지 않을 수 없습니다. 나는 나의 직무를 수행해야만 하는 것이니까 방해하지를 말아 주십시오!"

"유서가 있고 먹은 독약이 드러나고 했으면 그만이지 무엇이 또 부족해서 죽은 사람들에게 모욕감을 줍니까? 육체와 영혼이 분리되었다 해도 혼이 깃들었던 육쳅니다. 죽지 않을 수 없었던 고인들의 괴롬을 생각해서라두 내버려 두구 돌아가십시오!"

젊은 여자는 애원하듯이 말했다. 그렇게까지 말하는데 시체를 건드린다면 죽은 사람보다도 산 사람에게 실례가 될 것 같아 권 검사는 먼저 죽은 원인부터 알아보기로 마음을 돌렸다.

그래서 우선 환경부터 물어 본 결과 젊은 여자는 죽은 사람의 둘째 딸 이계원(李桂媛)이라는 것, 그리고 그의 아버지는 사십팔 세 되는 독신자로 고무공장을 경영하던 사업가라는 것을 알았다. 같이 죽은 맏딸은 스물일곱 살난 여자로 한 번 결혼을 했다가 이혼을 당하고 집에 돌아와 있었다고 했다.

권 검사는 정사한 원인이 무엇이냐고 물었다.

그러나 계원은 그 말에 대한 대답을 안 했다. 들은 체도 안 하는 태도로 보아 대답하기를 꺼리는 것이 분명했다.

"대답해 주십시오. 아버지와 딸이 정사했다는 사실이 처음인 만큼 그 이유를 밝히지 않아서는 안 되겠습니다."

권 검사도 강경한 태도로 나왔다.

"말씀을 삼가 주십시오. 정사가 뭐지요? 그리고 아버지와 딸은 정사해서 안 된다는 법이 있습니까?"

계원은 얼굴을 붉혔다.

"법률에 아버지와 딸이 정사해서 안 된다는 조목은 없습니다. 그러나 법률 이전에 윤리라는 것이 있다는 것을 아셔야 합니다. 윤리를 살리기 위해서 법률이 있다면 법률이 그러한 불륜의 정사를 제지할 권리가 있습니다."

"정사란 말을 쓰지 말라니까요. 법률이 윤리 뒤에 있다면 그 법률은 산 사람에게만 필요한 것이 아닙니까? 살아 있는 사람을 위하여서는 죽은 사람을 규탄할 필요가 없지 않아요?"

"천만에요. 죽은 사람에게도 죄가 드러나기만 하면 산 사람들을 위하여 죄명을 얹어 주어야 하는 것이 법률입니다. 그런 말은 할 필요가 없구 자살했다면 정사가 틀림없으니까 그 이유를 아는 대로 말해 주십시오!"

"나는 모르겠습니다."

"정사가 아니면 아니라는 증거를 말해야 할 것이 아닙니까?"

"모른다니까요. 정산지 정사가 아닌지 전혀 알 수 없어요."

권 검사는 그 뒤에도 여러 말로 계원의 입을 열어 보려 했으나 계원은 끝까지 대답을 회피했다. 그래서 할 수 없이 가정 사정이라도 알아보려고 가정환경을 다시 물어 본 결과 다음과 같은 사실을 알 수 있었다.

즉 계원의 아버지는 육이오 때 부득이 혼자서 피난을 갔었는데 서울에 남아 있던 어머니는 아는 괴뢰군 장교를 만나 같이 다니다가 구이팔 때 이북으로 넘어갔다는 것이었다. 그리고 언니 되는 여자는 결혼했던 남자가 너무나 불량해서 집으로 돌아와 있었다는 것이었다.

권 검사는 그러한 사정을 듣자

"두 분은 다 같이 고독을 느꼈군요? 공통된 고독에서 사랑을 느끼구 사랑 속에서 죽음을 찾구…… 유서에 있는 대루 그야말로 어쩔 수 없는 운명을 존중하게 되었군요."

하고 유도심문을 시작했으나 계원은 다시 입을 다물어 버렸다.

"잘 알았습니다. 정사라는 것을 확인하구 돌아가겠습니다. 의사의 검증만 끝나면 장례를 치뤄두 좋습니다."

권 검사는 틀림없는 정사라고 단정했다. 그래서 불쾌한 생각이 격하게 치밀어 올라 더 머물러 있고 싶지가 않았다.

그래서 경찰서에 부탁하여 신문에 크게 보도하도록 하리라 생각하며 그 집을 나오려 할 때였다.

계원이가 권 검사의 앞을 가로막으며,

"정사라구 결정지을 권리가 어디 있어요?"

하고 항의를 했다.

"그럼 정사가 아니라는 증거를 말해 봐요. 나도 인간에게 그런 추한 면이 있다는 것을 후세에 남기구 싶지 않습니다. 법률보다도 중한 것은 인간이니까요."

계원이가 정사라는 말을 극력 부정하려는 데는 수치스럽다는 감정 이외에 다른 무엇이 있는 것 같아 또 한 번 말을 시켜 보았다.

"법률보다도 중한 것이 인간임을 아신다면 구태여 정사라는 말을 써서 죽은 사람들을 욕되게 할 것이 없지 않아요?"

"죽어서두 욕을 받아야 할 사람은 욕을 받아야 하지 않습니까?"

"인간을 중하게 생각하신다는 분의 말씀인가요? 그것이⋯⋯."

"물론 그렇습니다."

"죽은 사람을 욕되게 하므로 산 사람의 목숨까지 빼앗는 결과가 생긴다구 해두요?"

"그러니까 말씀을 하라는 것이 아닙니까?"

"좋습니다. 좋두룩 판단을 내리시구 돌아가십시오!"

"그럴 것이 아니라 나중에 후회하지 않두룩 이야길 하면 되지 않아요. 솔직하게 말하면 이 사건을 들었을 때 나는 분개했습니다. 인간을 모독하는 인간들의 행동이라구 생각했습니다. 그러나 정말 정사가 아니기를 진심으로 바랐다는 것이 나의 진심이었을 겁니다. 그러나 사실이 아니라는 증거가 없으니 어떻게 합니까?"

"좋아요! 마음대루 하세요!"

권 검사는 죽은 사람들을 위해서라도 있는 사실을 그대로 말해 달라고 사정까지 해 보았으나 계원은 종시 태도를 고치지 않았다.

할 수 없이 돌아오는 수밖에 없었다.

그러나 어떻게 마음이 돌았는지 권 검사는 형사부장에게 신문 보도를 절대로 금지하라고 부탁했다.

의사의 검증서를 얻어 가지고 사무실로 돌아온 권 검사는 검증보고서를 쓰려고 종이를 꺼내 놓았다. 검증을 했으면 보고서를 써야만 했기 때문이다.

그러나 쓴다고 하면 부녀 정사라고밖에 쓸 도리가 없었다. 부녀 정사라는 말을 쓰려고 하니 강경하게 부인을 하던 계원이의 모습이 떠올라 팬이 움직여지지 않았다.

더구나,

"죽은 사람을 욕되게 하므로 산 사람의 목숨까지 빼앗는 결과가 생긴다 해두요?"

하던 말이 머릿속에 떠올랐다. 그것은 죽은 사람을 욕되게 하면 자기가 죽겠다는 듯과 같은 말이다.

권 검사는 자기가 사람의 생명을 좌우하는 위치에 놓여 있음을 새삼스럽게 느낀다.

사람을 죽인다…….

법률은 사람을 처벌할 수 있다. 그러나 그것은 인간을 좀더 광명하게, 좀더 깨끗하게 살리기 위한 기본 정신의 움직임이다. 사람을 죽이는 데 눈이 번쩍여서는 안 된다.

권 검사는 들었던 펜을 놓았다. 차마 정사라는 말이 쓰고 싶지 않았던 것이다.

그는 창 밖으로 쏟아지고 있는 봄비를 내다보았다. 거센 바람에 창이 흔들리고 있었다. 좍 좍 창을 두들기는 빗소리…….

한참 동안 비오는 공간을 응시하고 있던 권 검사는 다시 펜을 들고야 말았다. 어떠한 환경 속에서도 법은 공정해야 한다는 생각이 들었던 것이다.

계원을 죽이기 위해서가 아니다. 그리고 무엇이라고 쓰던 계원이가 검증보고서를 볼 턱이 없다.

더구나 이유야 어떻든 있어서 안 될 일을 저지른 두 사람의 죽음에 대하여 법률까지 거짓으로 그들을 옹호해 줄 수는 없었다.

변사가 아니라 청산가리로 자살했다는 공의(公醫)의 검증서를 첨부하여 자기의 검증보고서를 제출하도록 서기관에게 서류를 내주고 난 권 검사는 또다시 창 밖을 내다보았다.

따라서 폭풍우 속에서 정신없는 사람처럼 말도 없이 혼자 앉아 있을 계원의 얼굴이 눈앞에 떠올랐다.

어쩐지 계원이가 고고(高孤)한 정신의 소유자이며, 티없는 마음의 천사 같은 생각이 들었다.

자기의 소신(所信)에 대하여서는 굴할 줄 모르는 신념의 소유자 같은 생각도 들었다.

그리고 딸과 정사한 만큼 변태적인 사람을 아버지로 가진 만큼 계원 역시 어딘가 보통 여자와 같지 않은 점이 있는 것 같게 생각되었다.

그래서 권 검사는 계원이가 자살할 소질의 소유자가 아닌가라고 의심해 본다.

권 검사는 문득 전화기를 들었다. 그리고 계원이가 다닌다는 S여자 중학교의 전화번호를 찾아 돌렸다.

학교가 나오자 권 검사는 대짜로 계원이가 출근했느냐고 물었다. 그 물음에 결근이란 대답을 듣자 그는 곧 계원의 아버지와 어머니가 죽었다는 사연을 알리고 찾아가 보도록 말하려고 했으나 그만 밑도 끝도 없을 말 한 마디를 물어 본 뒤 그만 전화를 끊어 버렸다.

장례 치러 줄 사람도 없을 테니 혼자서 애쓸 것이 분명하다. 혼자서 애쓰다가 그만 이상한 생각이 들어 자살이라도 하면 어떻게 할까 하는 걱정에 전화를 걸기는 걸었던 것이지만 자기가 알리지 않은 일을 미리 알고 교직원들이 찾아간다면 계원이가 도리어 당황해할 것 같아 그만 전화를 끊어 버린 것이다.

사실 계원이가 어떠한 생각을 갖고 있는지를 알 수 있었다. 그러나 그 생각으로 보아 아버지와 언니의 죽음을 누구에게나 알리고 싶어하지 않은 것만은 사실이었다.

그러나 그렇다고 해서 여자의 몸 하나로 두 시체를 처치하기에는 너무나 벅찰 것 같아 권 검사는 어떻게 했으면 좋을까 하고 한참 동안이나 궁리를 했다. 궁리 중에 그는 계원이를 찾아가야만 한다는 결론을 내리고 말았다.

권 검사는 자기 대신으로 딴 사람을 보낼까도 생각해 보았지만 아무래도 자기 자신이 가야만 할 것을 깨달았다. 계원은 누구에게나 자기 집안의 비밀을 알리고 싶어하지 않을 것이며 사건에 관계없는 사람을 보낸다는 것은 도리어 역효과를 나타낼 것이 뻔했기 때문이었다.

권 검사는 비를 맞아 가며 찾아갔다.

그러나 계원은 권 검사를 보고도 쓰다 달단 말을 한 마디도 안 했다. 권 검사는 자기를 검사라고 해서 또 직무를 띠고 온 줄 오해하지나 않나 해서,

"장례를 도와드리러 왔습니다. 장의사에는 연락을 하셨나요?"

하고 자기가 찾아온 이유를 밝혔다.

그래도 계원은 권 검사의 얼굴만 바라보고 있고 말을 안 했다.

"알려 드려야 할 곳은 없습니까?"

그때야 계원은 입을 열고,

"알려서는 뭣해요. 신문 보문 다들 알 걸요."

하고 적의에 찬 눈동자를 번쩍였다.

권 검사는 계원이가 역시 그것을 걱정하고 있는 줄 알고,

"신문에는 보도하지 않도록 주의를 시켜 놓았습니다. 그리구 두 분의 죽음을 정사라고 보고하지 않았으니까 걱정을 마십시오."

하고 안심시켰다.

그래도 계원은 그 말을 신용하지 않는 것 같다.

"나두 죽은 사람보다 산 사람이 중대하다는 것을 깨달았습니다. 그리구 죽은 사람의 명예를 위해서라두 내가 양보하여야 한다구 생각을 고쳤습니다."

하고 부언을 했다.

그때에야 계원은 약간 신용이 된다는 듯이,

"법률에두 융통성이 있나요?"

하고 물었다.

"인간을 위한 법률이구 인간이 취급하는 법률인데요. 어쨌든 그런 이야기는 나중에 하구 우선 장례식 할 준비나 하십시다. 돌봐 줄 친척두 없으신 가요?"

"친척이 있으면 친척더러 해 달랄 수 있어요? 내가 다 하지요."

“그래두 아버지의 공장과 계원 씨의 학교에는 연락을 해야잖아요?”

“그럴 필요두 없습니다.”

“그럼 내가 도와드리지요.”

“나두 넉넉히 할 수 있습니다. 장의사에 연락하면 전부 해 주지 않아요.”

“우선 구청에 사망신고와 매장 허가원을 제출해야 합니다. 공의의 사망진단서두 있어야 하구요.”

“참!”

계원은 그때야 자기 혼자만으로서는 도저히 처리할 수 없다는 것을 안 모양이었다. 그래서 권 검사가 묻는 말에 꼬박꼬박 대답을 했다.

원적, 현주소, 생년월일 등 사망신고에 필요한 사항을 권 검사가 묻는 대로 대답해 준 것이다.

권 검사는 빨리 수속을 끝내고 빨리 매장을 해 버리려고 그 자리에서 계원의 집을 나왔다.

그러나 계원이를 혼자 내버려 둔다는 것이 불안해 견딜 수 없었다. 고독한 시간을 혼자서 오래 가지게 한다는 것은 위험하기 짝이 없기 때문이었다. 자기를 어떻게 생각할는지는 모르지만 그래도 자기가 같이 있어 주면 죽으려는 생각을 못할 것 같았다.

그래서 권 검사는 자기 사무실로 전화를 걸어 최 서기를 불러냈다. 서기에게 구청 사무를 부탁한 것이다. 그리고 장의사에도 들러 내일 시체를 운반하도록 교섭해 달라는 부탁까지 했다.

서기에게 모든 부탁을 하자 권 검사는 상점에 들러 양초 몇 통과 향(香)을 사 가지고 계원의 집으로 바삐 돌아왔다.

권 검사가 계원의 집에 들어섰을 때는 계원이가 두 시체 앞에 꿇어앉아 묵상을 하고 있었다.

우는 것은 아니었다.

그러나 시체 앞에 눈물도 없이 고요히 앉아 있는 모습이란 처량하기 짝이 없었다. 눈물 없이 마음으로 우는 슬픔이 더욱 슬퍼 보였다.

사실 눈물을 흘리며 소리를 낸다는 것은 슬픔이 터져 어쩔 수 없어 우는 것이라 해도 그것은 그렇게 답답해 보이지가 않는다. 슬픔을 밖으로 내뿜어 버리고 괴로움은 정리할 수 있기 때문이다.

그러나 아무리 꼬집고 때려도 눈살 하나 찌푸리지 않고 참는 사람이 더 보기 딱한 것처럼 눈물 없이 우는 사람의 슬픔은 그 가슴 속에 소화시킬 수 없는 괴로움이 보이는 것 같아 보는 사람까지 딱하게 한다.

가슴이 아프도록 슬플 때는 눈물을 흘리지 못하는 것이 정말일지도 모른다.

권 검사는 머리털 하나 움직이지 않고 있는 계원이가 보기에 안되어,

"안방으로 가시지요!"

하고 시체 옆에서 떠나기를 권했다.

계원은,

"벌써 다 끝났어요?"

하고 앉았던 자리에서 일어나 안방으로 걸어갔다.

"벌써 끝날 수가 있습니까? 누구한테 부탁을 했지요."

권 검사는 방 안에 앉았다. 그때 계원이가 깜짝 놀라는 얼굴로,

"다른 사람한테 부탁하면 어떡해요?"

하고 곤란하다는 듯이 권 검사를 보았다.

"어때요. 믿을 만한 사람에게 맡겼는데."

"검사가 가야 일이 빨리 되지 않아요!"

권 검사는 그만 웃음이 터지려는 것을 겨우 참았다. 다른 사람에게 부탁한 것을 곤란하게 생각하는 것 같을 때, 권 검사는 정사라는 것이 다른 사람에게까지 알려질까 두려워해 하는 것으로 추측했었다. 검사 아닌 사람이 가면 수속이 늦어질 것이라는 걱정인 줄은 꿈에도 생각지 못했다. 더구나 같은 말이래도 지나치게 솔직한 데는 그저 웃음이 나오려 할 뿐이었다.

그러나 시체를 지붕 밑에 놓고 웃을 수도 없어서,

"내 밑에 있는 서기가 갔으니까 내가 간 거나 마찬가질 겁니다."

하고 안심을 시켰다.

잠시 동안 말이 끊어졌다. 계원은 이야기를 하다가도 다른 것을 혼자 생

각하는 모양이었다. 한참 동안 물끄러미 앉아 있던 계원은 갑자기 이런 말을 꺼냈다.

"권 선생님은 무슨 생각에 찾아오셨어요?"

권 검사는 대답하기가 곤란했으나 그렇다고 해서 대답을 안 할 수도 없었다.

"혼자서 애쓰실 것 같아 도와드리려구요?"

"좀더 조사하고 싶은 일이 있는 건 아녜요?"

"천만에요. 보고까지 끝냈는데요."

"죽은 사람들에게 동정이 갔습니까?"

"그렇지는 않습니다. 의식적으로라두 동정은 안 하렵니다."

"그래요?"

계원은 불쾌할 정도로 믿을 수 없다는 태도를 보였다. 권 검사는 무슨 말을 해 줄까 하다가 그대로 참고 있을 때,

"아버지와 딸은 사랑할 수 없을까요?"

하고 계원이가 물었다.

"부녀간의 사랑이 아닌 이성적인 사랑이야 있을 수 없지요."

"나는 이성적(理性的)인 사랑을 말하는 것입니다."

"물론 있을 수 없습니다."

"그래요?"

계원은 또 믿을 수 없다는 얼굴로 고개를 내려뜨렸다.

권 검사는 생각만 해도 불쾌하다는 듯이,

"그럼 아버지와 언니가 사랑을 했다는 말씀이지요?"

하고 따졌다.

"나는 우리 아버지와 언니를 두구 하는 말이 아닙니다. 권 선생이 너무두 강경하게 부인하니까 아버지란 사람과 딸이란 사람은 정말 사랑할 수 없는가 알구 싶어서 하는 말이지요."

계원은 정말 몰라서 궁금한 것처럼 눈알을 돌리며 혼자서 생각을 계속했다.

"도저히 있을 수 없는 일입니다. 간단한 예를 들지요. 그 아버지와 그 딸 사이에 어린애가 생긴다면 그 애는 아버지더러 무엇이라고 불러야 합니까? 아버집니까 할아버집니까?"

그래도 계원은 모르겠다는 듯이 말했다.

"아버지라구 그러면 어때요? 사실상 아버진걸…… 그런 대명사를 안 붙이면 또 어때요. 그저 사람이라구 그러지요."

"사람이란 단체와 사회를 구성하구 삽니다. 단체와 사회에 질서가 없으면 종말이 아녜요?"

"종말이면 어때요. 좋두록 살다가 없어지면 후회될 게 하나두 없을 텐데……."

"그것은 데카단입니다."

"데카단에두 아름다운 것이 있지 않을까요?"

"절대루 없습니다. 인간을 퇴보시키는 사상을 아름답게 볼 수 있어요? 아름다움이란 선(善)이란 뜻과 같을 겝니다. 선이 아닌 것은 아름다울 수 없습니다."

"그럼 권 선생은 인간을 아름답게 보려 하지 않습니까?"

"무조건 아름답게 보지는 않습니다."

"나는 무조건 아버지와 언니를 아름답게 봅니다."

"실례지만 나는 그렇게 보지 못하겠습니다."

"우리 아버지는 참말 좋은 사람입니다. 언니두 그렇구요. 선생님 말씀 말따나 선한 사람들이니까 어떤 일이 있어두 아름다운 것 같아요."

"죄를 범할 때는 벌써 선이 악으루 변한 것입니다."

"인간을 왜 그렇게 자루 잴려구 그러세요. 잰다구 해서 재지나요? 법률가는 인간들이 기계가 되면 제일 좋아할걸요?"

"그건 모르시는 말씀입니다. 법률은 법률이 없어져야 한다는 전제 밑에 존재하는 것입니다. 인간을 기계화하려는 것이 아니라 인간을 완전히 자유스럽게 하려는 데 존재가 있습니다."

"어쨌든 우리 아버지와 언니는 좋은 사람이에요. 서루 사랑했다면 더 좋을 것 같아요."

"그럼 사랑 안 했다는 말씀입니까?"

"그건 몰라요. 그렇지만 사랑했다 해두 나쁠 게 없어요. 왜 사랑을 못해요? 딸이라구 언제나 어린앤가요? 성인(成人)과 성인, 인간과 인간, 얼마든지 사랑할 수 있잖아요."

권 검사는 더 이야기하고 싶지 않았다. 이야기에 흥미가 느껴지지 않았던 것이다. 더구나 계원의 말은 두 사람이 사랑하지 않았다는 것을 암시하는 것 같아 자기가 희롱을 당하고 있는 것이나 아닌가 의심이 갔다. 그리고 계원의 말 가운데 어떤 것이 진실이고 어떤 것이 거짓인지를 구별할 수 없는데 더욱 희롱 당한 듯한 생각이 들었다.

그래서 권 검사는,

"계원 씨는 무엇 때문에 남을 가르치는 직업을 택했습니까? 아무 구속도 없이 좋두룩 살아갈 것이지?"

하고 계원의 본심을 알아보려 했다.

"월급을 저축했다가 시집갈라구요."

권 검사는 또 웃음이 나오는 것을 참았다. 교양이 높고 세련될 대로 세련된 듯한 계원이가 결혼이란 말을, 시집간다고 그것도 가장 자연스럽게 말할 때 정말 웃음이 나오지 않을 수 없었다. 권 검사는 웃음을 참고 이야기를 계속하려 했으나 그때 계원이가 아무 말도 안 하고 건넌방 시체실로 들어갔다.

달은 밝은데

"똑 똑."

사무실 문에 노크 소리가 났다.

"들어오십시오."

그러나 들어오라는 말이 들리지 않았는지 노크 소리가 다시,

"똑 똑."

하고 계속했다.

이번에는 '들어오십시오.'라고 말한 사람이 신경질의 눈초리로 문을 향해 바라볼 뿐 들어오라는 말을 하지 않았는데도 문이 방긋이 열리며 젊은 여자의 얼굴이 기웃 반만 나타났다.

얼굴을 디밀었는데도 방 안에서는 무엇이라고 물어 보는 사람이 하나도 없었다.

죄를 지은 사람이나 그런 사람과 관련이 있는 사람만이 출입하는 사무실이라 젊은 여자가 나타났다 해도 어떤 사건에 관계가 있는, 즉 사무적 용건으로 찾아온 사람으로만 보였기 때문인지 모른다.

"권병호 선생 안 계신가요?"

젊은 여자가 이렇게 물었을 때도,

"잠깐 나가셨습니다."

하는 던져 버리는 듯한 대답이 있었을 뿐, 누구 하나 거들떠보지도 않았다.

젊은 여자는 잠시 당황해하다가,

"곧 들어오실까요?"

하고 머뭇거리며 물었다. 그때야 한 사람이,

"날래 들어오실 것 같지 않습니다. 무슨 용건이시지요?"

하고 젊은 여자를 바라보았다.

젊은 여자는 입술만 움직이면서 말을 못하고 주저주저 했다.

여자를 바라보던 남자는 여자의 태도에서 범죄 사건과 관계가 있어서가 아니라 개인 관계로 찾아온 것을 육감으로 알았던지,

"누구신지 돌아오시면 말씀해 드리지요."

하고 여자의 이름을 물었다.

그래도 여자는 대답을 안 했다. 한참 뒤에야,

"오후에 다시 오겠습니다."

하고는 뒤도 돌아보지 않고 나가 버렸다.

그런 일이 있은 지 몇 시간이나 지난 오후 퇴근 시간이 가까웠을 때 노크

소리와 함께 그 여자가 다시 나타났다.

검찰청 서기 최금술(崔金述)은 무슨 생각이 들었는지 오전과는 달리 친절한 태도로,

"아직 안 돌아오셨습니다. 들어오시기는 들어오실 것 같은데 잠깐 기다려 보시지요."

하고 그를 방 안으로 안내하려 했다.

"꼭 들어오실까요?"

"큰 사건이 없으면 반드시 돌아오십니다. 오늘은 사건이 있어서 나가신 게 아니라 어떤 집 장례식이 있어서 나가셨습니다. 꼭 돌아오실 겁니다."

"그럼 좀 기다려두 좋을까요?"

"좋습니다. 여기 앉으십시오."

최금술은 자기 책상 가까운 곳에 의자까지 가져다 놓고 앉기를 권했다. 그리고는 석고처럼 움직이지도 않고 앉아 있는 여자에게 가끔 호기심이 가득 찬 시선을 던지곤 했다.

최금술에게 있어서 그 여자는 호기심의 대상이 아닐 수 없었다.

근 일 년 동안 권 검사 밑에서 일하고 있지만 개인 용무로 찾아온 여자란 한 사람도 없었다. 그런데다가 첫 번 나타난 여자가 하루에 두 번씩이나 찾아왔다고 하는 것은 보통 사이가 아님을 말하는 것 같았다.

권 검사에게도 그런 일이 있었나…… 이 여자는 어떤 여잘까…….

최금술은 혼자서 이런 것들을 생각하는 것이었다. 그러기에 자기 옆에 앉히고 이모저모로 관찰을 게을리 하지 않았다.

처녀같이 보였을 뿐 아니라 교양도 상당히 높은 여자처럼 보였다. 얼굴도 깨끗하게 생겼다.

권 검사가 돌아와서 두 사람이 주고받는 말을 들어보면 그들의 관계가 짐작될 수 있을 텐데 하고 생각하니 권 검사가 빨리 돌아왔으면 하는 궁금증이 커지기까지 했다.

다섯 시가 지나도 권 검사는 돌아오지 않았다.

젊은 여자가 팔목시계를 들여다보고 나서,

“시간이 지나서는 안 들어오시겠지요?”

하고 물었다.

최금술은 자신이 없었다. 안 들어오지는 않을 것 같지만 시간이 지났으니 들어오리라는 말도 할 수 없었다.

“이상한데요…… . 이런 일이 별로 없었는데…… .”

“다음에 또 오지요.”

젊은 여자가 일어서려 할 때였다. 전화 소리가 났고 최금술이가 수화기를 들었다.

“네, 최 서기올씨다. 네 별일은 없습니다. 그런데 어떤 부인 한 분이 찾아와서 기다리구 계신데요. 네…… 잠깐만 기다리십시오.”

최금술은 전화기를 한 손에 든 채 젊은 여자에게,

“누구신가 물어 보시는데요. 바루 권 검사님에게서 전화가 왔습니다.”

하고 이름을 물었다.

그때 여자는 잠시 당황하는 기색을 보이다가,

“내일 또 찾아온다구 말씀해 주세요. 이름은 안 알리셔두 좋습니다.”

하고 대답했다.

최금술은 할 수 없이 젊은 여자의 말을 그대로 옮기는 수밖에 없었다. 권 검사가 무어라고 말했는지 최금술은 이어 전화를 끊었다. 전화를 끊고 나서는,

“내일은 일찍부터 나오신답니다.”

하고 말했다.

이어 여자는 실례했다는 말을 남긴 뒤 돌아가 버렸다.

여자가 돌아가자 최금술은 혼자 생각했다.

여자 문제를 중요시하지 않는 것처럼 말해 오던 권 검사는 결국은 남 모르는 여자와의 관계를 가지고 있었군! 하고.

다음날 아침 권 검사는 출근을 하자 어제 찾아왔던 여자에 대해서 묻기를 시작했다.

최금술은 자기가 본 인상을 그대로 설명했다.

“나이는 몇 살이나 돼 보입디까?”

“스물대여섯 나 보이던데요.”

“그렇게밖에 안 보여요?”

“네.”

“키는?”

“보통 여자 킵니다. 코가 좀 큰데 앞으루 꼬부라진 게 특징 같더군요.”

“아…… 오신영이로군.”

권 검사는 자기도 모르게 여자의 이름을 외어 버렸다. 여자의 이름을 외자 알 것을 다 알았다는 듯이 그 문제에 대해서는 한 마디도 묻지 않았다.

최금술은 궁금한 생각에,

“누구신지 굉장히 기다리시던데요.”

하고 넌지시 능을 쳤다 그러나 권 검사는,

“다음에 오거든 내가 만나지 않는다구 돌려 보내시오!”

하고 냉정하게 대답했다.

“무슨 사건과 관련이 있는 분인가요?”

최금술은 그런 일이 아닌 줄 알면서도 한 번 더 능을 쳤다.

“아무것두 아니야.”

권 검사는 말도 하기 싫은 모양이었다. 그러나 바로 그때 노크 소리가 나고 문이 열리더니 어제 왔던 여자의 얼굴이 쑥 나타났다.

그 얼굴을 보자 권 검사는 최금술에게 눈짓을 했다.

최금술은 어색하기는 했으나 할 수 없이 여자 앞으로 나가,

“바쁘신 모양인데 다음에 오십시오!”

하고 문을 닫았다. 여자는 금시 얼굴빛을 붉혔으나 할 수 없다는 듯이 문 밖으로 물러 나갔다.

한 이십 분이나 지났을 때 권 검사가 부장검사를 만나려고 문을 열고 나갈 때였다. 간 줄만 알았던 오신영이가 그때까지 낭하에서 기다리고 있는 것이 아닌가?

담벽에 기대어 서 있는 오신영을 보자 권 검사는 깜짝 놀랐다. 있으면서

도 만나 주지 않는 것을 알면 응당 돌아가야 할 것인데도 불구하고 몇십 분 씩이나 기다리고 있다는 사실이 그를 놀라게 했던 것이다. 만약 자기가 종 일 방 안에서 나오지 않았다면 종일이라도 기다리고 있을 것이 아닌가?

놀람과 동시에 당황해지고 말았다. 만나지도 않겠다고 면회를 거절할 만 큼 마음으로 미워하는 여자다. 그러나 그러한 여자나마 자기를 만나려고 어 제부터 찾아왔으니 이제 그 면전에서 무엇이라고 말해야 할 것인가? 어제 부터만이 아니라 며칠 전에는 집에까지 찾아와서 자기의 어머니를 만나 통 사정을 하지 않았는가? 속으로는 미워하면서도 면전에서는 냉혹할 수 없는 것이 또한 권 검사의 성격이다. 자기와 관계가 없는 일에는 직업상 얼마든 지 냉혹할 수도 있으나 자기 개인 문제에서는 도저히 그럴 용기가 없는 사 람이었다.

그러나 피할 도리가 없었다. 더구나 신영이가 앞으로 달려 와서,

"만나 주시지 않을 것까지는 없지 않아요."

하고 말하는 데는 그저 가슴만 울렁거릴 뿐이었다. 그러나 그렇다고 해서 잘못했다는 태도를 보일 수는 없었다.

"만나서는 무엇하지요? 만날 필요가 무엇입니까?"

"그래두 남의 성의는 알아 줘야 하지 않아요?"

"성의를 아는 사람이라면 십 년 전 일을 생각해 보시오. 어쨌든 나는 지 금 바쁘니까 다음에 이야기합시다."

권 검사는 그 자리를 피하려 했다. 그러나 오신영이가 앞을 막아 서며

"언제 이야기하실까요?"

"기회가 있는 대루……."

"그럼 단골 다방으루 가두 좋습니까?"

권 검사는 얼굴을 붉혔다. 신영이가 자기와 옥심과의 관계를 알고 야유하 는 것으로 느껴졌기 때문이었다.

"마음대루 하구려."

옥심과의 관계를 부정하기 위하여 이렇게 말을 했으나 옥심의 다방에서 신영을 만나는 장면을 생각하니 불안하기 짝이 없었다.

"사랑하는 사람이 있으면 있다구 솔직히 말씀하세요. 숨길 필요는 조금
도 없습니다."

신영은 확실히 질투를 느끼는 모양이었다. 그러나 그런 말은 너무나 의외
의 일이었다.

"사랑하는 사람이 있건 없건 무슨 상관이지요? 간섭할 까닭이 무엇입니
까?"

"간섭하는 게 아닙니다. 한 번 실수를 한 것만은 사실이지만 십 년 동안
그 실수를 후회하며 십자가를 지고 살아온 사람과 만나지도 않겠다는 것이
너무 심하지 않습니까?"

"십자가를 진 것은 누구보다두 날 걸요?"

"미워할 수 있는 사람과 미움을 받아야 하는 사람과 누가 더 괴로웠을까
요?"

"누가 미움을 받으라구 그랬어요? 남을 탓할 게 하나두 없지 않아요?"

"남을 탓하지 않으려니까 괴로운 것이 아닙니까?"

"좌우간 이야기할 시간이 없어요. 앞으루두 만날 필요가 없을 테니까 찾
아올 것두 없구……."

권 검사는 더 이야기하고 싶지가 않은 모양이었다. 도망치듯 달아나 버리
고 말았다.

오신영은 사람들이 오고 가고 하는 복도에서 뒤를 따라갈 수도 없고 해서
멍하니 그의 모습만 바라보고 있었다.

권 검사가 어떤 방으로 들어가 버린 뒤에도 신영은 한참 동안이나 우두커
니 서 있었으나 무슨 생각이 들었던지 고개를 숙이고 걷기를 시작했다.

전찻길로 나와 자기가 출근하고 있는 ××부 앞에 이르렀을 때는 들어갈
까 말까 하고 잠시 망설였으나 그대로 그 앞을 그냥 지나 냉천동 자기 하숙
으로 향하고 말았다.

하숙방에 이른 오신영은 방에 들어가서도 옷을 갈아입을 생각을 안 하고
책상머리에 앉아 턱을 괸 뒤 묵상에 잠겨 버렸다.

오신영은 무엇보다도 권병호를 만났을 때의 자기 태도를 반성해 보는 것

이었다.

권병호가 아무리 냉정한 태도를 보였다고 했기로서니 자기가 병호를 탓하고 원망하는 말을 할 수가 있었을 것인가?

자기는 근 십 년 동안이나 이 날을 위해서 살아왔다. 병호가 성공하고 마음을 안정시키는 날까지는 어떠한 일이 있어도 만나지 않으리라 마음먹고 참아 왔다.

만나는 날에는 눈물로써 자기의 잘못을 뉘우치고 어떠한 일이라도 달게 받으리라 미리 생각해 왔다. 그렇던 자기를 잊어버리고 만나 주지도 않으련다고 해서 도리어 트집을 잡은 자기를 생각할 때 신영은 그야말로 '십년공부 나무아미타불'이었다는 것을 깨닫지 않을 수 없었다.

있으면서도 없다고 할 때 섭섭하기도 했지만, 종일이라도 기다리겠다는 생각에 복도를 지키고 있은 것은 무엇인가? 그 마음을 잊어버리고 만나 주지도 않으려 했다 해서 병호를 탓할 것이 무엇이었던가 말이다. 성의를 알아달라고 한 말과, 또 병호의 비밀을 폭로시키기나 하려는 듯이 곧 다방까지 들추어냈다는 것은 확실히 자기의 잘못이었다.

그 동안 자기도 말할 수 없는 고독과 인내 속에서 살아왔다. 그러나 그것은 병호를 괴롭게 한 자책에서 스스로가 짊어진 십자가였다. 병호를 탓할 만한 것이 하나도 없다.

백 번 죽어도 병호의 용서만을 청해야 하는 위치에 있으면서도 병호의 경멸을 참지 못하고 원망하는 태도를 보였다는 것은 자기의 수양이 부족하다는 것을 보인 것 이외에 아무것도 아니다.

신영은 정말 울고 싶었다.

그러나 그는 자기를 반성하는 동시 앞으로 취할 자기의 태도를 생각했다. 앞으로는 어떻게 할까 하고 생각할 때 신영은 그런 생각을 하려는 자기 자신을 의심했다.

앞으로 취할 태도…… 그것은 하나밖에 없다. 그것은 십 년 동안 가져오고 있는 결심이다. 그런 것을 이제 와서 생각할 필요가 어디 있단 말인가.

신영은 종이를 꺼내 편지를 쓰기 시작했다. 열 번, 아니 백 번이라도 자기의 마음을 알리고 따라서 병호의 마음 문을 두드려야 했기 때문이었다. 만나 주지를 않으니 말로서는 전할 수가 없다. 그러나 편지를 써서 보내면 읽어는 주겠지, 한 번 읽어 주지 않으면 열 번이라도 쓰지.

"병호 씨!

먼저 오늘의 경솔을 후회하여 사죄를 드립니다. 십 년 동안 기다리던 오늘을 저의 손으로 깨뜨려 버리고 말았으니 누구를 탓할 수도 없습니다마는 누르고 참아 오던 괴로움이 병호 씨를 보자 저도 모르게 튀쳐 나왔다고 하는 것만 알아 주시기 바랍니다.

저보다는 병호 씨가 더 괴로웠을 것만은 사실입니다. 모르지 않습니다. 그러나 병호 씨는 그 괴로움을 이기기 위하여 또 저에 대한 원한을 다른 방향으로 복수하기 위하여 새로운 길을 개척했습니다. 또 성공을 하셨습니다. 말하자면 저의 일시적 과오가 병호 씨의 생애를 빛나게 하는 결과를 가져왔습니다. 그러나 그렇다고 해서 저의 배반을 잘 한 것이라고는 생각지 않습니다. 차라리 제가 병호 씨를 끝까지 사랑함으로써 병호 씨가 평범 이하의 인간이 되었다 해도 저는 거기에 괴로움을 느끼지 않았을 것입니다."

신영은 잠시 붓을 놓았다. 그리고 뜨거워 오는 눈시울을 수건으로 대고 있었다.

신영에게 있어서 과거를 회상한다는 것은 언제나와 같이 슬프기만 한 일이었다. 더구나 병호에게 호소하면서 자기의 과거를 회상할 때 눈물이 나오지 않을 수 없었다.

눈물을 흘리면서도 신영은 편지를 계속하지 않을 수 없었다.

"사실은 병호 씨가 성공하기를 기다리고 있은 것은 아닙니다. 성공을 하지 않으면 병호 씨의 마음이 진정되지 않을 것을 알았기 때문에 병호 씨의 마음이 진정되는 날을 기다렸던 것이라고나 하겠지요. 병호 씨가 어떻게 불행한 자리에 놓여 있다 해도 저는 병호 씨를 끝까지 사랑할 수 있는 사람이 되었습니다. 그것은 한 번 저지른 반역이 배워 준 교훈인지도 모릅니다.

참으로 저는 병호 씨에게 반역을 한 뒤 비로소 인생이라는 것을 배운 것 같습니다. 반역을 반역으로 깨닫는 한 반역이라는 것은 진리(眞理)의 배광(背光)이 아닐까 생각됩니다.

저는 저의 반역으로 말미암아 병호 씨의 격분과 괴로움과 불행을 내 육체 속에서 느낄 수가 있었습니다. 그래서 반역에 대한, 그리고 병호 씨의 괴로움에 대한 보상(報償)을 하기 위하여 일생을 바쳐야 하리라고 깨달았습니다. 그러나 오늘 병호 씨를 만났을 때 저는 보상의 정신을 잃고 슬픈 감정을 앞세우고야 말았던 것입니다. 아직 교양이 부족한 때문인 것 같습니다.

백 번 죽인들 제가 어찌 병호 씨를 다시 괴롭힐 수 있겠습니까? 거듭 용서를 빕니다. 저를 사랑해 주지 않아도 좋습니다. 용서만이라도 해 주십시오. 십 년 동안 다른 아무것도 생각지 않고 병호 씨의 용서받을 날만 기다리고 있었다는 저의 마음을 알아 주시기 바랄 뿐입니다.

그 동안 저는 학교를 졸업했습니다. 학교를 졸업하자 부모들이 결혼을 강요했습니다마는 저는 그 말을 들으려고도 생각지 않았습니다. 결국 집을 뛰쳐 나오고 말았습니다마는 그 뒤부터 저는 병호 씨의 곁을 떠나지 않았습니다. 이사 가는 곳마다 따라다녔습니다. 육이오 이전에 명륜동에 계실 때는 그 근처에 하숙을 하고 있었고. 육이오 후퇴할 때는 병호 씨를 따라 밀양(密陽)까지 가 있었습니다. 밀양서 얼마 안 있어 부산으로 가실 때는 저도 그리로 이사를 갔고, 환도 후 냉천동에 집을 구했을 때는 저 역시 거기서 지금의 하숙을 정했던 것입니다.

몸과 마음이 병호 씨 옆을 떠나지 않았습니다. 그것은 제가 병호 씨 옆을 떠나서 살 수가 없었던 것이 하나의 이유였고, 또 하나의 이유는 병호 씨가 다른 여자와의 관계를 눈치만 보인다면 제가 표면에 나서야 한다는 즉 병호 씨를 감시하면서 기회를 엿본 것입니다.

　제가 병호 씨 어머니를 먼저 만난 것은 어머니를 통해서 병호 씨의 마음을 알려고 한 것이기도 했지만 병호 씨가 다른 여자와 관계를 맺기 시작한다는 사실을 알고 표면에 나서려는 서전이기도 했습니다.

　그렇다고 해서 병호 씨와 싸운다는 뜻은 아닙니다.

　제가 어찌 그런 마음 가질 수 있겠습니까. 그저 용서만 바라고 사는 저입니다. 제가 병호 씨를 반역한 이유에 대해서는 다시 회상할 용기도 없습니다. 용서를 바라고 있는 마음만 알아 주십시오.

　만약 병호 씨가 저를 용서하시지 않는다면 용서를 받지 못해서 일생을 울며 살 여자의 비참한 운명을 생각해 주십시오.

　저는 병호 씨의 용서를 받고서야 죽을 수도 있을 것입니다. 언제 용서 받는 그 날이 올 수 있겠습니까?”

오신영 드림

　편지를 끝내자 신영은 편지 위에 얼굴을 대고 엎드려 버렸다.

　한참 동안 울고 나서야 신영은 머리를 들었다. 손수건으로 편지 위에 떨어진 눈물방울을 닦은 뒤 옷을 갈아입기 시작했다.

　편지를 쓰고 눈물을 흘리고 나니 마음이 약간 가벼워진 모양이었다.

　옷을 갈아입자 신영은 편지를 접어 봉투 속에 집어넣고 풀칠을 한 뒤 권병호의 이름을 썼다.

　피봉을 써 놓고 밤이 되기만 하면 병호의 집으로 가서 대문 안에 그것을 떨어뜨리리라 생각하고 있을 때 같은 곳에 근무하고 있는 임순희가 찾아왔다.

　임순희는 신영을 보자마자,

　“오늘은 밤새 같이 다닐 줄 알았더니 벌써 와 있었군…….”

하고 사뭇 실망한 듯한 얼굴로 방 안에 들어섰다. 들어서서는 다시,

　“그래 어떻게 됐어?”

하고 경과를 들으려 했다.

　“어떻게 되긴 무에 어떻게 돼, 그저 그렇지.”

그러면서도 신영은 순희 모르게 편지를 감추어 버렸다.

"그저 그런 게 뭐야? 만나기는 했겠지?"

"만나기는 했지."

"그럼 만나기는 하구두 이야기는 못했단 말야?"

"까짓 거 이야긴 해서 무엇 해?"

"이얘긴 해서 무엇 해는 뭐야? 만나서두 얘길 안 할 바에야 무엇 하러 만나?"

"이얘길 못할 계제라면 못하는 수두 있지 않아?"

"그럼 저편에서 이얘길 안 해?"

"그런지두 몰라."

그 말에 임순희는 잠시 말을 멈추었다가,

"그건 좀 심한테……."

하고 혼자 중얼거렸다. 그리고는 조금씩 흥분하는 어조로 말을 계속했다.

"그렇게 오랫동안 혼자서 속을 써 가며 기다리다가 찾아간 사람을 그래 이얘기두 안 하구 돌려 보내? 돌뎅이 같은 사람이루구만. 그렇게 돌뎅이 같은 사람이라면야 만날려구 그럴 것두 없지 않아. 공연히 혼자만이 못 잊어 그럴 것두 없구. 아까운 청춘 다 썩히지 말구 잊어버려. 돌뎅이 같은 사람을 생각해서 뭣 해, 응! 안 그래? 아무리 분한 마음이 들었다 해두 십 년 동안 사죄하는 마음으루 기다렸다면 용서해야 할 게 아냐. 그게 인간이지 뭐야. 용서할 줄 모르는 건 인간이 아냐, 빨리 단념해 버리는 게 좋을 것 같은데……."

신영은 대답을 안 했다. 순희의 말에 맞장구를 쳐야 할지, 그렇지 않으면 무쭉 베듯이 잘라 버려야 할지 판단을 내릴 수 없었다. 도리어 순희를 상대로 그런 이야기를 안 하는 것이 좋을 것 같은 생각이 들었다. 그런 문제란 남의 의견에 따를 성질의 것이 아닐 것 같았다. 자기 혼자 생각하고 자기 혼자 처결해야 할 문제 같았다.

그것은 순희의 말이 신영의 마음에 들지 않았기 때문이었는지도 모른다.

대답을 못하고 방바닥만 바라보고 있을 때였다. 딱정벌레 한 마리가 신영 앞으로 기어오고 있었다. 조그마한 벌레였지만 새까만 놈이 집게 같은 주둥이를 내밀고 송충이 같은 다리로 걸어오는 게 징글맞았다. 신영은 자기도 모르게 펜대를 집어 벌레 모가지를 눌러 버렸다. 목이 눌린 벌레는 꼬리를 내저으며 죽어 가는 시늉을 했다. 그래도 누르고만 있을 때 순희가,
　"연인을 차 버린 벌렌가 죽이긴 그걸 왜 죽여?"
하고 펜대를 빼앗고 벌레를 손으로 집어 창 밖에 내던졌다.
　신영은 순희의 말에 웃음이 나왔지만 금시 얼굴색을 고치고,
　"연애두 못하구 혼자 다니는 놈이니까 골려 줘야 정신을 채리지 않아!"
하고는 창 밖으로 멀리 하늘을 쳐다보았다.
　"연애두 못하는 건 골려 줘야 하나?"
　순희가 소리를 내어 웃었다.
　"얼마나 못났으면 연애두 못하겠니?"
　신영은 새침한 얼굴로 말했다.
　"그러니까 연애두 못하는 너를 골려 달라는 말인가?"
　"그래."
　"그럼 정신 채리게 해 주지……."
　순희는 신영의 장다리를 힘껏 꼬집고,
　"권병호를 잊을래 안 잊을래? 쓸데없는 사람을 생각하구 연애두 못하는 바보가 어디 있어……."
하고는 고문하는 사람처럼 신영의 대답을 기다렸다.
　"놔 애, 멍들면 어떡해."
　신영은 순희의 팔을 뿌리쳤다. 그러면서도 순희의 말에 대답을 안 했다.
　"이젠 네 심부름 안 한다. 그런 줄 알어!"
　순희가 샐쭉했다. 그러나 신영은,
　"안 해 줘두 좋아, 그럴 필요두 없을 것 같아!"
　점점 심각한 얼굴을 지었다.
　"내가 필요 없는 사람이 됐으니까 대답두 안 한단 말이지? 별 심부름 다 시키다가 잘 한다. 그럼 빨리 가야겠군?"

순희가 일어서려고 할 때에야 신영은 순희의 손목을 잡아 끌면서,

"오늘 만나기는 했는데 이야기를 들을려구두 안 해. 그래서 그냥 돌아오기는 했지만 한 번 그랬다구 금시 단념할 수가 있어? 그이두 보면 그렇기두 할 거야. 잊으려구 애쓰던 사람이 마음을 돌릴 수도 없는 거니까. 몇 번 더 만날 기회를 만들어야겠어……."

하고 자기의 진심을 토로했다. 사실 오랫동안 폐를 끼쳐 온 순희였다. 자기의 뜻과 다르다고 해서 그를 상대도 안 하는 투로 돌려 보낸다는 것은 신영으로서 차마 할 수 없는 일이었다.

순희의 오빠가 검사는 아니지만 권병호와 같은 지방법원에서 판사로 있기 때문에 순희를 통하여 병호의 동정을 살펴 오던 신영이다.

병호가 어디로 이사를 가면 그 주소를 알아달라 했고, 다방에 자주 다니면 어떤 다방에 자주 나가며, 또 만나는 사람은 어떤 사람인가를 알아달라고 말하자면 권병호의 일체 소식을 순희에게 부탁해 왔던 것이다.

친·불친은 고사하고 그러한 심부름을 시켜 오던 순희에게 섭섭한 마음을 주어 돌려 보낼 수는 없었던 것이다.

순희는 도로 주저앉으며 자기의 감정 변화를 감추려는 듯이,

"글쎄 그게 틀렸다니까? 동네 총각 믿구 시집 안 간다구 그래 그 사람만 바라보다가 늙어 버리구 말 테야? 지금 나이가 얼마냐? 삼십 고개를 바라보구 있지 않아, 남자가 없어서 그리구 지내겠느냐 말이야?"

하고 설교조로 말했다.

그러나 신영은 다시 입을 다물어 버렸다. 대답하고 싶지가 않았다.

"내가 늘 이야기하지 않아. 애정이란 받고 줄 때에야 성립되는 것이라구. 주기만 해서 성립되는 것이 아니거든. 너는 하다가 안 되문 미국이라두 가서 공부를 하여 독신을 지키겠다는 말까지 했지만, 그런 애정관이란 십구세기에나 있을 수 있는 것이야!"

"다 아니까 그만둬. 애정에 십구세기 애정이 있구 이십세기 애정이 있나?"

"너는 나를 우습게 생각하지만 이때까지 내편을 들다가 갑자기 날 공격

하는 너두 우스운데!"

"언젠 너를 잘 한다구 그랬어? 하두 보기가 딱해서 심부름을 했을 따름이지……."

"좌우간 며칠만 더 생각하게 해 줘. 나는 보통 애정과 다른 세계에서 살 구 있다는 것만 잊어버리지 말아 줘."

순희는 순희대로 신영을 옳다고 말하지 않았다. 그러나 신영도 신영대로 순희를 옳다고 말하지 않았다. 신영은 편지를 전할 수 있는 저녁때가 오기만을 기다렸다.

순희가 불만을 가진 채 집으로 돌아가자 곧 저녁상이 들어왔다.

신영은 밥상을 대하고 앉았으나 밥 냄새가 코를 찌르는 것 같아 잠시 밥상에서 물러나 앉았다. 밥이 먹기 싫은 정도를 지나서 보기만 해도 구역질이 나올 것 같았다.

그러나 그는 다시 밥상을 마주 앉고야 말았다.

먹어야 산다는 것이 하나의 벌을 받는 일처럼 생각되었기 때문에 벌을 받아야 한다는 심정으로 밥숟가락을 움직였다.

몇 숟가락도 먹지 않았으나 그는 형벌을 물리치고 말았다. 죽으라고 하는 형벌보다도 살라고 하는 형벌이 더욱 참기 힘든 모양이었다.

밥상을 물러 내놓기는 했으나 신영은 자기가 죽을 때까지 처벌을 받는 심정으로 살아야만 하는 것인가 생각한다.

병호를 잊지 못하는 한 자기는 그 형벌에서 헤어날 수가 없을 것인가? 그리고 병호를 잊어버릴 수는 없을 것인가?

신영은 눈을 감아 버리고 말았다.

생각한다는 것은 거역할 수 없는 운명에서 벗어나려는 헛된 노력인 것 같아 생각이라는 것을 잊어버리고 싶었다.

생각도 하지 않으려고 눈을 감았으나 눈을 감으니 자기와 이야기도 하지 않으려던 병호의 얼굴이 떠올랐다.

신영은 개어 놓은 이불 위에 기대어 누워 버렸다.

이야기는 물론, 만나기도 싫어하는 병호의 심정…… 그것은 병호가 죽을 때까지 떼버릴 수 없는 그림자 같은 괴로움일 것이다.

괴로워하는 병호…….

자기 때문에 일생을 괴로워해야 할 병호…….

그러한 병호를 잊을 수 있다니…….

신영은 두 손으로 얼굴을 가리고 몸부림을 쳤다.

괴로움 속에서 헤어나지 못할 병호를 잊는다는 것은 병호를 괴롭게 한 것보다도 더 큰 죄악이다. 정말 생각할 수조차 없는 일이었다.

신영은 발작을 일으킨 사람처럼 일어나서 옷을 갈아입었다.

어느덧 날이 어두워 가고 있었다.

신영은 편지를 들고 집을 나섰다. 인왕산을 올려다보며 병호의 집을 향해 걸어가는 것이었다.

신영은 자기의 심정을 적은 편지나마 전해야 할 것 같았다. 자기의 심정을 고백하고 나야만 자기의 죄가 줄어질 것 같았던 것이다.

용서를 받는다든가 사랑을 한다든가 그것은 둘째 문제 같았다. 우선 자기의 죄를 덮어야 할 것만 같았다.

어두운 틈을 타서 대문 틈으로 편지를 떨어뜨리려는 신영은 인기척을 살피면서 병호의 집을 가까이 걷고 있다. 편지만 떨어뜨리고는 아무도 모르게 돌아올 심산이언만 병호를 만나러 가는 길보다도 가슴은 더욱 두근거린다. 병호가 알고 마중 나오는 것 같기도 했고 누구냐고 고함을 치며 무서운 사람이 뛰쳐 나올 것 같기도 했다.

몸까지 떨렸다.

대문 앞에 이르러 편지를 던지는 순간에는 손이 문풍지처럼 떨렸다. 그러나 편지를 던지고 돌아섰을 순간 자기의 혼을 뺏어 논 것처럼 허전함을 느끼고 다시 한 번 뒤를 돌아보았다.

병호가 원한다면 혼까지 바쳐도 좋을 것 같으나 뺏어 논 혼이 대문 밖에서 혼자 떨고 있는 것 같기만 했다. 걸음이 걸어지는 것 같지 않았다. 허청거리는 걸음으로 얼마 동안 걸었을 때였다.

"무엇 때문에 집에까지 찾아다니는 거야?"

그것은 확실히 병호의 목소리였다. 술에 취한 목소리였고 뱉어 버리는 말 투였다.

신영은 움칠 뒷걸음질을 쳤다.

만나야만 할 사람이다 가장 그리운 사람이다. 그러나 동시에 또한 가장 두려운 사람이다.

"지금 돌아오세요?"

죄를 지은 사람의 비굴한 태도를 나타내지 않을 수 없는 신영이었다.

"글쎄 무엇하러 남의 집을 찾아다니느냐 말야. 그만큼 나를 괴롭혔으면 되지 그래 피를 말려 죽여야 시원하겠어?"

"………"

"내 앞에 나타나지를 말어 줘! 신영은 세상에서 하나밖에 없는 나의 원수 야. 왜 나타나는 거냐 말야? 응!"

"………"

"아무 상관두 없는 사람. 멀어져야만 살 수 있는 사람. 신영! 눈물이 마르 는 법이 있는 줄 알아? 죽어 썩어져두 눈물만은 남는 거야. 나를 울리지 말 아!"

병호는 확실히 가슴 속으로 울고 있었다. 약간 취기가 있는 것만은 사실 이었으나 술기로 우는 것 같지는 않았다.

신영은 차마 견딜 수가 없었다.

"괴롭히려구 찾아다니는 게 아닙니다. 용서를 바라는 것두 선생님을 괴롭 히는 일이라면 어떤 일이 있어두 찾아가지 않겠습니다."

"용서? 용서라는 것은 하나님만이 할 수 있는 일이야. 용서할 수 없는 인 간에게 용서를 비는 것은 장난이야!"

"그래두 선생님한테 지은 죄니까 선생님의 용서를 받아야 하잖아요. 저 는 하나님의 용서보다두 선생님의 용서가 필요해요."

"그건 신영 씨 자신만을 위하는 생각이야. 나에게는 용서한다는 것보다두 잊는다는 것이 중요해. 나를 위하는 생각이 있다면 만나지 않도록 해 줘!"

"알겠습니다. 내 손으루 내 살을 찢으면서라두 참겠습니다. 용서받지 못할 운명이라면 지옥만이 저에게 마련된 집이겠지요.”

신영은 그만 발길을 돌려 병호의 곁을 떠났다. 그리고는 줄달음치듯이 집으로 달렸다.

최후의 말을 남기고 달음질치는 신영을 보자 병호는 멍하니 서서 환상을 쫓는 사람처럼 입을 벌렸다.

나타났다가 달음질치는 사람이 틀림없는 신영 같기도 했으나 한편 꿈 속에서 보는 환상 같기도 했다.

병호는 한참 동안 신영의 뒤를 쫓아 시선을 움직였으나 어둠 속에 사라진 신영의 모습을 찾기는 힘들었다.

‘잘 갔다!’

그는 속으로 이런 생각을 하여 발길을 움직였다.

먹지 못하는 술을 마셨기 때문에 가슴이 두근거렸다. 정신이 혼몽해지고 몸이 말을 듣지 않을 정도로 먹은 것은 아니지만 밤에 먹는 술도 결국 신영 때문이었다는 것을 생각할 때 병호는 차라리 좀더 마셨으면 하고 똑바른 정신으로 신영을 바라볼 수 있는 자기를 후회했다.

몇 번이고 이야기는 들었건만 직접 만나기는 오늘이 처음이었다.

죽을 때까지 만나지 않으리라 생각했던 사람이지만 막상 만나고 나니 마음이 언짢았다. 그렇다고 해서 자기의 마음이 변한 것은 아니지만 안 만났던 것보다 몇 배나 마음이 언짢았던 것만은 사실이었다. 그래서 술도 미신 것이지만 지금 다시 신영을 만나 지옥만이 자기의 집이라고 던지고 간 말을 똑바로 기억할 수 있게 되었다는 것은 새로운 마음의 부채가 아닐 수 없었다.

대문을 열고 집안에 들어서려 할 때 발 밑에 발견한 신영의 편지는 병호의 마음을 더욱 무겁게 해 주었다. 편지를 집어든 병호는 그것이 신영의 편지에 틀림없다고 생각하면서도 내버리지를 못하고 방 안에까지 들고 들어갔다.

신영이 자기 집에까지 왔던 것은 자기를 만나기 위함이 아니라 편지를 던지려 함이 목적이었다는 것을 알았을 때 안 해도 좋을 오해까지 했었다는 미안한 마음에 편지를 내버릴 수가 없었던 것이다.

그러나 방 안에 들어가서 편지를 뜯으려 할 때는 그 속에 들어 있는 글이 자기를 유쾌하게 할 것이 절대 아니라는 마음이 들어 병호는 그 편지를 책상 위에 내던지고 말았다.

읽으나마나 신영이가 직접 말한 것처럼 용서해 달라는 말이 씌어 있을 것에 틀림없다. 차라리 읽지 않는 것만 같지 못할 것 같았다.

용서를 한다면 어떻게 할 것인가? 어떤 일이 있다 해도 다시 사랑할 수는 절대로 없다. 다시 사랑할 수 없는 사이라면 용서를 구할 것은 무엇이며 용서를 줄 필요는 무엇인가? 용서를 주고받는다는 것은 서로의 과거를 회상케 하고 괴로움을 새롭게 하는 이외에 아무런 역할도 하지 못할 것이다.

용서를 하고도 사랑하지 않는다면 그때에는 새로운 괴로움이 또 하나 느는 것이 될 게 아닌가?

병호는 차라리 편지를 읽지 않는 것이 신영을 위하고 또 자기를 위하는 일이라 생각했다. 용서니 뭐니 할 것 없이 모른 체 지나면 미운 마음이 그 이상 더 커지지 않을 것이 아닌가?

병호에게 있어서는 신영의 그림자를 머릿속에서 빼어 버리는 것만이 중요한 일이었다. 원망하고 저주할 필요도 없다. 그래서 신영의 편지는 생각지 않으려고 책을 집어 들었다.

그러나 글자가 눈 속으로 들어오지 않았다.

병호는 머리에 들어오지 않는 책을 애써서 읽으려 하지도 않았다. 눈이 가는 대로 창 밖을 내다보았다.

기울어져 가기 시작하는 하현달이 훤하게 창을 비쳤다.

달을 보자 병호의 눈에는 자기도 모르는 새 신영의 얼굴이 떠올랐다.

“내 손으로 내 살을 찢으면서라두 참겠습니다.”

하던 신영의 목소리까지 들리는 것 같았다. 그리고는 뜻밖에도,

“맞은 사람보다 때린 사람의 마음이 더 아프지…….”

하는 말이 머릿속에 스며들었다.

맞은 사람은 생각에 따라 그 아픔을 잊을 수 있다. 그러나 때린 사람은

마음의 고통을 잊으려도 잊을 수가 없다.

그러니 맞은 자기보다 때린 신영이가 더 아파 할 것이 아닌가?

병호는 신영의 편지를 집어 들었다. 써 보낸 편지까지 읽지 않는다면 아파하는 사람을 더 아프게 하는 일 같았기 때문이었다.

아파하는 사람을 모른 체 내버려 두지는 못할망정 더 아프게까지는 할 수가 없었다.

병호는 단숨에 신영의 편지를 읽어 버렸다. 처음부터 끝까지 애절한 감정으로 자기의 잘못을 뉘우치며 오직 용서만을 바란다고 쓴 신영의 편지는 병호가 읽지 않으려고 생각하던 때 이상으로 그에게 괴로움을 주었다. 자기를 반역자라고까지 지적한 신영의 편지는 그것이 진심에서 우러나온 것이라고밖에 해석할 수 없었다. 진심으로 자기 잘못을 뉘우치고 오랫동안 용서받을 날을 기다렸다는 신영에게 자기는 무엇이라고 대답을 해 주어야 할 것인가?

정말 읽지 않는 것만 같지 못했다.

‘아! 나를 어쩌란 말인가? 나는 어떻게 해야 한단 말인가?’

병호는 그저 울고만 싶었다.

병든 청춘

남을 사랑할 수 없는 사람처럼 슬픈 사람도 없다.

병호는 용서는커녕 넉넉히 사랑할 수가 있는 신영에게 대하여 한 번 품었던 원한을 영 풀 수가 없었다.

가슴이 넓어지는 것 같았다. 가슴을 잡아끌고 얽매려던 장애물에서 해방이 된 듯했다.

그 대신 어수룩하고 얌전한 어떤 여성의 얼굴이 눈앞에 떠올랐다. 본 일도 없고 이름도 모르는 여자다.

자기의 용서를 받기 위하여 그렇게까지 안타까워하는 신영의 심정이 편지 속에 그대로 드러나 있었지만, 신영의 그 아름다운 마음을 엿볼 수 있는 것을 도리어 괴로워할 뿐 신영을 다시 사랑하겠다는 마음을 통 가지지 못했다.

신영이가 자기 때문에 자기 이상으로 괴로워하고 있음을 볼 때 참을 수 없을 정도로 신영이가 측은해 보이기도 했다.

그러나 용서를 해 준다는 말과, 그리고 전처럼 사랑하겠다는 말은 자기에게 있을 수 없는 일 같기만 했다.

슬픈 일이 아닐 수 없었다. 세상에는 신영만큼 사랑을 못 잊어 하는 여자가 그리 많지도 못할 것이다.

한 번 배신은 했다 할망정 훌륭한 여자에 틀림이 없다.

그렇게까지 생각이 들면서도 사랑을 한다는 것은 차마 생각할 수도 없는 일 같았다.

신영뿐만은 아니었다. 자기를 사랑한다고 솔직히 고백하고 포옹해 주기를 바라던 옥심에게 역시 사랑을 주지 못했다.

생각하면 우스운 일이다.

중국요릿집에서 옥심을 만나던 날 병호는 옥심을 얼마든지 애무할 수 있었다. 병호도 어느 정도 그렇게 하고 싶은 충동을 느꼈었다. 그러나 충동에 못 이겨 옥심을 포옹하려고 하는 순간 병호의 머리는 갑자기 싸늘해지고 말았다. 몸이 굳어지고 말았다.

자기 자신이 무서워지고 말았던 것이다.

만약 정열이 불길처럼 일어났다면 나중에야 어찌 되든 그 날 밤 옥심과의 관계를 깊이 맺어 버리고 말았을 것이다.

그러나 옥심에게도 사랑을 주지 못하고 말았다.

병호는 자기가 정열이라는 것을 완전히 잃어버린 것이나 아닌가 하고 생각해 본다. 그리고 사랑이라는 것을 동경하기보다 두려워하고 있지 않나 하고도 생각해 본다.

나이는 아직 삼십이 채 못 되었지만 마음속에서는 이미 청춘이라는 것을 잃어버리고 있지나 않는가…….

병호는 자기가 고독한 사람이라는 것을 느낀다. 사랑에 실패했을 때 이상으로 고독한 것 같았다.

사실 신영에게서 배반을 당했을 때 마음이 아팠던 것은 사실이다. 그러나 마음이 아픈 것은 신영이가 미움에서 온 감정이었을 뿐 자기 자신의 공허감에서 온 것은 아니었다.

그러나 지금은 자기 자신이 어딘가 부족하다는 것, 그리고 무엇인가 결여되었다는 공허감을 느끼는 고독에 사로잡혀 있다. 배반을 당하여 사랑할 수 없다고 가슴 아파하던 때보다 몇 배나 더 슬픈 외로움이 아닐 수 없다.

병호는 밤새 고독을 씹으며, 자기 자신에 대한 비애를 느꼈다.

그리고는 빨리 결혼이라도 해 버려야 할 것을 생각했다.

평범한 가정생활! 병호가 생각하는 결혼이란 결국 평범한 가정생활이었다. 평범 속에서 자기를 안정시키고 아무 잡념도 안 가지는 것…… 그것만이 자기에게 있을 수 있는 오직 하나의 길 같았던 것이다.

이렇게 생각을 하니 옥심이나 신영이나 할 것이 없이 그 여자들이 자기와 아무 관계가 없는 사람같이 보였다. 깊이 생각할 필요도 없는 사람 같았다.

다음날 아침 출근을 하자 권 검사는 기회를 보아 최금술 서기에게 얌전한 여자를 하나 소개해 달라고 하리라 마음먹었다. 그러나 최 서기를 보자 권 검사는 문득 이계원의 생각이 머리에 떠올랐다. 사실은 계원이가 아니라 계원의 아버지가 그의 딸과 같이 죽은 정사 사건이었다.

검증보고서에는 편의상 부녀 정사라고 해 두었지만 계원의 태도로 보아 정사 같지가 않을 뿐더러 사실에 있어서 정사라 할지라도 그렇게 간단히 정사라고 결정지어 버리기가 싫었다.

싫다는 것보다도 검사의 양심상 죽은 사실을 정확히 규명해 두지 않을 수도 없는 일이었다.

자살한 것만은 틀림없는 사실이니까 법률에 의하여 그 행위를 비판하고 처벌할 수는 없다. 말하자면 법률 이전의 행위이다. 그러나 법률 이전의 행위라 할지라도 민족의 명예를 위하여 부녀 정사라는 있을 수 없는 사실을 말살해 버리고 싶기도 했다.

권 검사는 퇴근 후에 계원이를 찾아가 다시 한 번 자살 사건을 알아보리라 생각했다.

그리고는 어떤 이혼소송 사건에 논고를 하기 위하여 오전 중을 법정에서 보냈다.

남편이 첩을 얻고 살면서 자기를 돌보아 주지 않을 뿐 아니라 도리어 자기를 구박하고 때린다고 해서 남편과 그의 첩을 간통죄로 고소하는 동시, 자기에게 위자료를 달라는 소위 간통 쌍벌법에 의한 재판이었다.

첫 공판이었기 때문에 사실 심리에 그쳤으나 그것만으로 권 검사는 일종의 권태증 같은 것을 느꼈다.

결혼이라든가 이혼이라든가 그것은 남편과 아내와의 애정 문제다. 어떠한 동기에서나 결혼을 한다는 것은 부부의 애정이 시작한다는 것을 뜻함이다. 그 애정의 출발에 대하여 법률이 간섭하는 일이 없다. 마찬가지로 그 애정이 계속될 수가 없을 때, 말하자면 이혼하지 않으면 안 될 때도 법률이 간섭하는 일이 없이 애정 문제로 해결되어야 할 것 같았다.

일방적인 이혼이 성립할 수 없으니까 정당한 수속을 밟아 법의 인정을 받아야 할 일이기는 하겠지만 부부의 애정 문제가 법정에서 소송의 형식을 취한다는 것은 애정을 모욕하는 것 이외에 아무것도 아니다. 한때는 두 사람만이 아니면 주고받을 수 없는 애정을 교환하다가 나중에는 애정을 애정으로 취급하지 않고 법률적 문제로 취급한다는 것은 과거에 가졌던 애정을 모독하는 행동이 아닐 수 없다.

이혼을 할 만큼 애정이 식었다면 협의적으로 이혼을 해야 할 것이다. 그런 것을 가지고 고소를 하고 게다가 위자료를 청구한다는 것은 그것이 비록 법률에 의한 행동이라 할지라도 인간으로 볼 때 아름다운 일 같지가 않았다. 그러한 소송을 제기하도록 자기 행동에 책임을 지지 못하는 남자야 물론 여자보다도 더 순수하지 못하고 더 깨끗하지 못한 것은 물론이다.

권 검사는 왜 자기가 사상이나 경제 같은 방면의 사건을 취급하지 않고 그러한 일반적 사건을 취급하게 되었는지 자기의 직책까지가 싫증이 날 정도였다.

점심시간에 사무실로 돌아온 권 검사는 최 서기에게 중매 서라고 하려던

생각까지 잊어버리고 말았다. 좋다고 하다가는 싫다고 하고, 싸우다가 다시
좋아하다가 나중에는 법정에서 개인의 추잡한 사건을 법인 앞에서 공포하는
그러한 결혼이 생각하고 싶지도 않았던 것이다.

권 검사는 점심이나 먹으려고 식당으로 가려고 했다.

그때였다. 뜻밖에도 이계원이가 불쑥 들어왔다. 방 안에 들어온 계원은
문간에 앉은 최 서기에게 방 안이 들썩할 만한 목소리로,

"권병호 씨 안 계세요?"

하고 물었다.

"여기 있습니다."

권 검사가 계원을 바라보며 자기가 거기 있다는 것을 알렸다.

"한참이나 찾았어요. 어떤 방인질 알 수가 있어야지요."

계원은 인사말도 하기 전에 이렇게 떠들었다. 다른 사람들이 들을 것도
생각지 않고 혼자서 떠들었다.

권 검사는 전날과 달리 명랑해진 데 대하여 계원의 인상을 새롭게 가졌지
만 남의 눈치도 생각지 않고 떠드는 데는 약간 마음이 질렸다.

검사실이라고 하면 어떤 사람이나 엄숙한 태도로 드나드는 방이다. 그러
나 계원은 조금도 그런 태도를 가지려 하지 않았다.

"어떻게 이렇게 찾아오셨어요?"

권 검사는 의자를 가리키며 앉으라고 하면서도 검사로서의 위엄을 보
였다.

"인사를 드리러 왔어요. 지난번에는 정말 고마웠습니다."

계원은 권 검사 앞으로 다가가서 허리를 굽히고 인사를 했다.

권 검사는 계원의 행동에 웃음이 나왔으나 주는 인사라 받지 않을 수가
없어서 계원이처럼 허리를 굽히고,

"천만의 말씀입니다."

하고 대답을 했다.

그때 계원이가,

"점심 안 잡숫셨지요? 점심을 대접하려구 점심때를 택해서 찾아왔는데

요.”
하고는 권 검사의 얼굴을 쳐다보았다.

그 말을 듣자 권 검사는 그 자리에서 무엇이라 대답할 수가 없었다. 신세를 졌다고 해서 점심을 사겠다는 것이겠지만 그렇다고 해서 처음 사귄 여자에게 점심을 얻어먹을 수가 없었다. 더구나 사건에 관련이 있는 사람에게 점심을 얻어먹는다는 것은 직무상 양심에 거리끼는 일이다. 그래서,

“좀 바쁜 일이 있는데요.”
하고 듣기 좋게 거절을 했다.

“검사님두 점심을 잡숫구야 일을 할 수 있지 않아요? 바쁘셔두 점심을 잡숴야지요.”

“정말 갈 시간이 없습니다.”

“점심을 대접할래두 미리 교섭을 해 둬야 하겠군요. 그럼 언제쯤 바쁘시지 않습니까? 그때 다시 오지요.”

권 검사는 생각을 달리 하지 않을 수 없었다. 솔직담백한 데가 있는 계원의 지금 행동으로 보아 아무때라도 점심을 사고야 말 눈치 같았다. 그렇다면 다음에 오라는 것도 미안한 일이 아닐 수 없었다. 더구나 앞으로 그의 아버지 자살 사건을 알아내려면 계원이와 사귀지 않을 수도 없다. 가깝게 사귐으로 그의 입을 열게 하지 않는다면 달리 그의 입을 열게 할 방법도 없을 것 같았다. 그래서,

“그럼 내가 살 테니 같이 가십시다. 계원 씨는 다음에 사시구.”

이 말이 떨어지자 계원은 뜻밖이라는 듯이,

“제가 점심을 산다는 것이 그렇게 불순해 보이십니까? 불쾌한데요.”
하고 권 검사를 똑바로 쳐다보았다.

“천만에요.”

권 검사는 변명할 말도 생각해내지 못했다.

“아니면 뭐예요? 일부러 점심 사러 온 사람에게 점심을 사 주신다는 건?”

“미안해서 그랬지요.”

그 말에는 계원이가 대꾸를 하지 않았다. 잠시 뒤에야,

“어쨌든 나가십시다. 누가 사든……”

하고 방을 나가기 시작했다. 권 검사는 따라나서지 않을 수 없었다. 법원을 나와 한참 걸어갈 때 계원이가,

“어떤 음식을 좋아하시지요?”

하고 물었다.

“아무 거나 먹지요.”

“양식을 잡숫겠어요? 한식을 잡숫겠어요? 그걸 우선 결정져야 방향을 잡지 않아요?”

“아무것도 좋습니다.”

“참 선생님두…… 무척 용기가 없으신데요. 그럼 절 따라오십시오!”

계원은 자신 있게 걷기를 시작했다.

큰길까지 나오자 계원은 권 검사의 의견도 물어 보지 않고 지나가는 택시를 불러 세웠다. 택시가 그들 앞에 서자 그때는 권 검사 뒤로 비켜서며 권 검사보고 먼저 타라 했다.

권 검사가,

“숙녀가 먼저 타셔야지요.”

하고 먼저 오르기를 사양했을 때,

“우리에게 맞지 않는 예의예요. 빨리 타시기나 하세요!”

하고 계원은 권 검사를 바라보기만 하며 버티고 서 있었다.

권 검사는 할 수 없이 먼저 올랐다. 그리고는 계원이가 가자는 대로 따라가기만 했다.

그들이 내린 곳은 어떤 그릴이었다. 넓은 홀 한 구석에 앉자 깨끗한 옷을 입은 소녀가 차를 들고 와서 무엇을 시키겠느냐고 물었다.

그때 계원은 말하기도 귀찮다는 듯이 메뉴만 들여다보다가,

“정식 이인분만 줘!”

하고 소녀를 돌려 보냈다.

일이 이렇게 된 이상 이제 와서 돈을 자기가 낸달 수는 없게 되었다. 그래서 권 검사는 미안하다는 뜻이나 표하려고,

“왜 그렇게 비싼 것을 주문하십니까? 미안한데요.”

말했다.

“그 정도쯤 괜찮아요. 걱정 마세요.”

“걱정은 아니지만 미안해서…….”

“나두 영양을 섭취해야겠어요. 며칠 동안 잘 먹지를 못했으니까요. 꼭 선생님만을 위해서 먹는 게 아니니까 안심하십시오.”

“그래두 일을 도와주었으니까 얻어먹는 것 같아서…….”

“남의 호의를 액면대루 받아들이는 예의를 아십시오. 형식에 그치는 일이라 해두 해야 할 것을 해야 한다면 형식두 무시할 수는 없지 않지 않나요? 지난번의 장례 때 권 선생이 안 와 주셨드면 나 혼자 어떻게 했을까 생각하니 권 선생이 정말 은인 같아요. 그래서 기념품 같은 것이라두 드리려 했지만 그런 건 주는 사람이나 받는 분이 다 같이 이상할 것 같아 점심으루 때우려는 겁니다.”

“내용이 없는 형식이라면 나는 그런 걸 무시합니다.”

“누가 내용이 없다구 그랬어요?”

“미안합니다.”

음식이 나왔다. 음식을 먹는 동안은 말이 별로 없었다. 음식을 다 먹고 차가 나왔을 때야 권 검사가,

“다음에는 내가 점심을 살 테니까 시간을 내 주십시오!”

하고 말했다.

“무엇 때문에 사시지요?”

계원이가 눈을 크게 뜨고 물었다.

“오늘 얻어먹은 것을 갚아야 하지 않나요?”

“누가 갚음을 받을려구 샀어요?”

“그러면 조건 없이 사지요.”

“조건 없는 턱을 얻어먹어두 좋을까요?”

“호의를 액면대루 받아들이십시오.”

“복수를 하시누만요?”

"복수 아니라 옳은 일은 누구나 다 같이 이행하여야 하는 것이니까 말이죠."

"네, 알겠습니다. 사 주실 때를 기다리겠습니다."

권 검사는 어떤 날이 좋으냐고 물었다. 그 말에 계원은 점심시간이 짧기 때문에 점심보다 저녁으로 해 주는 것이 좋을 것 같다고 말했다.

그리고 저녁이면 언제라도 좋다고 했다.

권 검사는 다음 일요일 저녁이 어떠냐고 말했다. 일요일 이외에는 저녁 시간에 약속한다는 것이 힘들었던 것이다. 뜻밖의 일이 생길지도 모르기 때문이었다.

계원은 지장이 없다고 대답했다. 그때 권 검사는,

"그 날은 아버지께서 돌아가신 이유를 설명해 주셨으면 좋겠는데요?"
하고 계원의 얼굴을 바라보았다.

권 검사가 그 말을 미리 한 것은 다음에 만나서 그런 말을 물을 때도 불쾌하지 말아 주기를 바라는 마음에서였다. 그러나 계원은 얼굴빛을 달리하며,

"그 말을 물으려구 저녁을 사신다는 거군요?"
하고 날카로운 어조로 말했다.

"천만의 말씀입니다. 그렇게 생각하시면 내가 너무나 불쌍하지 않습니까?"

"그럼 무엇 땜에 그런 말씀을 미리 하시는 겁니까?"

"갑재기 그런 말을 꺼내면 불쾌해하실 것 같아서요. 사실은 오늘이라도 그 말을 듣고 싶었지만 학교 시간이 없으실 것 같아 사양을 했습니다."

"그걸 꼭 아셔야 할 이유가 뭐지요?"

계원의 오해는 조금 풀릴 것 같았다.

"꼭 알아야 하겠습니다. 그것은 나의 직무상 어쩔 수 없는 일이기도 하지만 나 개인의 의혹을 풀기 위해서라두 꼭 알아야겠습니다."

"무슨 의혹이신데요?"

"아무래두 정사했다는 생각이 들어서 하는 말입니다."

“정사라구 생각해두 좋다니까요.”

“나는 그러한 정사를 부정하구 싶습니다. 있을 수도 없구 있어서두 안 된다구 생각합니다.”

“오랜 세월이 흘러간 뒤가 아니면 말할 수가 없는데요.”

“꼭 말해 줘야겠습니다. 우리 나라를 동양의 예의지국이라구 하지만 꼭 그래야 한다는 것보다두 다른 나라에서 볼 수 없는 인간 멸종의 패륜만은 있어서 안 되겠다구 생각합니다. 만약에 그 사건이 정말 정사라구 한다면 그런 일이 다시 없두룩 조치를 취해야 할 것입니다.”

“윤리감이 강하시군요.”

“그렇게 말씀하시면 곤란합니다만 제 마음만은 그렇습니다.”

“그렇다면 정확하게 말씀하겠습니다. 절대루 정사는 아닙니다.”

“그걸 어떻게 증명하시나요?”

“꼭 증명해야 믿으시겠습니까?”

“법률가의 입장에서는 무엇보다두 확증이라는 것이 필요합니다. 확증이 없는 판단이란 있을 수가 없습니다.”

“법률가의 입장을 살리시려구만 하지 말구 일반적인 인간의 입장에서 사람을 생각하는 일두 있어야 하지 않을까요?”

“일반적인 인간이란 개인을 두구 하는 말이 아니라 모든 사람 전체를 두구 하는 말이어야 할 것입니다.”

“힘든 말씀은 그만두십시오. 나는 우선 나 자신의 괴로움을 연장시키지 않아야 하겠습니다. 그러니까 그 이상은 더 말씀드리지 않겠어요.”

권 검사는 범죄 사실의 증인이 사실 진술을 거부할 때 취하는 방법을 생각했다. 강권을 발동함으로써 진술을 강요하는 방법이다.

그러나 권 검사는 금시 그러한 생각을 지워 버렸다.

괴로워하는 계원을 더 괴롭힐 수가 없었기 때문이었다.

계원은 다른 말이 나올 여유를 주지 않고 일어서 버렸다. 그리고는 카운터 앞으로 가서 계산을 하고는 수업 시간이 있기 때문에 빨리 가 보아야겠다고 말했다.

권 검사는 말을 채 끝내지 못한 데서 오는 불만을 느끼면서도,

"다음 일요일엔 어디서 만날까요?"

하고 물었다. 그것은 그래도 약속을 지키겠느냐고 묻는 다짐이기도 했다.

"그 이야기를 다시 꺼내지 않는다구 약속을 하시면 나오지요."

"말씀대루 하지요."

"그럼 몇 시 어디서 만날까요?"

"좋으신 대루 정하십시오."

"그럼 다섯 시에 만나십시다. 저기 다방이 보이누만요. 그리루 나오지요."

계원이가 가리키는 길 맞은편 다방을 서로 바라보며 그들은 헤어졌다.

계원에게서 그의 아버지와 언니가 자살한 원인을 들을 수 없다면 계원을 만난다는 것이 하등의 의미가 없다.

그러나 권 검사는 계원이와 약속한 날을 마음속으로 기다렸다. 약속을 했다는 의리에서 오는 감정인지는 모르지만 어쨌든 그 날이 손꼽아 기다려지는 동시에 만에 일이라도 잊어버리면 어떻게 할까 하는 근심까지 했다.

그러니까 계원이와 만나기로 약속한 하루 전인 토요일 오후였다.

권 검사는 내일이면 계원이를 만날 수 있으려니 생각하고 자기도 모르는 즐거움을 느끼며 퇴근하려 할 때였다. 자기에게 전화가 왔다고 하며 곧 서기가 전화통을 내밀었다.

무심히 전화통을 든 권 검사는 그새 잊어버리다시피 하고 있는 옥심의 음성에 우선 놀라고 말았다.

좀 미안한 생각도 들었지만,

"오래간만입니다."

하고 천연스럽게 인사말을 했다.

"다방엘 통 안 나오시기에 앓아누워 계시지나 않나 해서 전활 걸었습니다."

옥심도 천연스럽게 천천히 말했다.

"앓지는 않았습니다. 바뻐서 못 나갔지요."

그때부터야 옥심이 비꼬기를 시작했다.

"그러시겠지요? 바쁘신데 다방엘 나오실 수 있어요."

"정말 그샌 커피두 못 먹었습니다."

"어떤 분이 편지를 써 놓구 갔는데 어떻게 할까요? 사무실루 보내 드릴까요?"

"누군데요?"

"이름은 모르겠습니다."

"그럼 내가 들리지요. 보내실 것까지는 없습니다."

권 검사는 전화를 끊었다.

간다고 말을 해 놓았으니 가기는 가야만 하게 되었다. 그러나 얼결에 간다는 말을 하기는 했으나 정작 가려고 하니 마음이 내키지가 않았다.

사랑할 수 없는 사람이다. 만나면 무엇이라고 말할 것인가? 돈을 가지고도 빌려 달라는 친구에게 빌려 주기 싫은 때보다 더 힘든 일이다. 사람의 거절처럼 말하기 힘든 일이 어디 있을 것인가?

사람을 시켜 편지를 가져오게 할까도 생각했다. 그러나 편지라는 것도 옥심이가 꾸며낸 말이 아닐까 하는 의심이 들었다. 다방에다 편지를 써 놓을 만한 사람이 생각나지 않았기 때문이었다.

권 검사는 차라리 만나지 않는 것이 좋으리라 생각했다. 야박하기는 하지만 만나서 이야기를 못해 쩔쩔매는 것보다는 아예 만나지 않는 것이 편할 것 같았다.

권 검사는 집을 향해 바로 걷기를 시작했다. 그러나 '일로' 다방 가는 갈림길에 이르렀을 때 그의 발걸음은 주춤거리기 시작했다.

'약속을 했으니 기다리겠지!'

'약속을 하고도 안 간다고 하면 비굴하다고 비난을 하겠지!'

이런 생각이 들자 권 검사는 자기가 죄를 지은 사람처럼 옥심을 피해 다니고 있다는 생각이 들었다.

'내가 무슨 죄를 지었담!'

권 검사는 '일로' 다방으로 발걸음을 옮기기 시작했다.

그리고 다방에 들어가서 옥심을 만났을 때도,

"안녕하십니까?"

하고 대범하게 인사를 했다.

"어서 오십시오. 앉으시지요!"

옥심도 보통 손님을 맞듯이 권 검사에게 자리를 권했다.

권 검사는 자리에 앉자 우선 커피를 주문했다. 그리고는 옥심의 눈치만 살피면서 무슨 말이 나오기를 기다렸다.

반드시 말이 있을 것 같았다. 그렇기 때문에 편지를 달라는 말도 꺼내지 않았다.

옥심이가 맞은 자리에 와서 앉았으나 그도 입을 좀체 열지 않았다. 종이 조각을 말았다 폈다 하고만 있다가 한참 뒤에야,

"못 오실 길을 오시게 해서 죄송합니다."

하고 처음으로 말문을 열었다.

"올려구 했지만 바쁜 일이 생기곤 해서 못 왔습니다."

권 검사는 의식적으로 발을 끊었던 것이지만 면전에서만은 차마 그런 말을 할 수가 없었다. 그렇다고 해서 옥심이가 속을 리 없다.

"그만두세요! 다 알고 있으니까!"

권 검사는 머리를 긁을 뿐 변명할 생각을 못했다. 옥심 역시 더 추궁할 생각이 없는지 머리를 숙인 채 말을 안 했다. 꼭 수줍어하는 처녀 같았다.

자기의 감정을 처리할 줄 몰라 쩔쩔매는 소녀 그대로였다. 우울한 표정을 하고 종이조각을 폈다 말았다 할 뿐이었다. 나중에는 말았다 폈다 하던 종이를 갈기갈기 찢어 재떨이에 던져 버렸다.

"미안합니다."

권 검사는 보기에 안되었는지 옥심의 우울을 풀어 보려고 말을 꺼냈다.

"미안하기는 뭐가 미안합니까? 아무렇지두 않은데요."

"그래요?"

권 검사는 웃음을 띠고 주머니에서 휴지 한 장을 꺼내며,

"또 찢으십시오!"

하고 좋이를 옥심 앞에 내밀었다.

옥심은 거들떠볼 생각도 안 하고 일어서서는,

"참 편지를 드려야지!"

하고 카운터 있는 곳으로 가려다가 그만 도로 주저앉았다.

옥심은 병호에게만은 자존심을 완전히 잃어버리고 말았다. 반응이 없는 사람을 끌고 음식점을 가지 않았나, 음식점에 가서는 자기의 외로움을 하소연하는 동시 노골적으로 사랑을 구하기까지 하지 않았던가!

옥심에게는 있을 수 없는 일이었다. 어떠한 남자에게도 그래 보지를 못했다. 더구나 병호의 마음을 능히 짐작하면서도 전할 편지가 있다고 전화를 걸어 병호를 오게 했다는 일은 정말 있을 수 없는 일이었다.

전할 편지란 다른 사람의 것이 아니라 자기가 병호에게 보내는 편지다. 그것을 다른 사람의 편지라고 속이기까지 했던 것이다.

옥심은 자기도 모르게 자기의 자존심을 꺾고 있었다. 생각하면 스스로 웃음이 나올 때도 있었지만 우스운 줄 알면서도 어찌할 수 없었다.

그것은 좋아할 수 없는 사람의 유혹이 지나치게 클 때 마음을 안정된 자리에 두고 싶다는 욕망이 자기도 모르게 일어나기 때문인지는 모른다.

사실 옥심에게는 매일 같이 찾아와서 귀찮게 구는 사람이 있다. 군수품을 제조해서 납품한다는 사람이다. 일정한 시간에 와서는 한 시간 이상 두 시간까지라도 앉아서 옥심에게 말을 건네 보고야 돌아간다. 어떤 때는 춤을 추러 가자고 유혹을 했다. 거절을 하면 파티에 초대를 받았는데 자기만이 파트너가 없으니까 같이 가서 얼굴만 보이고 돌아와 달라는 말까지 했다.

영화구경을 가자고도 했고 저녁 먹으러 가자고도 했다.

하나도 들어 주지 않았기 때문에 요새 와서는 매일처럼 편지를 주고 간다. 주는 편지를 뜯어보지도 않으니까 어제부터는 한 시간만 시간을 내 달라고 조르기 시작했다. 한 시간만 이야기를 하면 다른 소원이 없겠다는 말을 하고 있다.

정말 거절하기도 귀찮을 정도였다. 돈 내고 차 사 먹는 손님을 오지 말랄 수도 없어 혼자 속을 썩이고 있다. 그런 만큼 옥심은 병호를 생각하게 된다.

자기도 이해할 수 없을 만큼 병호가 그리워지는 것이었다.

옥심은 거짓말을 꾸며서 병호를 오게 했다.

그러나 자기가 쓴 편지를 주려고 할 때에는 용기가 나지 않았다.

편지를 주면 그는 반드시 자기 앞에서 뜯어보고야 말 것이다.

그렇다면 다른 사람의 편지가 아니라 자기의 편지인 것을 알 것이며 따라서 자기의 편진 줄 알 때의 병호는 분명 표정을 달리 할 것이다. 우선 속았다는 표정, 그리고 코웃음치는 표정…… 그런 표정을 어떻게 볼 수가 있을 것인가?

옥심은 도로 주저앉아,

"긴급한 편지는 아닌 것 같습니다. 가실 때 드리지요."

하고 다시 또 고개를 숙였다.

"누구의 편진데요?"

"누군지는 모르겠어요. 처음 보는 사람 같아요."

병호는 대개 짐작할 수 있었다. 그래서 더 묻지를 않았다. 다른 사람의 편지가 아니고 옥심의 편지라면 옥심 앞에서 그것을 어떻게 읽을 수 있을 것인가? 읽는다면 반드시 무슨 대답을 해 주어야 한다. 무엇이라 대답할 것인가?

그렇게 되니 할 말은 더욱 없어졌다. 꾸어 온 보릿자루처럼 멍하니 앉아 있다가,

"다음에 또 오지요."

하고 일어섰다.

옥심도 편지를 전할 생각만이 컸던지 가려는 병호를 붙잡지 않았다. 카운터에까지 따라가 병호가 내는 백 환짜리를 받아 넣고는 거스름돈과 편지를 함께 뭉쳐 내놓았다.

병호는 다른 사람들에게 거스름돈만 받는 것처럼 보이려 돈과 편지를 함께 꾸기어 주머니 속에 집어넣었다.

그리고는 고개를 숙여 정중하게 인사를 한 뒤 '일로' 다방을 나왔다.

다방을 나와서야 그는 편지를 꺼내 봉투 뒷면을 보았다. 예상했던 것처럼

옥심의 글씨였다. 병호는 보아도 그뿐 안 보아도 그뿐인 편지처럼 다시 주머니 속에 집어넣고 집을 향해 걸어갔다.

보나마나 자기를 원망하는 편질 것 같았다. 그래서 병호는 그 편지를 읽을 생각보다도 앞으로 어떻게 하면 옥심을 만나지 않게 할 수 있을까를 생각했다.

어떤 일이 있어도 만나러 가지 않아야 할까? 그렇지 않으면 자기를 단념해 달라고 솔직히 말해 버릴까?

병호가 이런 것을 생각하며 버스를 탔을 때였다. 버스에 올라 혹시 빈자리가 없나 하고 앞을 살펴볼 때 거기 신영이가 앉아 있음을 보았다.

다행하게도 신영이가 운전대 앞으로 바같을 내다보고 있었기 때문에 시선이 부딪치지는 않았으나 병호는 못 볼 것을 본 때처럼 몸을 돌려 신영에게 등지고 서 버렸다.

뒤를 등지고 섰으나 신영이가 자기를 발견하고 자기를 부를 것만 같은 생각에 가슴이 두근거리기 시작했다.

참으로 이상스러웠다. 자기가 신영에게 죄를 진 듯한 생각을 가질 이유가 털끝만큼도 없건만 무엇 때문에 자기는 그를 피하려고 애쓰며 또 만날까 두려워하는 것일까?

병호는 서대문에서 내려야 할 것이지만 같이 서대문에서 내릴 신영과 부딪치고야 말 것이 겁나 서대문 다음 정류소까지 가서 거기서야 내렸다.

한참 돌아야 하지만 그것이 신영을 만나는 것보다는 마음이 편할 것 같았다.

그러나 독립문 앞에서 내려 도로 서대문 쪽으로 해서 좁은 골목으로 접어들려고 했을 때였다.

자기만이 독립문 앞에서 내린 줄 알았지만 그것은 자기 혼자만이 아니었다. 그의 뒤에서 그의 발자국을 밟으며 따라오던 신영이가 병호를 불렀던 것이다.

목덜미를 잡아 끌린 때처럼 병호는 주춤하고 섰다. 잠시 동안은 뒤도 돌아보지 못했다. 그때,

“저예요. 미안합니다.”

하고 신영이가 앞으로 나섰다.

병호는 그저 어이가 없다는 듯이,

“남의 뒤까지 따르누만요.”

하고 신영을 멀거니 바라보았다.

“마지막으로 댁을 찾아갈려던 참인데 선생님을 뵈었기에 따라왔습니다. 용서하세요. 달리 생각지 마시구 이거나 받아 주세요!”

신영은 핸드백 속에서 봉투를 꺼내어 병호 앞에 내밀었다. 병호는 받을 수도 안 받을 수도 없어서 엉거주춤 하고 있을 때 신영이가 편지를 주머니 속에 틀어박고는 달음질쳐 버렸다.

병호는 주머니 속에서 편지를 꺼내어 던져 버리고 싶기까지 했으나 차마 그럴 수도 없어서 그대로 집에까지 돌아갔다.

집에 들어서자 두 편지를 꺼내 놓고 어떤 것부터 먼저 읽을까 하고 생각했다. 두 편지가 모두 병호의 홍미를 끄는 것은 아니었다. 읽는다고 해도 다 같이 회답을 할 수 없는 편지들이다.

병호는 두 봉투에서 글씨를 비교해 보았다. 그 중 단정하고 정성 있는 편지를 고르는 것이었다. 그래서 고른 것이 옥심의 편지였다.

신영의 오늘 태도로 보아 정말 마지막 편지인 것 같은 생각이 들어 편지나마 먼저 읽어 주어야 할 의무감을 느꼈지만 이미 옥심의 편지를 읽기로 결정했으니 그럴 수도 없었다.

“권 선생님

편지나 쓰면 무엇 하겠습니까? 선생님의 마음을 모르고 쓰는 것도 아닙니다. 그러나 안 쓰고는 배겨 낼 수가 없는 심정에 붓을 드는 것뿐입니다. 저는 정말 선생님을 사랑하려고 했습니다. 사랑할 자격도 없는 것을 잘 알고 있습니다. 그러나 사랑에도 자격도 가릴 것이 없다는 생각이 들었던 것입니다. 저는 부모가 시켜 주는 결혼 생활을 했습니다. 남편이란 사람은 결혼 전부터 부랑성을 띠고 있었습니다. 결혼한 지 얼마 안 되어

두 사람은 다같이 싫증을 느꼈습니다. 그러나 할 수 없이 살다가 끝내는 이혼을 했습니다. 그러니 애정이란 것을 알았겠습니까? 그 뒤부터는 저는 애정이라는 것을 믿으려 하지도 않았습니다. 믿으려 하지 않던 애정을 저도 모르게 느꼈다는 것은 이상한 일입니다.

공연한 말을 늘어 놓을 필요가 없겠지요. 선생님의 행복을 빌 따름입니다. 평생에 참된 애정이란 한 번밖에 느끼지 못한다는 말을 들었습니다. 앞으로는 이러한 애정을 다시 느끼지 못할 것 같습니다. 모든 것을 저의 운명이라고만 생각하고 마음 문을 닫은 채 살아가렵니다. 영원히 행복하소서……."

정옥심 드림

병호는 더 생각할 여유도 갖지 않고 이어서 신영의 편지를 읽기 시작했다.

"회답도 주시지 않는 마음 저를 용서하지 못하겠다는 뜻으로 해석하고 있습니다. 하늘만이 인간을 용서할 수 있다는 말씀은 잊지 않고 있습니다. 하늘의 용서나 기다리겠습니다.

하늘도 용서할 날이 있고야 말리라 믿습니다. 그때는 권 선생의 마음이 하늘과 통하게 될지도 모르겠지요.

너무 오랫동안 괴로움을 끼쳐 드려 죄송합니다. 더 괴로워하지 마시기를 바랍니다. 부디 몸 건강하기를 기원하며 마지막 편지를 드립니다."

오신영

병호는 두 편지를 꼭 같이 정성스레 접어 봉투에 다시 넌 다음 책상 위에 가지런히 올려놓았다. 모든 인간에게서 고별의 인사를 받은 것처럼 그의 마음은 경건해졌고 또 슬퍼졌다.

비록 사랑이 우러나오지가 않아 사랑을 주지 못한 데서 오는 고별장들이기는 했지만 두 사람에게서 거의 같은 뜻의 편지를 동시에 받자 병호는 자기가 관(棺) 속에 들어 있는 사람 같은 착각을 느꼈다. 두 여인이 자기 시체

앞에서 고별사를 읽고 있다.

고별사를 읽고 있는 뒤에는 자기의 죽음을 구경하는 구경꾼과 또 자기의 죽음을 어리석게 보는 조상객들이 수 없이 서 있었다. 불쌍하다고 생각하는 사람보다도 대부분이 비웃는 얼굴이다.

비겁한 남자, 용기가 없는 남자, 정열이 없는 남자, 감정에 저울질을 하는 남자, 아아 병든 청춘!

모두가 이렇게 자기를 비웃는 것만 같았다.

다음날 병호는 일요일임에도 불구하고 사무실로 나갔다.

병든 청춘이라는 말을 듣지 않기 위해서라도 청춘의 권내(圈內)를 벗어나고 싶었던 것이다. 결혼을 하고 가정을 가지게 된다면 애정 문제를 생각할 필요도 없게 될 것이며 또 그런 문제로 여성들과 사귈 기회마저 없어지게 될 것이다.

그래서 최금술 서기가 나왔으면 그에게 결혼 문제를 의논하고 단 시일 내에 그것을 결정지어 버릴 생각이었다.

때마침 최 서기가 나와 있었다. 정리해야 할 서류가 있었던 모양이다.

조용한 틈을 타서 권 검사는,

"좋은 여자가 있거든 하나 소개해 주십시오. 암만해두 이제는 결혼을 해야겠습니다."

하고 다짜로 용건을 말했다.

최 서기는 최 서기대로,

"아니 교제하시는 여자들이 많으신 것 같은데 왜 저한테 그런 말씀을 하십니까?"

하고 말뜻을 모르겠다는 듯이 물었다.

"교제하는 여자들이 아닙니다. 할 수 없이 만나는 여자들이지요. 말하자면 결혼 대상자가 되는 여자들이 아닙니다. 다른 생각 말구 정말 중매 하나 서십시오."

"그런 것 같지가 않으시던데요?"

"나를 신용할 수 없단 말이요?"

“그런 건 아닙니다만.”

“다음에 기회가 있는 대루 이야길 하지요. 어쨌든 요새 나를 찾아오는 여자들이 있지만 모두 나와 관계두 없다는 걸 아십시오.”

“네……”

최 서기는 알 수 없는 일이기는 하나 믿지 않을 수는 없다는 듯한 얼굴로 권 검사를 바라보았다.

“그럼 부탁합니다.”

권 검사는 이야기를 끝냈다는 듯이 일어서려고 할 때

“제가 아는 여자두 별루 없지만 검사님께서 택하시는 여자가 어떤 여잔지두 모르는데요?”

하고 최 서기가 가장 중요한 이야기가 남아 있지 않느냐는 듯이 물었다.

“별거 있습니까? 얌전하구 살림 잘 할 처녀문 되지요.”

“학력은요?”

“내가 학력이 없는 사람인데 학력을 찾을 수 있소? 고등학교쯤 나왔으면 되겠지요.”

“인물두 봐야 하지 않겠습니까?”

“첫 인상만 나쁘지 않으면 되겠지요. 미인은 박명이랍니다. 결혼 생활이 복잡하지 않아야 됩니다. 그것뿐입니다. 결혼한 뒤 이러쿵저러쿵 말썽 일으킬 여자는 싫습니다. 별게 있어요? 마음을 안정시킬 수 있는 가정생활이면 되지요.”

“그게 어디 쉽습니까? 우선 믿을 만한 처녀가 있어야겠는데 요새 나돌아다니는 처녀루 어떤 걸 믿어야 할지 알 수가 있어야지요.”

“그래두 찾아보면 있겠지요. 세상을 전부 나쁘게만 볼 수 있나요?”

명암(明暗)의 거리

권병호와 만나기로 되어 있는 일요일 아침이었다. 계원이가 조반을 먹고 머리를 빗고 있을 때 같은 학교에서 선생 노릇하고 있는 강정숙이가 찾아왔다. 그들은 이 날 아침 계원의 아버지 무덤에 같이 가기로 벌써부터 약속이 되어 있었기 때문에 계원은 정숙을 보자,

"벌써 와?"

하고 그저 웃기만 했다.

정숙은 이제야 빗질을 하고 있다는 데 놀라지 않을 수 없다는 듯이,

"아직 조반두 안 먹었어?"

하고 물었다.

"졸려 죽겠는 걸 겨우 일어났어."

사실은 조반을 먹은 뒤 빗질을 하고 있은 것이었지만 계원은 조반도 먹지 못한 채 대답했다.

"게으름뱅이는 할 수 없군."

"일요일에는 종일 세수두 안 하는 걸."

"그래두 기분이 좋나?"

"좋구 말구, 할 게 있어? 종일토록 자는데 세수를 하구 잠을 자면 세수가 아깝지 않아?"

"아깝기두 하겠다. 쓸데없는 짓을 한다구 얼굴이 울 테니까…… 그래서 넌 화장두 안 하지?"

"화장 안 하는 것은 얼굴한테 욕을 먹을까 봐 안 하는 거지. 흰 칠을 하구 붉은 칠을 하는 건 결국 빛이 흰 데 희지 못하구, 붉을 데 붉지 못하는 걸 얼굴한테 욕해 주는 거니까? 얼마나 큰 모욕이야? 얼굴이 화를 내지 않을 수 있어?"

"얼굴철학이 대단하구! 쓸데없는 소리 그만두구 빨리 밥이나 먹어!"

"밥은 이미 먹었으니까 걱정 말어!"

"어마나, 세수두 하기 전에 밥을 먹어?"

"세수하기 전에 밥 먹으면 밥이 뭐래?"

"뭐라지는 않아두 미안하지 않나……."

계원은 머리를 다 빗고 나서 책상 위에 있는 흰 셀룰로이드 빗을 머리 한

편에 꽂았다. 그것을 본 정숙이가,

"계원이두 멋부릴 줄은 아는데……."

하고 비꼬듯이 말했다.

"멋? 그렇게 해서라두 멋을 좀 내야 하지 않아. 그렇지만 안심해, 상표(喪標)야."

"상표? 거 멋쟁이 상표인데 일석이조구만……."

"현대식 효도(孝道)법이지. 할 수 있어? 흰 상복을 입을 수는 없구. 그렇다구 해서 베조박을 너덜너덜 달구 다닐 수두 없구."

"참 편리한 효돈데?"

"현대식 효도법에두 돌아가신 분은 불만해하시지 않을 거야, 안 그래?"

"그걸 내가 어떻게 알아?"

"나는 아버지가 불만해하실 것 같지 않아, 이해해 주실 것으루 알아. 아버지는 나를 좋아했으니까. 그리구 나는 흰 빗을 아버지의 그림자라구 생각하고 꽂구 다니니까. 어떤 때 이 빗이 내 머리를 꼭 찌르면 아버지가 나를 꼭 찌르는 것 같아 하루 종일 아버지를 생각해."

"효도를 옷 전체루 표하는 것이나 빗 하나루 표시하는 것이나 마찬가지겠지. 몸 전체에서 보일락말락한 빗 한 개가 더 위대할지두 모르지만!"

"사실은 효도하기 위해서 꽂지두 않아. 아버지의 그림자를 내 몸에 붙이구 다니구 싶어서 그러지!"

"그게 결국 효도가 아닌가……."

"효도는 아니지. 아버지를 위하는 것보다 나를 위하는 행동이니까……."

"효도를 해야 자식 도리를 한다는 의무감두 결국 자기 본위에서 오는 생각일지 모르지."

그새 계원은 옷까지 갈아입었다. 옷을 갈아입자,

"그럼 가 볼까?"

하고 정숙과 같이 집을 나섰다.

집을 나선 계원과 정숙은 버스를 타고 돈암동 종점까지 가서 근처에 있는 꽃집으로 들어갔다.

아직 꽃철이 아니라 꽃도 별로 없기는 했지만 계원은 고를 생각도 아니하고 복숭아 꽃 한 다발을 냉큼 사서 들었다.

꽃다발을 들었을 때 정숙이가,

"누구에게 드릴 거니?"

하고 물었다.

"두 사람에게……."

"그러지 말구 말을 해. 아버지 것이라면 나는 언니 걸 골라 사게."

"무덤은 둘이래두 죽음은 하나 아냐. 저승에서두 아버지하구 언니하구 같이 다니실 거야. 꽃다발두 같이 내려다 보실거구. 그러니까 꽃다발두 한 개를 같이 보시는 게 좋을 거야. 너두 아버지하구 언니 것을 합쳐서 한 개만 사!"

"그럴까……."

정숙이도 두 무덤 앞에 꽂을 꽃다발을 한 개만 샀다.

꽃다발을 한 개씩 든 두 처녀는 다시 버스를 타고 미아리까지 가서, 거기서 내려 공동묘지를 향해 올라갔다. 수많은 무덤 사이로 길 아닌 길을 걸어가는 그들은 그들도 무덤의 세계를 방황하는 듯 서로가 말이 없었다.

묘지기의 집을 지나 산꼭대기에 있는 두 무덤 앞에 이르렀을 때까지도 그들은 말이 없었다.

가지고 온 꽃다발을 두 무덤 사이에 놓고 꽃다발 앞에 앉아서도 역시 말이 없었다.

계원이가 손수건을 꺼내어 눈물을 적셨다. 뒤따라 정숙이도 손수건으로 눈을 가렸다.

그러면서도 말은 여전히 없었다.

이십 분이나 지났을까 했을 때야 계원이가 일어서며,

"이젠 가……."

하고 처음으로 입을 열었다.

"갈까……."

정숙이도 계원의 말에 간단히 동의할 따름이었다.

그들은 말없는 가운데서 무덤을 내려왔고 또 버스를 탔다.

버스가 원남동 가까웠을 때야 계원이가 다시 입을 열고,

"집에 가서 놀다 가!"

하고 말했다.

"그래."

그들은 원남동에서 버스를 내려 어깨를 나란히 걷기 시작했다. 그때 정숙이가 불쑥,

"정말 아버지와 언니가 왜 돌아가셨니?"

하고 물었다. 참고 참던 것을 이제야 묻는다는 말투였다.

"참 이때까지 그걸 이야기 안 했지? 미안하다. 궁금해할 줄 알면서두 말을 할 수가 없었어. 돌아가신 이유를 조금두 이야기 안 한 건 결국 너를 속인 것이 되었지만 할 수 없었어. 친척들에게두 거짓말을 해 왔으니까?"

계원에게 있어서 아버지와 언니의 죽은 원인을 말하고 싶은 사람은 세상에 하나도 없었다. 그러나 중학교에서부터 대학까지 한 반 동창생이고 또 졸업 뒤에는 같은 여학교에서 같이 교편을 잡고 있는 정숙인만큼 정숙에게만은 어느 정도 말해 주어야 할 의무감을 느끼고 있었다.

우정에 대한 의무감을 느끼면서도 계원은 정숙에게까지 그것을 숨기고 있었다. 그러나 계원의 일을 자기 일처럼 생각하고 있는 정숙에게마저 최후까지 숨긴다는 것은 죄를 짓는 일같이 가슴이 아픈 일이었다. 그래서 숨겼다는 사실만은 고백했지만,

"뭐? 네가 나를 속였어?"

하고 속였다는 사실에 놀라는 듯이 정숙이가 얼굴색을 달리 할 때는,

"내가 이야기할 때까지는 묻지 말아 줘! 아무때라두 이야기는 할 테니까. 나를 욕하면서라두 묻지는 말아 줘. 산 사람에 대해서는 애정을 두 번 가질 수 있는 길과 기회가 많지만 죽은 사람에게는 하나밖에 없으니까 말야……."

하고 다시 입을 다물어 버렸다.

자기에게만은 비밀이 없다고 생각하는 데 우정(友情)의 깊이가 있다. 그

러나 깊은 우정을 가지고 있는 사람이 자기에게마저 비밀을 감추고 있다는 사실을 알 때 그는 우정에 대한 회의를 느끼지 않을 수 없다.

정숙은 계원과 가깝기 때문에 계원의 아버지와 언니가 죽은 데 대하여 누구보다도 슬퍼했다. 슬퍼하면서도 그 죽음의 이유를 알려고 하지 않았다. 계원의 말을 그만큼 믿고 있었기 때문이었다.

앓는다고 하는 말을 들은 적이 없었으며 죽었다는 사실도 장례식이 끝난 며칠 뒤에야 알았다. 이상하다는 생각이 안 든 것은 아니지만 알아야 할 일이라면 계원이가 먼저 말해 줄 것이라는 생각과 아울러 계원이가 말하지 않는 것을 먼저 묻는다는 것이 우정을 존중하지 않는 행동으로 보일 것 같아 이때까지 물어도 보지 않고 있었다.

그러나 계원이가 자기를 속이고 있었다는 사실을 알 때 정숙은 우정이 배반당했다는 생각에 그만 가슴이 떨리기 시작했다. 반드시 비밀을 숨기고 있다. 꼭 알아야만 할 일이 아닌지는 모르나 숨기는 사실이 있다는 것은 자기를 그만큼 믿지 못한다는 것을 말해 주는 것이다.

"그래?"

정숙은 가슴이 떨려 말도 잘 하지 못했다. 입술까지 경련을 일으킨 것처럼 떨리고 있었다.

계원이 또한 그러한 정숙의 마음을 모를 리 없다. 입장을 달리 해 생각한다면 누구나 섭섭해하지 않을 수 없는 일이다.

"정말 용서해. 너한테만은 모든 것을 있는 대루 말하구 싶지만 아버지의 혼이 내려다보며 내 입을 막는 것만 같아서 차마 말할 수가 없어. 다만 한 가지만 말할게. 아버지와 언니는 병으루 죽은 게 아냐. 그렇지만 그렇게 부끄러운 죽음두 아니구."

그 말에 정숙이는 마음을 약간 돌이킬 수가 있었다. 아버지의 혼이 내려다보는 것 같아서 아무에게도 말을 못한다는 것은 자기를 믿지 못해서 속였다는 것이 아님을 말해 주는 것이다. 그래서,

"걱정 말어, 아무때 알면 어때?"

하고 너그럽게 말했다. 병으로 죽지 않았다는 말이 한편 궁금증을 더 크게

만들기도 했지만 참는 수밖에 없었다. 계원은 그래도 미안하다는 듯이,

"아버지두 자기의 죽음을 부끄러워는 안 하실 거야. 미안한 생각에 내가 말을 못할 뿐이지. 그런 줄만 알아 줘⋯⋯."

하고 한 번 다시 사정을 했다.

"그만둬, 꼭 알아야 할 것두 없구, 알면 도리어 마음이 언짢을지두 모를 테니까."

"사실은 그럴지두 몰라."

그들은 계원의 집 근처까지 오고 있었다. 작은 골목으로 들어서기 전 구멍가게 앞을 지날 때 계원이가 과자를 사자고 했다. 정숙이도 그러자 하고 가게로 들어가려던 때였다.

"어디들 갔다 오십니까?"

하고 역시 계원과 같은 학교의 남선생인 오창규(吳昌圭)가 불쑥 나섰다.

계원은 창규가 자기 집 골목에서 나오는 것으로 보아 자기 집을 찾아갔던 것임을 직감했다. 언젠가도 한 번 찾아왔던 일이 있는 사람이다. 그런데 손에 들고 있는 과자 상자가 계원의 눈을 번쩍 뜨게 했다. 필경 자기를 주기 위해서 사 가지고 왔던 것에 틀림없을 것이다 그렇다면 그것을 두고 다시 과자를 살 필요가 없을 것 같아,

"그 과자, 저 주려구 사 오신 게 아닙니까?"

하고 물었다.

"그걸 어떻게 아십니까?"

창규가 빙긋이 웃으며 물을 때,

"그런 것두 모르면서 어떻게 선생 노릇을 해요?"

하고 계원은 얼굴을 정숙에게로 돌려,

"오 선생께 더 맛있을 거야, 이거만 먹지."

하고는 가게에서 발을 돌이켰다.

세 사람이 계원의 집으로 들어갔다. 계원은 식모에게 차를 끓이라고 말한 뒤 창규에게서 받은 과자 상자를 열기 시작했다. 얼마 안 되는 월급봉투로는 지나치게 값비싼 과자였다.

“어마나, 오 선생님 요새 수지가 맞는가 분데요?”

계원이가 눈을 크게 떴다.

“오 선생님 수상한데요. 이런 걸 사 들구 계원일 찾아다니는 걸 보니…….”

정숙이가 뜻있는 웃음을 웃었다.

“오 선생님은 마음이 좋아서 그러시단다. 이제 네한테두 이런 과잘 사 가지구 가실 테니까 조금만 기다려 봐.”

“천만에! 학교에서두 내한텐 핀잔만 주시는 분인데 과잘 사 가지구 찾아와, 어림두 없지…….”

그때 계원이가 창규를 보며,

“안 그렇지요? 다음 일요일에는 정숙의 집으루 가실 계획이 돼 있을 거야, 그렇지요?”

하고 대답을 강요했다. 그러나 창규는 벙글벙글 웃기만 할 뿐 대답을 안 했다.

“내한테만 주시는 거라면 먹지 않을 테야요. 도루 가지고 가세요.”

계원이가 과자 상자를 창규 앞으로 내밀었다. 그때 창규가,

“꼭 소녀 같으신데요!”

하고 웃었다.

“실례의 말씀은 삼가시구 빨리 대답이나 하세요. 빨리 좀 먹게…….”

창규는 할 수 없다는 듯이,

“사 가지구 가지요. 더 맛있는 걸루 사 가겠습니다.”

“오케, 그럼 먹어…….”

계원이가 과자를 집어 정숙에게 한 개 주었다. 정숙이는 창규와 계원의 표정을 살피는 데만 신경이 쓰이는지 과자를 먹는 데도 그다지 시덥지가 않아 보였다.

계원은 정숙의 표정이 약간 우울해 보이는데다가 과자를 먹는 데도 홍거워하지 않는 것이 이상스러워 혹시 자기와 창규와의 사이를 의심하지나 않나 하는 생각이 들었다.

계원은 불쾌했다. 창규를 다른 교사들보다 조금도 다르게 생각해 본 일이 없다. 뽐내기를 좋아하고 또 학생들을 잘 때리는 선생이었고 해서 일반 교사들에게까지 호평을 받지 못하는 창규를 자기가 호의로 대할 수 있을 것인가? 계원은 불쑥,

"용건이 있어 오셨나요?"

하고 창규에게 질문을 했다. 정숙의 오해를 풀려는 첫마디의 말이었다.

"놀러는 못 오나요?"

창규가 도리어 항의하듯 물었다.

"학교에서 매일 만나는데 집에까지 와서 만나야 할 일은 없지 않아요? 더구나 총각 선생이 처녀 선생을 가정방문 한다는 것은 삼가야 할걸요."

"그럼 빨리 가란 말입니까?"

"가시라는 건 아니지만 다음에 오실 때엔 아무런 일이라두 용건을 만들어 가지구 오세요!"

"조상을 온 셈이니까 용건이 없는 것두 아니지요."

그때야 정숙이가,

"손님한테 너무 심하지 않아?"

하고 도리어 듣기에 거북하다는 듯이 말했다.

"아냐 아무렇지두 않은 사람들끼리 남의 오해를 살 필요가 없으니까 하는 말이야. 안 그래요? 오 선생님!"

계원은 소리를 내어 웃으며 자기 말에 다른 뜻이 없다는 것을 표시했다.

그 뒤 그들은 차를 마시다가 학교 선생들을 화제에 끌어다 올려놓고 서로 이야기를 주고받았다.

어떤 과부 여선생은 선생들의 행동을 감시하고 다니다가 조금이라도 눈에 거슬리는 일을 발견하면 즉시 교장에게 보고한다는 이야기도 했고, 어떤 선생은 뻔히 나쁜 학생인 줄 알면서도 그 학생을 두둔하고 있다는 이야기도 했다.

그런 이야기를 하고 있을 때 창규가 차를 마시러 가자고 했다. 그 말이 나오자 계원은 권병호와의 약속을 생각하고 사정이 있어 못 가겠노라 거절

을 했다.

정숙이도 볼일이 있다고 하며 그만 돌아가야 하겠다고 말했다.

호의를 무시당한 창규가 불쾌한 얼굴을 지으며 일어섰다. 그래도 누구 한 사람 그를 붙잡지 않았다.

"또 오겠습니다."

하고 쫓겨가는 사람처럼 문 밖을 나설 때야 계원이가,

"또 오세요. 안녕히 가십시오."

하고 웃는 낯을 지었다.

하기야 두 번 다시 오지 못하도록 끝까지 푸대접을 해 주고 싶었으나 자기 집을 찾아왔던 사람에게 차마 그럴 수가 없어서 인사만은 따뜻하게 해 주었다.

정숙은 계원이처럼 창규를 그렇게 싫어하지는 않는다. 조금도 불쾌하게 생각지를 않고 있다. 속으로 사모하고 있는 처지는 아니지만 사귀어도 무방하다고까지는 생각하고 있다. 그렇기 때문에 창규가 나갈 때 같이 나가고 싶은 생각까지 들었지만 같이 나가면 계원이가 오해할 것 같은 마음에 혼자만을 보냈다.

그러나 창규가 나간 지 얼마 안 되어 정숙은 자기도 가 보겠다고 하며 자리에서 일어났다. 가서 볼일이 있는 것은 아니었다. 그러나 어쩐지 이 날만은 계원의 집에 오래 있고 싶지가 않았다. 계원이가 전의 계원이와 어딘가 달라진 것 같다는 생각이 이야기할 흥미마저 죽여 버렸던 것이다.

계원이가 좀더 놀다 가라고 했지만,

"너두 볼일이 있다면서?"

하며 자기가 방해되는 존재가 아니냐는 듯이 말했다.

"응, 약속이 있기는 하지만 아직 좀 시간이 있어! 내 걱정은 말구 놀다 가!"

그러나 정숙은 돌아가겠다고 고집을 세웠다. 약속이 있다면서 그 약속이 어떤 약속이라는 것을 말하지 않는 것도 또한 불쾌한 일이 아닐 수 없었다. 전 같으면 묻지 않아도 그런 사정쯤 먼저 털어놓는 것이 계원이었다.

정숙이가 고집을 세우며 돌아가자 계원은 권 병호와의 약속 시간이 아직 두어 시간이나 남아 있음을 알고 그새 낮잠이라도 잘까 생각했다.

보통 일요일 같으면 아침 열 시가 지나서야 일어난다. 그리고는 세수도 하지 않고 조반을 먹은 뒤 다시 낮잠을 잔다.

그러던 것을 이 날은 아홉 시도 전에 자리에서 일어났으며 또 종일토록 낮잠 한 잠도 자지 못했기 때문에 어쩐지 하나의 일과를 빼놓은 것 같아 아수한 생각이 들었다.

피곤해서 잠을 자는 것이 아니라 의무적으로 자야 한다는 생각에 계원은 자리를 깔고 잠옷을 갈아입었다.

그러나 잠이 잘 오지 않았다. 과자를 사 가지고 왔던 오창규와 이상스런 표정으로 돌아간 정숙이가 잠을 이루지 못하게 했던 것이다.

학교에서는 담배 한 개 남에게 주지 않는 창규다. 남들이 담배를 달랄까 해서 담뱃갑을 호주머니 속에 넣고 담배를 피울 때마다 호주머니에서 한 개비씩만 꺼내 먹는 창규가 자기에게는 고급과자를 사 가지고 찾아왔다는 것은 창규로서 특기하지 않을 수 없는 일이다.

언젠가는 계원에게 연애를 한다지요 하고 뒷거리를 친 일이 있었다. 그때 지금 연애할 남자를 고르고 있습니다 하고 대답하자 창규가 안심하는 듯한 웃음을 웃은 일이 기억되었다. 과자를 사 가지고 왔다는 것은 창규에게 연유가 있기 때문이라는 것을 생각지 않을 수 없었다.

"연애나 해 볼까!"

계원은 혼자 생각해 보았다. 그러나 금시,

'아버지와 언니가 무엇 때문에 죽었는데……'

하는 생각이 하나의 협박처럼 계원을 공포 속에 집어넣었다. 이런 생각을 하고 있을 때 밖에서 계원을 찾는 남자의 목소리가 들려 왔다.

그것은 얼마 전에 왔다가 돌아간 오창규의 목소리였다.

계원은 벌떡 일어났다. 하루에 두 번씩이나 찾아오는 창규가 귀찮은 생각도 들었지만 무엇보다도 대낮에 잠옷을 입고 있는 자기를 남자에게 보이기가 싫었던 것이다.

옷을 갈아입는 새, 식모가 손님이 오셨다고 전갈을 했다.

잠깐 기다리라고 말했을 때에는 창규가 이미 마루에서 기침 소리를 내고 있었다.

"들어오시랄 때까지 거기 서 계세요!"

계원은 옷을 갈아입고 이부자리를 개어 얹은 뒤에야 문을 열고,

"뭐 잊으신 게 있어요?"

하고 창규를 내다보았다.

"네! 할 말이 좀 있었는데 강정숙 선생이 계셔서 그냥 돌아갔댔습니다."

창규가 중요한 용건이 있는 듯 근엄한 태도로 말했다.

"그래요? 그럼 잠깐만 들어오세요. 저는 곧 나가야 하니까요?"

창규가 들어왔다. 그러나 창규는 용건이 정말 있는지 없는지,

"요새 영화 구경을 하셨어요?"

하고 잡담부터 꺼냈다.

"아버지가 돌아가신 뒤 한 번두 못했는데요."

"요즘 수도극장에서 <애인상>이라는 영화를 한다는데 가 보시지 않을 테요?"

"그럴 여유가 없습니다."

"슬픔이란 잊어버리두룩 노력해야 하는 게 아닐까요? 바람두 쐬구 구경두 다니시는 게 좋을 것 같은데요."

"그런 말씀은 일부러 찾아와서까지 하실 용담(冗談))은 아니시겠지요. 빨리 용건이나 말씀하세요!"

"용담이란 장사 거래처럼 시작되어야 하는 법은 아니지 않아요!"

"시간이 없으니까 빨리 말씀하세요."

"바쁘시다면 다음에 말씀하지요. 그리 바쁜 일은 아니니까……."

계원은 창규가 말하려는 것을 어느 정도 눈치챌 수 있었다. 그러나 반드시 그러리라고 단정을 내릴 수도 없어,

"남자가 왜 그러세요? 할 이야기가 있으면 빨리 해 버리질 못하시구, 난 그런 게 제일 싫더군요."

하고 용건을 독촉했다. 창규는 잠시 계원의 얼굴을 살피다가,

　"사실은 이야기를 해서 효과가 있을지 없을지를 몰라서 그럽니다."

　"효과가 있구 없구는 결과를 봐야 알 게 아닙니까?"

　"이 선생의 속마음을 파악할 수가 있어야지요. 정말 알아낼 수가 없는 것이 이 선생 같아요."

　"무슨 말씀인지를 모르겠는데요. 내 마음을 파악해서는 뭣 합니까?"

　창규는 다시 계원의 얼굴을 살피었다. 얼굴에서 계원의 마음을 파악하려는 눈치가 분명했다. 화를 낸다든가 대화에 흥미를 안 느낀다든가 그런 눈치가 보이지 않아서 그랬는지 창규는,

　"그럼 말씀드리지요. 사실은 결혼을 할 생각이 있는데 좋은 분을 하나 소개해 주십시오."

하고 말했다.

　계원은 소개해 달라는 말의 뜻을 모르지 않았다. 직접 말하기가 힘들어 그런 말을 꾸며댄 것이 틀림없다. 그러나,

　"그래요? 참 좋은 말씀입니다. 자신 있게 소개할 친구가 얼마든지 있으니까 조건을 말씀해 주십시오."

하고 창규가 말한 그대로 받아들였다.

　"이 선생님이 좋으시다는 분과 무조건 결혼하지요. 그렇지만 이 선생하구 꼭 같은 분이라면 제일 좋겠습니다."

　"세상에 꼭 같은 사람이 어디 있어요. 그러구 나 같은 사람이라면 나처럼 결혼을 안 할라구 그럴 텐데요."

　계원은 그래도 더 할 말이 있느냐는 듯이 창규를 똑바로 바라보았다.

　그러나 창규는 이미 꺼낸 이야기라 그것으로 끝맺을 수가 없었다.

　"이 선생님은 결혼을 안 하실 작정이신가요?"

　"네, 아직 그런 생각을 안 하구 있습니다."

　"이유는?"

　"그것까지 알아서 무엇 하시지요?"

　"알아야겠는데요. 혹시 이 선생과 결혼하구 싶다는 사람이 있다면 결혼

안 하신다는 이유를 설명해 줘야 하지 않아요?"

"그런 수고까지 하실 필요는 없습니다. 그런 분이 있다면 내한테 직접 보내십시오."

"이 방에 있는 사람이 직접 그 이유를 듣고 싶어하는 사람이라면요?"

"천만에 말씀입니다. 방금 딴 여자를 소개해 달라신 분인데……."

"그렇게두 눈치가 없으신가요?"

"그런 눈치가 있으면 여학교 선생이나 해 먹구 있겠어요?"

"그러시지 말구 진정으루 하는 말에는 진정으루 대답을 해 주십시오!"

"좌우간 나는 결혼할 생각을 안 하구 있으니까 그 말씀 그만두십시오!"

"내가 마땅치가 않아서 그러십니까?"

"그만두시라니까요."

"생각할 여유두 없습니까?"

"글쎄 그만해 두자니까요?"

그 뒤 창규는 생각만이라도 해 보라고 말했다. 그것도 거절하자 그 다음에는 날도 풀리고 벚꽃도 피어 가니까 교외 산보를 나가지 않겠느냐고 물었다.

그것도 싫다고 했다.

창규는 자기가 둘째 아들이기 때문에 가정의 책임도 없을 뿐 아니라 경제적으로도 걱정이 될 만큼 가정이 빈한하지 않다는 말까지 하여 계원의 마음을 끌려고 애썼다. 더구나 자기는 국어선생 노릇을 하고 있지만 취미는 미술이라고 자기 선전까지 했다.

계원은 무조건 결혼 이야기를 그만두자고 말했다. 그러나 창규는,

"조금만 관심을 가지십시오. 애정이란 관심을 갖는 데서부터 시작하는 것입니다."

하고 그래도 단념하지 않겠다는 언질을 남기고 돌아갔다.

계원은 혼자 앉아 애정이라는 것을 생각해 보았다. 애정을 부정하는 것이 아니기 때문에 애정이 추한 것이라고는 생각되지 않았지만, 도대체 어떠한 사람에게라야 애정을 느낄 수 있을까 하는 것을 생각했다.

지식, 돈, 인물, 지위, 권력…… 이렇게 생각해 보았지만 어떤 것이 애정의 대상이라는 결론이 내려지지 않았다.

창규 같은 사람에게서 애정을 느끼지 못할 것만은 확실하지만 그렇다고 해서 누구 같은 사람이면 하고 표본이 될 만한 사람을 내세울 수도 없었다.

'결국 사귀어 보다가 좋다고 생각되면 그뿐이겠지!'

이러한 생각에 이르렀을 때 계원은 갑자기 아버지의 얼굴을 눈앞에 그렸다.

애정을 버리고 달아난 어머니! 그러나 삼팔선 저쪽이라 해도 같은 하늘 밑 같은 땅 위에서 살고 있을 그 어머니가 못 잊어 괴로워하시던 아버지…….

그러다가 공장 여비서로 있는 젊은 여자와 정교를 맺고는 괴로움에 못 이겨 자살을 한 아버지…….

아버지에 뒤이어 언니의 죽음도 그의 가슴을 어지럽게 했다.

애정을 자기에게만 쏟아 주지 않는다고 해서 남편을 사랑하지 못한 언니! 사랑 없는 남편이라고 해서 집에 돌아와 이혼을 청구했으나 이혼만은 죽어도 못해 주겠다는 남편 때문에 고민하던 언니!

그러다가 사랑하는 남자가 생겨 그와 함께 산보를 하다가 전 남편에게 발견되어 두 사람이 다 같이 창피를 당했다고 해서 자살한 언니!

애정이라는 것을 생각만 해도 몸서리가 나는 것 같았다.

사랑하는 사람이 있다고 해도 아버지와 언니의 죽음을 생각한다면 그 사랑을 도저히 계속할 수 없을 것 같았다.

계원은 아버지의 괴로움과 언니의 괴로움을 안다. 아버지의 죽어야겠다는 심정에 동감을 하지 않았기 때문에 자기만은 아버지의 자살을 말렸다. 따라서 자기가 아버지와 같이 죽지를 않았다.

그러나 아버지의 심정과 비슷한 언니는 죽음과 동반자를 구했다는 점에서 아버지와 통한 바 있어 같은 유서를 쓰고 죽음을 같이 했다.

만약 아버지와 언니가 죽는 시간에 같이 있었다면 그들의 죽음을 방해하고야 말았을 것이지만 그렇다고 해서 아버지나 언니를 나쁜 사람이라고 생각지 않는다.

애정을 가졌기 때문에 거기서 오는 괴로움은 누구도 어쩔 수 없을 것이다.

한편 생각을 하면 사랑의 괴로움으로 말미암은 죽음이란 아름다운 것일지도 모른다.

그러나 죽지 않으면 안 될 만큼 괴로움이 동반하는 애정임을 생각할 때 계원은 통틀어 애정이란 것에 대하여 공포심을 안 가질 수 없었다.

아버지나 언니의 전철을 밟고 싶지는 않았던 것이다.

죽는다는 것이 무엇보다도 싫었다. 애정 이외에도 무엇인가 더 있어야만 할 것 같았다. 그것이 인간이 아니고 무엇인가?

인간사회에서 애정 말고도 눈에 보이는 것이 너무나 많다. 애정만으로 죽는다는 것은 인간 전체를 바라보며 사는 사람의 행동이 아니다.

계원은 창규건 누구건 간에 남자와 더불어 가까이 사귀지 않아야 하겠다고 생각했다.

계원은 문득 시계를 보았다.

권병호와의 약속 시간이 가까웠다.

계원은 머리에 손질을 하고 병호와 약속한 다방으로 갔다.

다방 근처까지 가서 시계를 다시 보았으나 아직 십오 분이 남아 있었다.

계원은 다만 오 분이라도 먼저 가서 기다리는 게 싫었다. 친한 사람이라면 오 분 아니라 십 분이라도 기다릴 수 있을 것이지만 사귄 지 얼마 안 되는 사람을 만나기 위해서 먼저 가서 기다린다는 것은 더구나 여자의 자존심으로 허락할 수 없는 것 같았다.

계원은 시간을 보내기 위하여 일부러 거리를 걸었다.

파릿파릿 잎이 트기 시작하는 플라타너스 나무 밑을 한참 동안 걸은 뒤 시계를 보았으나 아직 칠팔 분이 남았다.

시간을 보내기 위하여 상점 쇼윈도를 들여다보기도 하고 길에 있는 서점에 들어가 잡지 목차도 살펴보다가 약속 시간에 오 분이 지난 것을 보고야 다방을 향해 걷기를 시작했다.

그러니까 약속 시간보다 십 분이나 늦게 다방에 들어갔지만 어쩐 일인지 병호가 보이지 않았다.

슬쩍 방 안을 둘러보았으나 병호가 방 안에 보이지 않을 때 계원은 앉아 기다릴 생각을 않고 도로 나와 버렸다. 이상스러운 일이었다. 초대한 사람이 십 분이 지나도록 오지 않았다는 것은 알 수 없는 일이었다.

보기에 약속을 안 지킬 사람 같지가 않은데 무슨 일이 생겼는가 하고 호의로 해석하며 계원은 다시 거리를 걸었다. 십 분쯤 뒤 다시 다방으로 가서 안을 둘러보았지만 역시 병호는 보이지 않았다.

조금만 기다려 볼까 하고 의자에 앉을 생각도 해보았지만 오지도 않는 사람을 기다리고 있다고 삥 둘러앉은 손님들이 주시해 볼 것 같아 그대로 나와 버렸다.

병호가 약속을 안 지켰다는 것이 불쾌했지만 그래도 만나야 별말도 못할 사람이니 차라리 잘 되었다는 생각을 가지고 계원은 집엘 돌아왔다.

집으로 돌아오다 생각을 하니 집에 밥이 없을 것 같았다. 저녁 먹으러 나간다고 말을 했기 때문에 식모가 밥을 준비하지 않았을 것이다.

계원은 식당으로 들어가 장국밥 한 그릇을 사 먹고야 집으로 돌아갔다. 대문 안에 들어서자 계원은 뜰에서 식모와 같이 이야기하고 있는 어떤 남자를 발견했다.

'병호 씨가 아닌가?'

하고 혼자 생각하며 가까이로 걸어갈 때 식모가 계원을 보고,

"돌아오시누만요."

했다. 식모의 말에 뒤돌아선 남자는,

"어딜 갔다 오니?"

하고 계원을 반겨 했다. 그는 계원의 백부 이명회(李明會)였다.

계원은 백부 앞에서 절을 하고 방 안으로 들어가자고 했다.

계원은 방 안으로 들어가 백부에게 방석을 권했다. 아버지가 죽은 뒤 며칠 만에 한 번 왔던 일이 있는 백부였다. 그렇기 때문에 계원은 백부가 무슨 일로 왔다는 것을 알았지만 그래도 용건부터 물을 수가 없어서 묵묵히 있을 때 백부가,

"그래 별일은 없었니?"

하고 그야말로 아버지가 딸을 대한 듯 걱정해 주는 어조로 말했다.

"별일 없었습니다."

계원은 엄한 아버지에게 말하는 식으로 대답을 했다.

"혼자서 살기가 적적할 텐데……."

"괜찮아요."

"그럴 수가 있나, 더구나 출가두 안 한 처녀가 혼자서 살림한다는 건 힘든 일이지."

"어떻게 합니까? 그래두 살아야지요."

"참 걱정이다. 하루 이틀두 아니구……."

백부는 어디까지나 자기를 위하고 걱정하는 투로 말했다.

"무서운 생각두 들기는 하지만 그래도 괜찮아요. 제 걱정은 마십시오."

하고 근심을 놓으라는 뜻의 말을 하자, 백부는,

"나두 생각을 해 봤지만 혼자 지낼 수가 있니. 더구나 내가 살아 있는 한 내 면목을 봐서라두 그럴 수가 없다. 내일부터라도 우리 집에 와 있거라. 어차피 네 아버지의 공장두 내가 관리를 해야 할 테니까. 이 집두 내가 관리를 해 주마, 집 하나 챙기다는 것두 쉬운 일이 아니다."

하고 근엄한 태도로 말했다.

공장을 관리해 주는 것은 고마운 일이다. 그것은 계원이가 자청해서 부탁할 일이었다. 지난번 왔을 때 계원은 아버지의 고무공장을 전부 맡아 봐 달라고 부탁했었기 때문에 백부가 이 날 찾아온 것도 공장 관계려니만 여기고 있었다.

그러나 집까지 비우고 자기 집으로와 있으라는 데는 대답하기가 곤란했다.

백부는 아버지와 같이 실업 방면에 종사하고 있지만 성격만은 아버지와 달라 어느 정도의 협잡성을 가지고 있다. 술을 좋아하고 여자를 좋아한다. 아직도 기생첩을 가지고 있어서 가정적인 불화가 그치지 않고 있다.

아무리 백부라 할지라도 그러한 곳에 들어가 살고 싶지가 않았던 것이다.

더구나 자기의 재산을 가지고 들어간다 해도 결과에 있어서 백부의 신세를 지는 것처럼 보이게 될 것이 또한 싫었다. 그래서 대답을 못하고 주저주저하고 있을 때 백부가,

"생각할 것두 없다. 아버지가 없으면 큰아버지가 아버지 노릇을 해야 하는 것이니까. 내일부터라두 우리 집에 와 있어라. 그리구 이건 차차 해두 좋을 일이지만 네 아버지가 공장을 하느라구 진 빚이 적지 않더라. 그런데다가 예금한 현금이 한 푼도 없으니 당장에 공장 운행해 나갈 돈이 있어야지. 아무래도 이 집을 파는 수밖에 없을 것 같기두 하다."

계원은 집을 팔아야 한다는 말에 그만 얼굴색을 달리하고 말았다.

아버지가 별 걱정 안 하고 경영하던 공장이다. 그러던 것을 아버지가 돌아가셨다고 해서 금시 쓰고 살던 집까지 팔아야 한다는 것은 아무래도 이해할 수 없는 일이었다. 공장의 내막은 계원이로서 알 수 없는 일이다. 그러나 무엇보다도 집을 팔아야 한다는 것이 싫었다. 그것은 마치 너의 아버지가 너희를 속이고 돈을 많이 썼다 하는 말처럼도 들렸던 것이다. 그래서 우선,

"아버지가 공장에서 이익이 꽤 난다구 늘 말씀하셨는데 그렇게 빚이 있었어요?"

하고 아버지의 말과 백부의 말에 차이가 크다는 것을 말했다.

"글쎄 아직 완전히 조사를 안 했기 때문에 확실한 건 모르겠지만 오늘까지 드러난 것만 해두 한 백만 환의 미지불이 있더라."

"그럼 들어올 돈은 한 푼두 없나요?"

"그것두 앞으로 조사해 봐야지. 그렇지만 미지불보다는 많지 못할 게다."

"그럼 공장을 팔아 치우지요!"

"그야 나로서 할 수 있니. 동생이 죽었다구 팔아 버리면 결국 내가 욕을 먹게 되니까……."

"제가 팔지요. 그럼 큰아버지한테 욕을 끼치지 않게 되겠지요."

"너두 그렇지, 아버지가 돌아가셨다구 적자가 나지두 않는 공장을 즉시루 팔아 버리면 세상 사람들이 뭐라구 그리겠니. 딴 소리말구 내 하라는 대루만 해라!"

계원은 차라리 공장을 팔면 팔았지 집을 팔고 싶지는 않았다. 입고 있던 옷을 팔아먹는 것처럼 생활 파탄의 최후를 말하는 일 같다.

"집만은 팔지 못하겠는데요."

하고 반대를 했다.

그랬더니 백부가 화를 발칵 내며,

"그래 내 말을 듣지 않겠단 말이냐? 나를 믿지 못하겠단 말이지? 마음대루 해라. 공장두 네 손으루 움직이구 빚두 네 손으루 갚아라!"

하고 담배를 꺼내 물었다. 담배를 물자 불도 붙이기 전에,

"그렇지 않아두 네 아버지가 딸하구 같이 죽었다는 말이 많은데 시집두 안 간 딸이 공장에 나와 봐라. 세상 사람들이 뭐라구 그러나. 집안 망신 누가 시킨다구, 너두 어른 말을 좀 들어 봐라!"

그 말에 계원은 더구나 비위가 거슬렸다.

아버지가 죽은 데 대해서 세상이 뭐라 하든 그것을 공장 경영과 관련시킬 것이 무엇인가? 설사 사람들이 아버지의 죽음에 대해서 오해를 가지고 있다기로서니 형이라는 사람으로 동생의 딸 앞에 그것이 무슨 말인가?

또 집을 팔지 않겠다고는 했지만 누가 공장에 나가 직접 그것을 경영하겠다고 말했는가?

그렇지만 어른과 싸울 수도 없는 일이었다. 또 싸우지 않고도 해결할 수 있는 길이 있을 것만 같았다.

"저두 집안 망신은 시키구 싶지 않습니다. 큰아버지 말씀에 따르려구 하지만 며칠 생각할 여유를 주십시오. 정말 이 집만은 팔구 싶지 않습니다."

"잘 생각해 봐라. 시집두 안 간 애가 들썩거리고 나다니면 집안 망신밖에 시키는 것이 없다."

백부는 화가 조금 가라앉은 모양 같았으나 그 뒤에는 자기가 법률적인 책임을 져야 한다고 하며 공장과 주택에 대한 부동산 소유증 등 문서를 보여 달라고 했다.

계원은 그런 문서를 내보이기가 싫었으나 백부가 다시 화를 내며 자기를 믿지 않는다고 하는 바람에 있는 것 전부를 꺼내 보였다. 그랬더니 백부가

은행 저당을 냈는지 조사해 봐야겠다고 하며 주택에 대한 서류를 주머니에
넣고 돌아갔다.

사랑의 모략

소에게 물렸을 때처럼 쓴웃음만이 나왔다. 무엇이라고 형용해야 할지를
몰랐다.

아무리 동생의 재산이라고 하더라도 직계의 딸이 있는 이상 재산의 소유
권을 함부로 가져갈 수가 있을 것인가?

설사 백부에게 다른 마음이 없다 한다 해도 아버지가 돌아간 지 며칠도
안 되는 오늘 재산에 대한 서류에 손을 댄다는 것은 아버지를 모독하는 일
이라 생각지 않을 수 없었다.

산 사람의 눈알을 빼먹는 세상이란 말도 있기는 하지만 친형제 사이에도
이런 일이 있을 수 있을까 생각하니 참으로 믿을 사람이 없는 것 같았다.

계원은 장차 뜻하지 않은 일들이 자기 신변에 일어나고야 말 것 같은 예
감을 느꼈다. 자기를 속이려는 사람이 백부뿐만 아닐 것 같았다. 수없는 사
람이 자기를 속이려고 몰려들 것 같았다.

그리고 자기는 어쩔 수 없이 속고는 혼자서 울어야 할 것이 아닌가?

계원은 아버지가 남긴 재산 전부를 백부에게 내맡기고 싶었다. 관리해 달
라는 것이 아니라 아주 주어 버리는 것이다.

그렇게 하면 백부는 고맙다고 할 것이며 자기는 재산으로 말미암아 괴로
움을 받지 않아도 좋게 될 것이다. 차라리 알몸으로 월급이나 받아 사는 것
이 한결 편할 것 같았다.

자기 소유에 딸린 재산이 있다면 마음이 자연 그리로 쏠리게 될 것이며
따라서 자기는 재산의 노예가 되고 말 것이다.

그러나 백부가 가지고 간 나머지의 문서들을 바라볼 때 계원은,

"무엇 때문에 옳지 않은 사람에게 좋은 일을 한담!"

하는 악에 받친 생각이 들었다.

준다면 불쌍한 사람이나, 그렇지 않으면 유익한 사업을 위해서 줄 것이지 동생도 모르고 조카도 모르는 그러한 백부에게 줄 것이 무엇인가?

백부에게 준다는 것만은 아무런 의의도 없을 것 같아 기부할 곳을 혼자 궁리하고 있을 때 권병호가 찾아왔다.

권병호는 방 안에 들어서자마자,

"용서하십시오. 갑자기 급한 일이 생겨서 약속을 지키지 못했습니다. 굉장히 욕하실 것 같아 사과라두 드리려구 찾아왔습니다."

하고 숨이 가쁜 목소리로 말했다.

계원은 이미 잊어버리고 있었던 일인 만큼 대수롭지 않게 대답했다.

"그런 약속쯤 아무나 지킬 수 있는 거 아녜요?"

"그렇게 약속을 어긴 일이 없는데 오늘만은 정말 미안하게 되었습니다."

"미안하실 거 조금두 없습니다. 다음에 저녁을 사시면 되지 않아요?"

"정말 그래두 괜찮겠습니까?"

"괜찮지 어때요?"

정말 계원에게 있어서 그런 일쯤 아무것도 아니었다. 그보다 몇 배나 중대한 문제가 그새 생기지 않았던가? 그러나 병호는 미안해서 어쩔 줄을 모르며,

"그럼 언제루 하실까요?"

하고 물었다.

병호는 자기가 청한 약속을 자기가 깨트렸다는데 정말 미안함을 느꼈다. 친한 친구와도 달리 몇 번 만나지 않은 여자다. 더구나 자기가 먼저 얻어먹고 신세를 갚으려던 것이 이렇게 되고 보니 미안하지 않을 수 없었다.

"또 다음 일요일루 하시지요."

"그 전에는 안 될까요?"

"그 전에라두 좋습니다. 저녁때라면 아무 날이라두 좋으니까요."

"그럼 내일루 하실까요. 어떻습니까?"

"좋지요."

“그럼 그 시간에 그 다방에서 기다리겠습니다.”

그 말에만은 계원이가 대답을 안 했다.

시간과 장소가 마음에 들지 않는지 계원은 눈만 껌벅거리다가,

“그 다방은 인상이 나쁘니까 다른 데루 하세요!”

하고 말했다.

“인상이 나쁘다니요?”

“내가 헛바람 먹은 데가 아녜요? 그런 데루 약속을 했다가 또 헛방 맞으면 어떡해요.”

“네 미안합니다. 내일은 그런 일이 없을 겝니다.”

“그래두 싫어요.”

“그럼 적당한 데를 말씀하시지요.”

“저 명동에 ‘25時’란 다방이 있지요? 거기서 만나십시다. 이름이 좋지 않아요?”

“좋군요. 그럼 거기서 만나겠습니다.”

권병호는 새 약속을 맺자 곧 돌아가려고 자리에서 일어났다.

아직 교통금지 시간까지에는 한 시간이나 거의 남아 있었다. 계원은 좀더 놀다 갔으면 생각하고,

“뭐 그렇게 바쁘세요?”

하고 물었다.

“교통시간두 거의 돼 가니까 가야지요.”

“검사님께서두 교통시간이 두려우신가요?”

“두렵다는 것보다두 특별한 일이 없는 이상 지킬 건 지켜야 하지 않아요?”

“준법정신이 상당하시군요.”

“법을 남에게 요구하는 사람이 준법을 안 하면 누가 법률을 지킵니까?”

“그래두 법을 다루는 사람은 법을 두려워하지 않지 않아요?”

“그건 자기의 지위를 믿구 법을 파괴하는 행동입니다. 칼을 만드는 대장쟁이가 강도질을 한다면 강도 그것은 자기의 직업을 모독하구 들어가는 일

입니다. 법이란 법을 지키구 있는 사람에 의해서 그것이 적당한 것두 되구 부정한 것두 되는 것입니다.”

“그래요? 그럼 빨리 가세요!”

그렇게까지 말하는데 권병호를 가지 말랄 수가 없었다.

권병호는 계원의 마음을 알아 줄 생각을 안 하고 내일 만나겠다는 말을 남긴 뒤 돌아갔다.

백부가 왔다 간 뒤 계원은 전에 없이 외로움을 느꼈다. 아무도 믿을 수 없다는 생각이 아무라도 의지하고 싶다는 고독감을 주었는지 모른다.

그러한 때 병호가 왔다가 그대로 가 버리고 마니 마음이 더욱 허전한 것 같았다. 오지 않았던 것만 같지 못한 것 같았다.

병호가 돌아가자 모든 것을 잊고 잠이나 자려 했으나 잠도 좀체 오지 않았다.

그리고는 다음날이 기다려졌다.

빨리 다음날이 와서 병호를 만나고 무슨 이야기건 실컷 이야기라도 해 보았으면 하는 생각이 들었다.

병호만은 무슨 이야기라도 들어 줄 것 같았다. 그리고 진심으로 자기를 위해 힘이 되어 줄 것도 같았다.

어쩐지 병호가 믿음직한 사람처럼 생각되었던 것이다.

다음닐 아침 학교에 가서도 계원은 병호 생각을 했다. 거짓이 없는 병호다.

믿음직스런 그런 사람에게 자기의 개인 사정을 이야기하고 도움을 받았으면 하는 생각에 병호와의 약속 시간이 기다려지기도 했다.

계원은 병호를 만나 재산에 대한 의논을 하리라 생각하며 저녁때를 기다렸다.

계원이가 학교를 나와 ‘25時’ 다방에 이른 것은 약속 시간인 다섯 시가 오 분 지났을 때였다.

한 번 허탕을 친 경험이 있어서 그런지 오늘만은 그런 일이 없으리라 생각하면서도 병호가 혹시 오지 않았으면 어떻게 할까 가슴을 두근거렸다.

계원은 오늘도 약속을 지키지 않는다면 다시는 만나지 않으리라고까지 생각했다.

계원이가 그런 생각을 하며 다방 안에 들어섰을 때 바로 출입구 옆에 앉아 있던 병호가,

"이 선생!"

하고 불렀다.

계원은 병호를 보자 입을 한 번 벌렸다가 그의 옆으로 가서 앉으며,

"오늘은 어떻게 일찍 오셨어요?"

하고 시간을 지켜 준 것이 고맙다는 뜻으로 말했다.

"나는 밤낮 약속을 안 지키는 사람인 줄 아십니까?"

병호도 계원이가 악의로 하는 말이 아닌 것을 알고 빙긋이 웃었다.

"어제는 그런 분인 줄 알았더니 그렇지가 않으신가 부군요?"

"어젠 정말 어쩔 수 없는 사정이 있었습니다. 어젯밤에는 시간이 없어서 그 이야기는 꺼내지두 않았지만 그 이야기를 하면 약속 못 지킨 것두 이해하실 겁니다."

"듣지 않아두 좋아요. 사정이 있었으니까 그랬겠지요."

레지가 와서 차를 주문시키는 바람에 이야기가 중단되자 좀체로 새로운 화제가 나오지 않았다. 차가 나오기만 기다리고 있을 때였다.

이야기 없는 시간이 지루한지 계원이가,

"그럼 그 이야기를 해 보세요. 어제 약속을 못 지킨 이유를요."

"듣지 않아두 좋다면서요?"

"빈 시간이 싫어서 그래요."

"시간을 채우기 위해서 이야길 하라는 겁니까?"

"산다는 것이 시간을 채우는 게 아녜요? 시간을 잘 채우는 사람이 행복한 사람일 거구요."

"생활 속에 시간이 흐르는 게지 시간의 흐름 속에 생활이 있을 수 있습니까?"

"그런 이야긴 그만두구 빨리 이야기나 하세요."

"그럼 이야기하지요. 고향 친구고, 중학 동창생인 사람이 찾아왔습니다. 이번에 국회의원에 출마를 했다나요. 당선될 희망이 많다구 하면서 역시 고향 사람인데 서울서 큰 무역상회를 하는 사람에게 돈을 돌리러 왔대요. 그런데 그 돈을 돌리려면 내가 보증을 서야 한다구 하여 당장에 그 무역상한테 가자니 그걸 어떻게 마다구 그럴 수가 있습니까?"

"권 선생님두 국회의원 덕을 보시구 싶은가 보군요?"

"글쎄 그렇게 해석해두 할 수 없는 일이지만 거절할 수가 없었습니다."

"그 사람이 낙선되구 또 돈을 돌리지 못하는 경우에는 어떡허지요?"

"그런 일은 없을 것 같아요. 대학두 나온 사람인데 고향서 군수까지 지냈습니다. 집안이 많은데다가 인망이 꽤 높지요. 국회의원으루 내보내두 부끄럽지 않을 사람입니다. 신용두 있구 재산두 있는 사람이니까 낙선이 되어두 돈 때문에 문제를 일으키지는 않을 겁니다."

"그렇다구 해서 약속까지 안 지킬 건 뭡니까. 다음날 보면 안 될 일인가요, 그게?"

"오늘 아침에 내려가야 한다는 걸 어떡합니까."

"잘 하셨습니다. 앞으루 권 선생에게두 국물이 돌아오기를 바랍니다."

"사람을 좋지 않게만 보려구 그러지 마십시오. 그래야만 자기가 옳은 사람이 되는 것은 아닙니다."

"그럼 권 선생님은 어째서 우리 아버지의 죽음을 나쁘게만 해석하려구 그랬지요? 그건 권 선생이 올바른 사람이란 걸 내세우려는 게 아닌가요?"

"일부러 나쁘게 해석하려구는 하지 않았습니다. 그러기에 죽은 원인을 확실히 알고 싶어한 것이 아닙니까? 끝까지 말을 안 해 주니까 오해를 할 수밖에 없는 것이지……."

이 말을 듣자 계원은 입을 삐쭉했다.

입을 삐쭉한 것은 그것이 정말이냐고 빈정대는 뜻이었다.

"사실은 법을 다루려면 사람을 의심하게 되는 법입니다. 결코 유쾌한 일이 아닙니다. 그러나 그것은 직업상 할 수 없는 일이지요. 그만큼 불행하다는 것을 알아 줘야 할 것입니다. 법을 다루니까 권력계급이라구 비꼬는 사람두 있지만, 남을 의심하여 산다는 가장 불행한 족속들입니다.”

병호는 자기의 입장을 변명했다. 그것은 계원의 아버지가 왜 자살했는지를 확실히 모르는 만큼 자기의 딸과 정사를 했다고 의심하지 않을 수 없었을 뿐 그것이 절대로 악의가 아니라는 것을 알려야 했기 때문이었다.

계원은 병호의 말이 옳다고 생각했다. 남을 의심한다는 것은 우선 자기 자신의 불쾌를 초래한다. 믿을 수 없다고 생각되는 사람과 대한다는 것보다 더 불쾌한 일이 없다.

죄를 밝혀야 하고 죄의 값을 내려야 하는 사람이 죄의 값을 받는 사람보다도 정신 상태로는 오히려 불행할지도 모른다.

“동정합니다.”

계원은 고개를 까딱 하고 사과의 뜻을 표했다.

“동정을 하시기 전에 이 선생 아버지에 대한 나의 오해를 풀두룩 해 주십시오.”

“그게 그렇게 알구 싶습니까?”

“꼭 알아야겠습니다. 그래야 내가 남을 의심하는 나쁜 사람이 안 될 겁니다.”

계원은 누구에게도 이야기하지 않으려고 결심했던 일이다. 그러나 병호가 그렇게까지 알고 싶어할 뿐 아니라 그것을 숨김으로 말미암아 병호의 의심을 끝까지 산다는 것이 아버지의 입장으로 보아도 유쾌할 것 같지가 않은 생각이 들었다.

그리고 앞으로 자기 개인 사정을 의논하려고 하면 그런 것을 숨겨 놀 수는 없을 것 같았다.

“꼭 비밀을 지켜 주실 자신이 있습니까?”

계원은 병호에게 다짐을 주었다.

“법관의 자격은 비밀을 지킬 줄 알아야 하는 것이 첫째 조건으루 되어 있습니다.”

“비밀을 안 지키시면 절굡니다.”

“좋습니다.”

"그럼 말씀드리죠."

계원은 아버지가 언니가 같이 죽게 된 동기를 숨김 없이 설명했다. 그러고 나서는 우연한 일치에 지나지 않는다는 것을 말한 뒤,

"그래두 의심을 해야겠습니까?"

하고 물었다.

권병호는 잘 알았다는 듯이

"고맙습니다. 의심해야 할 필요가 하나두 없을 것 같습니다."

하고 대답했으나 잠시 찻잔 꼭지를 만지작거리고 있다가,

"애정이란 것이 그렇게두 복잡한 것일까요?"

하고 자문자답하듯이 말했다.

"애정이란 것을 그렇게두 모르세요? 자살하는 사람의 통계를 내 보세요. 몇 퍼센트가 애정으루 죽는가! 아직 연애두 못해 보신가 보군요?"

"나두 조금은 맛봤습니다. 그래서 모르지는 않지요. 알기 때문에 이해하려구 안 하는지두 모르지요."

"어떤 맛을 봤는데요."

"간단한 이야기가 아닙니다."

"한 번 해 보세요. 재미있을 것 같은데요. 권 선생님두 연앨 다 해 보시구 제법인데요."

"이것두 시간을 채우기 위한 것인가요?"

"아니요. 재미루 들으려는 거예요?"

"자기의 재미루 남의 쓰라린 추억을 끄집어내게 하는 건 좋은 취미가 아닙니다."

"악취미는 아닙니다. 후배를 위해서 체험담을 이야기해 주는 것을 뭐 그렇게 심각하게 생각하세요. 빨리 이야기하세요. 그러구 저녁 먹으러 가야 하지 않아요?"

계원은 몇 번이고 졸랐다. 그리고 이미 끝이 난 일이라 이야기해도 무방하리라는 생각에 병호는 오신영과의 관계를 쭉 설명했다.

병호는 오신영과의 이야기를 설명한 뒤 십 년 동안 소식이 없다가 최근에

다시 나타나 결혼해 달라고 했다는 이야기까지를 말했다.

그러자 계원이가 그 말도 채 맺기 전에,

"그래서 결혼하시기루 했어요?"

하고 성급히 물었다.

"천만에요. 십 년 동안의 괴로움을 회상하는 것만두 지긋지긋한데 결혼이 다 뭡니까?"

"그래두 잘못했다고 후회를 하면 어떡합니까?"

"안 오겠다는 최후의 편지가 왔습니다. 그래두 귀찮은 생각이 들어 아무하구나 결혼을 해 치울 생각입니다."

"그럼 아직 미혼이셔요?"

"네, 결혼을 못했습니다."

"어마나! 노총각이시군요?"

"그리 노총각두 못 됩니다."

"나이가 얼마신데요? 실례지만."

"아직 서른이 채 못 됐습니다."

"그래요? 그럼 노총각은 못 되시누만, 새파란 청년인데요."

"그래두 마음은 새파랗지가 못합니다. 연애라는 게 싫어졌으니까!"

"그건 늙어서가 아니겠지요. 타격이 컸기 때문일 겁니다."

병호는 대답을 안 했다. 그것은 계원의 말을 긍정하고 싶으면서도 그것을 말로 표현할 수가 없었기 때문이었다. 방금 마음이 늙어서 연애를 못한다고 말해 놓고 금시 계원의 말을 옳다고 할 수도 없었지만 그렇다고 해서 계원의 말을 틀렸다고 반대하기도 싫었다.

평범한 결혼 생활을 하려고 최 서기에게 중매를 부탁해 놓기까지 했지만, 계원을 대하고 나니 어떤 것이 정말 자기인지가 희미해지는 것 같았다.

행복이라는 것을 느낄 만큼 좋은 여자만 있다면 인격적인 면에서 부부 생활을 할 수 있는 가정을 만들 수 없을 것 같지도 않은 생각이 들었다.

그러나 그런 것을 계원과 이야기해서 무슨 소용이 있을 것인가?

병호는 이야기를 중단하고 저녁을 먹으러 나갈 준비를 했다.

찻값을 치르고 나자,

"오늘은 양식을 잡숫지요?"

하고 계원의 의견을 물었다.

"얻어먹는 사람이 뭘 가리겠어요. 아무거나 사 주세요!"

계원은 아무것도 좋았다. 음식에 가리는 것이 없기도 했지만, 어디를 가자고 해도 따라가고 싶은 심정이었다.

사실은 병호가 아직 미혼이란 말에 어린 것 같은 생각이 들고, 신뢰감이 적어지는 듯도 했지만, 그래도 믿을 수 있는 사람임에는 틀림없다는 즐거움을 느꼈던 것이다. 그들은 커다란 양식점으로 들어가 정식을 주문했다.

일인분 팔백 환이었다. 메뉴에서 정가를 본 계원이가,

"비싼 걸 먹어선 뭣해요. 런치 정도루 하십시다."

하고 사양을 했다.

"늘 먹겠어요? 한 번 먹어 봅시다."

"그런 건 사바사바 하실 때나 잡수세요. 나 같은 사람에게는 분에 맞는 걸 먹어야지 지나친 걸 먹으면 도리어 반대 효과가 납니다."

"반대 효과라니요?"

"으스댄다구밖에 해석하지 않으니까 말입니다."

"한 번쯤 으스대 보는 것두 좋지 않나요?"

"그럼 이때까지 으스대 보지 못히셨어요?"

"미안하지만 그럴 상대가 없었습니다."

"얻어먹으면서 으스대 보시기는 했어두 말이죠?"

"이 선생 입이 그리 좋지 못하시군요."

"네, 약간 좋지 못합니다. 앞으룬 사귀질 마십시오."

두 사람은 소리를 죽여 가면서 서로의 얼굴을 바라보며 웃었다.

냉수 컵과, 나이프, 스푼, 포크를 책상 위에 갖다 놓는 바람에 화제가 중단되었다.

수프가 나왔을 때에야 계원이가,

"밥에 말아먹었으면 좋겠는데요. 서양 사람들은 아무래도 우리보다 원시

적이에요. 뱃속에 들어가면 어차피 합칠 것이라구 생각했기 때문에 국 따루
밥 따루 먹는 거거든요.”

하고 화제를 꺼냈다.

“영어 선생님두 그런 말씀을 하세요?”

“영어 선생은 사람까지 서양식으루 변해야 하나요?”

“그래두 서양 습관을 잘 이해해야지요.”

“영어를 안다구 제 나라 말을 무시하는 사람 보셨어요? 보기 좋습니까?
고추장이란 영어가 없어서 고추장을 안 먹구 살 수 있습니까?”

수프를 먹자 비프가스가 들어왔다. 그때는 음식 이야기가 아니라,

“참 아는 사람이 일본엔 가는데 부탁할 게 없습니까?”

하는 새로운 화제가 병호의 입에서 나왔다.

“비로드 치맛감을 부탁하라는 말씀입니까?”

“그런 게 아니라 책 같은 거라두요.”

“책이야 필요하지만 갑자기 생각이 나야지요.”

“이삼 일 내에 책 이름과 출판사 이름을 적어 보내 주십시오.”

“책값은 권 선생님이 물어 주시구요?”

“많지 않은 거라면…….”

“내가 필요한 것을 왜 남의 돈으루 삽니까? 내게 돈이 없다면 몰라
두…….”

“………”

병호는 대답이 막혀 버리고 말았다. 그만한 호의쯤 베풀 수도 있는 것이
지만 계원이가 그렇게까지 말하는 데야 무엇이라고 대답할 수 있겠는가.

“저, 올리브유나 좀 사다 주세요.”

계원이가 병호의 무색해 함을 못 본 체 말을 꺼냈다.

“그건 뭐 하게요?”

“얼굴에 바르게요.”

“왜요?”

“피부가 부드러워지는 데는 그게 제일입니다. 약방이란 약방은 다 다녀

보았지만 그것만은 없었어요. 꼭 부탁해 주세요."

"힘들지 않겠지요. 그런데 그게 **화장품**입니까?"

"화장이란 뜻을 잘 모릅니다만 얼굴색이 회구 보드러워지는 데 쓰는 약입니다.".

병호는 계원이가 화장도 하지 않고 성격도 남자 비슷한 데가 있지만 틀림없는 여자라는 느낌을 느꼈다.

남성적이면서도 또 가장 여성적인 여자가 계원이라는 것을 올리브유에서 느꼈던 것이다.

감정을 속일 줄 모르면서도 여성적인 섬세한 성격의 소유자!

병호는 계원의 얼굴을 다시 한 번 쳐다보았다. 인색하지가 않은데다가 또 욕심이 커 보이지 않는 얼굴이었다. 명랑하면서도 미욱하지가 않은 얼굴…….

병호가 계원을 바라보고 있을 때 두 사람의 시선이 부딪치자,

"선생님두 올리브유도 좀 발르세요. 얼굴색이 좀 희어질 겁니다. 좀 고와질지두 모르지요."

하고 계원이가 웃지도 않으며 말했다.

"자유형으루 생긴 얼굴에다 그런 거나 발르면 뭣 합니까?"

병호는 약간 얼굴을 붉혔다.

"잘 생긴 얼굴은 아니지만 색까지 꺼멀 필요가 없지 않아요?"

"어머니가 그렇게 낳아 주신 걸 어떡합니까?"

"어머니가 밖에서 일을 많이 하신 거루군요. 햇볕에 뱃속 애까지 태웠으니까!"

"그런가 부지요."

병호는 웃을 수밖에 없었다. 그러나 한 마디만은 꼭 물어야 했다.

"여자들두 남자의 얼굴에 관심을 가지구 있지요?"

"호호호……."

계원은 웃기만 하고 대답을 안 했다.

"내 말이 그렇게두 우습습니까?"

병호는 무색한 낯으로 물었다.

"우습구 말구요. 못생겼다구 그럴까 봐 겁을 내시는 게 우습지 않구 어떡해요?"

"겁까지는 내지 않습니다. 못생겼어두 장가 못 갈 걱정은 없으니까요."

"자신만만하신데요?"

"자신이 있어서 하는 말은 아닙니다. 못생겼다구 비판을 해 본 일이 없다는 말이지……."

"안심하십시오. 빤빤하게 생긴 남자는 첫 인상은 좋게 줄지 모르지만 그 대신 얼굴값을 하기 때문에 여자들이 그렇게 좋아하지 않습니다. 수수하게 생긴 사람이 마음두 수수하지요."

"그런 것 같지두 않은 것 같던데요."

"어쨌든 조금두 비관하실 게 없습니다."

"고맙습니다. 다음에 한턱 내지요."

"칭찬만 하면 언제나 한턱 내시겠어요? 그렇다면 만날 때마다 칭찬을 해 드리지요."

"그건 좀 곤란한데요."

"밑천이 없으시단 말씀이죠?"

병호는 웃으면서 머리만 벅벅 긁었다. 음식을 다 먹고 디저트가 나왔다. 살구 통조림을 먹기 시작할 때 계원이가 새로운 화제를 꺼냈다. 이때까지 유쾌하게 주고받던 말과 달리 엄숙한 어조였다.

"정말 의논 드려야 할 이야기가 있는데요."

병호도 정색을 하고,

"무슨 말씀인데요?"

하고 물었다.

계원은 포크로 살구 통조림을 꽂았다 뺐다 하며 백부에 대한 이야기를 했다.

집문서를 가져갔다는 말까지를 하고는,

"재산이란 걸 가지구 있다가는 큰일나겠어요. 차라리 자선사업 같은 데

기부를 하구 싶으니까 좋은 데를 골라 주세요."
하고 말을 끝냈다.

병호는 잠시 고개를 숙이고 무엇을 생각하다가,

"귀찮아두 가지구 있어야지요. 더구나 여자 혼자서 살려면 돈이 필요하지 않습니까?"
하고 말했다.

"돈 있는 남자한테 시집가면 되지 않아요? 여자가 돈은 해서 뭣 합니까?"

"돈은 없어두 사람이 좋은 경우를 생각해 보십시오. 그런 남자와 결혼을 할려면 돈이 필요치 않아요?"

"먹을 벌이두 못하는 남자하구야 어떻게 결혼을 합니까?"

"먹을 벌이를 할 줄 알아야 신랑 자격이 있나요?"

"그렇지요. 그런 주변성 없는 남자가 장가는 들어 뭣 해요."

"어쨌든 경솔하게 재산을 처분하지는 마십시오. 자선사업이란 여유가 있을 때 생각할 수 있는 문젭니다. 동기가 불순한 자선사업이라 남을 때린 때 이상으루 가책을 받는 것입니다. 그리구 이 선생이 여자라구 해두 미성년이 아닌 이상 아무두 재산에 간섭할 수가 없을 겁니다."

"그래두 백부가 내 재산을 노린다구 하면 밤낮 말썽이 생길 게 아녜요? 불쾌해서 어떻게 견딥니까?"

"그런 경우에 법률이 필요한 것입니다. 법률이 경멸받을 수 없는 존재라는 것을 알게 될 겁니다."

계원은 고집을 부리지 않았다. 만약 문제가 생긴다면 병호의 힘을 언제든지 빌릴 수 있을 것이라는 마음과 아울러, 지금 당장에 재산처분을 한다고 하면 백부와의 사이가 더욱 나빠질 것을 생각했기 때문이었다. 그래서,

"아무때라두 저를 도와주실 수 있지요?"
하고 다짐을 받아 두려 했다.

"힘자라는 껏 도와드리지요."

식사를 아주 끝내고 식당을 나서자 권병호가 집까지 바래다 주겠노라고

했다.

　계원은 싫지가 않았다. 도리어 좀더 먼 길로 해서 오래 걷고 싶기까지 했다. 그러나 어두컴컴한 길을 걸어가면서도 계원은 병호에게서 일정한 간격을 두고야 걸었다.

　아무때라도 자기의 힘이 되어 줄 사람이란 믿음을 가지고 있으면서도 가까이 걸을 수가 없었다. 그것은 믿음을 가졌기 때문에 자기를 경계하려는 태도일지도 모른다.

　지나가는 사람을 피하기 위해서 병호가 자기 옆으로 다가설 때도 계원은 다른 편으로 빗겨 서서 서로의 거리를 단축시키지 못했다.

　싫어서가 아니라 마음이 이상해서였다.

　남들이 볼 것만 같은 것이 마음을 걷잡지 못하게 했다.

　어떤 남자와 같이 걸어도 부끄러움이란 것을 느껴 보지 못했지만 병호와 같이 걷는 것은 어쩐지 부끄러운 일 같았다. 큰길을 걷다가 컴컴한 골목으로 들어설 때는 병호가 자기의 손목을 잡지나 않을까 하는 생각도 했다. 그것도 그렇게 불쾌할 것 같지가 않았지만 그때 자기는 어떻게 해야 할지 그것만이 걱정스러웠다.

　집 앞에 거의 이르렀을 때는 어떻게 하다가 병호의 손이 자기 몸에 닿았다.

　계원은 헤어질 때가 되었으니까 가까이 와서 악수라도 청하는 것이 아닌가 생각했지만 병호가 놀란 사람처럼 뒷걸음을 치고 말았다.

　계원은 속으로 웃음이 나왔다. 더구나 병호가 상관 앞에 선 부하처럼 몸을 꼿꼿이 하고 허리를 굽힌 뒤,

　"안녕히 주무십시오!"

할 때 세상에 저런 남자도 있나 하는 생각이 들었다.

　병호는 그대로 돌아갈 모양이었다. 그래서,

　"다음 일요일에는 구경이나 가실까요?"

하고 약속을 청했다.

　"그러지요. 몇 시쯤 만날까요?"

병호도 싫지가 않은 모양이었다.

"하루 종일 집에 있을 테니까 시간 있는 대루 집에 오세요."

"그러지요."

이렇게 해서 병호와 작별한 계원은 집으로 들어와 세수를 하고 책상 앞에 앉았다.

무엇이고 하고 싶었다. 그냥 앉아 있기도 싫었고, 그냥 자기도 싫었다. 무엇인가 생활이라는 것이 있어야 할 것 같았다. 이상스런 일이었다. 믿을 만한 사람을 얻었다는 것이 마음을 비게 해 주지 않아서 그런지 허무한 시간을 보낸다는 것이 참으로 무의미한 일 같이만 생각되었다.

계원은 최근에 들어온 미국의 문학잡지 「애틀란틱」을 펼쳤다.

밤늦게까지 잡지책을 읽다가야 잠을 잤다.

아침에 일어나서는 부지런히 세수를 하고 밥 먹을 때까지 학생들 가르칠 교과서를 살펴보았다. 전 같으면 학교에 가서 잠깐만 읽어 보면 그뿐이던 교과서다.

학교에 가는 기분도 전보다 명쾌했다. 교실에서 학생들을 웃기고 즐거워하던 일도 생각났으며, 교원실에서 선생들과 농을 주고받으며 웃던 생각도 들어 학교로 가는 발걸음이 유달리 가벼운 것 같았다.

교원실 자기 책상 앞에 이르렀을 때 알지도 못하는 사람에게서 온 편지가 놓여 있는 것을 보고도 권병호가 보낸 편지나 아닌가 하는 간단한 생각으로 봉투를 뜯었다. 그러나 뜻밖에도 편지는 병호에게서 온 것이 아니라 지난 일요일 집으로 찾아왔던 오창규에게서 온 것이었다. 그리고 사연은 역시 자기를 사랑한다는 것이었다.

편지를 읽자마자 계원은 그것을 다시 봉투 속에 집어넣고 겉봉을 한 번 더 보았다. 알지도 못하는 여자 이름이었다. 계원은 창규가 가증스럽게 생각되었다. 남의 눈을 피하기 위하여 겉봉에 여자의 이름 쓰는 그런 남자가 어떻게 남을 사랑하겠다는 용기가 날 것인가 의심스럽기도 했다.

여러 선생들이 있는 데서 창피를 줄까도 생각했지만 그것만은 차마 할 수가 없어서 창규 옆으로 가서,

"편지가 잘못 와서 내 책상 위에 놓여 있구만요."

하고 그 편지를 창규 책상 위에 올려놓았다.

창규는 남들이 볼까 두려웠던지 생각할 새도 없이 편지를 집어 주머니 속에 구겨 넣었다. 그러나 오창규는 그것을 창피로 생각지 않았는지 다음날에는 전과 비슷한 내용의 편지를 서서 계원의 책상 속에 넣어 두었다.

계원은 어떻게 해야 좋을까 하고 생각한 끝에 이번에는,

"직원실을 연애 장소로 이용하지 마십시오. 수천 명의 학생들이 노려보고 있습니다."

하고 쪽지를 써서 창규 책상 위에 갖다 놓았다.

그러나 그것도 하등의 효과를 얻지 못했다. 방학 후 집으로 돌아올 때 창규가 뒤를 따라오며 다방엘 가자고 했다. 싫다고 하는데 왜 체면도 차리지 못하느냐고 핀잔을 주었건만 어째서 자기가 싫다는 것인지 그것을 똑바로 말해 달라고 하며 추근추근 따라왔다.

계원은 아무래도 거절해야 하겠다는 생각에 창규와 같이 다방엘 들어가

"이유를 물어서 뭣 합니까? 결혼할 생각이 없다면 그뿐 아녜요? 남자가 어쩌면 그렇게두 체면이 없습니까?"

하고 딱 잘라 말했다.

"결혼을 안 한다는 것이 있을 수 있는 일입니까? 그러지 말구 내가 그렇게 싫으면 어디가 싫다구 똑바루 말해 주십시오."

창규는 아무래도 미련을 버릴 수가 없는 모양이었다.

"면전에서 모욕하는 말을 들어야 시원하겠습니까? 결혼 안 하겠다면 싫으니까 그러리라는 것쯤 아실 만한데요."

"그 정도로는 단념하기가 힘듭니다."

"그럼 말하지요. 그 대신 화는 내지 마십시오. 오 선생은 격에 맞지 않는 자존심을 가지고 있습니다. 그리고 남을 존경할 줄 모릅니다. 게다가 아첨을 잘 합니다. 말하자면 인간적으로 존경할 수가 없습니다. 그쯤 해

두지요."

이야기하는 계원의 얼굴이 뜨거울 지경이었다. 그러나 창규는,

"세상에 그런 결점쯤 없는 사람이 어디 있습니까? 결점이란 고칠 수두 있는 것이 아닙니까?"

하고 도리어 자기를 변명하려고 했다.

"존경을 할 수 없는 사람과 어떻게 결혼을 합니까?"

"존경하려구 노력을 하면 되지 않습니까?"

"억지루 노력해야 할 의무가 어디 있지요?"

"의무라구 말할 것이 어디 있습니까? 사랑에는 희생이라는 것두 있지 않습니까?"

"글쎄 그런 희생의 필요를 느끼지 않는다니까요. 결혼 못해 애쓰는 여자에게나 가서 그런 말을 하세요!"

그래도 오창규는 계원을 설복시키려고 달려들었다. 계원은 찰거머리 같은 창규 옆에 앉아 있기가 싫어,

"정 그러시면 교장 선생님한테 말씀드리겠습니다."

하고 자리를 일어서서 밖으로 나갔다.

창규는 그래도 따라왔다. 교장 선생에게 말하면 자기보다는 먼저 계원이가 창피를 당할 것이라고 하며 계원의 집 앞까지 따라왔다.

다음 다음날이었다. 아침에 학교를 가니 선생들이 이상한 뉴으로 계원을 쳐다보았다.

처음 온 사람을 쳐다보는 그러한 눈초리 같기도 하고, 법정에 끌려 나오는 죄수를 바라보는 그러한 호기심에 찬 눈초리 같기도 했다.

참으로 불쾌했다.

아침 인사를 하는 사람도 별반 없었다. 또 시선을 피하기만 하면서 마주 보려는 사람도 없었다. 계원은 가슴이 떨렸다. 무슨 일이 생기긴 생긴 모양인데 통 알 수가 없으니 그저 답답할 뿐이었다.

자기가 오해를 살 만한 것이 무엇인가 하고 지난 일을 돌이켜 생각했으나 그럼직한 것이 하나도 떠오르지 않았다.

혹시 아버지와 언니가 죽은 데 대해서 쓸데없는 말이 퍼진 것이나 아닌가 생각했지만, 그것을 가지고 자기를 백안시할 것까지는 없을 것 같았다.

어리둥절해서 정신 잃은 사람처럼 앉아 있는 것이 보기 딱했던지 강정숙이가 옆으로 왔다.

그렇지 않아도 정숙에게 무슨 일인가를 알아보고 싶던 참이라 계원은 정숙을 끌고 낭하로 나갔다.

"참 이상들 한 것 같다. 왜들 그러지!"

정숙이는 서슴지 않고 대답했다.

"글쎄 네가 오창규 선생하구 어떤 여관에서 같이 잤다구들 그러지 않니. 어디서 난 소문인진 몰라두 글쎄 그런 말들을 하며 법석을 치던 판이야."

"뭐?"

계원은 그저 입을 벌릴 뿐이었다. 아무렇기로서니 그런 말이 어떻게 떠돌 수가 있을 것인가!

"벌써부터 두 사람의 연애가 계속되었다구 하면서 어떤 선생은 두 사람이 교실에서 편지를 주구 받는 것까지 봤다구 떠들지 않아…… 내가 그럴 리 없다구 변명해두 사람의 속은 모르는 것이라구 하며 내 말 같은 것은 들을려구두 하지 않겠지…….''

"그래?"

계원은 추궁해서 물을 생각도 안 했다. 오창규의 비열한 행동이 미워졌을 뿐이었다. 그런 말을 퍼뜨리면 억지로라도 마음을 돌릴 것 같아 그랬을지는 모르지만 어림도 없는 일이다.

계원은 교원실로 뛰어갔다. 창규를 끌어내어 비열한 행동을 규명하려고 했던 것이다.

그러나 어찌 된 일인지 창규가 보이지를 않았다.

계원은 정숙에게 창규가 아직 출근을 하지 않았느냐고 물었다. 정숙은 그런 것 같다고 대답했다.

할 수 없어 책상에 앉아 있으려니 눈물이 자꾸만 떨어졌다.

분하고 억울해 견딜 수가 없었던 것이다. 악질 악질 하지만 음모와 모략

으로 사랑을 뺏으려는 사람처럼 악질이 또 있으랴 생각되기도 했다. 장미꽃
으로라도 여자를 때리지 말라는 말이 있거늘, 어찌 모략으로써 여자를 모욕
할 수가 있을 것인가?

오창규는 좀처럼 출근을 안 했다. 상학 종이 울어도 나타나지를 안 했다.

계원은 더 참을 수가 없어서 학과 시간에도 들어가지 않고 교장실로 달려
갔다.

교장은 아직까지 그런 말을 듣지 못했는지 계원의 말을 듣고야,

"그래요?"

하고 놀랐다. 그리고 계원이가,

"억울합니다. 교장 선생님께서 잘 처리해 주십시오!"

하고 부탁을 했을 때는 교장이 이상한 눈으로 계원을 쳐다보며,

"전혀 없는 일이 어떻게 해서 떠돌까요?"

하고 도리어 계원을 의심하는 눈치를 보였다.

목동의 노래

계원은 더불어 이야기도 하기 싫었다. 그래서 대답도 하지 않고 교실로
들어가고 말았다.

교실에 들어갔으나 이야기가 나올 리 만무했다.

계원은 교과서를 꺼내어 어제 독법만 가르쳐 준 것을 세 번씩 읽어 보라
고 말했다.

세 번쯤 읽는 동안에 마음을 조금 진정시켜 보려는 것이었다.

아무것도 모르는 학생들에게까지 자기 개인의 감정을 드러내는 수가 없
어서 교수만은 제대로 하려고 했다. 그래서 자기도 영어 책을 꺼내어 학생
들과 같이 책을 읽으며 정신을 수습하고 있을 때 맨 뒤에 앉아 있는 학생이

"네 네."

하고 손을 들었다. 세 번 다 읽었다는 뜻이었다.

계원은 자기가 마음을 수습하기도 전에 손을 들고 야단하는 그 학생이 미웠다. 남의 마음을 그렇게도 몰라 주는가 하는 야릇한 생각도 들어,

"너 오늘 아침엔 맛있는 걸 많이 먹었나 보구나. 기운이 팔팔한데."

하고는 그 여학생을 바라보다가,

"그럼 읽어 봐……."

했다.

학생은 선뜻 일어나 영어 교과서를 읽기 시작했다. 발음도 그리 시원치 않은데다가 읽는 것도 더듬더듬 유창하지가 못했다.

다 읽고 나자 계원은,

"좀더 공부를 하구 손을 들군 해!"

하고 조금 듣기 싫은 소리를 해 주었다.

그래서 그런지 그 뒤에는 자신 있게 손을 드는 학생이 별로 없었다. 계원은 발음 연습이나 시키는 것이 나을 것 같아 몇 학생 더 일으켜 세울 작정으로 공부 잘 하는 학생을 고르고 있을 때였다. 중 가운데쯤 앉은 어떤 학생이 껌을 씹으며 책을 보고 있었다.

계원은 화가 났다. 아니 화풀이를 할 만한 대상이 생겼던 것이다. 아무에게도 화풀이를 못해 가슴이 숨막히는 것같이 답답할 때 야단을 쳐도 좋을 상대가 생겨 그는 껌 씹는 학생에게로 걸어갔다.

한 대 갈겨라도 주고 싶은 마음이었다. 그러나 학생 옆에까지 가자 계원은 문득 옛날 자기의 학생 시절을 생각했다.

해 오라는 숙제는 해 가지 않고 장난만 치다가 선생에게 꾸지람을 받은 일이 한두 번이 아니었다. 공부 시간에 점심 밥 반찬을 꺼내 먹기가 일쑤였고, 밥알을 꺼내어 옆에 앉은 동무의 의자 위에 발라 놓기가 예사였다.

동무들과 싸우다가 사무실에 불려간 것이 몇 번인지 모른다.

담임선생에게 밤낮 커서 무엇이 되겠느냐는 걱정을 들었다.

무던히 선생을 애 먹인 자기가 그것을 생각하니 공부 시간에 껌쯤 씹는 것을 가지고 야단칠 수가 없었다. 더구나 남대문에서 매맞고 동대문에서 홀기는 식의 분풀이를 할 수도 없었다. 그래서 학생 앞에서 손바닥을 내밀고,

“껌을 뱉어……."
했다.
여학생은 난처한 모양이었으나 벌린 손바닥이 움직이지 않고 있는데 질렸는지 혀로 껌을 뱉어 계원의 손바닥에 뱉어 놓았다.
계원은 그것을 종이에 싸서 쓰레기통에 던지고는 아무 말도 없이 교단으로 돌아왔다.
애들이 와 하고 웃어댔다. 수군덕거리기도 했다. 그러나 계원은,
“껌 씹는 애를 비웃을 만한 자신이 있는 학생 손들어 봐!"
하고 방 안을 노려보았다.
하나도 손을 들지 못했다.
그새 종이 울었다. 계원은 바쁘게 교원실로 돌아갔다. 그새 창규가 교장 선생을 만나 사건을 무사히 해결했나 해서 바삐 돌아갔으나 교원실 분위기는 전과 조금도 다름이 없었다. 그 대신 책상 서랍 속에 창규의 편지가 또 들어 있는 것만 발견했다.
계원은 교장 선생에게 갔다는 경과를 적었는가 해서 남들이 보는 것도 살피지 않고 편지를 읽었다. 그러나 내용은 예상했던 것과 아주 딴판이었다.

“이 선생님!
참으로 미안하게 되었습니다. 그러나 풍문이 풍문에 그치지 않고 사실이었다면 얼마나 행복스러웠을까요?
풍문이나마 이 선생과 내가 사랑했다는 말이 있은 것을 기쁘게 생각합니다.
교장 선생에게는 그런 일이 절대로 없었다고 부인을 하겠으니 걱정을 마십시오. 아무런 증거가 없는 이상 사건이 성립될 수 없을 것입니다.
다만 부탁드리고 싶은 것은 이제라도 마음을 돌려 나를 사랑하도록 노력해 주십시오. 결혼만 한다면 무서울 것도 꺼릴 것도 없으리라 생각합니다. 언제나 이 선생의 행복을 빌겠습니다."
오

이름은 빼고 성만을 썼다.

계원은 더 분했다. 전에 그렇게까지 말했건만 또 사랑해 달라는 편지를 썼다는 것은 결국 창규가 자기를 얕보고 모멸하는 것이라고 밖에 생각되지 않았던 것이다.

자기를 조금이라도 존경한다거나 동등한 입장에서 생각한다면 그런 일은 차마 할 수 없을 것 같았다.

계원은 창규의 책상을 돌아보았다.

이번에는 선생들 앞에서 창피를 주려고 했다. 창피를 주지 않고서는 모욕적인 행동을 고치게 할 수가 없을 것 같았던 것이다.

그러나 창규는 자리에 앉아 있지 않았다. 상학 종이 칠 때까지 돌아오지를 않았다. 교장 선생에게 갔는지 그렇지 않으면 회답 쓸 시간을 주려고 어디로 피해 나갔는지 알 수가 없었다.

홍분이 가라앉지 않고 교실에 들어갈 생각도 나지 않았건만 다른 선생에게 자기가 떳떳하다는 것을 보이기 위해서라도 홍분을 나타낼 수가 없었다.

교실에 들어가지 않을 수 없었던 것이다. 그러나 계원은 창규의 편지를 책갈피 속에 넣어 가지고 교실에까지 가는 것을 잊지 않았다.

다음에 물적 증거물을 삼기 위하여 그 편지만은 잃어서 안 되겠다는 생각이 들었기 때문이다.

생각을 하니 그 편지는 자기에게 유리한 물적 증거였다. 자기가 창규를 사랑하지 않았다는 것. 그런데도 창규는 자기를 어디까지나 사랑하려고 한다는 것이 그 편지 속에 뚜렷이 나타나 있다.

그렇게 생각하니, 문제는 자기에게 유리하도록 끝이 났다는 마음이 들었다. 누가 무엇이라고 하든 그 편지만 내놓으면 그뿐이라고 생각했다.

그래서 진정된 마음으로 교실에 들어가 교수를 전처럼 시작할 수가 있었다.

그런데 교수를 시작한 지 오 분도 안 되어 뜻밖에도 교장이 사환을 시켜 곧 올라오라고 했다.

사태가 사태인 만큼 지체를 할 수가 없어서 학생들에게는 자습을 하라고 말한 뒤 이층 교장실로 올라갔다.

교장은 몹시 흥분해 있었다. 눈에 횃불을 켜고 적대시하는 말투로,

"두 분 다 같이 사표를 제출하십시오!"

하고 선언을 내렸다.

계원에게는 청천벽력이었다. 사표를 제출하라는 말 자체가 그런 것이 아니라, 두 사람의 행동을 꼭 같이 불미한 것으로 단정하는 것이 기막혔다.

"제가 왜 사표를 제출합니까?"

항의를 제출하지 않을 수 없었다.

"사표를 제출하라면 알 수 있는 일이 아니오? 딴 학교루 가서 같이 결혼하십시오!"

"그건 선생님의 오해십니다. 저는 오 선생을 사랑한 적두 없구 가까이 한 적두 없습니다."

"솔직하십시오. 같이 다니는 것을 봤다는 사람두 있구 편지를 주구받는 것을 본 사람두 있는데……."

계원은 변명할 도리가 없었다. 좋아서는 아니지만 할 수 없이 같이 걸은 일이 있다. 사랑한다는 말을 쓴 것이 아니라 사랑할 수 없다는 편지나마 편지를 쓴 일도 있다.

그것을 가지고 연애를 한 것이라 뒤집어씌운다면 무엇이라 변명을 할 수 있을 것인가?

변명할 수 없다는 것보다도 교장이 자기를 신용하지 않고 뒤집어씌우려는 것이 분했다.

나중에야 어찌 되든 불미한 누명만은 벗어야 할 것 같아 무슨 말로라도 교장의 그런 태도를 공박해 주어야겠는데 적당한 말이 생각나지 않았다.

자기를 신용하지 못하고 모욕적인 언사를 사양치 않는 교장!

계원은,

"사람을 그렇게까지 신용하지 않아두 좋습니까?"

하고 공박을 해 주고 싶었다. 싸움이 벌어진다고 해도 속이 시원할 말을 하고 싶어 견딜 수가 없었다.

그러나 교장의 감정을 더 건드린다면 정말 싸움이 벌어질 것이고, 따라서 싸움이 벌어지면 학교를 나가야 하는 사람은 자기뿐이 되고 말 것이다.

학교를 나가게 되면 자기의 누명은 영 벗을 도리가 없다.

교장의 감정을 상하지 않게 다른 말이 없을까 궁리하는 순간 계원은 그제서야 창규의 편지를 생각해냈다.

교장 선생의 뒤집어씌우려는 듯한 태도에 격분한 나머지 그것을 채 생각하지 못했던 모양이다.

"잠깐만 기다려 주십시오!"

계원은 층계를 뛰어내려 조금 전에 들어갔던 교실로 갔다. 가서는 책갈피 속에 넣어 두었던 창규의 편지를 꺼내 가지고 학생들에게는 무슨 말 한 마디도 없이 교장실로 올라왔다.

교장 앞에 서서는 그 편지를 쑥 내밀었다.

"이걸 읽어 보십시오. 제가 그 사람과 사랑했나 안 했나 똑똑히 아실 수 있을 것입니다."

교장은 아무 말도 없이 편지를 읽었다. 편지를 읽고 나자,

"정말 오창규 선생의 편지입니까?"

하고 물었다.

"본인에게 물어 보십시오. 받은 지 한 시간두 안 됐습니다."

"그럼 불러 봅시다."

교장이 사환을 부르려 했다. 그때 계원은,

"제가 없을 때 불러다 물어 주십시오. 제 입장이 곤란합니다."

하고 말했다. 그러자 교장이 얼굴색을 붉히며,

"입장이 왜 곤란합니까? 이상스런데요? 잘못한 것이 없다면 내 앞에서 본인과 면담하는 게 곤란할 까닭이 무엇이니까?"

하고 다시 의심하는 태도를 보였다.

계원이가 입장이 곤란하다고 한 것은 자기가 잘못한 것이 없다 해도 자기 때문에 한 사람이 야단맞는 것을 면전에서 보기가 안되었기 때문이었다.

그렇다고 해서 오창규를 동정하는 것은 아니었다. 오창규야 동정은커녕

증오를 느낄 정도이지만 자기가 정당하다는 것을 내세우기 위하여 오창규의 비밀을 알려 바쳤다는 것은 그렇게 떳떳한 일이 못 된다.

그러나 그렇다고 해서 교장의 오해를 사는 것은 더욱 싫은 것이어서,

"그럼 제가 있을 때 오 선생을 불러다 주십시오. 교장 선생님 앞에서 시비를 가리겠습니다."

하고 자기의 태도를 선명히 했다.

그 말을 하자 이번에는 교장이 무슨 생각을 했는지,

"나가십시오. 오 선생의 말을 들은 뒤 다시 이야기합시다!"

하고 계원을 내보냈다.

계원은 교장실을 나와 가르치던 교실로 들어갔으나 그때는 모두가 귀치 않은 생각뿐이었다.

있지도 않은 사실 때문에 선생들에게서는 이상한 눈초리로 주목을 당하고, 교장에서는 몇 번이나 불려 다니고 하는 것이 우울하지 않을 수 없었다.

사건이 해결되기만 하면 학교를 그만두고 말까 하는 생각이 가슴에 치밀어 올랐다.

오창규가 나빴다는 사실이 명백하게 드러난다고 하면 오창규야말로 계속 근무할 수가 없다.

그러나 오창규가 잘못해서 학교를 나갔다 해도 다른 선생들은 자기를 어떤 눈으로 볼 것인가? 반드시 잘 했다고만은 안 할 것이다.

생각하면 생각할수록 귀찮았다.

공부 시간을 필하고 교원실에 들어갔을 때는 오창규가 풀이 죽어 의자에 앉아 있었다. 얼굴이 파래 가지고 고개를 수그린 채 들지를 못했다.

교장에게서 그 편지를 본 모양이다. 계원은 일이 종말을 지은 것이라고 생각했다. 제 아무리 오창규라고 해도 다시는 무슨 말을 하지 못할 것이며, 자기를 의심하던 여러 선생들의 의혹도 아침 안개처럼 사라지고 말 것이다.

말도 못하고 침울에 잠긴 오창규를 바라볼 때 계원은 통쾌한 마음이 들었다.

　강정숙이가 옆으로 와서,

　"어떻게 됐지?"

하고 물을 때 계원은,

　"어떻게 되긴 뭐가 어떻게 돼! 엉터리없는 연극에 누가 빠질라구, 교장 선생한테두 이야길 다 했으니까 흑백이 가려질 거야⋯⋯."

하고 다른 선생에게도 들릴 만큼 큰 목소리로 말했다.

　수군덕거리기는 하면서도 직접 말을 하지 않는 여러 선생들에게 자기의 입장을 어떻게 해서 해명할까 걱정되는 참이라 계원은 다시없는 기회라 생각했던 것이다.

　"교장 선생님은 뭐라시던?"

　"남을 오해하는 사람을 엄벌하겠다구 그러더군⋯⋯."

　계원은 사실에 없는 말까지 했다. 그것은 남의 이야기를 들어보지도 않고 남을 의심하고 백안시하는 선생들 전체에게 들으라는 말이었다.

　다른 선생들도 계원의 이야기에 귀를 기울이고 있는 것이 분명했기 때문에 계원은,

　"남이 잘못 되는 걸 왜들 씨원해할까? 내가 면직을 당하면 모두들 박수를 칠걸 아아! 참 악취미들이야!"

하고 들어보라는 듯 말했다.

　그때 강정숙이가,

　"애두, 내가 무슨 죄가 있다구 나보구 야단치니?"

하고 얼굴을 붉힌 뒤 자기 책상으로 돌아갔다.

　계원은 정숙이가 오해를 하고 돌아간 것이 마음에 안되기는 했지만 하고 싶은 말을 해 버려 속이 시원했다.

　오후가 되어 집으로 돌아올 때 그렇게 풀이 죽었던 오창규가 또 뒤를 따랐다.

　학교에서 한참 떨어진 곳에 이르자,

　"이 선생⋯⋯."

하고 계원을 불러 세웠다.

계원은 털이 다 뽑히고도 껑충껑충 뛰는 닭을 연상했다. 그렇게까지 창피를 당하고도 또 말할 용기가 있을 것인가?

발을 딱 멈추자 뒤로 돌아선 계원은,

"학교 안에서 받은 창피만으로는 아직 부족하신가요? 거리에서까지 창피를 주어 달라는 겁니까?"

하고 정말 눈에 독을 올리고 쏘아붙였다. 그러나 오창규는 살려 달라는 식으로,

"어떻게 하면 좋겠습니까?"

하고 사정을 하기 시작했다.

"어떻게 하긴 무엇을 어떻게 한단 말입니까?"

계원은 태도를 조금도 누그러뜨리지 않았다.

"내가 면직을 당하게 되었으니까 말입니다. 그렇게 되면 나는 영영 매장을 당하게 되구 말지 않습니까?"

오창규는 애원을 하는 것이었다. 얼굴이 파래 어찌할 줄을 몰랐다. 땅 위에 끓어 엎드리라고 하면 그것도 사양하지 않을 만큼 목소리가 떨려 나왔다.

"그걸 내가 압니까? 오 선생이 면직을 당한다구 해두 그 책임이 내게 있는 것은 아니지요? 안 그렇습니까?"

"책임을 말하는 게 아닙니다. 내 사정이 딱하니까 하는 말이지요."

"딱하게 되리라는 걸 생각지 못했던가요? 그렇게두 앞을 내다보지 못하면 연극은 어떻게 하십니까?"

"연극이라니요? 내가 무슨 연극을 했습니까? 아까 교원실에서두 그런 말을 하는 것 같던데 내가 연극을 꾸민 기억은 없습니다."

"있지두 않은 사실을 교원실에서 퍼뜨려 논 것이 연극 아니구 뭡니까? 그런 연극에 내가 넘어갈 줄 알았어요?"

"그건 천만 뜻밖입니다. 정말 오햅니다. 계원 씨를 사랑하구 있는 사람이 계원 씨를 모욕하는 그런 연극을 어떻게 꾸밉니까?"

"그럼 누가 그런 말을 꾸며냈단 말입니까? 한 번쯤 솔직해 보세요."

“죽어두 그런 일은 없습니다.”

오창규는 몹시 억울한 모양이었다. 거짓말을 꾸며 퍼뜨린 것이 절대로 자기가 아니란 것을 두 번 세 번 강조했다. 그러고 나서는,

“내가 이 선생하구 같이 걷다가 집으루 돌아갈 때 강정숙 선생을 만났는데 그의 태도가 조금 이상하기는 했지만 이 선생과 제일 가까운 그이가 그런 말을 꾸며 퍼뜨렸을 리는 만무한데……”

자기로서는 전혀 알 수 없는 일이란 듯 고개만 비틀었다.

“함부루 남을 의심치 마십시오. 남의 우정에 이간을 붙여 씨원할 게 있어요?”

“의심하는 건 아닙니다만 내 생각에 그 말을 퍼뜨릴 사람이 없을 것 같으니까 하는 말이지요.”

계원은 그런 말이 듣기도 싫었다. 그래서 대답하지 않고 있을 때 오창규가,

“다른 일은 모두가 내 잘못이지만 연극만은 내가 꾸미지 않았습니다. 정말 솔직한 말입니다. 그런 누명까지 쓴다면 나는 정말 억울합니다.”

하고 애걸을 했다.

“그만두십시다. 해야 소용없는 말이니까요.”

“그 오해만은 정말 풀어 주십시오.”

계원은 귀찮았다. 그래서,

“그것만은 나의 오해라구 해 둡시다.”

했다. 그러자 창규는 쓸데없는 생각을 다시 더 가지지 않을 테니 자기의 면직 문제만은 좀 생각해 달라고 사정을 하기 시작했다.

계원은 생각을 하면 어떻게 하라느냐고 물었다.

창규는 교장에게 가서 자기가 면직이 되지 않도록 말해 달라고 했다.

계원은 무슨 말을 하면 면직이 안 될 것 같으냐고 물었다.

창규는 어쨌든 교장을 한 번 만나 달라고 대답했다.

계원은 더 말을 못했다. 이제 와서 어떻게 교장을 만나 면직을 시키지 말아 달라고 자기 입으로 말할 수 있겠는가?

도저히 있을 수 없는 말이었다.

"그림으루 출세를 하면 되지 않나요?"

"부끄러워서 어떻게 얼굴을 들구 삽니까? 정말 한 번만 생각을 돌리십시오."

"나는 그런 말 못하겠습니다."

계원은 끝까지 냉정했다. 타협할 여지도 주지 않았다.

오창규가 다음날 아침에도 집으로 찾아왔다. 찾아와서는 또 어떻게 해 달라고 애원을 했다.

비굴하기 짝이 없었다. 일이 그렇게까지 되었으면 단념을 해 버리는 것이 사내다운 일이련만 면직을 당하면 금시 죽기나 할 듯 애걸복걸하는 것이 참말로 마땅치가 않았다.

미술에 대한 공부도 하고 있다니 교육 방면 아니라도 나아갈 길이 있다. 그리고 집에는 먹을 것이 있다고 하니 취직 못해 굶어 죽을 리도 없다. 무엇 때문에 면직을 그렇게도 무서워 할 것인가?

그러나 창규가 지나칠 정도로 면직을 걱정하는 것이 보기에 그리 유쾌하지가 않았다.

계원은 그만큼 잔인하지가 못한 모양이었다.

"무슨 말을 하면 면직이 안 될 것 같습니까? 그걸 말씀해 주십시오. 그러면 교장을 만나겠습니다."

어느 정도 창규를 동정하는 듯한 말씨였다.

"그걸 내가 어떻게 압니까? 이 선생이 적당히 말씀해 주어야지!"

오창규에게도 자기가 면직 안 되게 할 말이 있을 리 만무하였다. 자기가 계원을 사랑했다는 사실은 도저히 부정할 수 없는 일이다. 그것이 교원간의 화제를 일으켰던 것 역시 취소할 수 없는 일이다.

교장이 교원의 풍기 문제로 자기를 면직시킬 의사를 표명한 이상, 계원의 옹호가 무슨 효과를 낼 것인가, 그저 안타까울 뿐이었다.

그러나 이제 다시 그런 말을 꺼낼 수는 없는 일이지만 면직을 당해도 계원이가 자기를 사랑해 준다고만 한다면 아무런 원한이 없을 것 같았다. 계원의 사랑을 얻지도 못하고 면직을 당하는 것만이 창피스러운 것이었다.

"나두 적당한 생각이 나지 않는데요. 차라리 오 선생이 교장을 다시 만나 보시지요? 차마 면직까지야 시키지 않겠지요."

"사실은 어젯밤 사택으루 찾아갔댔는데 끝까지 용서할 수 없다구 그랬어요."

"그렇다면 할 수 없지 않아요? 나 때문에 그렇게까지 돼서 미안하기는 하지만……."

창규도 그 이상 더 말하지를 못했다. 단념하지 않을 수 없는 모양이었다.

그 날 학교에서는 오창규의 면직이 발표되었다.

그 발표가 있자 계원은 시끄러운 문제가 다시 있지 않을 것 같은 생각에 한편 마음이 개운하기도 했으나 역시 자기와 관련성이 있는 문제로 한 사람이 희생되었다는 사실에 침울함을 느꼈다. 면직이 안 되도록 교장에게 말해 달라고 비굴함도 느끼지 못하고 사정하던 오창규가 불쌍한 생각도 안 든 것이 아니었다.

그러나 유쾌하지 않은 일을 더 생각하기가 싫어 가르칠 교과서나 읽으려고 할 때 옆에 앉았던 가사 선생이,

"총각 선생이 처녀 선생한테 연앨 걸었는데 면직까지야 안 시키면 어떨라구…… 세상엔 얼마든지 있는 일인데……."

하고 혼자 중얼거렸으나 그러나 그것이 계원에게 들으라는 말임에 틀림없었다.

"미안합니다."

계원은 대꾸도 하기가 싫어서 이렇게 얼버무려 버렸다. 그러나 가사 선생은 오창규가 동정이 되는지,

"풍기가 문란할 정도라면 몰라두 선생들까지 모르던 일인데…… 안 그래요? 이 선생님은 분했을지 모르지만……."

하고 이야기를 걸었다.

그렇게까지 말하는데 계원이가 한 마디의 변명도 없을 수 없어서,

"교장 선생이 하신 일이니까 누가 아나요? 그렇지만 헛소문이 너무 심했

어요? 여관에까지 갔다니 그냥 내버려 둘 수가 있어요?”

“그런 말이야 어디 있었어요? 두 분이 같이 걸어가는 것을 봤다구 강정숙 선생이 말하기는 했지만…….”

가사 선생이 의외라는 듯 눈을 크게 떴다.

가사 선생 말에 놀란 것은 계원이었다. 정숙이는 확실히 여관에서 잤다는 소문이 퍼졌다고 말했다. 가사 선생과 정숙이와의 말에 너무나 큰 차이가 있었던 것이다.

말의 차이도 차이려니와, 같이 걸어가는 것을 보았다는 말이나마 정숙의 입에서 나왔다는 것도 놀라지 않을 수 없는 일이다.

누구보다도 가까운 정숙이다. 남들이 낭설을 퍼뜨린다고 해도 그것을 막도록 노력했어야 할 정숙이가 그런 말을 했다는 것은 참으로 뜻밖의 일이었다.

“정말입니까?”

계원은 가사 선생의 말 전부가 이상스럽게 생각되어 이렇게 물었다.

가사 선생은 자기 말이 틀림없다는 것을 확인시키려는 듯 자기 옆에 앉아 있는 남선생에게,

“여관에서 잤다는 말은 없었지요?”

하고 물었다.

“없었습니다.”

남자 선생이 대답하자, 가사 선생은,

“정말 그런 말을 한 사람은 한 사람두 없습니다. 도리어 무슨 말인질 모르겠는데요. 오 선생하구 이 선생하구 연애한다는 이야기두 어제 아침에서야 처음으로 들었는걸 뭐 강정숙 선생이 두 분을 놀려먹자구 꺼낸 말이 그렇게 되기는 했지만요.”

하고 사건의 전말을 설명해 주었다.

계원은 뒤통수를 한 대 얻어맞은 것 같았다.

정숙이만은 오창규가 계원의 집에 놀러 왔던 일까지 알고 있다. 그리고 그 날 계원이가 오창규에 대하여 어떠한 태도를 보였다는 것까지 알

고 있다.

그러면서도 교원실 한복판에서 놀려먹자는 말로써 자기와 오창규를 화제에 올려놓았다는 것은 이해할 수 없는 일이다.

그러나 선생들 앞에서는 놀려먹자는 식으로 말했다 하지만 자기에게는 여관에서 잤다는 말까지 났다고 한 것은 무슨 연고일까?

아무래도 이해할 수 없는 일이었다.

계원은 문득 오창규를 생각했다.

언제 여관에 갔댔느냐고 대들 때 무슨 말인지 몰라 어리둥절해 하던 오창규!

그리고 자기 집으로 찾아왔을 때 한 번 다시 그 말을 따진 자기에게 강정숙 선생이 그런 말을 퍼뜨리지나 않았나 하고 의심하던 오창규!

이런 것들을 생각하니 오창규가 직접 그런 이야기를 퍼뜨리지 않은 것만은 사실 같았다.

자기를 진심으로 사랑했다고 하면 아무리 흉악스런 남자라고 해도 차마 그런 말을 입 밖에 내지는 못했을 것이다.

그러면 강정숙이가 그런 말을 꾸며 여러 선생들로 하여금 자기를 경멸하도록 만들었단 말일까?

강정숙이만은 그랬을 것 같지가 않았다. 그럴 수가 없을 것만 같았다.

그러나 또 그렇게 생각지 않을 수도 없었다. 강정숙이가 아니면 오창규와 자기의 사이를 아는 사람도 없다.

그렇다면 강정숙은 무엇 때문에 가장 가까운 자기를 그렇게까지 모해했을까? 계원은 더 생각하고 싶지가 않았다. 그 뒤를 생각하면 생각할수록 자기가 혼란에 빠질 것 같았다. 알지 않아도 좋을 것까지 알아야 할 것 같았다. 따진다면 단순할 것이다. 계원의 아버지와 언니가 죽은 뒤 계원이가 정숙을 전처럼 대하지 못했다는 것! 말하자면 비밀을 숨겼다는 느낌을 준 것! 그리고 오창규는 자기를 사랑하지 않고 계원을 사랑했다는 것!

그러나 계원은 그 원인을 따져 생각하고 싶지 않았다. 추한 것 더러운 것…… 그런 것들이 뒤따라 머릿속에 들어올 것이 겁났던 것이다. 그 대신 계원은 이때까지 느껴 보지 못한 고독을 느꼈다. 넓으나 넓은 들판에 혼자서 살고 있는 것 같은 두려움을 느꼈다.

계원은 자기의 마음이 어떠한 감정에 예속하고 있는지를 몰랐다. 분한 것 같기도 하고 슬픈 것 같기도 하고 외로운 것 같기도 하고 원통한 것 같기도 했다.

사람의 감정이 여섯 종류라고 하지만 좀더 다른 감정이 더 많았다면 하는 생각도 들었다. 즐거움이라든가 기쁘다는 감정 이외에 많은 감정을 한꺼번에 맛보고 싶은 충동을 느꼈던 것이다.

계원은 종이를 꺼내어 붓을 끼적이었다. 어떠한 동작으로나마 몸을 움직이지 않고는 견뎌 배길 수가 없는 생리적 요구였는지 자기도 모르게 붓을 든 계원은 낙서 같은 것을 하다가 마침내는 강정숙에게 보낼 편지를 썼다.

"정숙에게!

차라리 미운 사람이었다면 좋겠다. 차라리 매를 한 대 맞았다면 좋겠다."

예까지 쓰자 그 뒤가 써지지 않았다. 생각이 꽉 막혀 버린 모양이다. 한참 뒤에야

"이때까지 서로 아끼던 마음이 가련하다. 여자가 역사를 바꿀 수 있다는 위대성을 알았다.

잘 가라. 네 위대성을 살려 네 길을 가거라. 행여 너의 길과 나의 길이 엇갈리는 때가 한 번이라도 있지 않기를 바란다."

계원은 자기가 쓴 글을 한 번 읽어 보았다.

우선 글씨가 밉기 짝이 없었다. 어쩌면 자기의 글씨가 그렇게도 못 쓰는 글씨였던가. 스스로 놀랄 정도였다.

그뿐만도 아니었다. 그 글 속에는 자기의 감정이 십분의 일도 나타나 있

지 않은 것 같았다.

계원은 그 자리에서 편지를 갈기갈기 찢었다.

계원은 그 날 어떻게 지냈는지 모른다. 한 시간 빼지 않고 교실에 들어갔지만 어떻게 시간을 보냈는지 모른다. 마지막 시간이었다. 음악시간인지 옆엣교실에서 창가 소리가 들려 왔다.

> 아 목동들의 피리 소리들은
> 산골짝마다 울려 나오고
> 이름은 가고 꽃은 떨어지니
> 너도 가고 또 나도 가야지

영국 민요 <목동의 노래>였다.

배워 주는 노래를 흥겨워 부르는 노래일 텐데 계원에게는 자기의 슬픔을 말해 주는 노래 같았다.

목동의 피리 소리만이 산골짜기를 울리는 그윽한 산 속에서 멀리 푸른 하늘만 바라보고 있는 자기!

계원은 자기도 모르게 옆엣방 학생들의 노래를 따라 나지막한 소리로,

> 저 목장에는 여름철이 오고

를 불렀다. 그러자 자기 방 학생들 가운데서,

> 산골짝마다 눈이 덮여도……

하는 다음 절이 나지막하게 흘러나왔다. 그리러 어떻게 되었는지 교실 안의 학생 전체가 옆엣방 학생들을 따라,

> 나 항상 여기 오래 살리라

아 목동아 아 목동아 내 사랑아……

하고 합창을 했다. 물론 계원이도 학생들과 같이 소리를 높여 노래를 불렀다. 노래를 부르고 나니 눈물이 저절로 흘러 나왔다.

그러나 학생 앞에서 눈물을 흘린다는 것은 있을 수 없는 일이다. 계원은,

"저 노래를 부르면 고향 생각이 나지!"

하고 마치 고향 생각이 나서 눈물을 흘린 것처럼 말하고는 교과서를 가르치기 시작했다.

하학을 하고 집으로 돌아오려고 할 때 계원은 문득 사표를 제출해야겠다는 생각을 했다. 한 사람의 선생을 면직시키고 자기만이 출근할 면목이 없었다. 그리고 강정숙을 매일 만나야 한다는 것은 더욱 견딜 수 없는 고통이다.

계원은 종이에다 사직원서를 썼다.

사직원서를 쓰고 나니 그것 역시 당장에 제출할 성질의 것이 아님을 깨달았다.

오창규의 면직이 있자 뒤를 따라 사표를 제출한다면 그것은 오해 사는 또 하나의 재료가 된다. 제출한다 해도 어느 정도의 시간이 지난 뒤라야 할 것 같았다.

그러나 강정숙을 생각할 때 계원은 하루도 참을 수가 없을 것 같았다.

안 보면 몰라도 보기만 하면 있는 감정 전부가 솟구쳐 올라올 테니 그 괴로움을 어떻게 감내해 나갈 것인가!

계원은 정숙이가 앉아 있는 자리를 한 번 뒤돌아봤다. 차라리 무엇이라 한 마디 말해 주었으면 하는 마음이었다.

무엇이고 간에 한 마디만 말 해 주면 자기의 감정은 어느 정도 풀어질 것 같았다.

정숙을 그렇게 미워하지 않아도 좋을 것 같았다.

그러나 정숙은 무엇을 하고 있는지 고개를 숙인 채 자기를 보지도 않았다.

자기는 이렇게까지 괴로워하고 있지만 정숙은 조금도 괴로워하는 것 같

지가 않았다.

　계원은 사직원서를 봉투에 넣어 풀칠까지를 해 가지고 교무주임에게로 갔다.

　"제가 나간 뒤 뜯어보십시오. 꼭 부탁합니다."
하고는 봉투를 책상 위에 올려놓고 학교를 나왔다.

　집으로 돌아오니 가슴은 더욱 미어지는 것 같았다.

　설사 망발된 생각에 자기를 모해했다고 한들 그것을 조금도 후회함이 없이 끝까지 배신할 수가 있을 것인가?

　계원은 괴로워하는 자기를 본 체도 하지 않은 정숙이가 더욱 의심스럽게 생각되었다.

　세상이 아무리 무섭다 해도 차마 그럴 수가 없을 것 같았다.

　계원은 숨이 깍깍 막히는 것 같아 견딜 수가 없었다.

　텅 빈 집! 가족도 아무도 없는 집이다. 아무것도 모르는 식모 하나밖에는 사람의 그림자도 없는 집……

　계원은 아버지와 언니가 그리웠다. 그들만이 살아 있다면 자기는 혼자서 쩔쩔매지 않아도 좋을 것이다.

　"왜들 죽었을까?"

　계원은 죽은 아버지와 언니가 원망스럽기도 했다.

　계원은 넓은 방 안에서 누워 뒹굴었다. 거꾸로 서서 곤두박질을 하고 싶은 충동도 느꼈다.

　정말 어쩔 줄을 모르고 있을 때 오창규가 찾아왔다.

　계원은 식모를 시켜 아직 학교에서 돌아오지 않았다고 전했다. 그러나 창규는 계원이가 돌아온 것을 알고 있는지 한 마디만 하고 돌아가겠다는 말을 역시 식모를 통해서 말해 왔다. 계원은 한 마디고 두 마디고 사람을 만난다는 것 그 자체가 싫어서 거듭 거절을 했다.

　그랬더니 그때는 오창규가 쪽지를 써서 들여보냈다.

　"할 말이 없습니다. 이미 면직이 된 사람입니다만 너무 나쁘게는 생각지 말아 주십시오. 괴롭게 해 드려 죄송합니다."

이것뿐이었다. 계원은 그것도 읽자마자 찢어 버렸다. 생각하면 오창규는
불쌍한 사람이다.

별로 큰 죄도 없이 면직까지 당했다. 거기에는 자기의 책임도 없지 않다.
만나서 사죄를 해 주고 싶기도 했다. 그러나 사람을 만난다는 것이 싫은 것
을 어떻게 할 것인가!

그러나 아무도 만나고 싶지 않은 그러한 마음속에 다만 한 사람의 그림자
가 떠올랐다. 그것은 권병호였다.

갑자기 만나고 싶었다. 만나서 무엇이나 지껄이고 싶었다. 그러면 살 것
같은 생각이 들었다. 이미 퇴근했을 시간이지만 계원은 병호를 만나러 집을
뛰어나오고야 말았다.

가두(街頭)의 혼선

병호를 만나고 싶은 생각에 집을 뛰어나오기는 했으나 퇴근 시간이 훨씬
지난 뒤라 과연 사무실에 있을지가 의문이었다. 공연히 돌아오게 된다면, 먼
길을 갔다가 만나지도 못하고 돌아오게 된다면 그때의 고적감은 더욱 클 것
이다.

계원은 어떤 상점으로 들어가 전화를 빌려 검찰청으로 전화를 걸었다.

병호는 약 오 분 전에 사무실을 나갔다는 것이었다.

계원은 그럴 것이라고 생각했다. 오 분만 일찍 나왔더라면 만날 수 있었
을 것을 그 오 분이 늦어서 못 만났다는 것은 자기의 운명이 어디까지나 고
독해야 한다는 것을 말해 주는 것 같았다.

그러나 검찰청까지 가지 않았던 것만을 다행하게 생각하며 집으로 돌아
왔다.

계원이가 그렇게 만나고 싶어 전화를 건 그 시각에 병호가 어떤 여자의

선을 보러 갔다는 것을 알았다면 계원의 고독은 더욱 컸을 게다.

알지 못한다는 것이 불행을 얼마나 많이 감추어 주는지 모른다.

병호는 계원이가 전화를 걸기 오 분 전에 사무실을 나왔다. 일도 바쁘기는 했지만 최 서기를 통하여 맞선을 보기로 약속한 시간까지 별반 갈 곳도 없었기 때문에 퇴근 시간이 지난 뒤까지 사무실에 남아 있었던 것이다.

만약 오 분만 늦어서 계원의 전화를 받았다고 하면 최 서기와 같이 신부의 집으로 가는 병호의 마음이 어떻게 변했을지도 모른다.

그러나 다행인지 불행인지 계원의 전화가 오기 전에 떠났기 때문에 병호는 오직 처음 만날 신부의 생각만을 마음속에 그리고 있었다.

사실 신부의 집을 가고 있는 동안 병호의 가슴은 떨리기까지 했다. 처음 보는 신부에 대하여 커다란 호기심을 가졌기 때문은 아니었다.

오신영에게서 받은 잊지 못할 타격 때문에 자기도 모르는 불안감을 품었기 때문이었다.

자기에게도 자기를 행복스럽게 해 주기 위하여 미리부터 마련된 여자가 있었던가?

아무리 얌전하고 세상 모르는 여자라 할지라도 과연 끝까지 자기를 괴롭히지 않고 지내 줄 수가 있을까?

거짓말 같은 현실이 눈에 불꽃이 일도록 자기를 때려 주며 자기를 비웃는 것 같기도 했다.

그저 그뿐이었다. 빨리 가서 본인을 보고 싶다든가 과연 최 서기가 말하는 것과 틀림이 없이 그는 얌전한 사람일까? 이런 생각은 머릿속에 별로 들어오지는 않았다.

최 서기에게 얌전한 신부를 하나 소개해 달라고 했던 말이 이렇게 빨리 그 결과를 맺게 되었다는 데 대해서 놀라는 생각을 가지고 신부의 집으로 들어갔다.

신부의 집은 최 서기의 말과 같이 초라했다. 장충단 공원 근처의 쓰러져 가는 조그마한 집이었다.

집이 가난해서 막내딸인 신부를 고등학교만 겨우 졸업시켰다는 말이 우선 사실인 것 같았다.

그리고 신부의 아버지나 어머니가 그 외양이나 언동으로 보아 함부로 살아온 집안 같지 않다는 것도 최 서기의 말과 틀림이 없었다.

방 안에 들어가자 아버지 되는 사람과 어머니 되는 사람이 들어왔다.

무척 반가워하는 표정이기는 했으나 점잖은 말투로 병호의 원적과 연령 그리고 가문 관계를 물었다.

그리고는 신부에 대한 이야기를 설명했다. 인물이나 재산이나 아무것도 보잘 것이 없지만, 그렇게 버릇없이 자라난 처녀가 아니라고 말한 뒤, 그래도 만나 보겠느냐고 다짐을 한 뒤에야 딸을 불러들였다.

스물두 살 났다는 처녀가 한복을 입고 들어왔다. 고개를 푹 숙이고 장님처럼 조심성스럽게 걸으며 들어오는 것이었다.

조심스럽게 걸어오던 신부가 방 한 구석에 이르자 방바닥을 꿰뚫을 듯이 내려다보며 부동의 자세를 취했다. 그러면서도 앉지를 못하고 있을 때 그의 아버지가,

"거기 앉거라!"

하는 말을 했을 때야 땅에 잦아들 듯이 살그머니 앉았다.

병호는 그 얼굴이라도 보려고 신부 쪽으로 눈을 돌렸으나 사십오 도 이상으로 숙이고 있는 얼굴은 윤곽도 알 수 없게 했다.

역시 절도 있는 집안에서 자라난 여자라 다른 데가 있다고 생각되었다. 보통 여자 같다면 비록 스물두 살이라 해도 서로 선을 보는 이상 남자의 얼굴을 보려 하는 기색이 조금이라도 있으련만 전혀 그런 마음을 먹지 못하는 것 같았다. 억지로 선을 보기는 하지만 부모가 좋다면 무조건 복종할 그런 종류의 여자 같았다.

병호는 단 둘이만 앉아서 얼굴도 바라보고 이야기도 하고 싶었으나 부모들이 꼼짝도 안 하고 앉아 있으니 이야기를 걸어 볼 도리가 없었다.

아버지 되는 사람은 한참 동안 두 사람의 눈치만 보고 있다가,

"이야기라두 해 보게……."

하고 말했다. 신식 사람들의 마음을 이해한다는 말이기는 했으나 병호는 차

마 입이 떨어지지 않았다.

무슨 말을 꺼낼 것인가?

병호는 말을 해 볼 필요도 없었다. 나이가 조금 어린 것이 흠이기는 하나 세상을 모른다는 점, 그러니까 그만큼 순진하리라는 점이 차라리 좋을 것 같았다.

남자라는 것도 알고, 세상 물정도 아는 여자라면 결혼하기 전부터 자기의 고집을 가지고 있을 것이다. 그리고 자기 남편만이 제일이라는 생각을 갖지 않을 것이다.

병호는 마음으로 좋다는 생각을 가졌다. 그렇기 때문에 구태여 이야기를 해 보아야겠다는 필요성을 느끼지 않았다.

도리어 오래 앉아 있기가 민망스러워 최 서기에게 눈짓을 하고 돌아오려 했다.

그 기미를 알았는지 신부 아버지 되는 사람이 신부 되는 여자를 내보내고 병호에게 조금만 기다리라고 했다.

어머니 되는 여자는 저녁을 지었으니 먹고 가라고 했다.

그러나 처음 온 집에 오래 있기가 안되어 일어서려 할 때 아버지 되는 이가,

"어떤가요? 마음에 드는가?"
하고 단도직입적으로 물었다.

병호는 차마 좋다는 말을 하지 못했다. 불만이 있는 것은 아니지만 물건을 매매하듯 면전에서 좋고 나쁘다는 말을 할 수가 없어서,

"다음에 말씀드리겠습니다."
했다.

"아니지, 서루 면담까지 했으면 가부를 말해야지 공연히 시간을 끌면 여자에게 루가 온단 말이야."

"최 형을 통해서 곧 알려 드리겠습니다."

"정 그렇다면 할 수 없는 일이지만 가부간 속히 통지해 주게."

"네, 알겠습니다."

그래로 어머니 되는 여자는 한사코 저녁을 먹고 돌아가라 했다.

그럴 수가 없어서 병호는 최 서기와 같이 집을 나오고야 말았다. 전송을 받으며 골목길까지 나왔을 때 최 서기가,

"어떻습니까?"

하고 물었다.

그때는 대답해도 좋을 것 같았다.

"그만하면 좋습니다."

"그래요? 그래도 한 번 더 만나서 이야기라두 하셔야 하지 않겠습니까?"

"그것두 좋기는 하지만, 우선 승낙했다구 말을 하십시오."

그 말을 듣자 최 서기는 도로 신부 집엘 뛰어갔다. 잠시 뒤 신부 집에서 나온 최 서기는 헐떡이며 말했다.

"내일 점심시간에 신부를 나오라구 했습니다."

맞선을 본 권병호 검사가 약혼을 승낙하기는 했지만 그것만으로 결정지을 수가 없었던지 최 서기는 두 사람이 따로 만나는 시간을 만들어 주었다.

권 검사는 내심 그럴 필요가 없다고 생각했다.

과거의 소행이 똑바르고 집안을 믿을 수가 있다면 더 만나지 않아도 좋을 것 같았다.

더구나 신부 될 여자가 자기를 사랑하는데 순정을 기울일 것 같은 생각이 들어 하루 빨리 결혼이나 했으면 하는 생각이 들었다.

그러나 최 서기가 그렇게까지 알선을 하는데 만날 필요가 없다는 말도 할 수가 없었다.

이왕이면 한 번 만나서 여자의 말도 들어 보고 또 자기를 능히 사랑할 수 있느냐고 따져 본다는 것 역시 무의미할 것 같지가 않았다.

다음날 점심시간, 권 검사는 최 서기와 같이 약속한 장소로 신부 될 여자를 만나러 갔다.

최 서기는 약속한 장소가 덕수궁이라는 것만 알려 주고 자기는 사양하려 했으나, 권 검사가 자기는 얼굴도 잘 모르니 같이 가야만 한다는 말에 할 수 없이 덕수궁까지 안내해 주었다.

신부는 이미 와서 기다리고 있었다. 수련 잎이 파랗게 떠오른 연못가에 혼자 서 있었던 것이다.

최 서기는 신부를 불러 권 검사에게 인사를 하게 하고는 볼일이 있다고 거기를 빠져 나가고야 말았다.

권 검사는 할 수 없다는 듯이 빙그레 웃으며 최 서기의 뒷모습만 바라보다가 그가 대문을 나설 때에야,

"어제는 실례했습니다."

하고 신부에게 말을 건네었다.

신부는 얼굴을 붉히기만 하고 대답을 안 했다.

그러나 이 날만은 얼굴도 좀 자세히 보고 이야기도 받아야 하겠다는 생각에 권 검사는,

"좀 앉을까요?"

하고 연못 뒤 소나무 밑으로 걸었다.

신부는 그대로 따라왔다. 어제 저녁과 달리 이 날은 한복이 아니라 양장을 했다. 체격이 좋다고 느껴졌다. 큰 몸은 아니지만 날씬한 허리와 균형진 하체가 현대적인 감을 주기도 했다.

권 검사는 앞에 서서 걸으며 일부러 뒤를 돌아보았다. 얼굴도 정면으로 보고 싶었던 것이다.

타원형의 얼굴? 미욱스러울 것 같지도 않다. 고집이 셀 것 같지도 않다. 마음이 깨끗하고 맑고 어지러울 것 같은 인상을 주었다.

권 검사는 얼굴을 앞으로 돌리고 신부가 보지 않게 혼자서 만족한 웃음을 웃었다.

용모로 보나 마음씨로 보나 이때까지 사귀어 온 여자보다 모든 것이 나은 것 같았다. 그 아름다운 처녀가 자기의 아내가 되기 위하여 이십 여 년 동안 자라 왔다는 생각을 하니 얼굴의 근육이 저 혼자 움직일 만큼 행복을 느끼기도 했다.

오신영과 결혼을 했다면 이런 여자를 구경도 못했겠지 하는 마음도 들었다.

조그마한 소나무 앞에 이르자 권 검사는 반듯한 자리를 골라 앉았다. 그리고 종이를 꺼내어 신부가 앉을 자리에 깔아 놓았다.

"앉으세요!"

신부는 가깝게 앉는 것을 부끄러워하면서 종이 위에 앉고야 말았다.

여자가 옆에 앉자 권 검사는,

"좀 이야기를 합시다!"

하고 대담하게 여자를 쳐다보았다.

여자는 웃기만 하면서 외면을 했다. 권 검사는 좀더 대담하게,

"정말 나와 결혼을 할 생각입니까?"

하고 물었다.

여자는 또 대답을 안 했다.

말을 못한다는 것은 부끄럽다는 뜻임을 알면서도 권 검사는 말을 시켜 봐야만 하겠다는 듯이,

"결혼을 하면 죽을 때까지 같이 살아야 하는데 말두 못해서야 어떻게 결혼을 합니까?"

하고 대답을 강요했다.

그래도 여자로서는 입을 열 수가 없는 모양이었다. 사실 권 검사는 대답하기 곤란한 말만을 물었다. 맞선을 보고 난 뒤 단 둘이서만 만나자는데 찾아왔다는 것 그 자체가 모든 것을 대답하고 있지 않는가?

권 검사는 그래도 말을 하고만 싶었다.

"본인은 싫은데두 부모가 하라니까 할려는 게 아닙니까?"

그때야 여자는 대답 안 할 수가 없었는지,

"안 그래요."

하고 비로소 입을 열었다.

"정말입니까?"

"………"

"나를 좋다는 여자가 한 사람두 없었는데 어디가 좋지요?"

"………"

"결혼을 했다가두 싫어질 때는 이혼을 해야겠지요. 그런 걸 생각해 본 일이 있어요?"

"모르겠어요."

"모르다니 말이 됩니까? 아무리 결혼 생활을 하다가두 서루 싫어지기만 하면 이혼을 해야 하지 않아요?"

"………"

"그런 걸 생각하구 결혼해야 할 겁니다. 안 그래요?"

그것은 여자의 마음을 떠보자는 말이었다. 그러나 여자는 어떻게 생각을 했는지

"정 싫어지면야 할 수 없겠지요."

하고 대담하게 대답했다.

권 검사는 놀라고 말았다. 끝까지 '몰라요.'라든가 '생각해 본 일이 없어요.'라는 말이 나오기를 내심 바랐던 것이 싫어지면 할 수 없다는 너무나 정확한 말을 할 때 놀라지 않을 수 없었다.

그러나 현대 여성이라면 능히 할 수 있는 말이라고도 생각되었다. 부끄러움을 알면서도 현대 여성에 틀림없다는 생각이 들었다. 그러나 실망했다는 것을 보일 수가 없어서,

"싫어지지 않두룩 노력합시다!"

하고 그 말을 끊어 버렸다.

권 검사는 점심시간이니 점심이나 먹으러 가자고 했다. 여자는 또 대답을 하지 않고 권 검사가 일어서는 대로 따라 일어서기만 했다.

그들은 대한문을 나와서 가까운 데 있는 중국요릿집으로 들어갔다.

간단한 점심을 먹을 작정이었지만 그래도 조용한 방으로 가야 이야기를 할 수 있을 것 같아 이층 독방으로 올라갔다.

방 안에 들어가자 권 검사는 자기에겐 돈이 없으니까 결혼식을 간단히 해야겠다고 말을 꺼냈다. 여자는 좋다고 대답했다.

그래도 기념품은 사야겠으니까 시계가 어떠냐고 물었다. 여자는 아무것도 좋다고 하면서 시계도 없다고 대답했다.

결혼식은 언제쯤 하는 것이 좋으냐고 물었을 때 여자는 부모와 의논해 달라고 대답했다.

그래도 빨리 하는 것이 좋겠다고 말하자 여자는 아무때도 좋다고 대답했다.

이제는 제법 말을 받아 곧잘 대답을 했다.

권 검사는 그 여자가 아주 자기의 사람이 된 것 같은 생각이 들었다.

"그럼 우리 결혼하기루 결정집시다."

"네……."

여자는 가장 중요한 대답까지 서슴지 않았다.

"그런 약속의 표루……."

하고 권 검사가 손을 내밀었다. 여자는 고개를 숙이고도 손목만을 내밀어 악수를 허락했다.

부드러운 손이었다. 크지도 않고 지나치게 작지도 않다.

권병호는 자기도 모르게 자기 손에 힘을 주었다. 그리고는 왼손으로 처녀의 손잔등을 쓸어보았다.

매끄러운 감촉!

병호는 황홀함을 느끼고 눈을 감았다.

그새 술집 여자 같은 이의 손을 못 잡아 본 것은 아니지만, 손을 잡음으로 말미암아 마음이 떨리는 것 같고 몸이 조여드는 것 같은 경험은 한 번도 가져 본 일이 없다.

병호는 자기도 모르는 새 여자의 손을 잡아당겼고 동시에 몸을 일으켰다.

어떻게 해서 그렇게 되었는지 병호는 전혀 알지 못한다. 그러나 그들은 서로가 포옹을 하고 있었다.

여자는 부끄럽기만 한 것같이 보였으나 남자는 자기 전부를 잃어버리고 있는 것 같았다.

그러나 그것은 순식간의 행동이었다. 곧 각자의 자리로 나뉘어 앉고 말았다.

자기 자리에 앉자마자 병호는,

“미안합니다.”

하고 큰 잘못을 저지른 때처럼 사과의 말을 꺼냈다.

참으로 미안했던 것이다.

상대방이 좋아하는지 좋아하지 않는지 물어도 보지 않고 함부로 끌어다가 포옹까지 했다는 것은 상대방에게 염치없는 인간이란 인상을 주었는지도 모른다. 그리고 그러한 행동으로 말미암아 여자의 마음이 이상하게 변했을지도 모른다.

여자는 대답이 없었다.

병호는 어떻게 했으면 좋을지를 몰랐다. 잘 했으면 잘 했다든가, 못했으면 못했다든가 무슨 말이 있었으면 자기대로의 태도를 표명할 수 있을 것 같은데 여자가 말없이 고개를 숙이고만 있으니 상대편의 마음을 통 알 수가 없다.

그래서,

“결혼할 때까지는 다시 안 그러겠습니다.”

하고 정말 자기가 잘못을 저지른 사람처럼 말했다.

여자는 더욱 고개를 숙였다.

“용서하십시오. 너무 흥분해서 그만⋯⋯.”

이렇게 혼자 쩔쩔매고 있을 때 여자가,

“뭘 자꾸 그렇게 말씀하세요.”

하고 돌아앉았다.

그것은 잘못한 일도 없는데 쩔쩔맬 것이 무엇이냐고 말해 주는 것 같았다.

그래서 돌아앉는 것도 다시 한 번 포옹의 기회를 주기 위한 행동같이 생각되었다. 뒤로 가서 끌어안을 수 있는 좋은 기회였다.

그러나 한편으로는 그것이 무슨 좋은 말이라고 같은 소리를 연거푸 하느냐고 듣기도 싫다는 뜻으로 돌아앉은 것처럼 생각되기도 했다.

실망을 느끼고 돌아앉은 것같이 보였던 것이다.

그래서 병호는 돌처럼 움직이지를 못하고 말았다. 여자의 뒷모습만 바라보며 혹시 자기를 야비한 인간이라고 비웃기나 하면 어떻게 할까 하는 걱정만을 했다.

그런데 뒤를 향하고 앉은 여자가 손을 가슴에다 올렸다가는 목덜미 밑 양복 속으로 집어넣었다 하여 속옷을 여미고 있음이 보였다.

포옹을 하는 바람에 속옷이 잘못된 모양이었다.

병호는 얼굴을 붉히지 않을 수 없었다. 어떻게 포옹했기에 속옷까지 흘러내리게 했을까?

부끄러운 일이 아닐 수 없었다. 똑바로 바라볼 수도 없을 만큼 얼굴이 달아올랐다.

그러나 잠시 뒤에 다시 돌아앉은 여자를 보았을 때 병호는 여자의 몸에 이상스런 변동이 일어났음을 느꼈다. 자기의 눈이 착각이나 일으키지 않았나 하고 의심할 만큼 그것이 정확하지는 않았지만 여자의 유방이 포옹한 직후보다 위치가 약간 달라졌다는 것이다.

병호는 보지 말아야 할 것을 본 것처럼 얼굴을 붉혔다. 있는 사실을 보았다는 것이 아무런 죄가 될 리 없지만 그래도 지나친 것까지 본 듯한 생각이 잠시 여자를 바라보지도 못했다.

그러나 보지 말아야 할 것을 보았다는 미안함과 더불어 어떻게 유방의 위치가 변동할 수 있을까 하는 의심이 들었다.

참으로 이상한 일이었다.

자기가 착각을 일으키지나 않았나 하고 여자가 모르게 한 번 더 그 가슴을 살펴보았다.

몇 치나 올라갔는지 그것은 정확지 않았으나 확실히 전보다 올라붙은 것만은 사실이었다.

그것은 여자가 뒤로 돌아앉아 가슴을 만지며 무엇을 추켜올리고 있었다는 생각이 그런 마음을 갖게 했는지도 모른다.

그래서 그렇게 보였는지는 모르나, 여자의 이상스럽게 튀어나온 유방이 또 마음에 걸렸다.

거리에 지나다니는 젊은 여자들의 앞가슴이 유달리 튀어나온 것을 병호

는 유심히 보아 왔고, 또 그러한 여자들은 고무유방을 가슴에 대고 다닌다
는 말을 들어왔다.

　병호는 틀림없는 고무라고 생각되었다.

　그렇게 생각이 들자 병호는 벙어리가 된 것처럼 입을 다물어 버렸다.

　자기의 사람이 되었다는 즐거움은 어디로 사라져 버렸는지 그 종적도 찾
을 수가 없었다.

　식사를 마칠 때까지 한 마디의 말도 없음에 여자가,

　"기분이 나쁘셔요?"

하고 물었지만

　"아니요. 기분 나쁠 일이 뭐 있겠어요."

하면서도 역시 말을 꺼내지 못했다.

　식사가 끝나자 병호는,

　"다음에 놀러 갈게요."

하고 음식점을 나오는 길로 사무소엘 돌아왔다.

　돌아오면서 여러 가지로 생각을 해보았지만 역시 우울하기 짝이 없었다.

　'그럴 수가 있을까?'

　대단치 않게 생각해 보려고도 했으나 굉장히 중요한 일처럼 그것이 머리
에서 사라지지 않았다.

　오로지 미관을 위하여 누구나 할 수 있는 일이라고도 생각했다. 서양 여
자들은 유방의 미관을 위하여 수술까지 한다는 말을 들은 적이 있다.

　그러나 결혼을 하기 위하여 서로 선을 보는 마당에서 인위적인 육체의 변
동을 보이는 것은 옳은 일일까? 결혼만 하게 되면 육체의 비밀은 그 날로
탄로가 된다.

　탄로가 되어도 그때는 결혼식을 치른 뒤이니까 그런 것쯤 문제가 안 된다
는 말일까?

　병호의 머릿속에는 그 여자가 자기를 속였다는 생각이 물결처럼 덮이고
또 덮였다.

　빤히 알려질 일을 잠시 동안이나마 속이려 한 여자!

거기에다가 서로 의견이 맞지 않으면 결혼 생활을 하다가도 이혼을 할 수 있을 것이라 마음 떠 본 말에 정 의견이 맞지 않으면 이혼도 할 수 있는 일이라고 이혼을 간단한 일처럼 대답한 말이 머리에 떠올랐다.

이혼을 할 때에는 한다고 해도 결혼을 하기 전부터 그런 것을 긍정하고 들어간 그 여자의 생각이 고무 유방과 아울러 그의 아름답고 깨끗한 모든 것을 지워 주고 말았다. 병호는 혼자서 머리를 흔들며 결혼도 아무것도 모두 귀찮을 뿐이라고 생각했다.

사무실에 들어서자 최 서기가 유심히 바라보았다. 얼굴 표정에서 무슨 냄새를 맡으려는 눈치였다. 그러나 유달리 침울해 보이는 병호의 얼굴을 보고도 그 이유를 차마 캐어 묻지 못했다.

심상치 않은 듯한 얼굴에 질려 말을 붙이지도 못했을 것이지만 남들이 있는 데서 개인의 비밀 이야기를 듣자고 할 수도 없었던 것이다.

무척 궁금했을 것이지만 말을 못하고 있을 때 권 검사가 최 서기를 불러 가지고 낭하로 나갔다.

중매한 사람이니까 경과를 보고해야 할 의무도 있었겠지만 자기의 우울을 털어놓고 최 서기의 지혜를 빌리고 싶은 마음도 여간이 아니었을 것이다. 권 검사는,

"결혼을 천천히 해야 할 것 같습니다."

이렇게 서두는 꺼냈으나 해야 할 다음 말이 나오지를 않았다.

"왜 그러십니까?"

최 서기가 의아한 눈으로 물었을 때도,

"인조 유방을 달구 다니는 여자야……."

하는 말만은 차마 입에서 떨어지지 않았다.

확실히 그것 때문으로 해서 자기의 마음에 변동이 생긴 것이지만, 그 말만은 할 수가 없는 것 같았다.

여자를 모욕하는 말이다. 결혼을 안 하면 안 할 일이지 다른 사람하고도 결혼을 해야 할 여자에게 모욕적인 말을 할 수가 있을 것인가?

더구나 자기의 인격을 보존하기 위해서라도 그 말만은 할 수가 없었다.

여자의 유방을 표면적 이유로 내세우고 결혼을 하고 안 한다는 말을 한다면 자기는 모름지기 얼굴만을 보고 여자를 선택한다는 사람 이상으로 비천한 사람이 될 것이 아닌가?

대답을 못하고 묵묵히 있을 때,

"말씀을 하십시오. 싫은 걸 억지루 하시라는 건 아니니까요."

최 서기도 난처한 듯이 물었다.

"싫은 건 아니지만……."

최 서기에게만은 말을 해도 좋을 것 같았고 또 가부간을 말해 주어야 한다는 일종의 의무감이 들기는 했으나 또 말을 끝내지 못했다.

권 검사는 혼자서 망설였다. 이유는 나중에 이야기하고 결혼을 안 하겠다는 말이나마 해 버릴까?

혼자 망설이고 있을 때 권 검사의 눈앞에는 그 여자와 포옹하던 장면이 주마등처럼 스치고 지나갔다.

포옹!

한 남자가 한 여자를 포옹했다. 그것은 애정의 표현이 아니면 안 된다. 아무때나 있을 수 있는 일이 아니오. 또 누구에게나 있을 수 있는 일이 아니다.

애정을 표현했다면 그 애정에 대하여 책임을 져야 할 것이 아닌가?

육체와 육체의 접촉…… 그것이 설사 육체적 관계가 아니라 해도 정신이 육체를 통하여 하나의 합일체(合一體)를 이룬 것이 아닐까?

사랑하는 남녀가 손목을 서로 잡았다고 해도 그것은 육체적인 마찰에서 오는 육체적인 결합을 의미할 수가 있을 것이다.

남녀 관계에서 성행위를 가장 결정적인 행동으로 규정해 놓았기 때문에 그것을 절제하기 위하여 정조라는 관념을 만들어 놓았으나, 엄격한 의미에서는 손목을 잡고 포옹을 하는 것이나 나체로서 성행위를 하는 것이나 별반 틀림이 없을 것이 아닌가?

권 검사는 더욱 혼란을 느꼈다. 이럴 수도 없고 저럴 수도 없었다. 그래서,

“다음에 이야기합시다.”

하고는 최 서기를 보지도 않고 사무실 안으로 뛰어들어가고 말았다.

감정적으로는 결혼을 하기가 싫고, 지성적으로는 결혼 안 하겠다는 말을 할 수 없고, 그러나 혼란된 머리로 묵묵히 앉아 있을 때 계원에게서 전화가 왔다.

너무나 혼란해 있을 때인 만큼 전화도 반가운 줄을 몰랐지만 안 받을 수도 없어서 수화기를 들었다.

“예…… 권병호입니다. 안녕하셨습니까? 네 오늘은 좀 바쁩니다. 정말 시간이 없겠는데요. 학교를 그만두셨다구요? 언제부터입니까? 왜요? 그럼 다음에 듣기루 하지요. 내일은 시간이 있을 것 같습니다. 그럼 내일 오후 다섯 시 ‘25時’ 다방에서 만나지요. 미안합니다.”

권 검사는 전화를 끊었다. 자기가 생각해도 지나치게 냉정한 것 같았지만 할 수가 없었다.

결혼 문제의 가부를 결정하기 전까지는 누구에게도 그렇게밖에 대할 수가 없을 것 같았다.

학교를 그만두었다고 하는 계원에게 있어서 심상치 않은 말을 들었을 때 금시로라도 뛰어가 그 돌발적인 이유를 물어 보고 싶은 마음은 있었으나 혼란된 마음으로 만난다면 상대방에게 유쾌감을 줄 수 없을 뿐만 아니라 자기가 자기의 감정을 누르기에 얼마만한 고통을 받아야 할 것인가?

차라리 마음이 약간 진정되었을 때 만나는 것이 피차간 좋을 것 같아 미안하기는 하면서도 만나자고 하는 계원의 말에 거절을 해 버렸다.

거절을 하고 나자 권 검사는 계원에 대한 미안한 생각이 그의 혼란된 머리를 한층 더 복잡하게 했다.

상대방의 감정을 완전히 무시하고 자기 자신만을 본위로 만나 주지 않은 데 대하여 계원은 자기를 어떻게 생각할 것인가?

바쁜 일이 없으면서도 바쁘다는 핑계를 대고 만나지 않았으니 계원이가 그런 것을 안다면 자기는 어떤 종류의 인간으로 규정되어야 할까?

권 검사의 머리는 포화상태를 이룰 것 같았다. 금시라도 펑 하고 소리를 낸 뒤 머리가 터져 버릴 것만 같았다.

고무풍선 속의 바람이 도를 조금만 넘으면 펑 하고 찢어지듯 조금만 더 복잡해지면 머리가 제대로 성해 있지 못할 것 같았다.

머리의 작용이 머리의 털만큼만 틀려 나가면 성한 사람도 정신병자가 된다. 조그마한 일 하나가 엇나가기 시작하면 그 사람 전체의 장래가 비참하게 된다.

권 검사가 이상한 불안 속에서 팽창할 대로 팽창한 고무풍선을 보듯 자기의 머릿속을 들여다보고 있을 때 삼십이 조금 넘어 보이는 여자 한 명이 찾아왔다.

새까만 가죽 핸드백이 무엇보다도 먼저 눈에 들어왔다. 만 환 이상 간다는 값비싼 핸드백이었다. 나일론 긴 치마가 핸드백에 어울렸다.

화장을 한 품이라든가, 눈 뜨는 법이 그리 천해 보이지 않았다.

틀림없는 유한마담이었다.

그 여자는 방 안에 들어서자 권 검사를 찾았다.

자기를 찾아온 여자를 바라보자 권 검사는 우선 얼굴살을 찌푸렸다. 시끄러운 문제를 가지고 찾아온 것이란 육감이 들었던 것이다.

권 검사는 어디로 도망을 치고 싶었다. 자기 문제도 해결하지 못하고 있을 때 남의 애정 문제를 어떻게 판단하고 조치할 수가 있을 것인가?

더구나 여자의 외형에서 오는 인상이 사치스런 애정문제를 가지고 찾아온 것 같아 더욱 그랬다.

애정이란 것이 인간의 필수품이 아니라 하나의 사치품처럼 취급하여 이 자리에서 저 자리로 옮겨 놓으면 그뿐이란 태도…… 지금 찾아온 여자도 법률적으로 상품의 위치를 바꾸어 놓으려는 사람같이만 생각되었다.

그러나 직업상 피할 수도 없었다. 용건이 무엇이냐고 묻지 않을 수가 없었던 것이다.

여인은 핸드백에서 두꺼운 서류를 꺼내 쥐고는,

"권 선생님 말씀은 많이 들었습니다. 저는 홍정임이라구 하는데 앞으로 많이 지도해 주시기 바랍니다."

하고 인사를 했다.

서류를 꺼내 쥐고 지도해 달라고 인사하는 것으로 보아 용건이 뻔한 것 같기는 했지만

"무슨 일루 오셨지요?"

권 검사는 용건을 독촉해서 물었다.

그러나 정임이라는 여자는 손에 쥔 서류를 내놓으려고 하지도 않고,

"정말 쌍벌주의 제도를 만들어 주시어 고맙습니다. 남자는 어떤 짓을 해두 법에 걸리지 않구, 여자는 조금만 실수해두 파렴치죄에 걸린다는 것은 여자를 무시해두 여만부득한 것이 아니었어요. 그런 모순을 없애구 남녀평등을 살릴 수 있는 쌍벌주의는 모든 여성을 속박 속에서 구해낸 것이라구 생각합니다."

하고 마치 정의감에 참을 수 없는 감격을 느끼고 있기나 한 것처럼 말했다.

권 검사는 반드시 자기 개인의 용건을 가지고 왔을 여자임에도 불구하고 의분에 떠는 것 같은 말투로 서두를 꺼내는 것이 얄미웠다.

"쌍벌주의는 내가 만든 것이 아닙니다. 나는 도리어 쌍벌주의를 반대합니다."

"그럼 남녀평등을 무시하신단 말씀입니까?"

"천만에요. 남녀평등을 누구보다두 주장하기 때문입니다. 벌을 준다는 것은 하나의 보복적 수단이라고 볼 수밖에 없습니다. 그러한 보복적 수단을 가지고 남자와 여자가 평등이 될 줄 아십니까? 그러한 데서 생기는 평등이 진정한 평등이라구 생각하지 않습니다."

"여자만 손해 봐도 좋단 말씀입니까?"

"왜 손해를 봅니까? 자기가 잘못하지 않는다면 그야말루 파렴치의 죄에 걸릴 까닭이 없지 않습니까?"

"아니 남자만 향락을 하구 여자는 구속된 생활을 해두 손해가 아녜요?"

"네…… 그런 손해 말씀입니까? 남자가 향락을 한다면 남자에게 그런 사실을 지적하구 자기두 향락하겠다는 선언을 하면 되지 않습니까?"

"그럼 이혼이 되는 거지요!"

"이혼을 두려워한다면 남녀평등을 생각할 자격두 없습니다."

"그렇지만 가정이란 게 어데 그렇습니까? 마음대루 헤질 수가 있어요?"

"쌍벌법에 의해 고소를 제기하는 여자가 남편을 고생만 시키구 다시 살겠다는 생각을 가질 수 있을까요?"

"이혼을 해두 여자가 억울하지 않겠지요."

"그건 근본적으루 옳은 생각이 아닙니다. 가정이란 것은 부부간의 애정을 영원히 유지하기 위해서 만들어진 것입니다. 그리고 법률이란 그 애정에 플러스가 되고 그 애정의 옹호를 위해서 있는 것이지 여자는 남자의 분풀이를 조장시키기 위해서 있는 것이 아닙니다.

그리고 쌍벌주의란 행실이 좋지 못한 남자나 여자들을 경고하고 가정을 충실히 유지하는데 경종이 되기 위해서 생긴 것이지, 누구에게나 가정을 파멸케 할 권리를 주자는 것이 목적이 아닙니다. 그리고 애정문제란 도덕이나 윤리로써 해결하는 것이지, 그 밖의 권력이나 법률로써 해결할 성질이 못 되는 것입니다. 쌍벌주의가 무식한 남녀들에게 애정을 옹호하는 것으로 쓰이지 않고 애정을 파괴하는 데 악용된다고 하면 그것은 없는 편만도 못할 것입니다."

"그럼 쌍벌주의에 의한 고소는 받지 않으시겠단 말씀인가요?"

"받기는 받습니다. 법률이 있는 이상 법률로 처리할 것은 법률로 처리해야지요. 서류를 내놓으십시오."

여자는 자신이 없어진 듯 머뭇머뭇하기만 하고 서류를 용감히 내놓지 못했다.

"좌우간 어떤 사건을 가지고 오셨습니까? 말씀이나 하십시오."

권 검사도 그 두꺼운 서류를 받아 읽느니보다는 우선 이야기를 듣고 거기에 의해 자기의 태도를 정하고 싶었다.

여자는 자기의 남편이 어떤 여자와 연애를 하고 있으며 한 주일에 한 번씩은 반드시 외박을 한다는 이야기를 설명하기 시작했다. 아무리 그러지 못하게 해도 소용이 없을 뿐 아니라 도리어 기세를 울리며 자기를 구박하고 있으니 위자료나 받고 이혼을 하겠다고 말했다.

"그럼 위자료를 받겠다는 것이 목적인가요?"

"그것두 목적의 하나이기는 하지만 남편과 계집년을 감옥에 보내구 싶습니다."

"남편에 대한 애정은 조금도 없으신가요?"

"애정이 다 뭣입니까? 보기만 해두 지긋지긋한데……."

"남편 되는 분두 부인께 애정을 느끼지 못하는가요?"

"그럼요. 보기만 해두 역증을 내는데요. 뭐……."

"그럼 정식 이혼을 안 하신 이유는 뭡니까?"

"하루 하루 기다린 거지요. 마음이 다시 변할까 하구……."

"이젠 희망이 없단 말씀이군요?"

"희망두 싫어요. 들어와두 제가 나가겠어요."

"그건 어째서 그렇습니까?"

"그런 창피를 당하구 어떻게 같이 살겠습니까?"

"어떤 창피를 당하셨는데요?"

"사람을 때리구 욕 잘하구 이루 다 말할 수 없지요?"

"자기가 나쁜 행동을 하면서 왜 부인을 때릴까요?"

"제 맘이 남의 뜻이라구 제가 그런 행동을 하니까 나두 그러는 줄 알구 공연히 그러지 않아요."

"그건 지나친데요. 설사 부인이 실수를 했다 해두 그럴 수가 없을 텐데요!"

"그렇구 말구요. 자기가 나쁜 짓을 하면 여자두 그럴 수 있는 거 아녜요? 남자만 오입하라는 법이 어디 있습니까?"

"과연 그렇습니다. 남녀평등이니까요. 그런데 애기는 있지 않습니까?"

"국민학교에 다니는 사내 하나와 다섯살배기 계집애 하나가 있습니다."

"이혼을 하시면 그 애들은 어떻게 하십니까?"

"그걸 제가 압니까? 남자가 맡아야 하겠지요."

"남자가 맡아두 괜찮을 것 같습니까?"

"남편이 싫은데 애들은 뭣이 곱겠어요? 갈 바에는 깨끗이 나가야지요."

"어린애에 대한 애정에 그렇게 냉정하실 수 있다는 건 위대하신데요. 참으루 모성이란 그런 면에서두 강한 것이두군요."

"할 수 없지 않아요. 그것들을 데리구야 어디 시집이나 갈 수 있겠습니까?"

"참말 그러시겠습니다. 실례지만 지금 몇이시지요?"

"서른두 살입니다."

권 검사는 무엇이라 말할 수가 없었다. 법률에 의해서 고소를 제기한다는데 그것을 철회시킬 수 없는 문제를 가지고 자기의 의견대로 여자를 나무랄 수는 더욱 없었다. 그래서 써 가지고 온 고소장을 받아 그 양식을 살펴 본 뒤,

"여기서 통지가 있을 때까지 기다리구 계십시오."
하고 그 여자를 돌려 보냈다.

여자를 돌려 보내고 나자 모성애를 배반하는 여자에게 처벌하는 법률은 어찌 해서 만들어 내지 않았을까 하는 생각이 들었다. 그러나 동시에 맞선을 본 여자로부터 포옹까지 하고 나서 결혼을 안 한다고 해서 자기를 걸어 고소를 하지나 않을까 하는 불안감이 들기 시작했다.

성실과 보복

법률적으로 따진다면 그런 것이 소송의 대상이 될 수는 없다. 그러나 애정 문제를 애정으로 해결 짓지 않고 보복적인 행동으로써 해결 지으려는 것이 현대 여성이란 생각을 하니 공연히 불안한 마음이 들었던 것이다.

그뿐만 아니라 결정적인 애정을 붙잡기도 전에 육체적인 쾌감부터 맛보려는 것이 현대적 남성이 아닌가 하는 생각을 하니 여성들의 보복적 행동도 가히 있을 만한 것이란 마음이 들었다.

말하자면 인조유방의 발견으로 말미암아 품으려고 했던 애정을 포기할 만큼 성숙되지 못한 애정 단계에서 포옹까지 했다는 자기 양심의 고충 때

문이었을 것이지만 어쨌든 권 검사는 이때까지 느껴 보지 못한 불안감을
느꼈다.

확실히 불안한 세대였다.

애정이라는 데는 이해 관계가 따른다고 하지만, 인간과 인간 사이의 거래
가운데 애정 관계보다 이해 관계가 더 적은 것은 없을 것이다. 그리고 애정
만은 이해 관계에서 초월하여야만 그 애정이 진실되고 거룩하며 가치가 있
다고 한다.

절대적인 애정은 죽음과 바꾸어도 아깝지가 않다고 하지 않는가?

그러나 현재에 있어서는 애정이라는 것도 이해 관계로 저울질이 된다. 저
울질을 해 보다가 수지가 맞지 않을 때는 그것을 식은 밥 먹기보다도 쉽게
포기해 버린다. 포기할 뿐 아니라 보복적인 행동으로 상대방을 괴롭게 하는
것을 정당한 일로 생각한다.

그것이 애정을 유지하는 데 하나의 힘이 된다든가, 서로를 견제하는 하나
의 방법이 되어 애정이 순수한 데로 흐르는데 도움이 된다면 어느 정도의
불안을 준다 해도 정당한 일이라 생각할 수 있을 것이지만 이즘의 조류는
애정을 가졌다 끊을 때는 서로가 적이 되는 것을 사양치 않으며, 또 적이 되
는 데 통쾌감을 느끼는 것 같다. 그리고 애정의 배신쯤 얼마든지 있을 수 있
고, 애정의 배신에서 오는 피차간의 괴로움도 새로운 애정을 만듦으로 얼마
든지 잊을 수 있는 것이라고 생각하는 것 같다.

애정의 저속화라 말하지 않을 수 없다.

그러니까 애정의 저속화는 인간의 순수성까지를 약탈할 것이며 따라서
애정을 맺는데 대한 불안한 공포를 느끼지 않을 수 없게 할 것이다.

애정을 가지는 데까지 불안과 공포를 느껴야 하는 세대인 것이다.

어느 세대보다도 애정의 불안을 느끼는 때처럼 불안한 세대는 없을 것 같
기도 했다.

권 검사는 오신영 사건 이후 다시 한 번 결혼에 대한 공포증을 느꼈던 것
이다. 맞선을 본 여자가 자기를 포옹했다고 해서 고소까지는 하지 않을지
모르나, 반드시 어떠한 보복적 행동을 취할 것 같은 생각이 들었다. 아니,

꼭 취할 것만 같았다. 권 검사는 확실히 여자에 대한 공포증을 느꼈던 것이다. 그래서,

"당분간 결혼할 생각을 말아야지!"

이러한 결론을 내리고 말았다. 동시에 권 검사는 맡은 일이나 처리할 생각으로 얼마 전 홍정임이가 제출한 서류를 들췄다. 서류를 들추며 사건의 내용을 살피고 있을 때 권 검사는 문득 부부간의 애정 문제도 법률로써 해결하게 되어 있기는 하지만 이 사건만은 공판을 하지 않고 조정의 형식으로 해결해 주고 싶은 마음이 들었다.

홍정임은 단순한 보복적 행동으로 남편과 상대방의 여자를 걸어 고소한 것이 틀림없다. 우선 보복적인 태도가 싫었다.

그리고 두 사람간의 애정 문제를 여러 방청객 앞에서 공개한다는 그 악취미를 조장해 주고 싶지가 않았다. 좋건 나쁘건 애정이란 두 사람에게만 국한된 일이다. 그것을 채무 관계의 민사소송처럼 방청객 앞에서 공개한다는 것은 애정에 대한 모독이다. 그래서 권 검사는 피고 되는 홍정임의 남편에게 이삼 일 후 검찰청까지 출두하라는 호출장을 써 보내도록 최 서기에게 부탁했다.

권 검사는 우울한 하루를 보냈다. 따지고 보면 아무 일도 아닌 것 같으나 막연한 불안이 그의 마음을 우울하게만 해 주었다.

그는 우울을 잊어 볼까 해서 검찰청에 있는 몇몇 검사를 데리고 나와 술을 샀다.

자진해서 술을 산다는 데 검사들이 이상한 눈으로 권 검사를 보며,

"무슨 좋은 일이 생겼소?"

하고 물었다.

"좋은 일은 무슨 좋은 일이 있겠소. 그저 술이 먹고 싶어서 한잔 사는 거지……."

"아니 요새 들으니까 권 검사두 발전하는 모양이던데……."

"발전이라니요?"

"여자들이 자주 찾아온대……."

권 검사는 그만 대답을 중지했다.

자기가 품고 있는 불안과 발전하고 있다는 말이 너무나 동떨어졌기 때문이었다.

발전이란 것은 '돈 환' 같은 사람이 하나만이 아니고 여러 여자와 사귀는 것을 말할 것이다. 그리고 거기서 쾌감을 느낄 때 비로소 성립될 수 있는 말이다.

그러나 자기는 여자를 사귐으로 쾌감을 얻기는커녕 모조리 괴로움과 불안뿐이다.

권 검사는 술을 적당히 끝내고 집으로 돌아갔다.

술을 마셨으나 우울은 풀리지 않았다.

다음날 아침 출근할 때에도 역시 그랬다.

더구나 최 서기의 얼굴을 볼 때 최 서기가 맞선 본 여자의 보복적 행동을 대신해서 하고야 말 것 같은 불안이 다시 솟구쳐 올랐다.

당사자가 직접 보복적 행동을 취하지 않는다 해도 최 서기를 통해서 어떤 방법으로든지 자기를 괴롭힐 것 같았다.

권 검사는 최 서기와 시선이 마주칠 것을 두려워했다. 그래서 될 수만 있으면 그를 보지 않으려 하고 있을 때였다. 최 서기가 옆으로 와서,

"권 검사님!"

하고 불렀다.

역시 올 것이 오고야 말았구나 하는 겁이 그의 가슴을 철렁 내려앉게 했다. 가슴이 두근거렸다.

"저…… 신부 댁에서 약혼식을 빨리 했으면 좋겠다구 그러던데요!"

최 서기가 자기의 마음을 뻔히 알고 있으면서도 자기를 괴롭히기 위해서 묻는 것만 같았다.

"꼭 해야 할까요?"

권 검사는 최 서기의 의견을 들려 달라는 태도로 반문했다.

"꼭 해야 하실 건 없지만 싫다는 말씀도 딱이 하시지 않으셨으니까 신부 댁에서 궁금히 생각하고 있다는 것 같두군요."

“그러니까 꼭 해야 한단 말이죠?”

“마땅치 않는 점이 있으시면 솔직히 말씀하시지요. 그럼 그대루 꼭 전하겠습니다.”

이것은 권 검사에게 있어서 하나의 고문이 아닐 수 없었다. 싫으면 싫다고 그 이유를 분명히 하라는 말인데 그것을 어떻게 밝힐 수가 있다는 말인가?

“그저 싫다구 하면 안 될까요?”

“싫으시면야 할 수 없는 일이지만 첫날은 사뭇 만족하시지 않으셨습니까?”

“첫날과 오늘의 마음이 달라서는 안 될까요?”

“그렇게 힘들게 말씀하실 게 아니라 똑바루 말씀하시지요…….”

아무래도 유방 이야기를 들어야 할 모양이었다.

그러나 그것만은 입에 꺼낼 수가 없었다.

“아…… 최 서기가 꼭 해야 한다면 싫어두 하지요.”

“싫으신 것만은 알겠습니다. 그런데 제가 어떻게 권할 수가 있습니까? 다만 신부 집에 가서 뭐라고 말할지 그것만 알으켜 주십시오.”

최 서기는 싫다는 이유를 알아야만 이야기를 끝내 줄 것 같았다.

권 검사는 그저 안타깝기만 했다. 자기더러 나쁜 놈이 되라고 강요하는 최 서기가 야속하기도 했다.

“이유는 정말 없습니다. 다만 결혼을 좀더 있다 하구 싶어서 그럽니다.”

“그러시면 약혼을 해 두었다가 차차 결혼식을 올리시지요.”

“그럴 형편은 못 되구요.”

그때에야 최 서기는 자기도 눈치가 있다는 듯이,

“그럼 다른 분이 새루 생기신 거루군요. 그렇다면야 할 수 없는 일이지요.”

하고 넌지시 웃었다.

“아닙니다. 절대루 그런 일은 없습니다. 만약 그런 일루 약혼을 안 한다면 내가 벼락을 맞을 거요.”

"좌우간 싫으신 것만은 틀림없으니까 그렇게 말씀드리겠습니다."

최 서기는 권 검사의 마음을 알았다는 듯이 이야기를 중단하고 자기 자리로 돌아갔다.

권 검사는 더 변명하려 하지를 않았다. 변명할 수도 없는 일이었다. 결국은 자기가 경솔한 인간이 되고 마는 것이지만 일을 무사히 종결지으려면 그러는 도리밖에 없었다.

최 서기가 불쾌한 낯으로 돌아가자 권 검사의 우울은 더욱 심해 갔다. 이유는 말하지 않고 무턱 싫다고만 했으니 최 서기가 자기를 오해할 것은 사실이다. 쓸데없는 오해보다 더 불쾌한 일은 없다.

오해를 해도 할 수 없다는 마음을 가질 수밖에 없었으나 그래도 우울해지는 것만은 어찌 할 수가 없었다.

권 검사는 참을 수가 없을 만큼 우울했기 때문에 바람이라도 쏘이려고 거리로 나왔다.

그러나 거리에 나와도 우울은 풀리지 않았다.

도리어 우울은 더욱 깊어만 갔다. 그것은 거리로 지나다니는 젊은 여성들의 젖가슴이 유달리 눈 안에 들어왔기 때문이었다. 한복을 입은 여자는 그렇지도 않았지만 양장을 한 여자가 지나갈 때는 반드시 그 젖가슴이 눈 안에 들어왔다. 거의 대부분이 불룩했다. 기형적에 가까울 만큼 불룩한 여자가 적지 않았다.

그런 것이 보일 때마다 모두가 고무로 만든 인조유방이 들어 있는 것만 같아 우울 정도가 아니라 불쾌하여 견딜 수가 없었다. 불쾌하면서도 또 눈이 그리로 가는 것도 막을 수 없었다.

현대 여성은 정조 관념이 희박하다는 말이 있지만 정조의 순결 여부는 조사할 방법이 없다 해도 최소한도 가장(假裝) 유방의 유무만을 조사한 뒤에야 결혼을 해야 할 것이 아닐까?

생각할수록 우울하기만 했다.

권 검사는 한참 뒤 다시 사무실로 들어갔다. 사무실에 들어가서는 계원과 약속한 시간만 기다렸다.

눈을 가리고 아웅 하는 세상이다. 결혼한 여자라면 남편이 알고 있을 것이며, 결혼하지 않은 여자라면 애인과 포옹만 해도 상대편이 알고야 말게 될 것을 그래도 인조유방을 매달고 다녀야만 하는 여성들!

이때까지는 발견 못했었지만 계원이도 자기 몸을 가장하고 다니는 사람인지 한 번 보고 싶어졌던 것이다.

그리고 자기의 막연하나마 없앨 수 없는 불안과 그리고 현대 여성들에 대한 불만을 털어놓고 말해보고 싶은 충동도 느꼈다.

계원이라면 자기의 마음을 이해해 줄 것 같았다. 그는 모든 것을 알고 있으며, 또 모든 것을 이해할 성정을 가진 것도 같았다.

따라서 갑자기 학교를 그만둔 이야기와 삼촌과의 재산 관계 이야기도 알고 싶어졌다.

권 검사는 퇴근 시간이 되기가 바쁘게 다방 '25時'로 걸었다. 될 수 있는 대로 빨리 가서 계원이보다 다만 일 분이라도 먼저 의자에 앉아서 그를 기다리고 싶었던 것이다.

그러나 다방에 들어섰을 때 자기보다 먼저 계원이가 와 앉아 있는 것을 보고 권 검사는 얼굴을 약간 붉혔다. 한 번 약속을 어긴 일이 있는 만큼 또다시 자기가 늦었다는 것이 부끄러웠던 것이다.

그러나 그런 감정을 마음속에 간직하고 있으면서도 자기보다 먼저 와서 자기를 기다려 주는 계원을 보자 한편 고맙기 짝이 없었다.

"미안합니다. 늦어서."

권 검사가 정말 미안해하는 얼굴로 계원의 맞은편에 앉자 계원이가,

"원체 바쁘신 분이니까 보통이겠지요."

하고 야유 비슷하게 말했다.

"바쁜 것두 아닌데 그만……."

"늦게라두 오셨으니 다행입니다. 전번처럼 안 오시지나 않나 하구 걱정했는데……."

"그렇게 신용이 없는 사람으로 보였나요?"

"그렇지는 않지만 원체 바쁘신 분이 되어서요."

"비꼬시지 않아두 말라 죽을 지경입니다."

"원체 마음이 비꼬여서 말두 그렇게 나오는가 봐요. 용서하십시오."

"용서까지야!⋯⋯."

그들은 이러한 서두로서 계원의 학교 사직 문제로 화제를 옮겼다.

"왜 갑재기 학교를 그만두셨습니까?"

"재미가 없어서요. 정말 재미가 없어요."

"어딘 그리 재미가 있는 데가 있나요?"

"사회에 나오면 그래두 무언가 있으리라구 생각했어요. 아무것두 없는 것 같아요. 인생이 그런 것이 아닐 텐데두 정말 아무것두 없어요."

"인생이란 자기가 느끼려구 할 때 느껴지는 것이지 아무에게나 느껴지는 것인 줄 아세요?"

"그럼 제가 느끼려구 노력을 하지 않았나요?"

"그럴 겁니다. 학생들을 가르칠 때 하나하나 깨달아 가는 것을 보면 유쾌하지가 않아요? 그런 데서두 인생의 의의를 느낄 수 있는 것이 아닙니까? 어쨌든 그만두신 이유가 뭡니까?"

그때 계원은 웃어 가면서 오창규 선생과의 관계를 이야기하고 그를 파면시키게 하기는 했으나 막상 파면된 것을 보니 자기의 양심이 가책되는 것 같아 그만 사표를 제출하고 말았다는 말을 했다.

"그렇게까지 좋아하는 사람을 왜 싫어하십니까? 결혼만 하면 두 분이 다 아무 일 없었을 텐데⋯⋯."

권 검사가 싱긋이 웃으며 말했다.

"그럼 권 선생님은 좋아해 주는 여자가 없어서 결혼을 안 하십니까?"

"그렇지요. 나를 좋다는 사람만 있다면 금시라두 하겠습니다."

"참말 못나셨군요! 그럼 앞으룬 만나지두 말아야겠는데요."

"동정은 못하실망정 만나지두 않을 거야 있습니까?"

"그렇게 못난 남자한테 무슨 흥미가 있습니까⋯⋯."

계원은 소리를 내어가며 웃었다.

권 검사는 그러한 농담보다도 계원이가 자기를 좋아한 남자를 파면시켰

다는 이야기가 가슴 한 구석에 걸려 농담에는 대답도 안 하고,

"남자 선생을 파면 안 시킬 수는 없었을까요?"

하고 묻기를 시작했다.

사실 자기가 싫다고 해도 상대편을 파면까지 시켰다는 것은 지나친 행동 같았다.

"어떻게 할 수가 있었어야지요? 그를 살리려다가는 제가 오해를 받게 된 것을요?"

"오해라는 것은 해명될 가능성이 있는 것이지만 파면이란 일생의 타격이 아닙니까?"

"그러니까 저두 사직한 게 아닙니까!"

계원이가 양심의 가책으로 사직을 했다고는 하나 결국은 자기를 위하여 남을 희생시키는 그런 잔인한 성격을 소유하고 있는 것 같아 권 검사는 다음 말을 잇지 못하고 고개를 숙여 버렸다.

자기의 오해를 없애기 위하여 남에게 해를 준다는 것은 절대로 성실이 아니다. 성실이 없는 사람은 언제나 보복적인 행동을 정당한 것으로 생각한다.

애정을 느끼지 않는 사람이라 할지라도 일방적이나마 자기를 사랑한 사람이라면 그런 사람에게 잔인한 행동을 하는 것은 보복적 행동을 즐기는 사람이 아니고서 할 수 없는 일이다.

뒤에 가서는 후회를 하고 자기도 사직을 했다 하지만 계원이도 성실한 인간이 아닌 것 같은 실망을 느꼈던 것이다.

자기가 불미한 오해를 산다고 해도 그 남자를 죽이지 않도록 노력을 했다면 얼마나 아름다울까! 노력해 보아도 안 되었다면 또 모를 일이나 계원은 그런 노력도 해 보지 않은 것 같다.

권 검사는 자기야말로 앞으로는 계원을 만나지 말아야 하지 않나 하고 생각했다.

한참 동안 이런 것을 생각하고 있던 권 검사가,

"이 선생이 아무 죄도 없이 그 남자 선생을 위하여 희생이 되었다면 얼마나 아름다울까요?"

하고 한탄조로 말했다. 그때 계원이가,

"그 이야기는 그만두십시다. 나두 우울해 죽겠어요. 좀 유쾌한 이야기루 웃겨 주세요. 제가 권 선생을 공연히 만날라구 그런 줄 아세요? 우울해서 그랬지!"

"그럼 그만두구 딴 이야길 하십시다."

권 검사는 계원이가 우울하다는 말에 더 추궁할 수도 없었다. 한 번 실수를 하고 그것을 후회하며 우울을 느낀다면 그것은 상지상인 편이다.

후회하는 사람에게 가시를 꽂을 수가 없어서,

"재산 문제는 어떻게 됐지요?"

하고 화제를 돌렸다.

"그것두 우울한 이야기예요. 그런 건 다음에 이야기하기루 해요."

권 검사는 계원의 말에 따라 그것도 추궁해 묻지 않았다. 그렇다고 해서 자기 역시 우울을 가득 지니고 있는 터라 유쾌한 이야기를 생각해낼 수가 없었다.

처음에는 맞선 본 이야기라도 꺼내고 싶었으나, 계원이가 자기를 좋아했다고 해서 그 남선생을 면직시켰다는 말을 들어서 그런지 그 이야기도 꺼내고 싶지가 않았다.

차를 마시고도 말이 없을 때 계원이가 안 바쁘면 영화구경이나 가자고 했다.

계원이도 우울을 참을 수가 없어서 권 검사를 만나 무엇이나 이야기하고 싶었던 것이지만 정작 만나고 나니 그 이상 더 할 말이 없는 것 같았다.

만나기 전에는 할 말이 얼마든지 있을 것 같지만 막상 만나면 말이 없어지는 것은 얼굴을 서로 대했다는 그 자체가 벌써 자기의 가슴을 털어놓았다는 것을 뜻함인지도 모른다.

할 이야기는 없으나마 그렇다고 해서 곧 헤어지기도 싫은 마음!

그것은 비단 계원이뿐만이 아니라 권 검사도 어느 정도 그랬을 것이다.

그들은 다방에서 나와 영화관으로 갔다.

무슨 영화를 하는지도 모르고 입장권을 사 가지고 들어갔다.

이미 만원이어서 앉을 자리가 없었다.

권 검사는 사람 틈바구니에 끼어 선 채로 영화 구경을 한다는 것이 싫었다.

차라리 나가서 저녁이라도 먹으며 이야기하는 것이 좋을 것 같아,

"구경은 다음에 하구 저녁이나 먹읍시다!"

하고 돌아서서 나오려 했다.

그때였다. 계원이가 도망가는 사람을 붙잡듯 권 검사의 손을 잡아당기며,

"좋은 영화래요. 보구 가세요!"

하고 권 검사를 나가지 못하게 했다.

권 검사는 그만 쓰러질 듯이 온 몸이 녹아드는 것을 느꼈다. 무의식중에나마 계원이가 자기의 손을 잡았다는 순간적 감촉이 그의 신경을 어지럽게 했던 것이다.

언젠가 다방 마담 정옥심과 살을 대 본 일이 있었다. 그때도 권 검사는 육체적인 흥분을 느끼고 포옹까지 할 뻔했다.

그러나 정옥심은 한 번 결혼했던 여자이고 또 직업이 여러 사람을 접촉하는 다방 마담으로 있는 여자라 그 육체적 촉감에서 육체적인 흥분만을 느꼈을 뿐 그 뒤가 없는 관계상 양심의 가책이라든가 못 잊게 그리웠다든가 한 일이 없었다.

그러나 약혼을 하기 위하여 맞선을 본 여자와의 포옹에서 오는 마음의 가책과 거기서 오는 정신적 불안이 없어지지 않는 지금, 여학교 선생이요 또 순처녀인 계원의 손이 자기의 손 안에 들어왔다고 하는 사실은 적지 않은 충격을 주고야 만 것이었다.

권 검사는 그저 아찔했을 뿐이었다. 어쩌자고 자기의 손을 잡았을까?

말로 해도 알아들을 수 있는 일이요. 양복을 잡아당겨도 될 수 있는 일인데 왜 손목을 잡아 끌어당겼을까?

권 검사는 계원의 얼굴을 바라보았다. 그의 표정을 살피므로 그의 속마음을 들여다보려 함이었다.

그러나 계원은 아무 일도 없었던 듯이 스크린을 향해 영화만을 열중해 바

라보고 있었다.

정말 아무렇지도 않은 모양이었다.

그럴 수도 있을까 하고 생각했다. 그러나 아무리 보아도 계원의 표정은 조금도 달라지지 않고 있었다.

‘결국 내가 바본가?’

권 검사는 혼자서 생각했다.

여자와 포옹을 한 번 했다고 해서 책임감을 느끼고 불안을 가진다는 것도 결국은 자기가 바보이기 때문이 아닐까 하는 생각이 들었다.

그러면서도 권 검사는 아무 정신이 없었다. 영화를 보기는 보았으나 무슨 내용의 영화를 보았는지 전혀 알지 못할 만큼 정신이 없었다.

계원은 영화의 장면이 변할 때마다 혼자서 웃기도 하고 긴장한 얼굴도 지었다.

그는 아무 생각 없이 영화에 열중하고 있는 모양이었으나 권 검사만은 계원이가 자기 손을 잡아끌던 일만이 머리를 차지하고 있었다.

아무렇지도 않게 생각하고 있는 사람을 옆에 세워 놓고도 자기에게 다른 마음이 있어서 그러지나 않았을까? 그리고 무의식적인 체하면서 다시 자기 손을 잡지나 않을까 하는 것만 생각했던 것이다.

그렇게 생각하니 계원이가 자기를 좋아하는 것도 같았다.

어제 전화를 걸고 만나자던 계원…… 그리고 오늘은 자기보다도 먼저 다방엘 와서 자기를 기다리던 계원!

그것은 보통 사이에 있을 수 없는 일 같기도 했다.

만약에 계원이가 자기를 사랑한다면…… 만약 그렇다면 그러한 계원이가 자기의 손목을 잡았다는 데까지 놀라야 할 것이 무엇인가…….

권 검사는 자기도 모르게 무의식적인 체하고 계원의 손을 잡아 보고 싶기도 했다.

여자가 먼저 손목을 잡는데 남자가 모른 체하고 있다면 그것은 도리어 하나의 실례가 될지도 모른다. 계원이가 혼자서 자기를 얼마나 바보라고 생각할 것인가.

권 검사는 스크린이 잘 보이지 않는 체하고 몸을 계원의 몸에 가까이 했다. 그리고 계원의 손이 어디 있는가를 살폈다.

만지기 쉬운 곳에 있으면 만져 볼 생각이었다.

그러나 계원은 그러한 권 검사의 마음을 알고 그랬는지 팔짱을 끼고 손을 감춰 놓고 있었다. 아무리 기다려도 그 손이 밑으로 내려오지를 않았다.

한참 동안이나 주시를 하며 기다렸으나 계원은 팔짱을 풀지 않았다.

권 검사는 계원이가 자기의 마음을 들여다보고 흉측스러운 남자라고 노려보고 있는 것이라 생각했다. 그렇지 않다면 그렇게까지 오래도록 팔짱을 끼고 있을 수가 없다.

그래서 이때까지 가졌던 여러 가지 잡념을 전부 버리고 영화만을 구경했다.

만일 자기가 계원의 손목이라도 잡는다면 계원은 얼굴을 붉히고 자기를 경멸할 것 같았다. 그러니까 처음에 자기의 손목을 잡아당겼다는 것은 아무 뜻도 없는 그야말로 무의식중의 행동이라고 생각할 수밖에 없었다.

그렇다면 자기는 공연히 가슴을 두근거렸고 또 얼토당토않게 별별 생각을 다해 본 바보밖에 아무것도 아니다.

잡념을 전부 버리고 영화 구경이나 하는 수밖에 없었다. 영화를 보면서도 계원의 몸에 자기 살이 대어지지 않도록 조심을 하였다.

영화가 끝나고, 극장에서 나올 때에도 권 검사는 될 수 있는 대로 계원과 가까이 걷지를 않았다.

손목을 잡지나 않는가 해서 팔짱을 끼고 자기를 경계한 여자와 거리를 가까이 해서 걷는다는 것이 그리 유쾌할 수 없었기 때문이었다.

자기를 경계했다는 생각을 하니 계원이가 먼 거리에 있는 여자 같은 생각이 들어 점점 더 서먹해졌다.

저녁이라도 같이 먹기는 해야 할 것 같았으나 그런 마음도 내키지 않아 그대로 돌아오려고 할 때 계원이가,

"시장하시죠? 제가 살게 저녁 잡수러 가십시다."
했다.

그때도 권 검사는 마음이 선뜻 내키지 않았다.

"밥은 집에 가서 먹지요."

"그럴까요…… 그럼 맛있는 과자를 사 드리지. 서울서 제일 맛있는 과자를 잡솨 보셨어요?"

계원은 권 검사를 경계하고 있다는 태도를 조금도 보이지 않았다. 전과 조금도 다름이 없는 명쾌한 어조였다.

"그런 고급과자를 먹을 줄 아나요. 나 같은 사람이…….."

권 검사는 마음이 석연치 못하여 비꼬기를 시작했다.

"그러니까 내 덕택에 한 번 잡솨 보세요!"

계원은 권 검사가 비꼬는 이유도 모르는 모양이었다.

"지나친 호의를 보였다가 후회하시지는 않겠습니까?"

"체격하구 어울리지 않은 말씀은 그만두세요. 과잘 좀 먹는데 뭘 그렇게 까탈스럽습니까?"

계원도 약간 불쾌한 모양이었다. 그러나 지나가는 택시를 멈추자,

"타십시다!"

하고 하는 말은 불쾌해하는 어조도 아니었다. 종로 화신상회에 거의 이르자 계원이가 자동차값을 치렀다.

자동차에서 내리자 그리 크지도 않은 과자집으로 들어가,

"이 집이 바루 한국에서 제일 맛있는 과자를 만드는 집입니다."

하고 설명을 했다. 그리고는 과자들이 진열된 데로 가서 이것저것 골라 한 접시를 주문해 왔다. 과자가 나오자 그때는,

"설탕을 많이 넣구두 그다지 달지 않게 하는 것이 이 집 과자의 특징입니다."

하고 과자에 대한 설명까지 했다.

먹어 보니 과연 맛이 있었다.

"정말 맛이 있는데요?"

하고 권 검사가 계원의 설명에 찬동하자 계원이가,

"그렇지만 다른 여사들한테 한틱 쓰실 때는 조심하십시오. 비가지를 쓰

십니다."

하고 과자값이 비싸다는 것을 설명했다.

권 검사는 과자값이 엄청나게 비싼 데 한편 놀라기는 했지만 계원의 말에도 가시가 있는 것 같아,

"한턱 쓸 만한 여자가 없어서 안심됩니다."

하고 응수를 해 주었다. 그랬더니,

"권 선생님두 엉큼하신데요. 하기야 권 선생님두 남자시니까."

하고 계원이가 뜻있는 웃음을 웃었다.

권 검사는 금시 얼굴이 달아올랐다. 자기가 계원의 손목을 잡으려던 것을 이야기하는 것 같았기 때문이었다. 그래서,

"내가 뭣이 엉큼합니까?"

하고 대들고 싶은 마음이 간절했으나 권 검사는,

"나두 남자지요. 틀림없는 남자니까 세상 남자의 예에서 벗어나지 못할 것입니다."

하고 자기를 비웃는 듯 말했다.

"그래요? 권 선생님두 틀림없는 남자신가요? 그렇지만 가장 용기가 없는 남자가 아닐까요?"

이것은 권 검사가 이해하기 곤란한 말이었다. 자기를 용기가 없는 남자라고 하는 것은 정열의 부족을 지적하는 말이 아닐 수 없다. 그렇다면 손목을 잡으려다가 붙잡지 못한 것을 도리어 불만으로 생각하는 것이나 아닐까.

"똑바로 보셨습니다. 용기가 없습니다."

권 검사는 다음 나올 말에 기대를 가지며 자기가 용감하지 못하다는 것을 고백했다.

그러나 계원은 대답을 안 했다. 무슨 생각이 들었는지 말을 않고 과자만 먹고 있었다.

그때 권 검사는 자기가 용감성이 그리 없지도 않다는 것을 말해 주고 싶었다. 자기에게 용기가 없는 것만은 사실이지만 여자에게서 그런 말을 듣는다는 것이 유쾌하지가 않았기 때문이다.

그래서 맞선 본 여자와 포옹했던 이야기를 하고 싶었다. 그러나 그런 이야기를 하면 듣는 사람이 또 유쾌하지 않을 것 같아 처음 이야기는 생략하고,

"한 번 포옹을 한 사람하구는 결혼을 해야만 할까요?"
하고 자기의 불안한 마음에 대해서 질문을 했다.

무엇 때문에 불쑥 그런 말을 하는지 계원으로서는 묻는 동기가 이상스러워,

"권 선생님의 이야깁니까?"
하고 물었다.

권 검사는 자기의 이야기라고는 말하고 싶지가 않았다. 어쩐지 자존심이 허락지 않는 것 같았다. 그래서,

"내 이야기가 아니라 내 친구의 이야기인데요. 사실은 결혼을 할까 하구 선을 보구 포옹까지 했는데 그 뒤 여자가 싫어져서 결혼을 단념했지만 한 번 한 포옹 때문에 고민을 여간 하지 않아요. 나는 그것쯤 문제없다구 말했지만 그 친구는 그것이 걸려 쩔쩔매구 있어요. 한 번 의견을 말씀해 주십시오."

"여자가 포옹 한 번 한 것을 가지구 결혼을 해야 한다는 조건으로 내세우나요?"

"그렇지는 않는 것 같습니다."

"그렇다면 미안은 하겠지만 그것을 가지구 꼭 결혼해야 한다는 말은 못하겠지요. 안 그래요?"

"나두 그렇게 생각은 합니다만 포옹두 애정의 육체적인 표현의 하나라면 그렇게 소홀히 볼 수가 없는 문제 같기는 한데요?"

"마음으로 생각하는 것만두 간음이라고 한 말을 믿는다면 그럴 수두 있겠지요."

"그렇게까지는 생각지 않는다 해두 그 포옹으로 말미암아 여자가 평생 타격을 받는다든가 잊지를 못한다면 큰 죄악이 될 수도 있지 않을까요?"

"문제는 여자가 다른 사람과 결혼할 때 그 포옹을 죄악으루 생각하구 괴

로워하느냐 안 하느냐 하는 데 있겠지요. 그렇지만 그런 것까지 죄악이랄
수가 있을까요? 하기야 법률가인 권 선생님이 더 잘 아실 텐데…….”

“법률로는 해석할 수 없는 문제 같습니다. 순전한 윤리 문제니까요.”

“윤리도 현실을 떠나 있을 수 없지 않습니까! 꿈에서 어떤 사람과 포옹을
했다든가 사랑을 맺었다고 하십시다. 그렇다구 해서 다른 사람과 결혼을 할
수 없지만 않지 않을까요? 그런 면에서는 상식(常識) 세계에서 사는 것이
편할 것 같습니다.”

“그렇기는 하지만 포옹했다는 사실에 괴로움을 느낀다는 그 책임감만은
누구에게나 있어야 하지 않을까요?”

“거야 물론 있어야지요. 아무하구나 포옹을 하게 되면 큰일이게요. 그렇
지만 권 선생님이 그런 말씀을 자꾸 하시는 게 좀 이상스러운데요? 아무래
두 남의 이야기 같지가 않습니다.”

“그래요? 그렇지만 내게는 그런 여자두 없다는 걸 알아 주십시오.”

“그게 그리 자랑 되십니까?”

“자랑은 아니지만요…….”

“현대 여성은 여자에게 흥미를 주는 남자 아니면 관심을 가지지 않습니
다. 그걸 아셔야 합니다.”

계원은 호호 하고 간드러지게 웃었다.

이야기를 그쯤 해 두고 그들은 과자집을 나왔다. 권 검사는 계원을 바래
다 줄 생각도 못하고 길가에서 헤어지려고 했다.

그러나 계원이가,

“내일은 일요일이지요? 약속이 계십니까?”

하고 물었다.

“참 일요일이지요. 약속은 별로 없습니다만!”

“그럼 내일 베이비 골프를 치실까요?”

“그러지요.”

“그럼 아침 열 시까지 저의 집으루 오시겠어요?”

“그러지요.”

　권 검사는 마음이 썩 내키지 않았으나 할 수 없다는 듯이 승낙을 했다. 그리고는 약간 침울한 태도로 잘 가라는 인사를 할 때 계원이가 손을 불쑥 내밀었다. 악수를 청하는 것이었다.

　권 검사는 당황했다. 얼마 전에도 손목을 잡을까 해서 팔짱을 끼고 있던 여자가 이번에는 자진해서 그것도 길거리에서 악수를 청하다니 어떤 것이 정말인지를 알 수 없었다. 그러나 여자가 내민 손을 못 본 체할 수 없었다.

　그래서 자기도 손을 내밀었는데 어떻게 잡았는지 계원의 손가락 세 개쯤 밖에 잡히지 않았다. 당황한 손이었기 때문이었으리라.

　어쨌든 손가락 셋이나마 그것을 잡고 악수를 한 뒤 자기는 서대문, 계원은 동대문 쪽으로 제각기 갈려 걸었다.

　통행금지 시간이 멀지 않았기 때문에 권 검사는 택시를 불러 탔지만 텅 빈 자동차 안에 혼자 앉아 있는 자기가 갑자기 쓸쓸한 것을 느꼈다.

　계원과 악수를 했다고 하는 그 사실에서 육체적으로 오는 반향인지 그렇지 않으면 뜻을 해명할 수 없는 악수로써 헤어지고 말았다는 불만감인지 어쨌든 권 검사는 혼자 있는 자기가 몹시 외로운 것 같았다.

　"무엇 때문에 집에까지 바래다 줄 마음을 먹지 못했을까?"

　자기 자신이 후회되기도 했다.

　그러면서 그는 계원의 손가락을 잡았던 자기 손을 들여다보았다. 언제까지나 지워지지 않도록 악수의 흔적이 남았으면 하는 생각도 들었다.

　그만큼 그는 계원과의 악수가 인상적이었고 또 즐거웠던 것이다.

　그래서 다음날 만나면 자기를 사랑하느냐고 단도직입적으로 물어 보고 싶기도 했다.

　어떻게 그렇게 변했는지는 모르지만 계원이가 정말 좋은 것 같았다. 옆에 있어 주었으면 하는 생각이 들었던 것이다.

　계원이도 자기를 싫어하는 것이 아니란 생각이 들어 더욱 그러했다. 옆에 있기만 하다면 행복스러울 것 같은 생각이 들었다.

　그러나 진정 자기를 좋아하는 것일까 하고 그것을 따질 때에는 다시 자신이 없어졌다.

말을 삼가지 않고 자기 친구를 대하듯 함부로 이야기하는 것, 그리고 현대 여성은 여자에게 흥미를 주는 남자에게만 관심을 갖는다는 말들은 자기를 사랑하지 않는 사람으로 취급하는 태도로밖에 해석할 수가 없었다. 사랑하는 사람에게는 도저히 있을 수 없는 말들만 같았다.

그러면 악수는 왜 청했을까? 아무리 서양식을 본뜨는 현대 여성이라 해도 역시 한국 여성임에는 틀림이 없다. 아무에게나 자진 악수를 청할 수는 없는 일이 아니지 않는가?

남자의 요구에 응하는 수는 있을지 모르지만 여자가 먼저 손을 내민다는 것은 좀체로 있을 수 없는 일이다.

권 검사는 다음날의 태도를 보지 않고서는 단정을 내릴 수 없다는 생각에 이르렀다.

그래서 자리에 누워 잠을 청하면서도 다음날 계원에게 어떤 말로써 그의 진심을 알아내도록 할까 하는 궁리만을 생각했다.

아침에 만나는 즉시로 자기가 악수를 청해 볼까? 그때는 세 손가락만이 아니라 손 전체를 힘있게 잡아 멋지게 악수를 해 보아야지.

악수를 허락하면 포옹을 해 볼까? 이런 생각까지 하자 권 검사는 혼자서 얼굴을 붉혔다.

또 포옹을 했다가 싫어지는 조건이 생긴다면…….

그러나 계원은 최소한도 고무젖만은 달고 있는 것 같지 않았다. 가슴이 그리 튀어나오지 않은 것을 기억하고 있다. 그리고 화장도 하지 않는 여자니까 그런 일이 있을 리가 없었다.

그렇지만 다른 여자를 포옹했던 일이 있은 지 며칠도 안 되어 다시 계원과 포옹을 하다니…….

계원이가 포옹을 허락한다 해도 그것만은 사양하리라 생각했다.

다음날 아침 권 검사는 약속 시간대로 계원을 찾아갔다.

계원은 반가이 맞이해 주었다. 권 검사는 계원의 반가워하는 표정에 자신을 가지고 방 안에 들어서기가 바쁘게 손을 내밀고 악수를 청했다.

권 검사는 손을 내미는 것과 동시에 가슴이 두근거림을 느꼈다. 그 보드라운 감촉은 생각만 해도 심상치가 않았던 것이다.

그러나 계원은 뜻밖에도,

"아이 싱겁게 아무때나 해요?"

하고는 생긋이 웃으면서 돌아서고 말았다. 그리고는 권 검사에게 무안을 주지 않으려고 그러는 것인지,

"어서 앉기나 하세요."

하고 방석을 내밀었다.

정말 싱거웠다. 계원의 웃는 태도로 부끄럽기까지는 하지 않았지만 자기를 어떻게 처리해야 좋을지 모를 만큼 싱거웠던 것이다.

기대에 어그러진 실망도 여간 크지 않았다.

자기를 사랑하기만 하면 자기가 요구할 때는 언제나 악수쯤 허락할 수 있는 것이라 생각했던 기대가 유리 조각처럼 깨어지고 말았다.

결국은 자기를 사랑하지 않았던 것이 아닌가?

그렇다면 어젯밤에는 무엇 때문에 자진해서 악수를 청했었을까?

"미안합니다."

거절을 당한 사람의 어쩔 수 없는 말이었다. 그러나 계원은 그 말에,

"자주 하면 재미없지 않아요?"

하고 뜻있는 웃음을 웃는데 그만 권 검사의 마음은 더욱 혼란해지고 말았다.

쌍벌주의

처음에는 악수를 거절했던 계원이가 지금에 와서는 자주 하면 재미가 없다는, 다시 말하자면 악수쯤 얼마든지 할 수 있는 것이지만 자주 하면 재미가 없어서 거절했다는 뜻의 말을 한다는 것은 권 검사의 머리를 혼란케 하지 않을 수 없었다.

어떤 것이 정말인지를 알 수 없었던 것이다.

그러나 그렇다고 해서 어느 것이 정말이냐고 물을 수도 없었다. 요술에 걸린 것처럼 멍하니 계원의 얼굴만 쳐다보고 있었다.

동시에 슈츠를 입고 그 위에 얇은 스웨터를 입은 계원의 앞가슴으로 눈이 움직여졌다.

화장도 하지 않고 애교를 꾸밀 줄 모르는 계원이기는 하지만 역시 남 못 보는 부분에 꾸미는 것이 있지 않나 생각이 들었던 것이다.

그러나 그의 젖가슴에서는 인위적으로 꾸민 흔적이 조금도 보이지 않았다.

한편 안심은 되었다. 그러나 앞으로 자기의 태도를 어떻게 취해야 할 것인가를 생각할 때 권 검사는 막연함을 느낄 따름이었다.

어떻게 할까? 단도직입적으로 사랑한다는 말을 하고 계원의 대답을 들어 보고 말까? 질질 끌면서 속을 태우는 것보다는 차라리 사랑하느냐 사랑하지 않느냐는 것을 명확히 해 두는 것이 시원할 것 같기도 하다.

계원만 승낙한다면 자기는 결혼을 해도 좋다는 생각이 들었다. 계원에게도 결점이야 없지 않겠지만 그만한 결점쯤은 결혼 생활에 지장이 될 것 같지가 않았다.

현대적이기는 하면서도 동양적인 여성미를 잃지 않고 있는 여자다. 허영심을 가졌거나 남을 깔보려는 성벽도 가지고 있지 않다.

더구나 권 검사 자신으로 말한다면 여자 문제로 초조한 가운데 시간만 끌고 있을 수 없었다. 하루 빨리 가정을 이루고 마음을 안정시키고 싶었다.

그러나 어떻게 자기를 사랑하느냐고 면전에서 물을 수가 있을 것인가?

역시 용기가 없었다. 기회가 오기를 기다리는 수밖에 없다고 생각하고 있을 때 계원이가,

"그럼 나가 볼까요?"

하고 먼저 자리에서 일어났다. 일어나자 책상 위에서 종이로 싸인 물건 하나를 들고 와서 권 검사 앞에 내밀며,

"프레젠트 하나 드릴까요?"

하고 말했다.

"뭔데요?"

"면도한 뒤에 바르는 로션이에요. 발러 보셨어요?"

"발라 본 일이 없는데요!"

"그렇겠지요. 한 번 써 보세요. 혹시 얼굴이 하애질지 알아요?"

계원은 유쾌하게 웃었다. 연구하고 연구한 끝에 산 물건이 과연 권 검사가 가장 좋아할 수 있을 물건이었다는 마음에서 웃는 웃음이었다.

"고맙습니다. 덕택에 미남자가 되겠군요."

권 검사도 만족한 웃음을 웃었다. 물건이 마음에 든다는 것보다도 자기가 생각해 본 일이 없는 자기의 생활을 계원이가 생각해냈다는 데 즐거움을 느꼈다.

"참 나 때문에 덕보시는 게 많군요."

그들은 같이 웃으면서 거리로 나왔다. 그리고 중앙청 앞으로 해서 남대문으로 가는 버스를 잡아탔다.

남대문에서 버스를 내리자 그들은 남산을 향해 올라가다가 길가 오른편에 있는 베이비 골프장으로 들어가서 골프를 치기 시작했다. 골프를 한참 치다가 다섯 번째 코트에서 볼을 구멍 속에 집어넣고 다음 코트로 옮겨가려 할 때였다. 구멍 속에서 굴러 나온 볼을 제각기 집으려던 권 검사와 계원은 다 같이 허리를 구부리는 바람에 그만 얼굴과 얼굴이 맞부딪쳤다.

얼굴이 부딪쳤다고 해도 눈에서 불이 날 만큼 소리를 내어 부딪친 것은 아니었다. 얼굴로 얼굴을 미는 정도로 부딪쳤다.

그러나 권 검사는 그 순간 몸을 움칫 뒤로 물러서면서 볼도 줍지 못했다. 아무리 우연한 행동이라 할지라도 일부러 그런 기회를 만들었다가 들킨 때처럼 얼굴까지 붉혔다.

권 검사는 무안해하는 얼굴로 그저,

"미안합니다."

라는 말밖에 더 할 말이 없었다.

그러나 볼까지 집어든 계원은,

"미안한 일두 참 많으시군요? 선생님이 미안하실 게 뭡니까?"

하고는 웃어 버렸다.

그대로 골프는 계속되었다.

한 게임이 끝나고 점수를 계산했을 때 권 검사가 계원이보다 열 점이나 모자란 것을 보자 계원이가,

"운동신경이 둔하시군요. 그러니까 용기가 없으시지."

하고 웃었다.

"운동신경이 둔하면 용기가 없나요?"

"스포츠 정신은 승리하려는 것이 아녜요? 승리하려는 야심이 없으면 결국 용기가 없는 게 되지 않습니까? 그런 삼단논법두 모르시누만요."

"그럼 앞으룬 운동을 좀 해야겠군요. 그렇지만 계원 씨한테는 지지 않을 겁니다. 한 번 다시 해 보십시다."

"진 건 진 것으루 해 두십시다. 딴 걸 하시지요!"

그들은 골프장을 나가서 남산으로 올라갔다.

남산에 올라 돌난간에 나란히 서서 서울 장안을 내려다보고 있을 때 계원이가,

"육이오 때는 어디 계셨어요?"

하고 물었다.

"서울에 있었습니다."

"그럼 좀 고생을 하셨겠군요?"

"좀 했습니다."

"그때는 거리까지두 더럽게 보였지요? 그건 왜 그랬을까요?"

"독재의 국가에서는 흙빛까지두 무섭다지 않습니까?"

"무서운 것을 떠나 더럽게 느껴졌다니까요."

"독재국가에서는 개성의 미라는 것을 무시하기 때문에 일부러 더러운 것을 가장하려구들 하지 않아요? 그러한 표현이 개성을 버리고 전체에 따른다는 일종의 아첨일지두 모르지요."

"인간의 고급한 감정을 전부 사치품으루 규정짓는 것 같아요."

"감정까지두 통제해야 하는 사회니까 그렇겠지요."

"거리란 시민들의 거울일 거예요. 감정을 통제 받을 때 거리가 깨끗할 수 있어요? 그래서 육이오 땐 거리가 더럽게 보인 것입니다."

"그렇게 말하면 그렇기두 하겠지만 공포 속에 떨고 있던 시민들이 깨끗한 것이니 더러운 것이니 그런 것을 가릴 마음의 여유가 있었나요? 죽느냐 사느냐는 지옥에서 살았으니까……."

"감정을 통제하는 지옥이란 말씀이죠? 정말 지옥에서두 감정을 통제할 거예요. 그렇지만 정말 지옥에서는 천당으로 들어갈 수 있는 아름다운 감정만은 배급해 줄 것 같아요."

"거야 그렇겠지요."

"그만두십시다. 생각만 해두 불쾌한 이야기는……."

계원은 갑자기 돌아서며 광장으로 걷기를 시작했다.

권 검사도 그의 뒤를 따라가고 있을 때 계원이가,

"저기 탁구대가 있네요. 뼁뽕을 한 번 치실까요?"

하고 광장 북쪽에 있는 탁구대로 걸어갔다.

그들은 탁구대 있는 데로 가서 탁구를 치기 시작했다.

권병호는 학생 시절에 탁구를 조금 쳐 본 일이 있다. 그래서 탁구만은 계원을 이길 수 있었다. 그래도 탁구에 서툰 계원이가 받아치기 쉽게 슬금슬금 쳐 넘겼다.

계원은 서툰 솜씨로나마 이겨 보려고 공연히 세게만 치다가 아웃하고는,

"탁구는 잘 치시는데요?"

하고 손을 들었다.

"탁구만은 계원 씨에게 이길 겁니다. 그렇지만 운동신경이 둔해서 앞으루는 이기지 못할지두 모르지요."

"거야 그렇지요. 며칠만 연습하면 권 선생님쯤 문제가 없을 겁니다."

"그러실 줄 압니다. 빨리 연습하십시오."

"그래서 탁구에두 지구 싶단 말씀이죠?"

"탁구에 지는 것쯤 조금두 불명예루 생각지 않으니까요."

"그러니까 용감성이 없다는 거예요. 왜 남에게 집니까? 무엇에나 이겨야

지…… 그렇지만 권 선생님이 불쌍해서 탁구만은 져 드리지요. 권 선생님에게 져 드리기 위해서 연습을 안 하겠습니다.”

“그래요?”

탁구를 치면서 이런 말을 주고받을 때 또 계원의 볼이 아웃을 했다. 네트 옆으로 볼이 굴러 나갔기 때문에 두 사람이 꼭 같이 볼 있는 데로 갔으나 병호는 베이비 골프를 하다가 얼굴을 맞부딪친 일이 기억나서 볼을 주울 생각만은 안 하고 서 있었다.

볼을 주운 계원이가 마주 선 병호를 쳐다보고는 자기 자리로 가다 말고 우뚝 서서 허리를 꼬부리며 소리를 내어 웃었다.

이유 모를 웃음이었다. 병호는 별안간 웃어대는 계원이를 이상한 눈으로 보았으나 계원은 기가 막힌 것을 본 것처럼 허리를 펴지 못하고 한참이나 웃었다.

한참 뒤에야 라켓을 바로 잡고 서브를 보냈으나 병호는 자기를 보고 웃은 것만 같아 볼을 손으로 잡고,

“왜 웃었지요?”

하고 물었다.

“우스우니까 웃었지요. 뭐…….”

“글쎄 뭐가 우스웠나 말입니다.”

“그건 알아서 뭣 하세요? 뽈이나 빨리 치세요.”

“기분 나쁘지 않아요?”

“기분 나쁠 거 없으니까 빨리 치기나 하세요!”

“못 치겠습니다. 말을 해야 치겠습니다.”

계원은 잠시 동안 병호를 바라보다가

“선생님 코털이 쑥 나왔어요.”

하고는 다시 웃기 시작했다.

병호는 따라 웃지 않을 수 없었다.

병호는 유달리 코털이 길었다. 가끔 깎기도 하나 금시 자란다. 그러나 그 것을 보고 허리를 펴지 못하도록 웃을 것까지는 없을 텐데 계원은 그게 우

습다니 따라 웃을 수밖에 없었다.

그러나 병호는 웃음을 죽이고,

"빨리 뽈이나 칩시다!"

하고 서브를 넣었다.

뽈을 치면서도 계원이가 이상스럽게 생각되었다. 사실 코털이 우스울 만큼 길다 해도 그런 것을 보고도 보지 않은 체해야 할 것 같은데 아무 생각 없이 웃음이 나오는 대로 웃는다는 것은 정말 모를 일이었다.

감정의 선이 가늘다고 할지? 그렇지 않으면 신경이 둔하다고 할지?

골프를 치다가 얼굴을 맞부딪쳤을 때도 미안하다고 한 자기 말에 계원은 도리어 미안하다고 하는 자기를 이상한 눈으로 보았다.

탁구를 끝내고 필동 편으로 내려오다가 길가 조그마한 구멍가게 앞에서,

"사이다나 먹구 가실까요?"

하고 계원이가 구멍가게로 들어갔다.

병호도 목이 말랐던 참이라 구멍가게로 따라 들어갔다.

구멍가게 주인은 젊은 여자였다. 옷은 수수하게 입었으나 두 번 쳐다보고 싶을 만큼 얼굴이 아름다웠다.

병호는 아름다운 젊은 여자가 한적한 곳에서 어떻게 혼자 장사를 하나 하는 생각을 했다.

계원이도 그렇게 생각을 했는지 다짜로,

"결혼 안 하셨어요?"

하고 주인에게 말을 걸었다.

"왜 안 해요?"

주인이 놀라는 눈으로 대답했다.

"남편이 계시군요? 그런데 왜 혼자 계세요?"

"일하러 갔어요."

싱거운 질문이라는 듯이 주인이 내던지듯 대답을 하자 계원이도 약간 미안하다는 듯이,

"사이다나 좀 주세요!"

하고는,

“너무 예뻐서 그랬어요.”

하고 가볍게 웃었다.

사이다 마개를 열자 계원이가 사이다 병을 들어 병호에게 내밀며,

“조금만 쏟아 주세요!”

하고 손을 씻으려 했다.

그것을 보자 주인 마누라가,

“물이 있는데요.”

하고 바가지로 물을 떠 왔다. 그때,

“물 달래기가 미안해서 그랬어요.”

하고 계원이가 쏟아 주는 바가지 물로 손을 씻었다.

“물 달래기가 뭣이 미안합니까?”

“먼 데 가서 길어 오는 물일 텐데 손 씻자구 물을 달랠 수 있어요?”

“괜찮아요.”

그들은 사이다를 마시기 시작했다. 컵을 들고 사이다를 마시다가 계원이가 과자를 가져오라고 했다.

과자를 먹다가 그것을 다 먹기도 전에 또 다른 과자를 청했다.

병호는 먼저 가져온 과자도 남길 것 같은데 왜 또 청할까 이상스런 생각이 들었다. 그러나 계원은 청한 과자를 먹을 생각도 안 하고 돌아가자고 했다.

“과자는 안 먹구요?”

“참…… 이건 싸 가지구 가지요.”

계원은 종이를 달라고 해서 남은 과자들을 쌌다. 회계를 치르고 나오려고 할 때 계원이가 주인 마누라에게,

“남편이 무엇을 하세요?”

하고 물었다.

“장살 하지요, 뭐!”

그들은 가게를 나와 버렸다. 길가에 나가서야 병호는,

“먹지도 않을 과자를 뭣 하려구 샀습니까?”
하고 물었다.
“얼굴이 예뻐서 무엇이구 팔아 주구 싶었어요.”
“여자가 여자에게 그런 관심을 가질 수 있나요?”
“여자의 심리를 모르시군요. 남성들은 여자의 미에 애욕을 느끼지만 여성들 상호간에는 가장 순수한 감정에서 관심을 가지는 것입니다.”
“일종의 질투겠지요?”
“좋아서 무조건 물건을 많이 팔아 주구 싶은 것두 질투일까요? 그런 여자는 절대루 불행해서 안 될 것만 같아 못 견디겠어요.”
“그래서 남편의 직업까지 물으셨군?”
“그럼요.”
병호의 코털을 보고 허리를 못 펴며 웃던 계원과 구멍가게 여자 주인에게 이상한 관심을 갖는 계원과를 이해할 수가 없었다. 둘을 합친 것이 계원에 틀림없겠지만 서로 조화될 수 없는 성격이 부자연스럽지 않게 조화되고 있는 게 참으로 이상스러웠다.
계원의 성격을 파악하려고 여러 가지 행동을 종합하며 생각하고 있을 때 계원이가,
“선생님!”
하고 병호를 부른 뒤,
“저 취직을 시켜 주세요. 아무데두 좋아요. 갑갑해서 못 견디겠어요.”
하고 말했다.
“나야 학교 방면에 아는 사람이 있어야지요.”
병호가 계원의 취직을 학교와 관련시켜 이렇게 대답하자
“학교는 싫어요. 학교 아닌데 취직할래요. 연애두 좀 할 수 있는 데루 취직시켜 주세요!”
하고 웃지도 않으며 말했다.
“이젠 두 분이 다 학교를 그만두었으니까 진짜 연애를 해 보시지요. 그 오창규라는 분하구 말입니다.”

"연애할 생각이 있었으면 학교 있을 때 연애를 했지요. 이때까지 기다릴 게 어디 있어요?"

"미안해서라두 그이와 결혼하는 것이 좋을 것 같은데요."

"결혼이란 동정이 아닙니다. 그런 것두 모르시는 유치원생이시군요."

"유치원생인지 대학생인지는 몰라두 그런 데 행복감과 만족감이 깃들 때 두 있지요."

"선생님은 검사를 그만두시구 여학교 교장 선생 노릇을 하시지요?"

"나두 연애가 하구 싶어 교장 선생 노릇은 못하겠습니다. 그러지 말구 연 애할 여자나 하나 소개해 주십시오."

"제 상대를 골라 주신다는 조건부라면 소개해 드리지요."

"그럽시다. 힘들지 않는 일이지요."

계원은 잠시 말을 끊었다가

"쓸데없는 말은 그만두십시다. 제 취직이나 시켜 주세요."

"나는 취직이란 건 과히 찬성하지 않습니다. 아무래두 결혼 생활을 할 바 에는 필요 이상의 체험을 가질 필요가 없다구 생각해요. 이렇게 말하면 여 성을 모독한다구 그럴지 모르지만 필요 이상의 체험이란 가정 생활에 푸라 스가 되지 않는 경우가 많으니까요."

"그 말씀에 일리는 있습니다. 그러나 그것두 사람에 따라 다르지 않아요? 자기의 중심을 잃지 않는 한 무엇이나 불필요하지는 않습니다."

"너무 자기를 믿지 마십시오. 열 번 찍어 넘어지지 않는 나무가 없답니 다."

"절대루 저는 안 그렇습니다. 취직이나 시켜 주세요. 정말 혼자 허구한 날을 어떻게 보냅니까? 생각해 보세요."

"내가 자주 놀러 가지요."

"제가 고적을 안 느낄 정도루 찾아오시겠어요?"

"그럴 수 있겠지요. 나두 고적을 느끼구 싶지 않으니까요."

"정말요?"

병호는 대답 대신에 웃어 보였다. 계원도 웃었다.

필동을 지나 폐허가 된 충무로로 해서 명동까지 걸어 나왔다.

명동 어귀에 이르자 계원이가 병호를 끌고 어떤 양품점으로 들어갔다. 양품점에 들어서자 계원은 병호에게 물어 보지도 않고 넥타이를 고르기 시작했다.

병호는 누구에게 줄 것이냐고 물어 볼 수가 없었기 때문에 말을 못하고 구경만 하다가 계원이가 넥타이 하나를 골라잡고 병호의 앞가슴에 대볼 때야,

"그만둬요. 난 필요 없습니다."

하고 밖으로 나오려 했다.

그때 계원이가 병호를 붙잡았다.

"누가 선생님 드린댔어요? 색깔을 골라 보는 건데!"

병호는 속는 줄 알면서도 내버려 두는 수밖에 없었다.

미국 필그림제 순적색 넥타이를 골라 잡고,

"괜찮지요?"

하고 물을 때도,

"좋은데요?"

하고 대답하는 수밖에 없었다. 사실 병호로서는 생각도 해 보지 못한 고급품이었다. 넥타이를 사 들고 양품점을 나오자 계원은 피곤하니까 차나 한 잔 마시고 가자고 했다. 병호도 약간 피곤을 느껴 다방엘 들어갔으나 계원은 차도 주문하기 전에 넥타이를 풀어 병호에게 주며 거기서 갈아매라고 했다.

사람들이 많이 있는 다방에서 넥타이를 갈아매는 것이 계면쩍어,

"건 멋 하러 샀어요?"

하고 어물거리고 있을 때 계원이가,

"남들이 보는데 빨리 매세요."

하고 독촉을 했다.

병호는 할 수 없이 넥타이를 갈아맸다. 이때까지 매고 다니던 넥타이에 비하면 정말 하이칼러였다.

"근사한데요. 여자들이 반하면 어떡해요?"

계원이는 사뭇 만족한 듯 웃었다. 병호도 유쾌했다. 그러나 로션과 넥타이를 선사받고 그냥 있을 수가 없어서 병호는,

"나두 무엇을 사 드려야 하겠는데 어떤 것이 좋을까요?"

하고 웃었다.

"올리브유를 사 달라구 그러지 않았어요? 잊어버리신 모양이네요."

"참 잊어버리구 있었는데요. 그새 일본 가려던 사람이 사정이 있어 못 떠나기두 했지만……."

"성의가 없었다구 솔직히 말씀하시지요."

"앞으루는 최대의 성의를 가지겠습니다."

그들은 차를 마시고 각기 집으로 돌아갔다.

집으로 돌아온 병호는 우선 거울 앞에서 넥타이를 바라보았다. 옷이 날개라고 하지만 호화로운 양복이 아닌데도 사치스런 넥타이가 옷을 화려하게 해 주는 것 같았고 검은 얼굴이 약간 희게까지 보이는 것 같았다.

병호는 옷을 벗고 세수를 했다. 계원이가 선사한 로션을 발라 보고 싶었던 것이다. 세수를 하고 로션을 바르고는 또 한 번 거울을 보았다. 여자들이 분을 바른 것처럼 얼굴이 희어졌나 하고 거울을 바라보았으나 기분이 조금 이상할 뿐 얼굴색에는 조금도 변함이 없었다.

병호는 앞으로 매일처럼 로션을 바르리라 생각했다. 그러면 얼굴이 약간 희어질지도 모른다. 얼굴이 희어진다는 것은 불쾌한 일이 아닐 것 같았다.

이상스러운 일이었다. 이때까지 외모에 대해서 한 번도 관심을 가져 본 일이 없는 병호였건만 계원이를 생각하는 마음이 자기의 외모에 대한 관심까지 갖도록 만들어 주었다.

한편으로는 계원을 생각하기 위해서라도 매일 아침 로션을 바르고 싶기도 했다. 로션을 바르는 순간이나 넥타이를 매고 다니는 동안에는 계원을 생각지 않으려 해도 생각해야만 할 것 같았다.

다음날 아침에는 병호는 로션을 바르고 계원이가 사 준 넥타이를 맸다.

어쩐지 계원이가 옆에 있는 것 같은 즐거움을 느끼면서 검찰청으로 나갈

수가 있었다.

사무실에 들어서자 병호는 일본에 자주 왕래하는 무역업자에게 전화를 걸었다. 언제 일본에 가는가를 물어 본 뒤 불일간 떠난다는 말을 듣자 올리브유 한 병만 사 달라고 부탁을 했다. 상대방에서는 그런 것쯤 문제가 없다고 대답했다.

올리브유를 부탁해 놓기는 했으나 그것만으로는 만족하지가 않아 달리 물건을 사려고 이것저것 궁리를 했다.

파라솔, 핸드백, 만년필, 이렇게 생각해 보았으나 계원이가 안 가지고 있을 리 없다. 있는 것을 사 주기는 싫어서 없을 만한 것을 생각해 보았으나 없을 만한 것이 좀체 생각나지 않았다.

다음에 양품점엘 한 번 가 봐야지…… 이렇게 생각하고 있을 때였다. 이삼 일 전에 호출한 홍정임의 남편이 왔다.

깨끗하게 생긴 신사였다.

권 검사는 우선 최 서기에게 사건계(事件係)로 회부했던 홍정임에게서 들어온 고소장이 돌아왔는가를 물었다. 최 서기가 차장검사로부터 사건 배당이 되어 서류까지 넘어왔다는 말을 하자 권 검사는 피고소인에 대한 고소 보충조서를 꾸미기 위한 심문을 시작했다.

홍정임이가 고소장을 가져왔을 때 권 검사는 그것이 정식으로 자기에게 배당된 사건도 아닌 동시에 홍정임의 태도로 보아 기소한 의사가 없었기 때문에 고소장을 읽어 보지 않았다.

그래서 보충조서를 꾸미기 위하여 우선 고소장을 읽기 시작했을 때 권 검사는 피고소인이 동거 생활한다는 여자의 이름을 읽고 얼굴을 붉혔다. 이때까지 검사로서 여러 사건을 취급해 오기는 해 왔지만 자기가 아는 사람을 피의자(被疑者)로서 취급해 본 일은 없었다. 더구나 자기를 사랑한다고 고백한 여자가 딴 남자와 동거 생활을 하다가 고소를 당해 온 것을 볼 때 권 검사는 자기가 하나의 시련을 받고 있는 듯 느껴지기도 했다.

권 검사는 피고소인의 얼굴을 한 번 쳐다봤다.

자기와 결혼할 뻔한 여자와 동거 생활하는 남자의 얼굴이 어떻게 생겼나

하고 보고 싶은 것은 아니었다. 어떠한 남자이기에 자기의 입장을 괴롭히나 하는 생각에서였다.

더구나 며칠 전 홍정임이가 접수계에 제출하지 않고 자기를 직접 찾아왔었다는 사실을 생각할 때 홍정임은 자기와 정옥심과의 관계를 알고 일부러 그런 행동을 취한 것이라 추측이 되어 불쾌하기 짝이 없었다.

사실 자체도 불쾌했지만 자기가 관련성 있는 것이 더욱 싫어 집어치울까도 생각했으나 그럴 수는 없었다. 한 번 맡은 이상 개인의 사정이 절대로 용허될 수 없는 것이 또한 법률이다.

권 검사는 아무 일도 없는 것처럼 고소장을 읽고 난 뒤,

"언제부터 정옥심과 동거 생활을 했습니까?"

하고 물었다.

"약 일개월 되었습니다."

"언제부터 사랑을 하게 됐지요."

"사랑을 느끼자 곧 동거 생활을 시작했습니다."

"부인에 대해서는 애정을 느끼지 못하시나요."

"한 달 전까지는 그렇지도 않았습니다만 지금은 애정을 전혀 느끼지 못합니다."

권 검사는 부인에게 애정을 느낄 때 정옥심과 동거 생활을 하게 된 이유와 또 지금에 와서는 부인에 대한 애정을 전혀 느끼지 못하는 이유를 물었다. 그때 피고소인은 아내가 밤낮 돌아다니며 춤만 추고 있는 사실을 알면서도 애정은 어느 정도 지속했지만 자기가 정옥심과 동거 생활을 하게 되자 아내가 어떤 남자와 외박을 하며 정교한다는 사실을 알았기 때문에 이제는 애정을 느낄 수 없었다고 대답했다.

"당신이 외입을 할 때 부인두 외입하리라는 걸 생각하지 못했소?"

"네, 생각하지 못했습니다."

"남녀평등권인 사회에서 있을 수 있는 일이 아닙니까?"

"있을 수 있는 일일지두 모르겠습니다만 저는 그것을 용서할 수 없습니다."

"그럼 어떻게 하겠소."

"아내가 고소를 한 이상 저두 아내를 걸어 고소를 하겠습니다."

"부인이 다른 남자와 육체관계를 한다는 물적 증거가 있습니까?"

"충분히 가지고 있습니다."

권 검사는 갑자기 그들 부부 관계에 대하여 일종의 혐오증을 느꼈다. 남편이 딴 여자와 동거 생활을 한다고 해서 여자는 딴 남자와 육체관계를 가진다는 사실과 서로 같이 추한 생활을 하면서도 서로 고소를 하겠다는 사실 같은 것은 어떤 사회에서도 볼 수 없는 일일 것 같았다. 그래서

"당신은 부인의 친고(親告)로 말미암아 헌법 제241조에 의하여 처벌받을 피의자요. 그러한 피의자로서 처에 대하여 같은 죄목으로 고소할 면목이 있소?"

하고 꾸짖듯이 피고소인을 노려보았다.

피고소인은 자기가 고소를 당한 만큼 자기만이 죄를 지고 싶지 않다고 하면서 자기도 고소를 하겠다고 고집했다.

권 검사는 부부가 맞고소를 하게 되면 세상 사람들이 어떻게 볼 것 같으냐고 창피해서라도 그만두라고 권했다. 그렇지만 홍정임의 남편은 이미 창피를 당한 바에야 요망스런 아내를 그냥 둘 수가 어디 있느냐고 하며 분함을 참지 못해 했다.

권 검사는 자기의 생각하는 바 소신을 말하기 시작했다.

"쌍벌주의란 불란서와 우리 나라밖에는 아무 나라에서도 볼 수 없는 법률입니다. 이러한 법률이 있다는 것은 결국 그 나라의 국민이 성생활에 있어서 문란하기 짝이 없다는 것을 스스로 말하는 것입니다. 남녀평등이라고 해서 쌍벌제가 있어야 한다는 것은 언어도단입니다. 애정 문제를 가지고 법으로 처벌한다는 것은 첫째 신성한 애정을 모독하는 것이며, 둘째 사회의 미풍양속을 파괴하는 것입니다. 특히 우리 동양 사람에게는 도덕적으로 애정 문제를 중요시하고 있습니다. 즉 도덕적인 문제를 법률적인 문제로 전환시킨다는 것은 애정의 최고 이상을 깨뜨리는 동시에 가정이라는 순수한 개념을 파괴시키는 것입니다.

도덕적으로 순결하게 만들어야 할 애정을 법률로써 제재하게 되면 애정의 절대성을 지속해야 하고 인간성이 부패해질 우려가 많습니다. 세상이 아무리 험악하고 아무리 깨끗지 못하다고 해도 순수한 애정이 순수성을 떠나 법률의 제재를 받게 되면 그때의 인간은 무엇으로 정화될 것이겠습니까? 지금 당신이 동거하고 있는 정옥심 씨가 당신의 또 다른 실수가 있을 때 당신을 걸어 고소한다고 하는 것을 생각한다면 당신은 정옥심 씨를 순수한 마음으로 사랑할 수 없게 될 것입니다. 물론 그런 일이 없도록 하기 위하여 쌍벌주의가 필요하다고 하는 사람도 있지만 그것은 인간성과 인간의 애정을 너무나 기계적으로 단정하는 사고방식입니다.

더구나 결혼을 형식주의로 규정짓는 대륙법계(大陸法系)는 사실주의로 결혼을 규정짓는 구주법계(歐洲法系)와 달라 법률적 형식에 의하여 부부 생활을 인정하고 있는 만큼 우리 나라에서는 형식을 중요시하고 있습니다. 형식을 중요시하지 않는 사람도 있겠지만 형식이라는 것이 사회의 질서를 얼마나 유지하고 있는지 아십니까? 부부 내지 가정이란 것이 갖는 형식과 그 개념을 우리 민족에게서 뗄래야 뗄 수가 없을 것입니다. 그런 것을 쌍벌주의로써 가정의 형식과 개념을 변경시켜 놓면 우리의 가정은 파멸로 들어가지 않을 수 없습니다.

그것은 고사하고 누구에게도 보일 수 없는 단 두 사람의 비밀을 속삭이며 살던 부부가 한 편의 잘못으로 감정적인 고소를 하여 징역을 받게 한다면 그때의 인간성을 동물보다 낫다고 할 것이 무엇이겠습니까? 사랑의 발악이 아니라 인간이 가진 가장 악질적 보복 수단으로 애정 문제를 처리한다는 것은 인간성의 모독을 말하는 것일 겝니다.

그런 의미에서 나는 두 분의 고소를 취하하도록 권하고 싶습니다. 애정을 못 느낀다면 차라리 합의 이혼을 하십시오. 부인의 생활이 문제된다면 얼마의 위자료를 주는 아량을 보이실 수도 있지 않습니까? 동물에게 비웃음 받을 고소들만은 삼가 주기 바랍니다."

그 말을 듣자 피고소인은 그래도,

"제 잘못은 생각지 않구 남만을 걸어 고소를 했으니 어디 참을 수가 있습니까?"

하고 그래도 분하다는 것만을 이야기했다.

"허니까 부인에게두 취하하두록 권하겠습니다. 그렇다면 생각해 보십시오. 애정 문제루 법률상 범죄인이 된다고 하면 일평생 씻을 수 없는 양심의 가책을 받을 것입니다. 애정 문제가 혼란을 일으켜 애정에 대한 양심이 둔해진 것 같기는 하지만 공산주의처럼 인간을 하나의 기계나 물체로만 보지 않고 그 정신을 가장 높이 평가하는 우리 민주주의 사회에서는 앞으루라도 애정 문제의 범죄인이 다른 어떤 범죄인보다도 가장 부끄러워해야 하는 인간이란 규정이 서야 할 것입니다. 나는 하나의 법관으로서 법률에 의하여 고소 사건을 취급해야 할 것이지만 법관 이전의 인간적 입장에서 두 분의 고소를 취하하고 화의하시기를 바라는 것입니다."

피고소인은 권 검사의 이렇듯 간곡한 말에 더 고집을 세울 수가 없었던지,

"좋두룩 해 주십시오."

하고 고개를 숙였다.

"그럼 내일 한 번 더 와 주십시오. 고소인인 홍정임 씨두 호출하겠습니다. 그리고 미안하지만 정옥심 씨에게 보내는 호출장을 드릴 터이니 그분도 데리구 와 주십시오."

"정옥심은 올 필요가 없지 않을까요?"

피고소인이 이렇게 말할 때 권 검사는 잠시 대답을 못했다. 고소 사건이 취하되기만 한다면 호출하지 않을 수 있을지도 모른다. 더구나 자기를 사랑하려던 정옥심을 피고소인의 한 사람으로 호출하여 심문한다는 것은 자기로서도 괴로운 일이 아닐 수 없었다.

그렇지만 홍정임이가 과연 고소를 취하할지 그것은 모르는 일이다. 그렇다면 기소 사건으로서 피고소인인 정옥심도 심문하지 않을 수 없었다.

"법률상 피고소인으로 되어 있으니까 취하될 때까지는 출두해야 할 것입니다."

그래서 권 검사는 비법이기는 하지만 편의상 홍정임 남편 편에 정옥심 호출장을 보냈다. 그리고 홍정임에 대한 호출장도 별도로 써서 사환을 통해

전달시켰다.

다음날 호출한 세 사람이 전부 모였다. 그 중에서도 가장 놀란 사람은 정옥심이었다. 권 검사의 앞에 서자 그는 고개를 들지 못했다.

권 검사는 어떻게 할까 하고 생각했다. 정옥심에 대하여 먼저 심문을 할까 그렇지 않으면 고소인 홍정임에 대하여 고소 취하를 먼저 권유해 볼까?

만약 홍정임이가 고소를 취하한다면 정옥심은 심문을 안 해도 괜찮다. 그러나 권 검사는 어떻게 해서 정옥심이가 홍정임의 남편과 동거생활을 시작하게 되었는가, 그리고 정옥심은 어떤 태도로 대답할 것인가 그것이 듣고 싶었다.

아무하고나 연애를 할 수 없다던 정옥심이다. 수많은 남자가 유혹을 하고 있기 때문에 그것이 싫어서 다방을 그만두겠다던 정옥심이다.

그러한 정옥심이가 사랑의 대상이 아니라 법을 처리하는 검사 앞에서 무엇이라 대답하는가가 보고 싶었다.

그러나 권 검사는 그렇게까지 잔인하지가 못했다. 정옥심이가 얼굴도 들지 못하고 있는데 그런 심문까지 하면 어떻게 될 셈인가.

그는 홍정임에게 고소를 취하하라고 권유하기 시작했다. 남편을 다시 사랑할 수 없거든 깨끗하게 이혼하는 것이 현대 여성으로 가장 지혜 있는 일이라고 설명을 해 주었다. 그러나 홍정임은,

"저런 년을 없애기 위해서라두 징역을 보내야겠어요. 남의 남편을 떡 베먹듯 떼먹는 년들을 없애야 해요."
하고 정옥심을 향해 삿대질을 했다.

"애정 문제란 여자에게만 책임이 있는 것이 아닙니다. 그리구 남편을 떼먹은 여자라구 고소한다면 그것은 당신이 남편을 조금두 사랑하지 않았다는 것을 증명하는 것입니다."

"왜 제가 남편을 사랑하지 않았어요. 저런 더러운 년들이 돈만 보구 아양을 떨어 남편을 뺏어가니 이런 문제가 생기는 거지요."

홍정임의 말이 이렇게까지 나올 때 권 검사는 옥심에게 과연 돈을 보고 사랑했느냐고 묻고 싶은 생각이 간절했다. 그리고 그 대답을 들어야만 앞으

로 이야기를 전개하는 데도 편리할 것 같았다.

그러나 자기가 사랑은 못해 주었을망정 부끄러움을 줄 수는 없었다.

그래서 권 검사는 홍정임의 기세를 꺾어 다시 두 번 그런 말을 못하게 하는 도리 밖에 없었다.

"이미 현실화한 문제를 가지고 고소한댔자 시원할 게 없을 겁니다. 정옥심 씨가 돈만 보구 사랑했다는 말을 단정적으루 할 수두 없구요. 남의 마음을 어떻게 알 수 있습니까? 설사 돈을 보구 사랑했건 무얼 보구 사랑했건 두 사람은 서루 사랑하구 있는 것이 사실이니까 그런 걸 가지구 크게 말할 필요는 없습니다. 남편 되시는 분이 그렇게 지각없는 사람두 아닐 거구요. 남을 징역 보내면 당장엔 시원할지 몰라두 나중에는 자기가 괴로운 것입니다. 더구나 당신이 그렇게 완강하게 나오면 남편 되시는 분두 당신을 걸어 고소를 한다니 다 같이 감옥 생활하는 어리석은 일은 안 하는 것이 좋지 않습니까?"

권 검사가 이렇게 말하자 홍정임은 펄펄 뛰며 무엇 때문에 자기가 고소를 당하느냐고 남편에게 야단을 했다.

남편은 증거를 들면서 누구하구 어디서 자지 않았느냐고 하며 대뜸 때릴 듯이 덤비었다. 시간과 장소까지 말할 때 홍정임은 그때야 당신이 먼저 그래서 자기도 그런 짓을 했으니까 자기에게 죄 될 일이 어디 있느냐고 발악했다.

그때 권 검사는,

"당신도 불미한 행동을 한 것이 사실인 동시에 남편이 먼저 그랬다고 해서 고의적으로 그런 행동을 했다는 것도 사실이니까 죄는 같은 죄라고 해도 처벌을 더 무겁게 받아야 할 것입니다."

하고 홍정임을 협박 비슷이 눌러 버렸다.

그때야 홍정임은 말을 못하고 고개를 숙였다.

"아무래도 감정상 같이 살 수는 없을 것입니다. 일단 화의를 해 가지구 이혼 수속을 하십시오. 그것은 두 분을 위하여 최선의 길일까 합니다. 그렇지만 앞으로두 애정이 생기기는 자연적으루 생기지만 그것을 지속하는 데는 절대의 노력이 필요하다는 것을 기억해 두십시오. 그것을 알아야 앞으루나마 다시 실패가 없을 것입니다."

하고 고소취하(告訴取下) 용지를 홍정임에게 내밀었다.

홍정임은 용지에다 원적, 주소, 성명 등 소요사항을 기록하고 지장을 찍었다.

정식으로 고소가 취하되자 권 검사는 그들을 돌려 보냈다. 세 사람이 문 밖을 나서려고 할 때에야,

"정옥심 씨! 잠깐만."

하고 옥심만을 불렀다.

사실은 옥심마저 그대로 돌려 보내고 싶었지만 이제 떠나가면 언제 만나볼지 모르는 일이다. 다만 한 마디나마 무슨 말을 해 주고 싶었던 것이다.

옥심이가 혼자서 권 검사 앞에 이르자 그는 권 검사가 말을 꺼내기도 전에,

"미안합니다."

하고 고개를 숙였다.

그 말을 듣자 권 검사는 자기야말로 미안한 생각이 들었다. 자기가 그를 사랑해 주기만 했다면 옥심은 이러한 일로 검찰청에 호출되는 일도 없었을 것이다.

"나야말루 미안합니다. 용서하십시오. 그러나 앞으루 행복하시기를 진심으로 축복합니다."

이 말을 하자 권 검사는 빨리 돌아가 달라는 듯이 딴 서류를 들추기 시작했다. 옥심으로서는 하고 싶은 이야기가 있을지 모르지만 지금 와서 그런 말을 듣는다는 것은 괴롭기만 한 일일 것 같았던 것이다.

상사(想思)의 월야(月夜)

돌아가 주기를 바라는 권 검사의 마음을 알았는지 몰랐는지 옥심은 말도

안 하고 우두커니 서 있기만 했다.

"밖에서 기다리실 테니까 돌아 나가 보시지요!"

권 검사는 노골적으로 가 달라는 뜻의 말을 했다.

그때 정옥심은 겨우 입을 열고,

"한 마디만 드리구 가겠습니다."

하고 말했다.

"내한테 무슨 할 말이 있겠습니까? 내 입장이 곤란해질 뿐이지요."

권 검사는 무슨 이야기건 듣고 싶지 않았다. 그리고 정옥심이가 하고 싶다는 말이란 결국 자기 때문에 옥심이가 오늘의 환경에 빠졌다는 하소연일 것임에 틀림없었다. 그런 말을 듣는다는 것은 오직 괴로운 일이다. 그러나 옥심은,

"저질러 놓기는 저질러 놓았지만 앞으루 어떻게 해야 좋겠습니까?"

하고 마치 명령만 하면 그대로 따르겠다는 듯이 물었다.

권 검사는 생각할 것도 없이,

"내가 어떻게 압니까? 잘 살두룩 하시지요."

하고 대답했다.

정옥심은 긴 이야기를 하고 싶었으리라. 어쩔 수 없이 몸을 허락했다는 것, 그리고 몸을 허락한 이상 같이 살지 않을 수 없었다는 것을 설명한 뒤 앞으로 어떻게 했으면 좋겠다는 진심에서 걱정해 주는 말을 듣고 싶었으리라.

그 남자가 싫어졌다는 것보다는 이러한 고소 사건까지 일으킨 이상 그대로 살아야 하는지 그렇지 않으면 다시 헤어져야 하는지 정확한 판단을 듣고 싶었을 것이 사실이다.

정옥심은 첫번 결혼에도 실패를 했다. 결국은 두 번째 결혼도 실패라고 생각지 않을 수 없었다.

그런 만큼 자기가 장래를 위하여 진실된 충고를 해 주는 사람이 한 사람이라도 있기를 바라는 심정이었을 것이다.

그러나 자기의 사랑을 받아 주지 않았을 뿐 아니라 충고까지 거절하는 권

검사를 볼 때 옥심은 자격지심이 들지 않을 수 없었다.

사랑을 해 달라면 몰라도 상대해서 이야기까지 안 해 줄 것은 무엇일까? 부인 있는 남자와 재혼을 했다고 해서 경멸하는 것이라고 밖에 달리 생각할 수가 없었다.

고소를 취하하도록 하여 사건을 무사히 해결함으로 처벌을 받지 않게 해 준 고마운 마음은 안개처럼 사라지고 원망스러운 마음만이 들었다.

"잘 알았습니다. 잘 살겠습니다."

옥심은 이런 말을 남기고 권 검사 앞을 떠났다. 인사도 변변히 하지 않고 도망치듯 방을 나가 버렸다.

권 검사는 옥심이가 긴 이야기를 안 하고 돌아가 준 데 대하여 고마운 생각을 가졌다.

만약 자기 때문에 타락했노라고 하며 울기나 한다면 어떻게 할까 하는 겁에 질려 있었기 때문이었다. 옥심이가 본처 있는 남자와 동거하게 된 책임을 자기에게 씌운다면 자기는 입장이 거북해질 수밖에 없었다. 책임이 없다고 하기에는 옥심이가 지나치게 가엾은 일이었다.

그러나 잘 알았습니다 하고 불평 품은 말을 남긴 채 나가 버린 옥심을 생각할 때 권 검사는 다시 자기의 냉정을 후회하지 않을 수 없었다.

옥심은 저지른 일이기는 하지만 앞으로 어떻게 해야 좋으냐는 것을 진심으로 물었다.

그리고 자기는 그들의 사건을 직업적인 검사의 입장에서보다도 법률을 취급하는 하나의 인간으로서 처리했다. 그렇다면 옥심의 장래에 대해서도 하나의 인간으로서 걱정을 해 주었어야 할 것이 아닌가?

권 검사는 퇴근을 하고 거리로 나와서도 정옥심의 일이 마음속에 걸려 찜찜하기 짝이 없었다.

그러면서도 계원이에게 줄 물건을 사기 위하여 양품점에 가는 일을 잊지 않았다.

양품점에 있는 물건들이 대부분 여자의 사용품이었지만 그 많은 물건 가운데서도 프레젠트 할 만한 물건이 좀체로 눈에 띄지가 않아 권 검사는 이

집 저 집 몇 군데를 돌아다녔다.

남편이 아닌 이상 의복류는 사 줄 수가 없고 향수나 화장품 같은 것은 계원이가 반가워할 것 같지 않고 그러니 사치품이 아닌 필수품을 사야겠는데 양품점에는 그런 것이 별반 보이지 않았다.

그러나 처음으로 프레젠트 하는 물건을 너무 헐한 것으로 택할 수는 없었다. 역시 양품점을 뒤지는 도리 밖에 없었다.

권 검사는 어떤 양품점에서 가죽으로 만든 화장품 케이스를 발견했다. 치솔, 치약, 크림통, 면도, 비누갑들이 들어 있는 아담한 케이스였다. 그것을 보자 권 검사는 값을 묻고 대뜸 싸 달라고 했다. 가진 것이 있다 해도 집에서 쓰는 것과 여행용을 달리 두 개쯤 가질 수 있는 물건이다. 그리고 가죽으로 만든 물건인 만큼 수명도 길 것이다. 그리 사치스럽지 않은 필수품이면서도 사치품에 속할 수 있는 물건이다.

권 검사는 그것을 사 들자 바로 계원의 집으로 갔다.

계원은 어디를 나갔다 들어온 길인지 외출복에 양말까지 신고 있었다.

"마침 잘 오셨군요. 저두 밖에 나갔다가 막 돌아온 길인데요."

"영감(靈感)이 있기 때문에 시간을 맞춰 찾아왔지요."

"그게 무슨 영감이예요. 선생님이 오실 것 같아 퇴근 시간을 생각하며 돌아왔으니까 만날 수 있는 거지……."

"좌우간 만났으니 됐습니다."

그들은 방 안으로 들어가 마주 앉았다. 앉자마자 권 검사가,

"넥타이가 어울리지요."

하고 계원이가 사 준 넥타이를 만졌다.

"고맙습니다."

계원은 머리를 까딱하고 인사를 했다.

"고맙기는 내가 고맙지 계원 씨가 왜 고마워요?"

"좋다구 하시니까 고맙지 않아요?"

"로션두 발랐는데 달라진 것 같지는 않지요?"

"한 번 발라서 얼굴이 달라지면 로션장사들 다 굶어 죽게요?"

그들은 다 같이 소리를 내어 웃었다. 한참 동안 웃다가 웃음이 그쳤을 때
에야 권 검사는 자기가 사 온 물건을 내놓았다.

"저두 드리구 싶어서 이런 걸 사 왔습니다."

계원은 암말도 안 하고 주는 물건을 받아,

"뭐예요?"

하면서 포장지를 풀었다. 그리고 세면도구 세트의 쟉크를 열고 속을 들여다
보면서,

"어마나…… 참 좋은 걸 사셨네, 고맙습니다."

하고 또 머리를 까딱 인사를 했다.

"그런 거 가진 건 없으세요?"

권 검사가 묻자,

"없는 줄 아시구 사신 게 아니세요?"

하고 또 웃었다.

잠시 동안 서로 바라보며 웃고 있을 때 계원이가,

"이거 남자 거 아녜요?"

하고 물었다. 권 검사는 그런 것에 여자용 남자용이 따로 있는 줄은 몰랐던
만큼,

"글쎄요!"

하고 머리를 긁었다.

"선생님은 물건을 사실 때 보시지두 않구 사시지요?"

이것은 권 검사를 나무라는 말이 아니라 그의 성격을 알았다는 즐거움의
표시였다.

그러나 권 검사는 자기의 결점이 지적된 때처럼,

"정말 물건을 살 줄 모릅니다. 오늘 안으루 가면 바꿔 주겠지요. 인 주십
시오!"

하고 그 세면세트를 바꾸러 가려 했다.

계원은 그럴 필요가 조금도 없다는 듯이,

"여자두 면도가 필요한 때가 있으니까 내버려 두십시오. 그런 걸 가지구

있어야 권 선생님의 성격이 보이는 듯해서 더 기념이 될 겁니다."
하고 눈으로만 웃었다.

그 말을 듣자 권 검사는 물건을 잘못 샀다 해도 그것이 후회되지가 않았다. 도리어 물건에서 자기의 성격까지 생각하겠다는 계원의 말이 함축성 있게 생각되어 가슴이 그득 찬 듯한 포만함을 느꼈다.

틀림없이 계원이가 자기를 사랑하는 것이라 생각되기도 했다.

권 검사는 불현듯 좀더 구체적인 고백이 듣고 싶어졌다. 추측으로만 계원의 마음을 더듬는다는 것이 견딜 수 없는 일인 것 같다. 그래서,

"오늘 어떤 부부의 쌍벌 고소 사건이 있었는데요."
하고 홍정임의 고소 사건을 이야기했다. 자기가 고소를 취하시켰다는 이야기까지 한 뒤,

"그 남자는 딴 여자를 사랑하게 되자 그 여자와 곧 동거 생활을 했어요. 사랑을 느끼자 곧 애정을 표시할 수 있는 사람들은 행복스러울 것 같아요."
하고 이야기를 애정과 그 표현 문제로 이끌려고 할 때였다. 계원은 생각도 할 것 없다는 듯이,

"그게 무슨 재미가 있어요? 사랑하는지 안 하는지 모를 때 그때가 제일 좋은 거예요."
하고 단정적으로 말했다.

권 검사는 뒷말을 이을 용기가 나지 않았으나,

"아는 듯 모르는 듯한 때 그 애타는 마음이 얼마나 클까요."
하고 순전히 일반적인 사실을 이야기하듯 말했다.

"알자마자 곧 애정을 느끼구 애정을 느끼자마자 행동으루 들어가는 건 재미가 없을 것 같아요. 낚시질을 할 때 그 기다리는 재미가 제일 아녜요. 긴장된 시간을 될 수 있는 대루 오래 연장하는 것이 좋을 것이에요."

"잽히지두 않을 고기를 기다리구 있다면 그것은 어리석은 행동이 아닐까요?"

"행복을 느낄 때 어리석음을 느낄 여유가 있어요?"

"그렇지만 남녀간의 애정이란 결혼에 목표를 두지 않을 수 없다면 목표

라는 것을 잊어버릴 수두 없지 않을까요?”

“애정이 무르녹으면 결혼하는 것이 자연스런 과정이겠지만 애정이 무르녹을 때까지는 우선 애정에만 충실할 필요가 있지 않을까요?”

“애정에 충실함이란 결국 결혼의 가능성을 알아본 뒤에 있을 것이 아닐까요?”

“거야 그렇겠지요. 결혼의 가능성이 없는 연애를 누가 합니까? 연애와 결혼을 양립시켜 생각한다는 것은 결국 연애를 순간적인 향락으로 돌리려는 사람들의 행동일 겁니다. 애정을 느낄 때는 벌써 결혼을 해도 좋다는 단정을 내렸을 때일 겁니다. 그렇지만 애정을 느꼈다구 곧 결혼할 수는 없을 것 같아요. 즐거운 시간을 연장시키기 위해서라두!”

“그럼 결혼을 한 뒤에는 즐거움이 없어진다는 말씀인가요?”

“없지는 않을 것입니다. 그렇지만 연애할 때의 즐거움과 성격이 다른 즐거움이겠지요?”

권 검사는 계원의 마음을 그 이상 더 알아볼 수가 없었다. 어떠한 방법으로 유도(誘導)를 한다 해도 계원이가 그 이상 더 솔직한 고백을 하지 않을 것 같았던 것이다.

도리어 잘못 말을 했다가는 코를 다칠 것 같은 생각이 들었다.

차라리 두고두고 사귀는 사이에 그야말로 자연스런 발전으로 결혼의 단계에 이르기를 기다리는 수밖에 없을 것 같았다.

권 검사는 그만 일어서려 했다. 그래야만 다음에 만날 때 이야기하기가 좋을 것 같았다. 이야기는 미진한 채 끝을 내는 것이 다음 기회를 위해서 좋은 법이다.

그러나 계원이가,

“정말 해야 할 이야기가 있어요. 저녁두 준비하구 있으니까 조금만 앉아 계세요!”

그는 부엌으로 나가 저녁을 한 번 독촉하고 돌아와,

“곧 들어옵니다. 그런데 오늘부터 제가 여사장이 되었어요.”
하고 새로운 화제를 꺼냈다.

“고무공장의 여사장이란 말씀입니까?”

“네, 죽이 되든 밥이 되든 제가 맡아 보기루 했어요. 그새 참 기맥힌 일이 있었습니다.”

계원은 그새 어떤 은행에서 대부 신청에 의하여 저당물 감정을 한다고 하면서 자기 집을 감정하고 간 이야기를 했다. 그런데 며칠 안 있어서 공장 회계주임이라는 사람이 찾아와서 공장이 아주 번창해 나가고 있는데도 불구하고 계원의 백부가 채산이 맞지 않아 직원을 감원시켜야 한다고 하면서 중직에 있는 죄 없는 사람들을 면직시켰다는 이야기를 듣자 자기가 공장으로 달려가 내용 조사를 했다는 이야기도 했다. 그러고 나서는,

“제 재산을 백부에게 멕히는 것은 좋지만 종업원까지 내쫓는 것은 참을 수가 없어서 백부에게 공장을 간섭하지 말아 달라 하구 제가 나가기루 했어요.”

하고 결론을 지었다.

그 이야기가 끝났을 때 저녁상이 들어왔다.

그들은 맞상을 하고 앉았다. 꼭 부부가 밥을 먹는 것과 같았다. 계원은 맛있는 반찬을 권 검사 앞으로 옮겨 놓으며,

“이걸 잡숴 보세요!”

하는 것이 정말 오랜 부부 사이 같았다.

“사양할라구요……”

“사양할 것 같아서 하는 말이 아니라 맛있는 걸 알으켜 드리는 거예요.”

그들은 식사를 시작했다.

식사를 시작하자 권 검사가,

“여사장이 만만치 않을 텐데요. 잘못하다가는 속아 넘어가기가 쉬울 걸요.”

하고 걱정을 했다.

“속은 줄은 알 수 있어도 우선 백부가 나를 속였으니까요. 내 사정을 가장 잘 알 백부가 나를 속였으니까 나를 모르는 사람들이 왜 나를 속이지 않겠어요. 그렇지만 최소한도 백부에게만은 속고 싶지 않았어요. 그것은 나를

속이는 것이 아니라 나를 경멸하고 내 아버지를 배반하는 동시에 친척간의 의리를 부정한 행동입니다. 아무리 신의가 없는 세상이라고 해도 우리 동양에는 혈연과 친척간의 의리만은 남아 있어야 한다구 생각해요. 차라리 아무 관계도 없는 사람에게 속는다면 분하고 원통하지는 않을 것 같아요.

그리구 나를 속이려는 사람이 한 사람뿐이라면 할 수 없이 속아 넘어가는 것이지만 나를 속이려는 사람이 왜 한 사람뿐이겠습니까? 서로 속이려 들면 서로 속이지 못하게 되는 것입니다. 그래서 저는 한 사람만을 믿는 태도를 보이지 않구 여러 사람을 같이 믿는 태도를 취하려 해요."

그 말도 그럴 듯했다. 그리고 계원의 성격으로서는 여사장의 직책을 감당치 못하지도 않을 것 같았다. 더구나 권 검사로는 남의 재산에 대하여 이러쿵저러쿵 간섭하고 싶지도 않았다. 그래서,

"잘 하십시오. 한국의 위대한 여사장이 한 분 생기겠는데……."
하고 야유하듯이 빙글빙글 웃었다.

"여사장을 잘 해서 돈을 벌면 권 검사님한테 좋은 걸 사 드릴게 그때만 기다리세요."

계원은 수염을 쓸듯 턱을 쓸면서 군기침 소리까지 했다.

"그땐 뭘 사 달랠까요?"

"고급 하이야를 사 드릴게요."

"그건 비용이 많이 들어 사 준대두 소용이 없습니다. 그리구 집 한 채 값을 그런 데다 처밀 만큼 취미가 고급하지두 못합니다."

"공짠데 뭘 그러세요. 요새의 고급 취미란 전부 가짜라는 데서 생기는 게 아녜요. 돈을 번다 해두 공짜로 벌었다는 생각들이거든요. 땀을 흘려 번 돈이라면 우리 나라 사람으루 그런 고급한 취미를 어떻게 가져요. 권 선생님두 내한테서 공짜루 얻는다는 생각으루 한 번 호사해 보세요."

"싫습니다. 공짜는 헤프기도 하지만 심장이 강한 사람이 아니면 그런 걸 바라지두 못합니다. 돈 벌거든 로션이나 넥타이나 그런 걸 사 주십시오. 제일 고맙게 생각하겠습니다."

"그럼 권 선생님 넥타이는 제가 평생 댈까요?"

"평생이랄 수야 있나요. 계원 씨가 결혼할 때까지나……."

"참 저두 결혼이란 걸 해야겠지요. 결혼을 하면 그런 것 사 드릴 수 없겠지…… 그렇지만 언제나 결혼을 하게 될까요?"

"그걸 내가 어떻게 압니까?"

"참 그걸 권 선생님이 아실 리 없지."

그들은 서로 허공을 보면서 웃었다.

뜻이 있으면서도 뜻이 없는 듯한 말…… 뜻이 없는 듯하면서도 뜻이 있는 듯한 말인 만큼 얼굴을 바로 쳐다보지도 못하면서 웃기만 했다.

그럴 때였다.

식모가 들어와서 손님이 찾아왔다고 전달했다.

계원은 공장 사람이나 찾아온 것이 아닌가 하고 밖으로 나가 보았으나 그것은 공장 사람이 아니라 자기 때문에 학교를 면직당한 오창규였다.

계원은 깜짝 놀랐다.

그가 학교를 면직당하고 자기가 학교를 사직한 것으로 두 사람 사이는 완전히 청산되었고 기억마저 남지 않게 될 것이라 믿었던 것이 지금 오창규의 방문을 받게 되니 그를 어떻게 대하여야 할지 당황하기 짝이 없었다.

사실은 자기가 오창규의 면직으로 말미암아 사표를 제출할 만큼 양심의 가책을 적지 않게 받았었다. 양심의 가책이라기보다도 자기가 그렇게까지 잔인할 수 있었던가 하는 자기 혐오(自己嫌惡)를 느꼈던 것이다.

자기의 결백성을 위한 행동이기는 했지만 당사자 간의 해결이 아니라 교장을 통한 일방적 처사를 그렇게까지 가혹하게 감행했다는 것이 자기가 용서받을 수 없는 마지막 길을 걸은 듯한 무서움을 주기도 했었다.

인간은 선한 면에서나 악한 면에서나 절정이란 것이 있다. 그렇다면 자기는 악한 면에서 절정을 걸었다고 말하지 않을 수 없을 것 같았다.

참으로 무서운 일이었다.

그러나 오창규를 보지 않음으로 해서 그러한 무서운 생각을 어느 정도 잊어버리고 있었던 것도 사실이었다. 더구나 권병호를 만남으로 해서 그러한 정신적 불안을 의식적으로나마 말소해 버리려고 노력해 왔었다.

그러나 이제 오창규가 다시 나타났다. 무엇 때문에 왔는지는 모르지만 어쨌든 오창규를 보기만 함으로써 계원은 일종의 공포 같은 것을 느꼈다.

그래서 그를 미워하기 전에,

"그새 안녕하셨어요?"

하는 인사를 했다.

오창규도,

"안녕하셨어요?"

하는 인사를 했지만 곧 이어,

"손님이 계세요?"

하고 방 안을 들여다보았다.

"네, 손님이 계십니다."

계원이도 방 안으로 눈을 돌렸다. 그것은 손님이 있으니까 들어오랄 수가 없다는 뜻이었을지도 모른다.

아무 문제가 없을 때 같으면 손님이 있건 없건 마음 내키는 대로 돌려 보낼 수 있었을 것이지만 지금의 계원은 손님이 있다고 해서 그냥 돌려 보낼 수가 없었다.

그렇다고 해서 들어오라는 말도 할 수가 없었다.

역시 거리가 먼 사람임에는 틀림없으나 양심에 거리끼는 행동을 한 만큼 냉정할 수가 없었던 것뿐이다.

오창규는 그러한 계원의 마음속을 들여다보기나 한 것처럼 전에 없이,

"그럼 다시 오겠습니다."

하고 사양하는 태도를 보이며 한 걸음 뒤로 물러섰다.

그때였다. 방 안에 있던 권 검사가 나오면서,

"온 지가 오랬으니까 내가 가지요."

하고 마루로 나왔다.

계원은 권 검사도 막을 수가 없었다.

우스운 감정이기는 했지만 오창규를 들어오랄 수도 없는 것과 같이 권 검사를 가지 말라고도 할 수 없었다. 미워하는 사람과 사랑하는 사람을 면대

시킨다는 것부터가 부자연했기 때문이었다.

그래서 어떤 사람에게도 말을 건네지 못하고 그저 바라보기만 하고 있었다.

오창규는 오창규대로 바쁜 일이 없으니까 다음에 또 오겠다고 하며 돌아갔고 권병호는 권병호대로 오래 놀았으니 가 보아야겠다면서 돌아갔다.

결국 두 사람이 다 같이 돌아갔다.

두 사람이 함께 돌아간 뒤 혼자 남은 계원은 권 검사에게 미안함을 금할 수 없었다.

오창규에게 대해서는 그에게 잔인했었다는 자의식(自意識) 때문에 인간적인 의무감 같은 감정을 가졌을 뿐 권 검사 때문에 오창규를 들어오라고 하지 못했다는 섭섭함은 추호도 느끼지 않았다. 그러나 뜻하지 않았던 오창규 때문에 권 검사가 일찍 돌아간 것이 사실인 만큼 계원은 권 검사가 돌아가서 자기를 오해하지나 않을까 하는 것이 무엇보다도 걱정되었다.

오창규와 문제가 있었던 것을 알고 있는 만큼 권 검사는 오해할 수도 있는 일이었다. 좋아하면서도 좋아하지 않았다고 공연히 속인 것으로 오해를 해도 할 수 없는 일이었다.

솔직히 말하면 계원은 권 검사를 좋아했다. 좋은 것을 좋다고 솔직히 표현할 수 없는 자기의 성격 때문에 자기의 진심을 한결같이 발표하지는 못하고 있지만 좋다고 하는 것만은 숨길 수 없는 사실이었다.

첫째, 현대적인 유행에 물들지 않은 듬직한 권 검사가 좋았다. 향락을 일삼고 경박하기 짝이 없는 유행아들에게 신용이 가지 않기 때문인지는 모른다. 소박하고 진실한 것 이외에 인간에서 다시 무엇을 구할 수 있을 것인가? 권 검사는 시대에 뒤떨어진 감이 있기는 하나 본바탕이 진짜같이 좋았다.

둘째, 돈 없는 것이 좋았다. 돈이 많으면 돈 쓸 궁리를 하게 된다. 돈 쓸 궁리를 한다는 것은 결국 과오를 범하게 되는 시초가 되는 일이다. 돈이 없어야 자기의 생활을 건실하게 붙잡고 나갈 수가 있다. 더구나 돈에 대한 욕심이 없다는 것이 안심할 수 있는 일이다. 돈에 욕심이 많으면 실수하기가 쉽다. 그런 면에서 권 검사는 현재뿐 아니라 장래에 있어서도 믿을 수 있는 사람이다.

셋째는 그의 직업이 좋았다. 그렇게 높은 직책은 아니지만 누구에게나 괄시받지 않을 직업이요. 또 언제까지나 가질 수 있는 직업이다. 따라서 공장을 경영하고 있는 자기의 대상으로서는 무엇보다도 좋은 직업이었다.

모든 면에 있어서 권 검사는 결혼 상대로 적당한 사람이다.

나이가 그만큼 든 남자로 미혼자가 그리 흔하지 않다. 그리고 자기 나이로 보아 권 검사 정도의 나이가 가장 이상적일 것 같기도 했다.

남성적이라고 할까 그렇지 않으면 저돌적이라 할까 어쨌든 여성적인 안온한 맛이 없는 자기로서 자기를 이해하고 포옹해 줄 사람은 적어도 권 검사와 같이 눅진한 성격의 남자가 아니면 안 될 것 같은 생각도 들었다.

어떤 모로 보나 권 검사는 믿을 수 있고 존경할 수 있는 사람이다.

더구나 계원은 권 검사가 자기를 사랑하고 있음을 알고 있다. 공연히 얼굴을 붉혔다가는 공연히 긴장되어 어쩔 줄 몰라 하는 태도가 사랑하는 사람 앞이 아니고서는 절대로 있을 수 없는 일이다.

그러나 계원은 그러한 순간에 일부러 모른 체했다. 싫어서가 아니라 아는 체하는 것이 쑥스러웠던 것이다. 타 버릴 만큼 사랑하지 못했기 때문일지도 모르나 하나의 병적 성격에서 온 것일지도 모른다.

그러나 권 검사가 지금쯤 혼자서 자기를 오해하고 있으려니 생각할 때 계원은 견딜 수 없을 만큼 초조했다. 집으로라도 찾아가 사랑한다는 것을 솔직히 고백하고 오해가 없도록 안심시키고도 싶었다.

그러나 밤이 깊었을 뿐 아니라 속으로는 못 견딜 만큼 초조하면서도 감정의 흐름 속에 자기를 송두리째 던져 버리지 못하는 것이 또한 계원의 성격이었다.

계원은 다음날 권 검사를 찾아가 전보다는 적극적인 태도로 자기의 의사를 표현하리라 생각하면서 자리에 누웠다.

자리에 눕자 창 밖으로 멀리 하얀 달이 내다보였다. 선별도 보였다.

어쩐지 센티멘털해지면서 달 보기가 역겨워 눈을 감았다.

눈을 감자 하루 종일 권 검사와 같이 놀던 일들이 눈앞에서 아물거렸다.

계원은 다시 자리에서 일어났다. 무엇인가 적어 보고 싶었던 것이다. 무엇인가 속삭이지 않고 베길 수 없는 심정이었다.

계원은 붓을 들어,

"병호 씨……."

하고 썼다. 지금 이 순간에 있어서 쓰고 싶다는 것은 병호에게 보내는 편지 이외에 달리 무엇이 있겠는가!

그러나 계원은 붓을 들고야 말았다. 쓴다면 사랑하다는 말과 그립다는 말을 써야 할 것이지만 정작 붓을 들고 나니 써지지가 않았다. 소녀처럼 사랑합니다. '그립습니다'라는 말이 써지지 않았던 것이다. 그 대신 로버트 번즈의 시(詩) 한 구절을 적어 보았다.

모든 바다가 밑바닥까지 마를 때가 있을지언정
모든 바위가 태양에 녹아 없어지는 때가 있을지언정
내 사랑은 변하는 일 없으리
모래알 같이 덧없는 인생이 다할 때까지……

계원은 정말 인생이 다할 때까지 권병호를 사랑하고 싶었다. 그리고 병호를 위하여 어진 아내가 되고 싶었다.

잠도 잘 이루지 못하며 하룻밤을 보냈다.

다음날 아침 조반을 먹자 계원은 공장으로 가서 일을 좀 보고 난 뒤 전화로 병호를 끌어내리라 마음먹고 공장에 나가려 할 때 또 오창규가 찾아왔다.

계원은 미간이 찌푸려졌다. 그 동안 그만큼 창피를 당했으면 무던하련만 어쩌자고 또 찾아오기 시작한다는 말인가?

이렇게 부지런히 찾아오는 것을 병호가 다시 본다면 자기는 어떻게 되고 말 것인가? 그러나 오창규는 그러한 계원의 마음을 생각지도 않고,

"부탁이 있습니다. 꼭 들어 줘야겠습니다."

하고 부득부득 안으로 들어왔다.

계원은 꼭 들어 줘야 할 부탁이 있다는데 가슴이 덜컥 내려앉았다. 어떤
부탁인지는 모르지만 부탁이란 것이 두 사람의 인연을 다시 맺게 하려는 계
략 같았기 때문이었다.

그러나 전처럼 쫓아 보낼 수가 없어서,

"바쁜 일이 있어 나가던 길이니까 간단히 말씀하세요!"

하고 오창규의 부탁이라는 것을 들으려 했다.

그러나 오창규는 부탁 말을 꺼내기 전에,

"학교를 그만두셨다지요. 참으루 죄송합니다. 저를 미워하시는 줄 알면서
두 저 때문에 학교까지 그만두셨다니 사과만은 드려야 할 것 같아 찾아왔습
니다."

하고 부탁이란 것이 따로 있지 않은 듯 말했다.

"그런 걸 지금 다시 이야기하며 무엇 해요. 다 지난 일이니까 잊어 주십
시오. 저두 완전히 잊구 있습니다."

"그럼 저를 원망치 않으십니까?"

"원망 안 합니다. 안심하십시오……."

"네, 고맙습니다."

오창규는 잠시 말을 끊고 무엇을 생각하고 있었다. 더할 말이 있는 것 같
기도 했으나 통 말을 꺼내지 않았다.

"부탁이 있다구 하시더니 말씀이 그것뿐이신가요?"

계원은 이야기가 없으면 나가 보겠다는 자세로 말했다. 그때야 오창규는
다시 말을 꺼냈다.

"다시 계원 씨를 괴롭히지는 않겠습니다. 이렇게 찾아오는 것두 계원 씨
를 괴롭히는 일인 줄 알지만 한 번쯤 사과를 안 하면 제가 견뎌 배길 수가
없을 것 같아 염치 불구하구 찾아온 것입니다. 계원 씨의 마음을 안 이상 찾
아온들 무엇 하겠습니까? 그러나 제게두 양심이 있는 이상 계원 씨를 괴롭
혀 드린 데 대하여 가책됨이 없을 수 있겠습니까?

절대루 다른 뜻이 있지 않습니다. 제 잘못을 뉘우치는 마음에서 계원 씨
의 초상을 하나 그려 볼려구 합니다. 아직 서툰 솜씨지만 앞으루 그림을 공

부하려는 저의 출발일지 모르겠습니다. 이 소원만 이룰 수 있다면 저는 일평생 행복스러울 것 같습니다. '제니의 초상'과 같은 초상화는 아닙니다. 계원 씨의 초상화를 그림으로써 저의 마음을 정화(淨化)시키려는 것뿐입니다.

이렇게 제 마음을 정화시키지 않는다면 저의 일생이란 불결과 불명예에 잠겨 버린 채 끝을 맺을 것 같습니다. 이 부탁을 들어주실 수 있을지요?"

계원은 즉석에서 대답했다.

"제가 깨끗이 잊어버린 걸 가지구 뭘 그렇게 심각히 생각하십니까? 그런 것을 그린다면 도리어 저를 괴롭히구 또 오 선생 마음이 무거워질 것입니다. 부질없는 일은 아예 그만두십시오!"

"일생일대의 소원입니다. 조금두 괴롭히지 않겠습니다. 하루에 한 시간만 허락해 주시면 한 달 이내에 완성시키겠습니다."

"싫습니다. 도대체 얼굴을 그리라구 멋쩍게 앉아 있을 만한 위인두 못 됩니다. 아름다운 얼굴도 못 되구요."

"저의 예술과 저의 일생을 위하는 마음으로 허락해 주십시오. 그 일이 끝나면 절대루 찾아오지 않겠습니다."

"솔직하게 말씀하세요! 왜 그렇게 복선이 많습니까?"

계원은 그만 화가 치밀었다. 그림을 그리는 동안 자기의 마음을 다시 건드려 보겠다는 야심이 빤히 들여다보이는 데도 예술이니 일생이니 하고 딴말을 하는데 참을 수가 없었던 것이다.

그러나 오창규는,

"무엇이 솔직하지가 못합니까? 뭣이 복선입니까? 남의 마음을 그렇게도 몰라 주는 법이 어디 있습니까?"

하고 고개를 숙여 버렸다. 몹시 슬펐던 모양이었다.

"저두 선생님의 면직 사건으루 혼자 괴로워했습니다. 그래서 양심의 가책을 면해 보려구 사직한 것입니다. 저를 더 괴롭히지 말아 주십시오. 마음의 부담을 더 크게 하지 말아 주십시오. 선생님의 마음을 알아서 어떻게 합니까? 정말 찾아오시지 말아 주십시오!"

계원은 애원하듯이 말했다.

그때 오창규는 계원의 마음을 알았다는 듯이 태도를 고치어,

"미안합니다. 앞으로는 찾아오지를 않겠습니다. 다만 나에게두 진실이 있다는 것만 알아 주십시오. 사랑에 위선(僞善)이 있을 수 없고 사랑에 가식(假飾)이 있을 수 없습니다. 사랑에는 과장(誇張)도 있을 수 없으며 모략도 있을 수 없습니다.

진실한 사랑이란 절대적이라구 생각합니다. 상대편이 싫어한다구 해서 만만히 변해지는 것은 절대적인 사랑이 아닙니다. 강정숙이가 쓸데없는 아가리질 한 것만을 원통하게 생각합니다. 강정숙의 조작적인 모략이 없었다면 이 선생이 나를 이처럼 미워하지는 않았을 것입니다.

그렇지만 나는 죽을 때까지 결혼 안 할 것을 맹세합니다. 이 선생께 결혼을 요구하지도 않을 것이지만 그 대신 독신으루 살다 죽을 것을 맹세합니다. 그것만은 나의 자유겠지요. 그것까지 못하게는 안 하시리라 생각합니다."

"마음대루 하세요. 혼자 살건 백 명이 같이 살건 내가 참견할 것이 아니니까요. 나를 찾아오지만 말아 주세요."

"잘 알았습니다. 절대루 찾아오지 않겠습니다."

오창규는 슬며시 일어서서 나가 버렸다.

오창규가 돌아가자 계원도 그의 뒤를 따라 집을 나와 공장으로 갔다.

공장으로 가는 도중 계원의 가슴 속은 불안하기 짝이 없었다.

절대로 찾아오지 않겠다고 말은 했지만 죽을 때까지 독신으로 살겠다는 오창규가 그 동안 어떠한 일을 꾸며낼지 모른다. 반드시 무슨 사건을 일으키어 자기를 또 괴롭힐 것만 같았던 것이다.

그의 성격으로 보아 만만히 단념을 하고 자기를 내버려 둘 것 같지가 않았다.

그림자처럼 따라다니며 자기를 괴롭힐 오창규!

계원은 죄를 짓고 경찰에게 쫓겨 다니는 사람처럼 불안하기도 했다. 따라서 공장에 가고 있는 지금도 자기 뒤에 오창규가 따라오고 있는 것만 같은 불안까지 들었다.

'너무 심하게 거절을 말걸! 좀더 여유를 주면서 단념하도록 하는 것이 좋
았었을걸……'

이런 후회도 생겼다. 불에는 불로서 대하는 것이 아니라 물로서 대해야
한다.

계원은 자기의 성격을 조금 고쳐야 하지 않을까 하고도 생각했다.

그러나 공장에 들어가자 이 일 저 일 바쁜 일들이 몰려 들어와 오창규도
권병호도 생각할 겨를이 없었다. 서류에 도장을 찍어야 하고 수표에 도장을
찍어야 했다.

공장장의 이야기도 들어야 했고 서무과장의 이야기도 들어야 했으며 업
무과장의 이야기도 들어야 했다. 나중에는 어디서 온 손님, 어디서 온 손님
하고 외부의 손님까지 만나야 한다고 했다.

그러나 계원은 외부 손님만은 자기가 만나지 않겠다고 했다. 외부 손님을
만나기 시작하면 외교관 노릇도 해야 하고 장사꾼 노릇도 해야 하는 것이
싫었던 것이다. 그런 일은 각 과장들에게 맡기고 말았다.

그러나 업무과장이 들어와서,

"오늘 저녁에는 무슨 일이 있어두 ××국장과 저녁 식사를 같이 해야겠습
니다."

하고 명령 비슷하게 말하는 데는 놀라지 않을 수 없었다.

"무슨 일이 있어두 같이 저녁을 먹어야 할 일은 무업니까?"

계원은 쓴웃음을 웃으며 물었다.

"원료 고무와 여러 가지 약품을 수입해야겠는데 우선 ××국장과 저녁이
라도 같이 먹어야 하지 않겠습니까?"

"그런 것은 업무과장이 직접 할 수 있는 일이 아닌가요?"

"사장님이 계신데 저 혼자서 그런 일을 할 수 있습니까?"

"사장이 출장 가구 없는 셈 치면 되지 않습니까?"

"저편에서 그렇게 생각하나요?"

"상대편이 어떻게 생각하든 무슨 상관이 있어요. 할 일만 하면 되는 거
지."

"그건 그렇지 않습니다. 세상이 어디 그렇게 됐어야 말이지요. 더구나 여사장님께서 한 번만 나가시면 저 같은 것 열 번 간 것 이상의 효과가 날 것입니다."

"나가서는 술을 같이 마시구 술을 따르기두 해야 할 게 아닙니까?"

"거야 적당히 하시면 되지 않습니까? 사업을 하시려면 아무래도 사교가 필요한 것이니까요. 사업을 위하시는 거라 생각하시구 기분 좋게 해 주시지요."

업무과장은 헤헤 웃기까지 했다.

계원은 여자들이 사교하기가 쉽기 때문에 무슨 일에도 여자가 나선다는 말을 듣고 있다. 여자 브로커가 많고 여자 외교관이 많다는 말도 듣고 있다.

그러나 사업을 위하시는 거라 생각하구 기분 좋게 해 주라는 업무과장이

"사업에는 미인계가 제일입니다."

라는 말을 차마 입 밖에 꺼낼 수가 없어서 헤헤 웃는 것처럼 보여 계원은

"이 공장은 내 공장입니다. 그러니까 내 공장에 내가 팔리고 싶지는 않습니다. 업무과장이 가구 싶으면 가구, 가구 싶지 않거든 그만두십시오."

하고 딱 잘라 말했다.

"팔리다니 그게 무슨 말씀입니까? 공장을 위해서 나가 달라는 말씀인데……."

"글쎄 나는 그런 외교적 능력이 없으니까 나가지 못하겠습니다."

"아직 처음이니까 그런 말씀을 하시겠지만 앞으루 사업을 하시려면 여러 가지 경험을 맛보셔야 할 겁니다. 사업에 수단을 가릴 수 있습니까. 헤헤…….".

계원도 사업을 하려면 복잡한 일이 적지 않으리라는 것쯤 모르지 않는다. 그러나 아무런 능력도 없으면서 오직 여자라는 것만으로 남자들의 흥미를 끌려고 하는 일은 하고 싶지 않았다.

남자와 꼭 같은 능력을 가지고 일을 한다면 모르지만 여자라는 핸디캡을 가지고 남자의 호의 밑에서 일을 꾸려 간다는 것은 자기 경멸 이외에 아무것도 아니다. 그것은 남녀평등도 아니고 여존남비도 아니다. 오직 여자라는

것을 미끼로 자기를 팔아먹는 행동밖에 아무것도 아니다.

사업을 위한다거나 돈을 벌기 위하여 여성을 파는 일만은 하고 싶지가 않아 계원은 끝까지 연회에 참석하는 것을 거절하고 말았다.

업무과장을 돌려 보내자 계원은 갑자기 권병호가 만나고 싶어졌다. 이해를 타산함이 없이 그리고 비굴과 아첨이 없이 그저 즐겁기만 한 사람이 갑자기 그리워졌던 것이다.

계원은 전화기를 들었다. 전화기를 들고 다이얼을 돌리려 하는 때였다.

노크 소리도 없이 문이 열리고 뜻하지 않은 백모가 나타났다. 정중하게 문을 닫고는 계원의 앞으로 걸어와 소파에 앉으며,

"사장이래지? 여자두 돈을 벌어야 하니까 잘 했다. 암! 돈을 벌어야지!"

첫마디부터 비꼬기를 시작했다.

계원은 아무 대답도 못하고 자기 자리에서 일어나 백모 앞으로 와 앉았다.

그리고는 죄를 지은 사람처럼 다음에 나올 말만을 기다렸다.

새벽 하늘

백모는 계원의 말이 나오기를 기다리지 않았다. 하고 싶은 말을 혼자서 지껄이려는 심산이었다.

"나이 스물다섯이니 시집을 갔으면 애두 몇이나 났겠다만 그래두 시집 안 간 처녀루 사장이 되어 뻗티구 앉게 되었으니 훌륭하다. 남자 여자 가리지 않는 세상이니까 여자라구 사장이 못 되라는 법이 있나!"

백모는 잠시 숨을 돌리고는 다시 계속이다.

"집안에 여자 걸물이 하나 생겨 족보가 빛나게 됐다. 과거급제를 하고 진사가 된 것이 어찌 이만하겠니? 네 덕택에 가문이 흥할 거다. 이름 나구 돈 잘 벌구…… 참 좋다!"

백모는 잔기침을 두어 번 하고 나서 이번에는 언성을 가다듬어 목소리를 느리게 했다.

“너 하구 싶어 하는 일 누가 말리겠니? 그래두 장사를 하건 무얼 하건 사람은 사람이 돼야 한다. 사람이 돼야지! 사람이 못 돼 가지구 돈을 벌면 무엇 하구 이름은 나면 무엇 하니? 사람이 될려면 사람을 알아봐야 하느니라.

그래 네 백부가 네 재산을 빼앗을 것 같아 백부를 챙피 주구 네가 꼬리를 저며 나다녀야 하니? 백부가 아무리 먹을 게 없다 해두 그래 네 재산에 손을 댈 것 같단 말이냐? 늙어서두 너를 생각해서 공장두 맡아 보구 재산두 돌봐 주려는데 그래 백부를 내쫓구 네가 사장이 돼? 집안 잘 된다. 조카가 백부 망신을 시키구, 백부가 조카에게 죄 없는 누명을 쓰구……. 암탉이 울면 집안이 망하느니라 망!”

계원은 하고 싶은 대로 하라는 식으로 듣기만 하고 있었으나 내버려 두면 무슨 말까지 할지를 몰라

“제가 큰아버지 망신시킨 게 뭡니까? 제 재산을 가지구 제 마음대루 하겠다는데 무슨 잘못입니까?”

하고 백모의 입을 막으려 했다. 그러나 백모는 그 말을 기다리기나 했던 거처럼,

“네 재산을 가지구 네 마음대루 하는데 무슨 말이냐구? 이년이 못하는 수작 없구나. 그래 누가 네 재산을 먹으려던? 응?”

하고는 자기네가 동전 한 푼 먹지 않았다는 것 그리고 계원의 재산이기는 하나 집안 어른이 있는 이상 함부로 혼자 없애지 못한다는 것을 언성 높여 말했다.

계원은 야료하기 위해서 찾아온 백모이기는 하지만 백모로서의 대접을 해 주려고 하던 마음이 확 변해지고 말았다.

“나두 아버지의 재산을 축내지는 않을 겁니다. 아버지를 생각하는 건 누구보다두 내가 제일일 테니까요. 쓸데없는 걱정마시구 돌아가시기나 하세요!”

“밥 얻어먹으러 오지는 않았으니까 가지 말래두 간다. 가라구? 사장이나 됐으니까 그런 수작두 할 수 있겠지…… 참 잘 한다. 애비하구 딸이 같이 죽는 놈의 집안에서 자랐으니까 버릇두 대단하구나…….”

계원은 더 참을 수 없었다. 자기를 꾸짖으면 꾸짖을 것이지 죽은 아버지
와 언니까지 들출 것은 무엇일까?

"잘 하십니다. 조카에게 악담을 해서 시원하시겠습니다. 그렇지만 여기는
사무실이니까 빨리 돌아가십시오. 집으로 와서 마음이 씨원하두룩 욕을 하
십시오. 속이 시원하두룩요!"

계원은 백모의 팔을 잡아 일으키고 문 밖으로 끌었다.

백모는 사장실에서 사무실로 끌려나가면서도,

"이년이 사람을 내쫓는구나. 서방질을 하다가 학교에서 쫓겨나더니 사람
내쫓는 법두 배웠군, 응?"

하고 사무실 안이 들썩할 만큼 야단을 쳤다.

계원은 사원들이 창피해서 백모를 내버려 두고 자기 방으로 돌아와 소파
에 쓰러지듯 몸을 내던졌다.

쓰러질 듯 소파에 앉아서는 턱에 손을 괴고 눈을 감아 버렸다.

밖에서는 백모가 신이 나서 무어라 떠들고 있었지만 계원에게는 그 말이
들려 오지 않았다. 다만 사회라는 것을 처음으로 목격하는 듯한 마음이 생
각의 갈피를 잃게 하여 실신 비슷한 혼몽 상태에 빠져 있었다.

아버지가 살아 있을 때에는 생각도 못해 본 현상들이다. 아버지 대신 사
회인으로 생활을 창조해 보려고 첫걸음을 내디딘 순간이 이렇다면 앞으로
닥칠 세파란 어떤 것일까 하는 것만이 개탄되었다.

여자니까 외교에 편리하다고 자기를 이용하려는 업무과장……. 재산을
뺏기지 않고 아버지의 사업을 계승하려고 나섰다 해서 자기를 야료하고 있
지도 않은 사실을 꾸며 가지고 사원들 앞에서 떠들어대는 백모!

그것은 숨길 수 없이 엄연한 현실이다. 그러나 절대로 아름다운 현실은
아니다.

계원은 긴 한숨을 내쉬었다. 한 번만이 아니라 자꾸만 계속해서 내쉬었다.

그렇다고 해서 자기의 현실을 뒤집어엎어 놓고 싶지는 않았다. 자기 앞에
놓여 있는 현실이란 어디까지나 자기의 현실이며 따라서 어떻게 하려야 어
떻게 할 수 없는 것임을 알기 때문이었다.

다만 그 현실을 똑바로 보고 그것을 이겨 나가는 것만이 문제일 것이지만 이겨 나간다는 그것이 과연 힘들 것 같았다.

재산에 손을 댈 수가 없다고 해서 백모가 일부러 찾아와 야료를 하고 거짓 선전과 모략을 하는 정도이니 앞으로 무슨 실수가 있으면 그때는 어떻게 될 것인가?

가장 가깝다는 친척이 그렇거늘 아무 상관도 없는 사람들은 얼마나 냉혹한 눈으로 자기를 바라볼 것인가?

계원은 정신없이 앉아 있다가 집으로 돌아가 버렸다. 권병호에게 전화를 걸고 만나자던 생각도 어디로 기어들어가고 말았다. 마음이 편할 때 만나야 즐거움도 느낄 수 있는 것이지만 우선 병호를 만나야 하겠다는 마음의 여유가 생기지 않았던 것이다.

집으로 돌아가자 계원은 자리를 펴고 누워 버렸다. 몸과 마음이 피곤해서 자기 몸을 지탱할 수가 없었던 것이다.

누워서는 계속해서 한숨만 내뿜었다. 그러면서도 마음속에는 백모와 백부가 집으로 찾아와 다시 또 야료를 하지나 않나 하는 불안이 그치지 않았다. 무슨 소리만 나도 백모가 걸어오는 것만 같았다. 아무 소리도 들리지 않을 땐 그 조용한 공기 속에서 백모의 숨소리가 들려 오는 것 같기도 했다.

귀찮으니 재산을 전부 맡겨 버리고 자기에게는 생활비만 달라고 할까 하는 생각도 들었다. 사실 백부나 백모가 자기에 대한 원한이 하루 이틀에 풀어 버릴 것 같지가 않았다. 두고두고 화풀이를 할 것이니 그것을 어떻게 당할 수 있을 것인가? 그러나 야료를 받았다고 해서 선뜻 재산을 내놓을 수는 없었다. 자기의 체면과 의지(意志)를 위하여 도저히 허락할 수 없는 일이었다. 비굴하고 패배적(敗北的)인 그런 행동을 어찌할 수 있을 것인가? 어떠한 봉변을 당한다 해도 얼마 동안은 계속해야 한다.

조카보고 서방질을 하다가 학교에서 쫓겨났다고 떠들어대는 그러한 백모에게 일보나마 양보할 수가 있을 것인가. 그래도 백모가 찾아올 것만 같은 불안이 꺼지지 않았다.

'병호 씨나 왔으면……'

계원은 시계를 들여다보았다. 다섯 시가 넘었다.

종일 전화도 걸지 않았으니까 찾아올 것 같기도 하나 퇴근 시간이 훨씬 지나도록 병호는 나타나지 않았다.

"병호 씨두 인간이겠지……."

계원은 이런 생각이 들며 병호 역시 저주하고 싶은 충동을 느꼈다.

말하자면 계원에게 있어서 모든 인간이 아름답지 못한 존재로 비쳤던 것이다. 무엇을 기대할 수도 없고 또 자기의 진심을 내맡길 수도 없는 것이 현실적인 인간만 같았다. 따라서 병호 역시 그러한 인간에게 벗어날 수가 없을 것이며 그러한 인간에게 기대를 가지지 않는 것이 마음 편할 것 같았다.

만약 병호가 그러한 인간이 아니라면 자기가 이렇게까지 고민하고 괴로워하고 있을 때 자기를 찾아 주지 않을 수 없을 것 같았다.

자기가 세상에 나와서 처음으로 가장 큰 시련을 받고 있는 지금 나타나지 않는다는 것은 결국 병호 역시 자기 본위로만 살고 있는 사람이기 때문이란 생각이 들었다.

보통 있을 수 없는 생각일지 모르지만 계원은 그렇게까지 생각했던 것이 사실이다.

계원이가 이렇게 고민하고 있는 동안 병호도 계원을 생각지 않은 것은 아니었다. 이 날은 어떻게 해서든지 계원을 만나 자기 마음이 안정될 수 있을 만큼 계원의 태도를 정확히 파악하려고 했다.

병호는 결혼 문제를 가지고 오래 끌고 싶지 않았다. 더구나 결혼의 문 앞에도 들어서지 못하는 연애 감정 같은 것을 가지고 정력의 대부분을 소비할 것이 아니라는 생각이 들었던 것이다.

사랑을 하면 사랑을 하고 싫으면 만나지도 말아야 할 것 같았다. 연애가 중하기도 하고 생활의 큰 위치를 차지하고 있기도 하지만 연애가 인생의 전부일 수는 없다. 생활이 있기 때문에 아름다워지는 것이 연애가 아닐는지?

나이도 나이려니와 생활의 균형을 잡기 위해서라도 연애보다 결혼을 더 요구하게 되는 것이 또한 병호의 심경이기도 했다.

연애보다도 안정된 감정을 가지기 위하여 결혼이 필요한 만큼 병호는 어떠한 수단으로라도 계원의 마음을 알고 될 수 있으면 사랑의 구체적 약속을 얻으려고 마음먹었다.

그래서 계원에게 악수를 청해서 그것을 허락만 하면 그 자리에서 계원을 포옹하고 키스까지 하리라 결심했다. 그러한 행동을 하려면 용기가 필요할 것이지만 이번만은 있는 용기를 다해서 자기의 계획을 성공시키려 했다. 만약 그것들을 순순히 허락하면 결혼하자는 말도 자연스럽게 나올 것이다. 만약 그것을 허락지 않는 때에는 계원의 애정이 없는 것이라 단정하고 결혼을 단념하는 수밖에 없다고 생각했다. 그러나 이러한 계획을 마음속으로 세우고 검찰청에 나간 지 몇 시간도 안 되었을 때 병호는 뜻밖에 한 장의 전보를 받았다.

‘오신영 위독 급래 요망.’

전문을 읽는 순간 병호는 가슴이 덜컥 내려앉았다.

"한 사람을 죽였구나……."

오신영이가 위독하다는 전보가 병호에게 발송되었다는 것은 결국 병호가 오신영을 죽였으니까 그 죽음의 책임을 마음으로나마 느끼라는 것임에 틀림없었다.

아무 관계가 없는 사람에게 그 죽음을 전보로 알린다는 것은 곡절이 없고는 있을 수 없는 일이다.

사유야 어떻게 되었던 간에 병호는 자기로 말미암아 오신영이가 죽었다고 느끼지 않을 수 없었다.

"죽지만은 말았어야 할 텐데……."

전문에 사망이라 씌어 있지가 않고 위독이라 씌어 있는 것을 다시 보자 병호는 신영이가 죽지만은 말아 주었으면 하고 속으로 빌었다. 죽어도 상관이 없을지 모르나 자기 때문에 죽는 일만은 없어 주었으면 하는 마음이었다.

만약 자기에게서 받은 타격 때문에 신영이가 죽었다고 하면 자기가 직접 죽인 것은 아니라 해도 일생 살인했다는 정신적 불안은 버릴 수 없을 것이 아닌가?

생각하면 신영이가 어리석기 짝이 없는 인간 같았다. 어떻게 해서 위독한 상태에 빠졌는지 그 경위는 모르지만 사랑이 이루어지지 않았다고 해서 생명을 위독한 상태에까지 바칠 것이 무엇인가?

죽고 싶었던 것은 신영보다도 자기였다. 그러나 자기는 죽지로 않고 새로운 길을 개척하여 오늘에 이르렀다.

신영도 새로운 생활을 개척하면 그뿐이 아닐 것인가?

더구나 자기가 죽음으로 말미암아 남의 가슴에 못을 박을 것이 무엇인가?

사랑을 하려는 마음이 진실된 것이라면 상대가 사랑해 주건 말건 자기 혼자가 가슴에 새겨 둘 일이지 상대에게 타격을 주는 일을 저지를 수는 없을 것이다. 따라서 죽음을 보임으로 상대편의 마음은 순간적으로나마 돌리려고 한다면 그것은 불순하기 짝이 없는 사실이다.

사랑의 시위(示威)란 본시가 불순한 것이 아닌가…….

병호는,

"위독하면 했지 날더러 어떻게 하라는 건가?"

하고 혼자서 반문을 한 뒤 전보를 찢어 버렸다. 그러나 전보를 찢어 버린 지 몇 시간도 안 되어 고향에서 국회에 출마했다 낙선이 된 중학 동창생이 찾아왔다.

동창생 김학수가 병호와 악수를 하자마자,

"빨리 좀 내려가 보게!"

하고 성급히 말했다.

"빨리 가라니 그게 무슨 말인가?"

병호는 김학수의 말을 반문하지 않을 수 없었다.

"오신영이가 위독하다니 가 봐야 하지 않겠는가? 내일쯤이나 올라오려구 하였는데 오신영의 부모들이 하두 야단을 해서 나두 일부러 하루를 당겨 오늘 올라 왔네마는 빨리 가 봐야겠네!"

"그래? 나두 방금 전보를 받았는데 오신영이가 어떻게 되었단 말인가?"

"나두 가 보지는 못했지만 쥐약을 먹구 몹시 위독한 상태에 있는 모양인데 자네와의 관계가 어떻게 변해 가구 있는지는 모르지만 그 부모들이 자네가 와서 오신영의 임종만이라두 봐 달라구 그러데……."

"오신영이가 죽는데 내가 가야 할 것은 무엇인가?"

"거야 내가 알겠나? 그렇지만 자네 때문에 오신영이가 자살한 것만은 사실이니까 마지막으루 한 번 가 보아 주는 것까지야 마달 것이 무엇인가?"

"나 때문에 죽어야 할 이유가 무엇인가? 내가 언제 죽으라구 했어?"

병호는 오신영이가 자기 때문에 죽었다고 하는 말이 듣기 싫었다.

"글쎄 자네가 죽으라 해서 죽었을 리야 없겠지만 부모들 말을 들으면 오신영이가 잠꼬대를 하면서두 자네 이름을 불렀다구 하니 자네와 관계없달 수는 없겠지. 좌우간 부모들이 딱해 볼 수 없대. 자네한테 사과라두 해야겠다구 하며 울구불구하대……."

"………"

권병호는 입을 다물어 버렸다. 뭐니뭐니 해도 오신영의 심경을 가장 잘 아는 사람은 그래도 자기 하나밖에 없다. 그러면서도 오신영의 죽음을 가지고 왈가왈부를 할 필요는 없다.

오신영의 임종에 자기가 가느냐 가지 않느냐 하는 것을 스스로 결정하면 그뿐이다.

병호는 두 손을 이마에 대고 책상을 내려다보았다. 오신영의 죽음을 아랑곳할 바 없다고 결론을 내렸던 것이기는 하지만 그래도 또 한 번 생각지 않을 수 없었던 것이다. 병호는 한참 동안이나 이것저것을 생각하다가 마침내는,

"중앙선(中央線) 기차가 몇 시에 떠나나?"

하고 김학수에게 물었다.

"아침 차 하나밖에 없어. 내일 아침에 떠나야 할 걸."

병호는 마침내 오신영이가 있는 곳이요. 따라서 자기의 고향인 A읍으로

갈 것을 결심했다.

오신영이가 이미 죽었는지 그렇지 않으며 아직 절명을 안 했는지 그것은 알 수 없는 일이지만 어쩐지 죽었을 것만 같은 생각이 들었다. 따라서 오신영이가 죽었다고 하면 죽은 사람에게까지 잔인할 수 없다는 생각이 들었다.

병호는 오신영이가 자살한 그 원인에 대해서만은 책임을 지고 싶지 않았다. 그것은 오신영으로 말미암아 병호 자신이 받은 타격이 아직도 그의 육체에서 사라지지 않았기 때문이었다. 자기의 반생을 슬프게 한 오신영! 그러니까 오신영도 자기를 원망할 아무런 조건이 있을 수 없다.

법률적으로나 윤리적으로나 자기가 책임감을 느낄 필요가 없다. 필요가 없다기보다도 느끼기가 싫었다.

그러나 이미 죽은 사람이니 죽은 사람에게 잔인한 행동을 한다는 것은 산 사람에게 잔인한 것보다 몇 배나 더 심한 일이다.

말없는 망령(亡靈)이 일생 동안 자기를 따라다니며 원망한다 해도 그것을 물리칠 도리가 없을 것 같았다. 자기를 좋지 않다고 해서 딸을 자기와 결혼시키지 않은 부모들을 만나는 것이 유쾌한 일일 것 같지가 않았지만 병호의 마음속에는 딸의 의사를 눌렀다가 마침내는 딸을 죽게 한 그 부모들의 얼굴을 보고 싶은 충동도 일어났다.

어쨌든 병호는 다음날 아침 차로 오신영에게 갈 것을 결정짓고 사무실을 나왔다.

사무실을 나오자 병호는 계원을 찾아갈까 생각했지만 우울한 얼굴을 가지고 계원을 만난다는 것이 어쩐지 마음 내키지 않았다. 더구나 자기 때문에 한 여성이 자살을 했고 자기는 죽은 여자의 망령이 무서워 그 시체를 찾아가기로 했다는 말을 할 수가 없을 것 같았다.

사랑하는 사람 사이에는 비밀이란 것이 있을 수 없겠지만 비밀이란 것은 그것을 발표하는 시기가 따로 있다. 얼마 지난 뒤에 그런 일을 이야기하면 그때는 아무렇지도 않게 생각할는지 모르나 지금에 그 이야기를 하면 계원이가 유쾌하게 생각지 않을 것이 분명하다.

병호는 다녀와서 찾아가리라 마음먹었다.

그 대신 김학수가 술이나 먹으러 가자고 끄는 바람에 김학수를 따라나섰다.

김학수는 우울할 때 먹으라고 생긴 것이 술이라고 하여 병호를 끌었다. 병호는 자기도 그렇게 생각한다고 하며 따랐다.

어떤 선술집으로 들어가 약주를 마시기 시작할 때 김학수가,

"오신영 같은 여성두 별루 없을 거야. 요새 여성으로 사랑 때문에 자살하는 일이 얼마 있어. 것두 서루 사랑하는 사이였다면 모르지만……."
하고 이야기를 꺼냈다.

"그 말은 그만두세. 우울하기만 한 이야기니까……."

"우울할 것두 없지 않을까? 만약 나 때문에 죽은 여성이 있다며 나는 행복감을 느끼겠다……."

"사람을 죽이구 행복감을 느낄 수가 어디 있어?"

"아냐 오신영 같은 여자가 있다면 나는 모든 것을 버리구라두 결혼할 테야. 자네 심경두 모르지는 않지만 한 번 잘못한 것을 일생 동안 잊지 않는 여자가 얼마나 훌륭한가!"

"글쎄 그만두라니까…… 그런 말은 다음에 하구 자네 낙선된 이야기나 들려 주게. 그래 몇 표의 차루 낙선되었나?"

"말 말게 골치야. 돈만 썼지 있는 재산 다 달아났네…… 패가망신한 셈이지 뭐야. 불쾌한 이야기 그만두세!"

김학수도 자기 이야기는 불쾌하다고 하면서 자기 이야기를 꺼내지 않으려 했다. 그리고는 춤추는 데 구경이나 가자고 했다.

병호는 춤을 출 줄 모르니까 춤추는 데는 가지 않겠다고 거절했다. 그러나 김학수가 한 번 구경이라도 하라고 하면서 잡아끄는 바람에 병호는 할 일이 없을 뿐 아니라 구경쯤 한 번 해 두는 것도 해롭지 않을 것 같은 생각에 또 학수 뒤를 따랐다.

김학수는 오래간만에 서울에 온 만큼 춤이 몹시 추고 싶었던 모양이다.

"남 하는 것 다 해 보는 게 좋아, 춤도 출 줄 모르는 도학자를 현대 여성들이 좋아하는 줄 알아. 자네두 춤을 배워 두게. 써 먹을 때가 있을 테니."

술집에서 나와 어떤 구락부로 가는 길에 김학수가 설교하듯이 말했다.

"껴안구 춤을 추면 그 여자하구 연애하구 싶어 어떻게 견디지? 나는 그게 힘들 것 같아 춤을 못 배우겠더라……."

병호는 싱긋이 웃으며 대답했다.

"건 춤을 출 줄 모르는 사람의 말이야. 춤을 같이 췄다구 연앨 해야 한다면 큰일 나지, 춤출 때는 춤에 정신이 빠져 그런 생각은 하지두 못하는 거야……."

"글쎄 내가 출 줄 모르니까 그런 생각을 하는지는 몰라두 손목 잡구 또한 팔룬 허리를 껴안구 뱅뱅 돌아가누라면 아무래두 마음이 달라질 것만 같아. 더구나 남녀칠세부동석이란 윤리관에 젖었던 백성들이라……."

"아직 생활화하지 않았으니까 사고가 일어나기 쉬운 것만은 사실이지만 춤춘다구 반드시 사고가 생긴다는 법은 없을 거야…… 좌우간 내가 추는 걸 구경이나 하게!"

그들은 어떤 구락부로 들어섰다. 이미 밴드에 맞추어 적지 않은 남녀들이 마룻바닥을 쓸며 빙빙 돌고 있었다.

병호는 한편 구석에 앉아 춤추는 사람들의 포즈만을 구경하고 있었다. 손목은 어떻게 잡고 허리는 어떻게 안았는가? 그리고 남자와 여자의 얼굴은 얼마나 떨어진 거리에 있나?

각색각양이기는 했으나 모두가 심각한 표정인 것만은 공통적이었다. 예술의 심오한 경지에 도취된 듯한 신묘한 얼굴들이었다. 가장 점잖고 가장 신사연하는 얼굴같이 보이기도 했다.

학수도 새로운 음악이 시작되자 어떤 여자 앞에서 절을 하고 나서는 그 여자와 같이 돌기를 시작했다.

선거에는 맨 꼴찌로 낙선되었다고 하면서도 여자 앞에서는 당선된 국회 의원 이상으로 점잖은 얼굴을 꾸미고 있었다. 여자에게 가장 정중한 태도를 보이며 허리에 댄 손도 달 듯 말 듯 조심스럽게 댔으나 빙그르 돌 때에는 여자의 몸을 자기의 몸에 바짝 끌어대었다.

병호는 속으로 혼자 웃었다. 춤이란 남자와 여자의 거리를 가장 가깝게 하는 합법적인 율동이라고 생각되어 과연 좋기는 좋은 것이로구나 여겨졌다.

맞선을 보고 난 여자와 한 번 포옹을 하고 그 행동의 책임을 느꼈으며 계원과 악수를 한 번 하고 그 악수의 의미를 심각하게 생각한 자기의 세계와는 너무나 거리가 먼 현실이었다.

확실히 자기는 시대에 뒤떨어진 사람 같았다. 자기도 그들에 휩쓸려 춤을 추고 싶은 충동이 일어났다.

물끄러미 앉아 돌아가는 남녀들을 바라보고 있을 때였다. 어떤 여자 한 명이 병호 앞에 나타났다.

"춤을 출 줄 아셨던가요?"

병호는 못 올 데를 왔다가 들킨 것처럼 얼굴을 붉혔다. 그러나 곧,

"나두 좀 배워 볼까 하구요."

하고 넌지시 대답했다.

"발전하셨는데요? 저하구 추실까요?"

이렇게 말하는 여자는 정옥심이었다.

"아직 배우지는 못했습니다. 한 번 구경을 하구 배울까 합니다."

"오래 살면 별일두 다 보겠군요. 권 선생이 춤을 다 추시구……."

"나는 반편인 줄 아세요?"

그때 옥심이가 의자를 당겨 놓고 옆으로 와서 앉았다.

병호 옆에 다가앉자 옥심이가,

"참, 고소를 취소시켜 주어서 감옥 생활을 면하게 해 주신 은혜는 잊지 못하겠습니다."

하고 병호의 얼굴을 똑바로 쳐다보았다.

옥심이가 농담이 아닌 이야기를 꺼냈기 때문에 병호도 정중한 얼굴로,

"천만의 말씀입니다. 그래 아무 일 없이 잘 사십니까?"

하고 물었다.

"네, 덕택에 잘 삽니다. 이렇게 잘 살지요?"

"이렇게라니요?"

"춤추구 술 먹구요……."

“네, 그러세요?”

병호는 속으로 쓴웃음을 혼자 웃었다.

“정말 용감한 남자였어요. 나두 웬만한 여자라구 자신했지만 그 남자에게는 당해 낼 수가 없었어요. 그렇지만 고소를 당했다는 사실을 알았을 때 차마 오래 살 남자가 아니란 것을 알았습니다. 끝까지 같이 살려구 애두 써 봤지만 마음이 그렇게 돌아가지가 않아 헤지구 말았습니다. 그 남자두 선선히 헤지자구 그러더군요. 역시 한 여자에 만족할 남자가 아니었어요. 그래두 빈 말루나마 그러지 말라는 말을 안 할 때 섭섭하기 짝이 없었습니다. 정말 울었어요. 울지 않을 수가 없었어요. 아마 일생 동안 울어야 할 것 같습니다.

그래서 이왕 울지 않을 수 없게 된 바에야 춤두 추구 술두 먹으면서 울려구 생각했지요. 어떡하겠어요. 두 번 버림을 받은 여잡니다. 권 선생 같은 분은 길에서 만나도 인사까지 안 하게끔 된 여자니까요. 춤추구 술을 마시니까 마음이 조금 나지더군요. 이제는 울지 않습니다. 울어선 무엇 합니까. 아무려면 한 번 밖에 더 죽겠어요.

권 선생두 빨리 춤을 배우세요. 춤출 때는 상하도 없고 귀천도 없답니다. 내가 파트너 노릇을 해 드리지요. 왜 얼굴을 찡그리세요? 뭐 그리 깨끗한 여자가 많다구…… 그렇구 그렇습니다.”

옥심은 보이를 불러 술을 청구했다.

병호는 아무 대꾸도 없이 옥심의 얼굴만 바라보고 있다가,

“얼마 배우면 이런 데서 춤을 출 수 있게 됩니까?”

하고 물었다.

“한 달만 배우면 됩니다.”

“그럼 한 달 뒤부터 만나십시다.”

여기까지 이야기를 했을 때 어떤 남자가 와서 옥심을 불렀다.

“참, 저와 같이 오신 분인데 너무 오래 기다리게 해서 가 봐야겠습니다.”

옥심은 술을 청해 놓고 그 술이 오기도 전에 가 버렸다.

옥심이가 가자 김학수가 돌아와서 옥심이가 앉았던 자리에 앉았다.

병호는 김학수가 앉아 땀도 씻기 전에,

"이젠 그만 가세!"

하고 일어섰다.

"조금만 더 있다 가세……."

"아냐! 오래 있으면 나두 병이 들구야 말 것 같아……."

"쓸데없는 소릴 말구 조금만 기다려! 일이 거의 돼 가니까……."

"일이 돼 가다니?"

"사람…… 눈치가 그렇게두 없나. 그만하면 알 거지?"

"아니 춤 출 땐 춤에 정신이 빠져 딴 생각을 못한다구 그러지 않았나……."

"잔말 말구 조금만 기다려……."

병호는 김학수가 춤을 추러 간 사이에 혼자 빠져 나오고 말았다. 그대로 있는 것이 학수에게 방해가 될 것 같기도 했지만 무엇보다도 그 자리에 앉아 있는 것이 가슴 답답해서 견딜 수 없었다.

병들어 버리고 만 정옥심! 생각만 해도 불쾌했다. 그러나 무엇이라고 충고 한 마디 할 수 없는 자기다. 그런데다가 남자들을 끼고 빙빙 돌아가는 것을 뜬눈으로 보고 있을 수가 있겠는가!

다음날 아침 병호는 부산행 중앙선 열차에 올라 앉아 있었다.

지난 밤에 춤추던 군상들이 눈앞에서 아물거렸다. 정옥심이가 하던 이야기도 귀에서 아물거렸다.

김학수는 어떻게 되었을까?

자기와는 아무런 관계가 없는 일들이었지만 병호는 그것들이 자기와 멀지 않은 곳에서 손짓을 하고 있는 하나의 형상처럼 생각되었다.

뒤이어 계원이도 춤을 출 줄 안다면 하는 생각이 들었다. 계원이도 춤을 추러 다니기만 한다면 뭇 사내들과 손목을 잡고 허리를 껴안긴 채 신묘한 얼굴을 하고 마룻바닥을 미끄러질 것이 아닌가? 때로는 남자의 얼굴에 자기 뺨을 비빌지도 모른다.

그러다가 남자의 유혹을 받으면 그것을 물리치려고 갖은 수단을 다 쓰겠지.

계원이가 춤을 춘다고 해도 그 이상의 유혹에 절대 빠지지 않을 것 같았다. 그것만은 절대로 믿어졌다.

그러나 그 이상의 사고는 없다고 할지라도 춤을 추기만 했다면 뭇 사람들에게 안기어 빙빙 돌았을 것만은 숨길 수 없는 사실이 아니겠는가?

병호는 계원이가 춤추는 장면을 생각해 보았다. 그러나 동시에 눈을 감아 버렸다.

끔찍스러운 일 같았다. 생각하기에도 끔찍스러운 일 같았다.

그러면서 병호는 계원이가 춤출 줄 모른다고 한 말을 들은 기억이 머릿속에 떠올랐다. 확실히 그런 말을 들은 것 같았다.

"설마 계원 씨야……."

병호는 계원이가 춤출 줄 모르기를 마음속으로 빌기까지 했다.

그렇게 비는 병호의 마음속에는 자기를 원망하고 있는 계원이의 얼굴이 새롭게 떠올랐다.

간단 말도 안 하고 떠나는 자기를 무심타고 원망하는 얼굴이었다.

공무로 출장 간다고 거짓말이나마 떠나는 인사를 하고 떠날 걸 하는 후회가 막심했다.

그러나 이미 저질러 놓은 일을 어떻게 할 것인가? 병호는 빨리 가서 신영의 부모나 본 뒤 그 자리에서 되돌아오리라 생각했다. 오늘밤으로라도 돌아가 계원을 찾아가려고 했다.

그러자 그의 마음은 점점 더 조급해졌다. 기차가 빠르지 못한 것까지 탓하고 싶었다. 정거장에서 기차가 오래 쉬는 것이 참을 수 없을 만큼 안타깝기도 했다.

A읍에 이른 것은 두 시가 지난 뒤였다. 정거장에 내리자 병호는 서울 가는 기차 시간부터 알아보았다.

그러나 그 날로 돌아갈 수 있는 기차는 없었다. 역시 내일 정오 때가 아니면 떠날 수가 없었다. 내일 차를 타고 간다면 서울에는 늦게야 도착될 것이다. 그렇게 되면 내일도 계원을 만날 수가 없다.

병호는 공연히 떠났다는 후회까지 했다. 무엇 때문에 계원에게 원망을 받을 일까지 하며 신영의 시체를 보러 온 것일까?

그렇다고 해서 온 길을 그대로 돌아갈 수는 없어서 오신영의 집을 찾아갔다.

병호는 상갓집이면 사람들이 떠들썩할 것으로 생각했다. 장례를 준비하러 모여 든 사람들이 자기의 얼굴을 어떤 눈으로 바라볼까 하는 것만 걱정하며 신영의 집 앞까지 이르렀을 때 왁작해야 할 집안이 지나치게 조용한데 병호는 놀라지 않을 수 없었다.

이미 장례를 필한 것이나 아닐까 하고 대문 안에 들어섰을 때 방 안에서 내다보던 신영 어머니가 신발도 신지 못하고 뛰어나왔다.

“오기는 왔구나…….”

그는 병호의 팔목을 붙잡고 방 안으로 잡아끄는 것이었다.

도대체 어떻게 된 일인지 몰라 병호는 집안을 한 번 둘러보고 나서야 안으로 들어섰다.

신영인 듯한 환자가 아랫목에 누워 있고 그 옆에 낯 모를 부인 한 명이 앉아 있을 뿐 집안은 텅 빈 듯이 쓸쓸해 보였다.

병호는 방 안에 들어서자,

“생명에는 별 관계가 없습니까?”

신영 어머니에게 물었다.

죽은 것이라 생각하고 찾아왔던 만큼 아직 절명하지 않은 것을 볼 때 이상스러운 감회가 들었다. 산 사람을 보고 왜 죽지를 않았을까 하는 생각만은 차마 할 수 없었지만 죽지도 않은 사람을 보러 무엇 때문에 왔던가 하는 후회가 생긴 것만은 사실이었다. 걱정되어 찾아왔다는 듯이 생명의 위독 여부부터 물었다.

신영의 의식이 있는지 없는지 병호가 온 것을 아는 체하지를 않았다. 눈도 감은 채 몸 하나 움직이지 않았다.

신영 어머니가 한숨을 내쉬고 나서,

“생명만은 건지게 되는 것 같네.”

하고 신영 가까이로 가서 신영을 가볍게 흔들었다.

"애! 권 서방이 오셨다……."

병호는 깨우지 말라고 말렸다. 그래도 어머니는 깨우지 않을 수가 없다는 듯이 말로만,

"신영아! 신영아!"

하고 신영을 불렀다. 깨우기는 해야겠으나 몸을 흔드는 것은 애처로운 모양이었다.

"가만두세요. 이제 깨겠지요. 천천히 보면 어떻습니까?"

병호는 진심으로 깨우지 말아 주기를 바랐다. 신영이가 눈을 뜨고 서로 마주 보게 되면 서로가 부자연하게 당황할 것이 겁났던 것이다.

신영은 어떻게 대할지 모르나 최소한도 자기만은 어색하기 짝이 없을 것이다. 전처럼 냉정한 태도를 보일 수도 없는 것이요. 그렇다고 해서 동정하는 태도를 보일 수도 없다. 그래서 병호는 자기가 있는 동안 신영이가 깨어나지 말아 주기를 바랐던 것이다.

그러나 어머니가 거듭 부르는 소리에 신영은 눈을 뜨고야 말았다. 그러나 몸을 움직이지는 않고 눈동자만을 돌려 병호를 보고는 다시 눈을 감아 버렸다.

다시 눈을 감은 지 얼마 안 되어 어머니가 수건으로 선영의 눈시울을 닦아 주었다.

"목이 상해서 아직 말을 못해……."

그리고는 자기도 딸의 눈물 닦던 수건으로 자기의 눈물을 적서 댔다.

"좋습니다. 할 말이나 있을라구요……."

병호는 차라리 잘 되었다 생각했다. 한 마디나마 말을 할 수 있다면 무엇이라 대답해 주어야 할 것인 만큼 일이 잘 된 것이라 생각하지 않을 수 없었다.

한참 동안 침묵이 흘렀다. 신영 어머니는 가슴이 복받쳐 말을 못했을 것이고 병호는 할 말이 없어 입을 다물어 버렸다. 왜 죽으려 했느냐 또는 약을 얼마나 먹었느냐 그렇지 않으면 의사를 보였느냐 하는 말밖에 물어 볼

말이 없는데 그 말을 묻게 되면 반드시 자기 이야기가 나올 것이 분명했다. 자기 이야기만은 나오게 하고 싶지 않으니 결국은 할 말이 없었던 것이다.

무거운 침묵이 흐르게 되니 병문안 왔던 이웃 부인이 슬며시 나가 버리고 말았다.

신영 어머니는 손님이 가는데도 잘 가란 말 한 마디 안 하고 앉은 채 눈물만 닦다가 한참 뒤에야 겨우 입을 열었다.

"와 주었으니 고맙네. 우리는 신영이가 죽기 전에 자네가 와 줄 것 같지 않아 걱정을 했지. 자네 얼굴두 못 보구 죽으면 신영의 혼이 우릴 얼마나 원망하겠나…… 고맙네. 자네가 왔으니 우린 한이 없네. 죽어두 한이 없어……."

신영 어머니는 수건으로 눈을 꾹꾹 눌렀다.

잠시 눈물을 찍어낸 뒤 신영 어머니는 다시 말을 계속했다.

"우리가 자네한테 지은 죄야 무얼루 갚을지 모르지. 눈이 뒤집히면 물두 물루 보이지 않는다더니만 정말 우리는 눈이 뒤집혔댔어! 신영이가 우릴 대신해서 그 죄를 갚으려 한 것두 몰랐으니까……. 신영이가 자기루서두 죄를 사할 수가 없다구 죽으러 내려 왔을 때까지 우리는 신영의 마음을 몰랐어! 쥐약을 먹구 죽으려 한 그저께 밤에야 겨우 알았지. 그때서야 신영이가 자네를 찾아다닌 이야기를 하더군 그래. 죄를 사함 받을 수 없을 바에는 죽는 수밖에 없다구 그러지 않아! 그래두 설마 독약을 먹구 자살할 줄은 몰랐어! 밤에 자다가 이상한 소리가 나기에 깨 보았더니 그 지경이 아냐……."

신영 어머니는 잠깐 숨을 돌렸다가 다시 말을 이었다.

"자네가 오리라구는 생각지 않았지만 그래두 자네한테 알리지 않을 수가 없을 뿐 아니라 자네가 와 줘야 신영두 눈을 감을 수 있을 것 같아 전보를 치구 학수를 올려 보냈지.

다행히 죽지는 않았네만 이왕 온 김이니 무어라구 한 마디 해 주구 가게……."

드디어 병호의 입장이 곤란하기 시작했다.

　무슨 말을 할 수가 있다는 말인가? 정말 할 말이 없었다. 신영의 행동을 나무랄 수도 없다. 그렇다고 해서 자기가 잘못했다는 말을 할 수도 없다. 그래서,
　"유서 같은 것은 쓰지 않았나요?"
하고 화제를 딴 데로 돌려 버렸다.
　신영 어머니는,
　"참 그런 것이 하나 있어……."
하고는 일어서서 장롱을 열고 종이조각 한 장을 꺼내다가 병호에게 주었다.

　"죄의 그림자! 마음의 형벌! 죽기 전에는 씻을 수 없는 어두운 그늘…… 나는 무엇보다도 나를 위해 죽어야 하겠다. 마음의 형벌을 거두기 전에는 아름다운 것도 따뜻한 것도 그리고 즐거운 것도 찾을 수가 없다. 찾을 수 없는 것만이 허락되어 있다.
　희생이라는 것도 생각해 보았다. 가장 겸손하고 가장 진실한 것일지 모른다. 그러나 마음의 형벌을 받고 있는 사람에게는 희생이란 것도 용허되지 않는다. 자기를 희생시킬 수도 없는 죄인이다. 나는 죽어야만 한다."

　유서라는 것은 이러한 것이었다.
　병호는 그 유서 속에 자기 이름이 한 번도 나오지 않은 것을 심중으로 다행하게 생각했다. 만약 자기 이름이 한 번이라도 나왔다고 하면 자기는 변명 비슷한 말이라도 반드시 해야 할 것 같았기 때문이다.
　그렇다고 해서 그 유서가 자기와 아무 관계가 없는 것이라고는 생각지 않았다.
　"조금두 달리 생각지 말구 결혼을 하라구 하십시오. 다 잊어버린 일을 가지구 그렇게 생각할 것이 있습니까? 저는 정말 잊어버리구 있습니다."
　병호는 이것으로 자기의 할 말 전부를 다했다.
　그 이상 더 할 말도 없었지만 그 말 한 마디면 만사는 해결되는 것이라

생각되었다.

자기 이름이 없는 유서라고 해서 그렇게 간단히 생각했는지도 모른다.

"고맙네…… 자네가 그렇게까지 말해 주니 고맙네……."

신영 어머니는 또다시 눈물을 씻었다. 의젓하게 들리는 병호의 말이기는 했지만 그것만으로는 만족되지가 않는 모양이었다.

병호는 그만 일어섰다. 오래 있을수록 마음이 무거워질 것 같아 신영 옆으로 가서,

"몸조심 잘 하십시오!"

하고 돌아서려 할 때였다. 통 말이 없던 신영이가 거센 목소리로 힘들게

"고맙습니다!"

하고는 몸을 돌려 소리를 내어 울기를 시작했다.

홱 돌아누우며 참고 참던 울음을 터뜨리는 데는 차마 발이 떨어지지 않았다.

"울지 마십시오. 건강을 회복시켜야 하지 않습니까? 마음을 크게 먹으십시오."

병호는 위로 비슷한 말까지 했다. 그때 신영이가 다시 거센 목소리로,

"빨리 가 보세요!"

했다. 그야말로 보기가 역겨운 모양이었다. 그러나 신영 어머니가 병호의 손을 잡으며,

"아무래두 용설 못하겠나? 정 못하겠다면 이번엔 내가 죽겠네. 못 볼 걸 그만 보구 죽는 것이 편하겠어. 평생 마음을 졸이구 살 바엔 죽는 게 편할 거야……."

하고 애걸을 시작했다.

"별말씀을 다 하십니다. 돌아가시기는 왜 돌아가십니까? 신영 씨 몸만 회복되면 재미있는 세상 보실 텐데요."

"재미있는 세상 보기는 다 틀렸어. 무얼루 재밀 보겠는가? 자식이라구 딸 하나밖에 없는데 저게 울기만 하구 사는 걸 어떻게 보란 말인가?"

"세상은 다 살게 마련입니다."

병호는 그만 신영의 집을 나오고 말았다. 해방이 되고 싶은 심정이었다. 그래서 병호는 일가친척도 있었지만 일부러 여관으로 가서 하룻밤을 자기로 했다. 아무도 만나지 않고 하룻밤 자유롭게 지내다가 올라가고 싶었다. 그래서 어떤 여관을 보고 그리로 들어가려 할 때였다.

"병호 씨가 왔구만……."

하고 신영 아버지가 어디서 오다가 병호를 불렀다.

병호는 신영 아버지에게 절을 했다.

"댁에 다녀오는 길입니다. 어디 가셨댔습니까?"

"앉아 있기두 답답해서 마을 갔댔네. 집에서 쉬지 않구 왜 여관에 들었나?"

"네, 아무데서나 하룻밤 자지요."

"그래? 내일 아침 첫차루 가겠나?"

"네……."

"그럼 들어가 보게……."

"네……."

신영 아버지는 무표정한 얼굴로 자기 집을 향해 걸어갔다.

신영 아버지가 그야말로 지나가던 사람을 만난 듯 대견스럽지 않은 태도로 이야기를 하다가 덤덤히 돌아가는 것을 보자 병호는 갑자기 불쾌한 생각이 들었다. 와 달라고 전보까지 친 사람이 차마 그럴 수가 있을 깃인가?

병호는 여관에 들어가 방을 잡고 나서도 찜찜하기 짝이 없었다.

그러나 한편,

"앉아 있기두 답답해서……."

하던 말이 생각나면서 노인의 침울한 표정이 결국 신영의 자살 사건에서 온 것이라 해석되었다. 신영이가 죽으려 한 것은 결국 병호와 관련된 일이니까 병호의 얼굴을 대하는 순간이 그렇게까지 힘들었을 것이다.

자기가 죽어야 하겠다던 신영의 어머니와 꼭 같은 심정이리라. 그러나 그러한 심정을 그대로 나타내지 못하는 신영 아버지의 얼굴이 병호에게는 더욱 머리에 남았다.

슬픈 표정을 지을 수도 없고 애절한 표정을 지을 수가 없어서 그저 덤덤히 지나가는 노인의 심정…… 병호는 그럴 때 눈을 어디다 두어야 하며 무엇을 생각해야 할지 몰랐다. 어제와 변함이 없는 태양이련만 이 날의 태양은 어제보다 한결 어두운 것 같았다. 두세 사람이 넉넉히 잠잘 수 있는 방이지만 혼자 누워 숨쉬기에도 답답한 것 같았다.

"빨리 가세요!"

괴로워하는 자기를 보이지 않으려고 가 달라고 하며 울던 신영의 얼굴이 새삼스럽게 눈앞에 나타났다. 그것도 커다란 산처럼 눈앞을 꽉 채웠다.

신영, 신영 아버지, 신영 어머니 —— 세 얼굴이 번갈아 가며 병호의 옆을 조금도 떠나지 않았다.

여관에서 주는 저녁을 먹고 난 뒤에도 병호의 머리는 그들 세 사람 생각에 그득 차 있었다.

딸이 소박을 맞고 친정집으로 돌아왔을 때처럼 수심에 잠긴 그들의 얼굴이 자기를 향해 무엇을 호소하는 것처럼 눈앞에 떠오르기도 했다.

병호는 손바닥으로 이마를 쓸면서 필요 이상의 생각을 버리려고 했다. 담배도 연방 피웠다.

그러면서도 병호는 신영에게 대해서 생각을 달리 하려고는 하지 않았다. 신영에게서 멀리 떨어지기만 하면 아무렇지도 않을 것만 같았다. 그러니까 한편으로는 빨리 서울로 떠났으면 하는 생각이 간절했을지도 모른다.

그래서 일찍부터 자리를 깔고 잠을 청하려 할 때였다. 신영 아버지가 찾아와서,

"정 졸라서 마지못해 가지구 오기는 왔네만 아무 생각말구 읽게. 무슨 소릴 썼는지는 모르지만 이제 와서 편진 무슨 편지겠나. 그래두 죽질 않구 산 걸 보니 아무렇게라두 살아갈 걸세. 걱정할 게 없네……."

하고 신영이가 쓴 편지를 내주었다.

병호는 편지를 받아 읽기를 시작했다.

"고맙습니다. 고맙다는 말씀밖에 드릴 말이 없습니다. 저를 마지막으로나마 찾아 주셨다는 것은 저를 용서해 주시는 마음에서라고 생각합니다. 죽은 뒤에까지라도 용서해 주지 않으실 줄 알았던 선생님이 저를 용서해 주셨으니 어찌 고맙다 하지 않을 수 있겠습니까?

그러나 용서를 받으며 죽지 못한 것을 한탄할 따름입니다. 죽어서나마 용서를 받았다면 저의 혼이 얼마나 행복했겠습니까? 역시 저는 죽어서나마 행복할 수 없는 사람 같습니다.

죽지를 못하고 다시 살아났으니 앞으로의 저의 생활이 얼마나 복잡하게 엉켜 나갈 것입니까?

제 불행한 생활이 계속되는 한 저는 선생님에게 언제까지나 검은 그림자가 될 것 같습니다. 선생님의 마음이 맑아지려면 제가 행복스럽게 되어야 할 것이지만 제가 어찌 행복을 감히 바랄 수 있겠습니까? 그래서 죽음을 택했던 것이지만 죽지를 못했으니 어찌하오리까? 저는 앞으로 이 시골서 살다 죽으렵니다. 서울에는 어떤 일이 있어도 올라가지 않겠습니다.

그러니까 저를 죽은 것으로 치부하시고 저를 검은 그림자로 생각지 말아 주십시오.

설사 죽지를 못하고 살아 있다 할지라도 저는 선생님에게 있어서 이미 죽은 여자입니다.

저도 죽은 것을 차라리 행복으로 생각하겠습니다.

오늘을 저의 죽은 날로 정해 주십시오.

안녕히 돌아가시기 바랍니다."

오신영 드림

병호가 편지를 읽고 나서 멍하니 눈만 껌벅이고 있을 때 신영 아버지가,

"또 용서해 달라구 그랬나?"

하고 물었다.

"아니오."

병호는 시름없이 대답했다.

"아니야 꼭 그랬을 걸세. 그 애가 애비 망신까지 시키구 있거든! 애비의 죄를 세상에 광고하구 있거든. 죽을려거든 살아나지 못할 약을 먹을 게지. 왜 죽지두 못할 약을 먹었느냐 말이야. 그래두 목숨이 불쌍해서 자네한테 전보까지 쳤지만 참 미안하네.

자네두 나를 너무 원망치 말구 좋은 여자와 결혼해서 잘 살게. 내 딸은 내가 처리할 테니…… 모두 내 잘못이니까 나를 용서하게. 내가 복 없는 인간이 돼서 딸 하나를 제대루 처리하지 못했어……."

신영 아버지는 느릿느릿 이야기를 끝내고는 수염을 한 번 내려 쓸었다.

병호는 신영 아버지의 말을 잘 듣지 못했다. 이야기를 들으면서도 그의 정신은 그 자리에 있지 않았기 때문이었다.

그는 '오늘을 저의 죽은 날로 정해 주십시오.' 한 신영의 편지만을 생각하고 있는 것이었다.

자기가 찾아온 것을 용서한다는 표시로 생각하면서도 오늘을 자기의 죽은 날로 정해 달라는 신영의 글이 그의 머릿속에 한 자 한 자 새겨지고 있었다. 아무것으로도 지울 수 없을 만큼 깊숙이 깊숙이 새겨지고 있었다.

죽은 날로 정해 달라는 것은 죽여 달라는 말과도 같다. 용서를 받기는 받았으나 그런 용서를 가지고는 아무래도 구함을 받을 수 없으니 결국은 죽여 주는 것밖에 없다는 뜻이리라.

아무것으로도 메울 수 없는 아픔을 가지고 산다는 것은 죽음을 말하는 것 이외에 아무것도 아니다. 매를 맞아 뚫린 구멍은 메워질 수가 있지만 남을 때리고 뚫린 구멍은 메워질 수가 없는 것이다.

신영은 아무것으로도 메울 수 없는 구멍을 가지고 있기에 죽음과 또 죽음을 생각하고 있다.

신영뿐 아니라 그의 아버지 어머니까지도 메울 수 없는 구멍을 가지고 있다.

그래서 용서해 달라는 딸 이외에 아무 말도 하지를 못한다. 사실 그들 세 사람의 구멍을 메우려면 용서 이외에 아무것도 없다.

신영 아버지는 더 할 말이 없는지 슬며시 일어나,

"내일 아침 차루 올라가겠지? 잘 가게. 언제 볼지 몰라두 성공을 하게. 그래두 자네가 잘 되는 걸 보니 마음이 한결 편해…… 제발 성공하게……." 하고 방을 나섰다.

병호는 신영이 아버지를 대문까지 따라나가 공손히 안녕히 계시라고 인사를 했다. 신영 아버지를 배웅하고 돌아와서도 병호는 머리에 새겨진 글자를 또 생각하는 것이었다.

세상에 용서를 구하는 것보다 더 겸손하고 진실한 욕망이 있을까? 성경에는 마음이 가난한 자는 복이 있다고 말했다.

겸손한 욕망 가운데 단 하나밖에 없는 용서를 청하는 사람에게 복이 있지 않고 화가 있을 수 있을 것인가?

그러한 사람들에게 복 대신에 죽음을 줄 수가 있을 것인가?

그러나 그들에게 복과 죽음을 마음대로 골라 줄 수 있는 자기!

병호는 자기가 행복과 죽음 속에서 살고 있는 사람이 아니라 행복과 죽음을 만들 수도 있고 없앨 수도 있는 인간 이상의 위치에 놓여 있는 것 같기도 했다. 좀더 높고, 좀더 깨끗하고, 좀더 공평한 판단을 내려야 하는 그런 위치에 놓여 있는 것 같았던 것이다.

말하자면 신영이나 신영의 부모보다 높은 데 있으면서 그들의 행복과 죽음을 바라볼 수 있는 것 같았다.

한편 육체적으로 죽으려다가 죽지를 못하고 이번에는 정신적으로 다시 죽으려는 신영을 두 번 세 번 죽일 만큼 잔인할 수가 있을 것인가?

인간은 인간이면서도 인간 이상의 위치에 놓일 수가 있다.

병호는 오신영을 찾아가고야 말았다. 깊은 밤중에 찾아온 병호를 보고 모두들 놀랐으나 방 안에 들어서자마자 병호는 이마를 방바닥에 조이며 신영 아버지에게,

"용서를 청하러 왔습니다. 용서를 받으며 살아야 할 인간이 주제넘게 남을 아프게 한 죄를 용서하십시오!"

하고 진심에서 우러나오는 사죄를 했다.

신영이가 벌떡 일어나 앉았다.

병호는 일어나 앉은 신영에게로 가서,

"미안합니다. 오늘을 죽는 날루 정하지 말고 다시 사는 날로 정합시다!"
하고는 고개를 숙여 버렸다.

"그게 무슨 말씀이지요!"

신영은 자기가 쓴 편지도 생각이 안 나는지 그 거센 목소리로 물었다.

"더 긴말을 마십시다. 세상에서 무엇이 귀하고 무엇이 아름답다는 것을
겨우 안 것 같습니다. 이제라도 괜찮다면 결혼을 해 주십시오. 다시는 신영
씨를 괴롭히지 않겠습니다."

병호는 말을 끝내고 신영의 얼굴을 쳐다보았다.

신영은 대답 대신 눈물을 떨어뜨렸다. 옆에 앉았던 그의 어머니가,

"그게 정말인가?"
하고 믿을 수 없는 말이란 것처럼 물었다.

"왜 믿어지지가 않습니까, 제가 그렇게까지 신의가 없는 사람이었던가
요?"

병호는 믿어 달라는 말 대신에 이렇게 물었다.

"아니……, 믿지를 못해서가 아니라 너무가 꿈 같은 말 같애서……."

"네, 저두 꿈이 아닌 것을 믿습니다."

끝까지 말이 없던 신영 아버지도,

"그래 그래두 괜찮겠나?"
하고 물었다.

병호는 그 말에 대답을 안 하고,

"바쁜 일이 있어 서울엘 갔다가 다시 오겠습니다. 며칠 안으루 다시 오겠
습니다. 제가 없어두 신영 씨 병은 괜찮겠지요?"
하고 물었다.

"의사두 그랬지만 내 보기에두 이젠 괜찮을 것 같네. 바쁜 일이 있으면
다녀와야지……."

병호는 다시 여관으로 와서 잤다.

다음날 아침 서울로 떠날 때에는 신영 어머니가 정거장까지 나와 눈물로 전송을 해 주었다.

기차에 오르자 병호는 자기의 일생이 들어설 자리에 들어선 것 같음을 느꼈다.

다만 계원에게 무엇이라고 말해야 하는가 하는 것만이 걱정이었다. 계원과 결혼을 약속한 것은 아니지만 마음속으로나마 결혼을 생각할 만큼 서로가 사랑한 것은 사실이다.

사실은 이렇게 시급히 돌아가는 것도 계원을 만나기 위함이었다. 계원이가 자기와 결혼을 하지 않는다고 불복을 말한다면 그때의 자기 마음은 다시 어두워지고야 말 것 같았다.

그러나 이미 결심을 지은 이상 계원과의 이야기를 빨리 끝내지 않을 수 없었다.

남에게 지기를 좋아하지 않는 계원인 만큼 자존심을 위해서라도 자기를 붙잡지 않을 것 같기는 했지만 한편 옳은 것을 옳다고 말할 줄 모르는 계원인 만큼 예의적인 양보를 무시할지도 모른다.

병호는 서울에 도착할 때까지 불안에 잠겨 있었다.

만나면 무슨 말부터 꺼내야 할 것인가 하는 것까지 걱정이 되었다.

병호가 서울역에 도착한 것은 그 날 오후였다. 서울역에 도착하자 그는 계원에게로 먼저 가지 않고 우선 사무실로 돌아갔다.

일찍 돌아오고는 사무실에 들르지 않을 수가 없었지만 계원을 만나기 전 전화를 한 번 걸어 두는 것이 좋을 것 같기도 했다.

사무실에 들어서자 동료 검사들에게 형식적인 인사를 끝내고는 곧장 전화기를 들고 계원을 불렀다.

계원의 목소리가 들릴 때 병호는 우선 반가운 마음이 들었다. 그래서,

"접니다. 안녕하셨어요?"

하고 가장 가까운 사이에 쓸 수 있는 말투로 인사를 했다. 그러나 계원은,

"누구세요."

하고 목소리만으로는 알아낼 수가 없다는 투로 말했다.

“나라니까요?”

“내가 누구예요?”

“권이에요.”

“권이라니요?”

계원의 말투는 그런 사람을 알지도 못한다는 식이었다.

병호는 자기가 신영의 문제로 A읍에까지 갔다 온 것을 계원이가 미리 알고 불쾌해서 그러는가 생각했다. 그래서 말투를 고쳐,

“권병홉니다. 급한 일이 생겨 어딜 갔다 지금 돌아왔습니다.”
하고 정중하게 말했다.

“네, 그러세요. 수고하셨군요!”

그 말도 냉정하기 짝이 없었다.

“별일 없었죠? 퇴근 뒤에 댁으루 놀러 갈까 합니다.”

“마음대루 하시지요.”

이상스러운 일이었다. 이틀 사이에 그렇게까지 변할 수가 있을 것인가?

병호는 차라리 잘 되었다고 생각되었지만 너무나 달라진 계원에 대해서 의심하지 않을 수 없었다. 달라진 이유만이라도 알고 싶었다.

그러나 계원의 집을 찾아갔을 때 계원은 병호를 보고도 앉은 채 시들한 인사를 했다. 그리고는 한다는 말이,

“전화두 걸지를 못해서 미안합니다.”

그 동안 병호를 일부러 생각하지 않았다는 것을 알린다는 태도였다.

“바쁜 일이 있었습니까?”

“바쁠 것두 없지만 전화 걸 필요두 없었구요……..”

“그럼 제가 공연히 찾아와서 실례가 됐군요?”

“글쎄요.”

병호는 신영에 대한 이야기도 할 필요가 없게 된 것을 다행으로 생각했다. 자기를 나쁜 사람으로 결정했다 해도 할 수 없는 일이었다. 이유도 모른 채 다시 타협할 수 없게 된 것을 다행으로 생각할 수밖에 없었다.

만약 자기에 대한 애정을 그대로 가지고 있다면 신영의 이야기를 하고 양해를 구하는 데 얼마나 구차스러울 것인가?

이유를 말하지 않고 멀리하려는 그 태도가 싫었지만 그것도 물어 볼 수 없는 일이고 해서,

"그럼 다시 뵙겠습니다."

하고 나오려고 할 때 계원이가 병호를 불러,

"이런 것이 왔는데 어떻게 할까요?"

하고 책 같은 것을 꺼내 놓았다.

그것은 책이 아니라 한 권의 자유일기였다.

"오창규 씨의 일기책인데 이것이 제일권이랍니다. 한 권이 찰 때마다 보내겠다는데 죽을 때까지 보낸다나요."

계원이가 이렇게 설명하자 병호는 그것을 볼 생각도 안하고

"결혼하시지요. 결국은 자기를 가장 사랑해 주는 사람이 자기를 가장 행복하게 해 줄 겁니다. 나두 결혼할 사람이 생겼는데 나 아니면 못 살겠다나요."

병호는 자기의 마음을 알려 줄 가장 적당한 기회를 붙잡고야 말았다.

"네?"

계원은 깜짝 놀랐다. 이때까지 냉정하던 태도와는 천양지판이었다.

계원은 놀라지 않을 수 없었다. 자기가 병호를 원망하고 잊으려 했던 것만은 사실이었지만 병호가 다른 여자와 결혼할 생각을 품고 있으리라고는 생각도 못했던 일이었기 때문이었다.

그러나 계원은 자기가 끝까지 냉정하리라 마음먹고 있었다.

오창규가 못 잊어하는 애타는 문장으로 일기를 써 보냈기 때문에 오창규에게 마음이 돌아간 것은 아니었다. 그 일기는 오늘 아침에 도착한 것으로 아직 전부를 읽지도 못하였다.

다만 공장에서 받은 여러 가지 충격으로 말미암아 연애 같은 것을 생각할 여유가 없게 된데다가 병호가 사흘씩이나 전화도 걸어 주지 않고 자기의 괴로움을 알아 주지 않는다는 반발적 행동에 지나지 않았던 것이다.

그렇다고 해서 계원은 그 반발을 일시적인 것이요. 따라서 병호의 태도 여하에 변해질 수 있는 것이라고는 생각지 않고 있었다.

자기가 괴로워할 때 찾아오지 않은 것은 자기를 무겁게 생각지 않는 증거라고 생각했다. 자기를 무겁게 생각지 않는 사람을 어찌 믿고 살 수 있을 것인가?

그래서 다시 만나지 않기 위해서 마치 자기가 오창규에게 마음이 돌아간 것처럼 오창규의 일기책을 내놓고 어떻게 했으면 좋겠느냐는 식으로 물어 보았던 것이다.

그러나 뜻밖에도 다른 여자와 결혼하게 되었다는 말을 들을 때 때리려다가 때리지를 못하고 오히려 얻어맞은 것 같은 생각이 들었다.

"미안합니다. 사실은……"

병호가 결혼하게 된 동기를 설명하기 시작하려 할 때였다. 계원은,

"그만두세요!"

하고 병호의 말을 막아 버리고 말았다.

아무리 되게 얻어맞았다 해도 병호의 설명까지는 들을 필요가 없었기 때문이었다.

결혼하기로 결정되었다면 그뿐이었다. 구차스럽게 얻어맞은 자리를 손으로 쓸어 줄 것까지는 없었다.

"나두 오창규와 결혼하기루 했습니다."

계원은 사실도 없는 이야기를 꾸며대고 말았다. 그 말이 사실로 변해질지 그것은 모를 일이지만 자기의 자존심을 위해서 그런 말이라도 안 할 수 없었다.

병호도 사실은 한 대 얻어맞은 것 같았다.

말이 통 나오지 않을 만큼 어리벙벙했다. 그래서,

"행복을 빌겠습니다."

하고 일어서 나오려 했다.

그때 계원이도 따라 일어서며,

"행복을 빌겠습니다."

하고 병호의 말을 그대로 옮겼다. 그리고는,

"우리 결혼한 뒤 다 같이 만납시다. 역시 권 선생님은 좋은 분이니까 죽을 때까지 친구가 될 수 있을 거예요."

하고 생긋이 웃었다.

"고맙습니다."

병호는 웃으려고 했으나 차마 웃음이 나오지 않았다.

신발을 신고 아주 나오려 할 때 계원이가 손을 내밀며 악수를 청했다.

"또 두 손가락만 잡질 마세요. 그러구 부탁한 향수 있지요? 그게 오거든 꼭 갖다 주세요!"

병호는 계원의 손가락 두 개만이 아니라 손바닥 전체를 움켜쥐듯 쥐고 악수를 한 뒤 계원을 작별했다.

집으로 돌아오자 병호는 가슴이 후련해짐을 느꼈다.

계원이가 불행을 느끼지 않고 결혼할 수 있게 되었다는 것, 즉 계원이는 자기로 말미암아 조그마한 구멍도 뚫리지 않은 것 같음이 안심되었던 것이다.

만약 자기로 말미암아 뚫어진 구멍이 보인다면 자기는 또 얼마나 괴로워해야 할 것인가?

병호는 어머니에게,

"신영이가 죽지 않았어요. 그래서 결혼하기루 약속을 하구 왔습니다."

하고 A읍에 갔던 결과를 보고했다.

"뭐? 결혼을?"

어머니는 사뭇 놀랐다. 곧이들리지 않는 모양 같았다.

"네, 신영이만한 여자가 또 있을 것 같지 않습니다. 세상에서 제일 겸손한 여자 같아요. 겸손에서 더 좋은 게 세상에 어디 있습니까!"

병호는 신영에 대해서 이때까지 한 번도 말해 본 일이 없는 칭찬을 벌려놓았다. 어머니는 그래도 몇 번이나 병호의 말을 곧이듣지 않았지만 몇 시간을 두고 설명하는 바람에,

"겸손한 여자보다 더 좋은 여자야 없지. 네가 좋다면 내가 뭐라겠

니……."
하고 신영과 결혼할 것을 승낙하고 말았다.

(원)《영남일보》 1951, (출)　　　한국문학전집 18　　　민중서관, 1959.

한류의 어족, 애정의 계곡 – 만우 박영준전집 8/중 · 장편

2006년 4월 25일 인쇄
2006년 4월 30일 발행

지은이 · 박영준
펴낸이 · 백규서
펴낸곳 · 도서출판 동연
출판등록 · 1992년 6월 12일 제2-1383호
주소 · 서울시 마포구 망원동 385-2 2층
전화 · 335-2630 / 팩스 · 335-2640

값 20,000원

무단 전재와 복제를 금합니다.
ISBN 89-85467-47-6 04810
ISBN 89-85467-31-X (세트)